G.A. Aiken
Wildes Feuer, scharfe Krallen

PIPER

Zu diesem Buch

Mit ihren »Lions«, »Dragons« und »Wolf Diaries« gehört G.A. Aiken zu den beliebtesten Autorinnen der Erotic Fantasy. Ihre Anthologie »Wildes Feuer, scharfe Krallen« beinhaltet drei brandneue erotische Storys aus G.A. Aikens Gestaltwandler-Universum. In der Novelle »Dragon on Top« ist Drache Bram Feuer und Flamme für die stolze Ghleanna. Alpha-Wolf Niles hingegen muss in »Gebändigt« alles tun, damit seine geliebte Irene ihn überhaupt wahrnimmt. Und »Im Bann des Rudels« macht die behütete Darla Lewis Bekanntschaft mit einem Wolf, der ihre animalischen Instinkte weckt. Unverzichtbar für jeden Aiken-Fan – und die perfekte Lektüre für Neueinsteiger.

G.A. Aiken ist New-York-Times-Bestsellerautorin. Sie lebt an der Westküste der USA und genießt dort das sonnige Wetter, das gute Essen und die Aussicht auf attraktive Strandbesucher. Beim Piper Verlag veröffentlicht G.A. Aiken neben ihrer »Dragon«-Saga außerdem die Reihe »Lions« sowie die Serie »Wolf Diaries«.
Weiteres zur Autorin unter: www.gaaiken.com

G.A. Aiken

WILDES FEUER SCHARFE KRALLEN

Neue Stories von den Lions, Wölfen und Dragons

Aus dem Amerikanischen
von Karen Gerwig, Michaela Link und Doris Hummel

PIPER
München Berlin Zürich

Von G.A. Aiken liegen bei Piper vor:

Dragon Kiss
Dragon Dream
Dragon Touch
Dragon Fire
Dragon Sin
Dragon Fever
Dragon Flame
Dragon Kiss • Dragon Dream
Dragon Touch • Dragon Fire
Lions. Hitze der Nacht
Lions. Feuriger Instinkt
Lions. Leichte Beute
Lions. Wilde Begierde
Lions. Scharfe Pranken
Lions. Fährte der Lust
Lions. Heiße Fänge
Lions. Fesselnde Jagd
Lions. Freche Bisse
Wolf Diaries. Gezähmt
Wolf Diaries. Besiegt
Wolf Diaries. Erlegen
Wolf Diaries. Drei Romane in einem Band
Wildes Feuer, scharfe Krallen
Call of Crows. Entfesselt

MIX
Papier aus verantwortungsvollen Quellen
FSC
www.fsc.org
FSC® C083411

Deutsche Erstausgabe
1. Auflage März 2016
2. Auflage Mai 2016

Titel der amerikanischen Originalausgaben: »Dragon on Top«, »Miss Congeniality« und »Like a Wolf with a Bone«

Umschlaggestaltung: Guter Punkt, München
Umschlagabbildung: BlueSkyImage/shutterstock
Satz: Satz für Satz, Wangen im Allgäu
Druck und Bindung: CPI books GmbH, Leck
Printed in Germany ISBN 978-3-492-26967-4

INHALT

DRAGON ON TOP

Eine Novelle aus der Welt der Dragons

KAPITEL 1

Ghleanna die Dezimiererin nahm noch einen Schluck aus ihrem angeschlagenen Bierkrug und suhlte sich, auf recht umwerfende Art, wenn sie das selbst so sagen durfte, in ihrem Elend. Es war lächerlich, das wusste sie, wegen alledem immer noch so am Boden zerstört zu sein. Schon ein halbes Jahr war es her, und doch kam sie nicht darüber hinweg. Stattdessen saß sie da und trank und suhlte sich und versuchte zu vergessen. Das tat sie nun schon ziemlich lange. Zu lange, würde ihre Sippe sagen.

Doch es war alles ihre eigene Schuld. Sie hatte vertraut, wo sie es nicht hätte tun sollen, hatte Lügen geglaubt, obwohl sie es verdammt noch mal wirklich besser gewusst hatte, und vor allem hatte sie das eine vergessen, das niemand sonst je vergaß – dass ihr Vater Ailean der Verruchte war. Auch bekannt als Ailean die Hure, die berühmte Schlampe der Drachen- *und* der Menschenwelt.

Und durch einen einzigen Anfall von Dummheit war aus Ghleanna die Dezimiererin Ghleanna die Idiotin geworden.

Ghleanna die Närrin.

Ghleanna die Versagerin.

Wobei »Versagerin« vielleicht ein zu hartes Wort war. Sie hatte sich vorher nie als Versagerin gesehen. In ihren Jahren auf dem Schlachtfeld hatte sie sich immer wieder bewiesen. Aber jetzt fühlte sie sich wie eine Versagerin. Wie eine Versagerin und Närrin, die niemandem die Schuld geben konnte außer sich selbst. Also war Ghleanna in krankhafter Scham und Selbstmitleid und ohne Kriege oder Schlachten, die interessant genug gewesen wären, um ihren Geist oder Schwertarm zu beschäftigen, in die Sicherheit der alten Mauern ihrer Höhle zurückgekehrt, um sich leidzutun und – wenn sie ehrlich war – um sich zu verstecken. Nur für Essen und Bier wagte sie sich nach draußen.

Auch wenn sie in den letzten Tagen hauptsächlich für noch mehr Bier hinausgegangen war.

Sie hatte keine Ahnung, wie ihre langfristigen Pläne aussahen, andererseits: Brauchten Versager langfristige Pläne? Da sich Ghleanna nicht sicher war, trank sie mehr Bier, bis sich süße Dunkelheit über sie legte und sie nicht mehr über ihre angeborene Dummheit und das Elend nachdenken musste, das sie verursacht hatte.

Ghleanna hatte keine Ahnung, wie lange sie bewusstlos gewesen war, aber sosehr sie auch wollte, sie konnte die Schläge nicht mehr ignorieren, die ihr Kopf gerade abbekam. Sie zwang die Augen auf und sah das stumpfe Ende eines Speers wieder auf ihre Stirn zukommen. Sie rollte sich weg, aber das Ende eines weiteren Speers traf sie seitlich am Kiefer.

»Wach auf, du faule Sau. Wach auf!«

»Lasst mich in Ruhe, ihr irren Schlampen!«

»Spricht man so mit seinen lieben, süßen Tanten?«

»Ihr seid nicht meine Tanten!«, gab sie zurück.

»Aber fast. Es ist besser als Großcousinen, oder? Das macht uns so alt, findest du nicht, Kennis?«

»Das stimmt, Kyna. Und jetzt steh auf, bevor wir dir die Schuppen von den Knochen schälen.«

Angepisst, dass ihre Verwandtschaft nicht den Anstand besaß, sie in Ruhe zu lassen, damit sie sich in ihrem Bier und Sabber suhlen konnte, setzte sich Ghleanna auf und knurrte: »Was ist denn, ihr alten Hexen? Was wollt ihr von mir?«

»Also, zuerst einmal kannst du mit dem Selbstmitleid aufhören. Stimmt's, Kyna?«

»Das stimmt, Kennis. Nichts ist schlimmer als eine mächtige Drachin, die in einer dunklen, feuchtkalten Höhle herumsitzt und wegen irgendeines blöden Fehlers von einem Drachen heult.«

»Ich tue nichts dergleichen«, log sie.

»Schau mal, wie sie uns anlügt, Kennis!«

»Ich sehe es, Kyna. Lügt uns an und glaubt, wir wüssten es nicht. Es ist ein Jammer.« Kennis zuckte die Achseln. »Ich sage, wir schlagen sie noch mal. Aus Prinzip.«

»Einverstanden.«

Ghleanna hob eilig die Klauen, um ihren Kopf zu schützen. »Geht weg! Lasst mich in Ruhe!«

»Damit du hier herumsitzen und dir weiter selbst leidtun kannst? Wegen *ihm*? Ich würde dich lieber hier und jetzt umlegen, stimmt's, Kyna?«

»Aye. Wie ein armes, verletztes Pferd.«

»Ich hasse euch.« Ghleanna seufzte tief und fuhr sich mit den Krallen durch die zu langen schwarzen Haare. Sie hatte sie seit Monaten nicht geschnitten, und das sah man. Sie wusste, sie sah wahrscheinlich aus wie kalte Kacke, aber sie würde ihrer Sippe nicht die Genugtuung verschaffen, es zuzugeben.

»Uns hassen? Obwohl wir so besorgt um deine nutzlose Haut sind?«, fragte Kyna.

»Deine ganzen Brüder und Schwestern jammern rum wegen dir. Ach! Das macht uns noch verrückt. Wir mussten etwas tun, nicht wahr, Kyna?«

»Aye, Kennis. Das mussten wir. Oder sie alle umbringen, nur damit sie aufhören. Aber das kam uns nicht richtig vor, stimmt's, Kyna?«

»Nein. Überhaupt nicht.«

»Also kommt ihr hierher, um … was genau zu tun?«, wollte Ghleanna wissen. »Abgesehen davon, mir tierisch auf den Sack zu gehen?«

»Du hast Glück, dass wir dich holen kommen, du Göre. Bin mir nicht sicher, ob dein Erwachen so nett ausgefallen wäre, wenn stattdessen deine Mutter gekommen wäre. Stimmt's, Kyna?«

»Oje! Die hätte deine Schuppen in eine andere Farbe geprügelt, das hätte sie. Sie ist halb tot vor Sorge um dich, und dann findet sie dich in dieser Höhle, wie du deinen Kummer in billigem Bier ertränkst.«

»Tja, hätte ich es wirklich alles beenden wollen, hätte ich einfach euer Bier genommen«, erwiderte Ghleanna schnippisch.

Das Hinterteil des Speers zielte wieder auf sie, aber diesmal fing Ghleanna es ab und hielt es fest. »Hör auf, mich mit dem blöden Ding zu schlagen!«

»Wenigstens sind ihre Reflexe noch gut. Jetzt müssen wir sie nur nüchtern bekommen …«

»Und baden. Sie riecht!«

»… und wir können sie an den Hof unserer Königin bringen, solange noch Vormittag ist.«

»Königshof? Was soll ich an Rhiannons Hof?«

»Oooh. Hast du das gehört, Kennis?«

»Aye, Kyna. *Rhiannon* nennt sie sie. Als wären sie alte Freundinnen.«

»Beste Kumpels!«

Die Drachenzwillinge kicherten, und Ghleanna verspürte das Bedürfnis, etwas kaputtzuschlagen.

»Sie wird pissig, Kyna.«

»Das stimmt, Kennis.«

»Also sollten wir mal besser dafür sorgen, dass sie aufsteht und sich fertig macht, damit wir weiterkommen.«

Ghleanna hatte langsam wirklich die Schnauze voll und brüllte beinahe: »Ich *will* Rhiannon nicht sehen! *Also verpisst euch endlich aus meiner Höhle!*«

Kyna kauerte sich nieder, damit sie Ghleanna in die Augen schauen konnte, eine Seite ihrer Schnauze hochgezogen, sodass man Reihe um Reihe der tödlichen Reißzähne sah, von denen einige erst mit dem Alter gewachsen waren.

»Jetzt hör mir mal zu, kleines Mädchen. Du kannst mit deinem Vater und mit deinen Brüdern sprechen, wie du willst – aber mit uns sprichst du nicht so. Und wenn die Königin dir einen Befehl gibt …«

»… dann kriegst du deinen Arsch hoch und befolgst ihn. Oder wir werden bei den Göttern …«

»… dafür sorgen, dass du wünschtest, du hättest es getan.«

Ghleanna verstand jetzt, warum man die Cadwaladr-Zwillinge geschickt hatte, um sie zu holen. Wenn auch viele ihrer Geschwister sich ordentlich wehren konnten, hatten nur ihre Brüder Bercelak und Addolgar eine echte Chance, sie zu schnappen. Aber keiner von ihnen würde es tun, denn sie war ihre Schwester. Dasselbe galt für ihren Vater. Und ihre Mutter war eine Friedensstifterin, keine Kämpferin. Also hatte ihre Sippe die gefürchtetsten Drachenkriegerinnen des Landes geschickt, die Cadwaladr-Zwillinge. Sie mochten alte Drachinnen sein, aber das machte sie nur noch gefährlicher – und labiler.

»Kommst du, Mädchen?«

»Ja«, fauchte Ghleanna und stemmte sich mit den Vorderklauen hoch. Sie brauchte einen Moment, bis die Höhle aufhörte, sich zu drehen, und noch einen, bis die Übelkeit verging. Doch als es so weit war, konnte sie sich immerhin vorstellen, nach draußen in den See zu gehen und zu baden.

»Was will Rhiannon überhaupt von mir?«, fragte sie auf dem Weg nach draußen mit den Zwillingen im Schlepptau, während sie gleichzeitig überlegte, ob sie davonlaufen sollte.

»Im Gegensatz zu dir, Göre, stellen wir keinen Haufen Fragen.«

»Unsere Königin bittet uns, etwas zu tun, also tun wir es. Das ist unsere Aufgabe.«

»Das ist auch *deine* Aufgabe«, bemerkte Kennis.

»Haben wir sie nicht gut genug ausgebildet?«

»Ich hoffe, das ist nicht der Fall, Kyna. Ich würde sie ungern noch mal durchs Training schicken müssen.«

Ghleanna verzog das Gesicht, denn sie hörte die Drohung in diesen Worten laut und deutlich. »Wird nicht nötig sein«, murmelte sie.

»Gut. Du warst immer einer unserer Lieblinge, Ghleanna. Wir würden dich wirklich nicht gern halb totschlagen müssen, weil du vergessen hast, woher du kommst.«

Kyna packte Ghleanna am Unterarm und zwang sie, sich zu ihr umzudrehen. »Und das ist kein Grund, sich zu schämen, Mädchen. Es ist keine Schande, wer du bist, wer deine Sippe ist und wer du sein willst.«

»Und lass dir von niemandem etwas anderes erzählen«, endete Kennis. »Du bist etwas Besonderes, Ghleanna. Und manche Typen – die können einfach nicht damit umgehen. Während andere …«

»Während andere was?«

»Während andere dafür geboren sind, die Scheide für dein Schwert zu sein – du musst den einen nur finden, Mädchen. Wie wir.«

»Wie dein Vater. Aber das kann sie nicht, wenn sie nach Bier und Elend stinkt, Kennis.«

»Es sei denn, sie will so einen erbärmlichen Bastard wie sich selbst, Kyna. Und ihr Götter! Wer würde das wollen?«

Ghleanna erkannte die Wahrheit darin und steuerte auf den See zu, um sich darauf vorzubereiten, ihre Königin zu treffen.

Bitte nicht umarmen. Bitte nicht umarmen.

Doch sie tat es. Sie umarmte ihn. Direkt vor ihrem ganzen Hofstaat und – noch wichtiger – vor ihrem Gemahl. Dem unangenehmsten aller Drachen, Bercelak dem Großen selbst.

Und Bram der Gnädige, königlicher Gesandter der Königin Rhiannon aus dem Hause Gwalchmai fab Gwyar, wusste, seine Königin tat das mit Absicht. Er wusste, sie tat es, weil sie es genoss, ihren Gefährten zu quälen, aber sie merkte oft nicht, dass sie dabei auch den armen Bram quälte. Oder vielleicht merkte sie es, und es war ihr schlicht egal.

»Oh Bram! Du siehst so gut aus! Sieht er nicht gut aus, Bercelak?«

Bram hörte ein missbilligendes Knurren von der anderen Seite der Kammer der Königin.

»Bercelak findet auch, dass du gut aussiehst«, log die Königin. Sie tätschelte Bram die Schulter und trat zurück. »Also, mein liebster Bram, bist du bereit für deine wichtigste Reise?«

»Das bin ich, meine Königin. Ich glaube, daraus kann nur Gutes erwachsen, und ich freue mich …«

»Ja, ja.« Sie setzte sich auf ihren Thron, ein Stück Fels, das aus der Höhlenwand ragte. Es sah für Bram nie besonders bequem aus, aber der Königin schien es nichts auszumachen. »Aber ich habe mir Gedanken über deine Sicherheit gemacht.«

»Meine Sicherheit? Ich werde schon zurechtkommen, Eure Majestät.«

»Ich habe Gerüchte gehört. Es gibt Stimmen, die diese Allianz verhindern wollen. Sie werden versuchen, dich aufzuhalten.«

»Warum? Ich gehe schließlich nicht zu den Blitzdrachen. Die Drachen der Wüstenländer waren nie unsere Feinde.« Er würde einfach sicherstellen, dass sie sich nicht mit ihren Feinden verbündeten.

»Wie logisch er doch immer denkt, mein alter Freund. Logisch und aufmerksam und klug. Aber dennoch … In der Welt der Drachenpolitik ist nichts je einfach, und gerade du unter allen Drachen solltest das wissen.«

»Verstanden, meine Königin. Und ich verspreche dir, dass ich vorsichtig …«

»Also habe ich Vorkehrungen für deinen Schutz getroffen.«

O-oh.

»Eure Majestät, mein Kontakt in den Wüstenländern erwartet nur mich. Keine Entourage.«

»Eine Entourage klingt so groß und einschüchternd, und es ist nichts dergleichen. Nur ein paar meiner zuverlässigsten Drachenkrieger, um dafür zu sorgen, dass du sicher an deinem Ziel ankommst und wieder zurück.«

»Drachenkrieger?« *O ihr Götter, tötet mich jetzt!*

Welch albtraumhafte Drachenkrieger hatte dieses Weib aus den Tiefen der Hölle ausgegraben, um sie mit ihm zu schicken? Wahrscheinlich Bercelaks Brüder. Oder noch schlimmer: Bercelak selbst. Der schwarze Drache hatte Bram nie gemocht aufgrund dessen offenkundiger Krankheit, »zu viel zu denken und nach meiner Schwester zu gieren«. Und Bercelak hatte natürlich recht. Was das Denken anging – und das Gieren.

Ghleanna die Schwarze, jetzt die Dezimiererin, war schon als junger Drache mit kaum sechzig Wintern Brams unerreichbarer Traum gewesen. Sie hatte ihm das Herz mit einem einzigen finsteren Blick gestohlen, als sie Bercelaks Kopf gegen die Wand knallte und ihm befahl, »den Königlichen wegzuschicken!«, womit sie Bram meinte. Ghleanna war vor Kurzem von einer Schlacht heimgekehrt – einer ihrer ersten –, und sie hatte ihre erste Narbe erhalten. Ein Ding von sechs Zoll, das sich über ihr Schlüsselbein zog. Bram hatte diese Narbe gesehen, und ihm war der Mund trocken geworden, die Knie weich, und dann hatte er die Worte vergessen. Keine bestimmten Worte, sondern alle. Sie hatte ihn vorübergehend zum Verstummen gebracht.

Aber im Gegensatz zu Bercelak hatte Ghleanna ihn danach kaum bemerkt, ihn kaum zur Kenntnis genommen, sich kaum an seinen Namen erinnert. Er war der Königliche, der manchmal ihre Mutter oder ihre Schwester Maelona besuchte. Die »Denkerinnen« des Cadwaladr-Clans.

»Und welche Krieger wären das, meine Königin? Jemand, den ich kenne?«

Die Königin lächelte – was Bram nicht entspannter machte –, und er hörte eine Stimme, die er sehr gut kannte, hinter sich sagen: »Ich glaube es nicht, dass du diese Wahnsinnigen nach mir geschickt hast, Bercelak. Bedeute ich dir denn gar nichts?«

Bram schloss kurz die Augen, bevor er den Blick auf die Frau richtete, die jetzt neben ihm stand. Sie beäugten einander lange, bis Ghleanna die Dezimiererin höhnisch schnaubend von ihrem Bruder wissen wollte: »Babysitting? Du hast mich den ganzen Weg hierher schleppen lassen, um den Babysitter für diesen willensschwachen Königlichen zu spielen?«

»Danke, Ghleanna«, murmelte Bram. »Das war sehr nett.«

»Ist nichts Persönliches«, murmelte sie als Antwort und tätschelte ihm mit der Klaue die Schulter. »War eine lange Nacht.«

Eine lange Nacht? Es sah eher aus wie ein langes Jahrhundert. Auch wenn er wusste, was eine der höchstdekorierten und gefürchtetsten Hauptmänner der letzten Jahrhunderte aussehen ließ, als hätte sie seit Jahren nicht geschlafen. Ihre Haare, sonst immer kurz und gut gepflegt, reichten ihr nun bis zu den Schultern, mit ungleichen Enden. Ihre Rüstung, immer mit Spucke poliert und für den Kampf bereit, war jetzt voller Schmutz und Dellen, und, wenn sich Bram nicht irrte, Hirnmasse von irgendeinem armen Kerl. Sogar ihre Streitäxte, ihre bevorzugten Waffen, solange Bram denken konnte, sahen aus, als wären sie seit Monaten nicht geputzt worden. Die Kanten waren immer noch mit Blut und Knochensplittern verkrustet. Nein, dies war nicht die Ghleanna, die er all die Jahre gekannt hatte. Die Ghleanna, die er anbetete. Wie dumm von ihm.

»Ach?«, fragte Rhiannon Ghleanna. »Bist du im Moment furchtbar beschäftigt?«

»Jedenfalls zu beschäftigt für diesen Zentaurenmi…«

»Ehrlich, meine Königin«, unterbrach sie Bram, »es besteht kein Anlass, Hauptmann Ghleanna hineinzuziehen. Mir ist es ganz recht, wenn ich allein reise.« Um genau zu sein, war es ihm sogar lieber. Diese Reise war zu wichtig für ihn, um sich von der einen Frau ablenken zu lassen, die ihn in manchen Nächten wach hielt. Schwitzend.

»Unsinn, Bram. Ich will nichts davon hören.«

»Tja, sucht euch jemand anderen«, erklärte Ghleanna ihnen allen. »Ich habe nicht ein halbes Jahrhundert Ausbildung und noch mehr Schlachten hinter mir, um als Babysitter für Bram den Gnädigen zu enden.«

Beleidigt blaffte Bram: »Hättest du gern ein *echtes* Messer, um es in meinen Eingeweiden umzudrehen, Ghleanna?«

»Es ist nichts Persönliches«, sagte sie noch einmal.

»Na klar. Nichts Persönliches.«

»Was ich amüsant finde«, warf Rhiannon ein, ohne auf die beiden zu achten, »ist, dass du glaubst, ich würde dich darum *bitten*, Ghleanna vom Cadwaladr-Clan. Nach all der Zeit als Hauptmann des Zehnten Bataillons möchte man meinen, du könntest einen Befehl von einer Bitte unterscheiden.«

Ghleanna machte ein Geräusch mit den Nüstern, das klang wie ein wütender Bulle kurz vor dem Angriff. »Und man könnte meinen, eine Königin würde nicht das Talent ihrer Drachenkrieger mit Zentaurenmist-Aufgaben wie Babysitting verschwenden!«

»Erheb ja nicht die Stimme gegen mich, Cadwaladr! Ich bin nicht einer deiner Soldaten!«

»Das merke ich, denn *die* würden meine scheiß Zeit nicht verschwenden!«

»Es reicht!«, brüllte Bercelak der Große und brachte die beiden Frauen damit zum Schweigen. Schwarze Augen, denen seiner Schwester so ähnlich, richteten sich auf den wütenden Hauptmann. »Entschuldige dich, Ghleanna.«

»Von wegen ent…«

»Entschuldige dich!«, dröhnte die Stimme des königlichen Gemahls durch die Höhle, dass sämtliche Höflinge neben Bram sich hastig in Richtung der Ausgänge bewegten. Augenblicklich senkte Ghleanna den Blick.

»Es tut mir leid, wenn ich dich verärgert habe, meine Königin.«

Rhiannon grinste. »Na, na, Schwester. Wir sind doch alle Freunde hier.« *Sind wir?* »Und ich weiß, du wirst mir diesen Gefallen tun.« Die Königin stand auf, ging zu Bram und tätschelte ihm zu seinem Entsetzen die Schulter. »Bram bedeutet mir und diesem Hof so viel. Wir sind zusammen aufgewachsen – und seine Sicherheit ist von größter Wichtigkeit. Glaubst du, ich würde das einfach irgendwem anvertrauen?« Sie lehnte den Kopf an Brams Schulter, und Bram ballte die Klauen zu Fäusten. Er wollte nur noch weg von dieser Verrückten. »Ist Bram nicht einfach wunderbar? Wie er so wichtige Bündnisse und Waffenstillstände für mich verhandelt? Findest du ihn nicht einfach genauso anbetungswürdig wie ich?«

Der Gemahl der Königin stand jetzt vor Bram, ragte über ihm auf wie die meisten männlichen Mitglieder des Cadwaladr-Clans, und starrte Bram mit solchem Hass an, dass der nur noch ausrufen wollte: »Das geht nicht von mir aus! Ich schwöre es, das geht nicht von mir aus!«

Doch bevor der furchterregende Mistkerl Teile von Bram entfernen konnte, die auf jeden Fall vermisst würden, zog Ghleanna ihren Bruder mit einem lauten Seufzen am Unterarm.

»Komm, Bruder. Erzähl mir, was das für eine hochwichtige Aufgabe ist und warum ausgerechnet ich unter allen Drachenkriegern sie ausführen muss.«

Sie schleppte Bercelak aus der Höhle und Bram schaute seine alte Freundin und jetzt Regentin aller Südlanddrachen an. Und mit aller Offenheit fragte er: »Warum, Rhiannon? Warum hasst du mich so?«

»Was ist hier los?«, wollte Ghleanna von ihrem Bruder wissen, sobald sie einen ruhigen Alkoven für sie gefunden hatte.

»Woher soll ich das wissen? Ich meine, was könnte Rhiannon in diesem zu viel denkenden Mistkerl sehen? Er tut den ganzen Tag nichts anderes als lesen und Papier beschriften. Es kommt einem vor, als wäre er mit seinen Gedanken die ganze Zeit tausend Meilen weit weg. Das ist ein Schwätzer, kein Macher.«

»Das meine ich nicht, du Schwachkopf. Ich meine: Was ist los, dass du glaubst, es wäre nötig, dass ich den Friedensstifter irgendwohin begleite? Und ich rate dir, einen guten Grund zu haben, Bruder. Sonst werde ich höchstwahrscheinlich unwirsch.«

Bercelak holte tief Luft und versuchte, den Drang zu verscheuchen, dem armen Bram die Flügel auszureißen. Ihr Götter, sie beide würden niemals Freunde werden. »Der Königliche reist in die Wüstenländer, um uns ein Bündnis mit den Sandfressern zu verschaffen.« Das war der Spitzname ihrer Sippe für die Sanddrachen der Wüstenländer.

»Warum? Wir hatten doch nie Probleme mit ihnen.«

»Und dieser Königliche« – Bercelak schnaubte ein bisschen – »will, dass es auch so bleibt. Aber ich verstehe nicht, warum du ein Problem mit Babysitting hast – ich dachte, du magst ihn.«

»Das tue ich auch. Bram ist lieb.« Lieber als jeder andere Drache, den sie kannte, was ihn auch zum merkwürdigsten Drachen machte, den Ghleanna kannte. »War's das also? Rhiannon braucht mich nur, um sicherzugehen, dass Bram dorthin und wieder zurückkommt?«

»Genau genommen war es meine Idee, dass du ihn hinbringst.«

Ungläubig fragte Ghleanna: »Wozu, bei allen verfluchten Höllen?« Wenn irgendeiner wusste, wie schlecht Ghleanna im Babysitten war, dann war es ihr Bruder. Selbst ihre eigene Mutter hatte Ghleanna irgendwann nicht mehr erlaubt, Bercelak zu hüten, nachdem sie ihn über einem aktiven Vulkan hatte baumeln lassen und gedroht hatte, ihn hineinzuwerfen. Und dann war da noch das eine Mal gewesen, als sie Bercelak allein auf einer Bergspitze zurückgelassen hatte, als er noch nicht fliegen konnte, aber nicht, ohne ihm vorher zu sagen: »Es ist nicht so, dass Mum und Dad dich nicht lieben – sie *wollen* dich nur nicht mehr. Aber ich bin mir sicher, irgendwann kommt jemand vorbei, der dich haben will.«

Grausam vielleicht, aber er war schon damals so ein arroganter kleiner Scheißer gewesen, dass sie einfach nicht anders gekonnt hatte. Und ihre Eltern hatten ihn am Ende heulend dort gefunden und nach Hause gebracht.

»Weil ich jemanden brauche, auf den ich zählen kann«, erwiderte ihr Bruder. »Bis vor Kurzem warst du die Verlässlichste von uns allen. Ich hoffe ehrlich, das hat sich nicht dauerhaft geändert.«

»Fang nicht damit an, Bruder.«

»Wegen eines Typen, der dich nicht verdient hat.«

Er fing damit an!

»Ich werde nicht darüber sprechen«, knurrte sie und ging. Doch ihr Bruder schlang ihr den Schwanz um den Hals und riss sie zurück. »Ack!«

»Meine Schwester«, sagte er und zog die Schlinge um ihren Hals fester, bis sie Mühe hatte zu atmen, »wäre nicht so dumm, wegen eines Kerls alles zu verlieren, wofür sie so hart gearbeitet hat. *Meine* Schwester«, sprach er weiter, ohne auf Ghleannas Krallen zu achten, die nach ihm schlugen, »würde sich nie von irgendeinem idiotischen Drachen einreden lassen, dass sie aufgrund ihres beispielhaften Könnens auf dem Schlachtfeld weniger wert sein könnte als irgendein anderes Weib.« Bercelak begann, sie wiederholt auf den Höhlenboden zu schlagen wie früher, als er gewachsen und sich bewusst geworden war, dass seine Schwester ihn jahrelang absichtlich gequält hatte. »Und *meine* Schwester würde nie, *niemals* zulassen, dass irgendein Typ, der ihrer sowieso nie würdig war, sie davon abhält, direkte Befehle von ihrer Königin anzunehmen.«

Er knallte sie noch ein letztes Mal auf den Boden, dass die Höhlenwände bebten, bevor er seinen Schwanz wegnahm. »Das«, sagte er sanft, »würde meine Schwester niemals tun, richtig?«

»Du bist ein bösartiger Mistkerl!«

»Aber das wusstest du, Ghleanna. Du glaubst doch nicht, das würde sich ändern, nur weil ich eine Gefährtin gefunden habe, oder?«

Ghleanna stand auf und knetete mit den Krallen die schmerzende Kehle. »Nein. Eigentlich nicht.«

Ihr Bruder legte ihr die Klaue auf die Schulter, ohne darauf zu achten, wie sie zusammenzuckte. »Ich weiß, er hat dich verletzt, Ghleanna ...«

»Nein.« Sie musste ihn zum Schweigen bringen. Sie konnte nicht mehr davon ertragen. »Er hat mich nicht verletzt, Bercelak. Er hat mich lächerlich gemacht. Vor meiner ganzen Sippe – vor meinen Soldaten.«

»Und das hat er getan, weil er eifersüchtig ist.«

Sie musste lachten. »Worauf?«

»Darauf, dass er dich in einem fairen Kampf *nie* besiegen könnte. Es zerfrisst ihn, dass du stärker bist als er, schneller, eindeutig klüger und dass du von deinen Soldaten verehrt wirst. Und statt dich zu behaupten, hast du dich vor diesem Zentaurenmist in deiner Höhle versteckt wie ein wertloser Mensch. Hast dich in blinden Stumpfsinn gesoffen und alle ignoriert, denen du wichtig bist. Wie Mum und diesen Bastard.«

»Du meinst Dad?«

»Nenn ihn, wie du willst.« Bercelaks ständig finsterer Blick wurde ein bisschen weicher. »Und ja, Schwester, er weiß sehr wohl, dass das zum Teil sein Werk ist.«

»Das ist es eigentlich gar nicht.« Ghleanna wischte sich die Tränen ab, die ihr die Schnauze hinunterrannen. »Meine eigene Dummheit hat mich dorthin gebracht.«

»Dann bring es in Ordnung, Schwester.« Er hatte jetzt beide Klauen auf ihren Schultern. »Führe ohne Fragen diese Aufgabe für deine Königin durch. Nimm ein paar von unserer Sippe mit. Ich habe gehört, die Lage entspannt sich auf den Feldern der Wiederkehr in den Südlichen Hügeln nahe der Heimat des Friedensstifters. Addolgar ist dort. Er wird für die Reise zu haben sein, glaube ich.«

Ghleanna schüttelte den Rest ihrer kläglichen Tränen ab und riss sich zusammen. »Addolgar auch? Du brauchst uns beide dafür? Warum?«

»Weil Rhiannon zu einer der stärksten Monarchinnen des letzten Jahrtausends in dieser Region wird, wenn dieses schwache Kätzchen von einem Drachen den König der Sanddrachen dazu bringt, dieses Bündnis zu schließen.«

»Oh ... deshalb.«

»Es muss noch jemand anderen geben, Rhiannon. Irgendjemand anderen.«

»Bei niemandem wärst du so sicher wie bei Ghleanna.«

Bram seufzte und überlegte, wie er es seiner gefährlich labilen Königin vorsichtig erklären konnte, ohne sie oder ihre neu hinzugewonnene Sippe zu beleidigen. Wenigstens befanden sie sich jetzt in ihrem Privatgemach und weit weg von den neugierigen Augen und Ohren ihres Hofes.

»Das sind heikle Verhandlungen, Rhiannon. Der König der

Sanddrachen muss mit Vorsicht behandelt werden. Mit *unendlicher* Vorsicht.«

»Ach! Diese launischen ausländischen Royals. Wie hältst du diese Launenhaftigkeit bloß aus, mein Freund?«

Hörte sie sich eigentlich manchmal selbst zu? Wahrscheinlich nicht.

»Mit Geduld«, antwortete er. »Und keiner der Cadwaladrs ist für seine Geduld bekannt.«

Rhiannon legte den Kopf schief und betrachtete ihn mit ihren blauen Augen. »Aber wir sprechen nicht von den Cadwaladrs, oder, alter Freund? Ich spüre, wenn wir von irgendjemand anderem aus Bercelaks Sippe sprechen würden, wäre das kein so großes Problem. Tun wir aber nicht. Wir sprechen von Ghleanna.«

Bram schluckte. »Und?«

Die Königin begann, Bram zu umkreisen; ihre Schwanzspitze zeichnete dabei kleine Zeichen in die festgestampfte Erde des Höhlenbodens. »Die hübsche, starke, aufsässige, schwierige und *narbige* Ghleanna.«

»Ich weiß, wer sie ist, Rhiannon. Ich verstehe nur nicht …«

»All die Narben von all diesen Kämpfen, die ihren Körper überziehen. Ihren langen, starken Körper. Sogar ihr Schwanz hat Narben – und eine besonders lange … *Spitze*.«

»Hör auf.«

»Und wenn sie wütend wird, Bram … wenn sie sich direkt vor dich stellt und bedrohlich und böse und kalt wird und du in dieser Sekunde weißt, dass du niemals jemanden kennenlernen wirst, der so tödlich ist wie …«

»Hör bitte auf.« Bram merkte, dass er keuchte.

»Wir sind schon lange Freunde, Bram. Glaubst du wirklich, ich hätte es vergessen?«

»Ich wusste nicht, dass du es bemerkt hast.« Niemand sonst hatte das – vor allem Ghleanna nicht.

»Ghleanna ist wie der Rest ihrer Sippe. Wundervoll, aber begriffsstutzig wie ein Laib Brot.«

»Das ist entzückend, Rhiannon.«

»Ich liebe sie alle, aber du musst direkter sein, wenn du etwas von ihnen willst.«

»Sie weiß nicht einmal, dass ich existiere. Das hat sie nie gewusst.«

»Weil du nicht direkt zu ihr bist. Du gehst mit allen anderen direkt um, aber sobald Ghleanna auftaucht, bist du plötzlich ein schüchterner Schuljunge.«

»Na und? Soll ich stattdessen wie Feoras der Kämpfer sein?«

Rhiannon verzog das Gesicht. »Du hast davon gehört, was?«

»Alle haben es gehört, weil es der Mistkerl allen *erzählt* hat.«

»Dieser nervtötende kleine Nager. Ich sollte ihm die Adern ziehen lassen.« Als Bram nichts sagte, bemerkte Rhiannon: »Keine Bitte um Gnade, Friedensstifter?«

»Diesmal nicht. Und schau mich nicht so an. Ich mag keine Grausamkeit, von niemandem. Es ist also nicht so, als wäre ich hier besonders bösartig.«

»Es ist liebenswert, dass du glaubst, nicht um Gnade zu bitten sei bösartig.« Rhiannon wedelte das alles mit einem Abwinken ihrer Klaue beiseite. »Hör zu, wenn es um Männer geht, weiß Ghleanna die Schwarze nicht, was sie will. Also wirst du es ihr zeigen müssen.«

»Ihr zeigen?«

»Es ist der perfekte Zeitpunkt. Sie ist absolut *reif* zum Pflücken.«

Bram blinzelte. »Was?«

»Verletzlich. Das ist das Wort. Also ist es der perfekte Zeitpunkt für einen guten, würdigen Drachen, hinzugehen und sie sich zu *holen*.«

»Rhiannon!«

»Was denn? Ich versuche nur zu helfen!«

»Das ist nicht hilfreich. Das ist hinterhältig und tückisch.«

Sie schnaubte leise. »Zwei Begriffe, mit denen du wohlvertraut bist.«

»Nur, wenn wir über Politik sprechen. Ghleanna ist keine Politik. Sie ist … sie ist …«

»Vernarbt? So wundervoll vernarbt?«

»Hör auf, Rhiannon!«

»So viele Narben«, flüsterte die Natter Bram ins Ohr. »Alle von den verschiedenen Waffen derer, die versucht haben, sie zu töten. Sie hat eine Narbe hier« – ihr Schwanz zog eine diagonale Linie über Brams Rücken – »von der Hüfte bis zur Schulter, wo ein Oger von den Dunklen Hügeln versucht hat, sie in zwei Hälften zu hacken. Er hat es aber nicht geschafft. Und Ghleanna hat seine ganze Armee abgeschlachtet. Und als die Heiler sie zusammenflickten, bestand sie darauf, dabei wach zu sein, damit sie voll und ganz verstand, dass auch nur ein Moment der Unaufmerksamkeit drastische Konsequenzen haben kann.«

Sie trat ein kleines Stück zurück. »Oh, Bram, du zitterst ja!«

Weil er verzweifelt versuchte, seine Körpermitte unter Kontrolle zu bekommen. Er durfte vor seiner Königin nicht hart werden. Egal, was die Vorstellung von Ghleanna, wie sie ihre Kampfwunden behandelt bekam, bei ihm auslöste.

»Du bist grausam, Rhiannon. Du warst schon grausam, als wir jung waren – und du bist jetzt auch noch grausam.«

»Meine Mutter war grausam, Lord Bram. Ich bin nur ehrlich.« Sie küsste ihn auf die Schnauze. »Und sag niemals wieder, dass ich keine gute Freundin bin. Ich bin die beste Freundin, die sich ein Drache wie du wünschen kann.«

Er drehte sich leicht weg, sie beide waren einander sehr nahe, und lächelte. »Beste Freundin, von wegen.«

Sie lachte, bis sich eine schwarze Schnauze zwischen sie schob, sie auseinanderdrückte und pechschwarzer Rauch aus den Nüstern aufstieg.

»Ach, hallo, mein Liebster!«, sagte Rhiannon zu ihrem Gemahl. »Ich habe Bram hier nur noch ein paar aufmunternde Worte mitgegeben, bevor er sich diesen schwierigen Sanddrachen stellt. Nicht wahr, Bram?«

»Äh … ja. Das hat sie.«

»Jetzt geh mit meinem Segen. Und viel Glück euch beiden.«

Bitte nicht umarmen. Bitte nicht umarmen.

Doch sie tat es.

Ghleanna wartete vor dem Privatgemach der Königin und war nicht überrascht, als sie ihren Bruder brüllen hörte und der silberhaarige Königliche halb schlitternd, halb stolpernd in dem Alkoven ankam, zweifellos dort hingeschubst von ihrem intoleranten Bruder.

»Was hast du dir dabei gedacht?«, fragte Ghleanna Bram ohne Groll. »Sie so zu umarmen?«

»Ich habe sie nicht umarmt. Sie hat mich umarmt!«

»Ja, klar.«

Aus der Kammer drang ein Quieken, und Rhiannon rief aus: »Bercelak! Lass mich runter, du nichtsnutziger Bastard!« Obwohl sie nicht annähernd so wütend klang, wie sie wollte.

»Wir gehen besser«, schlug Ghleanna vor und setzte sich in Bewegung.

»Ja, aber …«

»Nein, Bercelak!«, rief die Königin aus. »Nicht das Halsband! Nicht die Kette! Du Mistkerl!«

»Wenn du hier noch eine Weile stehen bleibst, Königlicher, hast du bald Bilder im Kopf, die du lange nicht vergessen wirst.«

Bram eilte ihr nach, den Blick auf den Boden geheftet, seine silbernen Schuppen glühten fast vor Verlegenheit.

»Das war … peinlich.«

»Gewöhn dich dran. Die zwei spielen gern.« Ghleanna zuckte die Achseln. »Und wer sind wir, sie aufzuhalten? Wenn es sie glücklich macht.«

»Mir ist egal, was sie zusammen tun. Ich hasse es nur, wenn sie uns andere mit hineinziehen.«

»Dann solltest du nicht immer die Königin umarmen.«

»Ich habe die verdammte Königin nicht umarmt!«

»Wenn du das glauben möchtest.«

Als sie den Hof hinter sich gelassen hatten, steuerten sie auf einen der Ausgänge von Devenallt Mountain zu, seit langer Zeit die Festung der Macht der Südlanddrachen und Zuhause ihrer regierenden Monarchin.

»Schau«, fuhr Ghleanna fort, »ich sage nur, dass du unter meine Verantwortung fällst, bis das vorbei ist. Also vielleicht könntest du dich und mich währenddessen nicht umbringen. Aber vor allem mich nicht. Ich bin die Wichtigste.«

»Ich werde mein Bestes tun, und ja, du hast Sarkasmus gehört.«

Ghleanna blieb stehen und drehte sich zu dem Königlichen um, dessen Schutz ihre Aufgabe war. Er war größer als sie, aber das waren ihre Brüder auch, und sie konnte die meisten von ihnen im Kampf besiegen. Das hatte sie auch schon öfter getan.

»Hör mir gut zu, Bram der Silberne. Du magst vielleicht von königlichem Blut sein, aber ich bin eine Cadwaladr, der man die Aufgabe übertragen hat, deinen Friedensstifterhintern die nächsten Wochen am Leben zu erhalten, was bedeutet: Bis wir zurück sind, gehörst du *mir*. Also tu uns beiden einen Gefallen und geh mir nicht auf die Nerven. Ich würde ungern nur mit deinem Kopf zu deiner geliebten Königin zurückkehren, während dein Körper und der wertvolle Bündnisvertrag, den du die Sandfresser so unbedingt unterschreiben lassen willst, in den Wüstenländern zurückbleiben – beide in Fetzen gerissen von *mir*.«

Er starrte sie gefühlt mehrere Minuten lang an, bis der Königliche blaffte: *»Verdammtes Weib, sie hatte recht!«*

Und als Bram der Gnädige vor sich hin murmelnd davonstürmte, konnte Ghleanna nur den Kopf schütteln, ihm folgen und sich auf die tödlich lange Reise gefasst machen, auf die sie sich kein bisschen freute.

KAPITEL 2

Ghleanna stand vor Brams Zuhause. Sie gewährte ihm Zeit, ein paar Sachen zu packen, bevor sie sich auf den Weg machten, und sie war ziemlich überrascht.

»Das ist eine Burg.«

»Stimmt«, sagte er, während er seine Reisetasche nach wer weiß was durchwühlte und dabei mit ihr über den kleinen Hof ging. Sie hatten ein paar Meilen weiter ihre Menschengestalt angenommen und sich etwas angezogen, und Ghleanna fiel auf, dass sie vergessen hatte, wie attraktiv Bram als Mensch war. Eigentlich … sehr attraktiv. Lange, silberne Haare umrahmten sein schönes Gesicht und betonten das tiefe Blau seiner Augen. Seine Nase war flach und ein bisschen breit, was ihr Lust machte, sie mit dem Finger zu stupsen; seine Lippen waren voll, sein Kiefer eckig und seine Hände und Finger lang und elegant. Er war so groß wie Addolgar, aber nicht annähernd so breit. Es war klar, dass er keine langen Stunden mit der Arbeit an sämtlichen Waffen verbrachte bis auf die, die er auf den Schultern trug, aber er war auch nicht so dünn, dass er abgemagert oder schwach aussah. Da waren schon ein paar Muskeln – sehr hübsche Muskeln.

»Warum?«, fragte sie mit einem Blick an dem Turm hinauf, der zur Burg gehörte. Es war kein großes Gebäude, und es war ein bisschen heruntergekommen, aber es konnte ein oder zwei Kämpfe aushalten, wie die in die Burgmauer eingebetteten Speere und der geringere Schaden am Tor bezeugten.

»Warum was?« Ehrlich, hörte ihr der Drache überhaupt zu?

»Warum lebst du auf einer Burg?« Sie dachte, das täte nur ihr Vater Ailean der Verruchte, der sogar so weit ging, seine Nachkommen auf einer Burg großzuziehen.

»Ich arbeite genauso viel mit Menschen wie mit Drachen.« Er

stolperte auf dem Weg durch das Tor, schien es aber kaum zu bemerken, und sie fragte sich kurz, ob er das jedes Mal tat, wenn er hindurchging. »Und Menschen fühlen sich einfach nicht wohl, wenn sie in eine Höhle kommen müssen, um Geschäftliches zu besprechen.«

Sie betraten die Halle, und Bram blickte endlich von seiner Tasche auf.

»Charles?«, rief er aus. »Bist du da?«

Ein Mensch kam irgendwo aus dem hinteren Teil angerannt.

»Ich bin hier, Mylord. Ich bin hier!«

»Ich heiße Bram, Charles. Du kannst mich Bram nennen.«

»Natürlich, Mylord. Äh ... Mylord Bram.«

Bram seufzte, und sie wusste, er hatte schon aufgegeben.

»Ich brauche meine Papiere für die Reise nach Alsandair.«

»Ja, Mylord ... äh ... Lord Bram ... äh ...«

»Und das Buch über die Sitten der Wüstenländer. Ich sollte meine Erinnerung auffrischen.«

»He«, unterbrach ihn Ghleanna schließlich. »Nimm nicht eine ganze verdammte Bibliothek mit. Ich werde den ganzen Scheiß nicht dort hin- und wieder zurückschleppen.«

»Ich denke, ein paar Bücher und Papiere schaffe ich selbst, Hauptmann.«

»Das will ich hoffen«, brummelte sie.

Bram wandte sich ihr zu. »Wirst du die ganze Reise so schwierig sein?«

»Wahrscheinlich.«

»Reizend.«

Er deutete auf einen großen Tisch voller Papiere und Bücher. Dann bemerkte sie, dass an fast allen Wänden der Halle Regale vom Boden bis zur Decke voller Bücher und Schriftrollen standen, aber vor allem voller Bücher. Mehr Bücher, als sie je zuvor in ihrem Leben gesehen hatte. Sie hatte geglaubt, ihre Mum hätte viele – das stimmte nicht. Und Ghleanna hatte den Verdacht, auf dieser Burg und im Turm würde es noch viel mehr davon geben.

Ihr Götter, hatte er all diese Bücher gelesen? War das möglich? So lange lebte er noch gar nicht.

»Du kannst dich dort hinsetzen. Es dauert nicht lange«, sagte er, während er schon wieder die blöde Tasche durchwühlte.

»Gut. Ich möchte meine Brüder treffen, bevor die Sonne untergeht.«

Der Drache hörte auf und blinzelte sie an. »Wozu?«

Sie runzelte die Stirn. Hatten sie das nicht eben auf dem Weg hierher besprochen? »Weil sie mit uns kommen … Um dich zu beschützen? Schon vergessen?«

»Verdammt, das hatte ich verdrängt.«

Eher gehofft, dass sie es sich anders überlegt hätte. »Besser, man wird von fünf Cadwaladrs beschützt als nur von einem.«

»Vielleicht, aber deine Brüder hassen mich.«

»Nur Bercelak.«

»Nein. Ich bin mir sicher, sie *alle* hassen mich.«

»Sei nicht so eingebildet – meine Brüder wissen kaum, dass du existierst.«

Jetzt sah er verletzt aus. »Also bin ich bedeutungslos?«

»Für einen Cadwaladr … ja.«

»Dann bin ich ja froh, dass es die Cadwaladrs sind, die mich beschützen.«

Der Sarkasmus peitschte durch den Raum.

»Du musst das nicht so persönlich nehmen. Die wenigsten Königlichen interessieren uns. Also bist du uns nicht *besonders* egal. Du bist nur einer von vielen Königlichen, die uns egal sind.«

»Soll ich mich jetzt besser fühlen?«

»Ich dachte, es hilft vielleicht.«

»Hat es nicht.«

»Ich hoffe, du nimmst nicht alles so persönlich. Sonst wird das eine lange Reise für uns.«

»Vielen Dank für die Warnung.« Er wühlte wieder in seiner Reisetasche. »Verflixt und zugenäht! Wo ist denn …«

»Die Ausarbeitung Eures Vorschlags für den Bündnisvertrag?«, fragte Charles und hielt dem Königlichen eine Schriftrolle hin.

»Oh«, sagte Bram und nahm die Rolle. »Da ist sie ja.«

Mit einem resignierten Seufzen ließ sich Ghleanna auf einen Stuhl fallen und legte die Füße auf den Tisch.

»Oh, Mylady!«, rief Charles entsetzt. »Bitte.« Er eilte zum Tisch und hob vorsichtig Ghleannas bestiefelte Füße an, damit er die Bücher und Papiere darunter entfernen konnte.

»Tut mir leid, Charlie«, sagte Ghleanna lächelnd. »Und du kannst mich Ghleanna nennen. Ich bin keine Königliche wie Bram da drüben.«

»Natürlich, Mylady … äh … Lady Gh…, ich meine … äh …«

»Oder einfach Hauptmann. Du kannst mich Hauptmann nennen.«

Sichtlich von Herzen erleichtert, einen Titel benutzen zu können, lächelte Charles und sagte: »Ja, Hauptmann.«

Als er den Bereich gesäubert hatte, legte er ihre Füße wieder an ihren Platz.

»Bitte schön, Hauptmann.« Er drehte sich zu Bram um. »Ich werde alles zusammenpacken, was Ihr braucht, Mylord.«

»Hervorragend.«

Ghleanna wartete, bis Charles davongeeilt war, bevor sie fragte: »Dann weiß er es? Was wir sind?«

»Er weiß, was ich bin – und ich bin mir sicher, bei dir hat er eine Ahnung. Ich habe einfach keine Zeit, herumzulaufen und gleichzeitig diese spezielle Tatsache vor meinem Assistenten geheim zu halten.« Bram lehnte sich an den Tisch und fragte Ghleanna: »Und was ist mit deinem Bataillon?«

»Was ist damit?«

»Können uns nicht ein paar von deinen Soldaten begleiten?«

»Geht es schon wieder darum? Meine Brüder hassen dich nicht«, beharrte sie.

»Sie respektieren mich auch nicht gerade.«

»Sie respektieren niemanden außer unserer Mutter.«

»Also, das verstehe ich. Deine Mutter ist unglaublich.«

»Ich weiß.« Unglaublich und klug genug, sich nicht von einem Mann zum Narren halten zu lassen. Sie hatte Ailean dazu gebracht, für ihre Liebe zu arbeiten, und das tat er. »Und ich bin gar nicht wie sie.«

»Du hast ihre Sommersprossen.«

»Du meinst diese verdammten Flecken im Gesicht?« Sie wischte sich mit den Händen darüber.

»Du kannst sie nicht abreiben, Ghleanna«, sagte Bram mit einem Lachen.

»Ich weiß, ich weiß. Ich hasse sie nur.«

»Ich mag sie.« Und er lächelte ein wenig. Lachte er sie aus?

»Ja ... na gut ...« Sie senkte die Hände und zwang sich, nicht so unsicher zu wirken. »Du musst auch nicht mit ihnen leben.«

Er starrte sie weiter an, das machte sie nervös, und schließlich bemerkte er: »Du lässt dir die Haare wachsen.«

»Was? Oh.« Sie kämpfte dagegen an, sich mit den Händen durch die Haare zu fahren. »Hatte in letzter Zeit wenig Anlass, sie kurz zu halten.«

Sie zuckte die Achseln und zog eines der Messer heraus, die sie in den Stiefeln trug. »Das kann ich ja jetzt mal machen.«

Er hielt ihre Hand fest. »Was hast du denn damit vor?«

»Mir die Haare schneiden. *Du* hast dich doch darüber beschwert.«

»Ich habe mich nicht beschwert.«

»Dann gefallen dir meine Haare also nicht, wenn sie kurz sind?«

»Das meinte ich auch nicht.«

Sie warf die Hände in die Höhe. »Was, verdammt noch mal, hast du dann gemeint?«

Die blauen Augen des Königlichen loderten kurz auf, bevor er sie schloss und langsam ausatmete. »Du raubst mir wirklich noch den letzten Nerv.«

Das wusste sie – und genoss es. Und das war falsch, nicht wahr?

»Charles!«, brüllte er plötzlich, und der Mensch kam kurz darauf wieder in die Halle gerannt.

»Ja, Mylord … Bram … Mylord Bram … Lord …«

»Bitte bring den Hauptmann in eines der Zimmer, damit sie sich frisch machen kann.« Er entrang ihr das Messer, was Ghleanna zum Lachen brachte. So hatte sie seit Ewigkeiten nicht mehr gelacht. Es fühlte sich schön an. »Vielleicht kannst du ihr auch die Haare schneiden. Sie trägt sie gern kurz.« Er gab dem armen, verwirrten Charles das Messer.

»Natürlich, Mylord … äh …«

»Haben wir Zeit für das alles?«, fragte Ghleanna.

»Jetzt schon.« Der Königliche drehte ihr den Rücken zu und rief über die Schulter: »Ich bin in meinem Studierzimmer. Hol mich, wenn sie fertig ist.«

Ghleanna wartete, bis der Drache außer Hörweite war. »Ist er immer so unbeherrscht und ungeduldig?«, fragte sie den Diener.

»Nein, Hauptmann. Tatsächlich hält man Lord Bram für das geduldigste und fürsorglichste Wesen in den ganzen Südländern.«

»Hm … dann muss es an mir liegen.«

Statt zu versuchen, sie davon zu überzeugen, dass das nicht stimmte, zeigte Charles zu einem Alkoven, der zum Turm führte. »Hier entlang, Hauptmann.«

Bram hatte fast alles, was er brauchte, und suchte nur noch ein paar Notizen, die er beim letzten Ältestentreffen gemacht hatte, an dem er teilgenommen hatte. Ein paar Nachträge, die sie dem endgültigen Bündnis hinzufügen wollten.

Als er sie nicht fand, rief Bram: »Charles!« und drehte sich, nur um Auge in Auge Ghleanna gegenüberzustehen. Er hatte keine Ahnung, wie lange sie schon hinter ihm stand. Aber wenigstens war das die Ghleanna, die er so gut kannte. Ihr Kettenhemd war gesäubert und poliert worden, darüber trug sie einen dunkelblauen Waffenrock, das Schwert an der Hüfte, und ihre zwei Streitäxte hatte sie auf den Rücken geschnallt. Ihre Lederstiefel waren sauber und gewienert und ihre schwarzen Haare auf ihre übliche Länge direkt unter den Ohren gestutzt. Sie hatte die Arme vor der Brust verschränkt und stand breitbeinig vor ihm.

Das … das war die Drachenkriegerin, die er kannte. Die Dezimiererin. Bram war nicht bewusst gewesen, wie sehr er sie vermissen würde, bis sie weg gewesen war.

»Das ging schnell«, sagte Bram, als er merkte, dass er sie anstarrte wie ein liebeskranker Schuljunge.

Sie blinzelte. »Schnell? Es waren vier Stunden. Vielleicht ein bisschen mehr.«

»Ach, wirklich?«

»Ja, wirklich.«

»Hatte ich gar nicht bemerkt«, murmelte er und ging um sie herum zu seinem Schreibtisch. »Wir können in ein paar Minuten aufbrechen.«

»Wenn wir jetzt gehen, kommen wir nicht sehr weit.«

Bram seufzte. »Also haben wir schon einen Reisetag verloren?«

»Du warst derjenige, der sich mit meinen widerspenstigen Haaren nicht mit mir sehen lassen wollte.«

»Das habe ich nie gesagt! Und ich sehe nicht ein, warum wir nicht wenigstens aufbrechen können. Ich muss nur die verflixten … Charles!«

Charles eilte herbei. »Mylord?«

»Meine Notizen vom letzten Ältestentreffen? Ich finde sie nirgends …«

Charles zog die Schriftrollen aus dem Haufen auf dem Schreibtisch und hielt sie Bram hin.

Bram nahm sie und stopfte sie in seine Reisetasche. »Danke.«

»Natürlich, Mylord … Lord Bram … äh …«

»Die Reise dürfte nicht allzu lange dauern«, fuhr er fort. »Aber wenn doch, mach dir keine Sorgen. Meine Schwester wird recht oft vorbeikommen.«

»Sehr schön, Sir.«

Bram zog den Gurt seiner Tasche über der Schulter fest, verließ das Studierzimmer und ging auf das Haupttor zu.

»Vergiss nicht«, informierte er Charles, »die Recherchen zu

den Piratenangriffen in den Häfen die Küste aufwärts zusammenzufassen. Zu dem Thema soll ich mich bald mit Herzog Picton treffen.«

»Ich habe bereits angefangen, Mylord.«

»Gut. Ich werde mich darum kümmern müssen, wenn ich zurück bin.« Er blieb im Durchgang zu seinem kleinen und sehr ungepflegten Hof stehen. Er musste ihn wirklich einmal von jemandem säubern lassen. Charles konnte er nicht bitten, der hatte im Moment Wichtigeres zu tun – und hatte er nicht viel mehr Personal, das sich um solche Dinge kümmerte? Vielleicht nicht ...

Bram schaute sich um, dann fragte er: »Verdammt! Wo ist dieses Weib?«

»Direkt vor dir.«

Bram wäre fast aus seiner empfindlichen menschlichen Haut gefahren, als er merkte, dass Ghleanna irgendwie um ihn herum an ihm vorbeigekommen war.

»Tu das nicht.«

»Was denn?«

»Herumschleichen.«

»Du meinst, um dich herumgehen? Denn das habe ich eigentlich getan. Wenn ich schleiche, kauere ich mich tiefer – und dann töte ich jemanden.«

Bram beschloss, nicht mit ihr zu streiten, verabschiedete sich von Charles und verließ die Burg.

»Ich nehme an, wir müssen trotzdem deine Brüder einsammeln.«

»Richtig.«

»Wo sind sie?«

»In der Schlacht von Fychan.«

»Und wie weit ist das weg?«, fragte er Ghleanna. »Ist es ein langer Flug? Schaffen wir es heute noch dorthin?«

Sie standen jetzt vor seinen Burgmauern, und Ghleanna schaute ihn an.

»Was denn?«, fragte er, langsam ungeduldig werdend.

Mit einem merkwürdigen Blick sagte sie: »Sie sind auf den

Feldern der Wiederkehr. Du weißt schon … die Schlacht von Fychan.«

»Richtig, richtig. Das hast du schon gesagt. Und ich habe gefragt, wie weit entfernt das ist?«

Ihr Blick wurde ein bisschen schmaler. »Ehrlich?«

»Was, ehrlich?«

Sie nahm ihn am Arm und steuerte nach Westen.

»Wohin gehen wir?«, fragte er. »Werden wir nicht fliegen? Ist ein Schlachtfeld zu Fuß zu betreten nicht ein bisschen gefährlich?« Zumindest für ihn.

Er stellte Fragen, aber Ghleanna antwortete nicht. Doch als sie ungefähr eine halbe Meile von seiner Burg entfernt waren, führte sie ihn auf einen Hügelkamm, der das Tal dahinter überblickte.

Ein Tal voll von den Toten und Sterbenden eines anscheinend seit Langem dauernden Kampfes.

»Direkt vor deiner Tür«, erklärte sie ihm und starrte ihn mit einem Ausdruck an, der entweder von Ehrfurcht, Mitleid oder Ekel zeugte. »Die Schlacht von Fychan findet seit mindestens acht Monaten vor deiner Tür statt. Alle anderen in der nahe gelegenen Stadt, genauso wie deine Diener, haben die Gegend verlassen, bis auf dich und den armen Charles, der deine wertvollen Bücher und Papiere nicht unbeaufsichtigt lassen wollte. Ich hoffe wirklich, du bezahlst den Kerl gut.«

»Weißt du …« Bram blickte über das Schlachtfeld. »Ich dachte, ich hätte Schreie gehört … ein paarmal. Aber ich hatte so viel zu tun.«

Sie ließ seinen Arm los und ging kopfschüttelnd den Hügel hinab auf das Feld.

»Komm schon, Friedensstifter. Lass uns meine Brüder holen. Wir können später darüber verhandeln, wann wir aufbrechen müssen.«

Grauenhaft verlegen, aber nicht willens, es zuzugeben, folgte Bram Ghleanna auf das Schlachtfeld.

KAPITEL 3

»Gute Götter, du siehst aus wie kalte Kacke.«

Ghleanna warf ihrem Bruder einen Blick zu und fragte sich mal wieder, warum sie ihn nicht schon als verdammtes Ei zerschlagen hatte, als sie noch die Chance dazu hatte. Ihre Mutter hätte ihr irgendwann verziehen.

»Danke, Bruder. Und du siehst fett und glücklich aus. Machst es dir hier bequem, was?«

»Fett? *Fett?*« Er spießte den stöhnenden Menschen zu seinen Füßen auf. »Wie kannst du es wagen! Meine Menschengestalt ist in Kampfform, herzlose Kuh.«

»Wenn du das sagst.«

Addolgar warf einen Blick auf den Königlichen, der hinter ihr stand. »Du hast da was, Schwester.« Er schüttelte die menschlichen Überreste von seinem Speer. »Soll ich es für dich töten?«

Ghleanna griff nach hinten und schnappte Brams Hand, bevor er weggehen konnte. Sie spürte, dass er es vorhatte, und konnte es ihm nicht verübeln, aber dennoch … Er musste lernen, sich abzuhärten. Andererseits hatte Addolgar durchaus einen gewissen Ruf unter den Königlichen als intoleranter Mistkerl, der gedankenlos und ohne Gewissensbisse tötete. Ein Ruf, der in manchen Situationen durchaus korrekt war.

»Er steht unter meinem Schutz, Addolgar. Also halt dich zurück.«

»Ach ja?« Er spießte noch einen Menschen auf, der davonzukriechen versuchte. »Warum?«

»Man hat mir die Aufgabe übertragen, ihn in die Wüstenländer und wieder zurück zu bringen. Lebend«, fügte sie hinzu, damit er sich darüber im Klaren war. »Und ein paar von euch kommen mit mir.«

Addolgar schaute sich auf dem Schlachtfeld um. Die Auseinandersetzung schien sich entspannt zu haben, und er wirkte recht gelangweilt von alledem. Ihr Bruder hatte seinen Schaden angerichtet, und jetzt gab es nichts mehr zu töten. Normalerweise würde er zu seiner Gefährtin zurückkehren – es sei denn, sie hatte sich ebenfalls zum Spaß einen Kampf gesucht. Es erstaunte Ghleanna immer wieder, dass ihr Bruder, statt sich eine gutartigere Frau als Gegenstück zu seiner niederträchtigen und mörderischen Natur zu suchen, Gefallen an einer Drachin gefunden hatte, deren Ruf schlimmer war als sein eigener. Eine Drachin, die nicht einmal Ghleanna herausforderte, es sei denn, sie hatte keine Wahl.

»Von mir aus kann ich mitkommen. Hier ist sowieso nichts mehr zu tun.«

»Langweilig, was?«

»Hab alles umgebracht, was da war. Jetzt sind nur noch Frauen und Kinder übrig – und die machen keinen Spaß. Nicht einmal wenn sie schreien und um Gnade betteln.«

Bram entriss ihr seinen Arm, damit er gehen konnte, aber sie hielt ihn am Gurt seiner Reisetasche fest. Sie wusste, wie wertvoll ihm das Ding war, deshalb würde er nicht riskieren, es kaputt zu machen.

»Wer ist mit dir hier?«

»Ein paar von den Jüngeren. Cai, Hew und Adain.«

»Was? Keine meiner Schwestern ist hier?« Sie konnte ihre Enttäuschung nicht verbergen.

»Sie sind zu irgendeinem neuen Kampf in den Westen aufgebrochen. Aber ich glaube, wir schwachen männlichen Cadwaladrs schaffen es auch, einen Königlichen zu beschützen, Schwester.«

»Es wird schon gehen.«

»Oh, na, vielen Dank.«

»Also, steh hier nicht nur so herum, du großer Ochse. Geh sie holen, damit wir loskönnen.«

»Ist ja gut.« Er drückte ihr den Speer in die Hände. »Töte den Rest von dem Haufen hier, ja? Ich bin gleich wieder da.«

Als Addolgar weg war, fragte der Königliche: »Du hasst mich wirklich, oder?«

»Sei nicht albern. Natürlich nicht.« Sie begann, sich der noch atmenden Menschen zu ihren Füßen anzunehmen, indem sie die Speerspitze in eine bestimmte Stelle an ihrem Rücken rammte, die sie schnell tötete. Es gab keinen Grund, ihr Leiden unnötig zu verlängern. »Hör auf, dir Sorgen zu machen. Du schaffst das schon. Und solange du unter meinem Schutz stehst, hast du keinen Grund zur Sorge.«

Sie erledigte den letzten Menschen, zog ihm den Speer aus dem Rücken, rammte die Spitze in den Boden und lehnte sich gegen den Schaft. Sie lächelte den Königlichen an. »Geht es dir jetzt nicht schon viel besser?«

Bram ließ den Blick über die Leichen um sie schweifen, bevor er antwortete: »Nicht besonders.«

»Das sind meine Brüder«, sagte Addolgar. »Cai der Grüne, Hew der Schwarze, Adain der Gelbe.«

»Es heißt golden, du Mistkerl. Ich bin Adain der Goldene.«

»Gelb. Gold.« Addolgar zuckte die Achseln. »Wen interessiert das schon? Also«, sagte er zu Bram, »sie haben sich ihre Namen noch nicht verdient, aber sie sind nicht übel. Das wird schon.«

»Ja«, erwiderte Bram, »ich fühle mich schon viel sicherer.«

»Gut!«, dröhnte Addolgar, dem die Ironie vollkommen entgangen war. »Also … wo ist Ghleanna?«

»Sie brauchte ein paar Minuten für sich«, sagte Bram.

»Pissen gegangen, was?«

Cai rammte seinem älteren Bruder die ziemlich große Faust gegen die Schulter. »Addolgar!«

»Was denn?« Bram sah sein Grinsen. »Das war doch nur eine Frage.«

»Sei nicht so ein Arsch.«

»Sei du nicht so ein Schleimer«, schoss Addolgar zurück.

»Warum ist er ein Schleimer?«, fragte Hew. »Weil er nicht will, dass du so über unsere Schwester sprichst?«

»Was heißt *so*? Ich habe nur gefragt …«

»Halt den Mund!«, blaffte Adain. »Blut und Feuer, du bist so ein Bastard!«

»Also gut. Wenn ihr alle so weibisch deswegen sein wollt.« Er wandte sich von seinen Brüdern ab und zwinkerte Bram zu. Und Bram fühlte sich zum ersten Mal ein bisschen wohler. Vor allem, weil es aussah, als würde Addolgar mehr Zeit damit verbringen, seine Geschwister zu quälen als sich mit Bram zu befassen.

»Da bist du ja!«, verkündete Addolgar, als seine Schwester näher kam. »Der Königliche hier sagte, du wärst pissen gegangen.«

»Zieh mich da nicht mit rein!«, sagte Bram.

»Na klar«, seufzte Ghleanna. »Das klingt ganz nach Bram. Verkünden, dass ich pissen gegangen bin. Als Nächstes wird er dir Bescheid sagen, wenn ich sch…«

»Können wir einfach gehen?«, unterbrach sie Cai zum Glück.

Ghleanna musterte den Jugendlichen von oben bis unten. »Seit wann bist du so weibisch?«

»Und wohin bringen wir ihn?«, fragte Addolgar.

»In den Osten«, erklärte Bram. »Der Hafen von Awbrey. Dort wird ein Schiff warten, das uns die Küste hinauf zu den Häfen von Alsandair bringt. Dort treffe ich meinen Kontakt.«

»Ein Schiff?«, fragte Adain stirnrunzelnd. »Warum nimmst du ein Schiff? Warum fliegst du nicht einfach in die Wüstenländer?«

»In die Wüstenländer zu fliegen würden die Sanddrachen als Angriff werten. Und übers Meer geht es schneller als zu Fuß.«

»So weit südlich«, erklärte Ghleanna, »sind wir immer zu Fuß gereist, wenn wir nicht eskortiert wurden.«

»Und warum dann nicht übers Meer fliegen?«

Darüber lachten Bram, Addolgar und Ghleanna unverhohlen.

»Ihr Götter«, bemerkte Bram, »sie sind *wirklich* jung.«

»Was soll das heißen?«

»Das heißt, dass du noch viel über Seedrachen lernen musst«, antwortete Ghleanna.

Addolgar erklärte: »Wenn mehr als ein oder zwei Drachen zu

weit übers Meer fliegen, werden die Flossler das ganz sicher als Angriff betrachten.«

Hew fragte Bram: »Also schaffst du es wirklich nicht allein?« Bram schaffte es leicht allein, aber er hatte seine Gründe, nicht übers Meer zu fliegen, allein oder nicht. Sehr gute Gründe. »Bist du irgendwie schwächlich?«

»Babysitter für den Königlichen zu spielen war Bercelaks Idee«, erklärte Ghleanna ihnen. »Wollt ihr *ihm* auch widersprechen, Brüder?« Als ihre jüngeren Geschwister nicht antworteten, nickte sie. »Das dachte ich mir.«

»Kannst du kämpfen?«, drängte Hew weiter.

»Ich besitze eine mächtige Flamme.«

Die drei jüngeren Brüder schauten einander an. »Haben wir die nicht alle?«, fragte Cai schließlich.

»Meine ist stärker.«

Cai schüttelte den Kopf. »Ihr Götter, das ist peinlich.«

Addolgar schlug Cai an den Hinterkopf – ohne auf seinen Schmerzensschrei zu achten – und fragte: »Willst du heute Abend noch losziehen, Ghleanna?«

»Nein. Wir brechen bei Tagesanbruch auf.«

»Das ist gut. Wir können alle hier übernachten.«

»Ist nicht nötig. Wir können in Lord Brams Burg schlafen.«

Bram zuckte am ganzen Körper zusammen. »Können sie?«

»Holt euer Zeug«, befahl sie ihren Geschwistern.

»Warum tust du mir das an?«, fragte Bram, als Ghleannas Brüder gegangen waren. »Hasst du mich so sehr?«

»*Du* willst doch, dass meine Brüder dich mögen.«

»Nein, will ich nicht. Es könnte mich nicht weniger interessieren, ob sie mich mögen oder nicht.«

»Tja, sie werden dich viel lieber mögen, wenn sie ein weiches Bett und warmes Essen haben – oder wenigstens ein oder zwei Kühe. Und was kann es schaden?«

»Was, wenn sie meine Sachen durcheinanderbringen? Meine Papiere.« Bram geriet in Panik. »Meine Bücher!«

Ghleanna lachte. »Und was genau soll *meine* Sippe mit deinen wertvollen Büchern anstellen? Wenn sie deine Bücher überhaupt bemerken, bin ich erschüttert.« Sie trat näher, was Bram überraschte, und strich ihm mit der Hand über die Schulter. »Ich werde nicht zulassen, dass meine Brüder deinen Büchern und Papieren etwas antun.«

»Versprochen?«

»Versprochen.« Sie grinste, und das war schön. »Ich werde mich sehr gut um dich kümmern, Bram der Gnädige.« Ihr Grinsen wurde breiter. »Vertrau mir.«

Cais dicke Stiefel landeten auf dem Tisch, direkt auf den wichtigen Papieren des Friedensstifters. Also schnappte ihn Ghleanna mit einer Hand bei den Knöcheln und drehte ihn zurück, sodass Cai mitsamt seinem Stuhl auf den Boden knallte.

»He!«, rief Cai aus. »Wofür war das denn?«

»Du kommst mit deinen Klauen und mit deinen dicken, fetten Füßen nicht in die Nähe von Brams Büchern und Papieren.«

Cai stand auf und beugte sich herab, bis sie sich Auge in Auge befanden. »Und wenn doch?«

Ghleanna versetzte ihrem jüngeren Bruder einen Kopfstoß. Er hatte es schließlich darauf angelegt. Und es brachte ihre anderen Brüder zum Lachen. Sie liebte es, ihre Brüder zum Lachen zu bringen.

»Du verrückte Kuh!«, schrie Cai und hielt sich den Kopf.

»Du tust, was ich dir sage, kleiner Bruder, oder die Beule an deinem Kopf wird dein geringstes Problem sein. Und jetzt« – sie ließ den Blick über all ihre Brüder wandern – »werden wir essen und schlafen wie zivilisierte Drachen, und keiner fängt irgendeinen Blödsinn an. Verstanden?«

Als ihre Brüder zur Antwort nur brummelten, ließ sie zur Betonung ihre Fingerknöchel knacken. »Verstanden?«, knurrte sie.

»Ja, ja«, erklärte Addolgar eilig. »Verstanden.«

»Gut.« Sie lächelte und ging zum Königlichen hinüber, der ein paar Fuß entfernt stand und sie beobachtete.

»Siehst du?«, fragte sie. »Ich habe alles unter Kontrolle.«

»Du hast deinem Bruder einen Kopfstoß verpasst«, wandte Bram ein.

»Aye.«

»Deinem Bruder.«

»Manchmal dringt man nur so zu ihnen durch. Und es macht auch irgendwie Spaß«, gab sie zu. »Ich und Addolgar machen das ständig miteinander. Seit wir Schlüpflinge waren. Hat Mum in den Wahnsinn getrieben.«

»Das kann ich mir vorstellen.«

»Mach dir keine Sorgen um uns.« Ghleanna scheuchte ihn mit einer Handbewegung fort. »Ich habe diesen Haufen unter Kontrolle, und ich merke doch, dass du unbedingt gehen und irgendetwas Wichtiges mit deinen Büchern tun willst.«

»Ich sollte bleiben. Man hat mir oft genug gesagt, ich sei ein furchtbarer Gastgeber. Großartiger Friedensstifter – grausiger Gastgeber.«

»Du musst für mich und meine Sippe nicht den Gastgeber spielen. Wir können für uns selbst sorgen.«

»Macht es dir wirklich nichts aus?«

»Ich würde es dir sagen. Geh nur.«

»Also gut. Aber nur ein paar Minuten. Ich muss nur ein paar Briefe schreiben. Es dauert nicht lange. Ich bin wieder da, bevor du merkst, dass ich weg war.«

»Klar. Kein Problem.« Ghleanna schaute dem Königlichen nach, als er in sein Studierzimmer eilte. »Den sehen wir stundenlang nicht mehr.«

»Also können wir *jetzt* die Füße auf seine Sachen legen?«, fragte Hew hinter ihr.

»Nein, du fauler Schwachkopf! Und stell meine Geduld nicht auf die Probe. Ich habe einen Kopf wie Granit«, erinnerte ihn Ghleanna und zeigte auf ihre Stirn. »Genau wie dein lieber Vater.«

Bram unterschrieb den letzten Brief, den er beenden musste, lehnte sich auf seinem Stuhl zurück, streckte die Finger, um sie zu lockern. Da sah er Ghleanna auf dem Stuhl ihm gegenüber sitzen.

»Hallo. Ist das Abendessen fertig?«

Einer ihrer Mundwinkel hob sich, aber sie antwortete nicht.

»Was denn?«

»Vier Stunden.«

»Vier Stunden was? Vier Stunden, bis das Abendessen fertig ist?«

»Vier Stunden, bis die Sonnen aufgehen.«

»Was?« Bram schob den Stuhl zurück und ging zum Fenster. Er schaute hinaus und verzog das Gesicht, als ihm klar wurde, dass es noch hell gewesen war, als er sich hingesetzt hatte. Jetzt war es stockdunkel. Sogar der Mond war weg.

»Ich bin aufgestanden, um mir Wasser zu holen, und habe gemerkt, dass du immer noch hier drin bist. Wie willst du ohne Schlaf den ganzen Tag reisen?«

»Ich schaffe das schon«, versprach er.

»Wir haben gegessen. Meine Brüder haben darüber gestritten, wer zuerst in diese große Badewanne darf.« Sie grinste. »Ich habe gewonnen.«

»Noch ein Kopfstoß?«

»Ein Kopfstoß ist keine Schande. Wenn es wirkt, dann wirkt es. Sie sind alle schon vor Stunden zu Bett gegangen. Charles sagte, du bräuchtest nicht mehr lange … Ich glaube, Charles hat mich angelogen.«

»Es ist nicht seine Schuld. Er erinnert mich immer an die Zeit, und ich … verliere mich einfach.«

»Das ist nicht schlimm. Ich finde es liebenswert.«

»Ja? Die meisten Frauen fanden es unhöflich und unerträglich.«

»Eingebildete, kleinliche Zickenärsche, wenn du mich fragst.«

Bram lachte. »Das Wort ›Zickenärsche‹ habe ich noch nie gehört.«

»Weil ich es gerade erfunden habe. Hör mal, du bist schließlich nicht im Pub und befummelst die Barmädchen. Du machst wichtige Arbeit.«

»Du findest das, was ich tue, wichtig?«

»Auf jeden Fall. Denn wenn deine geliebten Waffenstillstände und Bündnisse gebrochen werden, bricht Krieg aus.« Ihr Grinsen war breit und zeigte all ihre Zähne. »Und dann beginnt *meine* wichtige Arbeit.«

Sie stand auf und kam zu ihm herüber. »Wir brauchen euch Friedensstifter. Ohne euch gäbe es keinen Grund für Kriege, oder?«

»Es ist schön zu wissen, wie unabdinglich meine Arbeit für deine Zufriedenheit ist.«

»Und meine Karriere! Man steigt nicht in die Ränge eines Drachenkriegers auf, ohne einen Krieg zu führen und Feinde zu töten. Also danke, friedlicher Drache, dass du so hilfsbereit bist.«

»Gern geschehen, kriegstreiberische Frau.«

Sie lachten und sie nahm seine Hand. »Und jetzt ab ins Bett mit dir. Du brauchst wenigstens ein paar Stunden Schlaf, wenn du den Tag überleben willst.« Sie zog ihn aus seinem Studierzimmer und führte ihn den Flur entlang. »Addolgar ist auf Reisen ein Tyrann. Er macht keine Pausen. Je schneller, desto lieber ist es ihm.«

»Ist das mein Hemd, das du da trägst?«

»Ich brauchte etwas zum Anziehen. Charles ist vorhin praktisch ohnmächtig geworden, als ich nackt vor ihm stand. Diese Menschen … so lächerlich, was ihre eigenen Körper angeht.«

Aber was erwartete sie, wenn ihr Körper so … erstaunlich aussah. Lange Beine streckten sich unter seinem Hemd, während sich ein draller Hintern verführerisch unter der schlichten Baumwolle bewegte. Dann gingen sie die Treppe hinauf, und Bram bemerkte, dass sie nichts darunter trug. Ihr Götter, die Frau folterte ihn. Womit hatte er solche Qualen verdient?

Sie blieb vor seinem Zimmer stehen. »Das ist dein Zimmer, oder?«

»Ja.«

»Das habe ich sofort gesehen, als ich vorbeiging. Die ganzen Bücher.«

»Ich lese viel.«

»Du musst dich nicht vor mir rechtfertigen. Meine Höhle ist voller Waffen. Ist dasselbe.« Sie ließ seine Hand los und winkte ihn hinein. »Brauchst du Hilfe beim Ausziehen?«

Bram wandte sich zu ihr um. »Ja. Ja, die brauche ich.«

»Ich scherze nur.«

»Ich nicht.« Er hob die Hände. »Sie sind schwach vom Schreiben.«

»Bett. Schlaf. Wir sehen uns morgen.«

»Du solltest nichts anbieten, wenn du es nicht liefern willst, Hauptmann.«

»Ja, ja. Als hätte ich den noch nie gehört.« Sie ging weg, kehrte aber um. »Danke übrigens.«

»Wofür?«

»Dass meine Brüder hier übernachten dürfen. Ich weiß, du würdest dich lieber pfählen lassen, aber … Ich weiß es zu schätzen.«

»Kein Problem. Obwohl ich nicht sicher bin, ob ich sie auch hier übernachten lassen würde, wenn du nicht dabei wärst.«

»Das wäre wahrscheinlich auch keine gute Idee.« Sie zwinkerte und ging.

Und Bram konnte nicht anders, er folgte ihr hinaus in die Vorhalle, schaute diesem makellosen, drallen Hintern nach, wie er sich den Flur entlangbewegte, bis sie ihr Zimmer erreichte, eintrat und die Tür hinter sich schloss.

Bram atmete aus und überlegte, ob er hingehen und klopfen sollte.

»Du bist immer noch nicht im Bett?«

Bram knirschte mit den Zähnen – *sie schleichen alle!* – und sagte: »Ich wollte gerade gehen, Hauptmann Addolgar.«

»Nenn mich einfach Addolgar.« Der große Einfaltspinsel stand jetzt neben Bram und schaute den Flur entlang. »Meine Schwester … du findest sie hübsch, was?«

Unsicher, wohin das führen sollte, und ein wenig verängstigt, antwortete Bram: »Äh … ja. Deine Schwester ist sehr attraktiv. Eine gut aussehende Frau und eine« – *verführerische? Nein, sag das nicht* – »eine schöne Drachin.«

Addolgar stellte sich vor ihn und starrte ihn an. Er war ungefähr so groß wie Bram, vielleicht ein paar Zentimeter größer, aber er war viel, viel breiter. Im Vergleich zu den meisten anderen, ob Mensch oder Drache, hätte Bram sich nicht als klein bezeichnet. Aber wenn er die Cadwaladrs um sich hatte … Ehrlich, führten die Erwachsenen Zauber aus, um ihre Nachkommen so unnatürlich groß zu machen?

Der Drache schaute lange auf Bram herab – *Schrumpfe ich? Warum fühlt es sich an, als würde ich schrumpfen?* –, dann grunzte er ihn an und ging.

»Schlaf ein bisschen«, rief Addolgar zu ihm zurück. »Wir haben morgen eine lange Reise vor uns, und wir müssen einen Zwischenstopp machen.«

»Einen Zwischenstopp? Ich habe keine Zeit für einen …«

Der Drache blieb an seiner Tür stehen und starrte ihn an, bis Bram sagte: »Gut. Einen Zwischenstopp. Ich kann es kaum erwarten.«

Noch ein Grunzen, dann schloss er die Tür hinter sich und war weg.

Da wusste Bram, er hatte Glück, wenn er lebend von dieser Reise zurückkam.

KAPITEL 4

Dafür, dass sechs Drachen eine Zeit lang verreisten, ging furchtbar viel vor sich. Sie hatte schon Kriegszüge mit weniger Aufwand beginnen sehen.

»Charles!«, hörte sie Bram aus seinem Studierzimmer rufen. »Hast du …«

»Habe ich, M'Lord.«

»Gut. Gut.«

»Können wir?«, wollte Addolgar wissen. »Die Sonnen sind schon fast aufgegangen.«

»Gib ihm noch eine Minute.«

»Mir geht langsam die Geduld aus.«

»Das sehe ich, Bruder. Alle im Umkreis von einer Wegstunde sehen das.«

Bram durchquerte die Halle, gefolgt von dem armen Charles, der verzweifelt versuchte, mit seinen langen Schritten mitzuhalten.

»Denkst du an alles, Charles?«

»Ja, Sir. Es wird erledigt sein, bis du zurück bist.«

»Gut. Gut.« Bram blieb vor ihnen stehen. »Warum steht ihr hier herum? Wir müssen los!«

Ghleanna klatschte Addolgar die Hand vor die Brust, bevor ihr Bruder dem armen Bram die Arme ausreißen konnte.

»Wir sind bereit, sobald du so weit bist, Lord Bram.«

»Also gut. Gehen wir, gehen wir.« Er scheuchte sie hinaus und folgte ihnen. Sie gingen durch die Tore, und Bram blieb stehen.

»Was tun deine Cousins hier?«, fragte Bram sie.

»Die Soldaten rücken von den Feldern der Wiederkehr ab, und sie neigen dazu, alles auf ihrem Weg zu plündern. Meine

Cousins werden sicherstellen, dass niemand deine Burg antastet oder, noch wichtiger, den armen Charles. Und ich finde wirklich, du solltest ihn besser bezahlen. Er verdient es.«

Bram drehte sich zu ihr um und schaute ihr ins Gesicht. »Danke, Ghleanna. Das war sehr aufmerksam.«

Ghleanna hatte es vorher selten erlebt, dass ihr jemand dankte, deshalb wusste sie nicht, was sie sagen sollte, und starrte Bram schließlich nur lange nach.

»Was, wenn wir Hunger bekommen?«, fragte einer ihrer Cousins.

»Kühe. Auf der Weide.« Sie zeigte mit dem Finger hinüber. »Aber ihr lasst den Menschen in der Burg in *Ruhe*. Er wird nicht gefressen. Verstanden?«

»Aber was, wenn wir wirklich Hunger bekommen?«

Bis sie ihre Axt gezogen hatte, waren ihre Cousins bereits lachend in den Burghof zurückgerannt.

Ihren ersten Halt machten sie nicht vor dem späten Vormittag, was bewies, dass Ghleanna recht behielt, was Addolgar anging. Auf Reisen war er ein Tyrann. Doch Bram wusste nicht, warum sie *hierher*gekommen waren. Ihr Götter, er hoffte, es war nicht, um noch mehr Cadwaladrs einzusammeln.

»Was tun wir hier, Addolgar?«, wollte Ghleanna wissen, sobald ihre Krallen den Boden berührten.

»Das weißt du doch. Dachtest du, du könntest die Südländer verlassen, ohne vorher hierherzukommen?«

»Eigentlich schon«, blaffte sie zurück.

»Tja, kannst du nicht. Eine Stunde hier. Ein bisschen Essen. Und dann sind wir wieder unterwegs.«

»Aber …«

»Keine Widerrede, lästiges Weibsstück!«

Ghleanna stampfte mit der Hinterpfote auf. »Nutzloser Mistkerl!«

»Wehleidige Harypie!«

»Das ist das Heim eurer Eltern.«

Die Geschwister drehten sich zu Bram um, und Addolgar fragte: »Woher weißt du das?«

Bram schaute sie einen nach dem anderen an. »Ich war früher hier zu Besuch. Ziemlich oft. Bin sogar eine Weile geblieben.«

»Ach ja?«

Seufzend ging er ein Stück, bis er sich bequem verwandeln und Kleider anziehen konnte. Als er fertig war, ging er auf die Burg von Ailean dem Verruchten zu. Irgendwann schloss Ghleanna zu ihm auf. Sie hatte sich ebenfalls verwandelt und angezogen.

»Ich erinnere mich an deine Besuche.«

»Bemerkenswert. Denn du warst damals selten hier.«

»Aber ich erinnere mich an die Male, als ich hier war. Du hast immer mit meinem Vater geplaudert.«

»Ich habe ihn ziemlich oft um Rat gefragt. Er war mir eine große Hilfe, als ich anfing.«

Ghleanna wurde langsamer und blieb schließlich stehen. »Mein Vater?«

»Dein Vater«, bestätigte er, ohne anzuhalten.

Sie schloss wieder zu ihm auf. »*Mein* Vater hat dir geholfen mit … mit diesem Ding, das du machst?«

»Ja. Dein Vater hat mir bei dem Friedensstifterding geholfen, dank dem du deinen Lebensunterhalt fröhlich mit Töten verbringen kannst.«

Sie hielt ihn am Arm fest und stoppte ihn. »Wobei hat er dir geholfen?«

»Bei vielen Dingen.«

»Was für Dinge?«

»Verschiedene Dinge.«

»Was zum Beispiel?«

»Dinge.«

»Jetzt gehst du mir auf den Geist.«

»Dann habe ich mein Ziel ja erreicht!«

Frustriert, aber scheinbar nicht gewillt, die Antwort aus ihm herauszuprügeln, stampfte Ghleanna so mit dem Fuß auf, wie sie vorher mit der Klaue aufgestampft hatte, und sagte: »Sag es mir!«

»Nein. Ich werde dir nichts sagen. Das ist eine Sache zwischen mir und deinem Vater.«

»Was ist zwischen euch?«

Bram zuckte die Achseln. »Dinge.«

Lachend zog sie ihn am Arm, während Addolgar näher kam.

»Würdet ihr beide damit aufhören? Ich will …«

Addolgars Körper wurde angehoben und flog gegen einen Baum. Dorthin geschleudert von sehr starken Armen und in vollständiger Nichtbeachtung angemessener Grenzen in einer Vater-Sohn-Beziehung.

»Passt immer noch nicht auf, Junge!«, dröhnte Ailean der Verruchte gutmütig. Für einen älteren Drachen hatte er immer noch kräftige Lungen.

»Du verrückter Mistkerl!«

»Und pass auf, was du sagst«, befahl Ailean.

Die drei jüngsten Geschwister standen lachend neben ihrem gedemütigten Bruder. Bis sich ein weiterer Drache unbemerkt an sie heranschlich und sie mit seinem Schild rammte, sodass Cai und Adain durch die Luft flogen und Hew überrascht aufschrie wie ein kleines Mädchen.

»Schwach!«, brüllte Ailean. »Ein ganz schwacher Haufen seid ihr alle!« Plötzlich zeigte er auf Ghleanna. »Bis auf sie. Bis auf meine schöne Tochter, die mich die ganze Zeit gesehen hat.«

»Du hast ihn gesehen?«, knurrte Addolgar, während er sich aufrappelte. »Und du hast mich nicht gewarnt?«

»Ich habe mit …«

»Bram!« Ailean streckte die Hand aus, und Bram ergriff sie.

»Ailean. Wie geht es dir?«

»Gut, Junge. Gut. Ich merke, du bist auch nicht zusammengezuckt.« Er warf Hem einen finsteren Blick zu. »Im Gegensatz zu anderen.«

»Schwach«, sagte der ältere Drache mit dem Schild. »Alle deine Söhne, Bruder. Schwach wie neugeborene Babys.«

»Onkel Arranz!« Ghleanna rannte zu dem älteren Drachen

hinüber und warf sich in seine ausgebreiteten Arme. »Es ist ewig her!«

»Das stimmt.« Er setzte sie ab und betrachtete sie. »Du siehst gut aus. Solide. Wie deine Mutter.«

»Was tust du hier?«, fragte Ailean Bram. »Ich dachte, du wärst auf dem Weg nach Alsandair.«

»Ich fand, Ghleanna sollte Mum besuchen, bevor wir abreisen«, erklärte Addolgar, während er sich Erde und Laub von den Kleidern klopfte. »Sie hat sich gestern Nacht gemeldet.« Durch ihre Fähigkeit, per Gedankenübertragung zu kommunizieren, blieb die engere Sippe in Kontakt. Sehr wichtig, wenn man mit Eltern oder Geschwistern sprechen musste, die weit entfernt waren, aber auch eine Möglichkeit für manche Familienmitglieder, zu nörgeln. Bram war sich sicher, dass Ghleanna davon genervt war – wenigstens im Moment.

»Ich bin froh, dass sie es getan hat.« Ailean schaute seine Tochter an. »Sie hat sich Sorgen um dich gemacht.«

»Mir geht es gut.«

»Dann sag ihr das, damit sie aufhört, herumzutigern.«

Ghleannas Mutter umarmte ihre Tochter lange. Ghleanna schloss die Augen und vergrub die Nase am Hals ihrer Mutter. Sie liebte ihren Duft. Er erinnerte sie immer an zu Hause, dann fühlte sie sich sicher – und sehr geliebt.

»Ist alles in Ordnung?«

»Mir geht es gut, Mum. Ehrlich.« Ghleanna löste sich aus der Umarmung und sah die Tränen in den Augen ihrer Mutter. »Ach, Mum. Bitte weine nicht. Mir geht es gut.«

»Ich weiß, ich weiß.« Ihre Mutter wischte sich die Augen und lächelte. »Du weißt doch, was ich mir manchmal für Sorgen mache. Um euch alle. Ich bin einfach froh, dass du vorbeigekommen bist.«

»Kann aber nicht lange bleiben. Nur ein, zwei Stunden.«

»Aber du kannst etwas essen, oder?«

»Essen!«, jubelten ihre Brüder und drängten sich an ihr vorbei in die Burg, auf der sie aufgewachsen waren.

»Wie lange wirst du mit dem Haufen unterwegs sein?«

»Zu lange«, antwortete Ghleanna ihrer Mutter, und sie lachten.

»Lady Shalin.«

Ihre Mutter lächelte warmherzig. »Bram!« Er beugte sich zu ihr herunter und umarmte Shalin die Unschuldige, Bezähmerin von Ailean. »Oh Bram. Ich freue mich so, dich zu sehen. Wie geht es dir?«

»Mir geht es gut, Mylady.«

»Komm herein, komm herein. Es gibt genug zu essen für euch alle.« Sie nahm sie bei den Händen und zog sie in den Saal. Wie eine Meute gefräßiger Bestien waren ihre Brüder bereits über das Essen hergefallen, das bereitgestellt worden war.

»Wie wilde Hunde«, murmelte Ghleanna.

»Eigentlich nicht«, murmelte Bram zurück. »Wilde Hunde haben bessere Manieren.«

Er lächelte, und Ghleanna lächelte aus reiner Höflichkeit zurück. Leider ertappte ihre Mutter sie jedoch dabei, und Ghleanna sah, wie ihre goldenen Augen weit wurden und sich ihre Nasenflügel blähten.

»Erzähl mir von deinen Plänen, Bram«, sagte Ailean, als er den Saal betrat. »Komm mit nach hinten in die Kommandozentrale.«

»Du hast eine Kommandozentrale?«

»Du nicht?«

Ghelanna wartete, bis Bram und ihr Vater gegangen waren – während sie versuchte, nicht zu bemerken, wie sich ihr Vater die Zeit nahm, ihre Mutter in die Hüfte zu kneifen … waren sie nicht zu alt für solche Sachen? –, bevor sie sich an ihre Mutter wandte und sagte: »Hör damit auf!«

»Hör womit auf?«

»Du weißt genau, was ich meine, Mum. Du wirst sofort damit aufhören.«

Ghleanna ging in Richtung Tisch, bereit, sich zwischen ihren Brüdern hindurchzukämpfen und ein Stück Brot zu erringen, doch ihre Mutter hielt sie zurück.

»Warum nicht?«

»Das soll wohl ein Scherz sein.«

»Was stimmt nicht mit ihm?«

»Nichts. Er ist nur … nur …«

»Nur was?«

»Ein Friedensstifter.« Sie senkte die Stimme zu einem Flüstern. »Was soll *ich* mit einem Friedensstifter?«

»Dasselbe, was ich mit einer Schlampe getan habe.« Und Shalin die Unschuldige klang in diesem Moment höchst überlegen. »Ich habe ihn zu dem Meinen gemacht.«

»Ich habe nicht vor, Bram den *Gnädigen* zu irgendetwas zu machen. Meinem, deinem oder unserem.«

»Dummes Mädchen! Direkt vor deiner Nase. Hier auf unserer Burg. Und das schon seit Jahren! Und doch ignorierst du weiterhin, was vor dir liegt, und dann jammerst du …«

»Ich tue nichts dergleichen.«

»… über wertlosen Abschaum wie Feoras.«

»Mum …«

»Na gut, na gut. Hör nicht auf deine Mutter, die sich nie irrt. Schau, wie weit du damit kommst.« Damit hob sie ihren Rocksaum und stolzierte davon. Ihre Mutter war eine hervorragende Stolziererin. Eine Fähigkeit, die Ghleanna zum Glück nie gelernt hatte. Stattdessen *stapfte* sie wie eine echte Kriegerin, warf Hem und Cai vom Tisch und versetzte Aidan einen Kopfstoß, um an etwas Essen heranzukommen.

»Das ist hervorragend, Bram. Hervorragende Arbeit.«

»Danke. Ich habe mich monatelang damit abgeplagt.«

»Hat dich Rhiannon viel ändern lassen?«

Bram zuckte die Schultern. Ailean lachte und lehnte sich auf seinem Stuhl zurück. »Ich würde mir keine Sorgen machen. Du gehst gut mit ihr um. Halte dich nur von dem Jungen fern.«

»Ich versuche es. Sie lässt mich nur nicht. Ich glaube, sie versucht, mich töten zu lassen.«

»Sie benutzt dich, um ihren Gefährten eifersüchtig zu machen. Ich bin sicher, sie will nicht deinen Tod. Wenn ich auch nicht sicher bin, ob es ihr schlaflose Nächte bereiten würde, wenn es doch passiert. Aber so ist Rhiannon, und das hat man davon, wenn man es mit Monarchen zu tun hat, deshalb lasse ich das auch bleiben.«

Er tippte auf das Pergament, das Bram ihm gegeben hatte. »Aber das, Bram ... das wird dich umbringen. Das verstehst du doch? Es gibt Royals, die nicht wollen, dass Rhiannon noch mächtiger wird, als sie schon ist.«

»Aber was würde es nützen, mich umzubringen? Das würde die Sache vielleicht verzögern, aber ...«

»Dein Tod würde Rhiannon schwach aussehen lassen, und das wird sie nur noch mehr zu einer Zielscheibe machen. Abgesehen davon, glaubst du, irgendwer hat dein Geschick, Bram? Drachen jeder Couleur dazu zu bringen, sich zu treffen und sich auf Konditionen zu einigen.« Ailean senkte den Kopf. »Muss ich dich daran erinnern, wie gut du tatsächlich in dem bist, was du tust, Junge?«

»Nein, Sir.«

»Gut. Aber ich bin froh, dass meine Ghleanna mit dir reist. Du brauchst ihren Schutz.«

»Es ist zu offensichtlich«, traute sich Bram zu sagen, denn er wusste, Ailean würde es verstehen. »Ich habe versucht, das hier geheim zu halten. Wollte, dass es ... bedeutungslos wirkt. Aber wenn mich eine ordentliche Anzahl deiner Brut in die Südlanden eskortiert, ist klar, dass dieses Bündnis etwas verändern wird.«

»Für diejenigen, die es auch nur einen Zentaurenmist interessiert, war es schon vorher klar. Glaub mir, Bram. Du bist besser dran, wenn mein Mädchen auf dich aufpasst. Sie ist eine solide Wahl von Bercelak. Und sie und Addolgar zusammen? Eine wirkliche Macht. Lass dich von ihnen beschützen. An diesem Punkt kann es keine Subtilitäten mehr geben.«

Bram lehnte sich entspannt in seinem Stuhl zurück. »Du hast wahrscheinlich recht.«

»Keine Sorge, Sohn. Du tust das Richtige. Mehr musst du nicht wissen.«

»Danke, Ailean.«

»Gern geschehen. Und komm ruhig öfter zu Besuch. Vielleicht, wenn das alles vorbei ist.« Ailean gab Bram das Pergament zurück und stand auf. »Ich habe dich vermisst. Shalin auch.«

Bram erhob sich ebenfalls, und als er den Blick hob, sah er den riesigen blauen Drachen in Menschengestalt an. »Ich habe euch beide auch vermisst. Und wenn das alles erledigt ist, komme ich vielleicht auf dein Angebot mit dem Besuch zurück.«

»Gut. Und du kannst Ghleanna mitbringen.«

Bram knallte die Tür zu, bevor Ailean hindurchgehen konnte. »Fang nicht wieder damit an.«

»Und du sei nicht dumm. Willst du sie davonkommen lassen?«

»Sie bemerkt mich nicht einmal, Ailean. Sie vergisst, dass ich auf diesem Planeten existiere.«

»Und du vergisst, dass *irgendwer* auf diesem Planeten existiert. Und zwar, wenn du arbeitest. So ist das bei meinem Mädchen auch. Wenn Ghleanna arbeitet, vergisst sie alles außer ihren Soldaten und wer ihr Feind ist. Ehrlich, Bram, ihr beide seid füreinander gemacht.«

»Ich bin nicht das Problem.«

»Wenn du dir nicht holst, was du willst, Junge, bist auf jeden Fall du das Problem.«

Frustriert – und in dem Wissen, dass Ailean recht hatte – riss Bram die Tür auf. »Können wir bitte einfach gehen?«

»Du warst derjenige, der *mich* zurückgehalten hat.«

Wie versprochen war der Aufenthalt kurz, und schon nach einer Stunde umarmte Ghleanna ihre Mutter zum Abschied.

»Du weinst schon wieder, Mum.«

»Weil ich dich vermissen werde.« Sie löste sich von Ghleanna und streckte sich, damit sie Addolgar umarmen konnte. »Ich werde euch alle vermissen.«

»Mum, wir müssen doch nur die Babysitter für den da spielen«, sagte Addolgar und zeigte auf Bram. »Einfache Sache.«

Bram seufzte. »Ja. Ich liebe es, wenn man mich mit einem Menschenkind vergleicht.«

Nachdem sie sich von ihren Söhnen verabschiedet hatte, kehrte Shalin zu Ghleanna zurück. Sie schauten einander lange an.

»Ich liebe dich, Mum.«

»Und ich dich, meine Tochter.« Sie umarmten sich noch einmal, und dann wandte sich Ghleanna schnell ab, bevor sie anfing zu flennen wie ihre Mutter. Doch so stand sie direkt vor ihrem Vater.

»Und ich bekomme nichts?« Seine Stimme wurde ein bisschen leiser. »Wirst du mich für immer für meine Vergangenheit bezahlen lassen, Ghleanna?«

Ghleanna schaute an ihrem Vater hinauf. Götter, sie liebte dieses Gesicht. Aber dennoch … »Du machst es einem so schwer, deine Tochter zu sein.«

»Ist es aber wert, oder?«

»Manchmal, Da … manchmal weiß ich es wirklich nicht.«

Sie ging um ihn herum und versuchte, die Verletztheit in seiner Stimme zu ignorieren, als er flüsterte: »Auf Wiedersehen, meine Kleine.«

Ghleanna ging durch das Tor, verließ das Zuhause ihrer Familie und näherte sich der Lichtung, auf der sie losfliegen konnte.

»Alles klar?«, fragte Bram, während er seine langen Schritte ihren anpasste.

»Aye.«

»Weißt du, dein Vater …«

»Ich will nicht darüber sprechen.«

»… er liebt dich wie die Sonnen.«

Ghleanna blieb abrupt stehen und wirbelte zu ihm herum. »Hat dir das meine Mutter gesagt?«

»Nein, das war er.«

»Wann? Heute?«

»Einmal, vor Jahren, als ich vorbeikam, um über eine Strategie für einen schwierigen Herzog zu sprechen, der beschlossen hatte, dass Drachen von seiner Armee gejagt werden sollten …«

»Warum hast du den Herzog und seine Armee nicht einfach umgebracht?«

»Genau deshalb habe ich mit deinem Vater gesprochen, aber das ist nebensächlich. Jedenfalls bist du hereingekommen, hast eine blutverschmierte Axt auf den Tisch geknallt und gesagt: ›Danke für die Axt, Dad. Hat wunderbar geklappt.‹ Dann bist du wieder hinausgegangen, und er seufzte und sagte mit großem Stolz: ›Ich liebe dieses Mädchen wie die Sonnen.‹ Dann haben wir unser Gespräch fortgesetzt – und die ganze Zeit lag diese blutverschmierte Axt da.« Bram blickte in die Ferne. »Ich habe versucht, sie nicht als unausgesprochene Drohung zu betrachten.«

Ghleanna schüttelte leicht den Kopf. »Stimmt das wirklich?«

»Ich lüge, wenn ich muss, Ghleanna. Zum Beispiel, wenn ich Leuten erzähle, dass unsere Königin geistig total gesund ist oder: ›Nein, natürlich würde Bercelak niemals deine Nachkommen töten, während du schläfst.‹ Aber bei so etwas? Darüber würde ich nicht lügen.«

»Du verstehst das nicht. Ich werde nach den vergangenen Taten meines Vaters beurteilt, denn er hat wie üblich nicht über seine Körpermitte hinausgedacht. Ich bin schließlich die Tochter von Ailean der *Schlampe*, was für viele heißt, dass ich selbst auch nicht mehr als eine Schlampe bin.«

»Du wirst nach der Vergangenheit deines Vaters beurteilt, weil du es zulässt. Weil du dir erlaubst, dich für das Leben, für das *er* sich entschieden hat, zu schämen. Warum soll das Aileans Schuld sein? Vielleicht solltest du ihn so akzeptieren, wie er ist – so wie er dich akzeptiert.«

»Du weißt wohl viel über meine Familie, was, Königlicher?«

»Na ja … Ich habe ein Jahr lang mit deinen Eltern zusammengelebt, während ich bei deiner Mutter Alchemie studierte.«

Ghleanna runzelte die Stirn. »Ehrlich? Wann war das … he, sei nicht sauer! Bleib hier! Das war eine unschuldige Frage!«

KAPITEL 5

Sie flogen den Rest des Tages und weit in die Nacht hinein, bis sie den Stadtrand von Baynham erreichten. Statt draußen zu schlafen, beschlossen sie jedoch gemeinsam, in die Stadt zu gehen, um sich warmes Essen und weiche Betten zu besorgen.

Allerdings war irgendwer auf die geniale Idee gekommen, gemeinsam im Pub zu übernachten und sich ein Zimmer mit mehreren Betten zu teilen. Es gab nur ein Problem – die Fähigkeit der männlichen Cadwaladrs, zu schnarchen, als wollten sie ganze Wälder zersägen.

Dabei war es nicht so, als hätte Bram einen leichten Schlaf. Hatte er nicht. Ganz im Gegenteil, er hatte in der Zeit, als er die Südländer für mehrere Jahre in voller Länge und Breite bereiste, alles Mögliche verschlafen. Aber vier männliche Cadwaladrs in einem Raum? Das war selbst für ihn zu viel.

Sie schnarchten nicht einmal im Chor, sondern schufen eine Lärmwand um ihn herum, sodass Bram nicht so schnell auf Schlaf hoffen konnte. Nach vielen Stunden des Versuchens gab er schließlich auf, zog die Stiefel an und schlich aus dem Raum. Als er die Tür hinter sich schloss, stieß er einen tiefen Seufzer der Erleichterung aus, dass das dicke Holz wenigstens etwas von dem Krach dämpfte, den diese Drachen veranstalten konnten.

»Willst du abhauen?«

Ghleanna saß auf den Stufen, die zum nächsten Stockwerk führten. Sie hatte eine ihrer Äxte im Schoß und schärfte die Klinge.

»Nichts gegen dich, Ghleanna, aber dieser Lärm …«

»Ich weiß. Ich weiß. Was glaubst du, warum ich angeboten habe, die erste Wache zu übernehmen? Hew ist der Schlimmste, dann kommt Addolgar.«

Er zeigte auf die Treppe. »Macht es dir etwas aus, wenn ich mich zu dir setze, oder bist du immer noch sauer auf mich, wegen dem, was ich vorhin gesagt habe?«

Ghleanna hatte nicht mehr mit ihm gesprochen, seit sie das Land ihres Vaters verlassen hatten, und Bram wusste, er hätte sich raushalten sollen – aber er konnte nicht. Ihre Wut auf ihren Vater war ungerechtfertigt, und aus irgendeinem Grund sagte ihr das niemand aus ihrer Sippe.

Als Antwort auf Brams Frage rückte Ghleanna einfach nur ein Stück zur Seite und legte die Axt auf den Treppenabsatz hinter sich.

Bram setzte sich neben sie und fragte: »Zu dicht?«

»Nicht, dass es mir was ausmachen würde.«

Bram nickte und schaute geradeaus. »Irgendwelche Probleme bisher?«, fragte er, als ihn das Schweigen fast erdrückte.

»Nö. Ruhig wie in einem Grab.«

»Glaubst du, Wache halten ist nötig?«

»Wenn mein Bruder Bercelak um dein Wohlergehen besorgt ist – dann ist es besser, auf Nummer sicher zu gehen.«

Ein paar Minuten saßen sie schweigend da, bis Bram fragte: »Geht es darum bei der ersten Wache? Herumsitzen, Waffen schärfen … und warten?«

»Größtenteils.«

»Keine Bücher?«

»Ich brauch keine.«

»Niemand zum Reden?«

»Zu viel Gequatsche geht mir auf die Nerven.«

»Ertappst du dich manchmal dabei, dir einen Angriff zu wünschen, um die Langeweile zu vertreiben?«

»Eigentlich nicht.«

Bram musterte sie. »Du bist wirklich eine Soldatin, nicht wahr?«

»Meine Mum hat früher gesagt, ich sei schon salutierend und in Aufstellung aus dem Ei geschlüpft. Bin aber nicht sicher, ob ich ihr das glaube.«

Bram kicherte. »Ich liebe deine Mutter. Einer der freundlichsten Drachen, die ich je kennengelernt habe.«

»Aye. Das ist sie.«

»Und kunstfertig im geschriebenen Wort.«

Ghleanna zuckte die Achseln. »Weiß ich nicht. Bin keine große Leserin.«

»Also, dann verrat mir eines, denn es gab immer Diskussionen zwischen meinen Freunden und mir, und deine Mutter wollte nichts verraten: Hat deine Mutter deinem Vater geholfen, seine Bücher zu schreiben?«

Bram, der diese nächtliche Konversation endlich genoss, hielt das für eine unschuldige Frage – bis sich die Spitze eines Dolches an seine Kehle drückte und Glehennas schwarze Augen ihn wütend anstarrten.

Anscheinend war das überhaupt keine unschuldige Frage.

Kochend vor Wut zischte Ghleanna: »Du wagst es, mich auf diese Bücher anzusprechen, Königlicher?« Die Buchreihe, die die sexuellen Eskapaden ihres Vaters aufzeichneten, bevor er Shalin kennenlernte – die verdammten Dinger waren immer noch Bestseller. »Glaubst du, ich schneide dir nicht die Kehle durch und lasse dich auf diesen Stufen ausbluten wie eine Opferkuh? Glaubst du, Rhiannon kann dich vor *mir* schützen?«

Der Königliche schaute ihr fest in die Augen und sagte mit ruhiger Stimme: »Ich wollte dich nicht angreifen, Hauptmann. Allerdings weiß ich auch nicht, warum du so beleidigt bist.«

»Natürlich nicht«, blaffte sie zurück. »Die Tochter einer Hure ist einfach auch selbst eine Hure, stimmt's? Wenn du glauben möchtest, dass ich nicht wählerischer bei meinen Bettgefährten bin als mein Vater – bitte. Aber wage es *ja* nicht, meine Mutter da hineinzuziehen. Sie ist das Reinste, das mein Vater in seinem ganzen Leben jemals hatte, und ich werde nicht zulassen, dass du das besudelst …«

»Warte.« Er war bemerkenswert ruhig angesichts der Tatsache, dass sie ihre Lieblingswaffe an seine menschliche Kehle drückte – eine Schlagader zu treffen war ein sicherer Weg, einen Drachen in Menschengestalt zu töten. »Ich glaube, wir verstehen uns falsch.«

»Wir verstehen uns sehr gut. Kein Wunder, dass du so verdammt nett zu mir warst. Du bist nicht besser als der Rest. Bist nett zu mir, schmeichelst mir, sagst mir, mein Vater liebt mich, und dann zwingst du mich auf den Rücken oder auf die Knie, damit du überall herumrennen und allen erzählen kannst, wie du die Tochter der Schlampe gevögelt hast. Ist es nicht so, Königlicher?«

»Ghleanna«, begann er langsam, als würde er mit einem sehr langsamen Kind sprechen, und sie wusste, jetzt würde beschwichtigender Zentaurenmist aus seinem Mund kommen. Er war im ganzen Königreich wohlbekannt für seine Fähigkeit, sich aus jeder Lage herauszureden. Doch sie musste sagen … sie war neugierig, was er vorhatte. »Ich weiß, dass dein Vater – und vor allem deine Mutter – die Bücher, von denen du sprichst, nicht geschrieben haben. Soweit ich weiß, wurden sie ohne Aileans Wissen oder Einverständnis geschrieben. Diese Bücher meinte ich nicht.«

Ghleanna runzelte die Stirn. »Wovon sprichst du dann?«

»Das Buch, das dein Vater über den Nahkampf mit Blitzdrachen geschrieben hat. Und eines über den Kampf gegen menschliche Heere auf dem offenen Schlachtfeld, ohne Bäume oder Berge als Deckung. Es gibt auch noch eines über taktische Manöver in den Westlichen Bergen, wenn man gegen die Barbarenstämme kämpft. Dieses Buch hat er dir gewidmet, wegen deiner Arbeit dort ein paar Jahrzehnte vorher, bevor du den Rang des Hauptmanns verliehen bekommen hast. Aber am besten finde ich den Bericht über seine Friedensbemühungen zwischen Menschen und Drachen in den Äußeren Ebenen. Er hat ein paar geniale Vorschläge dazu gemacht, wie man das, was er dort getan hat, auf alle Menschen in den Südländern anwenden könnte, um die Verhandlungen zu vereinfachen. Natürlich halten es viele Drachen für ein skandalöses und frevlerisches Buch, weil es in seinen wahnwitzigen Ratschlägen auch darum ging, keine Menschen zu fressen, ihre Dörfer nicht zu zerstören und sie nicht zum Spaß zu zertreten. Dein Vater hat ein paar sehr unorthodoxe Vorstellungen«, endete Bram mit einem Lächeln.

Und als Ghleanna ihn nur anstaunen konnte, die Hand mit der Klinge schlaff im Schoß, fragte Bram: »Du wusstest doch, dass dein Vater Bücher über Philosophie und Taktik geschrieben hat, oder?«

Um ehrlich zu sein ... nein! Sie wusste es nicht. Sie hatte keine Ahnung. Ihr Vater? Ein Schriftsteller? Selbst mir der Hilfe ihrer Mutter ... ihr Vater las kaum! Nicht, dass er dumm wäre. Nicht im Entferntesten. Aber er war immer so damit beschäftigt gewesen, seine Nachkommen großzuziehen und ihnen beizubringen, wie man sich schützte – hauptsächlich gegen ihn und seine zwei Brüder –, dass er es nie für nötig gehalten hatte, seine Philosophie mit ihnen zu teilen oder sonst etwas. Abgesehen davon, was sie das nächste Mal tun sollten, wenn Onkel Arranz sie in Menschengestalt vom Dach warf.

»Ihr Götter, Ghleanna, du wusstest es nicht, oder?«, fragte Bram erschrocken. Sie wusste, die Familie des Friedensstifters stand sich sehr nahe und war sehr ... kultiviert. Sie saßen wahrscheinlich zum Abendessen um einen gegrillten Ochsen und diskutierten das Weltgeschehen. Wenn ihre Familie zusammenkam, tranken und stritten sie hauptsächlich und stritten und tranken. Sie liebte das. Dennoch ... Bram würde es wissen, wenn sein Vater Bücher geschrieben hätte. Und er hätte sie gelesen. Hätte mit ihnen angegeben. Ghleanna hingegen grollte ihrem Vater, sosehr sie ihn auch liebte. Weil er anscheinend nicht in der Lage gewesen war, sein verfluchtes Gemächt in der Hose zu behalten, bevor er ihre Mutter zur Gefährtin genommen hatte. Ein Ruf, der sie verfolgte, seit sie alt genug war, um sich Liebhaber zu nehmen.

Doch Ghleanna schämte sich trotzdem, dass sie so etwas Wichtiges über ihren eigenen Vater nicht gewusst hatte. »Nein. Ich hatte keine Ahnung.«

»Er hat es dir nie gesagt?«

»Nein. Aber er hat mir beigebracht, wie man zwei Äxte gleichzeitig benutzt, um jemanden in Sekunden auszuweiden.«

»Na ja … das ist sicher auch sehr hilfreich.«

Sie steckte ihren Dolch wieder in den Stiefel. »Ich frage mich, warum er es uns nicht erzählt hat.«

»Vielleicht dachte er …«

»Dachte was?«

Bram zuckte die Achseln. »Dass es euch nicht wichtig wäre.«

»Natürlich ist es das.« Ghleanna wischte Bram einen Tropfen Blut vom Hals, wo sich ihre Dolchspitze ein bisschen zu tief eingegraben hatte. »Er ist mein Vater. Egal was ist, ich liebe den alten Mistkerl.«

»Aye«, sagte Bram mit einem süßen Lächeln. »Das sehe ich.«

Sie stellte den Ellbogen aufs Knie und legte das Kinn auf die erhobene Faust. »Jetzt habe ich ein schlechtes Gewissen.«

»Warum?«

»Weil ich es hätte wissen müssen. Ich hätte genug Interesse haben müssen, um es herauszufinden.«

»Und wann hättest du das tun sollen, frage ich mich? Während der Schlacht von Hoesgyn oder vielleicht während der Schlacht von Prothero in den Bergen von Medus? Oder vielleicht während der Schlacht von …«

»Schon gut, schon gut. Ich hab's verstanden.« Sie lachte kurz auf. »Du bist heute Abend wirklich Lord Ich-weiß-alles, was?«

»Nur, wenn nötig. Sonst versuche ich, meine großzügige und liebevolle Natur nicht von meiner Genialität überschatten zu lassen.«

»Weißt du, dass du nicht halb so arrogant bist wie die meisten aus meiner Familie?«

»Um ehrlich zu sein, weiß ich das tatsächlich.«

Sie schaute ihn an. »Es tut mir so leid, dass ich …«

»Das Schlimmste von mir dachte?«, riet er.

»So ähnlich.« Sie rieb sich das Gesicht mit den Händen. »Die letzten Monate waren sehr lang. Und leider nicht sehr gut.«

»Willst du mir davon erzählen? Ich bin ein sehr guter Zuhörer.«

»Es dir erzählen? Damit ich dir auch noch leidtun kann?«

»Ghleanna, du hast mir gerade ein Messer an den Hals gehalten. Ich fürchte, sogar meine Gnade hat Grenzen.«

Das brachte sie zum Lächeln. Ein bisschen. »Da gibt es leider nicht viel zu erzählen. Normalerweise verbringe ich meine Zeit im Kampf. Drachen führen ab und zu Kriege, aber Menschen kämpfen die ganze Zeit. Wenn eine Schlacht endete, gab es immer eine neue. Noch einen Kampf. Noch einen Krieg.« Sie schloss kurz die Augen. »Aber einmal … dieses eine Mal in einem sehr langen Jahrzehnt habe ich …« Sie ließ ihren Nacken knacken. »Ich habe eine Gelegenheit ergriffen.«

»Du hast ihn geliebt«, sagte Bram so leise, dass sie ihn fast nicht hörte.

Sie schüttelte den Kopf. »Götter, nein. Ich habe ihn nicht geliebt. Ich *liebe* ihn nicht. Ich schäme mich, es zu sagen, aber ich war einfach einsam. Und dumm. Sehr, sehr dumm.«

»Wir machen alle Fehler, Ghleanna. Man darf nur nicht ewig darüber nachgrübeln.«

»Das sagst du so leicht. Du machst wahrscheinlich nie Fehler. Ich wette, wenn du furzt, schießen Regenbogen aus deinem Hintern.«

»Das ist weit von der Wahrheit entfernt«, sagte er lachend. »Ich habe genug Fehler gemacht. Vor allem bei Frauen.«

»Welche zum Beispiel?«

»Anscheinend lasse ich mich leicht ablenken …«

»Das stimmt.«

»Ich brauche deine Hilfe nicht beim Auflisten meiner Fehler, Hauptmann.«

»Das ist kein Fehler. Du hast viel im Kopf. Das muss man einfach nur wissen, dann kann man … mit dir umgehen.«

»Du gehst mit mir um?«

»Ziemlich gut. Und war es das? Sich ablenken lassen, weil dein geniales Gehirn ständig arbeitet, ist wohl ja wohl kaum ein großer Fehler.«

»Ich bin ständig in meinen geliebten Büchern und Papieren versunken.«

»Kein Fehler.«

»Ich verbringe mehr Zeit damit, Dinge für die Regentin zu tun als für sonst jemanden in meinem Leben.«

Sie pustete. »Ich warte immer noch auf die Fehler.«

»Ist ein leicht ablenkbarer Dummkopf, der nie da ist, nicht Fehler genug?«

»Nicht für mich. Klingt, als wärst du einfach sehr beschäftigt. Du musst nur jemanden finden, der damit umgehen kann. Der dir Raum lässt, ohne dir auf die Pelle zu rücken. Am besten eine, die selbst einen Job hat, damit du nicht zu ihrem Job wirst. Das ist wahrscheinlich der Punkt, an dem du Probleme bekommst, Friedensstifter. Du brauchst eine unabhängige Frau, die sich nicht von deiner ganzen Arbeit bedroht fühlt.«

Der Königliche blinzelte. »Du meinst jemanden wie dich?«

Sie zuckte die Achseln. »Klar. Wenn du willst, kann ich dich ein paar meiner Cousinen vorstellen. Ich schlage lieber meine Cousinen als meine Schwestern vor, denn ich glaube nicht, dass du dich mit meinen Brüdern herumschlagen willst. Das ist keinem Drachen gegenüber fair.« Sie hob den Blick und merkte, dass der Drache sie mit leicht zusammengekniffenen Augen anschaute. »Was denn? Sind meine Cousinen nicht gut genug für dich? Weil sie nicht von königlichem Blut sind? Sei nicht so ein Snob, Bram der Gnädige.«

Mit einem Seufzen stand er auf. »In diesem Sinne werde ich wohl mal wieder ins Bett gehen. Zumindest *versuchen*, ein bisschen zu schlafen.«

Ghleanna zog einen Schlüssel aus ihrem Stiefel. »Hier.«

»Was ist das?«

»Ich habe das Zimmer gegenüber für mich reserviert, aber du kannst es benutzen. Vielleicht bekommst du da drin ja ein bisschen Schlaf.«

Bram nahm den Schlüssel. »Bist du sicher?«

»Wir haben morgen einen langen Marsch vor uns. Viele Städte

in der Gegend sind zu gefährlich, um sie zu überfliegen. Außerdem hast du schon letzte Nacht wenig geschlafen. Also geh«, beharrte sie. »Ist schon gut.«

»Was ist mit dir?«

»Addolgar wird demnächst auf sein und die Wache übernehmen.«

»Aber wo wirst du schlafen?«

Sie schaute ihn über die Schulter an und sagte: »Mit dir in dem Zimmer. Es sei denn, du schnarchst.«

Und da sah sie es. Wenn er Drache war, leuchteten nur seine Schuppen ein bisschen mehr. Aber wenn er Mensch war – färbte sich sein Gesicht rot.

»W-was?«, stammelte er. »Nein. Nein. Ich schnarche nicht.«

»Dann sehe ich kein Problem. Du?«

»Nein, nein. Das ist in Ordnung. Ich lasse die Tür unabgeschlossen. Gute Nacht.« Dann ging er in das Zimmer und schloss die Tür.

Grinsend machte sich Ghleanna wieder ans Schärfen ihrer Waffen.

Bram betrat das einfache Zimmer und seufzte erleichtert. Hatte sie seine plötzliche Panik bemerkt? Und die Lust? Nein. Nein. Das bezweifelte er. Sie hatte es nicht bemerkt. Sie bemerkte nie etwas an ihm, auch nicht seinen Versuch, nicht zu übereifrig zu sein, weil sie beide sich ein Zimmer teilten.

Nee. Sie hatte rein gar nichts bemerkt.

Bram betrat das Zimmer und lächelte. Diese Ruhe. Diese wundervolle Ruhe. Ohne sich die Mühe zu machen, seine Kleider auszuziehen, ließ er sich vornüber aufs Bett fallen und versuchte, alle Gedanken an Ghleanna zu verdrängen.

Das funktionierte aber nicht. Damit hatte sie recht. Wie immer. Es machte ihn verrückt.

Und dann war da noch Feoras. Sie hatte seinen Namen nicht genannt, aber Bram wusste, von wem sie gesprochen hatte. Feoras der Kämpfer. So genannt, weil er immer kämpfte, um einen

Weg zu finden, nichts tun zu müssen. Immer auf der Suche nach dem einfachen Weg. Einfach Gold verdienen, im Rang aufsteigen, was auch immer. Ehrlich gesagt sollte sein Name Feoras der Neidische sein. Er wollte sein, wo Ghleanna war, wollte aber nicht dafür arbeiten. Nicht wie sie. Das ständige Training, in Menschengestalt gegen Menschen kämpfen, um ihre Fertigkeiten zu verfeinern, jede noch so gefährliche, todbringende Aufgabe übernehmen, die ihr über den Weg lief. Nein. Feoras war dazu nicht bereit. Aber er hatte trotzdem Hauptmann werden wollen. Ein Drachenkrieger-Hauptmann, der die besten Aufgaben übertragen bekam, die wichtigsten Kämpfe anführte. Als das nicht aufging, hatte er stattdessen Ghleanna besprungen. Dann war er herumgerannt und hatte es *allen* erzählt. Auch vielen ihrer Soldaten im Zehnten Bataillon, weil er gehofft hatte, sie gegen sie aufzuhetzen. Ghleanna war fast gestorben vor Scham und war für Monate verschwunden.

Doch was sie immer noch nicht wusste, war, dass ihre Truppen gar keinen Gefallen daran gefunden hatten, was Feoras getan hatte. Sie hatten es gar nicht gut aufgenommen. Und sie hatten ihn gejagt wie tollwütige Hunde einen Knochen. Als Bram das letzte Mal von ihm gehört hatte, war Feoras immer noch auf der Flucht gewesen und hatte sich irgendwo in den Kris-Bergen versteckt. Davon hatte er ihr nichts erzählt, weil er gehofft hatte, dass Feoras in Kürze aufgespürt und getötet würde, sodass es keine Rolle spielte. Es war nicht sehr gnädig von ihm, aber wie er schon Ghleanna gesagt hatte – selbst seine Gnade war nicht unendlich.

Andererseits lernte das jeder irgendwann einmal.

Ghleanna schärfte die Klingen ihrer Äxte, ihres Schwertes und ihrer Messer. Als sie das letzte in den Stiefel zurücksteckte, ging die Tür zu dem Zimmer auf, in dem ihre Brüder schliefen – gefolgt von einem albtraumhaften Schnarchen –, und schloss sich wieder.

Gähnend und sich das Gesicht mit den Händen reibend, ließ sich Addolgar auf die Stufe unter Ghleanna fallen. Im Gegensatz zu Bram hätte er nie neben ihr sitzen können, ohne dass sie von seinen Schultern gegen die Wand gedrückt worden wäre.

»War was?«, gähnte er.

»Nö. Alles ruhig.«

»Geh schlafen. Wir haben ein paar Stunden, bis die Sonnen aufgehen. Ich kann ab hier übernehmen.«

»Sicher?«

»Aye. Geh, Schwester. Denn nichts ist schlimmer am Morgen als du, wenn du nicht genug geschlafen hast. Launische Kuh.«

»Vielen Dank auch. Die Liebe meiner Sippe überwältigt mich einfach immer wieder.«

Addolgar wedelte sie mit einer Handbewegung fort, und Ghleanna ging zu dem Zimmer, in das sie den Königlichen geschickt hatte.

»He«, flüsterte ihr Bruder. »Was tust du?«

»Beim Königlichen schlafen. Es ist nur für ein paar Stunden.«

Ihr Bruder grinste. »Keckes Weib.«

»Ich meine nur, dass ich im selben Raum schlafe, du dreckiger Mistkerl.« Sie zeigt auf das Zimmer, in dem ihre jüngeren Brüder schliefen. »Du erwartest ja wohl nicht, dass ich mir das die nächsten Stunden antue?«

»Nein, nein. Natürlich nicht.«

Ghleanna trat ein und schloss die Tür hinter sich.

Der Königliche schlief voll angekleidet auf dem Bauch, seine langen Silberhaare flossen ihm über den Rücken, der Kopf ruhte auf den verschränkten Armen. Und bis auf seine Atmung war er still.

Nein. Sie würde nicht im selben Zimmer wie ihre Brüder schlafen. Nicht, wenn sie in wundervoller Ruhe schlafen konnte, ohne sich selbst vorher mit einem ihrer Messer taub machen zu müssen.

Ghleanna legte vorsichtig ihre beiden Äxte und das Schwert auf die Holztruhe am Fuß des Bettes – sie hatte ja immer noch Dolche strategisch in den Stiefeln, in ihrem Kettenhemd und in der Hose platziert, sollte während der Nacht etwas getötet werden müssen – und ließ sich neben Bram auf die Matratze gleiten. Er rührte sich nicht und wachte nicht einmal auf, und ihr wurde bewusst, wie erschöpft er gewesen sein musste.

Als sie sich auf dem Rücken ausgestreckt hatte, einen Arm hinter dem Kopf und den anderen an der Seite, seufzte Ghleanna genüsslich auf. Jetzt würde sie schlafen können wie ein Baby.

Allerdings nur, bis Bram ihr einen Arm um die Taille legte und sie eng an sich zog. Ghleanna erstarrte. War er wach? Sie glaubte es nicht.

Sie versuchte, seine Hand von ihrer Taille zu nehmen, doch er packte sie nur fester. Dann rückte er näher, drängte sich an ihre Seite, legte den Kopf an ihre Schulter, das Gesicht ihr zugewandt. Seine Augen waren immer noch geschlossen und seine Atmung normal. Er schlief, aber … dennoch. Er war furchtbar anhänglich, wenn er schlief.

»Bram?«, flüsterte sie, denn sie wollte ihn wirklich nicht wecken, aber … *dennoch.* »Bram.«

Er regte sich ein wenig und seufzte: »Mehr Öl. Bringt mir mehr Öl, damit wir all diese köstlichen Narben sehen können.«

Gute Götter, wovon sprach er da? Vielleicht wollte sie das auch gar nicht wissen.

Sie beschloss, dass es schlimmere Arten gab, die Nacht zu verbringen – zum Beispiel in einem Raum mit ihren Brüdern –, also hörte Ghleanna auf, sich Gedanken zu machen, und schlief ein.

Es war das erste Mal in sechs verdammten Monaten, dass sie ohne die Hilfe von Bier gut schlief.

KAPITEL 6

»Wach auf!«, dröhnte eine Stimme und schreckte Bram auf. »Die zwei Sonnen sind schon fast aufgegangen, und wir müssen uns dem Tag stellen!«

»Halt die Klappe, Addolgar«, sagte eine andere, süßere Stimme neben ihm.

»Ich hab nicht den ganzen Tag Zeit, Schwester. Wir müssen uns auf den Weg machen. Haben viele Meilen vor uns.«

»Das ist mir bewusst. Und jetzt *verpiss dich*!«

»Wie du willst.«

Die Tür wurde zugeknallt, und der Körper, zu dem die süße Stimme gehörte, kuschelte sich neben Bram ins Bett.

»Äh ... Ghleanna?«

»Nur noch fünf Minuten«, bettelte sie leise. »Nur noch fünf Minuten.«

Doch in weniger als fünf Minuten – eher nach zehn Sekunden – zuckte Ghleanna mit weit aufgerissenen Augen vor ihm zurück.

»Was tust du ...«, begann sie.

Doch Bram unterbrach sie: »Ich war zuerst hier.«

»Du ... oh. Stimmt.« Sie schloss die Augen und schüttelte den Kopf. »Du wurdest ein bisschen anhänglich, als ich mich gestern Nacht hingelegt habe.«

»Ja?« Bram setzte sich auf und fuhr sich mit den Händen durch die Haare. »Das tut mir leid.«

»Kein Grund, dich zur entschuldigen. Und du warst nicht ... Ich meine, deine Hände sind nicht ... Ich meine ...« Sie atmete aus. »Du warst nicht unschicklich, will ich damit sagen.«

»Gut. Gut.« Er schwang die Beine über die Bettkante. »Dann können wir vergessen, dass es je passiert ist.«

»Klar. Gute Idee. Es ist nie passiert. Wir waren beide nur … müde.«

»Und dann das ganze Geschnarche.«

»Genau! Das Geschnarche. Wie hätte jemand von uns erwarten können, bei so einem Geschnarche zu schlafen? Wir *mussten* zusammen schlafen. Es war notwendig.«

»Wobei es ziemlich angenehm war, nicht wahr?«, gab Bram nach einem kurzen Moment zu.

»Aye«, antwortete sie leise. »Das stimmt.«

»Ich danke dir dafür.«

»Und ich danke dir. So gut habe ich schon seit …«

Sie wurde von der Tür unterbrochen, die wieder aufschwang. »He!«, schrie Cai in den Flur. »Addolgar hat sie zusammen im Bett gesehen! Wer hätte gedacht, dass der kleine Mistkerl es in sich hat?«

Er streckte den Kopf herein. »Sie haben immer noch ihre Kleider an. Was hat man davon, Mensch zu sein, wenn man es mit Klamotten macht? Mit der Haut spielen ist doch das Beste daran!«

»Vielleicht haben sie sich schnell angezogen.«

»Nö. Ich wette, sie haben nur geschlafen.« Er schüttelte den Kopf. »Langweilig.«

»Nicht jeder ist wie du, Hew, und rennt herum und bespringt alles, was sich bewegt.«

»Los, gehen wir!«, brüllte Adain aus dem Flur. »Ich habe Hunger!«

Die Tür wurde zugeknallt, und Bram erinnerte sich mit geschlossenen Augen daran, dass das alles bald vorbei sein würde.

»Das war ein bisschen peinlich«, seufzte Ghleanna.

»Natürlich nicht. Wir sind Drachen. Wir sind nicht so schwach und empfindlich wie Menschen.« Er winkte in Richtung Tür. »Das war noch gar nichts.«

»Kommt schon, ihr zwei Schlampen!«, brüllte Addolgar im Flur, womit er höchstwahrscheinlich das ganze Haus aufweckte, und wenn es nicht das war, dann wahrscheinlich das Gelächter ihrer Brüder. »Es ist Zeit fürs Essen! Los, los, los!«

»Okay«, sagte Bram. »Das war jetzt doch peinlich.«

Nach einem eiligen Morgenmahl im Pub waren sie bei Aufgang der Sonnen auf dem Weg zum Meer und dem Hafen, wo sie das Schiff finden würden, das sie in die Wüstenländer bringen sollte. Während sie gingen, dachte Ghleanna immer wieder darüber nach, was an diesem Morgen geschehen war. In Brams Armen aufzuwachen – wenn auch voll angezogen – war … seltsam gewesen. Hauptsächlich, weil sie sich so wohlgefühlt hatte. So wohl hatte sie sich noch nie in den Armen eines Mannes gefühlt.

Vielleicht lag das daran, dass der Königliche so gar nicht bedrohlich wirkte. Er war schließlich Bram der Gnädige. Er fraß niemals Menschen und rannte ständig herum, um Bündnisse und Waffenruhen mit den Feinden ihres Königreiches zu schließen. In seinem ganzen Leben hatte er an keiner Schlacht teilgenommen und hatte nicht einmal die bemerkt, die direkt vor seinem Burgtor stattfand.

Er war eindeutig nicht die Art Drache, mit der sie sich selbst gesehen hätte. Als eine Kriegerin aus einem Kriegerklan war sie immer mit anderen Kriegern zusammen gewesen. Andererseits war sie auch selten über Nacht geblieben, und wenn doch, hatte sie nie in den Armen dieses Kriegers geschlafen. Und mit Menschenmännern fühlte sich Ghleanna noch weniger wohl.

Doch Bram …

Verwirrt schüttelte sie den Kopf. Verärgert. Aber überraschend erholt, als hätte sie volle zwölf Stunden geschlafen.

»Alles klar, Schwester?«, fragte Addolgar sie nach ein paar Stunden auf der Straße. »Du bist heute sehr still.«

»Aye. Mir geht es gut, Bruder.«

»Ist es der Königliche?«, fragte er so leise, dass nur sie es hören konnte. »Soll ich ihn für dich in Stücke reißen?«

Ghleanna lächelte. Sie stand Addolgar schon immer sehr nahe. Sie hatten viel Zeit im Kampf zusammen verbracht und waren altersmäßig nicht weit auseinander. Und es wärmte ihr immer das Herz, wie er sie beschützte, obwohl sie oft die Letzte war, die diesen Schutz brauchte.

»Nein. Das ist nicht nötig.«

»Wenn es nötig wird, sagst du es einfach.« Sie gingen noch ein Stück, und Addolgar fügte hinzu: »Er ist gar nicht so furchtbar schwach.«

»Was?«

»Der Königliche. Er ist nicht so schwach, glaube ich. Und er sieht auch nicht schwach aus. Sein menschlicher Körper ist nicht besonders breit, aber dadurch fällt er wahrscheinlich unter den Menschen weniger auf. Und als Drache hat er eine annehmbare durchschnittliche Größe.«

»Was willst du damit sagen?«

Ihr Bruder zuckte die Achseln. »Vielleicht solltest du alles, was vor dir liegt, sehen und nicht nur ein kleines Stück. Ich wollte eine winzige und weiche Drachin, wie ein Kätzchen. Nun ist meine Gefährtin alles andere als das. Und das liebe ich an ihr.«

Ghleanna seufzte. »Ich weiß nicht, was mit dir und Mum los ist, aber das ist sehr lieb von dir, Bruder. Trotzdem glaube ich, für unseren Friedensstifter bin ich vielleicht zu viel Drachin. Was für ein Weltverbesserer wie er würde hinnehmen, wie oft im Jahr ich losziehe und aus Spaß und Profitgier töte? Ich bin kaum zu Hause, und wenn, dann kuriere ich normalerweise Kampfwunden aus und arbeite mit einem unserer Schmiede an neuen Waffen, die ich ausprobieren möchte.«

»Du traust ihm zu wenig zu, glaube ich. Abgesehen davon« – Addolgar beugte sich herab und flüsterte ihr ins Ohr: »Wenn er glaubt, du siehst nicht hin, starrt er deine Narben an.«

Ihr fiel wieder ein, was Bram am Vorabend im Schlaf gemurmelt hatte, doch sie schob den Gedanken beiseite und sagte: »Das beweist nur, dass er seltsam ist.«

»Überhaupt nicht. Ich kenne diesen Blick. Meine Gefährtin schaut mich auch so an, wenn ich frisch von der Schlacht nach

Hause komme. Er *mag* diese Narben, Ghleanna. Er mag sie sehr.«

Aye. Verrückt. Jeder Einzelne ihrer Sippe war absolut und vollkommen übergeschnappt.

Bram wühlte beim Gehen in seiner Reisetasche und versuchte, nicht über etwas zu stolpern, als er merkte, dass er von Ghleannas jüngeren Brüdern umzingelt war.

Er wurde langsamer und blieb schließlich stehen. »Kann ich etwas für euch …«

»Nein, nein. Geh weiter.« Adain schob Bram vorwärts, während Cai und Hew sich nervös zu Ghleanna und Addolgar umdrehten. »Du, äh … du magst unsere Schwester, oder?«

Was bei den heiligen Höllen war bloß in letzter Zeit mit allen los?

»Wie bitte?«

»Du«, beharrte Adain, »magst unsere Schwester. Das sagt Addolgar.«

»Na ja, ich verstehe nicht …«

»Wir wollen nur sagen, dass wir, also du weißt schon, wenn du ins Rennen um sie gehen willst – dann reißen wir dir nicht die Arme und Beine aus.«

»Ins Rennen …«

»Unsere Schwestern nennen es den Spießrutenlauf. Die meisten Typen sind nicht gut genug für sie, du verstehst.«

»Mensch oder Drache«, fügte Hew hinzu. »Ist egal. Meistens sind sie Idioten.«

»Aber du bist nicht schlecht«, bekannte Adain. »Und die Frauen mögen die Hübschen.«

»Ich weiß nicht …«

»Hör zu, wir sagen ja nur, wenn du es bei ihr versuchen willst, werden wir dich nicht aufhalten. Der letzte Mistkerl, mit dem sie zusammen war – der hat ihr wehgetan.«

Cai flüsterte: »Das will sie aber nicht zugeben.«

»Genau, aber *du*, du sollst echt nett sein. Schwachbrüstig vielleicht, aber nett.«

»Ich bin *nicht* …«

»Also kannst du sie vielleicht mal ausführen. Oder ihr etwas kaufen, das eine Frau mag. Blumen oder so was.«

»Und sag ihr, dass sie schön ist.«

»Sie *ist* schön.«

»Ja. Sag es ihr genau so. Als würdest du es ernst meinen.«

Bram blieb stehen. »Ich *meine* es …«

»Gut, gut.« Adain tätschelte ihm die Schulter. »Wir überlassen das dir.«

Die Brüder gingen, und Bram, der immer mehr Angst vor Ghleannas Sippe bekam, wühlte weiter in seiner Tasche. Da hörte er es schließlich. Einen Vogel. Genauer gesagt, eine Krähe. Sie krächzte.

Bram schaute hinüber zu den Bäumen, die das Ufer säumten, an dem sie entlanggingen. Die Krähe krächzte noch einmal, die Flügel weit ausgebreitet.

»Was ist los?«, fragte ihn Ghleanna.

»Jemand folgt uns.«

»Aye. Wissen wir.«

Überrascht schaute Bram wieder zu den Brüdern. Obwohl sie immer noch miteinander sprachen, hatten sie alle die Hände auf der nächsten Waffe.

»Du wirst mir doch jetzt nicht panisch und läufst davon, Königlicher?«

»Du meine Güte, du hast wirklich eine hohe Meinung von mir, Ghleanna. Das ist echt herzerwärmend.«

Lachend schüttelte sie den Kopf. »Wollte dich nicht beleidigen. Ich wollte nur sichergehen, dass ich dich nicht an mich ketten muss.«

»Damit ich nicht davonlaufe? Das ist nicht notwendig.« Bram schenkte ihr ein leichtes Lächeln. »Wenn du aber andere Gründe findest, mich an dich zu ketten, dann tu dir keinen Zwang an.«

Ghleanna stolperte kurz. »Warte. Was?«

Doch bevor er seinen Vorschlag weiter – detailliert – ausarbeiten konnte, brüllte Hew: »Die Bäume!«

Die Cadwaladrs bewegten sich wie ein Mann zielstrebig vorwärts, umringten Bram mit erhobenen Schilden und dicht beieinander, die Waffen einsatzbereit.

»Pass rechts auf, Hew!«, schrie Addolgar. »Cai, du beobachtest die Bäume. Adain, setz einen Ruf ab. Schau, ob noch jemand aus unserer Sippen in der Nähe ist. Sag ihnen, wo wir sind.«

»Ich sehe nichts.«

»Du musst nur wissen, dass Addolgar und Hew es gesehen haben«, erinnerte Ghleanna Cai. »Und jetzt halt die Klappe und bleib in Aufstellung!«

Dann war Ruhe. Eine schmerzhafte, aufgeblähte Stille, die Bram leicht zum Keuchen brachte, damit er seine Flamme, wenn er sie brauchte, entfesseln konnte, wie man es ihm beigebracht hatte, seit er ein Schlüpfling war.

Sie warteten. Die Atmosphäre wurde immer angespannter, doch nicht ein einziges Mal rührte sich einer der Cadwaladrs. Nicht ein Mal zuckten sie auch nur mit der Wimper. Selbst die jüngeren, die laut dem Cadwaladr-Kodex noch zu jung und untrainiert waren, um allein unterwegs zu sein.

Und gerade als er dachte, dass Cai vielleicht recht gehabt hatte und es nichts gab, was Addolgar oder Hew hätten sehen können, ließ sich ein Drache in voller Rüstung direkt vor ihnen fallen, dass der Strand und die Bäume um sie herum bebten.

»Verwandlung!«, schrie Ghleanna, und Bram nahm gleichzeitig mit den Cadwaladrs seine natürliche Gestalt an. Und nur das hielt ihn davon ab, zerquetscht zu werden.

»Schilde!«, brüllte Addolgar, und mit einem Knall auf den Boden verwandelten sich ihre Schilde von Menschengröße zu Schilden für riesige Kriegerdrachen. »Waffen!« Noch ein Knall, diesmal auf die Unterseite ihrer Waffen, was die tödlichen Geräte vergrößerte. Er wusste, dass es unter den Cadwaladrs einige besondere Schmiede gab, aber Götter, was für eine Erfindung!

»Ghleanna!«, befahl Addolgar, »schütze den Königlichen!«

Und sobald Addolgars Worte seine Schnauze verlassen hatten, kam der erste Schlag.

Mit dem offenen Meer hinter sich, war sich Ghleanna ziemlich sicher, die Verräter – denn so dachte sie von ihnen – würden aus einer Richtung kommen. Sie konnten versuchen, vom Meer aus anzugreifen, doch sie würden schnell von den Flosslern gesehen und abgefertigt werden.

Nein. Sich vom Land aus zu nähern war sicherer und schneller. Abgesehen davon … sie waren viele. Sie zählte mindestens zwanzig. Und alle waren ausgebildete Soldaten aus Rhiannons Armee. Soldaten, mit denen Ghleanna gekämpft, getrunken, kleine Städte geplündert hatte. Und doch schlugen sie ohne ein Wort zu sagen gegen die Cadwaladrs und den Friedensstifter zu.

Allein für diesen Verrat würde Ghleanna dafür sorgen, dass dieser Strand bald der Rote Sand genannt würde.

Die Verräter rückten vor, und Addolgar hob die Lanze. »Bleibt, Cadwaladrs. Bleibt.«

Der erste Verräter, ein Junge, der erst vor Kurzem seine Unteroffiziersrüstung bekommen hatte, warf sich als Erster in den Kampf. Seine Ungeduld war sein Untergang, wie es so oft bei jungen Kriegern vorkam, die nicht von anderen Cadwaladrs ausgebildet worden waren.

Addolgar sah die Öffnung in der Deckung und schlug zu. Seine Lanze drang direkt unter dem Arm ein – eine Hauptschlagader. Der junge Krieger schrie, und die restlichen Verräter griffen an.

Ghleanna zog sich zurück und schob dabei den Königlichen mit dem Hintern weiter. Er sagte nichts, doch sie fühlte nicht, dass er zitterte oder in Panik zu fliehen versuchte. Gut. Sie hatte keine Zeit, den Dummkopf zu jagen, falls er floh.

Ihre Brüder kämpften tapfer, doch als noch mehr Verräter kamen, wurden sie gezwungen, ihre Formation aufzubrechen. Sie taten ihr Bestes, um ihre Feinde von Ghleanna und Bram fernzuhalten, doch das war unmöglich, ohne ihr eigenes Leben aufs Spiel zu setzen. Das würde sie nicht zulassen.

Als mehrere auf Cai losgingen, schlug Ghleanna sie mit ihrer Streitaxt nieder. Einen spaltete sie von der Schulter bis zur Hüfte und den anderen von einem Bein zum anderen. Als sie mit ihnen fertig war, trat sie wieder zurück, um den Königlichen abzuschirmen.

»Da sind noch mehr, Ghleanna«, sagte Bram, ohne auch nur die Stimme zu erheben. Ohne Angst zu zeigen. »Sie kommen aus dem Norden.«

Sie nickte. »Cai! Hew! Norden!«

Als sich ihre zwei jüngeren Brüder mit erhobenen Schilden und Waffen umdrehten, spürte Ghleanna, dass ein weiterer Drache rechts von ihr und dem Königlichen landete.

Sie wirbelte herum, hob die Axt zum Schlag, doch sie erstarrte in letzter Sekunde. Der Schreck machte sie dumm und brachte sie dazu, mitten im Schwung innezuhalten.

»Feoras?«, fragte sie, ohne das Gefühl, das sie bei seinem Anblick hatte, verbergen zu können.

Der grüne Drache grinste breit – und rammte ihr das Schwert in die Brust. Das Letzte, das ihr durch den Kopf ging, war, dass er ihr Herz nur aus einem einzigen Grund verfehlt hatte. Der Königliche hinter ihr hatte sie in letzter Sekunde zur Seite gezogen.

Der Friedensstifter ist viel schneller, als ich dachte …

Bram stieß eine Flamme aus, die Feoras den Kämpfer – jetzt Feoras den Verräter, wenn Bram künftig diese Geschichte erzählen würde – und eine Gruppe von Soldaten hundert Fuß durch die Luft fliegen ließ. Bram hatte nicht nur angegeben, als er gesagt hatte, er habe eine mächtige Flamme. Es war eine Familiensache. Als würde sie ihre Flamme für ihre fehlenden Waffenkünste entschädigen. Mit nicht mehr als zwei Feuerstößen konnte Bram ein ganzes Dorf auslöschen.

»Addolgar!«, rief Bram. Ghleanna lag in seinen Armen, Blut strömte aus ihren Wunden.

Ihr Bruder fällte einen weiteren Drachen, bevor er über die Schulter schaute.

»Ihr Götter!«

»Das war Feoras!« Bram zeigte auf den Drachen, der es immer noch nicht wieder auf die Krallen geschafft hatte, denn er hatte sich hart den Kopf gestoßen, als er auf dem Boden aufprallte.

Addolgar knurrte, bereit, auf denjenigen loszugehen, der seine geliebte Schwester gefällt hatte. Doch dann landeten noch mehr Drachen um sie herum.

»Bring sie weg!«, befahl er Bram.

Bram schaute sich um. Alles, was er sah, waren Bäume und das Meer. Der nächste Hafen war mehrere Meilen entfernt. Und wenn er Ghleanna trug – dann hatten sie nie eine Chance. »Wohin?«

»Egal! Geh einfach!«

»Aber …«

»Sie stirbt, Königlicher!«

Bram blickte auf die Drachin in seinen Armen hinab, und ihm wurde klar, dass Addolgar die Wahrheit sprach. Blut pumpte in Strömen aus ihrer Brust.

»Bring sie weg! Hilf ihr!« Addolgar tötete zwei Drachen vor sich, indem er sie mit einem Stoß seines Speers durchbohrte. »Wir werden tun, was wir können, um sie aufzuhalten.« Er warf noch einen letzten Blick auf Bram. »Hilf meiner Schwester. Bitte.«

Bram nickte und schaute sich noch einmal um, bis sein Blick schließlich auf dem Meer ruhen blieb. Es war der letzte Ort, wohin er wollte. Der Ort, an den er niemals zurückkehren wollte, das hatte er sich geschworen.

Doch er hatte keine Wahl, er musste es riskieren. Also umfasste Bram Ghleanna fester und erhob sich in den Himmel, hinaus in Richtung Meer. Er hörte die Schreie derjenigen, die versuchten, ihn zu fassen. Sie verfolgten ihn, doch Bram flog, bis er weit draußen und hoch genug war.

»Ghleanna? Kannst du mich hören?«

»Aye.« Doch sie klang schwach.

»Hol tief Luft. So tief du kannst. Dann halt die Luft an.«

Er spürte, wie sie mehrmals Luft holte, aber es war nicht leicht, während sie so viel Blut verlor. Als er wusste, dass sie getan hatte, was sie konnte, und dass sie jetzt den Atem anhielt, packte er sie noch fester – und tauchte mit ihr ab.

Ein paar Soldaten waren jetzt ganz nahe. Nur ein paar Fuß entfernt, doch sie hatten nicht erwartet, dass Bram so plötzlich in den Sturzflug übergehen – und so plötzlich auf das Meer unter ihnen zurasen würde.

»Haltet ihn auf!«, schrie jemand am Strand. »Haltet ihn auf, bevor er das Wasser erreicht. *Haltet ihn!*«

Nicht gewillt zu stoppen, solange er nicht dazu gezwungen wurde, flog Bram weiter, froh um sein geringeres Gewicht, im Wissen, dass er sich so schneller bewegen konnte als die größeren Drachen.

Er näherte sich dem blauen Wasser, war direkt dort, als er Addolgar brüllen hörte: *»Was zum Geier tut er da?«*

Es war das Letzte, das Bram vernahm, bevor er auf das Wasser traf und Ghleanna mit sich herunterzog. Immer tiefer, tief in den Ozean.

Ein paar Drachen folgten ihm hinein. Dumme Drachen. Oder sie wussten nicht, was die älteren, erfahreneren wussten.

Denn während er weiter tauchte, die anderen hinter sich, schossen diejenigen, die diese Wasser regierten, mit gezückten Waffen und haiähnlichen, gefletschten Zähnen an ihm vorbei. Die Netze zwischen den Krallen schnellten sie an Bram vorbei, ihre bunten Flossen, die sich über ihre Rücken zogen, verliehen ihnen überirdische Schnelligkeit, während ihre Kiemen es ihnen erlaubten, unter Wasser zu atmen.

Bram schwamm weiter, bis ihn noch mehr Drachen umzingelt hatten. Ältere Flossler-Soldaten, die schon seit einiger Zeit in diesen Gewässern patrouillierten. Sie schauten auf die verwundete Drachin in Brams Armen und dann auf Bram.

Und Bram erkannten sie.

Den Seedrachen war klar, dass ihre Besucher bald keinen Sauerstoff mehr haben würden, und sie trennten das Paar. Ein Flossler legte die Arme um Bram, während ein anderer dasselbe mit Ghleanna tat. Dann flitzten sie mithilfe ihrer Unterwassergeschwindigkeit mit ihren Besuchern tiefer ins Meer – und zu den Höhlen an seinem Grund. Ins Reich der Kaiserin der Seedrachen.

Und die Götter wussten – diese hinterhältige Zicke war zehnmal schlimmer als Rhiannon in ihren kühnsten Träumen.

KAPITEL 7

Bram stützte sich mit den Vorderkrallen ab, die hinteren drückte er in die festgetretene Erde des Höhlenbodens, und spie Meerwasser aus seinen brennenden Lungen. Er spürte viel Aktivität um sich herum, achtete aber kaum darauf. Er war zu beschäftigt damit, sich zu orientieren.

Verwirrt hob er den Kopf, um zu sehen, wo er war, doch seine Augen brannten und die Haare hingen ihm ins Gesicht.

»Atmen, Mylord«, befahl jemand freundlich und tätschelte ihm den Rücken. »Du bist jetzt in Sicherheit.«

Er kannte diese Stimme, aber woher? »Kleitos?«

»Gutes Gedächtnis, alter Freund.«

»Wo …?« Als er spürte, dass seine Lungen wieder frei waren, setzte sich Bram auf und strich sich die nassen Haare aus den Augen. Da sah er Ghleanna. Sie lag auf dem Rücken, mehrere Drachen umringten sie. »Nein.«

Er versuchte aufzustehen, zu ihr zu gelangen, doch Kleitos zog ihn schnell zurück. »Lass sie ihre Arbeit machen, Bram. Du kannst ihr jetzt nicht helfen.«

Kopfschüttelnd versuchte sich Bram verzweifelt daran zu erinnern, was passiert war. »Wir wurden angegriffen«, sagte er laut. »Verraten.« Dann runzelte er die Stirn und drückte die Krallen dagegen. »Sie haben versucht, mich aufzuhalten.«

»Wer, alter Freund? Wer wollte dich aufhalten?«

Der Gedanke war da, aber nicht ganz greifbar. Also tat Bram, was er immer tat – er griff nach seiner Reisetasche. Sie war ein magischer Gegenstand, der so gemacht war, dass er alle Flammen überlebte, auch die bei seiner Verwandlung. Doch die Tasche war nicht mehr da. Sein Blick, plötzlich klar, schoss durch die Höhle, und er sah mehrere Drachen, die sie durchsuchten.

Er stand auf, doch Kleitos packte ihn am Arm und hielt ihn zurück.

Da wurde ihm alles schrecklich, lächerlich klar.

»Nimm die Krallen von mir, Kleitos!«

»Na, na, alter Freund …«

»Wir sind *keine* alten Freunde, du verräterischer Mistkerl.«

Kleitos' Lächeln war breit und zeigte seine haifischartigen Zähne. Es hatte Bram Jahre, fast ein Jahrzehnt gekostet, bis er keine Albträume mehr von diesen blutigen Zähnen hatte. »Ich weiß, wir sind keine Freunde, aber eine Zeit lang hat es funktioniert, oder?«

Bram versuchte wieder, sich von ihm loszumachen.

»Na, na, Mylord. Mach nicht so einen Aufstand. Ich bin sicher, wir können vernünftig über alles reden, würdest du mir da nicht zustimmen?«

Erzürnt wie schon seit einer Ewigkeit nicht mehr, knallte Bram den Kopf gegen den von Kleitos, wie er es Ghleanna bei Cai hatte tun sehen.

»Was bei allen Höllen war das?«, schrie Kleitos auf und hielt sich den Kopf.

»Du hast es verdient.«

»Barbaren«, bezichtigte ihn Kleitos. »Alle Landbewohner sind nichts als Barbaren!«

»Das reicht, Kleitos«, befahl eine weibliche Stimme, und fast jedes männliche Wesen im Raum sank anbetend auf die Knie. Bram dagegen neigte leidglich den Kopf.

»Mylord Bram.«

»Kaiserin Helena.«

Die Drachin umrundete ihn. »Du siehst mitgenommen aus«, erklärte sie ihm und streifte seine Schulter mit der Kralle. »Was hattest du vor?«

»Es tut mir leid, dass ich so hereingeplatzt bin, Kaiserin. Aber ich hatte wirklich keine Wahl. Ich wurde überfallen und …«

»Ja, ja. Diejenigen, die dich verfolgt haben, wurden von meinen Soldaten abgeschlachtet. Sie waren dumm, dir hier herunter zu folgen.« Sie blieb vor ihm stehen und musterte ihn aus grünblauen Augen. »Es war auch dumm von *dir*, wiederzukommen. Ich habe dich einmal gehen lassen, Landbewohner. Wer sagt, dass ich auch ein zweites Mal so freundlich gestimmt bin?«

»Es war nicht meine erste Wahl, herzukommen, Kaiserin, aber um ganz ehrlich zu sein … Ich hatte wirklich keine andere Möglichkeit.«

»Und das?« Sie zeigte mit einer dunkelgrünen Kralle auf Ghleanna.

»Sie ist mit mir hier und hat geholfen, mir das Leben zu retten. Ich werde tun, was nötig ist, um sie zu schützen.«

»Ach ja?« Die Kaiserin kam näher. Ihre Schuppen – wie die Schuppen ihres ganzen Volkes – faszinierten Bram, denn sie veränderten ständig die Farbe, wie das Meer um sie herum die Farbe änderte. Sie waberten von Blau zu Dunkelgrün, zu Hellrosa und zu einem anderen Blauton. Es war ein schöner Anblick – wenn man überzeugt war, dass diese Drachen einen nicht zum Spaß umbringen würden. »Das ist sehr interessant.«

Sie entfernte sich wieder und ging in Richtung Höhlenausgang. »Haltet sie beide am Leben«, warf sie über die Schulter zurück. »Zumindest, bis ich es mir anders überlege.«

»Heute ist wohl dein Glückstag«, bemerkte Kleitos, als Helena und ihr Gefolge gegangen waren. »Bram von den Landbewohnern.«

Schnaubend ruckte Bram ein wenig mit dem Kopf, und der Mistkerl versteckte sich eilig hinter ein paar Soldaten.

»Barbaren«, fauchte der Flossler. »Ihr alle.«

Und warum hätte Bram ihm widersprechen sollen?

Ghleanna wusste, jemand saß auf ihrer Brust. Jemand, der extrem schwer war. Addolgar? Es wäre nicht das erste Mal. Er hatte einmal versucht, sie mit einem Büffel zu ersticken.

Doch als Ghleanna sich zwang, die Augen zu öffnen, sah sie nur ein paar merkwürdig aussehende Drachen, die um sie herumstanden. Alle mit Schuppen in unterschiedlichen Tönen von

Grün, Blau und Gelb und mit langen, geflochtenen Haaren, die ständig die Farbe wechselten, sobald sich das Licht um sie änderte. Und Flossen. Statt Hörnern auf den Köpfen, wie sie *echte* Drachen hatten, besaßen diese hier Flossen.

Flossen? Was für Drachen hatten …?

Ihr Götter. Seedrachen. Seedrachen umringten sie. Warum? Wollten sie sie umbringen? Oder noch schlimmer … Experimente an ihr durchführen? Die Flossler waren dafür bekannt, dass sie alles Mögliche in der Richtung machten. Sie hielten sich für Intellektuelle und allen anderen Drachenarten überlegen – genau wie sich auch alle anderen Drachen einander überlegen fühlten. Doch wo sich die an Land damit begnügten, sich gegenseitig im Kampf zu töten, vermieden die Flossler den Konflikt lieber. Doch wenn man zu weit in ihr wässriges Territorium vordrang, wurde man möglicherweise benutzt, um die vielen Tränke und Gifte und alle möglichen anderen schrecklichen Dinge der Flossler zu testen.

Kurz bevor sie ihre Flamme entfesselte, um die Flossler aus ihrer Gegenwart zu entfernen, beugte sich ein vertrautes und willkommenes Gesicht über sie. »Schon gut, Ghleanna. Sie sind hier, um dir zu helfen. Entspann dich einfach. Schlaf ein bisschen.« Ohne dass sie eine Bewegung gemacht hätte, hatte Bram gewusst, was sie vorhatte, und ihr Unbehagen gelindert. Was für ein nützlicher Drache. Und so ausgesprochen süß.

»Schsch. Schlaf.« Er streichelte ihr mit den Krallen über die Haare. »Schließ die Augen und schlaf.«

Und das tat Ghleanna, denn jetzt fühlte sie sich schon viel sicherer.

Es hatte viel Arbeit erfordert, um Ghleanna das Leben zu retten, nicht nur von den Chirurgen, sondern auch von der persönlichen Zauberergilde der Kaiserin. Während die Zauberer ihr Herz am Schlagen und ihr Gehirn funktionsfähig hielten, hatten die Chirurgen eilig ihre Lungen und den Schaden an der Arterie repariert, den der Verräter mit seiner Waffe angerichtet hatte.

Und dafür würde Feoras bitter bezahlen, dafür würde Bram sorgen. Denn seine Gnade war nicht unendlich.

Jetzt saß er neben Ghleannas ausgestreckter Gestalt und hielt ihre Klaue in seiner, während er darauf wartete, dass sie aufwachte. Doch er machte sich Sorgen, und das aus gutem Grund. Als er gesehen hatte, wie Kleitos aus der Höhle wieselte, lächelnd und kichernd wie ein Kind, wusste Bram: Das verhieß nichts Gutes.

Es war ein paar Jahrzehnte her, seit Bram in den Unterwasserhöhlen der Flossler gewesen war, und es hatte unter ganz anderen Umständen stattgefunden. Umstände, die er jetzt nicht wiederholen wollte. Diesmal war er jedoch kein Schlüpfling von einem Drachen mehr. Und diesmal hatte er so viel mehr zu beschützen. Doch er sprach nicht von blöden Friedensverträgen oder Bündnissen.

»Du wagst es«, erklang Helenas Stimme leise hinter ihm, *»das* hierher zu bringen? An meinen Hof?«

Die Erschöpfung machte ihn viel langsamer als üblich, als er sich erhob und zu der Monarchin sagte: »Ich verstehe nicht, Kaiserin.«

»Das«, sagte sie wieder und zeigte auf die immer noch bewusstlose Ghleanna. »Du hast das hierher gebracht. Du missbrauchst meine Gutmütigkeit« – *ihre was?* – »und bringst meine Untertanen in Gefahr.«

»Ich verstehe immer noch nicht …«

»Eine Cadwaladr!«, brüllte sie. »Du hast eine Cadwaladr in meinen Palast gebracht!«

Mist.

»Kleitos sagte, du hättest sie Ghleanna genannt. Ist das Ghleanna die *Dezimiererin*? Die Schwester von diesem Bastard Bercelak?«

»Kaiserin …«

»Nein! Ich will es nicht hören!« Sie richtete ihre Kralle auf Ghleanna und befahl ihrer königlichen Wache: »Tötet es. Bevor es aufwacht und uns alle vernichtet.«

»Nein.«

Die Kaiserin schaute Bram mit schmalen Augen an. »Hast du gerade zu *mir* nein gesagt?«

»Das habe ich, und ich entschuldige mich, aber niemand rührt Ghleanna an. Wir sind unbewaffnet und nicht kampffähig und erbitten deinen Schutz. Uns jetzt zu töten …«

»Aber du hast mir nicht alle Tatsachen genannt. Du hast einfach diesen Kampfhund in unsere Mitte gebracht, als wäre es ein harmloser Welpe.«

»Sie ist verwundet und muss sich erholen. Ich wüsste nicht, was für eine Bedrohung …«

»Sie ist eine Cadwaladr. Tu nicht so, als wüsstest du nicht, was das heißt, Friedensstifter.«

»Aye. Sie ist eine Cadwaladr. Und meine Beschützerin und meine Freundin. Nicht nur das, sie ist auch direkt mit dem Königshaus von Gwalchmai fab Gwyar verbunden. Wenn du ihr etwas tust, Kaiserin, wird Königin Rhiannon nicht ruhen, bis dein weites Meer nichts weiter ist als ein kochender Seedracheneintopf.«

»Dann ist deine junge Königin also wie ihre Mutter?«

»Um ehrlich zu sein, nein«, seufzte er. »Sie ist gar nicht wie ihre Mutter, was bedeutet, dass sie nicht zögern wird, alles in ihrer Macht Stehende zu tun, um dich zu vernichten, falls du Ghleanna etwas antust. Ich versichere dir, du wirst nicht dieselbe Tatenlosigkeit wie bei Adienna erleben.«

»Ist die Cadwaladr ihr Schoßtier?«

»Nein. Sie ist Rhiannons Schwägerin. Dieser Bastard Bercelak, wie du ihn nennst, ist Rhiannons Gemahl. Und wie wir beide wissen, vergibt Mylord Bercelak nichts. Wenn du seiner Schwester etwas antust, bin ich nicht dafür verantwortlich, was er tut. Und vertrau mir, wenn ich dir sage … er *wird* etwas tun.«

»Also soll ich dieser Kreatur von niederer Geburt erlauben, hier unter uns herumzuwandern? Unangebunden und unüberwacht?«

»Ghleanna schuldet dir ihr Leben. Wie alle Cadwaladrs nimmt sie diese Schuld sehr ernst. Ich ebenfalls.«

»Und was heißt das genau?«

»Es heißt, dass ich niemals vergesse, wer mir geholfen hat.«

»Stimmt das?« Die Augen der Kaiserin verengten sich. Wie immer rechnete sie in Gedanken. »Trotzdem … wir können das Risiko nicht eingehen.«

Sie machte Kleitos ein Zeichen, und er trat mit einem Messer in der Hand auf Ghleannas ausgestreckten Körper zu.

»Noch ein Schritt«, warnte Bram und ließ Kleitos in der Bewegung erstarren – »und ich schuppe dich bis auf die Knochen.«

Einer der Soldaten setzte die Spitze seines Speers an Brams Hals, und Bram richtete den Blick auf Helena. »Glaubst du wirklich, ich lasse mich von diesem Stück Metall aufhalten?«

»Interessant«, murmelte sie, und Bram merkte zu spät, dass es ein Test war. Sie wollte Rhiannon nicht herausfordern – wer wollte das schon? –, aber sie wollte wissen, wie weit Bram für Ghleanna gehen würde. Wie weit sie das möglicherweise für ihre eigenen Ziele nutzen konnte.

Wütend auf sich selbst wandte Bram den Blick ab. Da sah er, dass Ghleanna die Augen geöffnet hatte und Kleitos anstarrte, der sie zum Glück gerade nicht beachtete.

Er hätte Kleitos warnen können; es wäre gnädig gewesen …

Doch es war viel amüsanter, dabei zuzusehen, wie Ghleanna die Klaue hob, Kleitos das Messer aus der Hand schlug, zielte und ihm direkt in die Schnauze boxte. Irgendetwas brach in dieser Schnauze. Etwas Wichtiges.

Brüllend vor Schmerz stolperte Kleitos rückwärts und hielt sich mit beiden Klauen das Gesicht, während ihm die Tränen aus den Augen liefen.

Die Kaiserin, die jetzt hinter einem weiteren Trupp Wachen stand, die sich schützend vor sie gestellt hatten, wie Ghleanna und ihre Sippe Bram schützend umzingelt hatten, bemerkte: »Ich sehe, dein Haustier braucht eine Leine, Friedensstifter.«

»Vergib ihr, Kaiserin. Es geht ihr nicht gut. Sie ist immer noch nicht Herrin ihrer Sinne.«

Helena kam um ihre Wachen herum und flüsterte: »Du kannst

aufhören zu grinsen, Bram. Ich bin sicher, Kleitos hat die Botschaft verstanden.« Ebenfalls grinsend machte sie einem ihrer Soldaten ein Zeichen. »Hol Euthalia.«

Der Soldat rannte davon, und Helena betrachtete Ghleanna aufmerksam, die wieder ohnmächtig geworden war. »So viele Narben.« Sie schauderte angewidert. »Ein misshandeltes Haustier, scheint mir.« Sie knirschte mit den Zähnen. »Also ehrlich, Kleitos. Hör mit dem Gejammer auf!«

Ein paar Minuten später kam eine Zauberin herein. »Du hast nach mir verlangt, Kaiserin?«

»Hast du dabei, worüber wir vorhin gesprochen haben, Euthalia?«

»Aye, meine Herrin.« Sie hielt einen großen Goldring in der Hand.

»Hervorragend. Leg ihn ihr an.«

»Kaiserin …«, begann Bram, doch Helena unterbrach ihn mit einem Hieb ihrer Vorderklaue, und er musste zuschauen, wie die Zauberin zu Ghleanna trat und ihr den Ring um den Hals schloss.

Und unter den schweigenden Blicken aller Anwesenden wurde der Ring kleiner und kleiner – während Ghleanna sich in einen Menschen verwandelte. Als es vorbei war, befand sie sich in ihrer Menschengestalt und hatte ein goldenes Halsband um. Ein Halsband, das sie in dieser Gestalt hielt, solange Helena wollte.

»Ist das wirklich notwendig?«

»Entweder das, Bram der Gnädige, oder ich erlaube meinen Wachen, ihr die Landbewohnerkehle durchzuschneiden, und gehe das Risiko mit deiner Königin ein – und mit dir. Du hast die Wahl.«

Bram konnte nur nicken. »Das Halsband, Kaiserin.«

»Dachte ich mir.«

Helena ging auf den Ausgang zu. »Bringt ihn und sein Haustier in eine der Kammern, die wir für menschliche Besucher bereithalten«, befahl sie ihren Dienern.« Sie können zusammen menschlich sein.«

Dann war sie fort.

»Ich wünschte, sie hätte mir erlaubt, der Nichtswürdigen die Kehle durchzuschneiden«, sagte Kleitos zu ihm, während reichlich Blut aus seinen Nüstern tropfte. Seine ganze Schnauze war leicht schief. Er glitt näher an Bram heran und zischte: »Ich hätte es genossen, zuzuschauen, wie das Leben aus deiner Barbarenhure rinnt.«

Da versetzte Bram dem Mistkerl noch einen Kopfstoß. Ihr wisst schon … aus Prinzip.

»Auuu! *Warum machst du das immer?*«

KAPITEL 8

Ghleanna erwachte mit einem Knurren und verlangte zu wissen: »Warum bin ich menschlich?«

»Beruhige dich, sonst öffnest du deine Wunde wieder.« Bram stand neben ihr. Er war ebenfalls in Menschengestalt, gekleidet in ein schlichtes Leinenhemd, eine schwarze Kniehose und schwarze Stiefel. Sie befanden sich in einem ziemlich großen Schlafzimmer mit einer geschlossenen Tür. Sie hätte gewettet, dass sie abgeschlossen war.

»Antworte mir!« Ihre Stimme klang sogar für ihre eigenen Ohren dünn. »Warum bin ich menschlich?«

»Was glaubst du?« Er setzte sich aufs Bett. »Weil du als Drache viel gefährlicher bist.«

»Als ich das letzte Mal aufgewacht bin, stand ein Flossler mit einem Messer über mir.«

»Aye. Aber du hast dich um ihn gekümmert.«

»Gut.« Ghleanna versuchte, sich aufzusetzen, doch sie war zu schwach, um es allein zu schaffen, und Bram ließ sie nicht. Sanft drückte er ihre Schultern zurück auf das Kissen. »Entspann dich, Ghleanna. Du wirst nirgendwo hingehen, solange diese Wunde nicht verheilt ist.«

Schon von dieser kleinen Anstrengung atmete sie schwer, aber sie hasste es, wenn es ihr so ging. Wenn sie das Gefühl hatte, sie könnte sie beide nicht verteidigen, wenn es nötig würde.

»Du siehst erschöpft aus«, sagte sie. »Hast du überhaupt nicht geschlafen?«

»Nicht viel. Aber das macht nichts.«

»Wo sind wir, Bram?«

»Im Palast der Seedrachen-Kaiserin Helena.«

»Ich dachte, die Flossler hätten einen Kaiser.«

»Hatten sie – bis zu seinem vorzeitigen Tod. Jetzt ist es Helenas Reich. Und sie hat leider von dir gehört, oder zumindest von deiner Sippe. Daher deine momentane Menschengestalt.«

Bram streckte die Hand aus und strich ihr mit den Fingerspitzen über den Hals. Da bemerkte Ghleanna, dass etwas an ihr war. Sie berührte ihre Kehle und fühlte das Metall darum.

»Ein Halsband? Sie haben mir ein Halsband angelegt?«

»Das ist ein Zauberinstrument, damit du in Menschengestalt bleibst. Es wird abgenommen, wenn wir gehen. Ist es unbequem?«

»Eigentlich nicht. Aber es nervt mich zu wissen, dass es da ist.« Ghleanna schloss angewidert die Augen. »Aber nichts weniger verdiene ich. Ich habe das alles königlich versaut.«

»Was meinst du?«

»Das hier.« Sie schaute sich im Raum um. »Das ist alles mein Werk. Weil ich schwach und dumm war.«

»Wie zum Geier kannst du dir selbst die Schuld an irgendetwas davon geben?«

»Wem sollte ich sie sonst geben?«

»Götter, ich weiß nicht … den *Verrätern*, die uns überfallen haben, vielleicht?«

»Ich hätte auf Rhiannon hören sollen. Ich hätte auf mehr Kriegern bestehen sollen.«

»Keiner von uns hat das ernst genommen, bis auf Bercelak und Rhiannon. Und selbst sie hätten nie erwartet, dass es so einen Angriff geben würde.«

Ghleanna atmete seufzend aus. »Aber *ich* hätte es wissen müssen.«

»Warum du?«

»Weil ich schlauer bin als ihr alle, wenn es um Boshaftigkeit und Hinterlist geht. Es gibt Älteste, die aus dem einen oder anderen Grund viele Drachenkrieger und Soldaten in ihrer Schuld haben. Wenn sie dich von dieser Reise abhalten wollten, könnten sie das tun. Daran hätte ich denken und entsprechend planen müssen. Aber ich war zu beschäftigt damit, mir selbst leidzutun und mich von diesem verdammten Kater zu erholen.«

»Mächte, die stärker sind als du oder ich, haben versucht, uns aufzuhalten, Ghleanna. Das wird mir jetzt bewusst. Mächte, die Rhiannon niemals als rechtmäßige Königin anerkennen werden. Mich aufzuhalten, mich töten zu lassen würde ein sehr schlechtes Bild auf ihre junge Regentschaft werfen. So, hier.« Er schob ihr die Hand unter die Schultern, hob sie ein wenig an und setzte ihr einen Becher an die Lippen. »Das ist Wasser. Trink es.«

»Meerwasser?«

»Ist das der richtige Zeitpunkt für Witze?«

Wer sagte, dass sie Witze machte?

Sie nippte an dem Becher, den Bram hielt, und war erleichtert, als es sauberes Trinkwasser war.

Als sie den Becher von sich schob, stellte sie die Frage, auf die sie die Antwort fürchtete – doch sie musste es wissen: »Meine Brüder?«

»Es klingt, als wären sie gesund und munter.«

»Klingt?«

»Krieger, auf die die Beschreibung deiner Brüder passt, wurden an der Küste gesehen, wie sie den überlebenden Verrätern Gliedmaßen und Flügel abhackten. Ich muss wohl nicht erwähnen, dass die Flossler, die sie entdeckten, nicht blieben, um nachzuprüfen, ob es deine Sippe war.«

»Ich muss es wissen, Bram.«

»Das weiß ich. Aber du bist immer noch schwach, und die Zaubergilde der Kaiserin hat die Schutzwälle hochgezogen. Du wirst nie allein mit ihnen in Kontakt treten können.«

»Es sei denn, du willst, dass meine Brüder herunterkommen und das alles hier auseinandernehmen …«

»Ich habe nicht gesagt, dass wir es nicht versuchen werden.« Ihr Götter, er klang so erschöpft. »Aber du wirst meine Hilfe brauchen.«

»Jetzt gerade, Friedensstifter? Jetzt brauche ich dich mehr, als ich je einen gebraucht habe. Und es tut mir leid, wenn ich klinge, als wollte ich dir drohen. Das tue ich nicht. Es sind nur meine Brüder …«

»Das weiß ich sehr wohl.« Sein Lächeln war liebevoll. »Und ich verstehe es besser, als du je ahnen kannst.« Er schob seine langen, starken Finger in ihre Hand. »Also machen wir das zusammen, ja?«

Ghleanna nickte und spürte, wie Kraft von Bram in sie überging und ihr vorübergehend die Stärke verlieh, die sie brauchte, um sich durch die Barrieren zu zwängen, mit denen die Flossler ihr Reich schützten, um in Gedanken Kontakt mit ihrer Blutsverwandtschaft aufzunehmen.

Schwester. Den Göttern sei Dank. Addolgars Erleichterung, als er merkte, dass Ghleanna noch lebte, war fast greifbar, schoss durch sie wie eine Welle. Da fiel ihre erste Träne.

Addolgar … die anderen?

Entspann dich, Schwester. Bei ihnen ist alles in Ordnung. Aber sag mir, dass es dir gut geht.

Mir geht es gut, Bruder. Verletzt, aber auf dem Weg der Besserung. Sind alle Verräter tot?

Nein. Sie konnte die Wut ihres Bruders selbst über die große Entfernung spüren. *Feoras und einige andere sind entkommen, während wir ihre Kameraden töteten. Scheinbar ist Loyalität heutzutage Mangelware.*

Gut. Dann kann ich Feoras selbst umbringen.

Wir kommen dich holen, Ghleanna.

Nein! Ihr wärt in der Unterzahl, und unter Wasser war nie unser bestes Schlachtfeld.

Ich werde dich nicht bei den Flosslern sterben lassen.

Ich habe nicht vor, in nächster Zeit zu sterben, Bruder. Ruf die Cadwaladrs zusammen. Versetze sie in Kampfbereitschaft.

Wer es noch nicht ist, macht sich schon auf den Weg hierher.

Gut. Warte, bis du wieder von mir hörst. Aber komm unter gar keinen Umständen hier runter, um mich zu holen. Verstanden?

Ghleanna …

Verstanden?

Aye. Du musst nicht so brüllen. Ich höre dich sehr gut.

Dann muss ich mich ja nicht wiederholen.

Nach einer kurzen Pause fragte Addolgar: *Der Königliche?*

Ist hier bei mir. Lebendig.

Ihr Bruder grunzte. *Gut. Ich schulde diesem Mistkerl ein Bier. Würde es ungern an seinem Scheiterhaufen trinken müssen.*

Das ist sehr lieb von dir, Bruder.

Geh, Schwester. Ruh dich aus.

Das werde ich. Aber schick ein paar von den Cousins zur Höhle von Brams Eltern und zu seiner Schwester. Wir behalten sie am besten auch im Auge, bis die Sache mit Feoras erledigt ist. Aber sag ihnen nichts. Überlass das Bram.

Ich kümmere mich darum. Und jetzt ruh dich aus, Schwester. Die Cadwaladrs werden bereit sein, wenn du uns brauchst.

Ghleanna beendete das Gespräch mit ihrem Bruder und ließ sich auf die Matratze zurücksinken. Durch Tränen der Erleichterung blickte sie Bram an und versprach: »Alle, die uns verraten haben, werden sterben.«

Bram nickte und küsste ihren Handrücken. »Nicht mehr und nicht weniger hatte ich erwartet.«

Bram schrak hoch, wusste nicht, wo er war, suchte den Raum mit Blicken ab. Erst als er Ghleanna schlafend auf dem Bett sah – das Fell bedeckte sie nur bis zur Hüfte –, erinnerte er sich.

Er verstand nicht, wie die Flossler das machten. Sie lebten unter der Meeresoberfläche in Höhlen, die sie vor Äonen entdeckt hatten. Bram hatte keine Ahnung, ob es Morgen oder Nacht war. Regnete es oder waren die Sonnen herausgekommen? War es kalt oder warm? Er fühlte sich hier gefangen, und er hasste es. Obwohl er jederzeit hinausschleichen konnte, wenn er wollte – die Wachen bemerkten ihn kaum und erlaubten ihm, den Raum zu verlassen, wie es ihm beliebte –, war er sich darüber in Klaren, dass er nicht gehen würde. Deshalb ließ ihm Helena in ihrem Palast alle Freiheit. Sie wusste, er würde nicht ohne Ghleanna gehen.

Er ließ den Blick auf der Drachin ruhen und dankte den Göttern erneut, dass sie sie gerettet hatten. Ihre Heilung schritt recht gut voran, und sie sah mit jeder Stunde stärker aus. Aye, die Zauberer und Chirurgen hatten ihre Sache gut gemacht. Doch mangelndes Geschick, Talent und Wissen war nie das Problem der Flossler gewesen. Tatsächlich schätzte man sie für ihre Kenntnisse in einer Fülle von Wissensgebieten. Nein, die wahre Schwäche der Flossler war ihre Arroganz.

Was einiges zu sagen hatte, wenn man bedachte, dass alle Drachen zu einem gewissen Grad arrogant waren. Ihre Art konnte einfach nicht anders. Doch trotz aller Arroganz wussten die meisten: sie konnten sich nicht von der Welt um sie herum abschotten und trotzdem funktionieren. Sie brauchten Menschen, sie brauchten andere Drachenarten, sie brauchten die Götter … sie brauchten alles, was das Leben zu bieten hatte. Die Flossler hingegen fühlten sich alldem überlegen. Sie brauchten nichts außer ihrer Genialität und ihrer Fähigkeit, unter dem riesigen Meer zu leben.

»Ruhst du niemals, Friedensstifter?«

Bram blinzelte, als er merkte, dass Ghleanna wach war und ihn beobachtet hatte. Er war so damit beschäftigt gewesen, seinen Blick über ihren entblößten Körper schweifen zu lassen, dass er es nicht bemerkt hatte.

»Ich habe ein bisschen geschlafen.«

»Nur ein bisschen?«

»Es ist nicht leicht, sich zu entspannen.«

»Sorge, dass die Kaiserin ihre Meinung ändert?«

»Dafür ist sie bekannt.«

Ghleanna machte Anstalten, sich aufzusetzen, und Bram eilte an ihre Seite, schlang den Arm um sie und half ihr, bis sie sich ans Kopfende lehnen konnte. Er zog das Fell hoch, bis es ihre Brust bedeckte.

Sie schaute nach unten und dann wieder zu ihm. »Stimmt was nicht mit meinen Titten?«

»Nein. Sie sind perfekt. Das ist das Problem.«

Sie lächelte. »Ich wusste nicht, dass ich so eine Ablenkung bin.«

»Dann bist du bemerkenswert unaufmerksam.«

Lachend klopfte sie aufs Bett. »Setz dich zu mir, bevor ich wieder schläfrig werde.«

Bram setzte sich folgsam auf die Bettkante. In sehr anständigem Abstand.

»Hier«, beharrte Ghleanna. »Streck dich neben mir aus.«

Er dachte daran, ihr zu widersprechen, doch er merkte, er wollte nicht. Er hasste es, immer respektabel zu sein. Vor allem, weil es die meisten anderen Drachen auch nicht waren – warum war er es also?

Zu Ghleannas Überraschung legte sich Bram neben sie aufs Bett. Er blieb auf dem Fell und behielt die Stiefel an, aber das war in Ordnung. Sie wusste nicht, ob er damit umgehen könnte, wenn sie ihm sagte, er solle sich ausziehen.

»Ich habe eine Frage an dich, Bram. Und ich möchte, dass du ehrlich zu mir bist.«

»Natürlich.«

»Bist du hier in Gefahr? Sollen wir dich hier rausbringen?«

Bram schaute sie an. »Du glaubst, ich würde dich verlassen?«

»Meine Aufgabe war, dich nach Alsandair und zurück zu bringen – lebendig. Wenn mir unterwegs etwas passiert – tja, das ist der Preis, den man als Soldat zahlt.«

»Solange ich nicht weiß, dass du in Sicherheit bist, wird es kein Bündnis geben.«

»Aber …«

»Ich lasse dich nicht hier, Ghleanna. Wir können darüber streiten, bis du vor Erschöpfung ohnmächtig wirst, oder du kannst es einfach gut sein lassen, dann können wir stattdessen hier sitzen und uns entspannen. Und an diese blaugrüne Wand starren.«

»Sind das Algen?«

»Das ist ein Designmotiv.«

»Ich kann dir nicht folgen.«

»Wir Landbewohner haben nicht viele Motive, also ist das verständlich.«

Sie schaute sich in ihrer sehr hübschen Gefängniszelle um. »Sind wir wirklich unter Wasser?«

»Ja. Sind wir.«

»Aber wir sind im Moment nicht *im* Wasser, oder? Du weißt schon, durch irgendeine Magie, die plötzlich verschwinden könnte und ich ertrinke?«

»Die Flossler haben Kiemen, aber sie stammen von Landdrachen ab. Auch wenn sie das nicht gern zugeben. Nie. Dieser Palast wurde für die Landbewohner gebaut, die sie einst waren, und für die menschlichen Haustiere, die sie jetzt halten.«

»Aber die Wände werden nicht plötzlich durch den Wasserdruck zusammenbrechen, oder?«

»Nach einem Jahrtausend? Das bezweifle ich.«

»Also sind wir nicht in Gefahr?«

»Wir sind nicht in Gefahr.«

»Bist du sicher?«

»Ich bin sicher, Ghleanna.«

»Warum habe ich dann das Gefühl, dass die Wände näher kommen?«

»Das ist Panik.«

»Ich habe nie Panik, Bram.«

»Doch, jetzt schon.« Er legte ihr den Arm um die Schultern und zog sie sanft an sich, wobei er auf ihre Wunde achtete. »Schließ die Augen, Ghleanna.«

»Damit ich nicht merke, wie ich ertrinke?«

»Du ertrinkst nicht. Alles ist gut. Schließ die Augen.« Sie tat es, entsetzt darüber, dass sie sich so schwach benahm, aber nicht in der Lage, etwas gegen die Angst zu tun, die in ihr tobte. »Jetzt atme. Tief ein und aus.«

Sie folgte Brams Anweisung. Es half. Aber so langsam glaubte sie, die Tatsache, dass er ihr über die Haare strich, half vielleicht noch mehr.

»Du warst schon einmal hier, oder?«, fragte sie, als sie sich wieder beruhigt hatte.

»Ja.«

Sie wollte noch mehr aus ihm herauslocken, doch jetzt, wo die Panik weg war, wurde sie sehr schnell müde.

»Schon gut, Ghleanna. Schlaf. Dein Körper braucht es.«

»Es geht mir schon besser.«

»Ich weiß.« Sie spürte, wie etwas ihre Stirn streifte, und ihr wurde bewusst, dass Bram sie geküsst hatte. Sie wollte ihn bitten, es noch einmal zu tun, aber sie war einfach so schläfrig ...

Bram ließ Ghleanna wieder aufs Bett sinken und strich ihr die Haare aus dem Gesicht. Ihre Menschengestalt hatte wieder Farbe bekommen, und sie wurde stärker. Er schob das Fell ein Stück zur Seite und untersuchte ihre Wunde. Sie heilte gut.

Schön.

Es klopfte an der Tür, und Bram zog das Fell bist zu Ghleannas Kinn hoch, bevor er sagte: »Herein!«

Die Tür ging auf und Kleitos kam herein. Als Mensch.

Bram lächelte zufrieden über die Beule, die man deutlich auf Kleitos' teigig weißer Stirn sehen konnte, und über die offensichtliche Zerstörung seiner Nase. »Wie geht es dem Kopf, alter Freund?«

Der glitschige Mistkerl knurrte leise, dann sagte er: »Die Kaiserin verlangt nach deiner Anwesenheit.«

»Warum?«

»Stell keine Fragen, Landbewohner. Komm einfach mit. Ich verspreche dir, deinem Haustier wird nichts passieren.«

Bram warf noch einen letzten Blick auf Ghleanna. Er wusste nicht recht, was ihn außerhalb dieses Raumes erwartete.

An der Tür blieb er stehen und schaute finster auf Kleitos herab. »Ich will hoffen, dass sie hier sicher ist.«

»Was sonst? Was will der friedensstiftende Landbewohner tun?«

Bram zuckte leicht, und Kleitos knallte rückwärts gegen die

Tür, als er versuchte, ihm auszuweichen. Und vor diesem Drachen hatte Bram einst Angst gehabt!

Bram ging hinaus und ließ sich von Helenas Wachen zu ihrer Kaiserin führen.

KAPITEL 9

Als Ghleanna aufwachte, stand ein Flossler über ihr. Schon wieder.

»Gut. Du bist wach.« Er gab einem jungen Helfer hinter sich etwas. »Ich habe die Fäden gezogen. Deine Wunde heilt unglaublich gut.«

Gleanna schaute sich um und setzte sich auf. »Wo ist Bram?«

»Wer?«

»Mein Begleiter. Der Silberne.«

»Bei der Kaiserin, nehme ich an. Ich bin sicher, er wird bald zurück sein.« Der Flossler winkte den Helfer fort. »Also, ich weiß, du fühlst dich stärker, aber lass dich davon nicht täuschen. Du brauchst immer noch Zeit, um dich zu erholen. Aber ich bezweifle, dass du lange indisponiert sein wirst.« Er deutete auf sie. »Du bist ein recht erstaunliches Exemplar. Gebaut wie eine Festung. Sind alle weiblichen Wesen von niederer Geburt wie du?«

»So langsam verärgerst du mich.«

»Entschuldigung, Entschuldigung.« Er lächelte, und ihr ging plötzlich auf, dass er sich in seiner Menschengestalt befand. Vielleicht konnte er sie so besser behandeln. »Trink viel Flüssigkeit. Wasser. Ein bisschen Wein. Iss gut, aber nichts zu Schweres. Ich habe dir den linken Arm fixiert, damit du ihn nicht zu viel bewegen kannst. Die Außenseite der Wunde ist verheilt, aber ich möchte nicht das Risiko eingehen, dass du dir innerlich etwas reißt. Aber wenn dich der festgebundene Arm beim Schlafen stört und wenn du keine Zapplerin bist, kannst du ihn losbinden, wenn du zu Bett gehst. Verstanden?«

»Ja.«

»Gut, gut.« Er nickte, ging hinaus und schloss die Tür hinter sich. Sie hörte nicht, dass er abschloss.

Ghleanna setzte sich auf und schwang die Beine über die Bettkante. Sie stand auf und setzte sich sofort wieder hin. Der Raum drehte sich, und sie schloss die Augen, während sie wartete, dass er damit aufhörte. Als er wieder stillstand, atmete sie aus und stellte sich langsam auf die Füße. Mit der Betonung auf langsam. Als sie stand, fand sie ein langes Leinenhemd, das aussah, als gehörte es Bram. Sie zog es an und ging zur Tür. Vorsichtig öffnete sie sie einen Spalt, und nach einem kurzen Rundumblick trat sie hinaus.

Ghleanna blieb der Mund offen stehen, als ihr Blick über ihre Umgebung schweifte. Dieser Flur war nur einer von vielen. Eine Rotunde, die in die Felswand der Höhle gehauen war, mit Rotunden darüber und darunter, die meilenweit in jede Richtung führten. Sie beugte sich über ein Stahlgeländer und bestaunte alles, was sie sehen konnte. Und ohne dass man es ihr sagen musste, wusste sie, dass dies nur ein Flügel des Kaiserpalastes war. Ein Ort, an dem sie ihre menschlichen »Haustiere« hielten.

Nein. Sie war kein großer Fan der Flossler, aber sie konnte ihre Ingenieurskunst zu schätzen wissen, denn das hier war unglaublich.

Ghleanna drehte sich um und sah die beiden Drachen, die ihre Tür bewachten. Die zwei *schlafenden* Drachen. Ihr erster Gedanke war, dass sie faul waren, doch dann überlegte sie, ob sie wohl seit ihrer Ankunft im Dienst waren. Sie kannte ein paar Kommandanten, die das zu Hause auch so machten. Sie vertieften sich so in was auch immer sie taten, dass sie die kleinen Dinge vergaßen. Zum Beispiel dass Drachen nicht den ganzen Tag wach bleiben konnten, und zwar jeden Tag, solange man die Geisel in Gewahrsam hatte.

Sie wollte gerade in ihr Bett zurückkehren – selbst wieder völlig gesund, wäre sie nicht ohne Bram geflohen –, als Ghleanna jemanden ausrufen hörte: »Mylord General!«

Sie schaute hin und sah einen großen Drachen am Ende des Flurs stehen und den Kopf zu dem Rufer drehen.

Als ihr klar wurde, wie die schlafenden Flossler aussehen

mussten – und weil sie selbst mehr als einmal in dieser Lage gewesen war, wenn sie zu lange im Dienst war –, ging Ghleanna zu den Wachen und hob das Augenlid des einen, dann das andere.

»Steht auf«, sagte sie leise. »Euer Kommandant kommt.« Sie zeigte mit dem freien Arm hin. »Steht auf, steht auf, steht auf!«

Sie folgten ihrem Befehl, rappelten sich umständlich auf und standen stramm, gerade als der General auf dem Weg zu ihrem Zimmer war.

»Was tut sie hier draußen?«, wollte der General wissen.

»Ich suche meinen Begleiter.« Eigentlich keine Lüge. »Wo ist er?«

»Ich habe keine Ahnung. Aber ich möchte, dass du in dein Zimmer zurückgehst.«

»Gib es einfach zu.« Sie stellte sich vor ihn hin und neigte den Kopf ganz nach hinten, sodass sie so weit nach oben schauen konnte. »Du hast Angst, dass ich dich angreife. Hier und jetzt. Einfach so.« Sie hob eine Faust. »Also los, General. Lass mich dir meine Fähigkeiten zeigen.«

Der General schüttelte glucksend den riesigen Kopf. »Ruh dich aus, Landbewohnerin. Wenn es dir besser geht, werden wir dieser Kampfansage vielleicht nachkommen. Bis dahin …«

»Deine Furcht amüsiert mich, General.« Grinsend ging sie zu ihrem Zimmer zurück.

Der General ging weiter, und einer der Soldaten atmete hörbar auf. »Danke dafür.«

»Kein Problem. Aber wenn ihr länger als einen Tag hier seid, braucht ihr eine Pause. Lasst jemand anderen die Wache übernehmen, sobald ihr es möglich machen könnt. Abgesehen davon« – sie zuckte die Achseln, während sie in ihr Zimmer trat – »ist es ja nicht so, als würde ich im Moment irgendwo hinwollen.«

»Du hast nach mir geschickt, Kaiserin?«

»Das habe ich, Bram.« Sie winkte ihn näher. Und er war überrascht, Helena in ihrer menschlichen Gestalt vorzufinden, in einem leuchtend blauen Kleid, das im schimmernden Licht der

Wände funkelte. »Was hältst du davon?«, fragte sie, als er neben ihr stand.

»Es ist schön, Mylady.«

Sie standen auf einem Absatz, von dem aus man eine ausgedehnte heiße Quelle sehen konnte.

»Möchtest du sie gerne ausprobieren?«

»Nein danke, Mylady.«

»Und warum nicht?«

»Weil ich mich darin niemals entspannen könnte.«

»Wegen Kleitos?«

»Wegen euch allen.«

Die Kaiserin lächelte. »Ich mag deine Ehrlichkeit wirklich. Weißt du, Bram, als ich dich das letzte Mal weggeschickt habe, hätte ich wirklich nicht geglaubt, dich jemals wiederzusehen. Und ich hätte nie erwartet, meinen Geliebten wiederkehren zu sehen – doch du hast getan, was du versprochen hast. Du hast ihn frei bekommen.«

»Das habe ich. Aber ich habe ihn seit meiner Ankunft nicht gesehen. Ist er …«

»Ich habe ihn exekutieren lassen«, teilte sie ihm ausdruckslos mit. »Wegen Hochverrats, vor ein paar Jahren.« Sie zuckte die Achseln, scheinbar nicht im Entferntesten beunruhigt. »Lange Geschichte. Jedenfalls«, fuhr sie fort, »verlasse ich mich jetzt auf deine angeborene Natur.«

»Ich verstehe ni…«

»Ein Waffenstillstand, Friedensstifter.«

»Mit mir?«

»Mit Rhiannon.«

Bram blinzelte. »Rhiannon wer?«

»Deine Königin.«

»Der Ihr einen fetten Hintern bescheinigt habt?«

»Einmal. Götter, diese Schlange vergisst auch gar nichts!«

»Wenn Ihr meine ehrliche Meinung hören wollt, Kaiserin, es wird auf keinen Fall …«

»Mach es möglich.«

»Rhiannon wird …«

»Du hörst mir nicht zu, Friedensstifter.« Helena trat näher an Bram heran. »Du wirst mir einen Waffenstillstand besorgen. Ich will ihn, und du wirst ihn für mich aushandeln.«

»Ich kann Königin Rhiannon zu nichts zwingen.«

»Du kannst sie überzeugen. Du bist sehr gut darin.«

»Ja, aber …«

»Und ich gebe mir *solche* Mühe, dein bäuerliches Haustier aus jeder Gefahr herauszuhalten. Doch Kanzler Kleitos *hasst* sie. Ich habe ihn an der kurzen Leine, aber …« Helena schürzte kurz die Lippen. »Was, wenn mir die Leine aus der Hand rutscht?«

Bram biss die Zähne zusammen, sagte aber nichts.

»Ich bin sicher, du hast deine Zeit bei Kleitos noch nicht vergessen. Daran muss ich dich nicht erinnern, oder?«

»Nein, Mylady. Ihr müsst mich nicht erinnern.«

»Hervorragend. Dann versprichst du es mir, ja? Einen Waffenstillstand. Einen *günstigen* Waffenstillstand mit deiner Königin.«

»Aye. Ich verspreche es.«

»Hervorragend«, sagte sie noch einmal. »Hervorragend.« Dann ging Helena und ließ Bram über die Höhle schauen. Wut und Hass machten es ihm eine ganze Weile unmöglich, sich zu rühren.

Ghleanna versuchte, solange sie konnte, wach zu bleiben, in der Hoffnung, Bram zu sehen, bevor sie einschlief. Menschliche Diener kamen herein, brachten ihr Essen und eine Badewanne, damit sie ein Bad nehmen konnte. Das hatte sie getan und auch etwas gegessen – doch Bram war immer noch nicht wieder da.

Und während sie hin und her überlegte, ob sie hinausgehen und ihn suchen sollte – war sie eingeschlafen. Doch jetzt spürte sie Brams Rückkehr; sie wusste, er stand über ihr – und starrte sie an.

Ghleanna öffnete die Augen und blickte zu ihm auf.

»Was ist los?«

»Ich hätte es nicht für möglich gehalten – aber die Lage ist noch schlimmer geworden.«

»Aber du bist so ruhig«, bemerkte sie.

»Das bin ich normalerweise, wenn klar ist, dass alles den Bach runtergeht.«

»Ich werde es mir merken.« Ghleanna bemühte sich, mit einem Arm aufzustehen. Sie hatte den anderen fixiert gelassen, weil sie eingeschlafen war, bevor sie den Verband abnehmen konnte. »Vielleicht ist es nicht so schlimm, wie du glaubst.«

Bram fasste sie um die Taille und hob sie hoch, damit sie sich aufsetzen konnte.

»Ich blase Dinge selten unnötig auf, Ghleanna. Wenn der Einsatz so hoch ist, habe ich diesen Luxus einfach nicht.«

Ghleanna beugte sich vor und nahm Brams Hand. Sie verzog vor Schmerzen ein wenig das Gesicht, und er sagte: »Ich sollte dich schlafen lassen.«

»Gar nichts wirst du.« Sie zog an ihm. »Komm. Setz dich neben mich.«

Er tat es und streckte seine langen Beine auf dem Fell aus.

»Und jetzt sprich mit mir, Bram. Warum bist du so besorgt?«

»Sie will, dass ich einen Waffenstillstand arrangiere.«

»Einen Waffenstillstand? Zwischen …« Als Bram nicht antwortete: »Den Flosslern – und uns?« Bram nickte. »Sie will einen Waffenstillstand mit Rhiannon?« Ghleanna lachte. »Dann viel Glück für sie. Rhiannon hasst sie.«

»Und Helena hasst Rhiannon.« Brams Stimme war kühl, und sein Blick ging im Raum ins Leere. Sie konnte sehen, dass er sich in sich zurückzog. Aus irgendeinem Grund schützte er sich. Sie glaubte nicht, dass es an ihr lag, und er arrangierte täglich Waffenstillstände. Warum sollte ihn dieser also belasten? »Aber ihre Untertanen haben langsam genug von den ihr auferlegten Grenzen. Sie wollen weiter ins Landesinnere reisen, und im Gegenzug werden wir das Meer nutzen können. Vor allem in Kriegszeiten.«

Ghleannon sah sofort den Vorteil. Der Gedanke, die Nordküste hinauf vorrücken und die Blitzdrachen angreifen zu können, machte sie kribbelig.

»Das erscheint mir vernünftig.«

»Ich bin ein Friedensstifter, Ghleanna. Kein Wundertäter. Rhiannon wird einem Waffenstillstand mit Helena niemals zustimmen. Niemals.«

Ghleanna verzog das Gesicht. »Wegen ihrer Bemerkung über ihren breiten Hintern? Als Rhiannon den Thron bestiegen hat?«

»Es hieß, Helenas genaue Worte seien gewesen: ›Ich kann es nicht fassen, dass diese breitärschige Kuh jetzt die Südländer regiert.‹«

»Und nachdem Rhiannon das gehört hat, war Bercelaks ›Ich liebe deinen breiten Arsch‹ nicht wirklich hilfreich.« Ghleanna tat all das mit einer Handbewegung ab. »Egal. Sag Helena einfach ab.«

Bram rührte sich nicht. Er sagte nichts. Und doch spürte Ghleanna, wie er sich erneut zurückzog. Nicht vor ihr, sondern vor allem anderen.

Ghleanna schob das Fell von sich und kniete sich neben Bram. »Was verschweigst du mir, Bram?«

»Nichts, was du wissen müsstest.«

»Beschützt du mich?«

»Du musst gesund werden. Du brauchst Ruhe – keine alten Geschichten.«

Ghleanna hatte genug davon und machte sich jetzt echte Sorgen um ihren Freund – sie erinnerte sich nicht, ihn je so gesehen zu haben –, also setzte sie sich rittlings auf seinen Schoß.

Er blinzelte angestrengt, plötzlich wieder ganz im Hier und Jetzt. »Was tust du da?«

Ghleanna zerrte die Binde herunter, die ihren Arm festhielt und die Brüste bedeckt hatte.

»Ghleanna …«

»Schau mich an, Bram.«

Er lächelte leicht. »Ich kann schwerlich woanders hinschauen.«

»Ich meinte, schau mir in die *Augen*, du Perversling.« Sie lachte und sagte dann: »Jetzt hör mir gut zu: Ich bin kein schwaches Weibchen, das nicht mit schlechten Nachrichten umgehen kann. Ich bin eine Cadwaladr.« Dabei streckte sich automatisch ihr Rücken und ihr Kinn reckte sich. »Und wir stecken gemeinsam hier drin, du und ich. Im Guten wie im Schlechten. Also sag mir, was du mir verschwiegen hast.«

Bram schloss die Augen, seine Atmung wurde tiefer. Die Wände dieses Raumes rückten näher, wie es vorher bei ihr gewesen war.

Ghleanna hob Brams Hand und drückte sie auf die Wunde in ihrer Brust.

»Wir sind miteinander verbunden, Bram. Nichts kann das jemals ändern. Und nichts wird das ändern.«

»Du musst verstehen, es ist nicht Scham, die mich davon abhält, dir die Wahrheit zu sagen, Ghleanna. Es ist Angst …«

Seine Stimme verklang, er schaute ihr in die Augen, und Ghleanna zog eine Braue hoch. »Du fürchtest meine Reaktion.«

»Wie du sagtest … du bist eine Cadwaladr.«

Sie wirkte so verletzt, es tat Bram beinahe leid, was er gesagt hatte. Doch sie verlangte immer Ehrlichkeit. Also würde sie Ehrlichkeit bekommen.

»Schau mich nicht so an«, verteidigte er sich. »Es ist ja nicht so, als würde ich mir diese Sorgen aus den Fingern saugen.«

Sie schnaubte auf. »Da hast du wohl nicht unrecht.«

»Ich muss einfach wissen …«

»Ich werde sie nicht anrühren. Die Kaiserin. Wenigstens nicht ohne deinen Befehl oder den von einem Ranghöheren. Also. Zufrieden?«

»Na gut.« Bram holte Luft und schaute seinem Zeigefinger nach, der über die Narbe ihrer neuesten Verwundung glitt. Er konzentrierte sich darauf, damit er die Worte fließen lassen konnte.

»Vor vielen Jahren wurde ich hierher gelockt.«

»Von der Kaiserin«, riet Ghleanna.

»Damals war sie noch nicht die Kaiserin, aber ja. Von Helena. Ich war jung und sie war … schön, und mir kam nicht in den Sinn, dass ich benutzt wurde. Als ich erst einmal hier war, schickten sie Adianna eine Botschaft, dass sie einen ihrer Höflinge hätten und dass sie die Herausgabe des Flosslers verlangten, der sich über die Hafenstädte hinausgewagt hatte und von Adiennas Soldaten gefangen genommen worden war.«

»Adianna verhandelte nicht.«

»Nein. Tat sie nicht.«

»Warum hörten wir dann nichts davon? In solchen Dingen sind die Cadwaladrs besonders gut. Man hätte uns schicken sollen, dich zurückzuholen.«

»Es war Adiennas Entscheidung, nichts zu tun.«

Ghleanna lehnte sich zurück, ihre Miene war finster und gefährlich, ihre Stimme ausdruckslos. »Sie hat dich dort gelassen?«

»Aye.«

»Und was hast du getan?«

»Ich habe mich selbst herausgehandelt. Es war nicht leicht. Ich lernte, Fisch zu mögen. Alle Arten von Fisch. Und mit der Zeit ließen sie mich irgendwann gehen.«

»So einfach kann es nicht gewesen sein.«

»War es auch nicht.«

Ghleanna legte die Hand um sein Kinn. »Sie haben dir wehgetan.«

»Ja. Man hat mir ein paar Schuppen entfernt, um sie der Königin zu schicken. Aber das hat nichts genutzt.«

»Aber da war noch mehr, oder?«

»Der Kanzler der Kaiserin beschloss, mich zu seinem privaten Projekt zu machen. Ich weiß immer noch nicht genau, warum.«

»Er genoss deinen Schmerz. Ich kenne solche Typen. Sie sind nie auf den schnellen Tod aus. Nur, wenn sie unbedingt müssen.«

»Kanzler Kleitos mag seinen Schmerz. Und er genoss meinen.«

»Aber du bist rausgekommen.«

»Ja. Der Seedrache, den Adienna in ihren Kerkern hatte, war

Helenas Liebhaber. Als Adienna ihn nicht freilassen wollte, kam Helena zu mir.«

»Weil sie dachte, ihre *Geisel* würde helfen?«

Bram kicherte. »Nein. Sie kam zu mir, um sich zu beschweren. Ich liege in Ketten, mir fehlen Schuppen – ich blute recht stark. Und sie beschwert sich.«

»Was soll daran lustig sein?«

»Du hättest dabei sein müssen.« Er zuckte die Achseln. »Sie beschwerte sich, und ich hörte zu, gab vor, es interessierte mich, heuchelte Mitgefühl.«

»Dann hast du sie manipuliert?«

»Nein. Ich habe sie überzeugt. Ich versprach ihr, ich könnte ihren Liebhaber herausholen.«

»Und sie hat dich freigelassen?«

»Sie hatte keine Wahl. Ihr Vater wollte ihr nicht mehr helfen, und Adienna wollte nicht verhandeln. Mich zu töten hätte den Tod ihres Liebhabers nur besiegelt.«

»Also ließ sie dich gehen.«

»Sie ließ mich gehen.«

»Und du bist natürlich nach Hause zurückgekehrt und hast Rache gesucht.«

»Nein. Ich habe für die Freilassung ihres Liebhabers gesorgt.«

»Warum, Bram?«

»Weil ich mein Wort gegeben hatte.«

»Ich würde dich einen Narren nennen, aber ich bin mir sicher, genau das ist der Grund, warum du jetzt der vertrauenswürdigste Drache der ganzen Südländer bist. Und ich bin mir sicher, das ist der Grund, warum sie dich bittet, jetzt diesen Waffenstillstand für sie auszuhandeln. Du hast ihr schon einmal geholfen …«

»Ganz schön dumm von mir.«

»Du hast überlebt, Bram. Ohne Hilfe.« Ghleanna legte den Kopf schief und musterte ihn. »Es kann nicht leicht für dich gewesen sein, wieder hierherzukommen.« Als Bram sie nur anstarrte, fuhr sie fort: »Und doch hast du es getan. Du bist hergekommen, um mich zu retten.«

»Es war der einzige Ort, der mir in dem Moment einfiel.«

Sie strich ihm über die Wange. »Ihr Götter, ich schulde dir mehr, als ich geahnt habe.«

»Nein. Du schuldest mir nichts.«

»Bram …«

»Hast du es noch nicht bemerkt?«, fragte er resigniert. Denn die Götter wussten, er wollte ihr Mitleid nicht. »Dass ich alles tun würde, damit du in Sicherheit bist? Alles?«

»Ich sollte *dich* beschützen, Königlicher.«

»Wir hatten keine Wahl mehr.«

Ghleanna legte beide Hände um sein Gesicht, die dunklen Augen auf seinen Mund gerichtet. Er wusste nicht, was er gesagt hatte, um das auszulösen, doch er schaute ihr zu, wie sie sich vorbeugte, und ihm stockte der Atem, als sich ihre Lippen seinen näherten.

Doch dann war da dieses verfluchte Klopfen an der Tür.

Bram schloss die Augen. Warum? Warum quälten ihn die Götter so?

»Was ist?«, knurrte er.

Kleitos in Menschengestalt kam herein. »Ich unterbreche dich nur ungern, Lord Bram. Aber die Kaiserin hat nach deiner Anwesenheit im Senat verlangt.«

»Natürlich hat sie das«, brummte er.

»Wie bitte, Mylord?«

»Ich sagte, ich bin gleich da. Geh jetzt.«

»Natürlich, Mylord. Ich bin gleich draußen.«

Kleitos schlich davon und schloss die Tür.

»Das war er, oder?«, fragte Ghleanna nach kurzem Schweigen.

»Das war wer?«

»Derjenige, der dich gefoltert hat. Der dich verletzt hat.«

»Woher weißt du das?«

»Weil du nie zu jemandem unhöflich bist. Nicht einmal zu meinen idiotischen Brüdern. Nicht nur das, sondern ich konnte es auch in deinem Körper spüren. Wie du dich angespannt hast. Er war es.«

»Ghleanna …«

Ghleanna krabbelte nackt von Brams Schoß und stolzierte durch den Raum. Sie riss die Tür auf, und Kleitos wich eilig zurück.

»Ehrlich, Kleitos?«, fragte Bram und glitt vom Bett. »An der Tür lauschen? Ist das nicht selbst unter deiner Würde?«

»Oh nein, Mylord. Ich habe nichts dergleichen getan. Du hast sicher … auuu!«

Ghleanna hatte ihm mit aller Kraft, die sie aufbringen konnte, einen Kopfstoß versetzt.

»Du Barbarenhure!«

Da holte Ghleanna aus und schlug den Flossler, womit sie ihm höchstwahrscheinlich noch einmal die Nase brach.

Kleitos eilte davon, und Ghleanna folgte ihm.

»Ich werde dir mit Freuden die Haut abziehen, du Echse!«

Bram fing Ghleanna um die Hüfte ein, bevor sie Kleitos die Hände um den Hals legen konnte. Er hob sie hoch, trug sie zurück in ihr Zimmer und knallte die Tür mit dem Fuß zu.

»Du hast es versprochen!«, brüllte er und schob sie von sich.

»Ich habe versprochen, ich würde die Kaiserin nicht anrühren. Über ihn habe ich nichts gesagt!«

Und verdammt noch mal, sie hatte recht.

Ghleanna juckte es in den Klauen, wieder hinauszugehen und zu beenden, was sie angefangen hatte.

Wenn sie sich Bram als jungen Drachen vorstellte, nicht einmal ein ausgewachsener Erwachsener, gefangen in einem Kerker und der Gnade dieses schleimigen Tümpelabschaums ausgeliefert, kochte ihr Blut.

Auch sie war bereits vorher so allein gewesen, doch ihre Sippe war immer schnell gekommen. Und sie wusste, sie würden es tun. Sie wusste, dass keiner aus ihrer Familie sie hier sterben lassen würde. Doch sie waren Krieger, Fährtenleser, Schmiede und Faustkämpfer. Brams Sippe bestand aus kultivierten Königlichen, die sich zum Schutz auf ihre Königin verließen – und die hatte sie im Stich gelassen. Adienna hatte ihren Sohn und ihren eigenen treuen Untertan der Willkür des Feindes ausgeliefert.

Und niemand hatte dafür gelitten. Nicht Adienna. Nicht die Kaiserin oder ihr Vater. Und nicht Brams Peiniger. Wie nicht anders zu erwarten ging ihr das am meisten gegen den Strich.

»Du hast recht. Du hast wirklich nur versprochen, Helena in Ruhe zu lassen. Aber jetzt bitte ich dich, dasselbe bei Kleitos zu tun.«

»Ich werde dieses Versprechen nicht abgeben, Friedensstifter.«

»Er ist Kanzler, Ghleanna.«

»Ist mir egal.«

»Möchtest du lebend hier heraus?«

»Natürlich will ich …«

»Dann möchte ich, dass du ihn in Ruhe lässt. Hast du mich verstanden?«

Sie mied seinen Blick.

»Ghleanna …«

»Ja«, fauchte sie. »Ich habe verstanden.«

»Gut. Ich muss gehen.« Er schaute stirnrunzelnd auf ihre Brust. »Deine Wunde ist gereizt.«

»Das wird schon.«

»Ja, aber …«

»Das wird schon!«

Bram trat zurück und hob beschwichtigend die Hände. »Dann sehen wir uns später.«

Er drehte sich um, aber Ghleanna hielt ihn am Arm zurück.

»Ghleanna, ich muss gehen.«

»Ich weiß. Es ist nur …«

»Nur was?«

Ghleanna stellte sich auf die Zehenspitzen und drückte ihren Mund auf seinen, ihre Hände glitten in seine Haare, die Finger gruben sich in seinen Skalp.

Bram packte ihre Hüften, und sie dachte, er wolle sie wegschieben. Doch er zog sie an sich, hielt sie fest und ließ die Zunge in ihren Mund gleiten.

Ihr Menschenkörper wurde heiß, ihre Brustwarzen hart, ihr Geschlecht wurde feucht. Es war alles sofort da. Und sofort perfekt. Doch dann fiel Ghleanna. Alles um sie herum drehte sich.

Bram fing sie auf. »Ghleanna?«

»Mir geht es gut.«

»Ich schicke nach den Chirurgen.«

»Nein, nein. Nur ins Bett. Ich bin nur müde.« Er sah nicht aus, als glaubte er ihr. Mit unendlicher Fürsorge legte er sie aufs Bett, dann deckte er sie mit dem Fell zu.

»Schlaf ein bisschen. Wir sprechen später weiter.«

Sprechen? Was Ghleanna anging, waren sie lange über das Reden hinaus. Doch der Friedensstifter war scheu. Sie verängstigte ihn besser nicht.

Sie nickte. »Also später.«

Ghleanna schaute ihm nach, als er ging, die Tür schloss sich hinter ihm, und ihre Gedanken wirbelten.

Zum ersten Mal seit einem halben Jahr dachte sie nicht an ihr eigenes Leid. Sie dachte an das Leid anderer – und wie sie es *schlimmer* machen konnte.

KAPITEL 10

Als Bram nach mehreren Stunden immer noch nicht wieder da war, stand Ghleanna wieder auf und suchte sich eine Hose, die ihr passte. Sie öffnete die Tür – immer noch unverschlossen – und ging hinaus in den Flur. Vor der Tür standen neue Wachen. Sie drehten sich um, wandten sich einander zu und knallten das Ende ihrer Speere auf den Boden.

»Mylady …«

»Es heißt Hauptmann.«

»Hauptmann.«

»Warum seid ihr menschlich?«, fragte sie.

»Befehle, Hauptmann.«

Das musste genügen. Sie bekamen wahrscheinlich keine Erklärung und hüteten sich, nach einer zu fragen. »Ich habe Hunger. Gibt's hier irgendwo was zu essen?«

»Wir können dir von den Dienern …«

Ghleanna winkte ab. »Nicht in Stimmung für Diener. Ich muss mich ein bisschen bewegen. Oder stehe ich immer noch unter Arrest, oder wie auch immer ihr es nennt?«

»Nein, Hauptmann. Wir sind hier lediglich als Schutz für einen Ehrengast.«

Ghleanna zwinkerte. »Ehrengast? War ich nicht erst vor ein paar Tagen noch die Furie von niederer Geburt, die man zwangsweise in Menschengestalt halten muss?«

»Sie wollen dich immer noch als Mensch, Hauptmann, aber du kannst dich hier frei bewegen.«

Also schleimte sich die Kaiserin ein – interessant.

Ghleanna setzte sich in Bewegung, hielt dann aber noch einmal inne. »Und ihr sollt mir überallhin folgen?«, fragte sie die Wachen direkt hinter ihr.

»Ja, Hauptmann.«

Gut. Sogar noch besser. »Also dann: Wie heißt ihr?«

»Anatolios, Hauptmann. Das ist Demetrius.«

»Anatolios. Demetrius. Ernährt die Kaiserin ihre Wachen und Soldaten gut?«

»Ja, Hauptmann.«

»Gut. Bringt mich dorthin, wo ihr esst.«

Die Diskussion erwies sich als recht gewaltig. Voller Leidenschaft und Eloquenz.

Und doch … war es auch eine phänomenale Zeitverschwendung.

Diese Senatoren, die Repräsentanten der Flossler-Bevölkerung, stritten über den Sinn eines Waffenstillstands mit den Südlandbewohnern. Eine sehr gute Diskussion für jedes Regierungsgremium – nur dass diese Senatoren nicht regierten. Sie hatten keine Macht außer der, die ihre Monarchin ihnen zugestand. Und Helena gestand ihnen, wie auch schon ihr Vater vor ihr, sehr wenig zu.

Doch sie genoss die Diskussion, genoss es, auf ihrem Thron zu sitzen und sie aufeinander losgehen zu sehen wie Wölfe auf einen Wildkadaver, nur um sie dann zu überstimmen, als sie fertig waren.

Noch ärgerlicher war: Sie wollte, dass Bram Zeuge ihrer Macht wurde. Als würde es ihn interessieren. Als ob das alles irgendwie von Bedeutung wäre, während er immer noch Ghleannas Haut unter seinen Fingern spüren konnte. Während er sie immer noch auf seinen Lippen schmeckte.

In diesem Moment war das alles, was für ihn zählte.

Bram.

Bram schaute sich blinzelnd um. Helena lächelte ihn an.

Bra-am.

Dieser Singsang, diese Stimme. Aber … aber das war unmöglich. Absolut unmöglich. Nur direkte Verwandte konnten unter den Drachen miteinander kommunizieren. Er hatte sich schon bei seinen Eltern und seiner Schwester gemeldet. Er hatte ihnen nur gesagt, dass er sicher sei und sich um die verwundete Ghleanna kümmere. Er hatte ihnen *nicht* gesagt, *wo* er sich um sie kümmerte. Er wusste, wie sie es aufnehmen würden, und er wollte nicht, dass sie sich Sorgen machten.

Also würden sie ihn nicht kontaktieren, wenn es nicht dringend war – und diese weibliche Stimme gehörte weder seiner Mutter noch seiner Schwester.

Bra-ammmmm.

Gute Götter.

Da bist du ja, mein kleiner Sonnenschein!

Rhiannon? Wie kannst du … warum bist du … was ist los?

Beruhige dich, Bram. Beruhige dich.

Aber wie …?

Meine Hexenfähigkeiten haben sich in letzter Zeit ziemlich weiterentwickelt. Bald werde ich einen Ort schaffen können, damit wir direkt miteinander sprechen können. Wäre das nicht ein Spaß?

Um ehrlich zu sein … nein!

Rhiannon kicherte. *Oh Bram. Du bist so süß!*

Ghleanna aß den gekochten und gewürzten Fisch und ließ sich von den Soldaten im Korridor anstarren. Fast alle waren in Menschengestalt – laut Anatolios ein Befehl ihrer Kaiserin. Die Monarchin schleimte sich bei Bram ein, indem sie sich bei Ghleanna einschleimte. Diese Schlampe.

Aber Ghleanna würde sich jetzt keine Gedanken darüber machen. Sie hatte Wichtigeres zu tun.

»Also gut«, sagte sie laut, damit der ganze Korridor sie hören konnte. Und sie alle verkrampften sich ein wenig und beobachten sie genau, als sie ihren Stuhl zurückschob, aufstand und sich auf den langen Tisch setzte, die Füße auf ihren Stuhl gestellt.

»Was wollt ihr über mich wissen?«

»Wie kommst du auf die Idee, dass wir *irgendetwas* über dich wissen wollen, Landbewohnerin?«, fragte ein Flossler weiter hinten im Flur.

»Weil ich Grimhild den Niederträchtigen getötet habe. Einen Kriegsherrn der Blitzdrachen.«

»Das ist ein Haufen …«

»Ich habe ihn von den Eingeweiden bis zum Hals aufgeschlitzt. Ich trage seine Hörner auf meinem Schlachthelm, und seine Schuppen sind an meinen Schild gehämmert. Seine Zähne sind eine dekorative Halskette, die ich bei Familienzusammenkünften trage.«

Ein weiterer Flossler trat vor. »Und wie kommst du auf die Idee, dass wir das glauben?« Er kam so nahe, wie er es wagte, wirkte vor seinen Kameraden kühn, blieb aber trotzdem außerhalb ihrer Reichweite. Wenigstens außerhalb der Reichweite aus der Sicht von Drachen, die selten als Menschen gekämpft hatten. »Wie kommst du auf die Idee, dass wir glauben, eine kleine Fotze wie du hätte Grimhild den Niederträchtigen umgelegt?«

Ghleanna trat mit dem Fuß den Holzstuhl in Stücke. Sie hob ein Stuhlbien auf und schwang es. Der Soldat war nicht darauf vorbereitet, versuchte, den Schlag mit dem Arm abzublocken, doch Ghleanna wirbelte herum, änderte ihre Flugbahn und schickte ihn bestimmt zwanzig Fuß rückwärts durch die Luft.

Beißender Schmerz flammte in ihrer frischen Wunde auf, doch sie ignorierte ihn. Sie überzeugte sich selbst, dass sie keinen Schmerz spürte, schlug mit dem Stuhlbein in ihre Handfläche und sagte: »Grimhild hat mich auch eine Fotze genannt.«

Sie lächelte. Ein bisschen. »Also … wollt ihr jetzt hören, wie ich den großen Mistkerl alle gemacht habe?«

Warum bist du in meinem Kopf, Rhiannon?

Zuerst meine Frage … geht es dir gut?

Das war der Unterschied zwischen Rhiannon und der alten Königin. Rhiannon waren ihre Untertanen nicht egal.

Mir geht es hervorragend, Rhiannon. Und Ghleanna ist auf dem Weg der Besserung.

Gut. Bercelak … er sagt es nie, aber er liebt seine Schwester. So wie du, glaube ich.

So wie ich … wie du weißt.

Ein leises Lachen. *Mein lieber, süßer Bram. Aber … dieses Weib. Die Kaiserin. Was will sie von dir?*

Ich weiß nicht …

Lüg mich nicht an, Friedensstifter. Du wärst nicht mehr am Leben, wenn sie nicht etwas wollen würde.

Warum machte er sich die Mühe, etwas vor Rhiannon verbergen zu wollen?

Sie möchte einen Waffenstillstand.

Mit mir?

Aye. Sie ist ziemlich … hartnäckig, was das angeht. Ich kann versuchen, sie hinzuhalten, bis Ghleanna wieder ganz bei Kräften ist, aber …

Nein, nein. Frag sie nach ihren Bedingungen.

Mylady?

Ich bin nicht meine Mutter, Friedensstifter. Ich kann vernünftig sein. Es ist für uns alle eine neue Zeit. Eine neue Zeit der Hoffnung und Veränderung und von …

Du möchtest Zugang zur Küste, damit du die Blitzdrachen angreifen kannst, nicht wahr?

Und es wird Zeit, dass sich diese barbarischen Blitzdrachen vor mir verneigen.

Du willst, dass ich mit einer Rasse Frieden arrangiere, damit du eine andere zerstören kannst?

Besorg mir meinen Waffenstillstand, Friedensstifter. Mach mich zu einer glücklichen Monarchin.

Und dann – war Rhiannon fort.

Ghleanna verließ den Speisesaal der Armee, Anatolis und Demetrius hinter sich.

»Ihr esst gut«, sagte sie zu ihnen.

»Aye.« Anatolios war ein wenig gesprächiger als Demetrius.

»Ihr habt wohl eine gute Vertretung in eurem Senat.«

»Vertretung?«

Ghleanna wurde langsamer und blieb stehen. Sie drehte sich zu den beiden Soldaten um. »Ihr habt doch eine Vertretung? Für die Armee? Ältere, hochrangige Krieger, die für euch sprechen? Die dafür sorgen, dass ihr alle gut behandelt und dafür entschädigt werdet, dass ihr euer Leben aufs Spiel setzt?«

»Die Regentschaft der Kaiserin ist absolut, wie Kanzler Kleitos dem Fußvolk viele, *viele* Male klargemacht hat.«

»Hm.« Ghleanna ging wieder zu ihrem Zimmer. »Das ist interessant.«

Bram schlüpfte in den Raum und versuchte, keinen Lärm zu machen, denn Ghleanna schlief. Er legte die Notizen, die er für den Waffenstillstand gemacht hatte, auf den kleinen Tisch an der Wand und überlegte, ob er sich wieder an die Arbeit machen sollte oder nicht.

»Komm ins Bett.«

Erschrocken drehte er sich um. Ghleanna hatte immer noch die Augen geschlossen, doch sie streckte ihm ihre Hand hin.

»Ich sollte …«

»Wenn du arbeiten sagst, werde ich unwirsch. Bett. Sofort.« Sie öffnete ein Auge. »Schließlich ist das nicht das erste Mal, dass wir zusammen geschlafen haben.«

Bram setzte sich auf die Bettkante und zog die Stiefel aus. »Wenigstens werden diesmal nicht deine Brüder hereinstürmen, uns aufwecken und uns Schlampen nennen.« Er ließ den zweiten Stiefel fallen und fragte: »Oder werden sie das?«

»Nicht, dass ich wüsste.« Sie rückte zur Seite, und Bram kam voll angekleidet ins Bett. Ghleanna beschwerte sich nicht, wofür er dankbar war. Er wusste, er konnte nicht damit umgehen, nackt in der Nähe der nackten Ghleanna zu sein. Nicht im Moment.

»Solltest du auf der Seite schlafen?«, fragte er. »Und warum ist dein Arm nicht bandagiert?«

»Schikaniere mich nicht«, blaffte sie zurück, wobei sie hinreißend schläfrig klang. »Der Chirurg sagt, ich muss die Bandage nur tagsüber tragen. Ich glaube, er fürchtet, dass ich anfange, ein Schwert zu schwingen, bevor ich ganz geheilt bin.« Das lag vermutlich daran, dass Bram dem Chirurgen gesagt hatte, dass sie das womöglich tun würde, und ihn darum gebeten hatte, sie davon abzuhalten. Doch das würde Bram nicht erwähnen. Warum Probleme machen, wenn es keine gab?

»Was ist, wenn du im Schlaf wild um dich schlägst? Was dann?«

»Dann wirst du im Gesicht getroffen, und meine Wunde wird die geringste deiner Sorgen sein. Können wir jetzt bitte beide ein bisschen ausruhen?«

Er legte sich auf die Seite, Ghleanna zugewandt. Ihre Augen waren wieder geschlossen, ihre Atmung gleichmäßig. Sie schlief wieder.

Bram wusste nicht, wie es werden würde, wenn sie hier weg waren. Wenn sie wieder frei waren, auf dem Weg nach Alsandair, um zu beenden, was sie begonnen hatten. Doch Bram wusste, was er wollte. Er wollte Ghleanna, und wie Rhiannon richtig geraten hatte, wollte er sie für sehr lange Zeit. Ob Ghleanna dasselbe fühlte oder nicht, wusste er allerdings wirklich nicht.

Doch als sie im Schlaf den Arm ausstreckte und die Hand an seine Wange legte, verspürte er deutliche Hoffnung.

KAPITEL 11

»Obst.«

Bram öffnete die Augen und starrte die große, glänzende Frucht vor seiner Nase an. »Ja, das stimmt.«

»Und Brot und Käse. Hunger?«

Bram setzte sich auf, runzelte aber sofort die Stirn. »Warum ist der Bereich um deine Wunde entzündet?«

Ghleanna zuckte die Achseln und biss in ein großes Stück Brot.

»Was verschweigst du mir?«

»Nichts. Iss.«

Bram schaute an sich selbst herab. »Ich bin … nackt.«

Ghleanna nickte und biss in eine saftige Frucht.

»Und wann ist das passiert?«

»Keine Ahnung.« Sie hielt ihm ein Stück Obst hin. »Aber ich muss sagen … Ich mag dich nackt.«

Er nahm ihr die Leckerei aus der Hand. »Danke. Für das Obst und das Kompliment.«

»Gern geschehen.«

Eine Weile aßen sie schweigend; Bram versuchte, nicht zu starren. Götter, sie war schön.

»Hast du heute viel Arbeit?«, fragte sie.

»Ich fürchte ja. Ich habe von Rhiannon gehört.« Als Ghleanna die Stirn runzelte, fügte er hinzu: »Hat was mit ihrer wachsenden Macht zu tun. Die, das muss ich zugeben, langsam beängstigend wird.«

»Sie wurde wegen ihrer Mutter ihr Leben lang zurückgehalten. Sie hat viel aufzuholen.«

»Das stimmt wohl.«

»Ich würde mir keine Sorgen machen. Rhiannons Großmutter hatte auch so viel Macht, und sie kam gut damit zurecht.«

»Und Bercelak ist für den Ausgleich da. Ein rationaler Gedanke im Chaos von Rhiannons Geist.« Daraufhin zog Ghleanna eine Augenbraue hoch, und Bram zuckte die Achseln. »Ich habe nie daran gezweifelt, dass dein Bruder der Regentschaft unserer jungen Königin guttut. Ich wünschte lediglich, sie würden mich nicht immer in alles hineinziehen. Das ist abstoßend.«

»Dann solltest du sie nicht immer umarmen.«

»Das geht nicht von mir aus!«

Ghleanna lachte und biss in ein weiteres Stück Obst. Bram bemerkte: »Du hast wieder Appetit.«

»Hatte ich ihn je verloren?«

»Er war auf jeden Fall für eine Weile gedämpft.«

Ghleanna schaute ihn kurz an. »Du hast dir große Sorgen um mich gemacht, oder?«

»Ein Schwert durch die Brust«, sagte er. »Das mag für deine Sippe normal sein, aber nicht für meine.«

»Du und euresgleichen – sitzt herum und trinkt Wein und diskutiert über wichtige Dinge, möchte ich wetten.«

»Du irrst dich. Wir sitzen herum, trinken Wein und streiten. Viel.«

»Streiten? Du?«

»Ich bin zum Streiten bestimmt. Meine Eltern sind beide Gesetzesmacher, und kein Drachengesetz wird festgelegt ohne viel Diskussion, Debatten und Streit. Manchmal ein Faustkampf, aber das kommt selten vor – und ist nie besonders beeindruckend. Fast schon traurig.«

Ghleanna schüttelte den Kopf. »Und ihr tut das alle? Streiten, meine ich.«

»Meine Mutter kann Gründe finden, über ein Sandkorn zu streiten. Und mein Vater glaubt, eine Mahlzeit sei nicht vollständig, solange nicht jemand verkündet: ›Das ist das Lächerlichste, das ich je gehört habe! Wo ist dein Beweis für diese Behauptung? Das ist mir jetzt vollkommen egal.‹« Er seufzte. »Mit gerade mal acht Wintern war das ein bisschen viel für mich. Meine Flügel hatten sich noch nicht einmal entfaltet.«

»Ich und meine … wir streiten. Aber um ihre Aussagen zu belegen, müssen Cadwaladrs nur bereit sein, eine Klaue im Gesicht hinzunehmen. Oder einen Schild.«

»Aye. Daran erinnere ich mich.«

Ghleanna blinzelte und runzelte die Stirn. »Du warst bei unseren Abendessen?«

Es gab eine Pause, dann fragte Bram. »War ich für dich *komplett* unsichtbar?«

»Na ja … nicht komplett.«

Bram beschloss, dass es Zeit für die Arbeit war, und wollte aufstehen. Doch Ghleanna hielt ihn am Arm zurück. Ihr Gelächter ärgerte ihn nur noch mehr.

»Ich veräpple dich nur«, sagte sie und zog ihn zurück. »Ich schwöre es.«

»Ist es nicht schlimm genug, dass ich davon ausgegangen bin, dass du mich immer ignoriert hast? Jetzt finde ich heraus, dass ich für dich einfach unsichtbar war.«

»Das ist nicht wahr.« Sie stellte das Tablett mit dem halb aufgegessenen Essen auf den Boden, bevor sie seine Hände in ihre nahm. »Ich habe dich bemerkt, Bram.«

»Lüg nicht.«

»Tue ich nicht. Aber du warst ein bisschen jünger als ich.«

»Nur ein halbes Jahrhundert oder so.«

»Und ich dachte, du magst meine Schwester.«

»Maelona?«

»Ja, Maelona. Die hübsche, schüchterne, unsichere, narbenfreie Maelona. *Die* Maelona.«

Sie klang wundervoll eifersüchtig.

»Du kannst aufhören zu grinsen«, erklärte ihm Ghleanna.

»Ich grinse nicht.«

»Lügner.« Aber er war ein hinreißend süßer Lügner. »Hör mal, ich dachte nur nicht …«

»Dass ich gut genug wäre?«

Bestürzt erwiderte Ghleanna: »Das stimmt nicht!«

»Doch.« Bram streckte sich seitlich aus. »Alle Cadwaladrs sind gleich.«

»Gleich was?«

»Snobs. Ihr seid alle Snobs.«

Ghleanna blieb der Mund offen stehen.

»Schau mich nicht so an.«

»*Wir* sind Snobs?«

»Snobs. Große Snobs. Wenn einer nicht mit einem Schwert oder einer Axt umgehen kann – nicht würdig.«

»Das ist nicht wahr.«

»Es ist wahr. Und wie nennt mich dein Bruder? Der Denker? Als wäre das eine Krankheit. Ein Leiden, von dem ich kuriert werden muss.«

»Du darfst nicht auf Bercelak hören. Er ist ein gemeiner Mistkerl, und er behandelt alle, als hätten sie Leiden, die kuriert werden müssten.«

»Sag ich doch. Snobs.«

»Sind wir nicht. Wir sind nicht von königlichem Blut.«

»Snobs.«

»Wir sind nur arme Krieger.«

»Die Snobs sind. Aber das ist schon in Ordnung.« Er tätschelte ihre Hand. »Ihr wisst es nicht besser.«

»Du hochnäsiger …«

»Na, na. Kein Grund, gemein zu werden.« Er lächelte. »Ich mag dich trotz deines Snobismus.«

»Ach ja?«

»Weißt du das nicht?« Jetzt nahm er ihre Hand und hielt sie. »Wirklich?«

»Ich weiß, man kann mich nicht leicht … nicht fürchten.«

»Ich habe keine Angst vor dir, Ghleanna. Ich hatte nie Angst vor dir. Um ganz ehrlich zu sein … Ich finde dich unglaublich. Schon immer. Seit du mich zum ersten Mal ignoriert hast.«

»Ich habe dich damals nicht ignoriert.« Sie legte sich ebenfalls auf die Seite, jetzt lagen sie einander gegenüber. »Und ich kann dir versichern, dass ich dich jetzt nicht ignoriere.«

Ghleanna biss sich auf die Unterlippe und fragte dann: »Und wann musst du an deinem kostbaren Waffenstillstand arbeiten?«

Bram streckte sich nach ihr aus und ließ die Hand in ihren Nacken gleiten. »Die nächsten Tage nicht.«

»Meinst du nicht vielleicht Stunden?«

Er zog sie enger an sich, ihre Lippen berührten sich beinahe. »Nein, Ghleanna. Ich meine Tage. Minimum. Ich warte sehr lange darauf ...«

»Mylord Bram?«, fragte eine Stimme vor der Tür.

Bram fiel aufs Bett zurück. »Das kann nicht sein. Das kann jetzt einfach nicht wahr sein.«

Und in diesem Moment öffnete dieser Idiot von Lord Kleitos die Tür ohne Erlaubnis. Er grinste, als er die beiden nackt und fast ineinander verschlungen auf dem Bett sah.

»Es tut mir schrecklich leid, dich unterbrechen zu müssen, Mylord, aber die Kaiserin bittet um deine *umgehende* Anwesenheit.«

»Natürlich.«

Kleitos blieb stehen, das Schweigen im Raum dehnte sich aus, bis er drängte: »*Sofort*, Mylord.«

Und da schoss Ghleanna vom Bett hoch und stieß den Flossler an die gegenüberliegende Wand. Sie klemmte ihm die Hand um den Hals und drückte zu. Sie fühlte, wie langsam Wasser aus seiner Haut rann, und warnte: »Ich breche dir das Genick, bevor du eine Chance hast, dich zu verwandeln.«

Kleitos ließ nach, und Ghleanna erklärte: »Lord Bram wird da sein, wenn er angezogen und bereit ist. *Du* wirst nie wieder einfach ohne Erlaubnis in diesen Raum kommen. Und wenn du es einrichten kannst, hör auf, herumzuschlängeln. Ich finde das ekelerregend.«

Ghleanna zog Kleitos von der Wand weg und schob ihn zur Tür hinaus und in den Flur. »Und jetzt sag deiner Kaiserin, dass Lord Bram bald bei ihr sein wird.«

Sie ließ ihn los, und Kleitos rieb sich mit einem finsteren Blick auf die beiden Wachen vor der Tür den Hals.

»Und ihr tut nichts?«, wollte er wissen.

Demetrius zuckte mit den Schultern. »Unsere Befehle sind recht deutlich, Kanzler …«

»Schon gut!«

Kleitos stürmte davon, und Ghleanna ließ ihre Nackenwirbel knacken. »Schleimiger Mistkerl«, murmelte sie, bevor sie wieder in den Raum zurückkam.

Als sie an den beiden Wachen vorbeikam, zwinkerte ihr Anatolios zu.

Ghleanna schloss die Schlafzimmertür, doch das Bett war leer. Es war kein großer Raum, also hatte sie keine Ahnung, wo Bram sein könnte.

Ghleanna ging ums Bett herum, blieb stehen und stemmte die Hände in die Hüften.

»Bram der Gnädige! Hör auf zu lachen und komm vom Boden hoch! Die Kaiserin wartet!«

KAPITEL 12

Ghleanna war gerade damit fertig, sich das Hemd überzuziehen, als sich die Schlafzimmertür öffnete und die Regentin der Flossler hereinkam – ohne auch nur anzuklopfen!

Nicht einmal Rhiannon machte das.

»Oh. Ich dachte, Bram wäre hier.«

Helena wusste verdammt genau, dass Bram nicht hier war, denn sie hatte ihn selbst zu irgendeiner lächerlichen Senatssitzung oder was auch immer beordert, aber die Königliche wollte Spielchen spielen. Die Art von Spielchen, die viele Drachinnen spielten. Ghleanna war dafür allerdings nicht der Typ.

»Er ist in einer Senatssitzung, glaube ich.«

»Die fängt in frühestens einer Stunde an«, stellte Helena fest.

Warum beorderte sie ihn dann sofort zum Senat? Oder war das nur Kleitos' Idee gewesen, weil er ein Blödmann war? Vermutlich beides.

Indem sie ein Seufzen niederkämpfte, erwiderte Ghleanna: »Dann wahrscheinlich in der Bibliothek. Kann ich vielleicht etwas für Euch tun, Mylady?«

»Nein, nein. Ich muss nur mit ihm sprechen. Weißt du, welche Bibliothek?«

Ghleanna ließ ihre Stiefel auf den Boden fallen und setzte sich auf die Bettkante, damit sie sie mit der freien Hand überziehen konnte. Bram hatte darauf bestanden, ihren Arm wieder zu bandagieren, bevor er gegangen war. »Es gibt mehr als eine?«

Die Kaiserin seufzte und begann, im Raum auf und ab zu gehen. »Genießt du deinen Aufenthalt bei uns?«

»Ich bin froh, dass ich auf dem Weg der Besserung bin. Froh, dass ich noch atme. Also denke ich, ich genieße es.«

»Ich lasse die meisten in Menschengestalt bleiben. Nur für dich.«

Ghleanna ließ sich auf dem Bett nach hinten fallen und hob das Bein in die Luft, den Stiefel halb an, halb aus. Sie mühte sich ab, das enge Leder hochzuziehen, während sie versuchte, dieses lächerliche Gespräch zu führen.

»Das ist wirklich freundlich von Euch, Mylady. Aber es ist nicht nötig. Ich kann mich in jeder Gestalt behaupten.«

»Wirklich?«

Als sie den Stiefel anhatte, setzte sich Ghleanna auf. Sie zuckte grinsend mit den Achseln. »Das ist eine Gabe. Ich bin schließlich eine Cadwaladr ... Mylady.«

Die Kaiserin trat näher. »Also, du und Bram ... ihr steht euch sehr nahe?«

»Ja.«

»Aber du hast keinen Anspruch auf ihn, oder?«

»Nein. Ich habe keinen Anspruch auf ihn.« Ghleanna hielt den anderen Stiefel in der Hand und blickte zu Helena auf. »Aber ich habe ihn auch nicht foltern und schlagen lassen, was mich irgendwie in Führung bringt ... findet Ihr nicht, Mylady?«

Ihre merkwürdig gefärbten Augen wurden schmal, und sie streckte den Rücken durch. »Hervorragendes Argument. Andererseits besitzt mein Vater keinen ganzen Wald an Büchern über seine vergangenen Eroberungen. Du meine Güte, du bist sicher stolz«, höhnte sie. »Dass du die Tochter von Ailean der Schlampe bist.«

Ein paar Monate zuvor hätte sie der Kaiserin den Kopf abgerissen und ihn an die Wand geworfen, aber Ghleanna hatte nicht nur von einem ehemaligen Geliebten ein Schwert in die Brust gestoßen bekommen – was einem oft eine andere Sicht auf die kleinen Dinge verlieh –, sie hatte in der vielen freien Zeit auch eine ganze Menge über Brams Worte nachgedacht. Das Leben ihres Vaters, seine Vergangenheit, hatte nichts mit ihr zu tun.

Nicht nur das, sondern ihr Vater schrieb auch Bücher, wurde vom königlichen Friedensstifter hochgeschätzt und hatte all seinen Nachkommen beigebracht, wie man sich in *jeder* Lage verteidigte. Selbst Maelona hatte ihre Fähigkeiten. Ailean mochte eine Hure gewesen sein, aber eine liebevolle, fürsorgliche Hure, und er liebte seine Nachkommen und seine Gefährtin. Er war vernarrt in Ghleanna. Eine Tochter, die sich weigerte, ihm seine ehemaligen Indiskretionen zu vergeben. Das heißt, bis jetzt.

Jetzt wollte sie verdammt sein, wenn sie sich von irgendeiner kleinlichen Kuh einreden ließ, dass sie sich wegen irgendetwas schämen sollte. Für sie waren diese Zeiten vorbei. Lange vorbei.

»Das ist sehr richtig, Mylady. Andererseits gehe ich nach allem, was ich gehört habe, und angesichts der allgemeinen Zufriedenheit meiner Mutter davon aus, dass Ailean der Verruchte ein unglaublicher …«

»Ja«, unterbrach sie die Kaiserin. »Ich weiß, worauf du hinauswillst.« Sie sah außerdem deutlich, dass man Ghleanna nicht reizen konnte. »Ich gebe dir wohl besser die Gelegenheit, dich vollends anzukleiden.«

»Ja, Mylady.«

Helena verließ den Raum, und Anatolios, der immer noch Wache hatte, streckte den Kopf herein. »Alles klar?«

»Aye. Die ist nur so Furcht einflößend, wie man sie lässt.« Ghleanna hob ihren Stiefel hoch. »Könntest du mir mit dem hier helfen?«

Acht Stunden lang absolut nichts als weitere Streitereien. Nicht einmal zielführende Streits, sondern einfach lächerliches Gezänke, weil Helena das letzte Wort zu jedem Thema haben musste. Doch sie hatte sich zurückgelehnt und genoss die wütenden Diskussionen ihrer Ältesten, Senatoren und anderen Speichellecker. Bram wusste nicht, ob sich einer dieser Drachen bewusst war, dass Helena sich schon entschieden hatte, oder ob sie es wussten, aber einfach zum Spaß weiterstreiten wollten.

Und weil sie es genoss, noch mehr Elend um sich zu verbreiten, hatte sie darauf bestanden, dass Bram anwesend war. Sie war sogar so weit gegangen, ihn in der Bibliothek aufzuspüren, wo er fleißig an ihrem verflixten Waffenstillstand arbeitete.

Schließlich beendete die Kaiserin die Diskussion des Tages. »Wir treffen uns morgen, um die Sache weiter zu besprechen.«

Bram stand auf und streckte den Rücken. »Warum lässt du sie glauben, sie hätten Mitspracherecht?«, musste er einfach fragen, als die anderen hintereinander den Raum verlassen hatten. »Ist das nicht einfach nur grausam?« Und eine Verschwendung seiner verdammten Zeit.

»Das ist überhaupt nicht grausam. Es ist gut, wenn man seine Untertanen glauben lässt, sie hätten Kontrolle über ihr Leben, sonst werden sie ein bisschen unbändig. Ich hasse Unbändigkeit, du nicht?«

»Hab nie groß darüber nachgedacht.« Er begann, seine Schriftrollen zusammenzupacken. »Ich werde schauen, dass ich noch ein bisschen Arbeit erledigt bekomme. Wenn du mich bitte entschuldigen möchtest, Mylady.«

»Möchtest du mir nicht danken?«, fragte sie.

»Danken?«

»Weil ich so nett bin. Ich habe darauf bestanden, dass für den Augenblick alle in Menschengestalt blieben. Damit sich deine kleine Bäuerin nicht so winzig und unsicher fühlt.« Die Kaiserin lächelte. »War das nicht nett von mir?«

Ha. Bram war einfach der Meinung, die Kaiserin wollte einmal ihre Überfülle an Kleidern tragen können. »Aye, Kaiserin. Sehr … nett.«

»Ich muss sagen, du siehst in letzter Zeit viel besser aus, Bram.«

»Danke.«

»Und du hast wirklich … deine volle Leistungskraft erreicht.«

Bram antwortete nicht, er ordnete einfach weiter seine Schriftrollen.

»Mylord Bram?«

»Ja?«, fragte er.

»Ich dachte nur gerade, da du ja eine Weile hier sein wirst, könnten wir vielleicht …« Sie streckte die Hand aus und strich ihm über den Arm.

Bevor sie weitermachen konnte, hatte Bram das Gefühl, es sei wichtig, darauf hinzuweisen: »Wenn Ihr glaubt, ich hätte vergessen, wie ich gefoltert und geschlagen wurde, als ich das erste Mal hier war … Ich habe es nicht vergessen.«

Helena verschränkte die Arme vor der Brust, auf ihren Lippen lag ein leicht überheblicher Zug. »Das willst du mir vorhalten, was?«

Bram beschloss, dass Rückzug die beste Option war, also ging er in den Raum zurück, den er mit Ghleanna teilte.

Doch bevor er fliehen konnte, schleuderte ihm die Kaiserin hin: »Ich habe gehört, dass sich deine Niedriggeborene recht eng mit den anderen Soldaten angefreundet hat.«

Bram hielt inne. Er wusste, dass Helena eine hinterhältige, bösartige Seeschlange war, doch er konnte nichts gegen die plötzlich aufwallende Eifersucht tun.

»Die Soldaten scheinen sie wirklich zu mögen. Ich schätze, sie ist sehr freundlich, wenn du nicht da bist.« Die Kaiserin ging mit einem lieblichen Lächeln um ihn herum. »Ich bin sicher, mit ihnen fühlt sie sich wohler. Leute von ihrem Schlag und so weiter.«

»Sie ist von *meinem* Schlag, Mylady. Wisst Ihr noch? Barbarische Landbewohner. Das sind wir.«

Bram neigte den Kopf und ging. Er schaffte es zum Zimmer, das er mit Ghleanna teilte, doch als er es betrat, stellte er fest, dass sie weg war.

Bram warf seine Reisetasche und die Papiere in eine Ecke und stapfte aus dem Raum in den Flur hinaus. Die Wachen waren auch weg. Er ging den Weg zurück, den er gekommen war, und suchte nach irgendeiner Spur von Ghleanna.

Der Palast der Kaiserin war ein Wunderwerk der Seedrachen-Ingenieurskunst, gebaut in einer ausgedehnten Reihe von Unterwasserhöhlen. Luftatmende konnten Jahrhunderte innerhalb seiner meerfarbigen Steinwände überleben. Sie hatten Zugang zu frischem See- und Flusswasser und zu frischer Luft vom Land über ihnen. Wie es die Flossler schafften, das alles hier herunterzubekommen, wusste Bram nicht. Und er dachte nicht einmal daran zu fragen, so beschäftigt war er damit, Ghleanna zu finden.

Bram hörte ein Brüllen in einem langen Flur und sah große Flossler in diese Richtung eilen. Es waren Soldaten! Er kniff die Augen zusammen und folgte ihnen, indem er sich zwischen den Drachen hindurchdrängte, bis er eine Kammer erreichte. Zwei Seedrachen in Menschengestalt kämpften mit Speeren gegeneinander, während ihre Kameraden im Kreis um sie herumstanden und sie anfeuerten.

Auf einem Felsblock saß Ghleanna. Sie trug ein anderes langes Hemd und eine dunkelblaue Hose, und ihr Arm war immer noch unter ihrem Hemd festgebunden. Es überraschte ihn nicht, dass sie mit den anderen Kriegern jubelte – wenn sie nicht gerade mit den Generälen plauderte, die in Drachengestalt um sie herumstanden.

Ein Soldat warf den anderen mithilfe seines Speerschaftes auf den Rücken, und Ghleanna rief: »Nein, nein, nein!« Sie hob den freien Arm – und zu Brams Erstaunen hob sie einer der Generäle vom Felsblock und stellte sie vorsichtig auf dem Boden ab.

»Wenn du so weiterkämpfst, Junge«, tadelte sie, »dann wirst du oft auf dem Rücken liegen, wenn du in Menschengestalt bist.«

Sie wartete, bis der Drache aufgestanden war. »Du passt nicht auf, wie er dich angreift«, belehrte sie ihn. »Du bist so damit beschäftigt, auf die Spitze zu starren, dass du nicht merkst, wie sich sein Körper bewegt. Menschliche Körper verstecken nichts, aber diese Speerspitze kann sich in null Komma nichts zu dir drehen, und du hast keine Chance, ihr auszuweichen.« Sie zuckte mit den Schultern und tätschelte leicht die Stelle, wo sie von dem Schwert getroffen worden war. »Das kannst du mir glauben. Ich weiß, wovon ich rede.« Die Flossler lachten, und sie sprach weiter: »Aber wenn du deinen Gegner genauer beobachtest, kannst du sehen, was *er* tut, und er wird dir zeigen, welche Richtung er nimmt. Ich kenne sehr wenige menschliche Soldaten oder Drachen, die ihre Bewegung nicht anzeigen, lange bevor sie sie machen. Du musst nur danach Ausschau halten. Verstanden?«

Der Soldat nickte, und Ghleanna schlug ihm auf die Schulter, was ihn nicht zu stören schien. »Gut. Gut. Aber mach dir keine Sorgen. Du machst das gut. Du brauchst nur mehr Übung. Ich wette, *ihr alle* braucht mehr Übung im Kampf als Mensch.« Sie wedelte mit der Hand. »Also macht euch an die Arbeit!«

Die Flossler setzten ihre Übungskämpfe fort, und Ghleanna entdeckte Bram und kam zu ihm.

»Hallo auch.«

»Da lasse ich dich ein paar …«

»Ich hatte Langeweile. Was hast du erwartet? Dass ich auf dem Hintern sitzen bleibe und die Algen an der Wand zähle?«

»Das ist ein Designmotiv.«

»Und wieder kann ich dir nicht folgen.«

»Du solltest in unserem Zimmer sein, Ghleanna.«

»Du meinst mich verstecken? Warum? Ich habe nichts falsch gemacht.«

»Nicht verstecken. Ausruhen.«

»Mir geht es gut.«

»Du hast ein Schwert in die Brust bekommen!«

Im Raum wurde es still, und Ghleanna verdrehte die Augen. »Wenn du eine große Sache daraus machen willst.«

»Alles in Ordnung, Hauptmann?«, fragte einer der Soldaten.

»Mir geht es gut. Werde mich ein bisschen ausruhen gehen. Ihr arbeitet weiter. Ich schaue es mir später an.«

Sie ging hinaus, und Bram merkte, dass jetzt alle Soldaten ihn anstarrten. »Es ist zu ihrem eigenen Besten«, beharrte er. »Sie braucht ihre Ruhe.«

Hier und dort wurde gegrunzt, dann wandten sie sich von ihm ab.

Mit einem resignierten Knurren folgte er Ghleanna.

»Hast du Spaß daran?«, wollte Bram wissen, als er ihre Schlafzimmertür geschlossen hatte.

»Spaß woran?«

»Diese Soldaten gegen mich aufzuhetzen?«

»Wovon sprichst du?«

»Vor ein paar Tagen wussten sie noch nicht einmal von meiner Existenz. Zehn Minuten mit dir« – er warf die Hände in die Luft – »und sie hassen mich alle.«

»Du bist sauer. Ich habe nur mit ihnen geredet.« Sie senkte die Stimme: »Wusstest du, dass sie absolut kein Mitspracherecht und keine Vertreter in ihrer eigenen Regierung haben? Diese Seekuh regiert alles!«

»Ich weiß. Deshalb sollst du ja auch die Soldaten in Ruhe lassen. Hör auf, mit ihnen zu reden.«

»Ich verstehe nicht, warum dich das so aufregt. Du arrangierst sowieso einen Waffenstillstand, also werden sie lange Zeit nicht unsere Feinde sein.« Sie kam zu ihm herüber, beugte sich vor und flüsterte ihm ins Ohr: »Abgesehen davon verschafft mir das die Möglichkeit, herauszufinden, wie sie an Land und im Wasser kämpfen. Du weißt schon ... falls unser Waffenstillstand fehlschlägt und ich und meine Sippe sie alle töten müssen.«

Sie lehnte sich wieder zurück und lächelte; sicher, dass sie ihren Standpunkt erklärt hatte.

»Du bist völlig verrückt«, sagte er und starrte sie kopfschüttelnd an. »Ihr seid alle verrückt. Jeder verdammte Cadwaladr auf dieser Welt ist völlig verrückt, bis auf deine Mutter und deine Schwester Maelona.«

»Warum bringst du jetzt meine Schwester ins Spiel?«

»Weil ich mir relativ sicher bin, dass sie nicht herumrennen und versuchen würde, Flossler-Soldaten neue Kampftechniken beizubringen, nachdem man ihr die Brust mit einem Schwert durchbohrt hat.«

»Das liegt daran, dass sie keine Kampftechniken kennt. Aber wenn du so viel von ihr hältst, kann ich euch gern miteinander bekannt machen.«

Bram starrte sie noch ein paar Sekunden wütend an, bis er sie erinnerte: »Abgesehen davon, dass ich bei deiner Familie *gewohnt* habe, bin ich auch jahrelang mit Maelona zur Schule gegangen. Wenn ich ins Haus deiner Eltern zurückkehrte, dann meistens als Maelonas Gast.«

»Oh.«

»Sag mir, gab es *je* eine Zeit, als du mich bemerkt hast? Oder habe ich für dich einfach gar nicht existiert?«

»Das ist nicht fair.«

Er winkte ab. »Vergiss es. Ich bin müde und brauche Schlaf.«

»Also gehst du einfach?«

»Sieht so aus.«

»Bram ...«

Er knurrte sie an – er knurrte! – und zog sich das Hemd über den Kopf. Dann schüttelte er die silbernen Haare, warf das Hemd auf einen Stuhl und ließ sich kopfüber aufs Bett fallen.

»Dieses Gespräch ist noch nicht vorbei, Friedensstifter.«

»Doch, ist es«, sagte er in die Felldecke. »Ich habe es satt, daran erinnert zu werden, wie wenig ich dir je bedeutet habe.«

»Du benimmst dich wie ein Schlüpfling.«

Er hob einen Arm vom Bett, hob die Hand und machte eine Geste in ihre Richtung.

Ghleanna blieb der Mund offen stehen. »Du unverschämter Mistkerl!«

»Ich schlafe!«, schrie er ins Bett.

Unglaublich angepisst, ging Ghleanna fast eine ganze Minute im Raum auf und ab, bis sie brüllte: »Dieses Gespräch ist noch nicht vorbei!«

Mit einem Fauchen – in ihre Richtung! – drückte sich Bram vom Bett hoch und stürmte auf sie zu. »Was ist, Ghleanna? Was musst du jetzt unbedingt sagen? Genau in diesem Moment?«

»Küss mich!«

Er machte einen Schritt rückwärts. »Was? Warum?«

Sie hatte absolut keine Ahnung! »Weil ich es gesagt habe.«

»Nein.«

»Willst du mir sagen, dass du nicht willst?«

»Vielleicht nicht.«

»Lügner!«

»Das habe ich nicht nötig.« Er ging zur Tür.

»Angst, oder was?«

Bram blieb stehen. »Was?«

»Ich habe gefragt, ob du Angst hast. Du fürchtest dich. Wie eine kleine Maus.«

Bram drehte sich wieder zu ihr um. »Das Einzige, wovor ich Angst habe, ist, wie Rhiannon mich benutzt, um deinen Bruder zu quälen, weil er ein mordlustiger Irrer ist.«

Ghleanna durchmaß den Raum und stellte sich vor Bram. »Dann küss mich, wenn du den …«

Bevor sie ihre Herausforderung beenden konnte, hatte Bram ihr schon die Hand in den Nacken gelegt und riss sie an sich, bis sich ihre Zehen berührten. Doch er starrte ihr nur in die Augen, ohne sich weiter zu bewegen.

»Worauf wartest du, Friedensstifter?«, fragte sie ein wenig atemlos.

»Ich warte, bis *ich* bereit bin.«

»Also werde ich bis ans Ende der Zeiten darauf warten, dass du so etwas Einfaches tust?«

»An dir ist nichts einfach, Ghleanna. Und lass dir von niemandem das Gegenteil sagen.«

Bram konnte es einfach nicht fassen. So eine verrückte Kuh! Und das Schlimmste war, dass er sie schon mindestens seit einem halben Jahrhundert küssen wollte! Jetzt hatte er sie, aber er war so sauer, dass er nicht klar denken konnte. Und wenn er ehrlich zu sich war, war er unglaublich eifersüchtig. Sie fühlte sich unter Soldaten so wohl, wie konnte er da je auch nur hoffen, ihr nahe zu sein, wenn sie so wenig gemeinsam hatten? Als er sich aufs Bett fallen ließ, hatte er gedacht, es sei vorbei. Seine Besessenheit von ihr. Sein stilles Warten. Das Warten darauf, dass sie ihn bemerkte. Und wenn es nicht vorbei war, würde er dafür sorgen. Er musste. Wie sollte er sonst die nächsten Jahrhunderte ohne sie leben?

Doch er hätte es wissen müssen. Ghleanna ließ sich niemals ignorieren. Oder zur Seite schieben. Nicht der Hauptmann des Zehnten Bataillons der Drachenkönigin.

Und dennoch: Wer war Bram? Der Friedensstifter. Der Gnädige. Derjenige, der keine Menschen fraß, die auf der Straße an ihm vorbeikamen, nur weil er sein Morgenmahl verpasst hatte.

Also würde er sich wirklich von seiner friedliebenden und zeitweise gewaltfreien Natur aufhalten lassen? Er? Bram der Gnädige?

Er, der die ganzen Südländer, Außenebenen und Wüstenländer zu Fuß bereist hatte? Als Mensch?

Er, der mit intakten Gliedmaßen und im Vollbesitz seiner geistigen Kräfte aus den Kerkern des Kaisers der Seedrachen entkommen war?

Er, der es geschafft hatte, nicht nur Königin Adiennas Regentschaft zu überleben, sondern auch die Übernahme durch ihre Tochter?

Dieser Drache würde den ihm angebotenen Kuss nicht annehmen, denn Ghleanna wusste nicht, was sie direkt vor sich hatte.

Er war vieles, aber Bram der Gnädige war kein Narr.

Mit der Hand immer noch in Ghleannas Nacken, beugte sich Bram vor, neigte den Kopf zur Seite und legte die Lippen auf ihre. Er drückte die Zunge gegen ihren Mund, streichelte ihre Lippen, bis sie sich für ihn öffneten. Er drängte weiter, ließ seine Zunge hineingleiten und schmeckte, was dort wartete. Bei allen Göttern, so feucht und warm, er konnte beinahe die Flamme schmecken, die in ihr brannte.

Ghleanna schob ihm die Finger ihrer freien Hand in die Haare, lehnte sich mit dem ganzen Körper an seine nackte Brust. Er spürte, wie ihre Brustwarzen unter dem weichen Stoff ihres Hemdes hart wurden, fühlte ihren Puls unter seinen Fingerspitzen rasen.

Und in diesem Moment wusste er, dass er nie über Ghleanna hinweg sein würde. Niemals.

Ghleanna schloss die Faust um Brams silberne Haarsträhnen und schmolz an seinem Körper, wie sie es nie zuvor bei einem Mann getan hatte.

Gute Götter, der Kuss dieses Drachen war mächtig. Doch was sie faszinierend fand, war, wie langsam er alles anging. Seine Lippen lagen entspannt auf ihren; seine Zunge tauchte träge ein und drehte sich. Der Drache ließ sich Zeit, und das wusste sie zu schätzen. Das war unter Männern eine Seltenheit, hatte sie festgestellt. Vor allem in ihrer Welt, wo es nur darum ging, sich schnell zu bewegen und Dinge zu erledigen. Sogar das Vögeln. Sogar ein Kuss.

Ghleanna beschloss, ihren Instinkten zu folgen, zog ihre Hand weg und senkte sie in Brams Leistengegend. Sie griff nach seinem Gemächt, wollte durch die Hose damit spielen und dann ohne die Hose. Doch er fing ihre Hand ab und hielt sie fest.

»Nein.« Er trat von ihr zurück, schaute sich in dem kleinen Raum um. Ghleanna versuchte, ihre Hand zu befreien, doch er ließ sie nicht los. Stattdessen zog er sie mit einem Ruck zum Schreibtisch in einer Ecke. Er schob sie darauf, ihre Beine baumelten. Dann packte er ihre Hose und riss sie ihr vom Leib. Sie trug nichts darunter, denn sie hatte nichts anzuziehen gehabt, und Bram stand da eine ganze Weile, ließ die Hand an ihren Schenkeln hinaufgleiten, streifte ihre Scham, streichelte sie mit den Fingern.

Ghleanna griff mit ihrer freien Hand wieder nach ihm, doch Bram sagte: »Nein.«

Und dann verstand sie.

Sie stützte die Hand auf den Tisch, die Handfläche flach auf dem Holz. So blieb sie aufrecht und konnte zuschauen, ansonsten ließ sie sich aber entspannt nach hinten sinken und ließ Bram die Führung übernehmen. Denn dieses eine Mal … musste sie nichts tun.

KAPITEL 13

Bram ließ einen Finger in Ghleanna gleiten und beobachtete sie. Sie erwiderte seinen Blick, keuchte, hielt die Unterlippe mit den Zähnen fest.

Gott, sie war so heiß … und feucht. Er konnte nicht fassen, dass sie schon so nass war. Von dem Streit mit ihm.

Er drehte den Finger, zog die Fingerspitze an und rieb einen kleinen Punkt in ihr. Er beobachtete sie, genoss es, wie sie den Rücken wölbte, hörte sie stöhnen.

»Ich sollte dich in Ruhe lassen«, murmelte er, während er noch einen Finger in sie gleiten ließ und weiter mit ihr spielte. »Du brauchst Ruhe. Du bist immer noch nicht ganz genesen.«

»Wage es ja nicht, aufzuhören!«

Bram grinste und zog die Finger heraus. »Aber ich muss aufhören.«

Ghleanna stöhnte noch einmal, doch diesmal war es Frustration.

»Mir geht es gut«, versicherte sie. »Ich schwöre es. Ich fühle mich großartig.«

»Bist du sicher?«

»Ganz sicher. Ich bin *extrem* sicher.«

»Leg dich zurück, Ghleanna.« Sie tat es. »Schließ die Augen.«

Sie hob den Kopf. »Warum?«

»Weil ich es dir sage.«

Sie kniff ein wenig die Augen zusammen, und Bram war sicher, sie würde ihm widersprechen, aber sie streckte sich wieder auf dem Tisch aus und schloss die Augen.

»Jetzt tu mir einen Gefallen«, murmelte er. »Entspann dich einfach.«

Und wie genau sollte sie sich entspannen? Doch sie hielt die Augen geschlossen und wartete.

»Du atmest nicht, Ghleanna.«

»Nicht?«

»Nein. Das solltest du aber.«

»Natürlich, natürlich.« Sie zwang sich zu atmen und wartete weiter. Zum Glück musste sie nicht lange warten. Sie spürte, wie Brams Mund an die Innenseite ihres Oberschenkels drückte, Zähne streiften die Haut. Sie schauderte und versuchte, die Beine weiter zu spreizen, aber er hielt sie in den Armen und kontrollierte, wie weit sie sie öffnen und schließen konnte.

Der Gedanke ließ sie wieder erschauern.

»Hast du Schmerzen?«, fragte er, und sein Atem – aber nicht sein Mund – streifte ihre Muschi.

»Was? Nein, nein. Mir geht es gut. Ehrlich. Alles gut.«

»Wollte nur sichergehen. Wir wollen ja keine Rückfälle erleben.«

»Es wird keine geben.« Sie wusste, sie bettelte. »Ich verspreche es.«

»Gut.«

Ghleanna hatte immer noch die Augen geschlossen, lag immer noch auf dem Tisch ausgestreckt. Dann spürte sie Brams Mund an sich, seine Zunge glitt in sie. Und wie zuvor bei seinem Kuss ließ er sich Zeit, überstürzte nichts. Mit langen, ausladenden Streichelbewegungen leckte er ihre Muschi aus. Sie stöhnte, konnte nicht still auf dem Schreibtisch liegen blieben, ihr Körper wand sich unter seinem Mund.

Sie hätte es wissen müssen, oder? Dass er dieses Talent hatte. Dass Bram wusste, wie er ihr die Tränen in die Augen trieb und ihrem Körper Vergnügen bereitete. Natürlich ging er so gewissenhaft und entschlossen mit ihr um wie mit allem anderen in seinem Leben.

Ghleanna packte ihn am Hinterkopf, ihre Finger gruben sich in seine Haare.

»Bram«, flehte sie keuchend. »Bram … bitte.«

Er antwortete nicht, doch sein Finger kehrte zurück, schob sich in sie hinauf, drehte und wendete sich, bis er den Punkt wiederfand, den er zuvor entdeckt hatte. Ghleanna stieß ein Keuchen aus, ihr Körper begann zu zittern, ihre Beine kämpften darum, sich zu schließen. Doch Bram verlor nie die Kontrolle. Nicht über sie, nicht über die Situation. Ohne sie von der Stelle zu bewegen, quälte er sie auf die schönste Art, bis Ghleanna hart kam, die Faust in den Mund geschoben, um ihren Schrei zu dämpfen, denn sie hatte nicht vor, jeden Flossler in Hörweite zu unterhalten.

Während ihres Höhepunkts bewegte sich Bram an ihrem Körper hinauf, küsste und leckte über ihre Haut, verweilte länger auf ihren Narben. Vielleicht hatte Addolgar recht gehabt – Bram schien ihre Narben tatsächlich zu mögen.

Seine Lippen bewegten sich über ihren Hals, an dem goldenen Halsband vorbei, bis er über ihren Kiefer zu ihrem Mund fand. Schonungslos. Es gab kein anderes Wort für die Art, wie er sie küsste. Es war nichts gnädig an diesem Kuss. Seine Gnade reservierte er wohl für jeden anderen Ort, bis auf sein Bett.

Und sie musste zugeben – sie mochte das an ihm.

Bram fühlte, wie Ghleanna ihn küsste, und wusste, sie wollte ihn. Und die Götter wussten, er wollte sie auch. Er wünschte sich so sehr, in ihr zu sein. Doch ihr Vergnügen zu bereiten, indem er sie leckte, war etwas ganz anderes, als sie zu nehmen. Das konnte er nicht tun. Erst, wenn es ihr besser ging … oder?

Er rang sich durch und richtete sich auf, doch Ghleanna folgte ihm, den freien Arm hatte sie ihm um die Schultern gelegt, ihre Brust hob sich vom Tisch.

»Was tust du?«, wollte sie wissen.

»Dich in Ruhe lassen.« Er holte Luft, versuchte, seine Beine zu festigen. »Du bist verletzt, und es wäre falsch …«

Sie riss den Stoff ab, der ihr den Arm an den Körper band, und streckte sich nach ihm aus.

»Ghleanna, was tust du …«

»Lass mich nicht so, Bram. Bitte.«

»Aber …«

Sie leckte seinen Hals, knabberte an seinem Kinn. »Du *kannst* mich nicht so lassen«, flüsterte sie.

»Ich kann«, erinnerte er sie. »Ich sollte.«

»Bitte nicht.« Sie küsste ihn wieder, und bei den Göttern, ihre Zunge war talentiert. »Wir wissen beide, dass mir einmal nicht genügt«, erinnerte sie ihn, als sie sich von ihm löste. Und es stimmte. Drachinnen verlangten viel von ihren Liebhabern, warum sollte Ghleanna da anders sein?

»Und wenn ich dir wehtue?«

»Das wirst du nicht.« Sie grinste. »Ich bin unglaublich robust. Das liegt mir im Blut.«

Sie senkte die Hand und packte seine Männlichkeit durch die Hose. Sie schnappten beide nach Luft, während sie seine ganze Länge streichelte.

Bram begann zu keuchen, seine Beine zitterten. Er fing ihre Hand ab und hielt sie fest.

»Böse Drachin!«, sagte er.

»Ich tue, was ich muss, um zu bekommen, was ich will. Vielleicht kannst du mich für meine Boshaftigkeit bestrafen … später. Aber jetzt …«

Bram schob die Hose herunter, bis sich seine Männlichkeit befreite. Dann packte er Ghleanna bei den Hüften und zog ihren Hintern ganz an den Rand des Schreibtisches. Immer noch mit festem Griff hielt er sie eng bei sich, bis er in sie eindringen konnte, hart und fordernd. Ein ordentlicher Stoß, und er war dort. Beide hielten inne. Mit offenem Mund und flach atmend, blickten sie einander mit unverhohlenem Erstaunen an.

Er hatte sich nie vorgestellt, dass es sich so anfühlen würde. So heiß und nass und, Götter, so eng!

Ghleanna hob die Hände, streichelte seinen Kiefer, seinen Hals, und Bram küsste sie. Er zog sie enger an sich, vergrub sich bis zum Anschlag in ihr. Bis er wusste, so schnell würde nichts mehr zwischen sie kommen.

Ghleanna überraschte sich selbst mit einem Quieken. Solch ein Geräusch hatte sie noch nie gemacht. Aber sie hatte es nicht unterdrücken können, als Bram sie ausfüllte. Sie bebte um ihn herum, küsste ihn fester und hätte beinahe geschluchzt, als er sich in ihr zu bewegen begann. Seine Stöße waren lang, mächtig, und es schien ihr, als hätte er jederzeit die volle Kontrolle.

Das Wissen, dass sie das eine Mal nichts tun musste, als den Ritt zu genießen, war eine ziemlich aufregende Erfahrung für sie. Tag um Tag plante Ghleanna, konspirierte und führte aus. Sie führte dreihundert Drachen in den Kampf, wann immer sie von ihrer Königin gerufen wurden, und jede ihrer Entscheidungen betraf das Leben dieser Drachen. Doch dieses Mal … dieses eine Mal musste sie nichts tun. Sie musste nichts denken, hinterfragen oder töten. Sie musste nur genießen. Und das tat sie.

Bram hielt ihre Hüften immer noch fest im Griff, als er begann, sie härter, schneller zu nehmen. Und es machte ihr nichts aus. Schmerzte ihre Wunde? Ein bisschen. Doch damit konnte sie umgehen. Sie würde alles riskieren, um den verdammt noch mal besten Ritt aller Zeiten zu erleben.

Sie kam hart, ihr Körper versteifte sich in Brams Armen, der Schrei ihres Vergnügens blieb ihr im Hals stecken. Sie legte die Arme um seine Schultern und ließ sich von ihrem Höhepunkt überspülen. Als sie das letzte Mal nach Luft schnappte, legte Bram sie wieder auf dem Tisch ab, und dann stieß er in sie, nahm sie brutal, bis er kam, sein Körper bebte über ihrem, den Kopf ließ er zwischen ihre Brüste sinken.

Ghleanna strich ihm über die Haare und seufzte aus tiefster Seele. Sie sprachen nicht. Vielleicht gab es nichts zu sagen. Stattdessen hob Bram sie nach ein paar Minuten hoch und taumelte zum Bett, wo er sich mit ihr zusammen fallen ließ. Er drückte die Hand auf ihre Wunde, und sie tätschelte sie. Wie sie vorhergesagt hatte, war die Wunde nicht wieder aufgegangen. Sie war nicht weiter lädiert. Es ging ihr gut. Mehr als gut, um genau zu sein.

Er blieb in ihr, schaffte es, Hose und Stiefel abzustreifen, ohne sich von ihr zu entfernen.

Als Bram ganz nackt war, begann er, ihren Hals zu küssen, ihren Kiefer, ihren Mund, und langsam, mit viel Zeig, begann er wieder, sich in ihr zu bewegen. Diesmal, das wusste sie, würde es wieder nach seinen ganz eigenen kontrollierten Bedingungen geschehen.

Und sie hatte kein Problem damit.

KAPITEL 14

Bram wachte auf und wusste, Ghleanna war ebenfalls schon wach. Er wusste es, weil er spürte, wie sie an seiner Männlichkeit sog. Sie befand sich unter der Felldecke, doch er öffnete die Augen und schaute zu, wie sich das Fell hob und senkte, während sie mit seinem besten Stück umging wie mit ihren verdammten Streitäxten.

Mit einer Hand griff er nach hinten und umklammerte das Kopfteil. Gute Götter, dieser Mund! Ihr wunderschöner, wundervoller Mund. Alles an Ghleanna war wundervoll, großartig, unglaublich, perfekt … absolut perfekt. Perfekt, perfekt …

»Ich warte schon über eine Stunde auf …« Die Kaiserin der Seedrachen dieser Region hielt inne, nachdem sie unangekündigt Brams und Ghleannas Zimmer betreten hatte.

Helena hielt inne. Ghleanna dagegen …

Helena öffnete den Mund, schloss ihn, öffnete ihn wieder. Dann verdrehte sie die Augen und blaffte: »Wenn ihr zwei Kretins damit fertig seid, euch gegenseitig zu belästigen, erwarten wir den nächsten Entwurf deines Waffenstillstandsangebots, Friedensstifter. *Und ich warte nicht gerne!*«

Weil Ghleanna ihn von innen nach außen kehrte, brachte Bram nicht mehr als ein »M-hm« heraus und hob den Daumen.

Angewidert machte Helena auf dem Absatz kehrt, stürmte hinaus und knallte die Tür hinter sich zu.

»Barbaren!«, hörte er sie durch den Flur schreien. »Alle Landbewohner sind beschissene Barbaren!«

Wenn sie danach noch etwas sagte, hörte Bram es nicht. Er konnte nichts hören, denn das Tosen der Welle in seinem Kopf übertönte alles, als sich sein Körper wölbte und er in Ghleannas Mund kam. Sie lutschte und leckte, bis sie ihn ausgesaugt hatte, dann kroch sie unter der Decke hervor, leckte sich die Lippen und grinste ihn an.

»Habe ich etwas gehört?«, fragte das dreiste Stück. »Also, vorhin?«

Bram nahm ihr Gesicht zwischen die Hände und hielt es fest, während er sie küsste, sich selbst auf ihren Lippen schmeckte, in dem Wissen, dass sie alles von ihm in sich aufgenommen hatte.

»Du bist *so* eine ungezogene Drachin«, klagte er sie lachend an, während er sie rückwärts aufs Bett drückte. »Was mache ich bloß mit so einer ungezogenen Drachin?«

Bram ließ sie allein, um diesen blöden Waffenstillstand fertig zu machen. Und Ghleanna, die sich bemerkenswert wohlfühlte, machte sich wieder auf den Weg zum Übungsraum der Soldaten. Als sie eintrat, wichen die Soldaten zurück und neigten respektvoll die Köpfe.

»Hauptmann Ghleanna.«

»Hauptmann.«

»Lady Hauptmann.«

Ghleanna grinste. Oh ja. Sie hatte alles Mögliche zur Beschäftigung, bis Bram fertig war.

Sie nahm eine Streitaxt, schwang sie probeweise, fühlte sich vollständig, jetzt, wo sie wieder eine Waffe in der Hand hielt, dann fragte sie den Raum voller Drachensoldaten: »Also, wer ist der Erste?«

Während die Senatoren stritten und über Themen debattierten, die sie absolut nicht zu entscheiden hatten – was tat er noch mal hier? –, starrte Bram ins Nichts und überlegte, wann das hier wohl vorbei wäre, damit er wieder zu Ghleanna zurückkonnte. Zurück *in* Ghleanna.

Im Großen und Ganzen hatten sie nur ein paar Stunden miteinander verbracht, aber ihr Götter! Diese Frau. Sie war alles, wovon er immer geträumt hatte. Im Bett und außerhalb. Und nicht alle vögelten als Menschen gut – aber sie schon. Was gut war, denn es war eine seiner Lieblingsbeschäftigungen.

»So, so«, übertönte die Kaiserin das Geschrei der Senatoren, »du und die Cadwaladr?«

Bram blickte zu dem Podium, auf dem sie saß, und erwiderte: »Aye«.

»Schrecklich. Ich dachte, du würdest eine … Femininere finden.«

Sie grinste abfällig und richtete ihre Aufmerksamkeit wieder auf die diskutierenden Senatoren, doch Bram fragte nach: »Warum?«

»Was?«

»Warum?«

»Warum was?«

»Warum habt Ihr das gedacht?«

Ihre Augen wurden ein wenig größer, und die Kaiserin stammelte: »Na ja, du bist so … und sie ist so … und ihr beide zusammen seid so …« Sie schaute Bram einen Moment an, zwang sich zu einem Lächeln und sagte: »Ach, nichts!«

Bram hatte sich wieder auf die streitenden Senatoren konzentriert, als einer der königlichen Pagen in den Saal eilte. Er blieb vor der Kaiserin stehen, bis sie ihn näher winkte. Er flüsterte ihr etwas ins Ohr. Und Bram konnte beobachten, wie die blasse menschliche Haut vor Wut leuchtend rot wurde. Helena sprang auf und eilte aus dem Raum, ihr Gefolge hatte Mühe, ihr zu folgen.

Bram schaute den Pagen an. »Ich habe das Gefühl, das hat nichts Gutes zu bedeuten.«

Der Page schüttelte den Kopf. »Nein, Sir. Das hat es nicht.«

Ghleanna saß auf dem Bett und versuchte, die Stiefel von den Füßen zu ziehen, als mit einem Knall die Tür aufging. Sie blickte auf, erwartete einen törichten Kleitos – doch es war die Kaiserin.

»Du«, knurrte die Königliche. »*Du* warst das.«

»Was war ich, Mylady?«

»Lüg mich nicht an, Barbarin!«

Langsam stand Ghleanna auf; sie war größer als die Monarchin. »Ich schätze es nicht, eine Lügnerin genannt zu werden, weder von Euch noch von sonst jemandem, Mylady. Ich bin nicht eine Eurer Untertanen.«

Die Kaiserin ließ sich nicht von Ghleannas Größe beeindrucken. Weit gefehlt. »Aber du kannst ganz einfach eines meiner Opfer werden, Cadwaladr. Du befindest dich auf *meinem* Territorium.«

»Aye. Das stimmt. Aber ich habe, was Ihr *braucht*, Mylady.«

»Ghleanna.«

Ghleanna hörte Brams Stimme, doch sie wandte den Blick nicht von Helena ab, bis die Kaiserin schnaubte und hinausstürmte. Ihr armes Gefolge nahm sie mit. Gute Götter, den ganzen Tag nichts anderes tun, als dieser Schlange zu folgen. Das war auch eine Form der Hölle.

Bram schloss die Tür, sobald sie allein waren, und dann fragte er: »Willst du, dass wir hier sterben, unter den Flosslern? Ist das dein Ziel, Hauptmann? Uns beide umzubringen?«

»Nein.«

»Ghleanna …«

»Es passierte alles so schnell«, erklärte sie. »In der einen Minute habe ich ihnen gezeigt, wie man mit einer Streitaxt kämpft, und in der nächsten«, sie zuckte die Achseln, »Revolution.«

Bram ging zum Bett hinüber und setzte sich. »Benutz nicht dieses Wort. Nicht, wenn du willst, dass wir die Nacht überleben.«

Ghleanna setzte sich auf die Bettkante. »Die Soldaten haben keine Vertretung an ihrem Hof. Niemand, der auf sie aufpasst. Und kein Mitspracherecht bei Entscheidungen, die sie direkt betreffen. Was ist daran gerecht?«

»Gerecht? Hauptmann, wir sind Hunderte und Aberhunderte von Meilen unter dem Meer und den Launen einer Diktatorin ausgeliefert.«

»Einer Diktatorin, die nicht annähernd so mächtig ist wie ihr

Vater. Einer Diktatorin, die ihre Armee braucht, die unsere Königin braucht. Einer Diktatorin, deren winzigen Kopf ich mühelos zwischen meinen großen, fleischigen Händen zerdrücken könnte.« Sie lächelte. »Einer Diktatorin, die dich braucht. Und jetzt … braucht sie mich.«

»Aber warum? Warum willst du, dass sie dich braucht?«

Ghleanna beugte sich vor und küsste Bram, einmal, zweimal. »Meine Gründe sind meine Sache.« Sie küsste ihn noch einmal. »Aber im Moment« – noch ein Kuss – »werden wir sie schmoren lassen.« Und noch einer.

»Und was tun wir, um die Zeit auszufüllen, während sie schmort?«

Ghleanna kletterte auf Brams Schoß, ihm zugewandt. Sie legte die Arme um seine Schultern und sagte: »Vögeln, Mylord. Wir werden vögeln.«

»Na ja … wenn es sein muss.«

Lachend zwickte ihn Ghleanna mit den Zähnen in den Hals. »Es muss, Mylord. Es muss.«

KAPITEL 15

Bram hielt Ghleanna an den Hüften, zog sie an sich, umklammerte sie fest mit den Händen, während sie ihn hart mit ihrer Muschi umklammerte.

Schwitzend und keuchend rollte das Paar herum, jetzt war Bram wieder oben.

Er zog die Zunge über die neue Narbe, die Ghleanna jetzt an der Stelle besaß, wo das Schwert durch Schuppen, Fleisch und Knochen gefetzt hatte.

Ghleanna schlang die Beine um seine Hüften, den Kopf zurückgeworfen, und Bram vergrub sich wieder und wieder in ihrem Körper.

Sie stöhnte, laut und lang, ihr Körper zitterte unter seinem, als sie kam, sein Name als Flüstern auf ihren Lippen.

Bram, der dankbar war, dass sie gekommen war, weil er sich nicht sicher war, ob er sich noch länger hätte zurückhalten können, hielt Ghleanna an sich gedrückt, als er in ihr kam.

Blind hob er den Kopf von ihrem Hals und suchte ihren Mund, fand ihn. Sie küssten sich, ihre Zungen glitten, neckten, schmeckten – genossen. Und sie genossen einander schon seit Stunden.

Nur schade, dass nichts Wunderbares ewig dauern konnte.

Die Schlafzimmertür wurde aufgerissen.

»Seid ihr immer noch dabei?«, knurrte die Kaiserin. »Mein Reich zerfällt, und ihr zwei untersucht euch gegenseitig die Mandeln – und andere Körperteile?«

Bram löste sich aus dem Kuss und fragte: »Gibt es ein Problem, Kaiserin?«

»Du weißt verdammt gut, dass es ein Problem gibt. Die da« – die Kaiserin zeigte direkt auf Ghleanna – »hat meine Soldaten gegen mich aufgehetzt. Für diesen Verrat wird sie sterben.«

Bram wandte freundlich ein: »Das scheint mir ein tollkühner Schachzug zu sein, wo sie doch die Einzige ist, die im Moment die Kontrolle über Eure Soldaten hat, Mylady.«

»Ich hätte sie umbringen sollen, als ich die Gelegenheit hatte.«

»Dafür ist es nun zu spät. Wir müssen damit arbeiten, was wir haben. Hier. In diesem Moment.«

Die Kaiserin zeigte auf die Tür und befahl: »Raus, Friedensstifter.«

»Kaiserin, ich glaube nicht, dass …«

»Zieh dein Ding aus ihrer Muschi und *verschwinde*!«

Ghleanna drückte die Hand an Brams Brust. »Ist schon gut.«

Er betrachtete sie prüfend. »Sicher?«

»Ganz sicher. Abgesehen davon musst du ja noch den Waffenstillstand vollends ausarbeiten.«

Er musste ihn beenden. Je schneller, desto besser.

Als Bram gegangen war, setzte sich Ghleanna auf. Sie zog sich nicht an, wischte sich nicht den Schweiß vom Körper oder Brams Samen von ihrer Muschi.

Stattdessen lächelte sie und sagte: »Mylady.«

»Du hast meine Soldaten gegen mich aufgehetzt.«

»Wohl kaum. Sie wollen nur Gerechtigkeit.«

»Ich entscheide, was gerecht ist.«

»Alle starken Monarchen, die ich kenne, haben verstanden, dass ihre Soldaten ihr Lebensblut sind. Das verneint Ihr auf eigene Gefahr.«

»Was willst du, Landbewohnerin?«

»Was Eure Soldaten wollen. Eine Vertretung für sie in Eurem Senat – und dass Euer Senat echte Verfügungsgewalt in Eurem Reich bekommt.«

»*Ich* regiere hier. Wie es mein Vater vor mir getan hat.«

»Ist er jetzt nicht tot?«, fragte Ghleanna. »Durch Gift, wenn ich mich nicht irre.«

Kalte, blaugrüne Augen schauten Ghleanna an. »Das wurde nie bewiesen.«

Ghleanna kicherte. »Natürlich nicht. Aber stellt Euch vor, wie loyal Eure Soldaten sein werden, wenn Ihr das tut? Wer würde es wagen, ihren Zorn zu riskieren, indem er Euch verärgert, wenn er weiß, dass Ihr mehrere Legionen hinter Euch habt? Dabei kann ich Euch natürlich helfen.«

Die Königliche grinste. »Und was wird mich das kosten, frage ich mich?«

»Nicht viel, Mylady«, erwiderte Ghleanna. »Überhaupt nicht viel.«

KAPITEL 16

Das Goldhalsband wurde von Ghleannas Hals genommen, und Bram beobachtete, wie sie wieder ihre natürliche Drachengestalt annahm. Sie schüttelte die Haare und Flügel aus und blies eine Flamme in Richtung Höhlendecke – auch etwas, das ihr Helenas Joch verweigert hatte.

»Gute Götter«, murmelte Helena der Zauberin zu, die Ghleanna das Halsband angelegt und jetzt wieder abgenommen hatte. »Sogar ihre verdammten Schuppen haben Narben.«

»Schön, nicht wahr?«, sagte Bram lächelnd.

»Landbewohner«, schnaubte sie.

Ghleanna legte eine Rüstung an, die ihr die Soldaten gaben. Sie war recht … aufwendig und sagte viel darüber aus, wie sie zu ihr standen.

Ihre Streitäxte hatte sie auf den Rücken geschnallt und ihr Schwert an der Seite.

»Hervorragend«, sagte Helena drängend. Sie konnte es nicht erwarten, sie von hinten zu sehen. »Dann seid ihr also weg.«

»Das sind wir.« Bram drehte sich zu der Kaiserin um. »Danke für alles, Mylady.«

»Gern geschehen, Bram der Gnädige. Ich wünsche dir eine gute und sichere Reise.« Sie schaute zu Ghleanna hinüber. »Und dir auch, Hauptmann.«

»Danke, Mylady.«

Sie erwähnte den Waffenstillstand nicht, denn sie musste es nicht. Sie wusste, Bram würde seinen Teil des Handels einhalten. Das war eine tragische Schwäche von ihm.

Die Kaiserin bedeutete ihrem Gefolge zu gehen, und Kleitos ergriff die Gelegenheit, zu Bram herüberzuglitschen.

»Auf Wiedersehen, alter Freund.«

»Halt die Klappe.«

Der Flossler schnaubte und wandte sich an Ghleanna. »Und dir auch auf Wiedersehen, Hauptmann.«

Sie sah den Flossler an. »Wiedersehen, Kanzler Kleitos.«

Bram drehte sich im guten Glauben um, dass sie die Formalitäten erledigt hatten, als er Stahl aufblitzen sah. Er wirbelte gerade rechtzeitig wieder herum, um zu sehen, wie Ghleanna Kleitos das Schwert in die Eingeweide stieß.

»Ghleanna!«

Ihr Götter, was hatte sie getan? Was hatte sie getan?

Ghleanna drehte ihr Schwert, und Kleitos sank auf die Knie. Sie drückte ihm die Hinterklaue an die Brust und schob ihn von ihrer Klinge. Der Flossler fiel zu Boden, sein Inneres ergoss sich aus dem Loch, das Ghleanna gemacht hatte.

Doch langsam bemerkte Bram etwas Erstaunliches – niemand tat etwas. Nichts. Nicht ihm, nicht Ghleanna. Es gab kein Entsetzen, keine Verwirrung, keine Empörung.

Ghleanna wischte ihr Schwert ab und steckte es zurück in die Scheide. Sie ging zu der Kaiserin hinüber, blieb stehen, neigte kurz den Kopf. »Kaiserin.«

»Hauptmann.«

Vollkommen verwirrt folgte Bram Ghleanna zu dem Tunnel, der sie zurück an die Oberfläche bringen würde. »Ghleanna?«

Sie blieb stehen und drehte sich zu ihm um. »Dachtest du wirklich, ich lasse Kleitos leben? Nach allem, was er dir angetan hat?« Sie zog die Augenbraue hoch. »Ehrlich?«

»Ich habe dir gesagt, dass du Kleitos nicht anrühren sollst. Du hast gesagt, du hättest es verstanden.«

»Das habe ich auch. Ich habe verstanden, dass du wolltest, dass ich Kleitos in Ruhe lasse. Ich habe nie gesagt, dass ich es auch tue. Dem habe ich nie zugestimmt.«

»Ihr Götter«, seufzte er bewundernd, »mein Vater wird dich *lieben*.«

Ghleanna fing seinen Schwanz mit ihrem ein und zog. »Komm, Friedensstifter. Meine Sippe wartet.«

KAPITEL 17

Bram landete auf dem Felsvorsprung und wartete auf Ghleanna. Sie ließ sich neben ihm nieder.

»Also hat Helena zugestimmt?«, fragte er.

»Sie hasste Kleitos genau wie die meisten in ihrer Armee. Außerdem verkörperte er die Regentschaft ihres Vaters. Ihn loszuwerden war ein Gefallen, den sie mir nur allzu gern gewährte.«

»Und?«

»Und?«

»Du magst Helena nicht, Hauptmann. Du würdest ihr keinen Gefallen tun, es sei denn, es wäre in deinem Interesse.«

Sie zuckte die Achseln. »Na ja, ich wollte Kleitos' Tod und …«

»Und du hast trotzdem die Loyalität ihrer Armee, falls sie je versucht, sich uns entgegenzustellen. Und du wirst diese Loyalität höchstwahrscheinlich sehr lange Zeit besitzen, bei all den Rechten, die du ihnen verschafft hast.«

»Vielleicht.«

Bram grinste. »Und wenn du dich komplett geirrt hast? Auch nur geringfügig verkalkuliert?«

»Dann hätte ich es dich in Ordnung bringen lassen.« Sie rieb die Schnauze an seiner. »Und jetzt lass uns hier abhauen.«

Guter Plan. Er war fertig mit den Erinnerungen an diesen Ort. Er hatte sich ihm noch einmal gestellt und ihn besiegt – erneut. Doch diesmal würde er keine Albträume haben.

»Komm. Hier entlang.«

Sie gingen noch eine Meile zur Oberfläche, zerschnitten Baumwurzeln, die ihnen im Weg waren, bis sie den Höhlenausgang erreichten. Er war perfekt hinter einem nahegelegenen Hügel versteckt. Gemeinsam manövrierten sie sich um ihn herum und steuerten auf das Meer zu.

Doch plötzlich hielt Ghleanna inne.

Sie hob den Blick über die Baumkronen des Waldes, der sie umgab, zu den zwei Sonnen. »Ich wusste nicht, wie sehr ich sie vermissen würde, bis ich sie so lange nicht sehen durfte.«

»Ich weiß nicht, wie die Flossler das machen«, gab er zu. »Ohne Sonnen da unten zu leben. Und den Mond. Es ist nicht wie unsere Höhlen, oder? Wo frische Luft und Freiheit nur einen kurzen Fußweg oder Flug entfernt sind. Und die kurze Zeit, die wir da unten waren, hatte ich langsam das Gefühl …«

»Ich weiß. Ich auch.«

Ghleanna nahm Brams Klaue und zog ihn mit deutlichem Eifer mit sich. »Gehen wir. Meine Sippe wartet am Strand auf mich.«

Sie gingen, bis sie den Waldrand erreichten, doch Bram blieb stehen und schaute hinaus. »Was glaubst du, wie lange sie dort schon so stehen?«

Er sah Ghleanna die Rücken ihrer Sippe anlächeln. Sie standen alle am Strand, sahen aus wie Statuen, starrten aufs Meer hinaus und warteten, dass Ghleanna erschien. Ursprünglich hatte sie Addolgar gesagt, sie werde vom Meer kommen, denn sie hatte nicht gewusst, dass es einen anderen Ausgang gab. Einer, der sie direkt an Land brachte.

»Stunden. Vielleicht ein paar Tage.«

»Und wie viel länger …«

»Tage. Wochen. Irgendwann würden sie sich aber abwechseln. Ein Pulk hätte die erste Wache und dann ein anderer … so sind sie einfach. So sind *wir*.«

»Unglaublich.«

Ghleanna legte eine Kralle an die Schnauze, dann schlich sie sich an eine Gruppe Krieger heran. Es waren deutlich mehr als die ursprüngliche Truppe, die Bram begleitet hatte, und er machte sich plötzlich Sorgen, dass ihn all diese Cadwaladrs in die Wüstenländer eskortieren würden.

O-oh.

Als sich Ghleanna direkt hinter ihrer Sippe befand, schrie sie. Wie eine wilde Todesfee.

Und ihre Sippe erwiderte den Schrei, wirbelte herum, Waffen und Schilde erhoben.

»Habt ihr mich vermisst?«, fragte Ghleanna mit einem Lächeln.

»Du verrückte Kuh!«, brüllte Addolgar und schubste sie mit seinem Schild. »Fast hättest du zum zweiten Mal ein Schwert in die Brust bekommen!«

»Als wärst du je so schnell, Bruder.«

Dann umarmten sie sich, und Bram wusste, fast alles war, wie es sein sollte.

Ghleanna nahm Umarmungen, Schubser, Kniffe und Haareziehen als das, was sie waren: familiäre Zuneigung – auf Cadwaladr-Art. Und sie hatte diese Art so sehr vermisst.

»Aber dir geht es gut, ja?«, drängte Hew. »Bist du sicher, dass es dir gut geht?«

»Alles in Ordnung.« Sie breitete die Vorderklauen aus. »Schau mich an. Besser als je zuvor. Die Flossler haben gute Chirurgen, das muss man ihnen lassen.«

»Den Göttern sei Dank dafür«, sagte Kyna. »Stimmt's nicht, Kennis?«

»Stimmt. Gut für sie. Denn wenn sie unser Mädchen nicht zurückgeschickt hätten …«

»… hätten wir uns Kiemen wachsen lassen und wären selbst in ihre wässrige Grube hinabgestiegen, um ihnen die Schuppen auszureißen und diese blöden Flossen gleich mit.«

Aaah. Es ging doch nichts über die wahre Liebe und Fürsorge der Cadwaladr-Zwillinge.

Alles war, wie sie erwartet hatte, und sie war verflixt dankbar für ihre Sippe. Doch was Ghleanna nicht erwartet hatte …

»Die Zwillinge wären das geringste Problem der Flossler gewesen, wenn sie mein Mädchen nicht gesund und wohlauf zu mir zurückgeschickt hätten.«

Mit großen Augen drehte sich Ghleanna zu ihrem Vater um. Er trug seine Kriegsrüstung, mit umgeschnallten Waffen und kampfbereit. Er hatte ihre Mutter seit Jahren nicht mehr verlassen, um in den Kampf zu ziehen. Normalerweise überließ er das seinen »Gören«.

»Dad?«

»Ich bin so froh, dass du zu Hause bist, Mädchen. So froh, dass du in Sicherheit bist.«

Ghleanna versuchte den Kloß im Hals herunterzuschlucken, bevor sie sich ihrem Vater in die Arme warf. Sollten sie doch über Ailean den Verruchten sagen, was sie wollten – nichts davon zählte. Sein Herz war so groß wie jeder Ozean, und die Liebe, die er für seine Nachkommen hegte, war so stark und mächtig wie jeder Berg.

»Ich bin auch froh, Dad. Und was ich da zu dir gesagt habe …«

»Das ist vergessen, Ghleanna. Denk nicht mehr dran.« Er hielt sie ein Stück von sich ab. Lächelte sie an. »Verstanden?«

»Aye.«

»Gut. Und Bercelak tut es leid, dass er nicht hier sein kann …«

»Er kann Rhiannon nicht allein lassen, wenn wir Verräter in unserer Mitte haben.«

»… aber er sagte, du würdest es verstehen.« Ailean blickte auf seine Tochter herab, und Ghleanna sah in diesem einen Blick, dass er stolz auf sie war. »Also, was tun wir als Nächstes? Dich und Bram zu den Sandfressern begleiten? Oder dich zuerst zu Rhiannon bringen?«

»Als Erstes stirbt Feoras.«

Wie ein Mann drehten sich die Cadwaladrs zu dem Wald hinter ihnen um … und zu Bram dem Gnädigen.

Stirnrunzelnd fragte Kyna: »Wie war das?«

»Feoras stirbt«, wiederholte Bram.

»Und warum das?«

Bram ging auf sie zu, seine bewährte Reisetasche über der Schulter. »Weil er den Thron verraten hat, unsere Königin verraten, weil er versucht hat, ein wichtiges Bündnis zu verhindern, was er sicher wieder versuchen wird, und am wichtigsten …«, Bram stand jetzt vor Ghleanna und strich ihr mit der Klaue über die Wange, »… er hat versucht, meine Ghleanna zu töten. Für dieses Vergehen allein wird er sterben.«

Cai stützte den Ellbogen auf Ghleannas Schulter ab und fragte: »Aber bist du nicht der Gnädige?«

»Der bin ich.« Und ohne den Blick von Ghleanna abzuwenden, fügte er hinzu: »Doch meine Gnade hat leider Grenzen.«

KAPITEL 18

Ghleanna wartete auf Feoras, ungefähr fünf Meilen von dem Ort entfernt, an dem Rhiannon den Bastard aufgespürt hatte. Die Fähigkeiten der Königin waren, wie Bram es gesagt hatte, wirklich mächtig geworden. Es schien, als könnte sie beinahe jeden Drachen finden, den sie finden wollte, ohne Devenallt Mountain zu verlassen, es sei denn, der Flüchtige genoss den Schutz einer Hexe, die genauso stark war wie sie. Und Rhiannon hatte Feoras hier aufgespürt, nicht mehr als fünfzehn Meilen von dort entfernt, wo er versucht hatte, Ghleanna zu töten.

Wie Bram gesagt hatte, warteten Feoras und der Rest der Soldaten, die er bestochen hatte, auf Brams Rückkehr, damit sie beenden konnten, was begonnen worden war.

Und hier war Bram, entspannt an einen Baum gelehnt, immer noch in Drachengestalt, und kritzelte ruhig auf einem Pergament. Achtete er je auf irgendetwas, das um ihn herum vorging, wenn es kein Stück Papier oder ein verdammtes Buch war? Sie bezweifelte es. Doch er schien vollstes Vertrauen in sie zu haben. Er war immer noch davon überzeugt, dass sie ihn beschützte, und mehr musste sie nicht wissen.

Sie hörte Feoras und seine Soldaten zwischen den Bäumen. Sie waren sehr leise, doch Ghleanna wusste, worauf sie horchen musste. Das Flattern eines Blattes, den Warnruf eines Vogels … das Schlängeln eines Schwanzes.

Feoras kam um einen Felsblock herum, blieb aber stehen, als er Ghleanna sah. Überrascht wich er zurück, die goldenen Augen blinzelnd und weit aufgerissen.

»Ghleanna?«

»Feoras.«

»Ich …« Sein Blick verschob sich, und er sah Bram am Baum

lehnen, immer noch schreibend – und ihn vollkommen ignorierend.

»Du …?«, half sie nach, als er nicht weitersprach. »Du … was? Dachtest, ich wäre tot?«

Feoras konzentrierte sich wieder auf sie. »Ich wusste, dass du dich nicht so leicht packen lässt.« Er grinste anzüglich. »Das hast du nie … dich leicht packen lassen.«

»Nur, wenn ich will.« Sie bewegte sich auf ihn zu, zog ihre Äxte, in jeder Klaue eine. »Ich werde dich hier stoppen.«

»Du versuchst es zumindest.« Soldaten kamen zwischen den Bäumen hervor, manche blieben stehen und starrten sie an, anscheinend auch erschrocken, sie lebend zu sehen. Wenn sie das hier überlebte, würde sie zur Legende werden. »Willst du es mit uns allen aufnehmen? Ist das jetzt dein Ding?«

»Dein mangelnder Respekt vor Hauptmann Ghleanna beleidigt mich«, ließ sich Bram mit ruhiger Stimme von seinem Baum aus vernehmen.

»Ach ja?«, fragte Feoras lachend. »Na dann. Ich möchte ja Bram den Gnädigen nicht beleidigen. Er könnte uns zu Tode langweilen mit seinem umfangreichen Wissen über *gar nichts.*« Feoras schlenderte näher, doch nicht nahe genug für Ghleannas Äxte. »So, so, Gnädiger … du scheinst ja ziemlich an dem guten Hauptmann zu hängen. Sag mir, seid ihr beiden euch nähergekommen, während sie versuchte, die Wunde zu überleben, die ich ihr zugefügt habe?«

Bram kritzelte weiter auf seinem Pergament. »Das sind wir. Sehr nahe. Um genau zu sein …« Jetzt blickte er endlich von seinen Papieren auf, schaute aber Ghleanna an. »Ich liebe sie. Schon seit Jahren.«

»Ihr Götter!«, lachte Feoras. »Bist du wirklich so verzweifelt, mein Freund? Denn die ehrliche Wahrheit ist, wenn es darum geht, unter den Schwanz einer Cadwaladr-Schlampe zu kommen, ist das Letzte, was du tun musst, ihnen zu sagen, dass du sie liebst.« Er beäugte Ghleanna, und sie konnte nicht fassen, dass sie ihn je attraktiv gefunden hatte. »Das gilt für alle von ihnen, aber vor allem für Aileans Sprösslinge. Alles Huren … genau wie ihr Vater.«

Ghleanna hatte das alles schon oft gehört, aber im Gegensatz zu ihren Schwestern hatte sie nie gewusst, wie sie es wie Regenwasser von ihren Schuppen abperlen lassen konnte. Doch das war früher gewesen, nicht wahr? Als sie sich tatsächlich darum geschert hatte, was andere Drachen dachten. Jetzt dagegen wusste sie, was ihre Sippe ihr immer zu sagen versucht hatte – sie war eine mächtige Drachin, viel besser als Feoras der Verräter. Eine traurige, neidische Echse, die weder ihre Zeit noch ihr trunkenes Selbstmitleid wert war. Davon abgesehen hatte sie auch nicht die Absicht, sich von Feoras zu einer unüberlegten Reaktion verleiten zu lassen. Es gab einen Plan, und sie gedachte, sich daran zu halten.

Doch als Bram eine Flammenexplosion entfesselte, die Feoras und die Hälfte seiner Soldaten traf, sodass sie rückwärts in die Bäume flogen und dabei die Hälfte des Waldes zerstörten, während die andere Hälfte in Flammen aufging … da musste sie zugeben, dass sie überrascht war. Und ziemlich beeindruckt.

»Was ist?«, fragte Bram sie, als sie ihn nur anstarrte. »Ich dachte, du wolltest sie drüben auf der Lichtung haben, damit sie von deiner Sippe umstellt sind.«

»Das … stimmt. Ich dachte nur, du würdest davonlaufen und dich von ihnen jagen lassen. Nicht den ganzen Wald in Brand stecken.«

»Ich laufe für niemanden davon. Und um den Wald würde ich mir keine Sorgen machen.« Er blickte zum Himmel auf. »Es sieht nach Regen aus. Abgesehen davon habe ich dich gewarnt … meine Flamme ist mächtig.«

»Ich dachte, das wäre Ausschmückung gewesen.«

»Ich schmücke nicht aus.«

»Das habe ich gemerkt.«

Sie durchquerten eine Wand aus Flammen und betraten die Lichtung, als sich Feoras und seine Mitverräter gerade aufrappelten.

Jetzt war Feoras wütend. Das konnte Bram sehen. Denn es war eine Sache, von einer Drachenkriegerkollegin geschlagen zu werden, auch wenn es eine Frau war, aber von einem Politiker? Nein. Das würde er sich nicht gefallen lassen.

Weitere Verräter landeten auf der Lichtung.

»Sie waren nicht da«, sagte einer der Soldaten zu Feoras, bevor sein Blick überrascht an Ghleanna hängen blieb.

»Wo sind sie, Ghleanna?«, wollte Feoras wissen. »Wir haben diese Sippe tagelang beobachtet, wir waren sicher, sie würden uns zu dem Politiker führen. Und wir wissen beide, dass sie dich nicht nur mit dem da allein an deiner Seite kämpfen lassen würden.«

»Sie warten«, erklärte sie ihm.

»Worauf?«

»Dass ich dich töte.«

Damit warf Ghleanna ihre erste Streitaxt. Doch Feoras war schnell. Er trat rasch zur Seite, und die Axt traf den Drachen hinter ihm in die Brust – was ihn sofort umbrachte.

»Schlampe«, knurrte Feoras.

»Komm schon, Feoras.« Sie schwang ihre zweite Axt im Bogen und ließ sie mit der flachen Seite hart in ihre Klauenfläche klatschen. »Bringen wir es zu Ende.«

Mit Gebrüll ging er auf sie los, und Ghleanna stürzte sich auf ihn. Sie prallten aufeinander und wirbelten herum. Als sie landeten, löste sich Ghleanna als Erste und schwang die Axt. Feoras duckte sich und bewegte sich um sie herum. Sie drehte sich schnell, hob die Waffe und wehrte das Schwert ab, das nach ihrem Rücken geschwungen wurde.

Weitere Drachen umringten Bram, doch diesmal waren es Freunde, keine Feinde.

»Das musste ja kommen«, bemerkte Addolgar, während er zuschaute. Er würde sich nie in den Kampf seiner Schwester einmischen, solange nicht unmittelbar ihr Leben bedroht war. So machten es die Cadwaladrs.

»Aye«, erwiderte Bram. »Das stimmt wohl.«

»War es für euch beide okay da unten? Mit den Flosslern?«

»Aye. War ganz okay. Die Kaiserin will einen Waffenstillstand mit Rhiannon, und ihre Armee betet Ghleanna an.«

Addolgar schüttelte den Kopf. »Wie schafft diese launische Kuh das bloß immer? Ein paar Tage mit ihr – und sie sind bereit, meiner Schwester in die Hölle zu folgen.«

Feoras rammte Ghleanna die Faust in die Schnauze, sodass sie rückwärts stolperte. Doch sie blieb auf den Klauen und schlug erneut zu.

»Was ist mit dir, Friedensstifter?«, fragte Addolgar.

Bram wendete den Blick nicht von Ghleanna ab. »Was ist mit mir?«

»Würdest du meiner Schwester in die Hölle folgen?«

»Wohin auch immer ihre Seele geht, meine wird folgen.« Bram erlaubte sich einen kurzen Seitenblick auf Addolgar. »Sie bedeutet mir alles. Aber das wusstest du ja schon.«

»Ja. Wir wussten es schon. Wir alle. Aber du bist so verdammt höflich, wir dachten uns, du brauchst einen Schubs.« Er machte eine Geste zu der wachsenden Anzahl zuschauender Drachen hin. »Damit hätten wir aber nie gerechnet.«

»Ich auch nicht. Nicht für ein Bündnis.«

»Ein Bündnis in Schwarz auf Weiß. Mit den Drachen der Wüstenländer. Wenn du das schaffst, wird Rhiannon die stärkste Drachenmonarchin der letzten sechs Jahrhunderte.«

Als Bram nur blinzelte, fügte Addolgar hinzu: »Ich bin nicht dumm, Königlicher. Egal, was du gehört hast.«

Ghleanna wehrte einen weiteren Hieb von Feoras' Schwert ab. Sie wirbelte herum, schlug mit ihrer Axt zu, und als er sie abwehrte, holte sie den Schwanz nach vorn und rammte die Spitze in eine weiche Stelle unter seinem Arm.

Feoras brüllte vor Schmerz auf und wich vor ihr zurück. Er taumelte ein paar Fuß von ihr fort, senkte den Arm, um den Blutfluss zu stoppen.

Ghleanna drehte auf den Hinterkrallen, schwang die Axt und versenkte sie in Feoras' Wirbelsäule.

Der Drache wimmerte, sein Körper spannte sich. Ghleanna riss die Axt heraus und ging um ihn herum. Feoras sank auf die Knie und schaute zu ihr auf, als sie vor ihm stand.

Sie streckte die freie Kralle nach Addolgar aus, und er warf ihr seine eigene Axt zu. Ghleanna fing sie auf.

»Nicht, Ghleanna«, flehte Feoras. »Bitte. Tu das nicht.«

Ghleanna starrte den Drachen einen Augenblick lang an. »Ich habe dich nie geliebt«, murmelte sie. »Das weiß ich jetzt.«

Ghleanna hob beide Äxte. »Natürlich macht das alles sehr viel leichter.«

Sie führte die beiden Äxte mit Schwung zusammen und senkte sie gemeinsam in der Mitte von Feoras' Hals ab. Der Kopf des Drachen wurde sauber abgetrennt und landete zu Ghleannas Klauen auf dem Boden, während das Blut herausschoss und seine Kameraden einhüllte.

Sie trat zurück und ließ den Blick langsam über die wartenden anderen Krieger und Soldaten schweifen. Sie warteten auf ihre Befehle. Ihre nächste Entscheidung. Ghleanna lieferte sie ihnen.

»Tod allen Verrätern!«

Ihre Sippe brüllte zustimmend, bevor sie über Feoras' törichte Speichellecker herfielen. Sie schritt durch das Gemetzel hinüber zu Bram. Der lehnte wieder an einem Baum – und wartete auf sie. Und neben ihm stand ihr Vater.

»Musst du los, Dad?«, fragte sie.

»Aye. Bin zu alt für so ein Gemetzel.« Zum Beweis drehte sich ihr Vater um und hieb seine Axt einem Verräter über den Kopf, der ihm zu nahe gekommen war. Wirbelte noch einmal herum und schnitt einem anderen die Beine ab.

Er drehte sich wieder zu ihnen um. »Muss zurück in meinen Schaukelstuhl und zu meinem heißen Tee.«

»Eindeutig.« Ghleanna umarmte ihren Vater. »Sag Mum, es geht mir gut, und wenn das alles vorbei ist, komme ich sie besuchen.«

»Das will ich dir auch geraten haben. Wenn nicht, kommt sie

dich holen.« Ailean lächelte Bram zu. »Pass gut auf sie auf, Königlicher. Sie bedeutet mir die Welt.«

»Das werde ich, Sir.«

Ihr Vater ging davon, und Ghleanna schaute Bram an.

»Das …«, er zeigte auf die Einzelteile von Feoras' Leichnam – »war ein bisschen prahlerisch.«

»Ich biete den Jungs gern eine kleine Show. Das ist gut für die Moral.«

Er beugte sich herab und drückte die Schnauze an ihre. So blieben sie eine Weile, und dann sagte er: »Du musst noch ein bisschen töten.«

»Und ich dachte, du würdest mich davon abhalten wollen.«

»Meine Gnade hat sich nie auf Verräter erstreckt, Ghleanna.«

Sie drehte die Äxte in den Klauen, als sie ging. »Dann mache ich mich an die Arbeit.«

»Gut. Denn wenn wir hier fertig sind, müssen wir immer noch einen Kontaktmann in Alsandair treffen.«

»Streber«, bezichtigte sie ihn grinsend, bevor sie sich umdrehte und jeden Verräter tötete, der ihren Weg kreuzte.

KAPITEL 19

Der erstgeborene Sohn des Königs der Sanddrachen und sein Gefolge von fünfzig Mann – eine Zahl, die sein Bataillon von Kriegerdrachen nicht miteinschloss, blickte mehrere Minuten lang auf Rhiannon herab. Er sagte nichts, während er die Königin betrachtete, dann schniefte er und wandte sich ab.

Bercelak hatte das Schwert gezogen und dem Prinzen schon fast in den Rücken gesenkt, doch der schwarze Drache wurde von mindestens vier seiner Brüder und drei seiner Schwestern niedergerungen.

»Ich unterzeichne«, sagte der Prinz, wobei er noch gelangweilter klang, als er es auf der Reise gewesen war – was keine geringe Leistung darstellte. Er vertrat seinen Vater in dieser Sache; der König weigerte sich, irgendetwas zu unterschreiben, solange er oder jemand, dem er vertraute, die neue Königin nicht getroffen hatte. Statt also die Unterschrift zu bekommen, die er brauchte, und mit einem Bündnis in der Kralle zu Rhiannon zurückzukehren, war Bram gezwungen gewesen, den Prinzen und sein Gefolge an den Hof seiner Königin mitzubringen. Und ohne Ghleanna wäre das auch eine unerträgliche und lange Reise gewesen.

Bram hob das Pergament und reichte ihm eine Schreibfeder. Der Prinz kritzelte seine Unterschrift und ging hinaus, sein Gefolge und die Wächter folgten.

Ghleanna zeigte auf mehrere ihrer Cousins: »Eskortiert sie bis in die Grenzländer. Sorgt für ihre Sicherheit, bis sie drüben sind.«

Sobald der Prinz ihren Hof verlassen hatte, knurrte Rhiannon: »Diese Arroganz!«

»Er ist der erstgeborene Sohn des Drachenkönigs und sein Thronerbe«, erinnerte sie Bram.

»Ein Thron aus Sand. Als wäre das etwas zum Angeben.« Rhiannon schloss die Augen und brüllte: »Bercelak! Würdest du bitte deine Geschwister in Ruhe lassen?«

»Sie haben angefangen!«

Rhiannon öffnete die Augen und lächelte Bram an. »Also, Mylord Bram, es scheint, als gäbe es Verräter in unserer Mitte.«

»Aye, meine Königin.«

»Hast du Namen aus Feoras herausgebracht?«

»Nun ja …«

»Ich habe ihm den Kopf abgeschlagen, bevor wir eine Gelegenheit dazu hatten«, gab Ghleanna zu.

»Also ehrlich!« Rhiannon schüttelte den Kopf. »Genau wie dein Bruder. Erst töten, dann dem Leichnam Fragen stellen. Na ja … Dann werde ich wohl einfach jeden Ältesten befragen, bis jemand zugibt …«

»Oder«, unterbrach sie Bram eilig, »ich könnte eine diskrete Ermittlung zu der Sache durchführen. Vielleicht komme ich zu genaueren Ergebnissen, als man sie durch Folter bekommen würde.«

»Habe ich Folter gesagt? Ich erinnere mich nicht, Folter gesagt zu haben. Aber deine Gnade weist uns wie immer die Richtung. Also hast du meine Erlaubnis.«

»Danke, Majestät. Und der Waffenstillstand?«

»Waffenstillstand?«

»Den du mit Kaiserin Helena wolltest?«

»Mit dem Tintenfisch. Ach ja, genau.« Ghleanna wusste, dass die hinterhältige Kuh nichts vergaß. »Lass die Dokumente bei dem Ältesten Margh.«

»Das werde ich, meine Königin.«

»Und danke, Lord Bram, für all deine hervorragende Arbeit und deine Aufopferung.«

»Ich stehe dir und deinem Thron zu Diensten.«

Sie grinste. »Ich weiß.« Rhiannon warf einen Blick auf das Bündnisdokument, das der Sanddrache unterzeichnet hatte.

»Aber ich muss sagen, wenn Bercelak und ich einmal unsere eigenen Nachkommen haben, werden wir ihnen nie erlauben, so arrogant zu sein!«

Ghleanna warf einen kurzen Blick auf Bram, bevor sie beide erwiderten: »Mhm.«

Bitte nicht umarmen. Bitte nicht umarmen.

Doch sie tat es. Und jetzt wurde Bram von *zwei* schwarzen Augenpaaren wütend angestarrt.

Schließlich sagte er laut: »Das geht nicht von mir aus! Ich schwöre es!«

Rhiannon lachte und hielt Bram von sich weg. »So süß! Ist er nicht süß, Bercelak?«

»Nein.«

»Bercelak macht nur Spaß.«

»Nein, mache ich nicht.«

Und dann war Ghleanna da und stemmte Rhiannons Vorderklauen von Brams Schultern.

»Halt dich zurück, Schlange! Der gehört mir. Du hast deinen eigenen. Jetzt hängst du bei ihm fest!«

»He!«, schnauzte Bercelak.

Bram zog Ghleanna von der Drachenhexe fort, die ihr Blut in Säure verwandeln konnte. »Jetzt beruhigen wir uns mal alle wieder. Es gibt keinen Grund …«

»Und was bei den Höllen ist überhaupt mit dir und meiner Schwester los?«, wollte Bercelak wissen.

»Äh …«

Ghleanna stellte sich zwischen Bram und ihren Bruder.

»Ich würde ihn nicht herausfordern, wenn ich du wäre, Bercelak.«

Der größte Drachenkrieger prustete. »Ach nein?«

»Er kann Dinge.«

»Was für Dinge?«

»Er ist ganz gut in Kopfstößen. Du hättest sehen sollen, was er mit den Flosslern gemacht hat.«

Gute Götter, war die Frau verrückt geworden?

Bercelak kam näher. »Ihre Köpfe sind weich – wie Pudding. Nicht wie meiner. Meiner ist hart wie Granit.«

Da sagte Ghleanna: »Addolgar sagt, sein Kopf sei härter als deiner.«

»Das stimmt auch«, warf Addolgar fröhlich ein.

»Zentaurenmist.«

»Na, dann komm, Bruder! Probier's aus!«

Bercelak richtete seine Aufmerksamkeit auf seinen Bruder, und Ghleanna packte Bram an der Kralle und schleppte ihn aus dem Thronsaal.

»Warte … werden sie wirklich …«

»Einander Kopfstöße verpassen, bis einer ohnmächtig wird oder an einer Hirnblutung stirbt? Jep. Das werden sie.«

»Und sie beschützen unsere Königin und das Land. Wie beruhigend.«

»Du wirst dich daran gewöhnen.«

»Ghleanna.« Bram blieb stehen und hielt sie zurück.

»Was ist los?«

»Ich bin ein Drache. Ich gehe grundsätzlich davon aus, dass ich immer bekomme, was ich will. Aber bei dir gibt es keine Garantie, fürchte ich.«

Sie grinste. »Fragst du mich jetzt, was du mich schon vor zwei Wochen hättest fragen sollen, als wir in den Salzquellen des Königs der Sanddrachen lagen?«

»Na ja, ich konnte dich ja nicht richtig fragen, wenn ständig deine Brüder, Schwestern, Cousins und Cousinen hereinkamen, uns anstarrten und fragten: ›Seid ihr zwei immer noch nicht fertig? Was tut ihr da drin überhaupt?‹«

»Gutes Argument. Aber jetzt fragst du mich?«

»Ja.«

»Ob ich deine Gefährtin sein möchte?«

»Ja.«

»Weil du mich so liebst wie ich dich liebe?«

»Aye.«

»Weil du dir dein Leben ohne mich nicht vorstellen kannst?«

Bram legte die Klaue an Ghleannas Wange, strich mit einer Kralle über ihre Schuppen und flüsterte von Herzen: »Aye«.

Da verschränkte Ghleanna die Vorderklauen vor der Brust und fragte: »Hast du vor, diese Rhiannon auch weiterhin zu umarmen?«

»Aber das geht nicht von mir aus!«

EPILOG

»Bram?«

Bram blickte lächelnd von seiner Arbeit auf. »Du bist aber schnell wieder da.«

Seine Gefährtin schüttelte den Kopf. »Wir waren anderthalb Jahre lang weg und haben gegen die verdammten Blitzdrachen gekämpft!«

»Oh.« Er deutete auf das Dokument, an dem er arbeitete. »Das ist ein Waffenstillstand dafür. Wenn es dir dann besser …«

»Tut es nicht.«

Na dann. Am besten, man dachte nicht länger darüber nach, und ein Themenwechsel war immer eine gute Idee. »Wusstest du, dass sie auf einer zusätzlichen Klausel nur für deinen Neffen bestanden? Was genau hat Gwenvael im Norden angestellt?«

»Das willst du nicht wissen.« Sie kam um seinen Stuhl herum und setzte sich auf seinen Schoß. »Hab mir nur gewünscht, du wärst da, um die Lage zu beruhigen.«

»Oder du könntest damit aufhören, Gwenvael *überall* mit hinzunehmen.«

»Das ist unsere nächste Option. Wenigstens solange, bis er eine Gefährtin hat, die seinen hurenhaften Hintern in den Griff bekommt. Er macht langsam meinem Vater Konkurrenz!«

»Langsam?«

»Ach! Sprechen wir nicht davon.« Sie küsste ihn, und Bram hielt sie fest.

»Hast du mal geschlafen, seit ich gegangen bin?«, fragte sie, während Bram eine neue Narbe an ihrem Hals küsste.

»Warum zu Bett gehen, wenn du nicht da bist?«

»Na ja, jetzt bin ich eine Weile hier.«

»Nur du?« Und Bram beugte sich wieder vor, um sie weiter zu küssen.

»Hallo, Dad.«

Brams Ältester knallte seine blutverkrustete Streitaxt auf den Tisch – auf Brams Bücher und Papiere. »Ich bin am Verhungern. Gibt's was zu essen?«

»Na ja ...«

»Dad.« Seine Zweitälteste, eine Drachin, die genauso aussah wie ihre Mutter, lud Waffen für ein ganzes Bataillon auf dem Tisch ab – auf seinen Büchern und Papieren. »Essen? Ich verhungere.«

»Ich habe gerade gefragt«, bemerkte ihr Bruder.

»Willst du damit sagen, ich darf nicht fragen?«

»Ich habe nicht gesagt, du darfst nicht fragen, du weinerliche kleine Kuh.«

Zwei weitere seiner Sprösslinge stürmten herein, ließen sich auf Stühle fallen und legten die Füße auf den Tisch – alle auf seinen verdammten Papieren!

»Willst du wirklich mehr Kinder?«, musste er Ghleanna einfach fragen, wie er es in solchen Momenten immer tat.

»Nur noch drei. Vielleicht vier. Addolgar hat schon sechs!«

»Na ja, ich versuche nicht, mit deinen Geschwistern mitzuhalten, Hauptmann! Und glaubst du, wir können dem nächsten Schwung bessere Manieren beibringen?«

»Sie werden trotzdem Cadwaladrs, Schatz.«

»Das heißt dann wohl nein.«

»He!«, bellte Ghleanna die herumlümmelnden Drachen an. »Nehmt die Hufe vom Tisch und räumt eure Waffen auf, wie ich es euch gesagt habe, verdammt noch mal!«

Brummelnd wie so oft, taten seine Nachkommen, wie ihnen geheißen. Sie hatten früh gelernt, die Befehle ihrer Mutter nicht infrage zu stellen. Nicht, wenn sie, um Ghleanna zu zitieren, »wissen, was gut für sie ist«.

»Schau dir die Schweinerei an, die sie hinterlassen haben«, beschwerte sich Ghleanna. »Charles!«

»Er ist unterwegs und recherchiert für mich, und sein Name ist Jonathan. Charles ist seit Ewigkeiten aus diesem Leben gegangen.«

»Ich weiß. Aber ich vermisse ihn immer noch«, seufzte sie. »Erstklassige Arbeit hat er geleistet.«

»Jonathan wird ein paar Tage fort sein.« Er küsste ihren Hals. »Vielleicht kann der Nachwuchs heute Abend in den Pub gehen. Für ein paar Stunden.«

Ghleanna lachte und schlang Bram die Arme um die Schultern. »Das wird sicher schwierig. Du weißt ja, wie tugendhaft sie alle sind.«

Bram vergrub die Nase an ihrem Hals und atmete tief ein. »Ihr Götter, Frau! Du riechst nach Blut und Tod.«

Ghleanna lächelte. *Ehrlich, dieser Drache.* »Ich wäre beleidigt, Friedensstifter, und verletzt, wenn ich nicht spüren könnte, wie deine Männlichkeit versucht, sich durch mein Kettenhemd zu bohren.«

»Du wusstest immer, was du mit mir anstellst, Ghleanna. Vor allem, wenn du von der Schlacht heimkehrst, mit all deinen neuen Narben und immer noch voll mit dem Blut deiner Feinde. Ein Drache hält nicht alles aus!«

»Also gut, also gut. Beruhige dich. Du merkst kaum, wenn ich weg bin, und dann kannst du nicht genug von mir bekommen, wenn ich hier bin.«

»So überstehe ich die Zeit, wenn wir getrennt sind. Bisher hat es funktioniert. Und jetzt küss mich noch mal.«

Sie tat es, schmolz dahin, als seine Zunge tiefer forschte, seine Finger ihre Schultern und ihren Rücken streichelten. Er würde dasselbe tun, wenn er sie auszog, doch dann würde er langsamer vorgehen. An jeder Stelle ihres Körpers verweilen. Das war es wert, in ein verdammtes Schloss zurückzukehren statt in eine Höhle.

»Wir haben Hunger.«

Ghleanna warf einen finsteren Blick über den Tisch auf ihren jüngsten Sohn und die restlichen Blagen, die neben ihm standen. »Dann holt euch eine Kuh.«

»Du wirst uns nichts zu essen geben? Was bist du für eine Mutter?«

»Eine, die euch die Beine vom Rest trennen kann!«

»Oder«, unterbrach sie Bram, »ihr könnt in den Pub gehen. Wir kommen später nach.«

Ihre jüngste Tochter zuckte die Achseln. »Wir ha'm kein Geld, oder?«

»Das verstehe ich nicht. Warum plündert ihr nicht wie der Rest eurer Sippe?«

»Das war in den Nordländern, Dad. Hier gibt's nichts zu plündern, bis auf die Krähen in den Bäumen.«

»Und Schnee«, fügte ihr Ältester hinzu. »Viel, viel Schnee.«

Bram machte eine Handbewegung zu seinem Studierzimmer. »Ihr wisst, wo ich die Goldmünzen aufbewahre.«

Wie von der Tarantel gestochen rannten ihre Sprösslinge ins Studierzimmer ihres Vaters, kletterten über den Tisch und rangelten, weil sie gleichzeitig durch die Tür wollten. Es war nicht schön.

»Ghleanna …«

»Du erträgst sie, weil du mich liebst«, erinnerte sie ihn schnell.

»Ihr Götter, ich liebe dich wirklich. Ich liebe sogar diesen Haufen da. Verrückte, mordlustige Dreckskerle, die sie sind.«

»Sie sind süß. Und machen sich schon Namen. Und …«

»Und?«, fragte Bram nach.

»Ich wurde zum General befördert.«

Brams Lächeln war echt und sehr warm.

Er umarmte sie fest. »Meine schöne, schöne Gefährtin. Ich bin so stolz auf dich.«

Das wusste sie. Genoss es. »Und ob du es glaubst oder nicht – ich habe meine Beförderung direkt von Bercelak erhalten.«

»Wie bei allen Höllen hast du das geschafft?«

»Keine Ahnung. Du weißt ja, wie er ist. Wenn wir Cadwaladrs sind, müssen wir doppelt so viele töten wie andere Drachenkrieger, bis dieser schmallippige Mistkerl auch nur in unsere Richtung knurrt.«

»Immer noch ein wahrer Sonnenschein, was?«

Ghleanna lachte, bis ihre Gören auf dem Weg zum Burgtor wieder an ihnen vorbeistürmten.

»Auf zum Bier«, murmelte sie.

»Und sie lassen uns allein.«

»Aye. Das tun sie.« Sie legte die Stirn an die ihres Gefährten. »Ihr Götter, ich habe dich vermisst, Friedensstifter. Diese verfluchten kalten Nächte, in denen ich gegen die verdammten Blitzdrachen gekämpft habe. Und dabei wollte ich nur nach Hause und zu dir.«

»Das bist du, Ghleanna. Du bist zu Hause. Und ich war nie glücklicher.«

GEBÄNDIGT

Eine Novelle aus der Welt der Wolf Diaries

KAPITEL 1

»Wo kriegst du nur diese Strümpfe her, Doc?«, knurrte Niles Van Holtz, von seinen Freunden und seiner Familie Van genannt. Diese Strümpfe mit dem sexy Streifen hinten hätten aus einem Film aus den vierziger Jahren stammen können. Und bestimmt trug sie auch Strapse. Mann, die Frau trieb ihn total in den Wahnsinn, und sie merkte es nicht einmal.

Kalte, gnadenlose, blassblaue Augen richteten sich auf Van. »Ah ja«, seufzte sie. »Niles Van Holtz. Mein Abend auf einer Wohltätigkeitsveranstaltung wäre nicht komplett ohne deinen beißenden Witz und deine anhaltende Besessenheit von meiner Unterwäsche.«

»Was glaubst du, warum ich mich sonst ausgerechnet ins Naturwissenschaftsgebäude schleppe, wenn nicht, um dich zu sehen?«

Van hatte schon eine Menge niederträchtige Weiber kennengelernt. Da er aus einer wohlhabenden Familie voller mörderisch starker Raubtiere kam, war er eher überrascht, wenn er mal auf eine nette Frau traf. Aber Irene Conridge, die schon im zarten Alter von fünfzehn Jahren ein Rhode-Stipendium erhalten hatte und nun Inhaberin mehrerer Doktortitel war, machte aus ihnen allen Hackfleisch.

Irene Conridge war ein Wunderkind, oder zumindest war sie eines gewesen. Aber mit knackigen fünfundzwanzig hatte sie alle Kindlichkeit längst hinter sich gelassen.

Seit Irene sich zum ersten Mal auf dem Campus der Universität gezeigt hatte, war Van ihrer Witterung gefolgt und hatte sie gnadenlos gejagt. Sie war damals achtzehn gewesen, Van zwanzig. Er hatte gedacht, sie sei einfach irgendeine Erstsemester-Studentin. Oder, wie seine Kumpel es gern nannten, Frischfleisch.

Aber er hatte nur zu bald herausgefunden – als sie ihn nämlich eiskalt abserviert und sprachlos mitten auf dem Platz hatte stehen lassen –, dass sie in Wirklichkeit Gastprofessorin war. Und eine große Nummer. Elitehochschulen des ganzen Landes und in Europa hatten sich um sie gerissen. Aber aus irgendeinem unbekannten Grund hatte sie den Job an dieser kleinen, aber elitären Universität an der Grenze von Seattle, Washington, angenommen. Sie hatte Harvard, Yale, MIT, Berkley und Oxford einen Korb gegeben … allen.

Niemand verstand es. Niemand außer Van. Warum mit einem Haufen anderer ehemaliger Wunderkinder an eine große Uni gehen, wenn man an einer kleineren die große Nummer sein konnte? Denn Irene war bei *wirklich klein* gelandet, und sie bestimmte hier, wo es langging. Man verwehrte ihr nichts, gab ihr, was immer sie brauchte, und legte sich mächtig ins Zeug, um sie glücklich zu machen. Irene ihrerseits sorgte dafür, dass der Name der Universität in akademischen Kreisen lebendig blieb, dass Studenten darum bettelten, an der Uni aufgenommen zu werden, damit sie sich für ihren Kurs einschreiben konnten – bis sie tatsächlich einen ihrer Kurse durchstehen mussten – und das Geld weiter floss. Die Frau war nicht charmant, aber irgendwie zog sie das Geld von einigen der reichsten Familien im Nordwesten an. Unter anderem das seiner Familie.

»Außerdem bin ich wirklich nur von deiner Unterwäsche besessen, Doc.« Er wusste, dass sie es hasste, wenn er sie so nannte. »Sag mir, trägst du Strapse?«

»Ja«, antwortete sie ohne Umschweife. »Ich mag keine Strumpfhosen, ich finde sie so einengend.«

Van konnte nicht anders, er knurrte abermals. Laut genug, dass sie sich umdrehte und ihn direkt ansah. »Hast du mich gerade angeknurrt?«

»Es war eher ein Schnurren.«

»Faszinierend.«

»Bin ich das?«

»Nein. Bist du nicht. Aber die Tatsache, dass ein erwachsener

Mann wegen Strapsen knurrt, ist faszinierend. Ich bin sicher, der Fachbereich Psychologie würde dich für ein fesselndes Studienobjekt halten.«

»Wie schmeichelnd.«

Sie runzelte die Stirn, und es war kein ärgerliches oder besorgtes Stirnrunzeln, sondern ein sehr nachdenkliches. »Bin ich das? Man sagt mir sonst, ich sei kalt und ziemlich abweisend.«

Van hatte wirklich alle Mühe, nicht zu lachen. Um ehrlich zu sein, er kannte keine kältere Frau auf dem Planeten. Steinzeitdamen, die seit Jahrmillionen irgendwo im Gletschereis eingefroren waren, hatten mehr Wärme als Irene. Und doch … er konnte sie einfach nicht in Ruhe lassen.

Seine Schwester, die gegenwärtig irgendwo auf der Feier herumschwirrte und allen aus dem Weg ging, die sie nervten, verstand seine Obsession wegen dieses »reizlosen Mädchens«, wie sie Irene nannte, überhaupt nicht. Er hatte schon öfter gehört, dass man Irene als »reizlos« bezeichnete oder, sein persönlicher Favorit, als »nicht abstoßend«. Aber Van wusste nicht, wovon sie redeten. Die Frau war absolut reizvoll. Schwarzes, schulterlanges Haar, das sich völlig unkontrolliert wellte und ihn aus irgendeinem unbekannten Grund ständig an verschwitzten, harten Sex denken ließ. Volle Lippen, die er im Laufe der Jahre in mehr als einem feuchten Traum gesehen hatte, und eine majestätische Nase. Ein hochgewachsener, kurviger Körper, den sie ständig hinter langweiligen, geschniegelten Hosenanzügen in den ödesten Farben versteckte. Aber sie trug immer diese sexy Strümpfe und diese Killer-Heels. Doch es waren die Augen, die ihm den Rest gaben. Er kannte Augen wie ihre von Polarwölfen. Von so hellem Blau, dass sie eigentlich gar nicht mehr blau waren. Er hatte schon etliche Leute diese Augen unberechenbar oder beunruhigend nennen hören, aber er konnte ewig in sie hineinschauen.

»Ich wette, du bist gar nicht wirklich kalt, Doc. Nicht ganz tief drinnen.«

»Tatsächlich bin ich das durchaus. Oh! Und Jackie und ich

habe eine Wette laufen.« Sie deutete auf ihre Mitbewohnerin, Jaqueline Jean-Louis, ein ehemaliges Musikwunderkind. Die beiden Frauen kannten sich seit Jahren, und Jean-Louis unterrichtete im angesehenen Musikfachbereich der Universität. Was Van an der ganzen Beziehung faszinierend fand, war die Tatsache, dass Jean-Louis eine Gestaltwandlerin war. Genau genommen ein Schakal. Er fragte sich immer, ob Irene Bescheid wusste. Wenn ja, ließ sie es sich absolut nicht anmerken. Aber es wäre auch nicht ungewöhnlich, wenn sie es nicht wüsste. Viele Gestaltwandler schafften es ihr ganzes Leben lang, vor den Vollmenschen in ihrer Nähe erfolgreich zu verbergen, was sie wirklich waren. Für ihre Art war es wichtig, ihre wahre Natur zu verbergen. Tatsächlich wurden manchmal schwere Entscheidungen getroffen, um ihr Geheimnis zu wahren.

»Ach ja?«, fragte er und nahm ein Glas Champagner von dem Tablett, das gerade vorbeigetragen wurde.

»Ja. Ich bin davon überzeugt, dass du mich für eine Jungfrau hältst und immer gehofft hast, mich schänden zu können.«

So sehr er es auch zu verhindern versuchte, verschluckte er sich an seinem Champagner.

Sie verstand es einfach nicht. Seit fast sieben Jahren war der Mann jetzt hinter ihr her. Bei jedem Wohltätigkeitsevent. Bei jeder Universitätsfeier. Bei jeder Veranstaltung, der beizuwohnen sie sie gegenüber der Universität verpflichtet war, tauchte auch Niles Van Holtz auf. Er zeigte sich gewöhnlich nicht sofort. Er wartete, bis sie sich schließlich mit dem Gedanken angefreundet hatte, dass er beschlossen hatte, nicht zu kommen, und dann – zack – da war er. Meistens schlich er sich von hinten an sie heran und flüsterte ihr irgendeine ziemlich unangemessene Frage ins Ohr. Man konnte beinahe sagen, dass sie gelernt hatte, das zu erwarten.

Irene schaute hoch in Van Holtz' attraktives Gesicht. Er sah wirklich gut aus. Umwerfend, um genau zu sein, wenn man sich an die normalen gesellschaftlichen Standards hielt. Dunkelbraunes Haar mit weißen, schwarzen und grauen Strähnen verdeckte beinahe diese eigenartig gefärbten Augen. So etwas wie goldener Bernstein oder so. Sie war nicht wirklich ein Farbmensch, sie überließ derartige Entscheidungen Jackie. Auch heute hatte ihre Freundin das Kleid, das Irene trug – ein helles, silberfarbenes … Ding – für sie ausgesucht.

Van Holtz hatte außerdem einen ziemlich markanten Kiefer und eine Nase, bei der sie darauf gewettet hätte, dass darin früher einmal eine Nasenscheidewandverkrümmung zu finden gewesen war, so wie sie sich gleich unter seinen Augenbrauen krümmte, und einen eher ungewöhnlich breiten Nacken.

Ja, ein sehr gut aussehender Mann. Und vielleicht eins der arrogantesten Wesen, das ihr je über den Weg gelaufen war. Im Ernst, wenn sie irgendein emotionales Interesse an diesem Mann hätte, wäre sie gezwungen, ihn vom Planeten auszulöschen. Aber Irene hatte nur sehr wenig emotionales Interesse an irgendjemanden. Jackie und Jackies Freund Paul deckten diese Interessen so ziemlich ab. Und das war in Ordnung für sie.

Mehr als in Ordnung.

Van Holtz räusperte sich. »Ähm … und warum glaubst du, es würde eine Rolle für mich spielen, ob du noch Jungfrau bist?«

Irene zuckte die Achseln. »Du hast diese Art an dir. Ich stelle mir vor, dass es dir wahrscheinlich gefällt, wenn die Jungfrau dir sagt: ›Au! Du bist zu groß. Bitte, wir müssen aufhören!‹ Und du sagst«, sie senkte die Stimme um mehrere Oktaven, um sich der von Van Holtz anzupassen. »›Mach dir keine Sorgen. Ich werde zusehen, dass es gut für dich wird, süße kleine Jungfrau.‹«

Van Holtz starrte sie mindestens eine geschlagene Minute an und Irene begann sich zu fragen, wohin Jackie verschwunden war. Sie nahm die Frau schließlich mit, damit sie Irene daran hinderte, solche Sachen zu machen. Wie zum Beispiel etwas zu sagen, das in finanzieller Hinsicht gewaltige Konsequenzen nach sich ziehen konnte. Die Familie Van Holtz gab der Universität eine Menge Geld, und mit dem dummen Versuch, ehrlich zu sein, würde Irene möglicherweise dafür sorgen, dass dieser Geldstrom versiegte.

Aber dann warf Van Holtz den Kopf in den Nacken und lachte. Ein Lachen, das Irene schockierte und alle im Raum veranlasste, sich umzudrehen und sie anzustarren. Wenig überraschend erschien plötzlich Jackie an ihrer Seite.

»Was ist los?«, fragte sie unverzüglich, ein liebreizendes, falsches Lächeln auf dem Gesicht.

»Ich weiß nicht genau, ob man über mich lacht oder mit mir«, erklärte Irene ihrer Freundin.

»Mit dir, Doc«, brachte er schließlich hervor. »Ich schwöre es. Du schaffst es immer, mich zu unterhalten.«

»Nachdem ich das jetzt weiß, ist mein Leben perfekt.«

Jackie zupfte sich an einer Haarlocke. Ein Signal, dass sie jetzt den Mund halten sollte.

Es war jedes Mal so, dass zwei Personen, sofern sie in der Nähe waren, auftauchten, wenn Irene sich im Gespräch mit Niles Van Holtz wiederfand. Seine ältere Schwester, die unangenehme Carrie Van Holtz. Und Farica Bader. Eine Frau, die sich offensichtlich für Van Holtz interessierte. Die beiden Frauen umringten sie, während sie sich gegenseitig genau beäugten.

»Habe ich irgendetwas verpasst?«, fragte Carrie ihren Bruder.

»Ja. Aber ich erzähl es dir später.« Diese bernsteinfarbenen Augen schauten Irene an. »Ich habe gerade etwas Zeit mit meiner Lieblingsbiophysikerin verbracht.«

»Warum?«, fragte seine Schwester, und Irene musste ihre Offenheit anerkennen. Jackie tat das natürlich nicht, und ließ ein warnendes kurzes Fauchen hören, das Irene beinahe ein Lächeln entlockte. Nur dass Irene nicht lächelte. Wenn sie es tat, fühlte es sich seltsam und unangenehm an. Also machte sie sich nie die Mühe, es sei denn, sie wurde überrumpelt.

»Van«, hauchte Farica heiser und stellte sich auf die Zehenspitzen, um ihn auf die Wange zu küssen, »ich habe dich bei der Zusammenkunft letzte Woche vermisst.«

»Tut mir leid, Farica.« Van Holtz drückte einen schnellen Kuss auf ihre Fingerknöchel, aber sein Blick ruhte weiterhin auf

Irene. »Ich musste nach San Francisco, um nach dem neuen Restaurant zu sehen.«

»Ich dachte, dein Vater regelt solche Dinge.«

»Normalerweise tut er das auch«, murmelte er, während er den Blick an Irenes Kleid auf- und abwandern ließ. »Aber in letzter Zeit hat er sich in einen ziemlich anspruchsvollen Scheißkerl verwandelt.«

»Vielleicht denkt er daran, sich zur Ruhe zu setzen.« Und selbst Irene konnte die Hoffnung in dieser kalten, kultivierten Stimme hören. Die Baders waren eine kleine Familie, wollten aber offensichtlich in der Elite von Seattle Einfluss gewinnen. Verbindungen zu den Van Holtz' würden dafür sorgen. Besonders eine Heirat. Doch nach allem, was Irene in den letzten sieben Jahren gehört hatte, würde man ein Ochsengespann und viele Ketten brauchen, um Niles Van Holtz vor den Altar zu bekommen. Der Mann blieb nie lange bei einer Frau, auch wenn er möglicherweise zwischen seinen Favoritinnen hin- und herwanderte.

Sex. Es hatte alles mit Geschlechtsverkehr zu tun. Etwas, das Irene aktiv mied, wenn es irgend möglich war. Wie sie Van Holtz gesagt hatte, war sie keine Jungfrau mehr. Zwei Jahre auf dem MIT hatten dafür gesorgt. Aber es war nie angenehm für sie gewesen, obwohl sie es mit verschiedenen Partnern versucht hatte. Die ganze Prozedur fand sie ziemlich abstoßend. Sie hatte das deutliche Gefühl, dass sie das Niles Van Holtz eines Tages würde erklären müssen, damit er aufhörte, in ihr seine nächste Eroberung zu sehen. So attraktiv er war, die Vorstellung, sich nackt mit ihm herumzuwälzen, verursachte ihr leichte Übelkeit. Es lag nicht an ihm per se. Es war der physische Akt selbst.

Irene schauderte ein wenig bei dem bloßen Gedanken. Van Holtz trat näher und drang damit in ihre persönliche Distanzzone ein. »Ist dir kalt?«

»Nein«, antwortete sie schlicht. »Ich bin nur angewidert.«

»Warum? Hast du in letzter Zeit in einen Spiegel geschaut?«, bemerkte Farica.

Irene blinzelte nicht einmal. Farica hatte sie schon früher

beleidigt und sie hatte sich darüber nie Gedanken gemacht. Die Frau musste mit ihren eigenen quälenden Unsicherheiten fertig werden. Es schenkte ihr ein wenig Befriedigung, Irene anzugreifen, und Irene weigerte sich, darauf einzugehen. Aber Van Holtz drehte sich so schnell zu Farica Bader um, dass diese mehrere Schritte vor ihm zurückwich, nur um gegen seine Schwester zu stoßen. Das unselige Lächeln auf deren Gesicht machte klar, dass Carrie Van Holtz Farica mit Freuden in ein Becken voller Haifische werfen würde, sollte sich die Gelegenheit dazu bieten.

Aber es war Jaqueline, Irenes selbsternannte Beschützerin, die vortrat, die Hände kampfbereit zu Fäusten geballt.

Mit einem Seufzen nahm Irene ihre Freundin am Arm und zog sie zurück. »Komm mit, Jack. Ich will dir meinen neuen Computer zeigen. In meinem Büro.« Irene ging davon, und Jackie stampfte wütend hinter ihr her.

Sie machte sich nicht die Mühe, sich umzudrehen und Van Holtz oder seine Schwester anzusehen. Wie bei den meisten Leuten hatte sie sie bereits vergessen, kaum dass sie in den Flur getreten und die Treppe zu ihrem Büro hinaufgegangen war.

»Sprich nie wieder so mit ihr«, knurrte Van. Wären sie auf der Jagd, hätte er Farica Bader jetzt auf dem Rücken mit entblößtem Bauch, seine Zähne an ihrer Kehle.

Wenn sie glaubte, es würde sie und ihr kleines Rudel bei Van beliebter machen, wenn sie Irene beleidigte, war das ein trauriger Irrtum.

»Mir war nicht klar, dass du so an ihr hängst, Van.«

»Ich hänge nicht an ihr. Das war gemein. Unnötig gemein. Schlägst du auch kleine Kätzchen?«

»Wie kannst du es wagen …«

Carrie trat zwischen die beiden. »Hau ab, Farica. Mein Bruder hat kein Interesse an dir. Und ich fände es schrecklich, wenn wir dein Rudel auslöschen müssten, nur so, du weißt schon, zum Spaß.«

Mit einem letzten bösen Blick drehte sich Farica auf ihren

überteuerten Absätzen um und stürmte davon, um ihre Wunden zu lecken.

»Sag mir, dass du nie mit ihr geschlafen hast.«

»Bist du high?« Van knallte das mittlerweile leere Champagnerglas auf ein weiteres Tablett, das gerade vorbeikam. Die Tatsache, dass diese Tabletts an echten menschlichen Wesen befestigt waren, bemerkte er kaum. »Diese Frau will nur eines. Nämlich von einem Van Holtz markiert und als Partnerin ausgewählt werden. Ich würde mir lieber den eigenen Arm abkauen.«

»Ich bin froh, das zu hören, aber«, und Van wusste, dass ihm jetzt eins dieser qualvollen Gespräche mit seiner großen Schwester bevorstand. »Ich will dich eines Tages mit irgendjemandem gepaart und glücklich sehen. So wie ich es bin. Aber vorzugsweise nicht mit Irene Conridge.«

Van schnaubte. »Gepaart? Mit Irene? Moment mal, lass mich das umformulieren. Gepaart? Mit irgendjemandem? Das wird nicht passieren, Schwesterherz.«

»Du hast nicht die Absicht, jemanden als die Deine zu markieren?«

»Verdammt, was für einen Haufen Scheiße Mom und Dad dir erzählt haben. Und du bist voll darauf eingestiegen. Ich hätte dich für klüger gehalten.« Die Vorstellung, ein weibliches Wesen zu beißen und sie damit für immer zu der Seinen zu machen und damit jede andere verfügbare Muschi auszuschließen, war mehr als lächerlich. Van glaubte nicht an diese Wölfinnenmärchen. Er hatte einfach zu viel Verstand. Nicht nur das, er würde es niemals aufgeben, mehrere Frauen haben zu können. Warum sollte er auch? Wenn sie da waren, feucht und willig, würde er mit ihnen schlafen. Er sah es geradezu als seine Pflicht an … ja, so war er.

»Um deine Frage zu beantworten, nein. Ich habe nicht vor, irgendjemanden *als die Meine zu markieren*« – er zeichnete an dieser Stelle Anführungszeichen in die Luft. »Ich bin viel zu klug, um mir das anzutun.«

»Okay. Aber du hättest Dad vom Hals, wenn du dich mit jemandem verpaaren würdest.«

Beide Geschwister hatten bemerkt, dass ihr Vater im vergangenen Jahr viel unangenehmer geworden war. Griesgrämig reichte nicht aus, um seiner jüngsten Verfassung Genüge zu tun. Ständig bedrängte er Van, und dieser wusste nicht, warum. Vielleicht wollte der alte Wolf sich zur Ruhe setzen. Und das war in Ordnung. Er sollte einfach die Firma und das Rudel abgeben, und Van würde sie gern übernehmen. Aber das Leben war zu kurz und zu wahnsinnig, um diese barbarischen Spiele eines jungen Wolfs, der den alten besiegt, zu spielen. Sie waren Van Holtz, verflucht noch mal. Sie waren zivilisiert, kultiviert und sahen verdammt gut aus. Wenn der alte Mann einen Kampf wollte, sollte er mit dem Magnus-Rudel rumhängen oder besser noch, mit den Smiths. Diese Meute brachte nur Alphamänner hervor, und wenig überraschend fanden ständig interne Machtkämpfe statt.

Van jedoch gefiel sein Leben genau so, wie es war. Eine wunderbare Firma, die Fähigkeit, sich in einen Wolf zu verwandeln, wann immer er in der Stimmung dafür war, die Gelegenheit zu reisen, so viel er wollte, und eine Überfülle an Frauen zu seiner Verfügung. Warum sollte er das für irgendetwas oder irgendjemanden ändern?

Tatsächlich würde er es nicht ändern.

»Nun, was immer du tust, vielleicht solltest du dich von Conridge fernhalten. Sie scheint nicht wirklich interessiert zu sein.«

»Stimmt, sie widersetzt sich mir. Aber ich kriege sie schon noch klein. Wie damals, als wir in Kanada diesen Elch zur Strecke gebracht haben. Es hat uns zwei Tage gekostet, aber wir haben es geschafft.«

Seine Schwester seufzte. »Ich mache mir langsam Sorgen wegen deines Geschmacks, kleiner Bruder. Sie ist … seltsam.«

»Sie ist seltsam, weil sie genial ist.« Er deutete auf den Ausgang, durch den die Frau verschwunden war. »In diesem Augenblick diskutiert sie über Dinge, die du und ich niemals auch nur verstehen können.«

»Natürlich könnte ich ein Lichtschwert erschaffen.«

»Das könntest du nicht.«

»Könnte ich doch, das ist alles Wissenschaft.«

»Ich dachte, ein Jedi zu sein sei ein Mythos?«

Irene schnaubte. »Ein Mythos, dass ich nicht lache. Das ist alles Wissenschaft.«

Irene schloss die Tür zu ihrem Büro auf und trat ein, gefolgt von Jackie. Sie ging um ihren Schreibtisch herum und ließ sich auf den Bürostuhl fallen, die Füße auf der Holzplatte. Ihre Freundin setzte sich auf den Stuhl gegenüber.

»Das von eben tut mir leid, Süße.« Jackie seufzte.

Irene blinzelte. »Was tut dir leid?«

»Wie das mit Farica Bader gelaufen ist.«

Stirnrunzelnd sah Irene ihre Freundin an.

»Du weißt schon«, fuhr Jackie fort. »Farica Bader? Die dich erst vor wenigen Sekunden beleidigt hat?«

»Ach so, die.«

»Wie machst du das bloß?«, fragte Jackie mit einem Lächeln.

»Wie mache ich was?«

»Dir Sachen nicht unter die Haut gehen zu lassen? Ich meine, ich hasse diese Frau.«

Irene zuckte die Achseln. »Warum sie hassen? Es erfordert Gefühle, die meine Zeit kosten. Die Farica Baders dieser Welt können sagen, was sie wollen. Aber am Ende kehren sie in ihr kleines, schäbiges Leben zurück, während Leute wie wir vor den Regenten und Regentinnen Europas auftreten oder weltbewegende Erfindungen machen. Sie ist bedeutungslos für uns. Das sind sie alle.«

Jackie sah sie mehrere Sekunden lang an, und Irene staunte darüber, wie unheimlich schön Jackie war. Atemberaubend, um genau zu sein, mit mandelförmigen braunen Augen von der mütterlichen Seite und natürlichem blondbraunem Haar von der väterlichen.

»Ich hab dich lieb, Irene«, sagte Jackie schließlich.

Überrascht fragte Irene: »Tust du das?«

»Natürlich. Du bist meine beste Freundin, und du bist unglaublich. Ich weiß nicht, was ich in den letzten Jahren ohne dich gemacht hätte.«

»Da wären wir schon zu zweit, meine Freundin. Aber jetzt hast du ja Paul.«

»Ja. So ist es wohl. Aber er benimmt sich in letzter Zeit ziemlich merkwürdig.«

»Er ist wahnsinnig in dich verliebt und versucht herauszufinden, wie er damit umgehen soll. Gib ihm ein oder zwei Wochen Zeit.«

Jackie lachte. »So sicher sind Sie sich also, Doktor Conridge?«

»Natürlich. Wann hätte ich mich je geirrt?«

Immer noch lachend stand Jackie auf und ging zur Tür.

»Wohin willst du?«

»Aufs Klo.«

»Benutz' das im anderen Flur. Das hier um die Ecke ist durch die Umbauarbeiten blockiert.«

Jackie stand in der Tür und starrte auf den so gut wie zerstörten Flur. »Wann wollen sie das denn fertig machen?«

»Nicht früh genug«, antwortete Irene, während sie ihren Computer hochfuhr. Die Chancen für ihre Rückkehr zu der Cocktailparty verringerten sich merklich, als ihr neuer Rechner ansprang. »Ich hatte schon sechs Auseinandersetzungen mit dem Polier wegen des Lärms. Wie ich bei all diesem Gehämmer irgendetwas von meiner Arbeit erledigt bekommen soll, weiß ich nicht.«

Jackie trat wieder ins Büro. »Hey. Das war in deinem Postfach.« Sie reichte Irene einen Umschlag mit dem Büro des Dekans als Absender.

»Na wunderbar«, murmelte Irene, die Angst vor einer weiteren Beschwerde einer Studentin hatte, die sie zum Weinen gebracht hatte. Schwäche. Sie verabscheute Schwäche.

Sie riss den Umschlag auf, dann warf sie einen schnellen Blick auf den Brief, nahm alles in sich auf und verarbeitete es. Die Farbe – das wenige an Farbe, was da war – wich aus ihrem Gesicht. »Oje.«

Wieder kam Jackie zurück ins Büro. Das arme Ding, sie schaffte es einfach nicht bis zur Damentoilette. »Was ist los?«

»Sie brauchen nächste Woche Zugang zu den Labors.«

»Und?« Dann wurden Jackies Augen schmal. »Irene, sag mir, dass du dich um diese kleine Angelegenheit gekümmert hast, über die wir gesprochen haben.«

»Ähm ...« Irene atmete hörbar aus. »Nicht ganz.«

»Irene!«

Sie hob die Hand. »Keine Sorge. Ich werde mich morgen darum kümmern. Es ist perfekt. Es ist ein Samstag. Nur sehr wenige Studenten werden hier sein, und die kann ich dazu bewegen, wieder zu gehen, falls es nötig sein sollte.« Als Jackie sie nur noch grimmiger anfunkelte, fuhr Irene fort: »Ich verspreche es. Bis morgen ist das alles verschwunden.«

»Das sollte es auch besser.« Jackie stürmte hinaus und wurde diesmal nicht plötzlich gezwungen, wieder hereinzukommen.

Irene wandte sich wieder ihrem Computer zu, ging zu ihrer Eingabeaufforderung und rief all ihre Dateien über das Terminate-Projekt auf. Sie hatte diese Dateien dummerweise behalten, in der Überlegung, dass sie sie vielleicht später noch brauchen würde. Es war schwer, etwas loszulassen, an dem man so lange und hart gearbeitet hat. Aber jetzt, da sie wusste, was es bewirken konnte ... Jackie hatte recht. Es musste alles verschwinden. Sie tippte DEL C:\Projekt8 und drückte auf ENTER.

Mit einem tiefen Seufzer, da wenigstens das jetzt weg war, lehnte sich Irene wieder auf ihrem Stuhl zurück, aber ein Knacken draußen vor ihrer Tür ließ sie wieder hochfahren. Okay. Jetzt war sie paranoid ... oder?

Sie hörte noch ein Geräusch. Irene stand auf und ging zu ihrer Bürotür. sie schaute in beide Richtungen, sah jedoch nichts. Ein weiterer Laut vom Ende des Flurs, der nach draußen führte, ließ Irene am ganzen Körper erstarren. Sie schaute sich um und begriff, dass sie nichts hatte, womit sie sich verteidigen konnte, sollte es notwendig sein. Schnell ging sie zu den Utensilien der

Bauarbeiter, die auf dem Boden lagen, und schnappte sich das Erste, was sie sah.

Langsam ging sie näher an die Baustelle heran, wobei sie ihr Bestes gab, keinen Lärm zu machen. Vielleicht bildete sie es sich nur ein, aber sie spürte, dass jemand da war. Hinter einem Haufen Baustützen. Lächerlich, natürlich. Es waren mehrere Jahre vergangen, seit ihre Regierung oder auch nur irgendeine Regierung sie beschattet hatte. Man hatte langsam das Interesse an ihr verloren, als sie sich dazu entschieden hatte, zu unterrichten, statt für eine staatlich finanzierte Biowaffenfabrik zu arbeiten. Trotzdem, wenn jemand etwas über ihre kleine Erfindung erfahren hatte, hatte Irene keinen Zweifel, dass der Betreffende die üblichen Maßnahmen ergreifen würde, um wenigstens eine Probe davon zu bekommen.

Irene stutzte. Agenten der Regierung hatten immer Waffen. Sie hatte ein Kantholz … Wann war ihr eigentlich ihr legendärer Scharfsinn abhanden gekommen? Na gut, sie hatte ihre eigene selbstgemachte Waffe in ihrem Rucksack, aber sie würde diese noch nicht gegen eine Pistole einsetzen. Nein, sie musste Jackie holen und verschwinden. Auch wenn es sehr wahrscheinlich war, dass sie sich das alles ohnehin nur einbildete. Aber Vorsicht war besser als Nachsicht.

Wie es aussah, wusste niemand von ihrem Projekt, und es würde auch niemand etwas davon erfahren. Dafür würde sie sorgen.

»Alles okay, Doc?«

Ohne nachzudenken und allein aus dem Reflex heraus drehte Irene sich um und ließ das Kantholz auf Niles Van Holtz' Kopf niederkrachen. Sie schlug so fest zu, dass sein Kopf gegen die gegenüberliegende Wand prallte und er zu Boden sackte.

»Oh … oh, das kann nicht gut sein.« Sie hatte einen Van Holtz getötet. Während sie sich neben ihn kniete, ging Irene im Kopf rasend schnell sämtliche juristischen Bücher durch, die sie im Laufe der Jahre gelesen hatte, auf der Suche nach irgendeiner Möglichkeit zu beweisen, dass das hier Notwehr gewesen war.

»Was zur Hölle … Irene, was hast du getan?«

Irene schaute ihre Freundin an. »Er hat sich an mich angeschlichen«, antwortete sie ruhig.

Jackie kniete sich neben den auf dem Boden liegenden Van Holtz. »Du hast ihm den Schädel gespalten.«

»Das muss nur mit ein paar Stichen genäht werden. Vielleicht hat er jetzt einen kleinen Hirnschaden, aber nichts, das uns auffallen würde.« Sie legte ihm die Finger an den Hals. »Ich fühle noch einen Puls. Die Chancen stehen gut, dass er überlebt.«

Seufzend funkelte Jackie sie an. »Das Gefühl, das du gegenwärtig empfinden solltest, ist Bedauern, gemischt mit ein wenig Schuldbewusstsein.«

Seit sie sich vor vielen Jahren kennengelernt hatten, war Jackie die »Emotionale« gewesen, und Irene die »Logische«. Jackie als Künstlerin hatte ihre Empfindlichkeiten. Sie hatte keine Kontrolle über ihr Kaufverhalten oder ihre Neigung zu Wutanfällen. Irene verstand menschliche Gefühle nicht und hatte es schon lange aufgegeben, es zu versuchen. Während die meisten kleinen Mädchen, wenn sie im Park hingefallen waren und sich die Knie aufgeschürft hatten, geweint hatten, hatte Irene analysiert, warum es zu dem Sturz gekommen war und weshalb genau ihre Beine so wehtaten. Dann hatte sie die Aufprallstärke analysiert, die nötig war, um tatsächlich das Ausmaß an Schaden anzurichten, den man beobachten konnte.

»Schuldbewusstsein?«, fragte sie. »Wieso? Es war Notwehr.«

»Da werden die Geschworenen niemals mitspielen.«

»Verdammt.« Sie hatte wirklich gehofft, dass es ausreichen würde.

»Erzähl mir, was passiert ist.«

»Ich dachte, ich hätte etwas gehört.«

»Du hast tatsächlich etwas gehört. Ich habe es auch gehört.«

Die beiden Freundinnen sahen sich an, dann packte Jackie Van Holtz' Arm und legte ihn sich um den Hals. »Wir machen jetzt Folgendes: Ich werde ihn zu seiner Familie zurückbringen. Du siehst zu, dass du das Scheißzeug heute Nacht hier rausbringst.«

»Ja, aber …«

»Kein Aber, Irene. Schaff es heute Nacht hier raus. Okay?«

Irene nickte und begriff, dass sie ihr Ego jetzt beiseiteschieben musste. »In Ordnung.« Sie musste ihrer Freundin nicht helfen, den immer noch bewusstlosen Van Holtz hochzuheben.

»Weißt du schon, was du damit machst?«

»Überlass das mir.« Irene war schon wieder auf dem Weg in ihr Büro. »Ich habe meinen Rucksack im Wagen und Wechselkleidung hier. Ich ziehe mich um, und dann werde ich das Zeug hier rausschaffen.«

Jackie ging den Flur entlang. »Wir treffen uns in ungefähr einer Stunde zuhause?«

»Ja. Perfekt.«

Irene machte die Bürotür hinter sich zu und zog eine Tasche heraus, die sie für Notfälle oder wenn es mal richtig spät wurde, hier aufbewahrte. Nichts Schickes, nur ein T-Shirt, Jeans und Sneakers. Aber die perfekte Montur für das, was sie jetzt tun musste.

Trotzdem, die Frage blieb … sollte sie wirklich alles loswerden? Konnte es schaden, ein kleines Fitzelchen zu behalten? Natürlich nur zu Testzwecken?

Bevor Van die Augen öffnete, begriff er zwei Dinge. Erstens, er lehnte an einem Auto. Zweitens, seine Schwester war sauer.

Die Hand auf seine arme, geschundene Stirn gelegt, zwang Van sich, die Augen zu öffnen und sich umzusehen. Wie er vermutet hatte, lehnte er mit dem Rücken an der Familienlimousine, während seine Schwester gerade der Schakalin den Kopf abriss.

»Wo ist das kleine Miststück? Ich werde sie höchstpersönlich umbringen!«

Die Schakalin schien unbeeindruckt von der Tirade seiner Schwester.

»Wenn du auch nur in die Nähe meiner Freundin kommst, werde ich dir höchstpersönlich die Kehle aufreißen.«

»Ach, wirklich?« Carrie trat ganz dicht an die Schakalin heran, und Van wusste, dass er etwas sagen musste, bevor das Ganze eskalierte.

»Carrie, hör auf damit.«

Sofort war seine Schwester an seiner Seite. »Geht es dir gut?«

»Ich glaube, du solltest mich nach Hause bringen. Dr. Vasquez muss heute Nacht wohl meinen Kopf wieder zusammenflicken.« Wenn er die Fäden allerdings länger als vierundzwanzig Stunden drin ließ, würde die Haut darüber zuheilen. Das Dilemma eines hyperaktiven Stoffwechsels.

»Okay.« Carrie packte in am Arm und half ihm aufzustehen.

»Wie lange war ich bewusstlos?«

Die Schakalin zuckte die Achseln. »Ich bin mir nicht sicher. Aber ich habe mich schon mindestens fünfzehn Minuten lang mit der da gestritten.«

»Mit der da?«, knurrte seine Schwester.

»Ich muss genäht werden«, rief er Carrie ins Gedächtnis, bevor sie aus einer weiteren Mücke einen Elefanten machen konnte.

Mit einem ärgerlichen Schnauben half Carrie ihm in die Limousine und stieg hinter ihm ein. Sie schlug die Tür zu und schaute wütend der sich zurückziehenden Schakalin nach.

»Wo ist Irene?«, fragte er.

»Das wollte mir dieses Miststück nicht verraten. Aber vertrau mir, wenn ich sage, dass ich versucht habe, es herauszufinden.« Seine Schwester drehte sich auf ihrem Sitz um und sah ihn an. »Du bist gar nicht sauer, oder?«

Wie konnte er auf eine Frau mit so großartigen Reflexen sauer sein? »Ich habe sie erschreckt, und sie hat reagiert. Blas' die Sache nicht unnötig auf.«

Seine Schwester stieß einen verärgerten Seufzer aus und lehnte sich in ihren Sitz zurück. »Na schön. Mach ich nicht. Wenn du das Ganze auf sich beruhen lassen willst, ist das deine Entscheidung.«

Irene fuhr an den Straßenrand und stieg aus. Sie griff nach ihrem Rucksack und streifte ihn sich über die Schultern. Sie wollte zu einem der reichsten Wohnviertel in der Stadt, ungefähr fünfzehn Minuten von der Universität entfernt. Das war das Vernünftigste, denn dort gab es offenes Gelände, und glücklicherweise brauchte sie sich wegen der Flora und Fauna keine Gedanken zu machen. Was sie erschaffen hatte, fügte nur einer einzigen Sache Schaden zu ... dem menschlichen Körper. Für alles andere – Tiere, Pflanzen, Bäume, Insekten – blieb es ein Nahrungsmittel. Wie ihre guten Absichten so schrecklich hatten schief gehen können, wusste Irene immer noch nicht.

Sie ging von der Straße direkt in den Wald, immer weiter. Sie kannte die Gegend ein wenig, aber nur von Karten. Die drei Familien, die in der Nähe lebten, darunter die Van Holtz', organisierten keine Veranstaltungen, die die Universitätsmitarbeiter involvierten. Irene war noch nie in einem ihrer Häuser gewesen, aber das hatte sie auch nie wirklich interessiert.

Irene ging weiter, bis sie sich an der Grenze zum Anwesen der Van Holtz' dem Meer näherte. Der perfekte Ort. Irgendwie in der Mitte zwischen den Grundstücken der Van Holtz', der Löwes und der Dupris, einer der unheimlichsten Familien, der Irene je begegnet war. Aber ihr Geld stank nicht und war willkommen, also schmierte sie ihnen Honig ums Maul, wenn es nötig war, selbst wenn sie dabei eine Gänsehaut bekam.

In der Annahme, dass sie weit genug gegangen war, blieb Irene neben einem großen, kräftigen Baum stehen. Sie zog Gummihandschuhe an und nahm behutsam ihre Erfindung aus dem Rucksack. Sie bewahrte sie in einem speziellen Titanbehälter auf und schraubte jetzt sehr vorsichtig die Kappe auf und goss die Flüssigkeit an den Baumstamm.

Irene wartete, und sie konnte sich das Lächeln nicht verkneifen, als sie sah, wie die Blüten an den Zweigen explosionsartig zum Leben erwachten. Außerhalb der dafür vorgesehenen Jahreszeit.

Sie schraubte den Behälter wieder zu und legte ihn in ihren

Rucksack zurück. Dann nahm sie eine Thermoskanne mit Leitungswasser heraus und kippte dieses auf die Stelle und auf ihre Gummihandschuhe. Das würde alle möglicherweise noch vorhandenen Reste wegspülen. Irene schüttelte den Kopf. Die Regierung hätte sich keine bessere Waffe wünschen können.

Sie ignorierte die leisen Gewissensbisse wegen der etwas über fünfzig Gramm, die sie sicher in ihrem Büro versteckt hatte, und warf die Thermoskanne zusammen mit den Gummihandschuhen zurück in ihren Rucksack.

Sie zog den Reißverschluss ihres Rucksacks zu, schwang ihn sich über die Schultern und stand auf, blieb aber wie angewurzelt stehen, als sie einen Ast knacken hörte.

Blinzelnd starrte sie in die Dunkelheit, konnte aber nichts sehen. Doch dafür fühlen. Etwas hatte ihr den Rückweg zu ihrem Wagen abgeschnitten. Sie durchforstete ihr Gedächtnis und beschwor die Karte herauf, die sie sich vor sieben Jahren angesehen hatte, als sie hergezogen war. Über eine Meile entfernt war das Haus der Löwes. Sie konnte nicht riskieren, zu den Van Holtz' zu gehen, da sie wahrscheinlich die Hauptverdächtige für den Mord an deren ältestem Sohn war.

Sie unterdrückte ihre Angst sowie den Impuls, wegzurennen wie ein kleines Mädchen, und machte langsam erst einen Schritt zurück und dann noch einen. Irene, die sich rein instinktiv bewegte, war sich darüber im Klaren, dass sie fliehen sollte – wovor, das wusste sie nicht genau. Aber sie war sicher, dass sie weg musste.

Also wirbelte sie auf dem Absatz herum und rannte auf die Lichtung, kam aber schlitternd zum Stehen, als ihre Füße feuchte Erde berührten.

Irene sah, wie ein Tier den Kopf von einem Elchkadaver hob, das Gesicht voller Blut. Es starrte sie an, und sie dachte fieberhaft nach, um es zu identifizieren.

Hyäne. Irene schluckte und machte einen vorsichtigen Schritt nach links. Damit begab sie sich in das Territorium der Van Holtzens, aber sie würde sich jederzeit lieber der Familie von Niles

Van Holtz und einer Anklage wegen Totschlags stellen als dem hier.

Irene machte noch einen Schritt und noch einen, wobei sie sich mit größter Vorsicht bewegte. Sie packte die Träger ihres Rucksacks, darauf vorbereitet, ihn sich vom Rücken zu reißen. Es war nur eine. Gegen eine konnte sie kämpfen. Es ist nur eine, sagte sie sich noch einmal.

Zumindest dachte sie das, bis die zweite Hyäne von rechts in sie hineinkrachte, ihren Rucksack packte und sie herumschwang wie eine Puppe. Dann schleuderte die Hyäne sie weg, und der Baum, auf den sie zuflog, kam in entsetzlicher Geschwindigkeit näher …

KAPITEL 2

»Halt an«, blaffte Van.

Seine Schwester tätschelte ihm den Rücken. »Musst du dich übergeben?«

»Nein.« Die Limousine hielt am Straßenrand, und Van stieg aus.

»Van, was ist los?«

Van wischte sich das immer noch hervorquellende Blut aus den Augen und starrte auf den sehr alten Ford Pinto.

»Also?«, fragte seine Schwester.

»Das da ist Irenes Wagen.« Er erinnerte sich deutlich. Sie hatte ihn damit einmal beinahe überfahren. Damals hatte sie gesagt, es sei ein Versehen gewesen, aber wie sie dabei gefeixt hatte, war ihm verdächtig vorgekommen.

Van sah sich um und schnupperte.

Carrie zuckte die Achseln. »Und? Dann ist es eben ihr Wagen. Was ist damit? Willst du ihn anzünden?«

Van ignorierte die Frage seiner Schwester und sah sie an. »Du weißt, wo wir sind?«

Carrie sah sich um und blickte dann in den Wald. »Oh Gott. Der Rubikon.«

Er hatte sich bereits in Bewegung gesetzt, und sein Körper verwandelte sich bereits, während er noch die Straße überquerte. »Ruf das Rudel zusammen.«

»Aber Van …«

»Tu es!«, war das Letzte, was er ihr sagen konnte, bevor er sich vollends verwandelt hatte und hinter Irene her, in den Wald stürmte. Falls sie den Rubikon bereits überquert hatte, war es möglicherweise schon zu spät. Aber daran durfte er nicht denken. Er musste zu ihr. Wenigstens musste er es versuchen.

Irene prallte heftig gegen den Baum, aber sie drehte sich rechtzeitig so, dass sie mit der Seite aufkam, statt mit dem Gesicht. Sie landete auf dem harten, unerbittlichen Boden, und ein Gebiss, das stärker war als das irgendeines anderen Raubtieres auf Erden, riss ihr den Rucksack herunter und schleuderte ihn beiseite. Dann kam das Tier, um sie zu holen.

Kurze, stumpfe Krallen schlugen gegen ihren Rücken, bohrten sich durch ihr T-Shirt in ihr weiches Fleisch. Nur auf ein einziges Ziel konzentriert versuchte Irene, sich unter ihnen herauszuwinden, aber Reißzähne packten den verbliebenen Rest ihres T-Shirts und zerrten sie zurück, schleuderten sie in die Mitte des Futterplatzes.

Immer mehr Hyänen kamen aus dem Wald auf sie zu. Sie gaben einen seltsamen, lachenden Laut von sich, wenn sie einander Dinge zuriefen. Sie rannten nicht auf sie zu. Das hatten sie gar nicht nötig. Alle wussten, dass Irene ihnen niemals würde davonlaufen können.

Irene kroch rückwärts und presste sich gegen die Überreste des Elchs, an dem die Hyänen sich gütlich getan hatten, und ihre Gedanken überschlugen sich auf der Suche nach einem Ausweg, der ihr Gesicht und die meisten ihrer Gliedmaßen intakt lassen würde.

Als sie schnell den Blick über den Boden wandern ließ, entdeckte Irene ihren Rucksack. Wenn sie nur da rankommen könnte …

Aber die Hyänen mussten bemerkt haben, wo sie hingesehen hatte. Eine von ihnen kam mit weit aufgerissenem Rachen auf sie zugerannt. Aber bevor die Hyäne sie erreicht hatte, wurde sie von einem verschwommenen goldenen Fleck von der Seite umgeworfen. Die Hyäne rollte weg und rappelte sich hoch. Sie versuchte, dem angreifenden Löwenmännchen auszuweichen. Der Löwe ließ sich das jedoch nicht gefallen. Er schlug beiläufig nach der Hyäne und schien die »kleine Jagd« rund um die Lichtung zu genießen. Ein weiterer Löwe gesellte sich dazu, und Irene sah ihre Chance. Aber bevor sie sich in Bewegung setzen konnte, brachen neun Löwinnen auf der anderen Seite des Waldes hervor. Sie kamen direkt auf sie zu.

Wieder wich Irene zurück, und Panik erfasste sie. Aber das würde sie nicht zulassen. Sie brauchte jetzt einen klaren Verstand, um aus dieser Sache herauszukommen. Um zu überleben. Ihr einziges Ziel war, zu überleben.

Es kamen noch mehr Hyänen, und sie griffen jetzt die Löwinnen an, hielten sie dadurch von Irene und anscheinend auch von ihrer Futterquelle dieses Abends ab.

Sie wusste, dass sie nur eine einzige Chance hatte, und sie konnte sie jetzt entweder ergreifen oder herausfinden, ob die vielen religiösen Glaubenssysteme recht hatten und es tatsächlich ein Leben nach dem Tod gab.

Mit Händen und Knien am Boden versuchte Irene jetzt in einem wilden Sprung zu ihrem Rucksack zu gelangen. Sie hatte ihn gerade zu fassen bekommen, als Reißzähne sich in ihre Seite gruben und sie mitten in den Kampf zurückschleuderten. Sie landete heftig auf dem Boden und rollte sich ab, damit ihre Knochen nicht brachen, während sie ihren Rucksack im Todesgriff umklammert hielt.

Sie spielten immer noch mit ihr. Sie wusste das, weil die Hyäne, die sie gepackt hatte, ihr das Rückgrat hätte brechen können, aber stattdessen absichtlich in ihre Seite gebissen hatte. Sie wollten sie nicht zu schnell töten. Wo bliebe denn da der Spaß?

Ganz konzentriert auf ihre Aufgabe riss Irene den Reißverschluss am Rucksack auf. Dabei verteilte sie ihre Papiere, Akten und Computerausdrucke überall. Sie ignorierte all das und griff sich das, was sie immer noch darin verborgen hatte. Sie schloss die Finger um das Metall, als scharfe Zähne sich in ihren Oberschenkel schlugen und sie zurückzerrten.

Instinktiv wusste Irene, dass dies ihre letzte Chance war, und sie wartete, bis die Kreatur sie in eine Ecke gezerrt hatte, weg von dem tobenden Kampf zwischen Todfeinden, und dann losließ. Bevor die Hyäne sie noch einmal packen oder etwas Wichtiges zerstören konnte wie eine Arterie oder ihr Gehirn, drehte sich

Irene und schlug ihr mit ihrer selbstgemachten Waffe gegen die Kehle.

Erstaunlich, was einem so einfiel, wenn man aus Langeweile eine Elektronikzeitschrift las. Damals hatte sie sich gedacht, wenn jemand namens Jack Cover so ein Gerät bauen konnte, warum dann nicht auch sie? Also hatte sie drei nicht-tödliche gemacht, genau wie das von ihm erschaffene, das einige Polizeireviere des Landes benutzten. Aber sie fand Geräte, die nicht tödlich waren, langweilig. Also hatte sie die Voltzahl bei den nächsten dreien so weit erhöht, wie sie konnte. Sie hatte sie trotzdem noch nie benutzt, sondern lediglich für die langen Wege spät nachts über den Campus zu ihrem Wagen in ihrer Tasche aufbewahrt. Bis jetzt.

Irene drückte auf die Knöpfe an der Seite, die sie dem Gerät hinzugefügt hatte. Diese erhöhte die Voltzahl, die jetzt durch ihren Angreifer hindurchschoss.

Der ganze Körper der Hyäne zuckte überrascht zusammen – bis er zu qualmen begann. Der Geruch von brennendem Fell brachte Irene nicht davon ab, der Kreatur weiter ihre Waffe an die Kehle zu halten. Sie setzte sich auf, als die Hyäne nach hinten taumelte und umkippte, ohne den Strom auszuschalten oder das Gerät vom Hals der Hyäne zu nehmen.

Nach sechzig Sekunden fand sie, dass es genug war, und sie stand auf und stolperte davon. Von der Hyäne war nicht mehr übrig als eine verkohlte, blutige Sauerei.

Irene fiel schnell wieder ein, dass es noch mehr von ihnen gab, und wirbelte herum, die Waffe vor sich erhoben. Sie atmete schwer, und sie konnte das Blut über ihren Rücken und ihren Oberschenkel fließen spüren, das den Stoff ihrer Jeans tränkte. Alle schauten geschlossen auf das, was von der Hyäne übrig war, und dann wieder zu ihr.

Sie versuchte, ihr Zittern zu kontrollieren, wusste sie doch, dass eine Zurschaustellung von Schwäche bei jedem Tier ihr Untergang wäre, deshalb brüllte sie: »Was ist? Kommt doch her!«

Zuerst bewegten sie sich überhaupt nicht und starrten sie mit ihren kalten Augen an. Sie glaubte, dass sie sie bestimmt durchschaut hatten. Dass sie ihre Angst sehen und riechen konnten. Aber sie wandte keine Sekunde lang den Blick ab, und langsam wichen sie zurück. Jede einzelne.

Sie behielten sie im Auge, so als hielten sie sie für genauso gefährlich wie sich selbst, und machten einen weiteren Schritt zurück. Und noch einen. Und noch einen. Als sie eine gesunde Entfernung zwischen ihr und sich selbst gelegt hatten, drehten sich sowohl die Löwen als auch die Hyänen um und trotteten zurück in den Wald, auf dem Weg zu ihren jeweiligen Territorien.

Irene wartete, bis sie sie nicht länger sehen oder hören konnte, dann drehte sie sich um und erstarrte abermals, während sie sich nebenbei fragte, wie viel sie noch verkraften konnte. Augen, die sehr viel weniger kalt, aber nicht minder furchteinflößend waren, starrten sie an.

Es musste ein ganzes Rudel Wölfe sein. Sie hob ihre Waffe, diesmal außerstande, ihr Zittern zu verbergen, und wartete. Der Wolf an der Spitze des Rudels kam näher, und sie beobachtete ihn genau und wartete darauf, dass er seinen nächsten Zug machte.

Er tat es, indem er sich von einem Wolf in einen Menschen verwandelte. Und plötzlich kam Niles Van Holtz auf sie zu. Irene hob die Waffe höher, zielte auf die Stelle, wo sich sein massiger Nacken befinden würde, wenn er noch näher kam.

Van Holtz blieb stehen und sah sie an. »Es ist alles gut, Irene.«

»Ich muss los.« Irene ignorierte die Tatsache, dass sie jetzt am ganzen Körper vor Angst, Panik und Schmerz zitterte. »Ich muss arbeiten. Ich muss zurück in mein Labor. Ich kann nicht bleiben. Ihr könnt mich nicht dazu zwingen, zu bleiben.«

»Irene, ich werde niemandem erlauben, dir wehzutun, das verspreche ich. Aber du musst mir vertrauen und mitkommen, Baby.«

»Nein. Ich gehe zurück zu meinem Wagen. Halt dich von mir fern, Van Holtz.« Sie riss ihre selbstgemachte Elektroschockpistole herum, und einige der Wölfe traten zurück. Aber nicht er. »Ich werde mit dir machen, was ich mit der da gemacht habe«, warnte sie und deutete auf die verkohlte Hyäne. »Also, halt dich von mir fern.«

»Sie werden das hier nicht auf sich beruhen lassen, Irene. Sie werden wiederkommen und dich suchen. Bis zu deinem Wagen schaffst du es nie. Du musst mit mir kommen.«

Er klang so vernünftig. Er klang, als sei es ihm wichtig. Aber sie war niemandem wichtig. Ihr Gehirn war den Leuten wichtig und was sie für sie tun konnte oder was sie erschaffen konnte. Aber niemandem – mit Ausnahme von Jackie vielleicht – war sie auch nur im mindesten wichtig. Erst recht nicht Van Holtz. Doch das musste sie dem Mann lassen. Er war beharrlich. »Irene, ich weiß, du hast Angst, Baby, und ich kann dir alles erklären. Aber du musst mitkommen.«

»Erklären? Was erklären?«

»Was du gerade gesehen hast. Was mich betrifft.«

Sie schüttelte den Kopf. »Du brauchst mir gar nichts zu erklären. Ich weiß alles über dich, Van Holtz.«

»Wegen Jaqueline Jean-Louis, richtig?«

Irene nickte, aber einer der Wölfe bewegte sich, und sie nahm ihre Waffe wieder hoch und machte schnell einen Schritt zurück.

»Irene.« Die Schärfe in Van Holtz' Stimme lenkte ihre Aufmerksamkeit wieder auf ihn. »Sag mir, was du weißt.«

»Was?«

»Über uns. Über die Van Holtz'. Sag mir, was du weißt.«

Also tat sie es.

»Das Van Holtz-Rudel stammt von den Holtz' aus Germanien ab. Sie waren Barbaren, die von den Dorfbewohnern eingesetzt wurden, um Cäsars über den Rhein vorrückende Armeen aufzuhalten. Sie wandten heidnische Rituale an, um ihnen dies«, sie zeigte auf das Rudel. »aufzuzwingen. Man hat eure Familie als eine Art Kriegshunde benutzt. Aber sobald es vorüber war, konnten die Holtz' nicht mehr kontrolliert werden. Niemand konnte das. Als ihr mit den Römern fertig wart, habt ihr euch gegen die Einheimischen gewendet, um sie als Vieh zum Fressen zu halten, bis die christliche Kirche an Macht gewann und gegen alles, was auch nur ansatzweise heidnisch war, vorging. Zu der Zeit brach das Rudel, das sich nun aufgrund einer Heirat, bei der holländische Wölfe beteiligt waren, Van Holtz nannte, auseinander. Einige verließen Deutschland endgültig und zogen in andere Teile Europas. Schließlich landeten sie an den Küsten Nordamerikas und ließen sich für kurze Zeit in einer kleinen Stadt namens Smithville nieder.«

Inzwischen hatte fast die Hälfte des Rudels ihre menschliche Gestalt angenommen, und die Leute starrten sie an. Sie fragte sich, wie viele von ihnen diese Hintergrundinformation über ihr eigenes Rudel noch gar nicht gekannt hatten. Wahrscheinlich alle.

Schließlich ergriff Van das Wort. »Das war ganz erstaunlich, Irene. Woher weißt du das alles?«

»Ich habe in der Bibliothek eines alten deutschen Klosters ein Buch gefunden. Begraben unter einer Tonne anderer Bücher. Es war auf Latein und Griechisch geschrieben und in irgendeinem altdeutschen Dialekt.«

»Und du hast das verstanden?«

»Latein und Griechisch konnte ich bereits. Ich musste ein wenig herumrätseln, um den Rhythmus und die Struktur des altdeutschen Dialekts herauszukriegen. Es war ziemlich faszinierend«, fügte sie hinzu.

»Hast du so auch das mit Jackie herausgefunden?«

»Nein. Das hatte ich schon davor rausgekriegt. Es war Zufall. Ihre Pubertät setzte überraschend ein, als wir in einem Ferienlager für hochbegabte Kinder waren. Sie war erst zwölf, als es sie eines Nachts erwischte. Sie muss sich in weniger als einer Stunde sechs oder sieben Mal verwandelt haben. Sie konnte es nicht kontrollieren. Sie erzählte mir alles, und ich habe es nie jemandem verraten. Würde ich auch nie.«

Van nickte. »Das weiß ich, Doc. Ich weiß es wirklich.«

Irene merkte, dass sie den Arm hatte sinken lassen und dass sie nicht länger zitterte. Sie holte noch einmal tief Luft, und ihr Atem flatterte weder beim Ein- noch beim Ausatmen. Irgendwie hatte Van Holtz sie beruhigt, indem er sie einfach dazu gebracht hatte, sich auf die eine Sache zu konzentrieren, die sie liebte. Wissen. Und in dem Moment begriff sie endlich, dass Van Holtz recht hatte. Sie musste ihm vertrauen, denn die Hyänen würden sie dafür töten wollen, dass sie eine der ihren getötet hatte, und die Löwen, die pragmatischeren unter den Gestaltwandlern, würden sie töten wollen, weil sie zu viel gesehen hatte.

»Ich komme mit dir nach Hause«, ließ sie ihn wissen. »Von dort kann ich Jackie anrufen; sie macht sich bestimmt Sorgen.«

Offenbar erleichtert nickte Van Holtz und streckte die Hand aus.

Irene machte einen Schritt – ohne die geringste Absicht, die Hand des Mannes zu ergreifen – und fand sich alsbald mit dem Gesicht nach unten auf dem Boden wieder. Bevor alles schwarz wurde, dachte sie: Ah ja. Blutverlust. Den hätte ich mit einrechnen sollen.

Ihre Wunden machten ihm Sorgen. Ein unbedeutender Kratzer auf der Stirn, aber tiefere Furchen am Leib und den Oberschenkeln. Ein hübscher, immer noch blutender Riss auf der Wange, ein blaues Auge. Ihre Finger waren aufgeschürft. Seine kleine Frau Doktor hatte ganz schön gekämpft.

»Bist du dir sicher?«, fragte Carrie dicht an seinem Ohr.

»Ja. Ich bin mir sicher.«

»Die Hyänen werden ihr Blut sehen wollen, und die Miststücke werden ihren Tod wollen«, rief Carrie ihm unnötigerweise ins Gedächtnis.

»Beruf eine Zusammenkunft mit dem Löwenrudel und dem Klan ein. Wir werden dieses Problem lösen, aber ich lasse nicht zu, dass sie sie töten.«

Carrie nickte, und Van stand auf, Irene sicher in den Armen.

»Und hol mir Vasquez«, befahl er, während sie zurück in den Wald und in das Territorium der Van Holtzens gingen. »Ich möchte nicht, dass sie über Nacht verblutet.«

Es war ein geradezu brutales Schnarchen, das sie weckte. Wie konnte irgendein Wesen bei diesem Lärm schlafen? Irene war ohnehin keine besonders gute Schläferin. Also fand sie alle unnötigen Geräusche schlicht und einfach ärgerlich.

Irene lag nackt in einem wunderbaren Bett auf ihrer linken Seite, und sie wusste sofort, warum. Die leiseste Bewegung sandte eine schmerzhafte Schockwelle durch ihren Körper. Langsam hob sie den Kopf und schaute an sich herunter. Sie war kaum verhüllt mit einem einzelnen weißen Laken. Einige Stellen an ihrem Körper waren verbunden, und sie nahm an, dass es dazu diente, die Stiche zu schützen, die sie bei jeder Bewegung spüren konnte. Der Rest, der nicht bandagiert worden war, hatte hübsche schwarze und blaue Flecken. Gut, dass sie sich nichts auf ihr Aussehen einbildete, anderenfalls hätte sie jetzt wahrscheinlich geschluchzt.

Irene drehte den Kopf zu dem Schnarchen. Verdammt. Van Holtz. War er wirklich die ganze Nacht an ihrer Seite geblieben? Sie würde es ihm durchaus zutrauen, in seinem eigenen Zimmer zu schlafen und dann um fünf Uhr morgens hierher zurückzuschlendern und zu versuchen, diesen Eindruck zu erwecken.

Trotzdem, er hatte ihr in der vergangenen Nacht das Leben gerettet, und das konnte sie nicht einfach übersehen. Er war ein Risiko eingegangen, in dem er sie mit zu sich nach Hause genommen hatte und es den anderen nicht gestattet hatte, sie zu töten. Wie Jackie sagen würde: »Dies ist eine der Gelegenheiten, bei denen du Dankbarkeit empfinden solltest.« Und Irene war auch dankbar. Nur wenige Leute hatten ihr jemals geholfen, und denen, die es getan hatten, vergaß sie es nie. Obwohl der Gedanken, Van Holtz gegenüber zu Dankbarkeit verpflichtet zu sein, ihr verdammt gegen den Strich ging. Sie kannte den Mann gut genug, um zu wissen, dass er jeden Vorteil ausnutzen würde, den er kriegen konnte. Also, sie würde dankbar sein, brauchte es aber nicht an die große Glocke hängen. Stille Dankbarkeit hatte auch ihre Vorzüge.

Sie sah ihn an, wie er da in seinem Sessel schlief. Im Schlaf sah er beinah unschuldig aus. Doch er war nicht unschuldig. Weit gefehlt. Denn selbst im Schlaf zeigte sein Gesicht immer noch ein Feixen. Wer feixte schon im Schlaf?

Er trug nur eine Jeans am Leib und sonst nichts. Seit er vor sieben Jahren seinen Universitätsabschluss gemacht hatte, war der Mann Irene normalerweise nur im Smoking unter die Augen gekommen. Manchmal in einem legereren Abendanzug. Aber nackt bis auf die Jeans … ja, das war ziemlich neu.

Und wenn sie erbarmungslos ehrlich sein sollte – und wann war sie nicht erbarmungslos ehrlich? –, musste sie zugeben, dass die Erfahrung nicht gänzlich unangenehm war. Er besaß einen außerordentlichen Körper. Vielleicht eine Spur zu groß, aber er war schlank und extrem gut definiert.

Sein Körper war selbst nach ihren Maßstäben ziemlich perfekt. Groß und kräftig.

Irene schaute sich im Raum um, und nachdem sie festgestellt hatte, dass sie allein waren, ließ sie ihre Augen ein wenig weiter hinabwandern, denn sie fragte sich, ob er überall so groß war. Offensichtlich war er das. Und was sie noch mehr faszinierte, sein Ding schien einen eigenen Willen zu haben. Sie beobachtete, wie es vor ihren Augen wuchs. Dann begriff sie – er hatte nicht von Anfang an eine Erektion gehabt. Nun, wie groß genau wurde dieses Ding eigentlich? War das normal, selbst nach Gestaltwandlermaßstäben? Und warum interessierte sie das plötzlich?

»Ähm … Doc?«

Entsetzt, aber nicht bereit, es sich anmerken zu lassen, schaute Irene in Van Holtz' Gesicht. Und ja, das Feixen war jetzt entschieden schlimmer.

»Suchst du nach etwas Speziellem da unten?«

»Nein«, antwortete sie aufrichtig. »Ich bin nur fasziniert von der Größe. Er kommt mir ungewöhnlich groß vor.«

Van Holtz schloss die Augen. »Durch schiere Willenskraft werde ich ignorieren, dass du das gesagt hast, denn … nun … es macht mich fertig. Und stattdessen werde ich« – er beugte sich in seinem Sessel vor und musterte sie eindringlich – »fragen, wie du dich fühlst?«

»Als hätte mich ein wildes Tier zerfetzt.«

»Damit wirst du noch jahrelang prahlen, nicht wahr?«

»Wie bitte?«

»Wie oft bekommt ein Vollmensch die Gelegenheit, zu sagen, er habe nicht nur einen Angriff von Löwen und Hyänen überlebt, sondern sogar selbst eine Hyäne erledigt?«

Irene verzog das Gesicht. »Ich würde es vorziehen, das zu lassen …« Sie schüttelte den Kopf, rollte sich langsam auf den Rücken und zog das Laken mit sich, um ihren nackten Körper weiterhin einigermaßen zu bedecken. »Irgendetwas oder irgendjemanden getötet zu haben, der zumindest zeitweise menschlich ist, ist nichts, womit ich angeben würde, Van Holtz.«

»Du hast recht. Tut mir leid.«

»Du musst dich nicht entschuldigen. Ausgehend von dem, was Mitarbeiter und Studenten über mich sagen, bin ich mir sicher, dass du dachtest, ich wäre nur zu glücklich, ein anderes Wesen umzubringen und es mir eingerahmt an die Wand zu hängen.«

»Hast du das nicht?«

»Nur die Studenten, die es gewagt haben, mich zu verärgern.«

Das Bett senkte sich, und Irene drehte langsam den Kopf, um sich auf den Mann zu konzentrieren, der sich neben ihr auf dem Bett ausstreckte. »Was tust du da?«

»Ich mache es mir bequem.«

Sie warf ihm einen Blick zu, registrierte, wie er da auf der Seite lag, den Kopf in die Hand gestützt, und runzelte die Stirn. »Warum?«

»Weil ich es kann.« Er hob das weiße Laken an und betrachtete ihren nackten Körper. »Du hast doch nichts dagegen, oder?«

Irene runzelte wieder die Stirn, während er weiter unter das Laken starrte. »Wird jetzt von mir erwartet, dass ich Geschlechtsverkehr mit dir habe?«

Das Laken fiel wieder, und Van Holtz schaute langsam hoch und konzentrierte sich auf ihr Gesicht. »Wie bitte?«

»Wird von mir erwartet, dass ich mit dir Geschlechtsverkehr ausübe, weil du mir das Leben gerettet hast? So eine Art mittelalterliche Belohnung für erwiesene Dienste?«

Etwas in ihrer Stimme hinderte ihn daran, einen weiteren Blick unter das Laken zu riskieren, und er schaute ihr direkt ins Gesicht. Sie scherzte nicht. Und es sollte auch keine Beleidigung sein. Sie wollte wirklich wissen, ob sie als eine Form der Bezahlung Sex mit ihm haben müsse.

»Natürlich erwarte ich das nicht.«

»Oh.«

Er wartete auf eine Erwiderung, aber mehr kam anscheinend nicht.

»Vielleicht sollte ich mich klar ausdrücken, Irene. Ich will dich. Ich will dich schon lange. Aber ich will Sex mit dir, weil wir es beide genießen. Nicht weil du mir etwas schuldig bist.«

»Oh. Ich verstehe.« Sie schaute mit ihren tiefblauen Augen zu ihm hoch und sprach so unverblümt, wie es noch nie eine Frau ihm gegenüber getan hatte. »Das Problem ist, Van Holtz, dass ich Geschlechtsverkehr verabscheue. Ich meine damit nicht, dass ich ihn nicht genieße. Oder damit schlechte Erfahrungen gemacht habe und der Gedanke daran mir unangenehm ist. Ich meine, ich verabscheue ihn. Ich finde diesen ganzen Austausch von Körperflüssigkeiten abstoßend. Und ich rede nicht nur von Samen. Ich meine auch Schweiß und Speichel.« Sie schnitt eine Grimasse, und die war offensichtlich nicht gespielt. »Die Anzahl von Keimen, die zwei Leute während solcher Momente austauschen, würde dein Vorstellungsvermögen übersteigen. Außerdem kann ich es überhaupt nicht leiden zu schwitzen. Und ich kann es nicht leiden, abgelenkt zu sein. Man soll ja ganz bei der Sache sein, wenn man Geschlechtsverkehr hat, und ich habe festgestellt, dass meine Partner immer sehr gekränkt reagiert haben, wenn sie bemerkten, dass ich es nicht war. Wie dem auch sei, abhängig davon, mit wem ich gerade zusammen bin, kann das zwischen zehn Minuten und einer Stunde sein, wo ich gezwungen bin, mich auf die Bedürfnisse einer einzigen Person zu konzentrieren. Und um ganz ehrlich zu sein, es gibt Wichtigeres, was ich tun könnte.«

Van starrte die nackte Frau an, die in seinem Bett lag. »Lebst du gern so?«, musste er einfach fragen.

»Ja. Ich persönlich verstehe nicht, warum die Leute sich mit Beziehungen abmühen. Sie sind kompliziert und oft sehr unbefriedigend. Und am Ende wird man die Person nur durch juristische Mittel wieder los.«

»Beziehungen sind eine Sache. Da gebe ich dir recht. Aber ich rede von Sex. Hast du keine ... ähm ... Bedürfnisse?«

»Doch. Aber darum kümmere ich mich selbst. Ich habe einen sehr nützlichen Vibrator.«

Van lachte. Er hatte noch nie eine Frau kennengelernt, die so beiläufig zugab, dass sie es sich gern selbst besorgte.

»Schau mal, Van Holtz, ich bin Feministin. Ich finde, es ist absolut nichts daran auszusetzen, dass eine Frau sich um ihre körperlichen Bedürfnisse selbst kümmert.«

»Ich verstehe.«

Sie schaute auf ihre bandagierte Seite. »Ich spüre so viele Stiche. Weißt du, ich habe mal eine Operation am offenen Herzen gesehen, und lass mich dir sagen ...«

»Irene«, warf er ein, bevor sie abschweifen konnte, »ich bin immer noch bei unserem Gespräch über verabscheuungswürdigen Sex.«

»Oh. In Ordnung.«

»Stört es dich, darüber zu reden?«

»Nein.«

»Okay.« Van machte es sich neben Irene Conridge bequem. Wenn ihm eine Frau erzählte, dass sie kein Interesse an Sex hat, hätte er normalerweise kein Interesse mehr an ihr. Und obwohl seine sexuellen Interessen an Irene sich ziemlich verflüchtigt hatten, fand er es immer noch – nun ... um sie zu zitieren – »faszinierend«, mit ihr zu reden.

»Vermisst du Sex denn nie?«

»Nein.«

»Vermisst du es je, Gesellschaft zu haben?«

»Ich habe Gesellschaft. Ich wohne mit Jackie zusammen.«

»Stimmt, aber ich meine jemanden in deinem Bett. Der dich im Arm hält. Oder seid du und Jackie … äh …«

Sie sah ihn verständnislos an, und er begriff, dass er auch diese spezielle Fantasie vergessen konnte. Anscheinend wollte Dr. Conridge mit niemandem »Geschlechtsverkehr« haben. Weder mit Männern noch mit Frauen.

»Wenn du wissen willst, ob ich lesbisch bin, dann ist die Antwort nein. Ich habe auch an Frauen kein Interesse. Aber du brauchst kein Mitleid mit mir zu haben«, beharrte sie gelassen. »Ich bin nicht im klinischen Sinne frigide, und ich mag mein Leben, wie es ist. Wenn ich nicht gerade überfallen werde, ist es relativ einfach und ruhig. Und genau so gefällt es mir.«

»Das ist alles, was zählt, Doc.«

»Das finde ich auch.« Sie sah zu ihm hoch. »Was du heute Nacht getan hast … ich weiß es wirklich zu schätzen. Ich weiß genug von Gestaltwandlerpolitik, um mir darüber im Klaren zu sein, dass du dir heute Abend keine Freunde gemacht hast.«

»Mit denen komme ich schon klar. Kümmer' dich lieber darum, gesund zu werden. Besteht eigentlich irgendeine Chance, dass du mir verrätst, warum du überhaupt da draußen warst?«

»Nein. Und du weißt, dass ich nicht hierbleiben muss, wenn ich störe.«

»Doch. Du musst bleiben, Irene. Ich werde etwas mit den Löwes und den Dupris aushandeln, um sicherzustellen, dass sie dich in Ruhe lassen. Bis ich das geschafft habe, darfst du nicht gehen.«

»Jackie …«

»Ist vollkommen sicher. Sie verbringt heute die Nacht hier und sie ist herzlich willkommen. Vor einer Stunde hat sie sich erst ins Bett begeben, nachdem sie jede Handbewegung unseres Arztes genau verfolgt hat.«

Gedankenverloren deckte er sie sorgfältig zu. »Ich werde dafür sorgen, dass du sicher bist, Doc. Versprochen.«

»Es tut mir leid«, sagte sie nach mehreren Sekunden.

»Was tut dir leid?«

Irene zuckte die Achseln, dann verzog sie das Gesicht. Wahrscheinlich bereute sie die Bewegung, angesichts der Schmerzen, die sie ihr wahrscheinlich bereitete. »Dass ich immer gedacht habe, du wärst ein Arschloch.«

Van grinste. »Ich bin ein Arschloch. Und du bist ein kaltes Miststück. Aber das bedeutet nicht, dass wir nicht Freunde sein können, Doc.«

»Freunde? Ich habe nichts dagegen. Ich habe so wenige.«

»Wirklich? Bei deinem natürlichen Charme?«

»Ha, ha, Van Holtz.« Und sie bedachte ihn mit etwas, das beinahe wie ein Lächeln aussah.

Van glitt aus dem Bett und ging zur Tür. »Ich schicke eine Wölfin zu dir, die dich ins Badezimmer bringt, und mache dir Frühstück.«

»Du machst mir Frühstück?«

»Natürlich. Warte nur, bis du meine Waffeln probiert hast, Doc. Du wirst Gott begegnen.«

»In Anbetracht meines persönlichen Glaubenssystems bezweifele ich das irgendwie.«

Van trat in den Flur hinaus und schloss die Tür. Auf dem Weg vorbei an den Zimmern seiner Familie entdeckte er eine der Wölfinnen und bedeutete ihr, sich um Conridge zu kümmern. Den gleichen Gesichtsausdruck, stellte er sich vor, würde das Mädchen haben, wenn er ihr befohlen hätte, vor ein Erschießungskommando zu treten. Als er die Treppe hinunterging, traf er auf seine Schwester, die auf der untersten Stufe saß und die Zeitung las. Er setzte sich neben sie und schüttelte ungläubig den Kopf.

»Du hattest recht.«

»Womit hatte ich recht?«

»Mit Conridge. Ich glaube nicht, dass in absehbarer Zeit etwas zwischen uns läuft.«

Carrie tätschelte ihm die Schulter. »Sie hat dir eine Abfuhr erteilt, stimmt's?«

»Das kann man wohl sagen.«

»Sie erinnert mich an den Computer aus Alien.«

»Hä?«

»Du weißt schon, ›Dieses Schiff explodiert in exakt fünf Minuten – der Countdown läuft.‹ Das ist Irene Conridge.«

Van kicherte. »So schlimm ist sie gar nicht. Sie ist einfach anders. Ich mag sie. Wir werden wahrscheinlich Freunde werden. Und das bedeutet, ich werde niemals Sex mit ihr haben.«

»Du bist bedauernswert.«

»Ja, ja«, sagte er und stand auf, um in die Küche zu gehen und für das ganze Rudel und Irene Frühstück zu machen. »Ich hab dich auch lieb, Schwesterchen.«

»Oh, Dad sucht übrigens nach dir.«

Van hielt inne, schüttelte dann aber sofort den Kopf. »Ich rede später mit ihm. Ich kann mich jetzt nicht mit ihm befassen.« Er ging weiter zur Küche, und seine Schwester folgte ihm auf dem Fuß. »Und schwing dich ans Telefon. Ich will mich so bald wie möglich mit den Löwes und den Dupris treffen.«

Er ging zu dem riesigen Kühlschrank und holte Eier für den Teig heraus. »Ich meine, wenn ich sie nicht ficken kann, warum soll ich sie dann in meinem Haus haben?«

Carrie seufzte. »Das ist entzückend, kleiner Bruder. Du machst uns alle so stolz.«

»Na ja, du weißt doch …« Van grinste. »Ich gebe mir Mühe.«

KAPITEL 3

Irene hob den Kopf von dem Buch auf ihrem Schoß und sah durch die offen stehenden, gewaltigen Glastüren, die zu der großen Rasenfläche des Anwesens der Van Holtzens führten. Seit fast sieben Tagen genoss sie jetzt schon den Luxus der Reichen. Und um ganz ehrlich zu sein, sie konnte sich gut vorstellen, sich daran zu gewöhnen. Auch wenn niemand direkt freundlich war – außer Van Holtz selbst –, war man zumindest höflich.

Zum ersten Mal, seit Irene sich erinnern konnte, war sie tatsächlich entspannt. Sie konnte es sich nicht wirklich leisten, Urlaub zu machen, deshalb musste sie auf Reisen meistens arbeiten, sobald sie ihren Bestimmungsort erreichte. Aber wegen ihrer Verletzungen tat Irene gerade so ziemlich überhaupt nichts. Und um die Wahrheit zu sagen, Van Holtz würde es ihr auch nicht erlauben. Als er sie an ihrem zweiten Tag im Haus am Telefon mit ihrer studentischen Hilfskraft erwischt hatte, war er echt sauer geworden. »So ruhst du dich aus?«, hatte er scharf gefragt und ihr das Telefon abgenommen. Es war sogar zu einer kleinen Rangelei gekommen, aber als er Anstalten machte, ihr das T-Shirt hochzuziehen, hatte sie den Hörer losgelassen. Dann war er auch noch so unverschämt gewesen, sie beim Auflegen des Hörers triumphierend anzusehen.

Sie wäre extrem wütend gewesen, wenn sie den Mann nicht so amüsant fände.

Irene beobachtete ein Eichhörnchen, das von einem der großen Bäume herunterkletterte, die in großer Zahl auf dem Anwesen der Van Holtzens wuchsen. Sie hatte Eichhörnchen schon immer ziemlich faszinierend gefunden. Die Art, wie sie sich bewegten, fand Irene wirklich amüsant. Dieses hier schnappte sich etwas vom Boden und lief schnell wieder zu seinem Baum.

Aber bedauerlicherweise war das kleine Tierchen nicht schnell genug.

Irene verzog das Gesicht, als der erste Wolf lossprang und das Eichhörnchen in die Luft warf. Ein anderer Wolf machte einen Satz über den Kopf des ersten hinweg, packte sich das Eichhörnchen mitten in der Luft und rannte davon. Der andere Wolf blieb ihm dicht auf den Fersen.

»Hey, Doc.« Van Holtz zwängte sich neben sie auf den breiten Sessel. Der Mann hatte einfach keine Vorstellung von persönlicher Distanzzone. »Was machst du gerade?«

»Oh, ich sitze nur herum und bin entsetzt.«

»Entsetzt? Warum?«

Die beiden Wölfe kamen wieder in Sicht und spielten jetzt Tauziehen mit dem, was von dem Eichhörnchen übrig geblieben war.

Van Holtz lachte, bis sie ihn anstarrte, und dann unterdrückte er sein Gelächter. »Entschuldigung.« Er beugte sich vor. »Hey, Leute.« Die beiden Wölfe hielten inne und schauten ihn an. »Geht woanders spielen.«

Sie trabten davon, und Van Holtz lehnte sich zurück und im nächsten Moment schmiegte er sich bequem an ihre Schulter. Da er das immer nur an ihrer unverletzten Seite tat, machte Irene sich nicht die Mühe, mit ihm darüber zu streiten. Sie wusste, dass er sie gar nicht beachten würde.

»Das tut mir leid. Die beiden da sind gerade in die Pubertät gekommen und haben herausgefunden, wie sie sich verwandeln können.«

»Ich verstehe.«

Er nahm ihr das Buch aus den Händen und sah sich den Einband an. »Also, ich gehe jetzt zu dem Treffen mit Löwe und Dupris. Ich kann nicht glauben, dass sie mich so lange auf diese Begegnung haben warten lassen, aber darüber rede ich noch mit denen, sobald ich weiß, dass du in Sicherheit bist. Ich glaube, du kannst heute nach Hause.«

»Das ist gut.« Sie nahm sich ihr Buch wieder vor, relativ zuversichtlich, dass er kein Altarabisch lesen konnte. »Der Arzt müsste bald hier sein, um die Fäden zu ziehen. Und Jack holt mich ab und bringt mich nach Hause.«

»Ich kann dich von unserem Fahrer nach Hause bringen lassen.«

»Nein, danke.«

»Na schön«, neckte er sie, »mach es mir schwer.«

»Das mach ich.«

Van stieß sich aus dem Sessel hoch und kraulte Irene liebevoll den Kopf. »Wir unterhalten uns später, Doc.«

»Viel Glück«, sagte sie und klappte ihr Buch wieder auf. »Du wirst es höchstwahrscheinlich brauchen.«

Van hatte gerade die Haustür geöffnet, als die Stimme seines Vaters ihn und seine Schwester innehalten ließ.

»Wohin geht ihr?«

Van bedeutete seiner Schwester schon mal vorzugehen, und drehte sich zu seinem Vater um. »Wir treffen uns mit den Löwes und den Dupris.«

»Wegen der Vollmenschlichen?«

»Ja.«

Sein Vater trat auf ihn zu und sah ihm direkt in die Augen. »Hältst du das für klug, mein Sohn?«

»Es ist das Einzige, was ich tun kann.«

»Bist du an sie gebunden?«

»Nein.« Van grinste. »Wir sind befreundet.

Sein Vater zog eine Augenbraue hoch. »Befreundet? Seit wann bist du mit einer Frau, die keine Blutsverwandte ist, befreundet?«

»Seit ihr.«

»Nun, beeil dich. Wenn du zurückkommst, müssen wir über die Firma reden.«

»Eigentlich muss ich …«

»Habe ich irgendetwas gesagt, dass dich wirklich glauben lässt, es gäbe eine Alternative?«

Van knirschte mit den Zähnen, und die Haare in seinem Nacken sträubten sich. In letzter Zeit konnte er das Gefühl nicht abschütteln, dass sein Vater ihn absichtlich provozierte, aber er kam nicht dahinter, warum. »Nein, Sir.«

»Dann sehen wir uns, wenn du wieder da bist.«

Nickend trat Van auf die Veranda hinaus.

»Und mach keine Dummheiten.«

Van ballte die Fäuste, beschloss aber weiterzugehen, bevor er etwas tat, das er für den Rest seines Lebens bereuen würde.

Irene spürte den Blick auf sich, lange bevor sie den Kopf hob. Als sie es tat, fragte sie sich kurz, ob alle männlichen Van Holtzens dieses Feixen an sich hatten. Und was war mit den Frauen?

»Dr. Conridge.«

Sie unterdrückte ihre Nervosität, sich plötzliche dem Oberhaupt der Familie Van Holtz und dem Alphamann des Rudels gegenüberzufinden, der direkt das Wort an sie richtete, und antwortete: »Mr Van Holtz.«

»Bitte, nennen Sie mich Dieter.« Er setzte sich auf einen Sessel ihr gegenüber. »Also, wie fühlen Sie sich?«

»Viel besser, danke. Heute werden die Fäden gezogen.«

»Gut, gut. Ich hoffe, meine Familie hat sie anständig behandelt.«

»Ja. Sie sind ziemlich höflich.«

Er grinste. »Höflich?«

Sie zuckte die Achseln. »Höflich reicht mir völlig. Ich erwarte oder will nicht viel mehr.«

»Ich verstehe. Und mein Sohn? War er … höflich?«

»Ich würde ihn nicht höflich nennen … aber er war definitiv freundlich.«

»Mögen Sie meinen Sohn, Dr. Conridge?«

Irene klappte ihr Buch zu und sah den alten Van Holtz an. »Es ist nicht so, als würde ich ihn nicht mögen. Bis vor Kurzem war das anders. Früher mochte ich ihn nicht, aber er war, seit ich hier bin, sehr nett. Also mag ich ihn jetzt. Ich würde beinahe sagen, dass wir befreundet sind … aber vielleicht ist das in diesem Stadium etwas vorschnell.«

Er lachte leise auf. »Ich verstehe. Sind Sie immer so … ähm …«

»Erbarmungslos ehrlich?«

»Ich wollte ›direkt‹ sagen, aber erbarmungslos ehrlich geht auch.«

»Ja, das bin ich. Und ich weiß – es ist ein Charakterfehler.«

»Ganz und gar nicht. Ich liebe ehrliche Leute.«

»Das sagen alle … bis ich etwas sage, das ihnen nicht gefällt. Dann bin ich ein Miststück.«

»Vielleicht haben Sie es noch nicht begriffen, Dr. Conridge«, sagte Van Holtz, immer noch mit diesem breiten Grinsen auf dem Gesicht, »aber hier ist der eine Ort in der Stadt, an dem es nicht nur akzeptiert, sondern erwartet wird, dass man ein Miststück ist. Also … Sie scheinen gut hierher zu passen.«

Dieter Van Holtz stand auf. »Ich überlasse Sie jetzt wieder Ihrer Lektüre. Und ich hoffe wirklich, dass es nicht das letzte Mal ist, dass wir Sie sehen, Dr. Conridge.«

»Bestimmt nicht. Im Dezember findet eine Wohltätigkeitsgala statt. Ich erwarte Sie dort mit einem Scheckbuch in der Hand.«

»Selbstverständlich.« Und da war es wieder, dieses Feixen. »Aber wir wissen beide, dass das nicht das ist, was ich gemeint habe.«

»Ähm … tun wir das?« Aber der seltsame Mann war längst fort.

»Die Gene«, murmelte Irene, während sie ihr Buch aufklappte. »Offensichtlich liegt bei beiden der Wahnsinn in den Genen.«

Van rieb sich die Stirn und versuchte, sein Temperament zu zügeln. Es war nicht einfach, wenn er in Wirklichkeit nur einer gewissen Löwin voll eins auf die Schnauze geben wollte.

»Was meinst du damit?«, knurrte er Melinda Löwe an.

»Ich meine, dass man ihr nicht vertrauen kann.«

»Melinda, sie lebt mit einem Schakal zusammen, seit sie dreizehn Jahre alt ist. Sie hat dessen Geheimnis die ganze Zeit über für sich behalten: Glaubst du wirklich, dass Irene Conridge jetzt plötzlich der ganzen Welt davon erzählt?«

»Freunde sind eine Sache. Aber sie hat keinen echten Grund, uns zu schützen. Und du kennst meine Gefühle gegenüber Schakalen. Sie sind wie die afrikanischen Wildhunde. Ich zähle sie nicht einmal zu den unseren.«

»Das ist ja nett.«

»Komm mir nicht mit deinem Bullshit, Van. Als stündest du über allem. Du hast die Frau nur aufgenommen, weil du gehofft hast, sie ficken zu können.«

»Ich habe sie aufgenommen, weil ich fand, es war nicht richtig von euch, sie töten zu wollen, nur weil die Hyänen beschlossen hatten, sich mit einem Vollmenschen zu amüsieren.«

Clarice Dupris schaute von ihrer Teetasse auf. »Warum seht ihr denn alle mich an?«, fragte sie unschuldig.

»Das ist alles deine Schuld«, bezichtigte Melinda sie. »Aber das ändert nichts an der Tatsache, dass wir Irene Conridge nicht am Leben lassen können. Sie weiß zu viel, und sie hat keinen Grund, irgendeinen von uns zu schützen.«

Clarice, die an einem schottischen Shortbread knabberte, sagte leise: »Was wäre, wenn jemand sie markieren würde? Als Gefährtin?«

Sobald ein Gestaltwandler einen Vollmenschen markierte und sich mit ihm verpaarte, galt der Mensch als einer von ihnen. Er wurde genauso geschützt wie alle Gestaltwandler, aber er musste auch bereit sein, sie gegen alle zu verteidigen, die ihr Territorium oder ihre Jungen bedrohten.

Melinda runzelte die Stirn. »Wer würde sie markieren?«

Van brauchte eine Minute, um zu begreifen, dass alle ihn ansahen. Er grinste. »Was ist? Willst du mich herausfordern, Clarice? Du kannst dir nicht vorstellen, dass ich das tun würde?«

»Ähm … Van?« Er bedeutete seiner Schwester mit einer knappen Handbewegung, still zu sein.

»Nun?«, drängte er.

Clarice zog ihre kräftigen Schultern hoch. »Ich habe nur gesagt, dass irgendjemand sie vielleicht markieren könnte. Ich habe nicht gesagt, dass du das sein müsstest.«

»Jemanden zu markieren ist Bullshit, und ihr alle wisst das.«

»Ich weiß nicht, ob es Bullshit ist oder nicht«, gab Melinda zu. »Es scheint mir nur etwas zu sein, das ihr Wölfe gern tut. Ich persönlich halte die Männer gern auf Distanz, bis ich tatsächlich in der Stimmung bin, mich zu vermehren.«

»Wir verspotten unsere Männchen gnadenlos«, fügte Clarice hinzu, »bis sie weinen oder sich gegeneinander wenden. Das bringt uns Freude.«

»Aber«, fügte Melinda hinzu, »wenn es deinen kostbaren Vollmenschen am Leben erhält …«

»… und du ohnehin nichts vom Markieren hältst …«

»… wem könnte es dann schaden?«

Sie trauten ihm nicht zu, dass er es tun würde. Und wenn er auch nur ein Fünkchen von dem Mist glauben würde, das seine Eltern ihm während der vergangenen siebenundzwanzig Jahre versucht hatten einzutrichtern, würde er es auch nie tun. Aber Van glaubte es nicht. Wenn sie wollten, dass Irene Conridge markiert wurde, würde er sie markieren, kein Problem. Und dann würde er sich wieder vom Acker machen.

»Abgemacht.« Er stand auf. »Immer nett, euch zu sehen«, log er.

Kaum dass sie die Teestube verlassen hatten, zog ihn seine Schwester am Arm. »Hast du den Verstand verloren?«

Er löste mit sanfter Gewalt ihre Finger von seinem Arm. »Hör auf, Panik zu schieben. Das ist nichts. Ich beiße sie und schicke sie weg.«

»Du bist so ein … warum musst du … oh!«

Er legte Carrie den Arm um die Schulter. »Hör auf. Es ist okay. Ich weiß, was ich tue.«

»Nein, Van. Ausnahmsweise einmal weißt du einen Scheißdreck.« Sie sah wieder zu ihm hoch. »Und was genau bringt dich auf die Idee, dass Irene Conridge dir erlauben wird, sie zu markieren?«

»Weil es der Frau gar nicht gleichgültiger sein könnte. Wenn es das Mittel zum Zweck ist dafür zu sorgen, dass sie weiteratmet, wird sie zustimmen.«

»Nie im Leben, Van Holtz.«

Irene stürmte in die Küche. Van Holtz blieb ihr dicht auf den Fersen.

»Du bist unvernünftig. Wenn das alles ist, was du tun musst, um am Leben zu bleiben, was spielt es dann für eine Rolle?«

Normalerweise würde sie ihm recht geben. Normalerweise würde sie sich umdrehen, ihr Haar aus dem Weg nehmen und dem Mann seinen Willen lassen. Dann würde sie weiter ihr Leben leben und ihn hoffentlich nie wieder sehen. Aber irgendetwas, sie wusste nicht, was, sagte ihr, dass es ein Fehler wäre. Ein Fehler, von dem sie sich niemals erholen würde.

»Nein.«

»Ich dachte, wir wären jetzt Freunde.«

»Das sind wir auch. Deswegen kann ich mich klar und präzise ausdrücken, ohne Furcht vor Vergeltung haben zu müssen. Und die Antwort ist definitiv nein.«

Van Holtz stieß einen seiner dramatischen Seufzer aus und lehnte sich an die Küchentheke. »Irene, willst du nach Hause?«

»Natürlich will ich das.«

»Dann gib mir zwei Minuten, und du kannst von hier verschwinden.«

»Oder ich kann einfach so gehen.«

»Nicht, wenn du die Nacht überleben willst.«

»Und was hat das mit dir zu tun?«

»Ich habe eine Verpflichtung übernommen.«

»Ja. Das hast du. Und ich weiß es wirklich zu schätzen. Aber ich werde das nicht machen. Und dir auch nicht erlauben, es zu tun. Ich werde einfach gehen.«

Irene machte einen Schritt von ihm weg, und in dem Moment schloss er die Finger um ihr Handgelenk und hielt sie fest. Sie versuchte, ihm den Arm zu entziehen, aber er ließ sie nicht weg.

»Ich meine es ernst, Van Holtz. Lass mich los.«

»Ich meine es auch ernst. Ich werde nicht die Verantwortung für deinen Tod übernehmen.«

»Das tust du auch nicht, sondern ich selbst. Ich spreche dich von aller Schuld in dieser Angelegenheit frei. Jetzt lass mich verdammt noch mal los!«

Sie versuchte wieder freizukommen, aber mit einem Knurren riss dieser anmaßende Bastard sie zurück an seine Brust. Sie rammte ihm ihren Fuß auf den Spann und den Ellbogen ins Gesicht, was ihn genügend ablenkte, dass er seinen Griff löste, und sie versuchte davonzuhuschen.

Aber er war schnell. Seine starken Arme schlangen sich um ihre Taille und zogen sie zurück. Irene hielt sich am Waschbecken fest.

Van Holtz gab jedoch nicht auf. Er zog sie nach hinten, und ihre Finger rutschten ab. Als sie eine Bratpfanne im Abtropfkorb entdeckte, griff Irene danach. Er hatte bereits ein Vierkantholz auf den Kopf bekommen; eine Bratpfanne würde wahrscheinlich gerade genug Schaden anrichten, dass sie sich befreien und abhauen konnte. Ihre Finger glitten über einen Metallgriff, und sie tastete blind danach. Van Holtz schwang sie herum und Irene schlug nach ihm, traf ihn aber nur am Bein.

Dann starrten sie sich erschrocken an, bevor sie beide auf sein Bein hinabblickten … auf das hübsche Küchenmesser, das aus seinem mit einer Jeans bedeckten Oberschenkel ragte.

Entsetzt machte Irene einen Schritt zurück. »Ach herrje … ich meine …« Sie schaute zu dem wahrscheinlich zornigsten Gesicht hoch, das sie gesehen hatte. »Ich schwöre, Van Holtz. Ich schwöre, das war ein Versehen.«

Van Holtz sagte nichts, aber er brauchte auch nichts zu sagen. Der Ausdruck auf seinem Gesicht nannte sie eine Lügnerin, und die Art, wie seine Augen binnen eines Wimpernschlags vom Menschen zum Wolf wechselten, verriet ihr, dass sie losrennen sollte – sofort!

Irene machte einen Satz in Richtung Tür, aber sie kam nicht

einmal in die Nähe der gegenüberliegenden Küchentheke, bevor sie dieses Knurren hörte und das laute Klirren des Messers, das auf den Küchenboden fiel. Dann schlangen sich diese großen Arme schon wieder um ihren Leib. Er schleuderte sie mit dem Rücken zu ihm gegen die Wand und drückte sie mittels seines Körpergewichts dagegen.

Sie versuchte, sich von der Wand abzustoßen, aber sein Knie drückte sich zwischen ihre Schenkel und kostete sie das Gleichgewicht, und er benutzte seine Brust, um sie wieder gegen die Wand zu pressen.

Irene wusste, dass sie ihn hätte anflehen können, damit aufzuhören. Dass sie hätte betteln können. Oder ihn einfach nett fragen. Aber aus irgendeinem unbekannten Grund, den sie bis in alle Ewigkeiten niemals verstehen würde, beschloss sie, dass zu kämpfen der bessere Weg wäre.

Fauchend klatschte sie die Hand auf seine offene Wunde und bohrte die Finger hinein. Sie hatte ihm das Messer anscheinend tief ins Fleisch gerammt, denn ihre Finger sanken hinein, und Van Holtz brüllte vor Schmerz. Doch er ließ sie nicht los. Stattdessen packte er sie an den Haaren und riss ihren Kopf zur Seite.

Sie machte einen letzten verzweifelten Versuch, ihn abzuschütteln, in dem sie sich nach hinten stemmte, aber der große Bastard wollte nicht nachgeben. Und dann bohrten sich seine Reißzähne tief in ihre Schulter, und Irene schrie vor Schmerz auf.

Als Vergeltung grub sie die Finger noch tiefer in seine Wunde, aber auch diese verdammten Reißzähne bohrten weiter in ihr Fleisch.

Nach mehreren qualvollen und körperlich ziemlich schmerzhaften Sekunden löste Van Holtz seinen Rachen von ihrer Schulter und ließ sie los, während sie die Finger aus seiner Wunde zog.

Sie keuchten beide. Irene lehnte die Stirn an die Wand und Van Holtz bettete seine an ihrer Schulter.

Für zwei Personen, die sich rühmten, immer alles unter Kontrolle zu haben, betrachtete sie dies als einen ziemlich tragischen Moment.

An welchem Punkt hatte er die Kontrolle verloren? Als sie mit dem Messer auf ihn losgegangen war? Ja. Da war er ein wenig wütend geworden. Oder als sie versucht hatte wegzulaufen? Doch, das hatte ihn etwas geärgert.

Doch nichts von alldem hatte ihn ausflippen lassen. Niles Van Holtz hatte die Kontrolle verloren, als sie ihm ein Nein gegeben hatte.

Es war auch nicht sein Ego. Es war etwas anderes. Es kam ihm beinahe so vor, als sei er irgendwie verletzt gewesen, als sie mit derartiger Endgültigkeit und einem Hauch Vehemenz nein gesagt hatte. Als hätte er etwas absolut Abscheuliches vorgeschlagen.

Und dann, als sie ihm das Messer ins Fleisch gerammt hatte … Versehen oder nicht, es hatte ihn den letzten noch vorhandenen Rest seiner Selbstkontrolle gekostet. Der Wolf in ihm hatte übernommen, und Van konnte an nichts anderes mehr denken als daran, sie zu markieren. Und das hatte er getan.

Oh Gott, er hoffte, dass sie nicht plötzlich dachte, das ändere etwas zwischen ihnen. Als wären sie jetzt zusammen.

Aber offensichtlich hatte Van für einen Moment vergessen, mit wem er es zu tun hatte.

»Bist du fertig?« Die Kälte dieser Stimme traf ihn wie minus dreißig Grad kalte Außentemperaturen bei der Verwandlung vom Wolf in einen Menschen.

Er trat von ihr weg. »Ja. Ich bin fertig.«

»Gut.« Sie stieß sich von der Wand ab und ging zum Waschbecken. Dort spülte sie sich das Blut von den Händen, trocknete sie sich gelassen an einem Papierhandtuch ab und zupfte ihre Kleider zurecht. »Ich nehme an, jetzt bin ich sicher.«

»So sicher du sein kannst, solange du keinen Fuß auf ihr Territorium setzt oder redest.«

»Nein. Ich werde nicht reden. Ich habe das Geheimnis all die Jahre für mich behalten. Ich werde jetzt nicht plötzlich etwas daran ändern.«

»Ich habe versucht, Melinda Löwe das zu erklären, aber sie hat nicht darauf hören wollen.«

»Das überrascht mich nicht. Sie hat mich ohnehin nie gemocht.« Sie schaute zu ihm hoch, und ihre eiskalten Augen verrieten absolut nichts. »Also … danke für alles. Ich weiß deine Hilfe in dieser Angelegenheit zu schätzen.«

Van kniff die Augen zusammen. Er verspürte einen wachsenden Zorn in den Eingeweiden, der ihm nicht besonders gefiel. Vor allem gefiel es ihm nicht, dass eine Frau für diesen Zorn dort verantwortlich war. »Gern geschehen«, sagte er so leichthin wie möglich.

Sie trat einen Schritt von ihm weg, hielt dann aber noch einmal inne und sah ihn an. »Hast du etwas dagegen, wenn ich mir dein Sweatshirt ausborge? Ich werde dafür sorgen, dass du es in den nächsten ein oder zwei Tagen zurückbekommst. Im Moment bin ich einfach nicht in der Stimmung, diese Sache mit Jackie zu diskutieren, und der Geruch von deinem Sweatshirt wird sie mir zumindest eine kurze Zeit vom Hals halten.«

»Ja, natürlich.« Van packte sein Shirt und zog es sich über den Kopf. Er schüttelte sich das Haar aus dem Gesicht und reichte ihr das Kleidungsstück. Sie starrte ihn für einen Moment an, aber wieder konnte er nicht deuten, was in ihr vorging.

»Danke.«

Sie zog sich das viel zu große, rote Sweatshirt über den Kopf, aber für ein paar Sekunden schien sie die Orientierung zu verlieren, und er trat vor und half ihr, Arme und Kopf durch die entsprechenden Öffnungen zu bekommen.

»Danke«, wiederholte sie. Und etwas in ihrer Stimme und der Umstand, dass sie ihm plötzlich nicht mehr in die Augen sehen wollte, überrumpelte Van. Er legte ihr die Finger unters Kinn und hob ihren Kopf, damit sie ihn ansehen musste.

»Was ist los?«

»Nichts.«

»Irgendetwas ist definitiv los. Sag es mir.«

Sie runzelte verwirrt die Stirn. »Warum … warum hast du das getan?«

»Was getan? Dich markiert?«

»Ja.«

Van zuckte die Achseln. »Weil es dich am Leben erhalten wird.«

»Ist das der einzige Grund?« Oje. Genau wie Van befürchtet hatte, schien Irene zu denken, es würde doch mehr bedeuten. Das musste er ihr sofort ausreden.

»Es ist der einzige Grund.« Er räusperte sich. »Irene, du weißt eine Menge über unser Volk, aber die ganzen Geschichten über das Markieren von Gefährten, die man damit für immer an sich bindet, das ist alles Folklore. Märchen. Ich habe es als Kind nicht geglaubt, und ich glaube es auch jetzt nicht.«

»Wirklich?«

»Ja. Wirklich.« Gott, er fühlte sich beschissen. Vielleicht konnte er im Laufe des Tages auch noch ein paar Welpen verprügeln. Oder ein Kätzchen treten. Er brach dieser armen Frau wahrscheinlich gerade das Herz …

»Puh!« Sie atmete aus, und zum ersten Mal in all der Zeit lächelte sie. »Den DOS-Göttern sei Dank.«

»Was?«

»Ich dachte, du würdest jetzt anfangen, vor meinem Haus rumzuhängen wie ein streunender Hund, den ich versehentlich gefüttert habe. Aber jetzt brauche ich mir keine Sorgen mehr zu machen. Korrekt?«

Van nickte, und dieser Zorn, den er vor nur wenigen Minuten verspürt hatte, erwachte mit neuer Kraft zum Leben. »Ja. Das ist korrekt.«

»Gut. Dann kann ich mich ja jetzt entspannen.« Sie atmete wieder lange und erleichtert aus. »Hm … noch einmal, danke für alles. Auch wenn ich finde, ich bin für ein ganzes Leben genug verstümmelt worden.« Sie gab so etwas wie ein Kichern von sich. »Oh. Und grüß deine Eltern von mir.«

Dann ging sie und drehte sich auch nicht noch einmal nach ihm um. Ohne nachzudenken folgte er ihr. Sie hatte schon ihren Rucksack neben der Haustür stehen und war bereit abzufahren.

»Verlässt du uns jetzt?«

»Jackie wartet draußen. Hast du beim Reinkommen ihren Wagen nicht gesehen?«

»Der muss mir entgangen sein.«

»Ich habe sie gebeten, hereinzukommen, aber du weißt schon, ihr Typen und euer Territorium.« Sie öffnete die Haustür, und Van fragte sich, wie er diesen zweitürigen, kirschroten Mercedes und die hübsche Frau, die auf der Motorhaube saß und in einem Buch las, hatte übersehen können.

Die Schakalin schaute auf und lächelte. »Bist du so weit?«

»Ja.« Irene griff nach ihrem Rucksack, schwang ihn sich auf die Schulter und zuckte zusammen, als das Gewicht auf ihren jüngsten Reißzahnabdrücken landete.

Sie sah ihn über ihre Schulter hinweg an und zuckte die Achseln. »Also … leb wohl.«

Van stand an seiner Haustür und sah zu, wie Irene Conridge in den Wagen ihrer Freundin stieg, ihren Rucksack wie ein kleines Kind auf den Schoß nahm und das Auto losfuhr.

Er wusste nicht, wie lange er dagestanden hatte, bevor seine Schwester neben ihn trat.

»Das war … wirklich … eigenartig«, bemerkte sie leise.

»Ich weiß.«

»Geht es dir gut?«

Er zuckte die Achseln. »Ja. Alles bestens. Es ist vorbei.«

»Das ist wahr, aber …«

»Nein, Carrie. Kein Aber. Kein gar nichts. Selbst wenn sie mir etwas bedeuten würde, was nicht der Fall ist, ist diese Frau eine einzige Polkappe. Danke, aber ich hätte gern ein wenig mehr Feuer in meinem Bett.«

»Okay.«

»Also, lass es uns einfach vergessen.«

»Okay.«

»Es ist vorbei.«

»Ähm … okay. Und Conridge …«

»Der könnte das gar nicht gleichgültiger sein. Vertrau mir,

wenn ich sage, dass Irene Conridge für niemanden irgendetwas empfindet.«

»Ich hasse ihn.«

Jackie sah Irene überrascht an. »Wie bitte?«

»Ich. Hasse. Ihn.«

»Aber du hasst nie jemanden. Du hast mal gesagt, es verlange eine Emotion, die nur deine Zeit kosten würde.«

»Das war, bevor ich ihm begegnet bin, dem größten …« Sie suchte nach dem richtigen Wort, und ihre Freundin bot ihr hilfsbereit eines an.

»Arschloch?«

»Ja! Er ist das größte Arschloch. Und ich hasse ihn.«

»Ist irgendetwas geschehen, von dem ich wissen sollte, Süße?«

»Ich will nie wieder über diese Sache oder über ihn reden. Ich will diese ganze schreckliche Zeit einfach nur hinter mir lassen und mich wieder an die Arbeit machen.«

»Okay.« Jackie bremste an einer roten Ampel. »Wie wäre es, wenn wir dich nach Hause bringen, uns umziehen und dann ins Kino gehen?«

Sie musste sich definitiv umziehen. Das leuchtend rote Sweatshirt, das sie trug, stank nach diesem Mann. Und obwohl es kein schrecklicher Geruch war – eigentlich war er ziemlich angenehm –, war sie offensichtlich zu wütend, um sich nicht davon ärgern zu lassen. Tatsächlich bedauerte sie es, versprochen zu haben, das Sweatshirt zurückzugeben. Sie hätte es lieber stellvertretend für ihn verbrannt.

»Irene?«

»Welcher Film?«, fragte sie.

»›Terminator‹ soll gut sein. Und es gibt jede Menge Leichen.«

Irene verschränkte die Arme vor der Brust und hatte das Gefühl, womöglich einen Schmollmund zu ziehen … ein echt entsetzlicher Gedanke. »Bist du sicher, dass es jede Menge Leichen gibt?«

»Bösartiger Cyborg aus der Zukunft läuft Amok und tötet wahllos auf der Suche nach einer bestimmten Frau, die er vernichten will. Zumindest hat Paul mir den Film so beschrieben. Also ja, ich denke, es gibt eine Menge Leichen.

»Na schön.« Denn sie weigerte sich herumzusitzen und an Niles van Holtz zu denken … das Arschloch. »Ich komme mit.«

»Gut.« Jackie fuhr weiter und streckte die Hand aus, um Irenes Bein zu tätscheln. »Und keine Sorge. Sobald wir dich auf der Arbeit haben, fühlst du dich wieder ganz wie du selbst.«

»Das will ich hoffen«, knurrte sie. Denn wenn sie noch viel länger Dinge »fühlen« würde, musste sie den Mann vielleicht schon aus Prinzip töten.

Das Arschloch.

KAPITEL 4

Als ihr dreiunddreißigjähriger Masterstudent in Tränen ausbrach, hatte Irene das Gefühl, sie sei vielleicht eine Spur übers Ziel hinausgeschossen, als sie zu ihm gesagt hatte: »Ob Sie bestanden haben? Sie können froh sein, dass ich Sie nicht umgebracht habe.«

Wütender auf sich selbst, als auf irgendetwas sonst, aber nicht bereit, es sich anmerken zu lassen, griff Irene hinter sich, und ihre studentische Hilfskraft reichte ihr eine Schachtel Taschentücher. Sie knallte dem Studenten die Schachtel hin, ignorierte das sich steigernde Schluchzen des Mannes und stolzierte zurück zu ihrem Schreibtisch.

»Ich erwarte, dass alle Laborarbeiten bis zum Ende der nächsten Woche fertig sind.« Mit dem Rücken zu ihren Studenten schob Irene die jüngst abgegebenen Prüfungshefte für ihren Hiwi zu einem ordentlichen, alphabetisch geordneten Stapel zusammen. »Ich werde keine Ausreden akzeptieren, weil es mich in den meisten Fällen wirklich nicht interessiert. Wenn er nicht gerade zwischendurch ablebt, wird jeder Student mit nicht fertiggestellter Arbeit in diesem Kurs automatisch durchfallen. Und bitte, stellen Sie mich nicht auf die Probe.«

Sie gab ihrem Hiwi den Heftstapel und drehte sich zu ihrem Kurs um. »Warum sind Sie immer noch hier? Raus.« Sie rannten, als hätte Irene Giftschlangen auf dem Boden ausgesetzt.

»Bilde ich es mir nur ein, oder sind Sie etwas … ähm … angespannter als gewöhnlich?«

Irene schaute zu Mark, ihrem Hiwi, hinüber. Sie hatte im vergangenen Jahr über siebzig Bewerbungen für die Stelle ihres Hiwis bekommen, aber Marc war der Einzige, bei dem sie das Gefühl gehabt hatte, er sei qualifiziert für die Position. Es war nicht leicht, für sie zu arbeiten, aber sie sorgte dafür, dass sich die Mühe lohnte. Fast alle Studenten, die eines ihrer Praktika überlebt hatten, bekamen einen heißbegehrten Job in einem der wichtigsten Labors oder einer bedeutenden Einrichtungen im Land. Mit bester Bezahlung. Also hatte sie keine Skrupel, sie durch die Conridge-Mangel, wie viele es nannten, zu drehen. Nur Mark schien nicht im geringsten eingeschüchtert von ihr. Irgendwie imponierte ihr das, aber an Tagen wie heute suchte sie nur nach einem Opfer, an dem sie ihren jüngsten Ärger auslassen konnte.

»Wenn Sie wirklich sehen wollen, wie angespannt ich bin, ärgern Sie mich nur weiter, Mark.«

»Schon kapiert.« Er sammelte all ihre Papier ein und machte sich auf den Weg zu ihrem Büro. Sie schnappte sich ihre Aktentasche und folgte ihm.

Warum sie schließlich gegen ihn stieß, wusste sie erst, als sie um ihn herumschaute und die beiden Männer sah, die in ihrem Büro saßen.

Na toll, dachte sie.

Sie ging um Mark herum und richtete den Blick auf den ersten Mann, den sie sah. »Und was führt Sie her, Agent Harris?«

»Ich bin nur gekommen, um mal nach Ihnen zu schauen, Professor Conridge.«

Irene betrat ihr Büro und warf ihre Aktentasche neben ihrem Schreibtisch auf den Boden. »Gibt es einen speziellen Grund, warum Sie mich nicht Dr. Conridge nennen können? Oder spricht da einfach ihre allgemeine Unsicherheit als Mann aus Ihnen?«

Mark schnappte sich seinen Rucksack, der in einer Ecke lag, und nickte Irene zu. »Ähm … Dr. Conridge, ich bin in der Bibliothek und sehe mir diese Papiere für heute Abend durch.«

Dann rannte er praktisch davon.

»Noch ein männliches Wesen unterm Pantoffel, wie ich sehe«, murmelte Harris.

Irene setzte sich an ihren Schreibtisch. »Gibt es auch andere?« Sie legte die Füße auf das abgenutzte Holz und lehnte sich in ihrem Stuhl zurück. Vor langer Zeit hatte sie gelernt, wie man eine entspannte Haltung vortäuschte, auch wenn es das Letzte war, was man empfand. Aber Agent Phillip Harris wäre nicht hier, wenn er keinen Grund gehabt hätte. Das FBI verschwendete selten Zeit für Angelausflüge.

»Also, Agent Harris, was führt Sie in mein bescheidenes kleines Büro?«

»Sie, Professor.«

»Wirklich? Und warum?«

»Es ist in letzter Zeit viel über Sie geredet worden.«

»Ich bin in den Kreisen, die sich mit Biochemie und Computertechnologie beschäftigen, sehr bekannt. Das wissen Sie.«

»Es geht hier nicht um Artikel über ihre Arbeit, Professor. Ich spreche von abgehörten Gesprächen zwischen bekannten sowjetischen Agenten.«

Irene blinzelte überrascht. Russen? Warum zur Hölle sollten Russen über sie plaudern?

»Ich würde Sie fragen, was sie gesagt haben, aber ich bin mir sicher, wenn Sie es wüssten, hätten Sie inzwischen etwas unternommen. Also sind Sie hier, weil Sie hoffen, ich erzähle Ihnen etwas Faszinierendes.«

»Vielleicht ist dies ein Spiel, das Sie nicht spielen sollten, Professor. Hochverrat ...«

»Ist hier nicht das Thema, und das wissen wir beide. Sie haben sich die Falsche für ihr Spielchen ausgesucht, Agent Harris. Womit auch immer Sie mich zu erschrecken versuchen, Sie werden mir nie glaubhaft machen können, dass Sie ausgerechnet mich für eine russische Agentin halten.« Sie kicherte. »Obwohl ich mit meinem Teint gewiss recht hübsch in dieses Land hineinpassen würde. Aber es tut mir leid, wenn ich Sie enttäuschen muss. Ich habe keine Ahnung, im Besitz wessen diese Leute oder Sie mich glauben, und ich werde jetzt auch nicht anfangen, mir darüber den Kopf zu zerbrechen.«

»Ich könnte Sie zu Ihrer eigenen Sicherheit festnehmen lassen.« Und sie wusste, dass das eine Drohung war.

Irene lächelte, und der Agent, der hinter Harris stand, machte den Eindruck, er würde gleich versuchen, zur Tür zu rennen. »Wollen Sie das wirklich tun, Agent Harris? Wollen Sie wirklich, dass sich das, was bei einem solchen Versuch in der Vergangenheit passiert ist, wiederholt?« Irene legte die Hände hinter den Kopf und verschränkte die Finger. »Verraten Sie mir, hat man den Häuserblock eigentlich je wieder aufgebaut? Oder ist er immer noch ein Loch in der Erde?«

Harris antwortete nicht, blickte aber wunderschön böse. Irene verdrehte die Augen und schwang die Beine von ihrem Schreibtisch. »Dieses Gespräch ist beendet, Agent Harris. Ich habe zu arbeiten, und um ganz offen zu sein, Sie sind einfach nicht besonders interessant.«

Sie schaltete ihren Computer ein.

Irene konnte Harris aufstehen hören, und sein Partner ging schnell zur Tür.

»Ich bin mir sicher, wir sprechen uns wieder, Professor.«

»Für diesen Tag lebe ich, Agent.«

Irene wartete, bis die Tür sich schloss, und gab ihnen ein oder zwei Minuten, um wegzugehen, bevor sie einen Seufzer ausstieß. Okay, sie hatte tatsächlich eine grobe Vorstellung davon, was die Russen wollten. Und was auch ihre Regierung liebend gern in die Finger bekäme. Aber niemand, absolut niemand, würde es jemals kriegen. Sie würde dieses Zeug niemals auf die Welt loslassen. Aber wenn sie herumsaß und sich zwanghaft darüber Gedanken machte, half das auch nicht. Also rief Irene ihre letzten Arbeiten auf und dachte an andere Dinge.

Bedauerlicherweise entpuppten diese anderen Dinge sich als Van Holtz. Drei Tage waren vergangen, und sie dachte immer noch an ihn. Warum? Bei den meisten Leuten konnte sie binnen Minuten, wenn nicht Sekunden aufhören, an sie zu denken. Aber jedes Mal, wenn sie sich einen Moment gestattete, um über etwas anderes als Gleichungen und Formeln nachzusinnen, kehrte ihr armes, geplagtes Gehirn zu diesem Idioten zurück.

Sie schaute zu dem Poster von Einstein an ihrer Bürowand,

das einer ihrer Studenten aufgehängt hatte, um, so seine Worte, »dieses Büro ein wenig … freundlicher zu gestalten.« Aber sie sah nicht den genialen Albert. Nein. Stattdessen fragte sie sich immer wieder, mit wie vielen Frauen Van Holtz, dieser Mistkerl, schon geschlafen hatte. Wahrscheinlich mit Hunderten. Sie hätte Geld darauf verwettet, dass er sexuell unersättlich war. Und ein Mann, für den es jedes Loch tat.

Und hier saß sie nun … und dachte darüber nach. Widmete Teile ihres Millionen-Dollar-Gehirns diesem saublöden Idioten. Wie erbärmlich. Wie lächerlich. Wie … menschlich. Jackie versprach, dass dieser Zustand nicht lange anhalten würde. Dieses plötzliche Aufwallen von Emotionen. Und Irene hatte angefangen, die Tage zu zählen, bis diese Gefühle weggehen würden. Weit weg. Wie Menschen mit einem normalen IQ so etwas täglich aushielten, würde sie nie verstehen.

Irene Conridge benutzte ihre außerordentliche Geisteskraft, um über einen Mann nachzudenken. Absolut tragisch.

»Könnte mich bitte irgendjemand erschießen?« Sie glaubte nicht, dass bis auf einige wenige Studenten jemand dieses Angebot annehmen würde. »Und der Bastard hat wahrscheinlich mit Tausenden geschlafen«, motzte sie, bevor sie einen ihrer Lieblingsstifte quer durch den Raum warf.

Van ging rastlos hinter der Boutique auf und ab, die Athana Löwe vom Löwenrudel gehörte. Auch wenn Van fand, dass Athanas ältere Schwester Melinda eine echte Nervensäge war, mochte er Athana ganz gern. Außerdem waren Löwinnen großartig für ein gelegentliches »Stelldichein«. Löwen vermehrten sich so gut wie ausschließlich mit ihrer eigenen Art, was bedeutete, dass sie großartig für Sex ohne Verpflichtungen waren. Genau das, was Van im Moment brauchte. Nur damit er beweisen konnte, dass seine Eltern schrecklich, schrecklich falsch lagen.

Drei Tage lang war er zur Arbeit und zurück gegangen, entweder zu seiner Wohnung oder zum Anwesen der Van Holtz', und nicht ein einziges Mal hatte er in dieser Zeit eine Frau mitgebracht. Erst heute Morgen hatte er in der Küche gestanden und mit seiner Schwester geplaudert, als eine der neuesten Wölfinnen hereingekommen war. Sie hatte Shorts und ein T-Shirt getragen und sonst nichts. Nach allem, was ihm zu Ohren gekommen war, hatte sie bisher kein großes Interesse an irgendjemandem gezeigt. Aber ihn hatte sie mit lebhaftem Interesse gemustert. Sie war entzückend und überraschend zierlich für eine Wölfin. Aber was hatte er getan? Gelächelt, ihr zugenickt und weiter mit seiner Schwester gesprochen.

Um einen seiner Cousins zu zitieren: »Was zum Teufel war *das*?«

Als ihm klargeworden war, was er getan hatte, war Van absolut entsetzt von sich selbst gewesen. Wo war der alte Van geblieben? Der Wolf, der sagte: »Wenn sie süß ist und lange genug stehen bleibt, ficke ich sie«? Der Wolf, der einen Ruf zu verlieren hatte? Hatte diese boshafte Frau mit den kalten Augen und dem wunderbaren Körper ihm eine ihrer Drogen zu Versuchszwecken verabreicht, um zu sehen, ob sie Männern den Sexualtrieb austreiben konnte? Er würde es ihr zutrauen.

Verflucht, selbst seiner Schwester war es aufgefallen. Vor allem deshalb, weil er normalerweise mitten in einem ihrer Gespräche einfach wegging, um ein Mädchen anzusprechen. Aber heute Morgen … nichts.

Als er sich bei seinen Eltern beklagte, schnaubten sie nur und sahen einander mit diesem Blick an. Den, den alle Eltern nur zu gut beherrschten. Den Blick, der sagte: »Soll er leiden, bis er seine Lektion gelernt hat«.

Letztlich jedoch weigerte Van sich, es zu glauben. Dr. Irene Conridge hatte absolut keine Macht über ihn. Und würde sie niemals haben. Wenn er mit einem kalten Fisch schlafen wollte, würde er sich vom Rudel die Kehle durchschneiden und in den Pazifischen Ozean werfen lassen.

Die Hintertür des Ladens öffnete sich endlich, und als Van sich umdrehte, sah er die süße Löwin den Kopf herausstrecken. Als sie ihn bemerkte, wechselte ihr Gesichtsausdruck von freundlich zu heißblütig.

»Hey, mein Hübscher.«

Na also! Das war warm und freundlich. Und das von einer Katze. Verdammt, Irene Conridge war kälter als eine Katze? War das überhaupt möglich?

»Selber hey«, erwiderte er schroff. »Jetzt komm her.«

Sie feixte und tänzelte zu ihm herüber. Athana tänzelte so ziemlich überall hin. Das hatte ihm schon immer an ihr gefallen.

Goldene Augen schauten unter pechschwarzen Wimpern zu ihm hoch. »Ja?«

Plötzlich überflutete ihn aus dem Nichts ein seltsames Gefühl der Schuld, nur weil er allein mit einer Frau in einer dunklen Seitenstraße stand. Er hatte es noch nie zuvor verspürt, und zu sagen, dass er nicht glücklich darüber war, wäre eine drastische Untertreibung.

Knurrend packte er Athena an den Armen und riss sie an sich. Sie öffnete überrumpelt die Lippen, und er schoss mit seiner Zunge hinein und küsste sie heftig.

Nach fast einer Minute löste er sich endlich von ihr, und Athana starrte zu ihm empor.

»Wow«, bemerkte sie schließlich. »Irgendwie so, als würde ich meinte Tante Gertrude küssen, wenn sie zu Thanksgiving kommt.«

Van hielt sie um Armeslänge von sich weg. »Was?«

Sie zog tatsächlich einen Schmollmund, schien aber nicht wirklich verstimmt zu sein. »Verdammt. Und du bist auch noch so gut. Die Hyänen laufen durch die Gegend und erzählten überall herum, du hättest dich mit einem Vollmenschen verpaart, aber ich hatte gehofft, die Gerüchte seien nicht wahr.«

»Es hat nichts zu bedeuten.«

Athana kicherte. »Komm schon, Van. Du bist ein Wolf. Du kannst auch einfach dein Schicksal akzeptieren.«

Er stieß sie von sich und ging zu einem Müllcontainer hinüber. »Nein, ich weigere mich, mich davon in die Falle locken zu lassen.«

»Süßer, es ist zu …«

Bevor das Wort »spät« aus ihrem Mund kommen konnte, wirbelte Van herum und sagte: »Lass uns ein Hotelzimmer nehmen und ficken.«

Athana verdrehte die Augen und machte Anstalten wieder in ihren Laden zu gehen. »Vergiss es, Van. Ich habe noch nie mit dem Gefährten einer anderen Frau rumgemacht, und ich werde jetzt nicht damit anfangen. Selbst wenn sie ein Vollmensch ist.«

»Aber ich interessiere mich gar nicht für sie.« Oh Gott! Hatte er das gerade in einem absoluten Jammerton gesagt?

Sie öffnete die Ladentür. »Wenn du so davon überzeugt bist, dass es ein Fehler ist, geh zu ihr und finde es heraus.«

Zu ihr gehen? Sein verheilter, aber vernarbter Oberschenkel versteifte sich automatisch bei dem Gedanken ... dann versteiften sich weitere Körperteile von ihm aus einem gänzlich anderen Grund.

»Glaub mir«, seufzte Athana. »Wenn du sie so küsst, wie du mich gerade geküsst hast, hast du definitiv kein Interesse.«

»Wie sehe ich aus?«

Irene schaute hoch und nickte ihrer Freundin zu. »Du siehst umwerfend aus.«

»Danke, Süße.« Eine Autohupe ertönte, und Jackie griff sich ihre Stola. »Bist du sicher, dass ich dich nicht überreden kann mitzukommen? Diese Universitätsveranstaltungen sind immer viel erträglicher, wenn du dabei bist, um sich mit dir darüber lustig zu machen.«

»Ich ertrage es nicht. Nicht heute Abend.«

»Hat Agent Harris dich ausflippen lassen?«

»Na ja, seine Worte haben nicht gerade dafür gesorgt, dass ich mich sehr wohl in meiner Haut fühle.«

»Sollen wir lieber hierbleiben?«

»Nein. Du und Paul, ihr geht hin. Amüsiert euch.« Irene warf sich zum achtzehnten Mal ihren schief gebundenen Pferdeschwanz aus dem Gesicht. »Ich werde mich an diese Seminararbeiten machen und ein wenig fernsehen.«

»Okay.« Jackie machte Anstalten, den Raum zu verlassen, hielt dann aber noch einmal inne. »Und noch etwas, Irene. Nimm ja nicht meinen Mac auseinander.«

Irene schaute zum neuesten »letzten Schrei« in der Computergeschichte. Wenn man sie fragte, war das ein Witz für dreitausend Dollar von Steve Jobs. Ein überteuertes Spielzeug. Trotzdem hätte Irene es gerne auseinandergenommen, um zu sehen, was Jobs da gemacht hatte. Verdammte Jackie, dass sie sie so gut kannte.

»Ich meine es ernst.«

»Ja, ja. Wartet Paul nicht auf dich?«

Jackie warf ihr einen letzten warnenden Blick aus zusammengekniffenen Augen zu, bevor sie hinausrauschte.

Irene schaute auf die elfenbeinfarbene Kiste auf dem Schreibtisch ihrer Freundin und zwang sich, sich auf die Seminararbeiten vor sich zu konzentrieren.

Wenige Minuten später klingelte es an der Tür, und Irene rührte sich nicht von der Stelle. Sie erwartete niemanden, also würde sie auch nicht aufmachen. Sie hatte tagsüber schon mit genug Leuten zu tun, da wollte sie verdammt sein, wenn sie auch noch ihre Abende mit diesen Idioten verbrachte.

Die Klingel schrillte wieder, dann klopfte die vor der Tür stehende Person. Irene zuckte mit keiner Wimper. In ein paar Sekunden würde sie alles bis auf die Arbeit vor sich ausblenden, eine Fähigkeit, die sie im Laufe der Jahre entwickelt hatte. Manchmal schüttelte Jackie sie buchstäblich oder schlug sie auf den Kopf, um ihre Aufmerksamkeit zu erregen.

Aber Irene war noch nicht in dieser »Zone«, und sie hörte deutlich jemanden an ihrer Tür schnuppern. Sie schaute von ihren Papieren auf, als Van Holtz von der anderen Seite knurrte: »Ich weiß, dass du da drin bist, Conridge. Ich kann dich riechen.«

Igitt.

»Geh weg«, rief sie zurück. »Ich bin beschäftigt.«

Das Klopfen verwandelte sich in regelrechtes Hämmern. »Mach die gottverdammte Tür auf!«

Verärgert, aber mit der Einsicht, dass der Mann nicht gehen würde, legte Irene ihre Seminararbeiten auf die Couch und ging zur Tür. Sie öffnete und ignorierte das seltsame Gefühl in ihrer Magengrube, als sie den Mann da stehen sah, in einem dunkelgrauen Pullover, Jeans und Sneakers. Sie kannte nur wenige Männer, die in Freizeitkleidung derart elegant wirkten.

»Was ist?«

Sie beobachtete, wie sein Blick über sie hinwegwanderte, von den schlabbrigen Tennissocken an ihren Füßen über die ausgeleierten Baumwollshorts und das mit Farbspritzern bekleckerte T-Shirt, das von einer schrecklichen Erfahrung im vergangenen Jahr zeugte, als sie versucht hatte, den Flur zu streichen, bis nach oben zu ihrem hastig gebundenen Pferdeschwanz. Er schluckte und murmelte: »Verdammt noch mal«, bevor er sich in ihr Haus drängelte.

»Wir müssen uns unterhalten«, erklärte er anstellte einer Begrüßung.

»Warum?«

Er runzelte die Stirn. »Was?«

»Ich fragte, warum müssen wir uns unterhalten? Was mich betrifft, gibt es nichts, was zu besprechen wäre.«

»Ich muss dich küssen.«

Jetzt runzelte Irene die Stirn. »Warum?«

»Musst du eigentlich immer Warum sagen?«

»Wenn Leute mit Sachen zu mir kommen, die keinen Sinn ergeben … ja.«

»Erlaub mir einfach, dich zu küssen, dann gehe ich wieder.«

»Weißt du, wie viele Keime sich im menschlichen Mund befinden? Ich wäre besser beraten, ein offenes Kanalgitter zu küssen.«

Warum musste sie es ihm so schwer machen? Er hasste es, hier zu sein. Hasste es, überhaupt gekommen zu sein. Doch er musste etwas beweisen, und verdammt noch mal, er würde es beweisen oder bei dem Versuch sterben.

Aber wie konnte sie es wagen, so verflucht süß auszusehen! Er hatte gar nicht gewusst, dass so eine Irene Conridge existierte. Sie war ihm bisher nur in diesen eckigen Anzügen unter die Augen gekommen oder in einem Abendkleid, das sie nie und nimmer selbst ausgesucht hatte, zumindest hätte er Geld darauf gewettet, dass es so war. Gelegentlich hatte er sie sogar in Jeans gesehen, aber selbst dann wirkte sie immer effizient und professionell.

Jetzt sah sie verdammt noch mal entzückend aus, und er hasste sie beinahe dafür.

»Zwanzig Sekunden und ich verschwinde für immer von hier. Zwanzig Sekunden und ich werde dir nie wieder zur Last fallen.«

»Warum?«

Verdammt noch mal, wieder dieses Warum.

»Ich muss dem Universum beweisen, dass es absolut nichts zu bedeuten hat, dass ich dich markiert habe.«

»Oh, nun, ist das nicht nett«, erwiderte sie mit offensichtlichem Sarkasmus. »Schön zu wissen, dass du dich davon überzeugen willst, dass es so abstoßend wie notwendig ist, mich zu küssen.«

»Ich habe nicht … ich wollte nicht …« Er knurrte. »Können wir es bitte einfach tun?«

»Zwanzig Sekunden, und du gehst?«

»Ja.«

»Für immer?«

»Absolut.«

»Schön. Bringen wir es einfach schnell hinter uns. Auf mich wartet eine Menge Arbeit. Und die Tatsache, dass du meine Luft atmest, ärgert mich maßlos.«

Da Van diese Sache ebenso dringend hinter sich bringen wollte wie sie, marschierte er zu ihr hinüber, legte ihr den Arm um die Taille und riss sie an sich. Sie starrten einander für einen langen Moment an, und dann küsste er sie. Genau wie er Athana vor ein paar Stunden geküsst hatte. Nur war Athana in seinen Armen warm und willig gewesen. Nicht spröde und kalt wie ein Eisblock. Irene öffnete nicht einmal den Mund.

Nein. Nichts, dachte er mit überwältigender Erleichterung. Das Ganze war ein schreckliches Missverständnis gewesen. Er konnte – und würde – von der ehrenwerten und genialen Doktor Irene Conridge weggehen, ohne je zurückzuschauen. Van lächelte beinahe.

Bis sie sich ganz leicht in seinen Armen bewegte, und ihr Kopf sich einen knappen Zentimeter nach links neigte. Wie ein tosender Windstoß peitschte Lust durch ihn hindurch. Überwältigende, verzehrende Lust. Er hatte noch nie etwas Derartiges empfunden. Plötzlich war sein Verlangen, sie zu schmecken, größer als sein Verlangen, den nächsten Atemzug zu tun. Er drängte seine Zunge gegen ihre Lippen, um sie dazu zu bringen, sich ihm zu öffnen. Zu seiner größten Überraschung tat sie es, und er stürzte sich tief hinein. Ein Ruck ging durch ihren Körper, und sie hob die Hand und umklammerte seine Schulter. Wahrscheinlich Sekunden, bevor sie ihn zurückstoßen würde. Aber das würde er nicht zulassen. Nicht wenn sie auch nur ein Fünkchen von dem empfand, was er gerade empfand. Also drückte er sie fester an sich, küsste sie leidenschaftlicher, ließ sie seine stahlharte Erektion spüren, die durch seine Jeans an ihren Bauch drückte.

Die Hand, die seine Schulter umklammerte, lockerte sich ein wenig und schob sich dann in sein Haar. Mit der anderen Hand packte sie ihn im Nacken. Und plötzlich verwandelte sich der kalte, spröde Eisblock in seinen Armen in ein tosendes Inferno der Lust. Ihre Zunge wickelte sich um seine, und sie entließ ein Stöhnen in seinen Mund.

Bevor Van es richtig realisierte, führte er sie zurück zur Treppe. Er hörte einfach nicht auf, sie zu küssen. Auf keinen Fall wollte er, dass sie ihre Meinung änderte. Es gelang ihm, sie in den Flur im ersten Stock zu bekommen, bevor sie ihren Mund von seinem löste.

»Was tust du?«, keuchte sie.

»Dich ins Bett bringen.«

»Das kannst du vergessen.« Und wenn Van der Typ Mann gewesen wäre, der weinte, hätte er jetzt geschluchzt. Bis die zugeknöpfte Irene Conridge hinzufügte: »Die Wand. Nimm die Wand.«

KAPITEL 5

Van ließ sie gegen die Wand krachen. Er hatte versucht, sanft und geduldig zu sein, aber, Scheiße, er verlor gerade rapide die Kontrolle. Verlor sie an diese Frau, die ihrer eigenen Aussage zufolge Sex nicht mochte. Allerdings beugte dieselbe Frau sich jetzt vor und packte mit festem Griff seinen Schwanz durch seine Jeans. Sie drückte zu, und noch mehr von seiner Kontrolle entglitt ihm. Er wollte nach ihrer Schlafzimmertür fassen, aber er konnte sich nicht dazu überwinden, Irene loszulassen. Der Wolf in ihm wollte diese Frau für sich, bevor sie so etwas Dummes tat, wie zum Beispiel ihre Meinung zu ändern. Sie würde ihm gehören, weil es ihr bestimmt war. So ärgerlich das Ganze war – und verdammt noch mal, es war ärgerlich –, würde er sie jetzt nicht mehr gehen lassen. Konnte sie nicht gehen lassen. Himmel, er konnte sich nicht einmal dazu überwinden, sie so lange freizugeben, dass er sie zu einem Bett bringen konnte.

Mit überraschender Geschicklichkeit zog sie den Reißverschluss seiner Jeans auf und legte die Hand um seinen Schwanz. Van bebte. Wem versuchte diese Frau etwas vorzumachen? Sie verabscheute Sex? Nie im Leben. Wahrscheinlicher war, dass sie – bis jetzt – nicht den Richtigen gefunden hatte.

Ihre langen Finger glitten über seinen Schwanz und provozierten eine ziemlich verheerende Wirkung bei einem Mann, der so etwas eigentlich kaum noch kannte, während sie ihn mit so viel Leidenschaft küsste, wie er es selten erlebt hatte.

Das konnte er vergessen. Er würde es niemals bis zum Bett schaffen. Nicht bis sie diesen ersten Fick hinter sich gebracht hatten.

»Gesäßtasche«, keuchte er dicht an ihrem Mund.

»Wie bitte?«

»Gesäßtasche.«

Ihr Arm glitt um seine Taille, und ihre Hand grub sich in die Gesäßtasche seiner Jeans. Sie zog den Streifen Kondome hervor, die er eingesteckt hatte, bevor er seine Wohnung verlassen hatte. Natürlich waren sie für Athana bestimmt gewesen, aber es gab keinen Grund, die Situation mit unschönen kleinen Wahrheiten zu ruinieren, die keine Bedeutung mehr hatten.

»Du bist dir deiner selbst ziemlich sicher, was?«, fragte sie, die Kondome in der Hand.

»Ganz genau.« Und er wusste, dass sie ihn nicht anders würde haben wollen. »Du nimmst doch nichts, oder?«

»Was soll ich denn nehmen?«

»Verhütungsmittel. Die Männer der Van Holtz' könnten einen Baumstumpf schwängern. Wenn du also nicht bereit bist, dich schwängern zu lassen …«

Anscheinend war sie das nicht, denn sie hatte ihm das Kondom binnen Sekunden übergestreift. Und das war gut so, denn Van war sich nicht sicher, wie lange er sich noch zurückhalten konnte. Der Wolf in ihm würde nicht zufrieden sein, bis er seine Gefährtin genommen hatte, als Besiegelung ihrer Verbindung. Zumindest nach Wolfsmaßstäben. Er wusste, dass Irene mehr Überzeugungskunst verlangte als das. Nicht nur weil sie ein Mensch, sondern zudem eine Nervensäge war und nichts einfach oder schlicht machte. Aber kein Problem. Sobald das wilde Tier in ihm befriedigt war, konnte er sich auch darauf konzentrieren.

Van schob sie höher, presste sie fest gegen die Wand, um sie da zu halten.

»Das wird jetzt schnell gehen, Doc«, warnte er sie. »Aber ich mache es wieder gut.«

»Tu mir einen Gefallen, Van Holtz. Hör auf zu reden. Du erinnerst mich immer wieder daran, dass du im Raum bist.«

Sein Kopf fuhr hoch von dem erregenden Anblick seines Schwanzes, der gleich in sie eindringen würde, um wütend in diese seltsamen, blauen Augen zu starren. Aber er begriff schnell, dass sie scherzte … na ja … für Irenes Verhältnisse war das scherzen.

»Willst du mich weiter auf die Probe stellen, Doc? Weiter versuchen, mich zum Durchdrehen zu bringen?«

»Ich dachte, das hätte ich bereits. Wenn du noch mehr außer Kontrolle wärst, stünde dein Haar in Flammen.«

»Schließ nicht von dir auf andere, Baby.« Er drückte seinen Schwanz gegen sie, drang aber immer noch nicht in sie ein. »Du und ich, wir wissen beide, dass dieser wunderschöne Arsch im Moment mir gehört.«

Verdammt sollte er sein! Er hatte recht. Sie würde alles geben – absolut alles –, um diesen Mann in sich zu spüren.

Irene hatte noch nie so empfunden. Sie hatte noch nie jemanden so begehrt, wie sie einen der abscheulichsten Männer der Welt begehrte. Verflucht, sie erwog sogar, zu betteln, wenn das bedeutete, dass er sie ficken würde. Und sie wusste, dass es das war, was sie gleich tun würden. Er würde sie ficken. Kein Geschlechtsverkehr – es sei denn, man suchte nach Fachbegriffen. Kein Liebe machen. Es würde keine sanften Seufzer oder leises Stöhnen geben. Keine Beschwörungen von Liebe oder Versprechungen für morgen. Er würde sie ficken, und das war genau das, was sie wollte.

Offensichtlich hatte sie zu viele Intellektuelle im Bett gehabt. Männer, die dachten, sie wüssten, was eine Frau wie Irene in sexueller Hinsicht wollte. Alle hatten das Ziel verfehlt.

Aber erst als Niles Van Holtz tief in sie hineinstieß, und sie dabei brutal gegen die Wand drückte, begriff sie, dass er ihr genau das geben würde, was sie immer gewollt hatte. Gebraucht hatte.

Er presste sich, immer noch bekleidet, an sie. Auf dem Weg die Treppe hinauf hatte er ihr bereits die Shorts und den Slip heruntergerissen. Aber sie trug immer noch ihr T-Shirt und ihren BH. Er setzte nicht einmal das einfachste Vorspiel ein. Weder berührte er ihre Brüste, noch liebkoste er ihren Körper. Und das brauchte er auch nicht zu tun.

Er beugte sich vor und flüsterte ihr heiser ins Ohr: »Dieser Arsch gehört mir doch, nicht wahr, Irene? Gib es einfach zu.«

Irene hatte keinen Zweifel daran, dass andere Frauen »Ja«, schreien und gar nicht mehr damit aufhören würden. Unglücklicherweise war Irene nie wie andere Frauen gewesen. Wenn sie wie andere Frauen gewesen wäre, hätte sie nicht plötzlich die Zähne in seinen Hals geschlagen und kräftig zugebissen. Sie schmeckte Blut, und Van Holtz jaulte vor Schmerz auf, Sekunden bevor er anfing, brutal in sie hineinzustoßen.

Zum ersten Mal im Leben konnte Irene nicht denken. Sie konnte keinerlei vernünftige Überlegungen anstellen. Logik und Theorien flogen aus ihrem Kopf wie Wasser aus einem umgekippten Becher. Alles, worauf sie sich konzentrieren konnte, woran sie denken konnte, war die Art, wie Van Holtz sie fickte. Er war kein zärtlicher Liebhaber, und sie wünschte sich das auch gar nicht von ihm. Obwohl sie dabei eindeutig Schmerzen hatte – ihre letzte sexuelle Erfahrung lag drei Jahre zurück, und Van Holtz war nach ihrer Einschätzung unnatürlich groß – überwog der Genuss. Sie verlor sich in dieser Wonne. Verlor sich an den Mann, dem – im Moment – ihr Arsch gehörte.

Er knurrte, und sie riss ihn an den Haaren und versuchte, ihn dazu zu treiben, sich schneller zu bewegen, härter. Sie waren jetzt jenseits der Worte. Jenseits jedes spielerischen oder auch nur bissigen Geplänkels. Ausnahmsweise einmal konnte Irene nur fühlen … und sie liebte es.

Als Erstes kam das Kribbeln. Weit unten in ihrem Bauch, tief in ihrem Schoß. Dann explodierte es, breitete sich bis in ihre Gliedmaßen aus, überschwemmte ihren ganzen Körper. Sie hatte noch nie etwas Derartiges empfunden, und der kleine Teil ihres Gehirns, der noch funktionierte, sagte ihr, dass sie kam. Ziemlich heftig, nach der Art zu schließen, wie ihre Muskeln sich anspannten und sie vollkommen die Fähigkeit zu sprechen verlor.

Irene hielt Van fest an sich gedrückt. Er stöhnte an ihrem Hals, während er sich vollkommen leerte und kam wie ein Güterzug.

Seine Knie gaben beinah unter ihm nach, und er hielt sie beide nur mit schierer Willenskraft aufrecht. Die Frau hatte ihn beinahe umgebracht.

Sie klammerten sich minutenlang aneinander, und ihr Keuchen war das einzige Geräusch im Flur.

»Welches …« Van schluckte, seine Kehle trocken und wund. »Welches ist dein Zimmer?«

»Das da.« Endlich löste sie eine Hand aus ihrem Todesgriff, mit dem sie sein Haar gepackt hatte, um auf die Tür mit der Warnung vor Biogefährdung, die darauf klebte, zu zeigen. ›Im Ernst?‹, dachte Van und hätte beinahe leise gelacht, war dazu aber nicht imstande. Die Frau war wie tödliches Gift. Lebensgefährlich. Kein Wunder, dass die Männer, mit denen sie zusammengewesen war, es ihr nie richtig besorgen konnten. Sie waren alle Vollmenschen gewesen. Frauen wie Irene brauchten mehr als die normale DNA.

Ohne ihren Hintern loszulassen, bugsierte Van sie beide zu ihrem Schlafzimmer und legte sie auf das Doppelbett, das aussah, als würde sie nicht viel darin schlafen.

Nachdem er sich langsam aus ihr zurückgezogen hatte und die Zähnen zusammenbiss, als sie stöhnte, streichelte Van mit der Hand über ihre nackten Beine.

»Badezimmer?«

»Übernächste Tür.«

»Rühr dich nicht von der Stelle. Ich bin gleich wieder da.«

Sich nicht von der Stelle rühren? Irene war ziemlich sicher, dass das kein Problem sein würde. Sie konnte sich nicht bewegen. So etwas nannte man Paralyse, und sie schien gerade davon betroffen.

Zum ersten Mal im Leben verstand Irene, warum es allen so wichtig war, Geschlechtsverkehr zu haben. Und warum es Frauen so wichtig war, Geschlechtsverkehr mit Van Holtz zu haben. Nur gut, dass sie das nicht schon viel früher in ihrem Leben entdeckt hatte. Sie wäre niemals Rhodes-Stipendiatin geworden oder hätte ihren dritten Doktor gemacht. Stattdessen hätte sie mehr Zeit damit verbracht, »wie eine Irre zu vögeln«, um Jackie zu zitieren.

Vielleicht war es ja ein Gestaltwandlerding. Etwas, das in ihren Genen lag. Sie hatte sich immer gefragt, was genau sich in Jackies Zimmer für Eskapaden abspielten, wann immer Paul die Nacht bei ihr verbrachte. Sie liebte ihre Freundin dafür, dass sie versuchte, nicht viel Lärm darum zu machen und nicht mit ihrer Beziehung zu Paul zu protzen. Aber es gab Nächte, in denen die Dinge echt außer Kontrolle zu geraten schienen. In diesen Nächten ging Irene wieder in ihr Büro oder in die Labors, um zu arbeiten. Aber sie hatte immer die Frage im Hinterkopf, was Paul eigentlich mit ihrer Freundin anstellte, das Jackie so … glücklich machte.

Nun, jetzt wusste sie es.

Irene seufzte, und ihre Lider senkten sich. Endlich. Es war geschafft. Sie waren geschafft. Van Holtz hatte bekommen, was er wollte, und sie ebenfalls. Jetzt konnte sie sich wieder auf ihre Arbeit konzentrieren und ihn vergessen.

Die Tür zu ihrem Schlafzimmer wurde geöffnet, und Irene machte sich gar nicht erst die Mühe, die Augen aufzuschlagen. Ihr lag nichts daran, Ausreden zu hören zu bekommen, warum er jetzt gehen müsse.

Aber er ging nicht. Stattdessen wurde ihre Vulva mit einem warmen Tuch abgewischt und sorgfältig gesäubert. Sie zwang sich, nicht die Stirn zu runzeln, nicht einmal zur Kenntnis zu nehmen, was er da machte.

»Tut mir leid«, hörte sie ihn murmeln. »Ich wollte dich nicht erschrecken.«

Irene setzte zu einer Antwort darauf an, als Van Holtz plötzlich das Gesicht zwischen ihren Schenkeln vergrub.

Sie keuchte und riss die Augen auf, packte ihn am Hinterkopf. »Was … was tust du da?«

Er schaute zwischen ihren Beinen auf. »Ich mach es dir mit dem Mund. Hat das noch nie jemand für dich getan?«

Sie konnte nur den Kopf schütteln, während sie ihn mit großen Augen ansah.

Van Holtz grinste. »Cool. Ich bin dein Erster.« Dann machte er sich wieder über sie her.

Irene lehnte sich zurück, die Hände immer noch in seine Haare gekrallt, und starrte zur Decke empor. Der Mann leckte und saugte und ließ sich Zeit. Irene hörte immer wieder ein Wimmern und begriff schließlich, dass es von ihr selbst kam.

»Gott, Irene. Du schmeckst so verdammt gut«, stöhnte er.

Irene runzelte die Stirn. »In welcher Hinsicht?«

Van schaute wieder zu ihr hoch und zog eine Augenbraue hoch.

»Wofür ist dieser Blick? Ich frag ja bloß. Es scheint mir eine so eigenartige Bemerkung zu sein.«

»Du denkst zu viel.«

»Ja, nun …«

»Wir müssen dafür sorgen, dass das aufhört.« Van ergriff ihre Knöchel und drückte ihr die Beine nach hinten an die Brust, dann spreizte er sie weit auseinander und kehrte zu seiner ursprünglichen Beschäftigung zurück. Noch ein Orgasmus, mächtiger als der vorangegangene, raste durch sie hindurch, und Irene schrie irgendwelche unzusammenhängenden Worte, und auch etwas auf Altgriechisch kam über ihre Lippen. Sie wurde nicht ohnmächtig, war aber definitiv ein paar Momente nicht recht bei sich.

Als sie wieder denken konnte, begriff sie, dass Van Holtz ihr all ihre Kleider ausgezogen und seine eigenen ebenfalls abgelegt hatte. Jetzt lag er neben ihr, sein Kopf in die Handfläche gestützt, und schaute sie an.

»Alles in Ordnung?«, fragte er und zeichnete mit seiner freien Hand lässig Kreise auf ihren Bauch und ihren Oberkörper.

»Du musst jetzt gehen.«

Van Holtz verspannte sich kurz, erhob sich aber nicht. »Warum?«

»Ich muss noch so viel arbeiten«, gestand sie aufrichtig, auch wenn es trotzdem eine Ausrede war, um der wachsenden Panik

Herr zu werden. Jetzt, da die Leidenschaft abgeklungen war, fühlte Irene sich nicht wohl mit der hurenhaften Kreatur, in die sie sich nur Minuten zuvor verwandelt hatte. Sie hatte Verpflichtungen. Sie konnte sie nicht einfach abstreifen, um kopflosen, sinnlosen Verkehr mit diesem Mann und seinem perfekten Körper zu haben.

»Ich verstehe«, antwortete er schlicht. »Wie wäre es, wenn wir es folgendermaßen machen würden.« Er beugte sich vor und zog die Decke über sie beide. »Lass uns ein kurzes Nickerchen halten.«

»Und was genau soll das bewirken?«

»Du siehst erschöpft aus, Doc. Ein paar Minuten Schlaf werden dir gut tun. Und ich bin immer noch ein wenig zu überdreht, um Auto zu fahren. Okay?«

Irene drehte sich auf die Seite, weg von ihm. »Na schön. Obwohl deine zwanzig Sekunden schon seit einer Ewigkeit abgelaufen sind.«

»Gebührend vermerkt, Doc.« Van Holtz lachte leise, als er es sich hinter ihr bequem machte.

Irene erwachte und schaute sofort auf ihre Uhr. Noch nicht einmal elf. Perfekt. Sie konnte jetzt noch einen Berg an Arbeit erledigen. Sie streckte sich, und Van Holtz bewegte sich neben ihr. Obwohl sie vielleicht in Versuchung war, würde sie ihn jetzt nicht hinauswerfen. Stattdessen würde sie ihn ein wenig schlafen lassen, während sie wieder nach unten ging und …

Sie packte die große Hand, die sich zwischen ihre Beine schob, drehte sich um und sah einen hellwachen Van Holtz neben sich liegen.

»Was tust du da?«

Er machte sich nicht die Mühe zu antworten, sondern bemächtigte sich ihrer Brustwarze und fing an zu saugen, während ein tastender Zeigefinger in sie hineinglitt und begann, dort ein- und auszufahren.

»Warte …«

Zwei Finger wurden enthusiastisch in sie hineingeschoben, Irenes Rücken wölbte sich, und mit ihren Hüften stieß sie verzweifelt gegen seine Hand. Dann drückte er mit dem Daumen auf ihre Klitoris, und Irene explodierte, ihr ganzer Körper bebte und zuckte an seinem.

Als ihr Kopf zurück auf das Kissen fiel, war sie bereits tief und fest eingeschlafen.

Irene öffnete die Augen und begriff, dass Van Holtz das Licht ausgeschaltet hatte. Egal, sie bewegte sich häufig im Dunkeln. Langsam, um ihn nicht wieder zu wecken, schwang Irene die Beine über die Bettkante, erstarrte jedoch, als ihr Fuß etwas streifte, das warm war, dastand und sich bewegte.

»Ähm …«

»Wo willst du hin, Doc?«

»Warte«, flehte sie. Aber er hatte sie bereits flach auf dem Rücken und war in ihr, fickte sie, während er ihren Hals küsste und ihre Brustwarzen leckte und streichelte.

»Van Holtz, du Bastard! Du machst das absich … absich … oh! Das fühlt sich sehr schön an. Mach das noch mal.«

Sie war gerade erst aus dem Badezimmer gekommen und wollte sich nach unten schleichen, als er sie an der Taille erwischte und ins Schlafzimmer zurücktrug. Er setzte sie auf dem Fußende des Bettes ab und spreizte mit seinen Beinen ihre Schenkel. Dann nahm er sie von hinten, versenkte die Zähne in ihrer Schulter, während seine Hände mit ihren Brüsten spielten. Sein Gewicht fixierte sie an Ort und Stelle, und sie wünschte, sie könnte sagen, dass es ihr nicht gefiel. Aber irgendwie gefiel es ihr doch.

Er ließ ihre Schulter los, zog ihren Kopf an den Haaren zurück und küsste sie, während er fortfuhr, sie zu bumsen. Aber die Art, wie er sie küsste, wirkte die ganze Zeit über so zärtlich. Selbst wenn die Dinge außer Kontrolle gerieten, waren seine Küsse nie brutal oder bösartig. Nur … entschlossen.

Der Bastard.

Irene gähnte, drehte sich um und kuschelte sich wieder unter die Decke. Große Hände drehten sie auf den Rücken, und sie stöhnte. »Nein, nein. Ich bin nicht wach. Ich schwöre es! Ich habe nur eine bequemere Position gesucht!«

»Ich auch«, keuchte er und drang wieder tief in sie ein. Und verdammt, es fühlte sich wunderbar an.

Van strich ihr das Haar aus dem Gesicht, und Irene stöhnte ergeben. »Nein. Nicht schon wieder. Ich kann nicht mehr.«

Er grinste, beinahe beschämt – aber eigentlich auch wieder nicht. Sie hatte versucht, ihn rauszuwerfen. Als würde er das jemals zulassen.

»Nicht schon wieder. Ich muss gehen«, flüsterte er, und sie öffnete endlich ein Auge. Und wer hätte gedacht, dass eine Person einen aus einem einzigen Auge so böse anfunkeln konnte.

»Gut.«

Er wäre zornig gewesen, hätte sie nicht so süß geklungen … und so erschöpft.

»Ich komme heute Abend wieder. Wir gehen essen.«

»Ich kann nicht«, antwortete sie schlicht und schloss die Augen. »Ich habe schon eine Verabredung.«

Überwältigende Eifersucht schlug über ihm zusammen. »Eine Verabredung? Mit wem?«

»Das geht dich nichts an. Ich habe das schon vor Wochen geplant. Ich ändere jetzt nichts daran, nur wegen einer wilden Balgerei im Heu.« Sie zog sich die Decke bis zum Kinn hoch. »Du hast bekommen, was du wolltest, Van Holtz. Jetzt kannst du in dein normales Leben zurückkehren, und ich in meins. Nach gestern Nacht musst du jetzt gekriegt haben, was du gebraucht hast.« Sie drehte sich auf die Seite, wendete sich von ihm ab. »Also, geh wieder zu deinen Supermodels und deiner Country-Club-Elite. Und ich wende mich wieder Männern zu, die tatsächlich wissen, was die Algorithmische Informationstheorie ist.«

Van knirschte mit den Zähnen und starrte auf Irenes Hinterkopf. Der Teufel sollte ihn holen, wenn er wusste, was diese gottverdammte Algorithmische Dingsbums war. Und der Teufel sollte ihn holen, wenn es ihn interessierte. Denn langfristig betrachtet spielte es keine Rolle. Nicht für ihn. Und es sollte auch für sie keine Rolle spielen. Aber glaubte sie wirklich, dass sie ihn dazu bringen konnte, so einfach wegzugehen? Glaubte sie wirklich, es wäre so einfach, einen Van Holtz loszuwerden? Tja, die Römer hatten das zweiundfünfzig vor Christus ebenfalls gedacht. Na gut, Irene Conridge war verdammt noch mal taffer als ein Bataillon gut ausgebildeter römischer Soldaten, aber er war ein Nachfahre von Barbaren ... er würde bekommen, was er wollte.

Und er wollte sie. Also würde er sie haben – und sie sollte lieber verdammt noch mal dankbar dafür sein.

KAPITEL 6

»Was?«, fragte Irene noch einmal und drehte sich mit ihrem Bürostuhl, um ihren wissenschaftlichen Mitarbeiter anzufunkeln. Er ging ihr schon den ganzen Tag auf die Nerven.

»Ich habe gefragt, ob ich noch irgendetwas für Sie tun kann, bevor ich gehe?«

»Nein.«

Irene wollte sich schon wieder abwenden, hielt dann aber inne und fragte: »Waren Sie vorhin an meinem Computer?«

Mark nickte, während er seinen Rucksack zuzog. »Ich musste Ihren letzten Entwurf über Sharkovskys Theorem für ihren Verleger heraussuchen.«

»Okay, aber seien Sie vorsichtig, wenn Sie ihn benutzen. Ich stelle immer wieder fest, dass all meine Dateien durcheinandergebracht worden sind.«

»Ich habe versucht, sie zu ordnen …«

»Nun, lassen Sie das. Ordnen Sie meine Sachen nicht. Bewegen Sie sie nicht. Lassen Sie meine Dateien in Ruhe, Mark. Verstanden?«

Mark erhob sich, und zum ersten Mal bemerkte Irene, wie groß er war. Und dabei wirkte er keineswegs mager oder unbeholfen, sondern gut entwickelt, als hätte er sein Leben lang Football gespielt. »Tut mir leid, Dr. Conridge. Ich wollte Ihnen keine Schwierigkeiten machen.«

Irene schüttelte den Kopf. »Vergessen Sie es, Mark. Gehen Sie nur. Wir sehen uns dann am Montag.«

Es war eine Sache, wenn sie zu ihrem eigenen Vergnügen auf ihren Studenten herumhackte, aber wegen eines Mannes auf ihnen herumzuhacken, widerte sie einfach maßlos an.

Wie hatte sie das nur zulassen können? Wie hatte sie einem

Mann erlauben können, sich wie ein bösartiger Virus in ihr Gehirn zu fressen? Den ganzen Tag hatte sie an nichts anderes gedacht, und es entsetzte sie. Sie hatte sich immer gerühmt, in der Lage zu sein, fast alles auszublenden zu können, damit sie sich auf ein Problem oder auf eine Aufgabe konzentrieren konnte. Jackie hatte sogar Zugang zu Irenes Bankkonten, damit sie dafür sorgen konnte, dass alle Rechnungen bezahlt wurden. Als Jackie vor zwei Jahren auf ihrer Europatour gewesen war, hatten sie beinahe ihr Zuhause verloren, und die arme Jackie war in ein dunkles Haus zurückgekehrt, weil Irene total vergessen hatte, die Stromrechnung zu bezahlen. Jetzt kümmerte Paul sich darum, wenn Jackie mal nicht da war.

Aber zum ersten Mal in ihrem Leben war Irene nicht vollkommen auf eine Theorie oder ein mathematisches Problem fokussiert. Ausnahmsweise konzentrierte sie sich nicht ausschließlich auf unbelebte Gegenstände oder auf Ideen. Stattdessen konnte sie nur an Sex mit Niles Van Holtz denken.

Ihre Schwäche widerte sie an. Irenes Fleisch und Knochen waren für sie nie mehr gewesen als ein Gefäß, um ihr Gehirn herumzuschleppen. Jetzt waren sie lebendig und voller Bedürfnisse und Gefühle. Bastard.

Ein Klopfen an der Tür ließ sie aufschrecken, und sie musste erst warten, bis sich ihre Atmung beruhigt hatte, bevor sie sagte: »Ja?«

Die Tür wurde geöffnet und eine ihrer Doktorandinnen streckte den Kopf herein. Jenny Fairgrove. Oder, wie Irene sie insgeheim nannte, die perfekte Jenny Fairgrove. Mit ihrem langen, blonden Haar und ihren warmen, blauen Augen hatte Jenny alles das, was Irene nicht hatte. Und im Gegensatz zu Irene brauchte sie nie auch nur um eine Kleinigkeit zu kämpfen. Weil hübsche Menschen das nie tun mussten.

»Hi, Dr. Conridge.«

»Miss Fairgrove.«

»Ich wollte nur meine Bewerbung für die Hiwi-Stelle im nächsten Jahr abgeben. Ich wollte mich frühzeitig bewerben.«

Irene war eine von nur acht Professorinnen in der Universität, die ihr eigenes Hiwi-Programm hatte. Studenten bewarben sich direkt bei ihr für die Stelle, und sie entschied, wie viele Studenten sie haben wollte oder brauchte. Die anderen Professoren, die sich Hiwis teilen mussten oder sich ihre eigenen Hiwis nicht aussuchen durften, hassten sie dafür.

»Legen Sie sie in das Fach dort drüben.«

Jenny kam herein und ließ die Formulare in den Korb fallen. Irene beobachtete das Mädchen aus dem Augenwinkel. Jenny trug einen kurzen Jeansrock mit Lederstiefeln, ein enges T-Shirt und eine kurze Jeansjacke. Sie sah wirklich aus wie ungefähr dreiundzwanzig. Irene fand immer, dass sie selbst wie vierzig aussah. Verdammt, sie fühlte sich wie vierzig. Bis gestern Nacht. Gestern Nacht hatte sie sich zum ersten Mal in ihrem Leben so alt gefühlt, wie sie tatsächlich war.

»Wow. Ist das der neue IBM AT?«

Irene betrachtete ihren Computer. Sie hatte dem Dekan praktisch die Pistole an den Kopf setzen müssen, um ihn dazu zu bringen, das verdammte Ding zu genehmigen. »Ja.«

»Wow«, sagte Jenny wieder mit irritierender Begeisterung. »Ich habe gehört, er hätte einen Farbmonitor, der sogar toll aussieht, oder?«

Keck und blond. Eine nervigere Kombination gab es für Irene nicht.

»Ja.«

Das Mädchen trat an ihren Schreibtisch. »Ähm … Doktor Conridge, ich wollte bloß sagen, dass ich mich sehr über die Chance freuen würde, für Sie zu arbeiten. Ich habe Ihre Karriere wirklich verfolgt, und ich finde, Sie sind einfach großartig.«

Irene wandte sich wieder ihrem Computer zu und begann, ihre Programme laufen zu lassen. »Das sagen alle … am Anfang.«

»Wow, Dr. Conridge!« Wenn die Frau noch ein einziges Mal *Wow* sagte … »Ist das Ihr Freund?«

Irene riss den Kopf herum. »Was?«

Jenny reichte ihr einen Bilderrahmen, und Irene schaute in das selbstgefällig grinsende Gesicht von Niles Van Holtz.

»Woher haben Sie das?«

»Von Ihrem Schreibtisch.« Jenny wischte sich die Stirn. »Er sieht toll aus, Dr. Conridge. Was für ein Glück Sie doch haben!«

Wann war der Mann eigentlich in ihrem Büro gewesen? Dann kam ihr plötzlich der Gedanke, dass er ein gerahmtes Bild von sich selbst auf ihren Schreibtisch gestellt hatte. Als gehörte sein großes, umwerfendes, wertloses Gesicht irgendwie dorthin.

Irene packte den Sterlingsilberrahmen mit beiden Händen und knurrte: »Mistkerl!«

Aber als sie wieder hochschaute, war Jenny Fairgrove längst gegangen.

»Mehr war nicht drin, Reeny?«

Irene feixte und schaute hinter ihrem Date her, Bradley St. James von den Bostoner St. Jamesens. »Auf kunstgeschichtlichem Gebiet ist er ziemlich bewandert und er hat eine Festanstellung an der Universität.«

»Oh. Na dann.« Paul schnaubte. Irene mochte Paul, seit Jackie sein betrunkenes Fell eines Nachts nach einem Devo-Konzert mit nach Hause gebracht hatte. Jack hatte gesagt, sie könne einen Gestaltwandler nicht einfach so mitten auf der Straße liegen lassen. Am nächsten Morgen hatte Irene die beiden eng umschlungen bei einem Kaffee in einem dieser quälend langen, vertraulichen Gesprächen vorgefunden, die die Leute gern führten. Irene war schon damals klar gewesen, dass sie für immer zusammenbleiben würden. Weil er ihrer Freundin so gut tat, erlaubte Irene ihm sogar, sie »Reeny« zu nennen. Er war wie der große Bruder, den sie niemals gehabt oder sich auch nur gewünscht hatte. Aber wenn sie gezwungen gewesen wäre, einen Bruder zu haben, hätte sie Paul gewollt.

»Weißt du, was mir gerade klar geworden ist, Reeny, meine Liebste?«

»Was denn, mein Süßer?«

Paul deutete durch den riesigen Raum, der gerammelt voll war mit Leuten in ihren feinsten Kleidern und Schmuckstücken, Leuten, die darauf warteten, dass die Beleuchtung anzeigte, dass das Konzert gleich beginnen würde. »All diese Leute sind hier, um meine Frau zu sehen.«

»Ja, das sind sie.« Irene schaute ihn an. Der Mann war den ganzen Abend schrecklich guter Laune gewesen. »Deine Frau?«

Paul zuckte die Achseln, konnte aber nicht aufhören zu grinsen. »Jetzt ist sie es.« Er beugte sich vor und flüsterte: »Ich habe sie gestern Nacht markiert.«

Irene klatschte in die Hände, bevor sie Paul die Arme um den Hals schlang. »Ich freue mich ja so für euch!«

»Danke, Reeny. Ich hatte solche Angst, dass sie nein sagen würde.«

»Bist du wahnsinnig?« Irene musste sich zurücklehnen, um ihm ins Gesicht zu schauen. »Sie liebt dich. Natürlich hat sie ja gesagt.« Sie küsste ihn auf die Wange. »Ich freue mich sehr für euch beide. Und ich bin froh, dass du sie zuerst gefragt hast.«

»Natürlich habe ich das. Für meine Frau muss ich es richtig machen.«

Irene trat zurück und zupfte ihr Kleid zurecht. Sie hasste es, aber Jackie hatte es für sie ausgesucht und beharrte darauf, dass es ihr gut stand. Sie fühlte sich … nackt.

»Wie sehr hasst du dieses Kleid?«

»Sehr.«

Bradley kehrte von der Herrentoilette zurück, gerade als das Licht zweimal flackerte und sie wissen ließ, dass das Konzert bald beginnen würde. Gemeinsam gingen sie alle in den Saal und nahmen ihre Plätze ein. Nur wegen ihrer Beziehungen hatten Irene und Paul die lächerlich überteuerten Logenplätze bekommen.

Als das Begleitorchester die Instrumente stimmte, trat ein Page in ihre Loge und flüsterte Bradley etwas ins Ohr.

»Ich bin gleich wieder da«, sagte er und drückte ihre Hand. Igitt. Schwitzhände. Sie hasste das.

Sobald er fort war und sie sich die Hände an ihrem Kleid abgewischt hatte, drehte sie sich wieder zu Paul um. »Okay. Also, sag es mir einfach. Wann zieht ihr zwei aus? Ich muss es wissen, damit ich ein ausgeklügeltes System installieren kann, um nicht zu vergessen, meine Rechnungen zu bezahlen und zu essen.«

»Vielleicht ist dir entfallen, dass ich in einem Haus zusammen mit vier anderen Männern wohne.« Er streckte die Hand aus. »Sag deinem neuen Mitbewohner hallo.«

Irene ließ die Luft heraus, die sie angehalten hatte. »Ich muss sagen, ich bin erleichtert.« Sie schlug neckisch seine Hand weg.

»So benimmst du dich, wenn du erleichtert bist?«

»Ja. Kannst du nicht sehen, dass ich übersprudele vor Gefühlen?«, fragte sie tonlos.

Paul lachte. »Natürlich. Deine übersprudelnden Gefühle sind glasklar zu erkennen. Und warum bist du erleichtert?«

»Ich dachte, ihr zwei würdet mich allein zurücklassen.«

»Auf keinen Fall. Du bist ihre beste Freundin. Und einer der wenigen, die sie tatsächlich erträgt … außer mir natürlich.«

Die Beleuchtung wurde langsam heruntergedreht, und der Dirigent trat auf die Bühne. Das Publikum applaudierte höflich, denn er war ziemlich berühmt, aber erst als Jackie mit ihrer Stradivari auf die Bühne trat, fing der ganze Konzertsaal laut zu klatschen an, Irene und Paul eingeschlossen.

Jackie grinste und nickte und wartete darauf, dass der Applaus verebbte. Als er das tat, kam Bradley an seinen Platz zurück.

»Wo sind Sie …« Irene brach ab, als sie begriff, dass es gar nicht Bradley war, der jetzt neben ihr saß, sondern Van Holtz – in nichts weniger als einen richtigen Smoking gekleidet.

»Was zur Hölle machst du hier?«

»Scht.« Er zeigte auf Jackie. »Sie fängt jetzt gleich an«, flüsterte er.

Irene beugte sich vor und zischte: »Wo ist Bradley?«

»Ich habe ihn von meinem Fahrer nach Hause bringen lassen.«

Irene blinzelte. »Lebendig?«

Van Holtz schüttelte den Kopf, er wollte sich anscheinend nicht provozieren lassen.

Jackie begann zu spielen, und Irene zwang sich, zuzuhören und das unglaubliche Talent ihrer Freundin zu genießen, statt sich mit dem Idioten zu beschäftigen, der neben ihr saß. Als er fünf Minuten nach Beginn des Konzerts ihre Hand nahm und sie dann gar nicht wieder loslassen wollte, erwürgte sie ihn nicht einmal.

Obwohl sie es wirklich gern getan hätte. Vor allem, als sie bemerkte, dass seine Hand trocken und verdammt angenehm war.

Van hatte beinah ein schlechtes Gewissen, weil er Irenes Date vertrieben hatte, aber dickliche Männer mittleren Alters, die Bradley hießen, waren nichts für sie. Außerdem hatte wirklich nicht viel dazugehört. Wenn er ihrer würdig gewesen wäre, hätte er sich nicht einfach von jemandem kaufen lassen. Aber Bradley hatte das Geld genommen und war Vans Fahrer zur Eingangstür hinausgefolgt. Mistkerl.

Doch was wichtiger war, konnte sie noch süßer sein als in einem Moment, in dem sie stumm vor Wut schäumte? Er hatte fest damit gerechnet, dass sie ihn während der Pause wegschicken würde, aber sie tat es nicht. Sie trank lediglich ihren Scotch auf Eis und rauchte vor Wut. Aber Van nahm sich die Zeit, um herauszufinden, dass er sich wegen des Schakals, der in ihrer Nähe herumhing, keine Gedanken zu machen brauchte. Er gehörte zu ihrer Freundin Jackie, und das war alles, was für Van zählte. Er hatte sich ein wenig Sorgen gemacht, als er gesehen hatte, wie die beiden sich vor dem Konzert umarmt hatten. Vans Augen waren schmal geworden, und er hatte sich gefragt, wie schwer es sein würde, einen Schakal in eine Brezel zu verwandeln.

Die drei schoben sich durch das Gedränge von Leuten, die nach dem Konzert hinter der Bühne herumlungerten, und gingen zu Jackies Garderobe. Dort standen noch mehr Leute, und sie beschlossen, sich nicht hindurchzudrängeln, bis Jackie fertig war, ihre Fans zu begrüßen und Glückwünsche entgegenzunehmen.

»Scheiße«, murmelte Paul und drehte sich zu ihnen um.

Irene schaute auf. »Was ist los?«

»Dieser alte Professor von Jackie ist hier. Und sein Blumenstrauß ist größer als meiner.«

Sowohl sie als auch Van beugten sich vor, um hinter Paul zu schauen, und sahen einen älteren Mann, der Jackie auf die Wangen küsste und ihr ein Dutzend Rosen hinhielt.

Irene schnaubte. »Ich weiß nicht, warum du dir darüber Gedanken machst. Das ist so lange her, und dieser Mistkerl kann dir nicht das Wasser reichen.«

»Er war ihre erste Liebe.«

»Nicht einmal das. Außerdem war sie damals erst achtzehn, was für sich genommen schon gruselig und ekelhaft ist. Er hat sie ausgenutzt. Glaub mir, wenn ich sage, dass sie definitiv über ihn hinweg ist.«

Paul schaute auf seinen kleinen Strauß aus einem halben Dutzend Rosen. Er tat ja geradezu so, als hätte er vor dem Gebäude Unkraut gepflückt.

Schließlich konnte Van diesen jämmerlichen Schakalblick nicht länger ertragen. »Mach dir keine Sorgen.« Er gab seinem Fahrer ein Zeichen, der mit den zwei Dutzend Rosen zu ihnen herüberkam. Er hatte ihm aufgetragen sie, nachdem er Bradley abgesetzt hatte, zu besorgen. Van pflückte die Karte aus seinem Strauß und steckte stattdessen die von Paul hinein. »Gib ihr die hier.«

Unter Schock nahm Paul den riesigen Strauß von Vans Fahrer entgegen. »Bist du sicher?«

»Klar. Nur zu.« Van griff nach dem halben Dutzend Rosen, das Paul in der Hand hielt, und steckte seine Karte hinein. Er hatte das Gefühl, dass es Jackie egal sein würde, aber er kannte Männer gut genug, um zu wissen, dass Paul den ganzen Abend zwanghaft darüber nachdenken würde.

Paul zuckte die Achseln. »Danke, Mann. Ich schulde dir definitiv was.«

»Keine Ursache. Außerdem«, fügte Van hinzu, »gefällt mir der Typ nicht.«

»Ja. Mir auch nicht.«

Irene seufzte und verdrehte die Augen. »Gib ihr einfach die Blumen, damit wir verschwinden können.« Sie sah Van an. »Ich werde unserer Gesellschaft langsam müde.«

Paul ging davon, und Van lehnte sich an die Wand und starrte in Irenes Dekolleté. »Weißt du, Irene«, fing er so leise an zu sprechen, dass nur sie es hören konnte, »wenn du so gemein zu mir bist ...«

»Ja?«

»Macht mich das so geil.«

Tja, hatte sie wirklich geglaubt, sie würde ihn so leicht loswerden? Er war wohl der entschlossenste Mann, den sie je kennengelernt hatte. Warum er in Bezug auf sie so entschlossen war, wusste Irene nicht. Er hatte bekommen, was er wollte, deshalb verstand sie nicht recht, warum das alles nötig war.

»Was dagegen, mir zu verraten, was du mit meinem Date gemacht hast?«

»Ich habe ihm gesagt, dass er nicht der Richtige für dich ist und dass ich, wenn er leise und ohne Aufhebens gehen würde, ihm nicht das Genick brechen würde wie einen dünnen Zweig.«

Irene schaute zu Van Holtz hoch. »Ist das dein Ernst?«

»Mein voller Ernst.«

»Ich versteh es nicht«, murmelte sie kopfschüttelnd.

»Was verstehst du nicht?«

»Warum du hier bist.« Sie beugte sich näher zu ihm vor, und er tat das Gleiche. Es fühlte sich beinah so an, als stünden sie vollkommen allein da, statt eingekeilt in einem Raum voller Leute. »Ich bin ganz ehrlich zu mir selbst, Van Holtz. Ich bin nicht schön. Ich bin nicht nett. Die meisten Menschen reißen sich ein Bein aus, um mir aktiv aus dem Weg zu gehen. Ich habe nicht besonders viel Sinn für Humor. Ich bin nicht charmant, und wenn die Leute plötzlich alle vom Planeten verschwänden, würde ich es wahrscheinlich nicht einmal bemerken. Du dagegen bist kultiviert, wohlhabend und atemberaubend arrogant. Du hast mehr als genug schöne Frauen, die davon überzeugt sind, dass du so umwerfend bist, wie du es von dir selbst glaubst, und die kein Problem damit hätten, dir zu sagen, wie atemberaubend du bist, und das jeden Tag bis in alle Ewigkeit. Außerdem brauchst du dir nie Sorgen zu machen, dass sie etwas Unpassendes oder Unhöfliches sagen. Oder dass sie klüger sind als du. Wir haben nichts gemeinsam außer überraschend guten Sex, aber nach dem, was man mir erzählt hat, wird dessen Reiz nicht sehr lange anhalten. Also … was ist es? Was erwartest du von diesen kleinen romantischen Darbietungen?«

Irene sah ihn an und wartete auf seine Antwort. Und sie sah ihn weiter an. Schließlich blaffte sie: »Nun? Willst du mir nicht antworten?«

»Dir worauf antworten?«

»Auf das, was ich dir gerade gesagt habe.«

»Ach das. Ich habe dir gar nicht zugehört und nur auf deine Lippen gesehen, die übrigens sehr schön sind. Aber mir war klar, dass du nicht sagen würdest, was ich hören wollte, also habe ich dich einfach nicht beachtet.«

Sie hatte absolut keine Ahnung, was sie zu dem Mann sagen sollte. Ausnahmsweise einmal machte jemand sie sprachlos und … erheiterte sie sogar ein bisschen.

»Meinst du, ich mag dich irgendwie lieber, wenn du mich nicht beachtest?«

»Nein. Das ist die Aufgabe meiner Oberschenkel und meiner träumerischen Augen, in denen du für immer versinken kannst.« Er beugte sich noch näher vor und blinzelte mehrmals. »Meine Augen sind faszinierend, nicht wahr?«

Irene konnte sich nicht länger bezähmen. Es brach aus ihr heraus, und sie konnte es nicht aufhalten. Selbst als alle sich umdrehten und sie anstarrten, Jackie und Paul eingeschlossen, konnte sie nicht aufhören. Und sie versuchte es wirklich.

Denn ein solch heftiges Gelächter würde sein Ego nur noch mehr aufblasen.

Er wusste, dass er nicht fair spielte, aber er hatte keine Wahl. Wenn er sie zum Essen eingeladen hätte, hätte sie automatisch nein gesagt. Also lud er ihre Freunde ein und hoffte, dass sie mitkommen würde. Was … sie tat.

Wenn er sie mit zu sich nach Hause gebeten hätte, hätte sie nein gesagt. Also nutzte er die Tatsache aus, dass Paul und Jackie sich gerade verpaart hatten, indem er für sie eine Nacht in der Flitterwochensuite im Fünfsternehotel seines Cousins im Stadtzentrum klarmachte, bevor sie nach Mexiko aufbrachen, wo sie ein paar Tage verbringen wollten. Dann ließ er seinen Limousinenfahrer sie in besagtes Hotel bringen. Wodurch Irene irgendwie gestrandet war.

Van winkte der Limousine noch ein letztes Mal nach, bevor er sich umdrehte. Sie stand da in diesem schillernden, roten, bodenlangen Abendkleid, tippte mit einem Fuß auf, hatte die Arme vor der Brust verschränkt und sah nicht annähernd so verärgert aus, wie sie wahrscheinlich wollte.

»Nun?«, blaffte sie.

»Nun, was?«

»Wie komme ich jetzt nach Hause?« Sie hielt ihre winzige Handtasche hoch. »Ich habe ganze fünf Dollar in dieser Tasche, weil Paul für das Taxi bezahlen wollte.«

»Du solltest immer mehr Geld bei dir haben.« Ihre Augen wurden schmal, und Van hob die Hände. »Tut mir leid, tut mir leid.« Er zuckte die Achseln. »Ich dachte, du würdest vielleicht gern meine Wohnung sehen. Sie ist gleich hier die Straße hinunter.«

»Warum sollte ich deine Wohnung sehen wollen? Gibt es dort Zootiere?«

Sie stellte die seltsamsten Fragen. »Nein. Keine Zootiere.« Er grinste. »Bis auf mich natürlich.«

»Müsste ich so tun, als gefiele mir deine Wohnung, selbst wenn das nicht der Fall ist?«

»Warum fragst du?«

»Weil meine erste Reaktion normalerweise meine ehrlichste ist, aber ich habe die Universität sogar schon Spendengelder gekostet, weil meine erste Reaktion eine wichtige Persönlichkeit beleidigt hat. Deine Familie gibt der Universität eine Menge Geld; ich muss wissen, ob ich dieses künstliche Lächeln aufsetzen soll, von dem mir immer das Gesicht wehtut.«

»Nein, ich will, dass du immer ehrlich zu mir bist, Irene. Selbst wenn die Ehrlichkeit ätzend ist.«

»Werden wir wieder Sex haben?«, fragte sie auf die gleiche Art, wie vielleicht jemand fragen würde, ob das Finanzamt eine Rechnungsprüfung plante.

»Wenn du es willst.«

»Willst du?«

Er stöhnte. »Du hast ja keine Ahnung.«

Sie sah sich auf der leeren Straße um. »Ich muss arbeiten.«

»Du musst immer arbeiten. Das kann nicht gesund sein, Irene. Du musst dir ein wenig Zeit für dich selbst nehmen.«

»Nun … ich hätte gern wieder Sex mit dir.« Sie sah ihn mit diesem brutal ehrlichen Gesicht an und fügte hinzu: »Es war viel vergnüglicher, als ich erwartet habe.«

Da er wusste, dass sie in keiner Weise scherzte, antwortete Van: »Ja, ich habe es auch sehr genossen. Vielleicht könntest du das Wochenende mit mir verbringen.«

»Ich sollte arbeiten.«

»Das war eindeutig kein ›Nein‹. Du kannst ja am Nachmittag arbeiten.«

»Und den Rest der Zeit haben wir Sex?«

Van räusperte sich. »Ja, Irene. Den Rest der Zeit haben wir Sex.«

Nach mehreren langen Sekunden nickte sie. »Na schön. In welcher Richtung geht es zu deiner Wohnung?«

»Da entlang.«

Irene setzte sich in westlicher Richtung in Bewegung, und Van rief ihr nach: »Irene?« Sie drehte sich um und sah ihn an. Er hatte die Hand ausgestreckt, und sie starrte sie wieder mehrere Sekunden lang an. Er glaubte beinahe zu sehen, wie sie im Kopf die passenden Reaktionen durchging. Schließlich streckte sie die Hand aus und legte sie in seine.

Van fädelte ihre Finger ineinander und ging mit Irene an seiner Seite nach Hause.

Und er war noch nie glücklicher gewesen.

KAPITEL 7

»Brauchst du eigentlich so viel Platz, oder ist diese Wohnung die einzige, die du finden konntest, wo auch dein Ego mit reinging?«

Irene nahm das Weinglas entgegen, das Van ihr reichte.

»Meine Güte, wir lassen heute Abend keinen Witz aus, was?«

Sie zuckte die Achseln. »Kann sein. Ich fühle mich erstaunlich wohl in deiner Gesellschaft. Na ja … so wohl, wie ich mich mit jemandem fühlen kann, der ansatzweise menschlich ist. Und du bist wohl ansatzweise menschlich.«

»So viele Komplimente.« Er ergriff ihre Hand, und es berührte sie seltsam, dass sie sie nicht sofort zurückziehen wollte.

Van führte sie durch die Wohnung. Anscheinend gehörte sie ihm, wie das ganze restliche Gebäude. Die Möbel waren geschmackvoll, aber pragmatisch. Sie hatte tatsächlich das Gefühl, dass man auf dem Sofa sitzen konnte. Jeder Raum war ordentlich und gepflegt. Aber seine Küche … sie hatte außer in einer Putzmittelreklame noch nie eine derart blitzende Küche gesehen.

»Die ist sehr … sauber.«

»Das ist die Küche. Natürlich ist sie sauber. Würdest du es vorziehen, deine Mahlzeiten irgendwoher zu bekommen, wo sich die Kakerlaken tummeln?«

»Nein. Aber dies scheint mir weit über der gewöhnlichen Sauberkeit zu liegen.«

»Ganz und gar nicht.« Van drehte sich um, um sich ein Bier aus dem Kühlschrank zu holen.

Während er ihr den Rücken zuwandte, rückte Irene den großen Messerblock auf der Küchentheke eine Spur nach links.

»Ich bin unter Köchen groß geworden«, fügte er hinzu, drehte sich wieder um und schob den Messerblock sofort an seinen ursprünglichen Platz zurück. Ihm war wahrscheinlich nicht einmal bewusst, dass er das tat. »Du hältst deine Küche stets sauber, oder du kriegst was zu hören. Und meine Onkel können gemein sein. Normalerweise sind dann Reißzähne im Spiel.«

Irene nickte, zu ihrer Überraschung begeistert, so ein zwanghaftes Verhalten bei diesem zwar ständig kontrollierten, aber auch stets entspannten Wolf zu finden.

Er sah sie an, und Irene wusste nicht, was sie davon halten sollte. Um das Ganze zu beschleunigen, sagte sie: »Also, legen wir jetzt los, oder was?«

Sie hatte bereits die Träger ihres Abendkleides halb von den Schultern gestreift, als er sein ungeöffnetes Bier auf die makellos saubere Theke stellte und ihre Hände nahm.

»Hey, hey. Warum so eilig?«

Irene seufzte verärgert. »Hör mal, ich trage Verantwortung. Ich habe zu tun. Ich bin kein reiches Mädchen, das machen kann, was ihr gerade einfällt. Mit anderen Worten, ich muss das hier erledigen und mich dann wieder an die Arbeit machen.«

»Gehen Menschenleben verloren, weil du etwas Zeit in meiner Küche verbringst?«

»Menschenleben? Natürlich nicht, aber …«

»Dann entspann dich, Irene.«

Irene wurde klar, dass er nicht ganz unrecht hatte, und sie runzelte konzentriert die Stirn, während sie versuchte, sich dazu zu zwingen, sich zu entspannen.

Van Holtz ließ sie los. »Sieht es so aus, wenn du dich entspannst?«

Sie knurrte. »Wenn du weiterredest, kriege ich das nicht hin. Ich muss mich konzentrieren, um mich dazu zu bringen, mich zu entspannen. Konzentration ist alles.«

»In Ordnung. Das reicht.« Van Holtz ergriff ihre Hand und zog sie aus dem Raum.

»Wohin gehen wir?«

Er antwortete nicht, sondern schob sie in ein Schlafzimmer. Sie dachte kurz: Oh, gut. Aber dann ging er auch schon weiter in ein Badezimmer, das der gesamten Fremdenlegion hätte Platz bieten können. Er ließ sie los und schloss die Badezimmertür.

Irene zuckte die Achseln. »Eine Dusche? Rieche ich nicht frisch genug?«

Van Holtz lachte schnaubend. »Doc, du riechst wunderbar.«

»Warum sind wir dann in deinem Badezimmer?«

Er ging zu der obszön großen Wanne hinüber, die eher wie ein Pool aussah, und stellte das Wasser an. Die Wanne begann sich schnell zu füllen. »Ich dachte, wir nehmen ein Bad.«

»Ein Bad? Wie alt bin ich? Acht? Wird es auch Schaum geben?«

Er schnippte mit den Fingern. »Gute Idee, Doc.« Er ging zu einem der Schränke und öffnete ihn. »Eine meiner Cousinen aus Deutschland war vor ungefähr sechs Monaten mit ihren drei Töchtern hier. Ich glaube, sie haben etwas dagelassen … ja!« Er drehte sich um und hielt eine Plastikflasche hoch. »Ein rosa Schaumbad.«

»Ich versteh das nicht. Ist das das Vorspiel für Sex?«

»Bei mir ist alles ein Vorspiel«, murmelte er und überprüfte die Temperatur des Wassers, bevor er den ganzen Inhalt der Flasche hineingoss. »Aber hier geht es nicht nur um Sex. Ich habe mich entschieden.«

Es gefiel ihr gar nicht, wie das klang. »Wozu hast du dich entschieden?«

»Dass du übers Wochenende hierbleibst.«

»Ich habe dem nicht zugestimmt, und warum sollte ich?«

Van Holtz stand auf und kam auf sie zu. »Weil du und ich zusammen herumhängen werden. Wir werden fernsehen, leckeres Essen verzehren, das ich koche, vielleicht einkaufen gehen und irgendwelchen Scheiß erwerben, den wir nicht brauchen, und keiner von uns wird irgendwie arbeiten.«

»Noch einmal … warum sollte ich das tun?«

»Weil wir das Wochenende damit verbringen werden, uns kennenzulernen.«

»Ich dachte, wir kennen uns bereits. Und wären zu dem Schluss gekommen, dass wir Freunde sind … nur Freunde.«

»Wir sind Freunde. Und Freunde hängen zusammen rum und tun gar nichts.«

»Vergiss es.« Irene ging zur Tür. »Ich habe einen Berg Laborarbeit, der auf mich wartet und …«

»Es wird auch jede Menge Sex geben.«

Irene blieb stehen, die Hand auf dem Türknauf. »Sex?«

»Jede Menge Sex.«

»Wirklich? Oder ist das eine Art Van Holtz'scher Folter?«

Er trat hinter sie, und sie spürte seine Körperwärme, die Berührung seiner Hände auf ihren Schultern, während er die Finger unter die Träger ihres Abendkleids schob. »Oh, es wird auch ein wenig Folter geben«, versprach er. »Aber nur von der guten Art.«

Van hatte bis zu diesem Moment nicht begriffen, wie viel von seiner Kindheit er immer als selbstverständlich hingenommen hatte. Zur Schule zu gehen, mit den anderen Welpen im Rudel zu spielen, sich mit menschlichen Mädchen zu verabreden und mit seinen Freunden zu diskutieren, wie man am besten beim Sex die Reißzähne bei sich behielt. Verflucht, selbst mit seinen Eltern und seiner Schwester zu Weihnachten in Connecticut zu jagen. Sachen, die er zum Spaß machte. Nicht weil er in eine reiche Familie hineingeboren worden war, sondern weil er genauso war wie jeder andere Gestaltwandler. Er war nicht anders gewesen als irgendein Welpe aus dem Magnus-Rudel oder von den Smiths. Alles, was seine Eltern je von ihm verlangt hatten, war, nicht in der Öffentlichkeit seine Reißzähne zu entblößen, kein Geld von seinen Kumpels von der Junior High dafür zu nehmen, dass sie seine Schwester nackt zu sehen kriegten, wenn sie aus der Dusche kam, und sich nicht die Eier zu lecken, wenn er dachte, dass das Rudel nicht hinschaute. Weil sie das gewöhnlich taten.

Er konnte sich im Alter von fünf, zehn, ja, sogar zwanzig Jahren einfach nicht vorstellen, dass die Leute mehr von ihm erwarteten als das. Aber von Irene hatte man das erwartet. Bei einer Wohltätigkeitsveranstaltung hatte er zwei ältere Professoren darüber diskutieren hören, dass sie Irene einmal vor fast fünfzehn

Jahren vor den Vereinten Nationen hatten sprechen hören. Warum eine Zehnjährige vor UN-Delegierten eine Rede halten musste, wahrscheinlich auch noch in mehreren Sprachen, wenn nicht um vorgeführt zu werden wie ein Zirkuspferd, verstand Van nicht. Natürlich erklärte es vollkommen, warum sie die kratzbürstigste Frau war, die er je kennengelernt hatte. Wie sollte sie auch irgendetwas anderes sein als kratzbürstig und eine Spur zugeknöpft?

Doch als Irene dann in seiner Küche stand und verzweifelt versuchte, sich dazu zu zwingen, sich zu entspannen, wusste er plötzlich, was er tun musste. Was er tun wollte. Er wollte ihr zeigen, wie es war, brutal, schmerzhaft, wunderbar durchschnittlich zu sein. Nicht ständig – er wusste, dass sie das niemals zulassen würde –, aber wenigstens so lange, dass sie lernen konnte, die erstaunlichen Sachen zu genießen, die sie machen konnte. Und damit sie nicht an einem Magengeschwür und Bluthochdruck starb, wenn sie fünfundvierzig war.

Doch zuerst musste er ihr grundlegende Entspannungstechniken beibringen. Wie ein Bad zum Beispiel, dachte er, während er sie nackt in seine Badewanne warf. Sie kreischte wie ein richtiges Mädchen, bis sie im Wasser versank und dann prustend und ziemlich sauer wieder auftauchte. Aber zu dem Zeitpunkt war er bereits nackt und im Wasser bei ihr, also umfing er mühelos ihre Taille und zog sie wieder hinein, bevor sie wütend abdampfen konnte.

»Du tust so etwas nur, um mich zu ärgern, nicht wahr?«

Er lächelte, genoss die Situation ungemein und war entschlossen, ihr ein wunderbares und entspannendes Wochenende zu bereiten. Van strich Irene das nasse Haar aus dem Gesicht. »Sei nicht albern, Doc.« Er küsste sie auf die Lippen und rieb seine Nase an ihrem Kinn. »Natürlich tue ich das alles nur, um dich zu ärgern.«

Wie nervig. Sie fand ihn aber tatsächlich ganz süß. Und charmant. Wann war das denn passiert? Sie hatte Van Holtz immer für einen verwöhnten, reichen Jungen aus einem ehemals barbarischen Rudel beutehungriger Wölfe gehalten. Aber wenn er etwas wollte, konnte er süß sein und – verdammter Kerl! – charmant. Selbst wenn er sie ins Wasser warf. Etwas, das Irene immer gehasst hatte. Aber es gefiel ihr, wenn er sie an sich presste, während das Wasser um sie herum plätscherte und ihr die Schaumbläschen in die Nase gerieten.

Es gefiel ihr auch, wie er sie ansah. Die meisten Männer schauten direkt durch sie hindurch. Frauen ebenfalls. Alle schauten durch sie hindurch, es sei denn, sie wollten etwas von ihr. Und normalerweise wollten sie etwas, das akademischer Natur war. Im Moment sah Van Holtz sie an, als interessiere er sich für ihren Kopf sogar noch weniger als die aus der Englischabteilung. Die meisten Frauen wären beleidigt gewesen. Und als ziemlich stolze Feministin wäre sie es ebenfalls gewesen … wenn sie tatsächlich gerne einen Diskurs über die Chaostheorie geführt hätte. Wollte sie aber nicht. Sie wollte ihn. Sie wollte Geschlechtsverkehr mit ihm. Halt. Das stimmte nicht. Nein, das wollte sie nicht. Sie hatte Geschlechtsverkehr mit Männern wie Bradley. Mit Van Holtz wollte sie das nicht.

Sie wollte ihn ficken. Sie wollte von ihm gefickt werden. Sie wollte ins Schwitzen geraten und Körperflüssigkeiten austauschen und ihren Namen vergessen. Sie wollte alles, was eine Nacht mit Niles Van Holtz versprach, aber sie stemmte sich dagegen, mehr zu wollen. Sie wehrte sich dagegen, sich so sehr von ihren sexuellen Trieben mitreißen zu lassen, dass sie sich auch nur für eine Sekunde dem Glauben hingeben würde, diese Sache, die sie sich da gönnten, würde jemals zu mehr führen. Wenn das hier erledigt war – und es würde eher früher als später erledigt sein –, würde sie einen anderen Bradley finden, der einen großartigen Vierten bei dem Dinner mit dem Dekan abgeben würde.

Irene wusste, dass es eine sehr kalte Art war, Beziehungen zu betrachten, selbst für ihre Verhältnisse, aber sie gab sich keinen Illusionen hin, dass sie jemals mehr bekommen würde. Sie war zu seltsam, zu daneben – und das auch nicht auf eine niedliche, entzückende Art –, um je hoffen zu dürfen, dass jemand sie so lieben konnte, wie sie war, und sie war klug genug, um zu wissen, dass sie sich niemals ändern würde. Nicht grundsätzlich. Nicht da, wo es zählte. Selbst wenn sie ihre Zunge zähmte und aufhörte, ihre Studenten zu erschrecken, würde sie immer noch Irene Conridge, der Freak, sein. Nichts, was sie tat, konnte daran je etwas ändern.

Aber diesmal würde sie sich verwöhnen lassen. Sie verdiente es. Seit mindestens zwanzig Jahren hatte sie immer getan, was die Leute von ihr erwarteten und verlangten. Jetzt würde sie tun, was sie wollte, und sei es auch nur für dieses eine Wochenende. Nur für diese kurze Zeitspanne in ihrem Leben.

Große Daumen streichelten über ihre Brustwarzen, und all ihre wichtigen Gedanken trieben davon und hinterließen nichts als tief verwurzelte Begierde.

Sie schlang die Arme um Van Holtz' Hals und die Beine um seine Taille und zog ihn an sich. Sie staunte über seine Hitze. Sein Körper war immer warm und manchmal, wie jetzt, sogar heiß. Sie fragte sich, ob das normal für Gestaltwandler war. Vielleicht war ihre Körpertemperatur höher als die anderer, gewöhnlicher Menschen. Sie fragte sich, ob er ihr erlauben würde, eine Blutprobe von ihm zu nehmen. Dann hob er sie hoch und legte sie auf den gefliesten Boden, und sie hörte schnell auf, sich um seine DNA zu scheren.

Bevor sie begriff, wie ihr geschah, schob Van Holtz seine Zunge in sie, und Irene umklammerte sein nasses Haar und hielt seinen Mund an sich gedrückt. Sie drückte den Körper rhythmisch gegen sein Gesicht, ihre Hüften und ihr Becken schoben sich ihm entgegen. Jetzt, da sie nicht mehr im warmen Wasser war, nahm sie die Kälte in der Luft deutlich wahr, ihre Brustwarzen verhärteten sich beinah schmerzhaft, und eine Gänsehaut überlief sie. Aber die plötzliche Kälte schärfte auch ihr Bewusstsein für Van Holtz' riesige Hände, die ihre Schenkel fest umklammerten, für seinen Mund und seine Zunge, die sie zum Orgasmus streichelten, während sie unter seinem Mund und seinen Händen bebte und stöhnte.

Für nichts anderes interessierte sie sich, während er es ihr mit dem Mund besorgte. Sie mit einer entschlossenen Intensität verschlang, die ihr den Atem raubte.

Irene keuchte, als sie kam. Sie keuchte und stöhnte und flehte ihn an, nicht aufzuhören. Er hörte nicht auf. Er nahm sie wieder und wieder, bis sie erschöpft auf seinem Fliesenboden lag, ihre Atmung schwer, von Kopf bis Fuß bebend.

Er zog sie zurück in das warme Wasser, wo es jetzt viel weniger Bläschen gab als zu Anfang, als sie zuerst in die Wanne gestiegen waren. Er hielt sie an sich gedrückt, streichelte ihren Rücken und ihre Arme, bis das Beben aufhörte.

»Tut mir leid«, entschuldigte er sich lächerlicherweise. »Aber ich konnte nur daran denken, dich zu lecken.«

Sie bettete den Kopf in seine Halsbeuge und seufzte. »Jederzeit. Und eine Entschuldigung ist nicht nötig.«

Er versuchte nichts anderes, obwohl sie seine eigene unbefriedigte Lust hart und heiß an ihrem Oberschenkel liegen spürte.

Sie kämmte ihm mit den Fingern durchs Haar, stieß einen zufriedenen Seufzer aus und beschloss, sich selbst einen kleinen Spaß zu erlauben.

»Weißt du, ich habe so viele Bücher gelesen«, hörte er sie leise sagen. Bücher? Sie wollt jetzt über Bücher reden? Er brachte es nicht übers Herz, ihr zu sagen, sie solle den Mund halten. Er begriff schnell, dass das Reden über Bücher und was sie alles wusste, ihr ein Gefühl der Kontrolle gab, das sie in anderen Bereichen ihres Lebens wahrscheinlich hatte.

»Und«, fuhr sie fort, »ich habe mal ein Buch von einem jungen homosexuellen Autor gelesen.«

Van runzelte die Stirn und fragte sich, in welche Richtung dieses spezielle Gespräch sich wohl entwickeln würde. Bei Irene wusste man nie.

»Es war sehr informativ. Darüber, wie man bei Männern Oralsex macht. Du weißt schon, ein Mann, der es einem anderen beibringt. Es war wirklich faszinierend, und ich habe immer über die Techniken nachgegrübelt, die er darin diskutiert hat – au. Au! Du drückst mich etwas zu fest, Van Holtz.«

Van zwang sich, seinen Griff zu lockern, lehnte sich ein wenig zurück und sah Irene an. »Entschuldige.«

»Ist schon gut. Vergiss nur nicht, dass ich leicht blaue Flecken kriege. Also … wo war ich?«

»Du hast immer über die Techniken nachgegrübelt, die er darin diskutiert hat.«

»Oh. Ja. Das ist richtig.« Sie sah ihn unter Wimpern hindurch an, von denen er noch nie bemerkt hatte, wie unglaublich lang sie waren. Dunkelbraun und lang, was einen starken Kontrast zu ihren eisblauen Augen bildete. Aber es war der Blick, mit dem sie ihn bedachte, der Van in diesem Moment klar machte, dass sie ihn neckisch hinhielt. Nicht in dem Sinne, dass sie ihn und seinen armen Schwanz sich selbst überlassen würde, sondern sie neckte ihn spielerisch, wie eine Geliebte es tun würde. »Wie dem auch sei, ich fand einige der Techniken, die er vorgeschlagen hat, ziemlich faszinierend, aber ich wusste nicht, ob sie wirklich die Reaktionen erzielen, die er versprach.«

Van biss die Zähne zusammen. »Und?«

»Nun, wenn du bereit bist, mein Versuchsobjekt zu sein – hui!«

Er hatte nicht vorgehabt, sie so aus der Badewanne zu werfen, und als sie über die Fliesen schlitterte, die er nass und rutschig gemacht hatte, weil er sie sowieso schon immer wieder ins Wasser hinein- und hinausgeworfen hatte, packte ihn tatsächlich kurz das schlechte Gewissen. Aber es hielt nicht lange an, da sein Schwanz die komplette Kontrolle über sein Gehirn übernahm. Er stemmte sich mit beiden Händen auf den Badewannenrand, stieß sich hoch und landete anderthalb Meter entfernt. Er schnappte sich ein Handtuch, wickelte es um Irene und trug sie ins Schlafzimmer.

Dort legte er sie vorsichtig auf den Boden und ging von ihr weg, verschaffte ihnen ein wenig Abstand voneinander. Er hatte schreckliche Angst, dass er sich auf sie stürzen würde wie auf ein argloses Kaninchen, das er in seinem Garten gefunden hatte.

Van schloss die Schlafzimmertür – vor allem, um seinen Händen etwas zu tun zu geben – und lehnte sich von innen dagegen. Dann stieß er den Atem aus und sah sie an. Überlass ihr die Führung, warnte er sich selbst.

»Also ... wie willst du das machen?«, fragte er und war verdammt stolz auf sich, dass er das rausgebracht hatte.

Aber Irene runzelte verwirrt die Stirn.

»Was? Was ist los?« Scheiße, wie hatte er es so verdammt schnell vermasseln können?

»Willst du mir keine Befehle geben?«

»Hä?«

»Du weißt schon. Mir sagen, was du willst.«

Plötzlich wusste Van nicht weiter. »Ich dachte, du hasst es, wenn ich dich herumkommandiere?«

»Das tue ich. Normalerweise. Da draußen.« Sie deutete auf die Tür, vor der er stand. »Aber mir ist aufgefallen, dass es mich sexuell stärker anspricht, wenn du mich während des Verkehrs herumkommandierst.«

Van starrte sie an. Er wusste nicht, was er sagen sollte, aber ihm fiel auf, dass sie plötzlich zu leuchten begann ... und sind das etwa Engelsflügel?

»Oh. War das unhöflich? Ich ...«

»Still, Irene.«

Sie verstummte sofort, und Van musste die Knie durchdrücken, damit sie nicht unter ihm nachgaben.

»Lass das Handtuch fallen.«

Sie gehorchte und ließ es langsam von ihrem Körper gleiten.

»Komm her.«

Sie zögerte für einen Moment, dann kam sie auf ihn zu.

Er beugte sich ein wenig vor und drückte die Nase an ihr Kinn und ihre Wange. Er atmete ihren Duft ein. Oh Gott, sie riecht so gut! Irene reagierte auf ihn, rieb ihre Wange an seiner. Ihre Finger glitten, erst noch zögerlich, seinen Bizeps hinauf.

Van presste die Lippen auf ihr Ohr und befahl ihr leise: »Jetzt geh runter auf die Knie, Doc.«

Die Hände auf ihre Schultern gelegt, drückte Van Irene nach unten. Ihre Atmung beschleunigte sich, als sie vor ihm kniete, während ihre Hände an seinen Oberschenkeln hinabglitten.

Van Holtz stand breitbeinig da und wartete. Sie hatte das Gefühl, dass er sie den ersten Schritt machen lassen wollte, was sie zu schätzen wusste, da sie einschätzen wollte, womit sie es zu tun hatte.

Irene starrte eindringlich auf seinen Penis und analysierte ihn. Er war ihrer Meinung nach ungewöhnlich groß. Aber durchaus zu bewältigen. Sie musste lediglich die beste Herangehensweise finden.

»Du denkst zu viel nach, Doc. Du betreibst hier keine Atomspaltung. Das ist bloß mein Schwanz.«

»Ja. Aber selbst ich gebe zu, dass er ziemlich beeindruckend ist. Ich will nur ein Höchstmaß an Genuss sicherstellen.«

Langsam breitete sich ein ehrliches Grinsen auf seinem Gesicht aus und seine Augen schienen warm zu werden, während er sie betrachtete. »Die Tatsache, dass ich dir wichtig genug bin, dass es dir überhaupt wichtig ist, sichert schon mein Höchstmaß an Genuss.«

Irene lächelte zurück, was ihr von Mal zu Mal, da sie sich die Mühe machte, leichter fiel, und dann schaute sie wieder auf Van Holtz' … nun … Schwanz. Denn um ehrlich zu sein, wurde ihm das Wort »Penis« einfach nicht gerecht.

Mit einem geistigen Achselzucken beugte Irene sich vor und ließ die Zunge über die Spitze seines Schwanzes gleiten. Sein ganzer Körper zuckte, und Irene ließ ein leises überraschtes Summen hören. Sie hatte nicht erwartet, dass seine Reaktion so … intensiv sein würde. Nachdem ihr Selbstbewusstsein so etwas gestärkt worden war, hob Irene die Hände und strich über die Innenseiten seiner Oberschenkel, spielte mit den Fingern an der Narbe, die das Messer, welches sie selbst ihm ins Fleisch gerammt hatte, hinterlassen hatte, während sie mit der Zunge von der Wurzel bis zur Spitze strich.

Van stöhnte mit geschlossenen Augen und stellte die Füße noch weiter auseinander. Er grub die Finger tief in ihr Haar und trieb sie stumm an. Und mit einem weiteren mentalen Achselzucken umfasste Irene mit dem Mund die Spitze und nahm ihn ganz in sich auf.

Sie nahm ihn bis zur Wurzel in sich auf und Van lachte bebend. Dann zog sie sich zurück und saugte hart, während die Spitze ihrer Zunge um die Eichel kreiste, bevor sie ihn wieder verschlang. Van stöhnte erneut, diesmal laut und lang. Soviel zum Thema Ermutigung. Irene nahm ihn wieder so tief in sich auf, dass sie ihn hinten in der Kehle spüren konnte.

»Gott, Irene«, keuchte er. »Das hast du aus einem Buch gelernt?«

Ähm … tatsächlich hatte sie nicht mehr wirklich an das Buch gedacht, seit sie angefangen hatte. Sie war zu sehr damit beschäftigt gewesen, an ihn zu denken. Also folgte sie im Moment nur ihrem Instinkt.

Was ziemlich effektiv zu sein schien.

Sie ließ die Hände an seinen Schenkeln hochwandern und packte seine Eier. Dann drückte sie zu, während sie saugte, und die Hände in ihrem Haar griffen fester zu.

Irene fuhr fort, ihm einen Kehlenfick zu verpassen, bis Van an ihrem Haar riss und sie zwang, zu ihm hochzuschauen, jedoch ohne dass sie seinen Schwanz loslassen musste.

»Stopp, Baby«, keuchte er verzweifelt. »Ich komme gleich.«

Die Stirn in Falten gelegt rang Irene mit sich, ob sie ihn freigeben sollte. Aus irgendeinem unmenschlichen Grund wollte sie das hier durchziehen. Bis ganz zum Ende.

»Irene?« Eine Hand ließ ihr Haar los und berührte sie an der Wange. Sie schob sie weg und nahm ihn wieder tief in ihre Kehle auf.

Van schüttelte den Kopf und starrte sie erschrocken an. »Oh Gott, Irene …«

Sie drückte wieder seine Eier und saugte hart. Er brüllte einen Fluch, und explodierte nur Sekunden später in ihrem Mund. Irene schluckte und fuhr fort, an ihm zu saugen, bis er sie anflehte, damit aufzuhören.

Sie tat es und löste sich langsam von ihm.

Vans Kopf fiel gegen die Tür. Er wirkte erschöpft, und Irene schaute zu ihm hoch. Sie war neugierig. »Hat das für dich funktioniert?«

Er riss die Augen auf und schaute immer noch keuchend auf sie hinab. »Hä?«

»Ich habe gefragt, ob das …«

»Halt den Mund, Irene.« Er schloss die Augen und stieß ein kurzes Lachen aus. »Halt … einfach den Mund.«

Normalerweise wäre sie ziemlich beleidigt gewesen, wenn ihr jemand gesagt hätte, sie solle den Mund halten, aber aus irgendeinem Grund war sie es nicht. Vielleicht weil er so … befriedigt aussah.

»Na schön. Ich entnehme deiner abrupten Reaktion und dem Gekeuche, dass es funktioniert hat.«

Er öffnete ein Auge und schaute böse auf sie herunter. Als er knurrte, versuchte sie, sich von ihm zu entfernen, aber er hielt sie an den Schultern fest und zerrte sie auf die Füße. Er küsste sie hart und legte ihr eine Hand auf die Brust, während er mit der anderen ihren Hintern packte und sie fest an sich zog. Sie schlang ihm die Arme um den Hals und erwiderte seinen Kuss. Es schien ihn nicht abzutörnen, sich selbst auf ihrer Zunge zu schmecken, was gut war, denn das hätte sie beleidigt.

Van führte sie rückwärts, bis sie mit den Kniekehlen gegen das Bett stieß, dann warf er sie auf die Matratze. Sie federte einmal zurück, bevor er sich auf sie schob. Dann drückte er ein Knie zwischen ihre Schenkel, hielt ihre Arme mit einer Hand über ihrem Kopf fest und spielte mit der anderen mit ihrer Brust. Und die ganze Zeit über küsste er sie.

»Wissen Sie eigentlich, Dr. Conridge, dass Sie in absehbarer Zeit nicht aus diesem Bett herauskommen werden?«

»Oh. Also …«

»Wenn du einen Mann in den Wahnsinn treibst«, warnte er sie, während er abwechselnd an ihren Brüsten saugte und die Finger tief in sie hineingleiten ließ, »musst du eben dafür bezahlen.«

Und dagegen fiel ihr absolut kein Argument ein.

KAPITEL 8

Irene erwachte und stellte fest, dass Niles Van Holtz sich wie ein Python um sie geschlungen hatte. Er hatte den Kopf zwischen ihren Brüsten vergraben, die Arme um ihre Taille gelegt und die Beine zwischen ihre gehakt. Sie lagen auf der Seite, so dass sie nicht sein volles Gewicht zu tragen brauchte. Trotzdem hatte sie keine Ahnung, was sie mit dem Mann machen sollte. Sollte sie ihn an den Schultern nehmen und ihn wegstoßen? Hm. Das schien ihr eine Spur kalt zu sein. Und ein wenig rücksichtslos. Sie konnte ihm leicht auf die Schultern tippen und ihn bitten, sich zu bewegen, aber er wurde nicht so ohne weiteres wach. Wahrscheinlich war sie besser beraten, ihn wiederholt zu schlagen. Moment. Nein. Ihn zu schlagen wäre ebenfalls unhöflich.

Seufzend lehnte sie sich wieder in die Kissen zurück. Vielleicht sollte sie einfach warten, bis er von allein aufwachte. Ein Mann von seiner Größe wurde wahrscheinlich von seinem Hunger beherrscht. Er würde bald etwas zu Essen brauchen.

Irene schaute auf sie beide herunter und stellte fest, dass sie ihre Arme ausgestreckt an ihrer Seite liegen hatte. Aus einer Laune heraus hob sie die Arme und schlang sie um Van Holtz. Er knurrte im Schlaf, und sie fragte sich, ob sie versuchen sollte zu verschwinden. Aber bevor sie das tun konnte, streiften weiche Lippen ihre Brust, während riesige Hände über ihren Rücken glitten.

Definitiv keine unangenehme Reaktion. Während sie sich fragte, wie weit das Ganze hier noch gehen würde, streichelte Irene sanft Van Holtz' Haar. Er seufzte im Schlaf, nahm sie fester in die Arme und suchte mit dem Mund, bis er eine Brustwarze fand, an der er saugen konnte.

Sie schnappte überrascht und entzückt nach Luft und genoss

das Gefühl seines Mundes auf ihr. Er schlief immer noch, hatte seine Augen fest geschlossen, und gab im Schlaf leise Knurrlaute von sich, die aus der Tiefe seiner Kehle kamen.

Er schob ein Bein zwischen ihre Schenkel, drückte mit dem Knie fest gegen ihren Schritt, und seine Lippen und seine Zunge bearbeiteten ihre Brustwarze. Bevor Irene wusste, wie ihr geschah, wurde sie von einem Orgasmus geschüttelt, und sie schrie auf, während sie sich unter ihm wand, bis das letzte Beben verebbt war.

Sie lag keuchend unter ihm, während er den Kopf wieder zwischen ihre Brüste bettete und weiterschnarchte. Aber fünf Minuten später öffnete er die Augen, schaute sich um und sah sie endlich richtig an. Er lächelte, ein sanftes, schläfriges Lächeln, und das Haar fiel ihm über die Augen. »Morgen, Doc.«

»Morgen.«

»Ich habe Hunger.« Es gefiel ihr, wie er das so einfach feststellte.

»Ähm ...«

»Ich mache uns etwas zum Frühstück, und dann gehen wir ins Einkaufszentrum.«

»Ins Einkaufszentrum?«

»Keine Sorge. Es wird dir Spaß machen.« Er gähnte und ließ sie los, rollte sich auf den Rücken.

»Ich bin geil.« Er stellte das genauso sachlich fest, als hätte er gesagt: »Ich bin hungrig.«

»Ähm ...«

Van Holtz schnappte sich ein Kondom vom Nachttisch. »Du hast doch nichts dagegen, oder? Bevor wir aufstehen?«

»Ähm ...«

»Gut.« Finger tasteten sich sanft vor, dann war er in ihr, bevor sie auch nur darüber nachdenken konnte, was sie sagen sollte. Während er zustieß, wölbte sie sich ihm entgegen, und er brachte ein tiefes Stöhnen heraus. »Gott, Irene. Du bist bereits so feucht.« Er schaute auf sie herunter und betrachtete sie wieder mit diesem Feixen. »Was hast du heute Morgen gemacht?«

»Warum sind hier so viele Leute? Haben die denn nichts Besseres zu tun?«

»Das hast du mich schon ein paar Mal gefragt und … gottverdammt noch mal. Wo bist du?«

Sie sagte nichts, aber der Mistkerl fand sie trotzdem. Verdammter Hundespürsinn.

»Schämst du dich nicht?«

Irene kam hinter dem Kleiderständer hervor, hinter dem sie sich versteckt hatte. »Ich kann nicht gut mit Menschenmengen.«

»Das ist ein Einkaufszentrum, Doc. Nichts, wovor man Angst zu haben braucht.« Er nahm ihre Hand und zog sie zu sich. »Schluss mit dem Verstecken. Ich schwöre, es ist, als hätte man es mit einer Zehnjährigen zu tun.«

Diesmal hielt er sie fest an der Hand, während er sich durch die Kleiderständer des Sportgeschäfts bewegte. »Wie gehst du während der Feiertage einkaufen, wenn du das Einkaufszentrum nicht erträgst?«

»Ich gebe Jackie ein paar hundert Dollar und eine Einkaufsliste.«

»Oh, das ist hübsch.«

»Sie geht gern einkaufen. Ich dagegen nicht. Wenn sie ihre Zeit damit verbringen will, sich an den Feiertagen durch diese Menschenmengen zu kämpfen, gebe ich ihr nur zu gern das Geld dafür.«

»Also, ich sage dir jetzt und hier …« Er hielt einen Jogginganzug vor sie hin, dann schüttelte er den Kopf. »Die falsche Farbe. Wie dem auch sei, ich erwarte, dass du Geschenke für mich selbst kaufst. Statt einen Lakaien auszuschicken, der das erledigt.«

Wenn es um Zweierbeziehungen zu echten lebenden und atmenden menschlichen Wesen ging, war Irene die Erste, die zugab, dass sie nicht das hellste Licht im Hafen war. Aber sie hatte bemerkt, dass Van Holtz, je weiter der Tag voranschritt und nach Aktivitäten, die selbst für den Marquis de Sade eine heiße Sexnacht dargestellt hätten, immer wieder Bemerkungen machte, die eine romantisch veranlagte Frau vielleicht hätte glauben machen, er suche nach etwas von Dauer.

Nur gut, dass sie es besser wusste.

»Das Einzige, was ich für dich zu besorgen vorhabe, ist eine einstweilige Verfügung.«

»Ha, ha.« Er hielt einen weiteren Jogginganzug hoch. »Das ist es. Die Farbe passt perfekt zu deinen Augen.«

»Meinen Augen?«

»Ja. Sie sind von einem umwerfenden Blau. Du brauchst nur Farben, die sie zur Geltung bringen.«

»Man hat mir gesagt, meine Augen seien irre und beunruhigend. Einer der Professoren im Fachbereich Theologie hat sie als unheilig bezeichnet.«

»Ich finde sie heiß.« Er hielt den Anzug hoch. »Willst du den anprobieren?«

Der Ausdruck auf ihrem Gesicht musste gezeigt haben, wie sie dazu stand, denn er zuckte die Achseln und zerrte sie zum vorderen Verkaufstisch. Nach einigen weiteren Einkäufen schlenderten sie weiter durch das Einkaufszentrum und redeten darüber, etwas zu essen, als Van Holtz sie plötzlich in einen Comicladen zog.

»Ich muss etwas für meinen Cousin nachschauen.«

»Wie viele Cousins hast du eigentlich?«

»Eine Menge. Ich habe dir doch erzählt, dass die Van-Holtz-Männer von Natur aus fruchtbar sind. Mein Dad hat nach zwei Kindern aufgehört, aber meine Onkel – alle acht – machen einfach immer weiter.« Er blieb stehen und drehte sich zu ihr um. »Wie viele Kinder willst du mal haben?«

Sie zuckte die Achseln. »Ich habe noch nicht wirklich darüber nachgedacht … Moment mal. Warum fragst du?«

Er sah plötzlich so peinlich berührt aus, wie sie sich fühlte. »Ohne Grund. Ich frage lediglich aus Höflichkeit.«

»Okay.«

Irene sagte weiter nichts mehr, und er begann die Regale zu durchstöbern. Fünf Minuten später fragte er plötzlich: »Aber du willst doch Kinder, oder?«

»Wenn künstliche Befruchtung so verlässlich wird, wie ich in letzter Zeit gelesen habe … vielleicht.«

»Künstliche Befruchtung?«

»Ja. Davon spricht man, wenn das Ei …«

»Ich weiß was das ist, Irene. Ich frage mich nur, warum das dein großer Fortpflanzungsplan ist.«

»Glaubst du wirklich, ich würde den Austausch von Körperflüssigkeiten zwischen mir und Bradley zulassen?«

Van Holtz zog die Augenbrauen zusammen und sie sah mit an, wie er sich von einem relativ normalen Menschen in einen Mann verwandelte, der kurz davor stand, seine tierische Gestalt anzunehmen.

»Was? Was habe ich gesagt?«

»Was hat Bradley damit zu tun?«

»Ich meinte nicht ihn speziell. Ich rede von den Bradleys dieser Welt.« Sie schüttelte sich. »Bei dem Gedanken bekomme ich eine Gänsehaut. Außerdem scheint mir künstliche Befruchtung der sicherste und am wenigsten abstoßende Weg zu sein.«

Van Holtz stieß einen Seufzer aus. »Stimmt, das ist eine Option. Oder du könntest einfach mit jemandem Sex haben, mit dem du Sex haben willst.«

Sie zuckte die Achseln und griff nach einem Superman-Comic. »Stimmt. Aber das kommt so selten vor. Du bist der Erste. Nicht meine erste sexuelle Begegnung, wie ich dir schon gesagt habe, aber der Erste, mit dem Sex keine lästige Pflichtübung war.«

Van Holtz stellte die Einkaufstaschen, die er trug, zu seinen Füßen ab und fuhr sich mit den Händen durchs Haar. »Ich schwöre, du versuchst, mich in den Wahnsinn zu treiben.«

»Was habe ich denn jetzt schon wieder gesagt?«

»Vergiss es. Diese Diskussion ist vorbei.«

Sie zog die Schultern hoch. »Okay.«

Er stöberte weiter durch die Comics, und Irene begann in einem zu lesen. Um ehrlich zu sein, fiel es ihr schwer, dem zu folgen. Ihre Augen wussten nie, zu welcher Sprechblase sie als Erstes gehen sollten.

»Also«, sagte Van Holtz plötzlich, »Ob mit künstlicher Befruchtung oder auf die gute, altmodische Art … wie viele Kinder?«

Warum er die Sache nicht auf sich beruhen lassen konnte, würde sie wahrscheinlich nie erfahren. Aber sie wollte nicht mit ihm streiten. Tatsächlich amüsierte sie sich ganz gut mit diesem Neandertaler. »Ich dachte an mindestens zwei. Jackie hat Geschwister und scheint das zu genießen. Ich hatte keine, und es wäre schön gewesen, einen älteren Bruder zu haben oder auch nur eine Schwester, solange sie nicht so klug gewesen wäre wie ich. Zu viel Konkurrenz«, fügte sie hinzu, als er sie ansah. »Ja. Also, mindestens zwei.«

Van Holtz ächzte. »Gut.«

»Warum ist das gut?« Aber er beachtete sie nicht und suchte weiter in den Regalen. »Van Holtz?«

»Ähm … Entschuldigung?«

Irene schaute über ihre Schulter zu den drei Jungen hinter sich. Sie schätzte sie auf ungefähr dreizehn oder vierzehn. Doch sie war noch nie sehr gut darin gewesen, das Alter von Menschen zu erraten.

»Ja?«

Die Jungen sahen einander an und dann wieder sie. »Sind Sie Dr. Irene Conridge?«

Irene kniff die Augen ein klein wenig zusammen, und einer der Jungen schaute schnell woanders hin.

»Ja. Warum?«

Die Jungen drehten sich plötzlich um und begannen miteinander zu tuscheln, dann schubsten sie einen wieder zu dem Tisch, an dem sie gesessen hatten. Irene sah sich den Tisch an und erkannte Karten, vielseitige Würfel, Bücher und genug Junkfood, um eine Armee zu vernichten. Auf dem Einband eines der Bücher war ein Drache in seiner ganzen flammenden Pracht zu sehen. Sie unterdrückte ein Lächeln. Sie erinnerte sich an eine ganze Reihe später Nächte als mächtige Magierin.

Der Junge, den sie an den Tisch zurückgeschickt hatten,

durchsuchte seinen riesigen Rucksack und kehrte mit einer Zeitschrift zurück. Sie erkannte sofort ihr Gesicht auf dem Cover und ihr fiel wieder ein, dass sie vor mehreren Monaten für ein Wissenschaftsmagazin einen Artikel über die Chaostheorie geschrieben hatte. Den hatte sie ganz vergessen.

»Könnten Sie die hier für uns signieren?«

Irene nahm die Zeitschrift entgegen. »Natürlich.« Bevor sie um einen Stift bitten konnte, drückte Van Holtz ihr einen in die Hand. Sie machte sich nicht einmal die Mühe, ihn anzuschauen, um seinen Gesichtsausdruck zu sehen. Sie konnte sich die Selbstgefälligkeit schon so vorstellen, vielen Dank.

Sie ließ sich die Namen der Jungen sagen und signierte die Zeitschrift, wobei sie es nicht wagte, sie danach zu fragen, wie sie sich dieses spezielle Exemplar zu teilen gedachten. Während sie unterschrieb, fragte sie: »Also, welche Kampagne führt ihr, meine Herren?«

Sie rissen die Augen auf vor Überraschung. »Sie spielen D&D?«, fragte einer von ihnen voller Ehrfurcht. Er hatte eine schwere Form von Akne, und sie hoffte für ihn, dass er diesem Problem eher früher als später entwachsen würde.

»Tatsächlich habe ich gespielt. Das ist schon ein paar Jahre her. Habt ihr euch eure Modelle gekauft oder sie selbst angefertigt?« Bevor sie wusste, wie ihr geschah, hatten sie sie an ihren Tisch gezogen, und mehrere andere Wissenschafts- und Mathematikfreaks gesellten sich zu ihnen. Das Gespräch zischte hin und her zwischen Computerspielen, Chaostheorie und Wissenschaft im Allgemeinen zu Mathematik und zurück zum Computerspiel. Sie tat ihr Bestes, all ihre Fragen zu beantworten, und sah sich mehrmals um, auf der Suche nach Van Holtz. Sie fand ihn aber nicht, und sie schob den Anflug von Zynismus aus ihrem Kopf, dass er sie angewidert hier zurückgelassen hatte. Er konnte ein Arschloch sein, aber so ein großes Arschloch doch wohl auch wieder nicht, oder? Also fuhr sie fort, Fragen zu beantworten, und tat so, als mache sie sich keine Sorgen.

Van saß auf einer Bank draußen vor dem Comicladen. Er war zum Buchhändler um die Ecke gegangen und hatte von dort ein Buch mit dem Titel »Wissenschaft leicht gemacht« mitgenommen. Nach einem Kapitel blickte er bereits nicht mehr durch.

»Oh, hallo, Mr Van Holtz.«

Van erkannte diese gezwungene, laszive Stimme sofort und schaffte es nur mit Mühe, nicht zusammenzuzucken. Er schaute auf und zwang sich zu lächeln. »Farica. Hi.«

»Was machst du hier?«

»Ich warte auf mein Date.«

Sie blinzelte einige Male, bevor sie sich fing und es fertig brachte, dieses strahlende Lächeln beizubehalten. »Date, hm? Und wer ist die Glückliche?«

Wie aufs Stichwort kam Irene aus dem Comicheftladen, ihren dämlichen Fanclub direkt hinter sich.

»Ja«, sagte sie gerade. »Ich mache das Programm jeden Sommer, und es steht Schülern zwischen dreizehn und sechzehn Jahren offen.« Die Jungen folgten ihr und konnten es nicht sehen, als sie verzweifelt mit den Lippen die Worte formte: »Hilf. Mir.«

Van grinste und hatte das Gefühl, dass diese unglaublich seltsame Frau sein Herz von beiden Seiten zusammenquetschte. Er hatte sich heftig in sie verliebt, und es gab absolut nichts, was er dagegen unternehmen konnte, außer sich einfach darauf einzulassen.

»Was ist mit Zensuren?«, fragte einer der Jungen Irene.

»Es geht mehr um Potenzial.«

Sie hatte einen unglaublich entzückenden Ausdruck auf ihrem Gesicht. Als hätte er sie in einen Raum mit tollwütigen Streifenhörnchen eingesperrt. Er konnte erkennen, dass sie nicht mehr sehr lange mit dem »nett sein« weitermachen konnte, deshalb beschloss Van, ihr eine Atempause von der Heldenverehrung zu verschaffen.

Er brauchte nicht viel mehr zu tun als aufzustehen. Die Jungen hörten auf zu reden und sahen ihn in stummem Entsetzen an, während er von oben auf sie herunterstarrte.

»Es wird Zeit zu gehen«, erklärte er schlicht und starrte die jungen Männer an, um klarzumachen, dass er »weggehen« meinte. Sie taten es, aber erst nachdem sie Irene häufiger, als es nötig schien, die Hand geschüttelt hatten.

»Alles okay mit dir?«, fragte er, als sie endlich gegangen waren.

»Ich bin erschöpft, und jetzt bin ich auch noch halb verhungert.«

»Dann lass uns dir etwas zu essen besorgen. Oh. Moment. Ich habe dir das hier gekauft.« Er griff in eine der Tüten und zog ein T-Shirt hervor, das er in einem Geschenkartikelladen einige Türen weiter gekauft hatte, während sie sich um ihre Fans gekümmert hatte.

Irene faltete das Shirt auseinander und las die Worte laut vor: Ich DOSe, also bin ich.

»Ich dachte, das klingt angemessen nerdig.« Er grinste, aber Irene machte ein derart seltsames Gesicht dass er sich Sorgen machte, ihm sei vielleicht irgendein dämlicher Fauxpas unterlaufen. »Was ist los? Gefällt es dir nicht?«

Irene schluckte und schüttelte den Kopf. »Doch. Ich …« Sie holte tief Luft. »Ich finde es toll. Danke.«

»Bist du dir sicher? Ich kann es zurückbringen.«

Sie hielt sich das Shirt an die Brust, als hätte er versucht, es ihr zu entreiße. »Ich habe gesagt, ich finde es toll«, knurrte sie praktisch. Seine Mutter hatte sich einmal so angehört, als sie dachte, eine Hyäne sei ihren Welpen eine Spur zu nahe gekommen. »Hände weg, Van Holtz.«

Er hob die Hände, die Innenflächen nach Außen gedreht. »Okay, okay. Beruhig dich.«

»Ich habe Hunger«, sagte sie, während sie sich weiter an ihr Shirt krallte.

»Also, Dr. Conridge, finden Sie nicht, für mein hübsches Geschenk wäre ein richtiges Dankeschön an der Tagesordnung?«

Sie sah ihn einen Moment lang an, bevor sie sich im Einkaufszentrum umschaute und rot wurde. »Hier?«

Er schloss die Augen und zwang sich, nicht zu lachen. »Nicht das, Doc. Das ist für später. Wenn wir allein sind oder ein WC finden. Ein Kuss würde reichen.«

»Oh!« Ihr Gesicht wurde noch röter. »Oh.« Sie stellte sich auf die Zehenspitzen und küsste ihn auf die Lippen. »Danke«, flüsterte sie. »Ich finde es wirklich toll.«

»Gut. Jetzt lass uns essen gehen.«

Van schnappte sich die Einkaufstüten und versuchte, Irene wegzuführen, aber sie starrte auf irgendetwas hinter ihm. »Was ist?«, fragte er.

»Ähm …« Sie deutete mit dem Kopf auf eine Stelle hinter seiner Schulter.

Er drehte sich um, in der Erwartung, irgendein Ärgernis zu erblicken, aber alles, was er sah, war das schockierte und stark gerötete Gesicht von Farica Bader. »Oh. Man sieht sich, Farica. Grüß deine Mom von mir.«

Van nahm Irenes Hand und führte sie zu einem Restaurant, von dem er dachte, dass es ihr vielleicht gefallen würde. Die Tatsache, dass die Frau sich überwiegend von Erdnussbutter und Crackern ernährte, ließ allerdings darauf schließen, dass sie nicht allzu wählerisch war, was das Essen betraf.

Irene wusste nicht, was sie mehr schockierte. Das Geschenk, das Van ihr gemacht hatte – das aufmerksamste Geschenk, das sie je von einem Mann … irgendeinem Mann … bekommen hatte? Oder die Art, wie er die langweilige, männermordende Farica Bader ignorierte? Schwer zu entscheiden, da beide Dinge so außerordentlich erstaunlich waren.

Van Holtz führte sie in ein Restaurant im Einkaufszentrum, und sie bekamen schnell einen Tisch am Fenster. Entzückend, weiteres Anschauungsmaterial aus dem Einkaufszentrum.

»Du weißt, dass Farica Bader nicht glücklich darüber sein wird, dass du sie so einfach abserviert hast.«

Er schaute von der Speisekarte auf. »Wer?«

»Farica Bader. Du hast vor zwei Sekunden mit ihr gesprochen.«

»Ach die. Ja. Sie wird drüber wegkommen, da bin ich mir sicher.«

Irene starrte die Limonade an, die der Kellner gerade vor ihr abstellte. »Sie scheint dich zu mögen.«

»Den Namen Van Holtz mag sie noch mehr. Die Baders sind ein kleines Rudel. Sie würden sich liebend gern mit uns verbinden, damit sie nicht weiteres Territorium mehr an das Magnus- oder an das Smith-Rudel verlieren. Also, was willst du essen?«

Irene wurde bewusst, dass sie immer noch ihr wundervolles T-Shirt in Händen hielt, und zwang sich, es auf den Stuhl neben sich zu legen. Dann machte sie sich Sorgen, dass sie es vergessen würde, also legte sie es auf ihr Bein und faltete es zur Hälfte unter ihren Oberschenkel.

»Was machst du da?«

Sie riss den Kopf hoch. »Nichts. Ich habe an einen Burger gedacht«, stieß sie hastig hervor.

»Ein Burger geht. Aber iss nicht zu viel. Ich koche uns heute Abend etwas zu Hause.«

»Van Holtz, du brauchst nicht …«

»Warum nennst du mich nicht Van wie alle anderen?«

»Du willst, dass ich dich ›von‹ nenne?«

Van Holtz blinzelte. »Was?«

»Van ist holländisch für ›von‹ oder ›aus‹. Also bittest du mich, dich ›von‹ zu nennen, was mir schwer fiele. Dein voller Name bedeutet also ›aus Holz‹.« Als sie so plötzlich kicherte und damit sie beide schockierte, hielt sie sich den Mund zu. »Tut mir leid.« Sie hüstelte, um das Lachen zu stoppen. »Bloß, nach gestern Nacht finde ich diesen Namen ziemlich passend.«

»Weißt du, Irene, du bist die einzige Person, die ich kenne, die mich gleichzeitig beleidigen und loben kann.«

»Das ist typisch Lehrer.« Sie streckte automatisch die Hand nach ihrem T-Shirt aus und streichelte es sachte mit den Fingerspitzen. »Wie wäre es, wenn ich dich Holtz nenne? Das klingt auf jeden Fall besser als ›von‹.«

»Damit bist du dann die Einzige.« Er legte seine Speisekarte beiseite. »Es wäre dein eigener kleiner Kosename für mich.«

Irene räusperte sich. »Ja, wahrscheinlich.«

»Es gefällt mir, dass du einen eigenen Namen für mich hast.«

»Ich habe doch immer Kosenamen für dich, aber du sagst mir immer, sie seien unhöflich.«

Er lachte und schüttelte den Kopf. »Du unartige Göre.«

Der Kellner erschien, und Irene bestellte ihr Essen als Erste. Während Holtz seine Bestellung aufgab, schaute Irene aus dem Fenster. Nach ein paar Sekunden seufzte sie. »Das muss ein neuer sein.«

»Wer muss ein neuer sein?«

Irene deutete auf den Mann auf der anderen Seite des Einkaufszentrums. »Der da. Das muss ein neuer sein.«

»Ein neuer was?«

»Agent. Amerikaner, wenn man nach seinem geschmacklosen Haarschnitt gehen kann. Du weißt schon, Haargel ist ein Privileg, kein Recht. Wie dem auch sei, die guten entdecke ich stundenlang nicht. Diesen angeberischen Arsch habe ich keine zehn Minuten, nachdem wir deine Wohnung verlassen hatten, entdeckt.« Der Kellner kehrte mit ihren Salaten zurück, und Irene riss den Blick von dem leuchtend roten Sweatshirt los, das zu tragen der Mann den Nerv hatte, um sich ihrem Salat mit russischem Dressing zuzuwenden. Das war der Moment, in dem sie merkte, dass Holtz sie anstarrte.

»Was ist?«

»Warum wirst du von Agenten beschattet?«

»Ich werde ständig von Agenten beschattet.« Sie zuckte die Achseln und nahm einen Schluck aus ihrem Glas. »Als ich jünger war, ungefähr zwölf, haben sie mich zu meiner eigenen Sicherheit in Gewahrsam genommen.« Sie schnaubte. »Eigentlich wollten sie nur verhindern, dass ich den Sowjets in die Hände fiel. Sie holten Lehrer auf das Gelände, auf dem man mich festhielt. Und ich musste den ganzen Tag dableiben, ohne Freunde, ohne Verwandte – nicht dass die mir viel geholfen hätten, aber trotzdem.«

»Was ist passiert?«

»Sie haben mich wieder gehen lassen.«

»Warum?«

»Ich habe das halbe Gelände in die Luft gejagt und eine Straße fast dreißig Meilen weit weg dem Erdboden gleichgemacht. Das war ein Versehen. Sozusagen.«

»Du meinst, so wie die, als du mir mit dem Kanteisen eins übergezogen oder mich ins Bein gestochen hast?«

»Das waren wirklich Versehen. Wenn ich dich tatsächlich erstechen wollte, würde ich zumindest auf dein Gesicht zielen.«

»Wirklich entzückend, Irene.«

»Tut mir leid. Das Wissen, dass sie mich immer noch beschatten, macht mich sauer.«

»Sie tun es nicht ständig?«

»Nein.«

»Warum tun sie es dann jetzt?«

Irene antwortete ihm nicht, und Holtz beugte sich ein wenig über den Tisch.

»Was hast du getan?«

»Was bringt dich auf die Idee, ich hätte irgendetwas getan?«

»Weil du mir nicht in die Augen siehst.«

Als sie ihn anschauen musste, um sein Gesicht zu sehen, wusste sie, dass sie ihm wirklich nicht in die Augen geblickt hatte.

»Ich will das nicht mit dir diskutieren.«

»Warum nicht? Weil ich es nicht verstehen würde, oder weil du etwas getan hast, von dem du weißt, dass es falsch ist?«

»Das ist nicht fair.« Sie senkte die Stimme zu einem Flüstern und beugte sich über den Tisch, damit man sie nicht belauschen konnte. »Es ist nicht so, als würde irgendeiner von uns sich da hinein begeben, weil er nach … Ärger sucht. Ich hatte die besten Absichten.«

»Was ist dann passiert?«

Sie seufzte. »Nebenwirkungen. Sehr üble Nebenwirkungen. Nebenwirkungen haben schon die besten Experimente versaut.«

»Und diese Leute wollen es wegen der üblen Nebenwirkungen haben?«

»Höchstwahrscheinlich.« Sie bezweifelte, dass sie es wegen seiner nährenden Wirkung haben wollten.

»Dann zerstör es ... oder war das der Grund, warum du neulich Nacht draußen im Wald warst?«

»Ja. Deshalb war ich da draußen. Und ich habe es zerstört ... größtenteils.«

»Größtenteils?«

»Knurr mich nicht an«, knurrte sie zurück. »Du hast keine Vorstellung davon, wie viele Stunden ich in diese Sache investiert habe. All die Arbeit, die ich mir gemacht habe. Erwartest du von mir, dass ich das alles einfach wegwerfe?«

Holtz holte tief Luft. »Zuerst muss ich dich fragen, ob das Zeug, das du dort abgeladen hast, irgendwie gefährlich ist?«

»Nein. Ganz und gar nicht. Ich gebe dir mein Wort.«

»Gut.« Dann sah er sie sehr lang an, bevor er hinzufügte: »Und zweitens ... verstehst du denn nicht, dass du niemandem etwas zu beweisen brauchst?«

Irene zuckte zusammen. »Was soll das heißen?«

»Es soll heißen, dass du niemandem etwas zu beweisen brauchst, außer dir selbst.«

»Das ist Bullshit, Holtz. In unserem Geschäft muss man sich ständig beweisen, strebt man ständig nach Höherem. Anderenfalls ...«

»Anderenfalls was? Anderenfalls kann man einfach das Wochenende mit seinem Freund genießen? Anderenfalls hört die Regierung auf, einem auf Schritt und Tritt zu folgen? Anderenfalls kann man es sich gestatten, sich zu entspannten und einfach seine Existenz auf diesem Planeten genießen? Wäre das denn so schlecht?«

Sie ignorierte insbesondere die Bemerkung mit dem Freund und sagte stattdessen: »Wenn alles, wofür man anerkannt wird, seine überragende Intelligenz ist, widerstrebt es einem, das zu verlieren.«

»Du wirst es nicht verlieren. Du hast bereits Eindruck gemacht, Irene. Jetzt kannst du dich entspannen und tun, was immer zur Hölle du willst.«

»Nein. Kann ich nicht. Es kommen jeden Tag mehr Leute, die mich von meinem hart erkämpften Thron stürzen wollen. Die nehmen wollen, was mir gehört. Sieh es unter territorialen Gesichtspunkten, Holtz. Etwas, das du verstehst. Dies ist meine Domäne. Ich habe nicht die Absicht, sie irgendjemand anderem zu überlassen.«

»Also riskierst du deine Sicherheit und die Sicherheit anderer, indem du etwas behältst, von dem du weißt, dass es gefährlich ist?«

Irene ließ sich in ihren Sitz zurückfallen. Sie stützte die Ellbogen auf den Tisch, verschränkte die Finger und bettete die Stirn auf die Knöchel. Sie verabscheute den Mann total dafür, dass er recht hatte.

»Hör zu, Irene, ich sage nicht, dass du dich auf der Stelle darum kümmern musst. Ich weiß, dass du es an einem sicheren Ort versteckt hast. Aber denk darüber nach, Baby. Erinnerst du dich, wie du dich im Angesicht der Hyäne gefühlt hast? Stell dir das in einem globalen Maßstab vor.«

Irene schloss die Augen, um das Bild abzuwehren, sagte jedoch: »Ich werde darüber nachdenken.«

»Das ist alles, worum ich bitte.« Er legte seine Serviette auf den Tisch. »Und wenn du mich jetzt entschuldigest, ich bin gleich zurück.« Dann stand er auf und war verschwunden. Sie hoffte wirklich, dass er zurückkommen würde, denn sie hatte nur fünf Dollar in der Tasche. Nicht genug, um die Rechnung zu bezahlen. Natürlich konnte sie den Agenten draußen ansprechen. Es wäre nicht das erste Mal, dass sie die Tatsache, dass sie sie entdeckt hatte, zu ihrem Vorteil ausnutzte. Sie glaubte zwar nicht unbedingt, dass es richtig war, aber es machte Spaß.

Als Holtz sich wieder auf seinen Stuhl gleiten ließ, war das Essen gekommen, und Irene hatte ihre Gefühle erfolgreich unter Kontrolle und sich wieder völlig im Griff.

Holtz nahm ihr den Ketchup ab und schüttete eine geradezu obszöne Menge auf seinen Burger und seine Pommes.

»Alles in Ordnung?«, fragte sie, griff nach einer Pommes und zwang sich zu essen.

»Jetzt ja.« Er stellte den Ketchup wieder mitten auf den Tisch und schnappte sich seinen Burger. »Aber Irene, von nun an musst du mir solche Sachen erzählen.« Als sie die Augen zusammenkniff, schüttelte er den Kopf. »Nein. Nicht das. Ich meine, dass dir Leute folgen.«

»Warum?«

Den Mund voller Burger murmelte er: »Wie sonst kann ich deine Sicherheit gewährleisten, wenn ich nicht weiß, was los ist?«

»Meine Sicherheit gewährleisten? Warum solltest du meine Sicherheit gewährleisten müssen?«

»Mach mich nicht wütend, Irene. Ich bin bereits wütend, weil du mir davon nicht früher erzählt hast. Personenschutz ist etwas, das die Van Holtzens nicht auf die leichte Schulter nehmen.« Er biss kräftig in seinen Burger, und sie begriff, dass er diesen riesigen Hamburger höchstwahrscheinlich in den nächsten sechzig Sekunden verschlingen würde. »Aber du bist abgedeckt, beginnend am Montag. Bis dahin bist du ohnehin mit mir zusammen.«

Es gefiel Irene nicht, wie das klang. »Was beginnt am Montag?«

»Du kriegst Personenschutz.«

»Personenschutz? Ich will keinen Personenschutz.«

»Aber du bekommst ihn.«

»Aber …«

»Keine Widerrede, Doc. Wenn die Regierung es für nötig hält, dich beobachten zu lassen, dann brauchst du Personenschutz, und ich werde dafür sorgen, dass du ihn bekommst.«

Irene raufte sich die Haare und starrte auf die Formica-Tischplatte. »Ich verstehe dich nicht.«

»Was gibt es da zu verstehen?«

»Alles. Ich meine, warum tust du das? Was kümmert es dich, ob ich Personenschutz habe oder nicht?«

»Weißt du das denn nicht?«

»Sehe ich so aus, als wüsste ich es?«

Er grinste. »Nö. Du siehst irgendwie angepisst aus. Du bist süß, wenn du dich in diesem Zustand befindest.«

»Vielen Dank«, sagte sie ausdruckslos. »Also, erklär mir, warum du das Bedürfnis verspürst, mich zu beschützen?«

Er seufzte anhaltend und entnervt. »Weil ich für dich als meine Gefährtin fürs Leben und irgendwann als meine Ehefrau dafür sorgen muss, dass du geschützt bist.«

»Als deine … deine Ehefrau?«

»Natürlich. Die Van Holtz-Wölfe heiraten, Baby. Im Gegensatz zu den Wölfen der Magnusens und der Smiths werden meine Kinder keine Bastarde sein.«

»Kinder?«

»Jupp. Erinnerst du dich? Mindestens zwei. Obwohl ich eher zu drei oder vier neige. Aber das können wir später ausdiskutieren.«

Irene starrte Van Holtz mit offenem Mund an, und ihr Kopf war plötzlich herrlich leer. Jahre später würde sie es diese »kurze Apathie« nennen, die sie in den Achtzigern gehabt hatte.

Holtz grinste sie an, Ketchup in einem Mundwinkel, und schaute auf ihren Teller. »Hey, isst du diese Pommes noch, Baby?«

KAPITEL 9

»Erklär mir, wie du dich immer in diese Situationen bringst.«

»Fang nicht damit an.« Irene blieb vor ihrer Bürotür stehen, zog ihren Schlüsselbund hervor und verrückte ihren Rucksack so, dass er ihr nicht plötzlich von der Schulter rutschte und ins Gesicht schlug – wie es schon oft passiert war. Sie hatte ihre Seminare endlich beendet, und um eine ihrer Studentinnen zu zitieren: »Yippie! Sie hat uns aus unserer verzweifelten Knechtschaft entlassen!« Verdammte klugscheißerische Physiker. Sie war schlimmer gewesen als üblich, das wusste sie. Aber sie gab einem Mann die Schuld für ihr unangenehmes Verhalten.

»Ich verstehe das einfach nicht, Irene. Paul und ich fliegen für drei Tage nach Mexiko, und wenn wir zurückkommen, bist du verlobt.«

»Ich bin nicht verlobt«, knurrte sie. »Der Mann hat Wahnvorstellungen.«

Irene stürmte in ihr Büro, Jackie direkt hinter sich. Sie ließ ihren Rucksack auf den Boden fallen und ging zu ihrem Schreibtisch.

»Ich schwöre, der Mann klammert sich an mich wie ein Isotop. Ich kriege ihn buchstäblich nicht los.«

»Ich habe dich vor Wölfen gewarnt.« Jackie warf sich in den Stuhl Irenes Schreibtisch gegenüber und legte die Füße auf das abgenutzte Holz. »Sie sind unzurechnungsfähig.«

Irene fiel praktisch in ihren Schreibtischstuhl. »Er treibt mich in den Wahnsinn, Jackie. Ich meine … wirklich. Er hat plötzlich beschlossen, dass ich … was starrst du da an?«

»Was ist das hinter dir? Auf der Pinnwand?« Sie brauchte sich nicht einmal umzudrehen. Stattdessen seufzte Irene nur. »Ein Bild von ihm, stimmt's?«

»Paul und ich haben uns gefragt, warum wir sie überall im Haus gefunden haben.«

»Wie kommt er nur immer wieder ins Haus? Und in mein Büro?«

»Ein Wolf, der etwas auf sich hält, kann jedes Schloss knacken.«

Irene legte den Kopf auf ihren Schreibtisch. »Ich verstehe das nicht, Jackie. Das sollte nicht passieren. Wir waren nie ... er und ich ... er kann doch nicht ernsthaft glauben, wir ...«

»Oh, Schätzchen, er kann. Er tut es. Ich habe dich gewarnt, Wölfe verlieben sich nicht oft, aber wenn sie es tun ... peng! Dann klammern sie sich fest, als gelte es ihr Leben. Vor allem die männlichen Wölfe.«

»Das schlimmste ist, dass er so verdammt nett ist. Ich meine ...« Irene kam hoch und stützte sich mit den Ellbogen auf ihren Schreibtisch, »wenn er ein totales Arschloch wäre, könnte ich ihn ohne einen weiteren Gedanken in der Luft zerreißen. Ritsch-ratsch. Und ich würde ihn wie so viele Männer und Studenten vor ihm hinter mir lassen. Aber er ist nett. Wirklich nett. Zu mir war noch nie jemand so nett.«

»Er hat dich immer gemocht, Irene.«

»Wunderbar. Du hast auch Wahnvorstellungen.«

»Doch, hat er. Du warst immer ahnungslos, aber ich sehe alles, Süße, und dieses Hündchen war von Anfang an schwer in dich verknallt.«

»Ich dachte, er wolle nur Geschlechtsverkehr.«

»Hör auf, es so zu nennen. Und vielleicht wollte er das wirklich am Anfang. Fürs erste. Aber anscheinend hat sich das geändert. Ich persönlich wusste, dass es beschlossene Sache war, sobald er dich zum Lachen gebracht hatte.«

Mit einem verärgerten Knurren legte Irene den Kopf wieder auf den Schreibtisch. Kaum hatte sie das getan, klingelte das Telefon. Sie brauchte nicht an den Apparat zu gehen, um zu wissen, wer am anderen Ende war.

Sie riss den Hörer ans Ohr und blaffte: »Ja?«

»Hey, Doc.«

Sie kämpfte mühsam das Aufkeimen nervöser Aufregung nieder, die seine Stimme jedes verdammte Mal auslöste, wenn sie sie hörte. »Van Holtz.«

»Ich will dich heute Abend sehen.«

»Ich muss arbeiten.«

»Wie wäre es um sieben? Wir treffen uns im Restaurant, von dort aus können wir weitersehen.«

»Ich muss arbeiten.«

»Du musst dich nicht in Schale werfen. Ganz lässig. Jeans, T-Shirt.«

»Ich muss arbeiten.«

»Also, bis dann.«

»Ich muss arbei...«, aber er hatte bereits eingehängt.

Irene legte den Hörer auf. »Ich rede und rede, und es ist so, als würde ich gar nichts sagen.«

»Das ist typisch Wolf, Süße.«

»Was ist typisch Wolf? Ungezogenheit?«

»Einen zu ignorieren. Alle Hundeartigen tun das. Du sagst ›Nein, nimm kein Essen vom Tisch‹, und sie schnappen sich sofort das Essen vom Tisch und sehen dich dabei die ganze Zeit unschuldig an.«

»Also, was soll ich machen? Ihn mit einer zusammengerollten Zeitung schlagen?«

»Na ja, das hängt von dir ab.«

»Wieso?«

»Die Frage, die du dir stellen musst, ist, ob du wirklich willst, dass er damit aufhört?«

»Ich verstehe ni...«

»Liebst du ihn, Irene?«

»Was? Nein! Mach dich nicht lächerlich! Warum fragst du mich das überhaupt? Halt den Mund.«

»Okay, ich werte das mal als ein Ja.«

»Wag es ja nicht. Ich liebe ihn nicht. Ich liebe übrigens auch dich nicht.«

»Lügnerin«, spottete Jackie lächelnd.

»Ich liebe niemanden. Ich bin kalt und berechnend und ein boshaftes, herzloses Miststück.« Dies hatte sie sich drei Tage lang immer wieder vorgesagt. Selbst wenn er jeden Abend auf ihrer Türschwelle erschien und sie ihn hereinließ. Selbst wenn er mit ihr ins Bett ging und dafür sorgte, dass sie keine Sekunde Schlaf bekam. Selbst wenn er sie hart und lange fickte, so dass sie sich manchmal kaum an ihren Namen erinnerte, geschweige denn an Theoreme und Laborresultate. Selbst dann rief sie sich immer wieder ins Gedächtnis, was für ein kaltes, berechnendes, boshaftes, herzloses Miststück sie doch war. »Und wenn ich diesen reichen Idioten das nächste Mal sehe, ist das genau das, was ich ihm sagen werde.«

»So, so.«

»Du glaubst mir nicht?«

»Ich glaube nicht, dass du die Gelegenheit dazu kriegen wirst.«

»Ich werde für eine Gelegenheit sorgen«, gelobte Irene.

»Und dies sind meine Onkel Geert und Volker.«

Auch wenn Irene höflich »Hallo« sagte und die Hände seiner vielen Onkel schüttelte, konnte Van sie mit den Zähnen knirschen hören. Er fragte sich, ob, wenn das so weiterging, eine zahnärztliche Behandlung notwendig werden würde.

»Also, jetzt hast du alle kennengelernt … die noch in Amerika leben.«

»Den Rest der Brut lernen Sie zu Weihnachten kennen«, versprach sein Onkel Ulbrecht, und Van sah Irene die Fäuste ballen, auch wenn sie nickte. Auf seine Familie machte Irene wahrscheinlich den Eindruck der höflichsten Frau, die je irgendjemand von ihnen mit nach Hause gebracht hatte. Aber Van wusste es besser. Sie würde sich nicht vor ihnen blamieren, aber sobald er sie für sich allein hatte … hui.

Irene schaute ihn über ihre Schulter hinweg an, und bevor sie etwas sagen konnte, verkündete er: »Das Abendessen ist fertig.«

Die Familie ging ins Esszimmer. Er nahm Irenes Hand, und zu seiner Überraschung entzog sie sie ihm nicht. Stattdessen drehte sie sich zu ihm. Sie beugte sich dicht zu ihm vor, als wolle sie ihm etwas ins Ohr flüstern, packte seinen Schwanz mit ihrer freien Hand und drehte.

Van ächzte und schloss die Augen. Er hätte gern mehr getan als das, aber Irene wusste, dass er seine Familie seine Schwäche nicht sehen lassen würde.

»Was ich gerade tue, ist, wie ich dir versichern kann, kein Versehen«, zischte sie durch zusammengebissene Zähne und zog dann noch einmal, um ihre Worte zu unterstreichen. »Verstanden?«

Er nickte, und sie ließ ihn los und ging ins Esszimmer.

Glücklicherweise ging das Essen schnell vorbei und es lief alles nach Plan. Van sah Irenes langjährige Erfahrung Früchte tragen, da sie geschickt mit jedem seiner Onkel und Tanten umging und sich zu keiner Zeit anmerken ließ, wie wütend sie wirklich war. Und das wusste er, um ganz ehrlich zu sein, zu schätzen. Er hatte nicht vorgehabt, sie derart zu überfallen, aber sein Vater hatte diese kleine Veranstaltung organisiert und klar gemacht, dass er Irenes Teilnahme wünschte. Da sie Van emotional auf Abstand gehalten hatte, nachdem er sie am Montagmorgen zu Hause abgesetzt hatte – und den Wölfen, die auf sie warteten, aufgetragen hatte, sie zu bewachen, als hinge ihr Leben davon ab –, wusste er, dass sie niemals freiwillig zugestimmt hätte. Also ja, theoretisch hatte er sie entführt.

Er setzte sich neben sie auf eins der Sofas im Wohnzimmer, während der Rest seiner Cousins Brettspiele und Karten hervorzog. Dann flüsterte er dicht an ihrem Ohr: »Bist du immer noch sauer auf mich?«

Sie belohnte ihn mit einem leichten Zittern. »Ja. Ich schätze es nicht, so überrumpelt zu werden.«

»Ich weiß, aber es war die einzige Möglichkeit, dich hierher zu bekommen.«

»Und warum muss ich hier sein?«

»Mein Vater wollte uns zusammen sehen.«

»Dann schlag ihm das das nächste Mal ab.«

»Er ist der Alphamann, Baby. Ich kann ihm nicht ohne einen Kampf etwas abschlagen.« Van schüttelte den Kopf. »Und so wie er sich in letzter Zeit verhalten hat? Auf keinen Fall. Ich versuche, den alten Herrn zu beschwichtigen. Und komm schon, so schlimm war es doch gar nicht, oder?«

Sie zuckte die Achseln, den Ellbogen auf die Armlehne des Sofas gestützt, das Kinn in die Hand gebettet. »Der Rostbraten war ganz gut, muss ich zugeben.«

Er unterdrückte ein Kichern. »Danke. Den habe ich gemacht.«

»Zumindest hast du ein paar Talente, abgesehen davon, dass du attraktiv bist und eine absolute Nervensäge.«

Van ergriff sanft ihre freie Hand. Dieselbe Hand, mit der sie seinen Schwanz verdreht hatte. Er liebte sie anscheinend wirklich … denn er hatte sie noch nicht umgebracht.

»Sei nicht sauer auf mich, Doc.«

»Das mit uns hätte nicht so weit gehen dürfen«, flüsterte sie grantig. »Geschlechtsverkehr und sonst nichts.«

»Das habe ich nie gesagt.«

»Nein, du hast gesagt, du wolltest mich nur ein Mal küssen, und dann würdest du gehen. Höchstens zwanzig Sekunden, glaube ich, war deine Ansage.« Sie sah ihn an, und ihre Augen raubten ihm noch immer den Atem. »Deine zwanzig Sekunden sind um, Van Holtz.«

»Zwanzig Sekunden? Bist du dir sicher, dass ich nicht von zwanzig Jahren gesprochen habe?«

Knurrend versuchte sie, ihm die Hand zu entziehen. »Versuche es nicht einmal. Ich weiß genau, was gesagt wurde.«

»Vielleicht. Trotzdem, in den Armen der Leidenschaft hast du mich vielleicht falsch verstanden.«

Sie hörte auf, sich zu wehren, und sah ihn an. »In den Armen der Leidenschaft?«

»Ja. Was gibt es daran auszusetzen?«

Sie lachte schnaubend und wandte den Blick ab. »Jack hat recht. Ihr seid alle unzurechnungsfähig.«

»Und das sagt ausgerechnet ein Schakal. Ich wollte schon die ganze Zeit fragen, ob ihre Eltern sie extra Jackie the Jackal genannt haben.«

»Stopp.« Irene ließ den Kopf sinken, aber er konnte sehen, dass sie sich bemühte, nicht zu lachen. »Du hörst sofort auf.«

»Das klingt wie der Name einer Zeichentrickfigur.«

»Sie wurde nach ihrer Urgroßmutter benannt, und jetzt hör auf damit.«

Van beugte sich vor und drückte die Lippen in ihren Nacken. »Komm schon, Doc. Lass uns einen Spaziergang machen. Ich hab dich vermisst.«

Irene schluckte und sah ihn an. Er lächelte, und die Art, wie sie auf ihrem Platz quasi schmolz, verriet ihm, dass er sie hatte … bis …

»Möchten Sie sich zu uns gesellen, meine Liebe?«

Onkel Verner schaute mit einem verdammt aufreizenden Feixen auf dem Gesicht auf sie herunter. Gott, ist das der Blick, von dem Irene immer behauptet, ich hätte ihn in den Augen? Kein Wunder, dass sie so sauer ist, wenn ich das mache.

»Mich zu Ihnen gesellen?«, fragte Irene und entzog Van die Hand.

»Zu einem freundschaftlichen Risiko-Spiel.« Er deutete auf das Spiel, das zwei seiner anderen Onkel aufgestellt hatten.

Irene schüttelte den Kopf. »Ich glaube nicht, dass Sie das wirklich möchten, Sir.« Es war die Art, wie sie es sagte, die den größten Teil der Familie veranlasste, sich zu ihnen umzudrehen.

»Nicht?«, fragte Verner, ohne je mit diesem Feixen aufzuhören.

»Nein. Vielleicht Monopoly oder Das Spiel des Lebens.«

»Haben Sie Angst?«, fragte Volker, der sich an den Tisch setzte und es sich bequem machte.

»Nein. Aber ich habe unglaubliches Glück beim Würfeln, und ich bin vollkommen skrupellos. Sie werden verlieren, meine

Herren. Ich werde Ihre Länder zerstören, Ihnen Ihre Frauen nehmen, Ihre Männer schänden und Ihre Kinder zu meinen Sklaven machen. Mir wird jede Burg gehören, jedes Haus und jeder Bauernhof in meiner Reichweite. Ich werde nicht zufrieden sein, bis ich alles und jeden besitze. Ich werde sie alle vernichten, meine Herren, und um ganz offen zu sein, ich glaube nicht, dass Sie das verkraften.«

Van hielt sich eine Hand vor den Mund, um nicht laut loszulachen, und er wagte es nicht, seine Schwester anzusehen. Verner trat zurück und deutete auf den Tisch. »Jetzt muss ich darauf bestehen.«

»Wie Sie wünschen.« Irene seufzte und stand auf. Sie schaute zu Van hinüber und zwinkerte ihm schnell zu, bevor sie sich wieder zu seinem Onkel umdrehte. »Ich hoffe, Sie sind eine Heulsuse, Mister Van Holtz. Ich liebe nichts mehr als das Jammern der Männer, die ich vernichtend schlage.«

»Ich kann nicht glauben, dass du ihn zum Weinen gebracht hast.«

»Habe ich auch nicht. Er hat lediglich etwas feuchte Augen bekommen.«

»Genau. Ich glaube, das war, als du ihm gesagt hast: ›Ich kontrolliere jetzt Ihre Häfen und alle Ihre Menschen gehören mir‹.«

»Seine Frau hat gelacht.«

Van schob die Schlafzimmertür auf, und Irene trat ein. »Das ist hübsch.«

»Jepp. Das ist mein Zimmer. Schönes, großes Bett.«

»Ja. Es ist ein schönes, großes Bett. Ich werde es ganz allein genießen.«

»Irene …«

»Jammer nicht rum, Holtz. Das ist nicht attraktiv.«

»Okay, okay.«

Holtz stand hinter ihr, und plötzlich schien der riesige Raum so winzig.

»Irene, ich wollte mich noch bei dir bedanken.«

Sie schaute zu ihm hoch. »Wofür?«

»Dass du mitgemacht hast, was immer meine verrückte Familie im Schilde führt.«

»Im Schilde führt?«

»Ja. Sie haben sich in letzter Zeit alle so seltsam verhalten. Vor allem mein Vater. Ich weiß nicht, was los ist, aber ich weiß, dass es mir nicht gefällt.«

»Vielleicht hat er Angst, dass du so weit bist, der Alphamann zu werden.«

»Das bin ich. Aber ich werde nicht mit meinem eigenen Vater darum kämpfen.«

»Doch so weit ich meiner Lektüre entnommen habe …«

»Deiner Lektüre?«

»Ja. Ich bin gestern in der Mittagspause in die Bibliothek gegangen und habe einiges über Wölfe und ihre sozialen Strukturen nachgelesen.« Holtz grinste, und sie hoffte, dass er sie nicht auslachte. »Mach dich nicht über mich lustig.«

»Das tue ich nicht. Wirklich. Ich finde es … entzückend.«

Sie verdrehte die Augen. »Du scheinst dieses Wort sehr zu lieben. Entweder es ist das, oder dein Wortschatz ist ziemlich begrenzt.« Sie schüttelte den Kopf. »Wie dem auch sei, aufgrund der Struktur der Wolfskultur wirst du vielleicht doch mit deinem Vater um die Führung kämpfen müssen.«

Er lachte. »Wenn wir das Jahr zwölfhundert hätten, würde ich dir recht geben, Doc. Aber die Van Holtzens sind zivilisiert. Ich werde nicht meinen Vater verstümmeln, um zu beweisen, dass ich bereit bin, die Macht zu übernehmen, wann immer er mir die Zügel überlassen will. Der alte Herr wird einfach irgendwann in den sauren Apfel beißen müssen.«

Holtz stieß den Atem aus und konzentrierte seinen Blick auf ihre Lippen. »Jetzt, da wir das geklärt haben …«

»Oh nein, das wirst du nicht tun. Raus.« Irene schob ihn – nun, sie nahm an, dass er ihr erlaubte, ihn zu schieben – zur Tür hinaus in den Flur.

»Komm schon, Irene.« Er legte die Hände auf den Türrahmen und beugte sich vor. »Lass mich bleiben. Ich verspreche, dass du es nicht bereuen wirst.«

»Deine Mutter und dein Vater sind sechs Türen weiter den Flur entlang und haben außerordentlich feine Sinne. Auf keinen Fall lasse ich dich die Nacht hier verbringen.«

»Hast du Angst, weil du immer so rumschreist?«

»Holtz …«

»Wenn du mich nett bittest, könnte ich dich knebeln.«

Für Irene, war das Gespräch beendet, und sie schlug Holtz die Tür vor der Nase zu. »Hau ab. Komm nicht wieder, bis das Frühstück fertig ist.«

»Luder.«

Van durchforstete den Kühlschrank und überlegte, was er essen sollte. Sicher, er hatte eine volle Mahlzeit einschließlich Dessert gehabt, aber er wollte mehr. Eigentlich wollte er Irene, doch wie gewöhnlich hatte sie beschlossen, Schwierigkeiten zu machen. Trotzdem, er musste endlich zugeben, dass es ihm gefiel, verliebt zu sein. Er hätte nie gedacht, dass es ihm einmal so gehen würde. Hatte immer gedacht, es sei nur eine Falle. Aber Irene würde nie jemanden in die Falle locken. Sie würde nicht gestört werden wollen. Eigentlich wirkte sie genauso panisch, wie er sich früher gefühlt hatte. Doch er wusste, dass er sie überzeugen musste. Sie davon überzeugen musste, dass sie aus irgendeinem unbekannten Grund füreinander perfekt waren. Außerdem musste er irgendetwas tun. Er hasste es, sie nicht bei sich in seinem Bett zu haben. Nur eine Nacht getrennt, und er hatte sich noch nie in seinem Leben so einsam gefühlt.

Van nahm den Geruch seines Vaters hinter sich wahr und machte sich nicht die Mühe, sich umzudrehen. »Hey, Dad.« Er schnappte sich einen Apfel, um seinen Hunger in Schach zu halten, und überlegte, ob er Jagd auf irgendetwas machen sollte. Aber bevor er irgendetwas tun konnte, ließ das Knurren seines Vaters die Haare in Vans Nacken Habachtstellung einnehmen.

Langsam drehte Van sich um und sah den Alphamann des Van

Holtzschen Rudels an. Seinen Vater. Der stand am Küchentisch und hatte sich bereits verwandelt. Dieter Van Holtz starrte seinen einzigen Sohn kalt an und bleckte die Reißzähne.

Van, der immer noch den Apfel festhielt, hob die Hände, die Innenflächen nach außen gedreht. »Dad. Bitte. Tu das nicht.« Aber er wusste, dass es bereits zu spät war. Wusste, was sein Vater tun würde. Wusste, dass das Rudel vor der Hintertür stand und darauf wartete, dass der alte Alpha den neuen herausforderte.

Sein Vater krachte mit den Pfoten voran in ihn hinein, als er vom Tisch sprang und schleuderte Van durch die Hintertür und hinaus auf die Veranda. Als Van auf dem harten Holz aufschlug, hatte er bereits Wolfsgestalt angenommen.

Irene saß in dem großen, bequemen Sessel in ihrem Zimmer, ihre nackten Beine unter sich gezogen. Sie trug eins von Vans T-Shirts als Nachthemd. Da sie nicht geplant hatte, die Nacht hier zu verbringen, hatte sie nichts dabei.

Sie blätterte die Seite des Schundromans um, den sie im Bücherregal im Zimmer gefunden hatte. Solche Bücher zu lesen war in Irenes Augen ein Luxus, den sie sich selten gestattete, doch da sie nichts anderes zu tun hatte und immer noch zu aufgeregt war, um zu schlafen, hatte sie kein schlechtes Gewissen, dass sie sich jetzt eine Auszeit nahm.

Vor fast einer Stunde hatte sie allerlei Knurren und Fauchen aus dem hinteren Teil des Gebäudes gehört. Sie hatte es ignoriert, obwohl sie sich kurz Sorgen gemacht hatte, was da wohl vor sich ging. Sie erlegten wahrscheinlich irgendeinen armen Hirsch, und sie wollte lieber nichts davon wissen. So, wie sie nicht wissen wollte, woher ihr Rindfleisch kam.

Die Glastüren, die zu ihrem Balkon führten, wurden geöffnet.

»Ich dachte, wir hätten dieses Gespräch bereits geführt, Holtz …«

Irene beobachtete den dunkelbraunen Wolf, der in ihr Zimmer humpelte. Wie er den Balkon erklommen hatte, konnte sie nicht einmal erahnen. Auf dem Weg hinein hinterließ er eine ziemlich beunruhigende Menge Blut, aber sie wusste nicht, ob es sein Blut war oder das eines anderen.

»Holtz?«

Er kam auf sie zu und legte den Kopf in ihren Schoß. Als sie ihm das Haar streichelte, verwandelte er sich wieder in einen Menschen. Er hatte Biss- und Krallenspuren fast überall an seinem Oberkörper, aber die Blutungen waren nicht so schlimm, wie sie zuerst gedacht hatte.

Er schlang seine langen Arme um sie und drückte sie an sich. Irene legte langsam das Buch neben ihren Sessel und streichelte ihm mit beiden Händen den Kopf und die Schultern. »Was ist passiert?«, fragte sie leise.

Er stieß einen tiefen Seufzer aus. »Ich habe gerade meinen Vater in Stücke gerissen, um das nächste Alphatier des Van Holtzschen Rudels zu werden. Ich habe ihn blutüberströmt liegenlassen und das Rudel zum Jagen in die Wälder geführt.«

»Um zu beweisen, dass dir das, was du getan hattest, nicht besonders nahe geht.«

»Richtig.« Er schmiegte den Kopf enger an ihren Körper, als wolle er in sie hineinkriechen. »Um zu beweisen, dass ich stärker bin als jeder einzelne von ihnen.«

»Er hat dich herausgefordert, nicht wahr?«

»Du hast gewusst, dass es kommen würde.« Es war keine Frage.

»Ja. Ich wusste es. Zwar nicht wann, aber ich habe vermutet, dass es bald geschehen würde. Dein Vater hat dich den ganzen Abend lang beobachtet.«

»Wenn er gewollt hätte, dass ich jetzt das Alphatier bin, hätte er mir die Position einfach überlassen sollen.«

»Das hätte nicht funktioniert, und das weißt du auch. Wir wissen beide, dass er es tun musste, oder er hätte riskiert, dass einer seiner Brüder oder ihre Söhne dich herausfordern würden.«

Holtz schaute endlich auf und schenkte ihr ein trauriges Lächeln. »Kommt das auch von deinem Lektüreausflug gestern?«

»Mehr oder weniger.«

Holtz nickte und entließ sie aus seinen Armen. »Nun, ich danke dir. Es gab absolut niemanden sonst, mit dem ich darüber hätte reden können.«

»Das freut mich …« Irene schluckte ihre Nervosität herunter, denn sie wusste instinktiv, was als nächstes kommen würde. »Ich bin froh, dass du zu mir gekommen bist. Aber du bist noch nicht fertig.« Sie hatte darüber in einem ihrer Bücher gelesen und wusste, was er tun musste, um seine Position als Alphamann zu sichern. Wusste, was sie tun musste.

Holtz richtete seine ernsten, bernsteinfarbenen Augen auf sie. »Was meinst du damit?«

»Sie haben nicht ohne Grund auf meine Anwesenheit bestanden, Holtz. Und du weißt, warum. Du musst es zu Ende bringen.«

Er sah sie sekundenlang verwirrt an, dann schüttelte er nachdrücklich den Kopf. »Nein. Auf keinen Fall, Irene.«

Sie schob den Sessel zurück und stand auf, zog sich das T-Shirt über den Kopf und warf es auf den Boden. »Du musst das hier zu Ende bringen. Jetzt.« Er musste es zu Ende bringen, bevor sie den Mut verlor.

»Nein, Irene. Ich werde nicht …« Er räusperte sich. »Was wir haben, gehört uns. Niemandem sonst. Ich werde dich da nicht mit hineinziehen, nur um … vergiss es.«

Irene ging zu den Balkontüren und schob sie ganz auf, dann öffnete sie die oberste Schublade der Kommode von Van Holtz und griff sich die Schachtel mit Kondomen, die sie vor ein paar Stunden dort gefunden hatte, als sie nach einem Kleidungsstück gesucht hatte, das sie sich zum Schlafen überziehen konnte. Sie kam wieder zu ihm und schaute in sein attraktives Gesicht herunter. Sie hatte so ein seltsames Gefühl in der Brust. Ein paar Sekunden lang machte sie sich Sorgen, dass es etwas war, das unverzügliche medizinische Aufmerksamkeit erforderte. Dann blickte Van Holtz zu ihr hoch, und das Gefühl verdoppelte sich, verdreifachte sich.

Sie liebte ihn.

Und sie würde beschützen, was ihr gehörte.

Irene kniete sich vor ihn hin, beugte sich vor und legte eine Hand um seinen Schwanz. Er hatte begonnen sich zu versteifen, kaum dass sie das T-Shirt ausgezogen hatte. Aber jetzt, da sie die Hand darum gelegt hatte, hielt sie plötzlich ein Stahlrohr in den Fingern.

»Gott, Irene«, stöhnte er. »Stopp.«

»Es gibt hier keine Alternative, Holtz. Ich lasse dir keine.« Und wie um es zu beweisen nahm sie die Spitze seines Schwanzes in den Mund. Sein Atem kam keuchend aus seinen Lungen, und seine Hand wanderte in ihr Haar hinauf und er umfasste ihren Hinterkopf. Irene entspannte ihre Kehle, schluckte ihn ganz und saugte hart.

Die Hand, die ihre Kopfhaut massierte, hatte plötzlich Krallen und Holtz zog Irene von sich herunter. Er gab ihr gerade genug Zeit, ihm das Kondom überzustreifen, bevor er sie flach auf den Rücken warf. Er rammte seinen Schwanz in sie hinein, noch bevor sie etwas sagen konnte.

Irene packte ihn an den Hüften und zog ihn näher an sich. Ließ ihn ohne Worte wissen, dass sie das hier wollte. Ihn wollte. Und sie wollte nicht, dass er sich zurückhielt.

Er starrte sie mit den Augen eines Wolfes an. Aber selbst in den kalten Augen eines Raubtieres sah sie mehr Liebe und Fürsorge, als sie je bei irgendeinem Mann gefunden hatte.

Holtz legte die Hände flach auf den Boden direkt über ihre Schultern und stützte sich links und rechts neben ihr mit den Unterarmen ab. Sie hielten sie fest, als er dieses erste Mal in sie hineinstieß. Und das nächste Mal. Und das nächste Mal.

Und sie verbarg nicht vor ihm, wie gut sich das anfühlte. So gut, dass sie wollte, dass er niemals aufhörte.

Er stieß wieder und wieder in sie hinein, ohne ihr Gesicht auch nur für eine Sekunde aus den Augen zu lassen. Ohne ihr zu erlauben, irgendetwas anderes anzusehen als ihn. Es hätte eigentlich wehtun müssen, so heftig wie er sie bumste. Sie hätte ihn anflehen müssen aufzuhören. Aber stattdessen hob sie die Knie, damit er noch tiefer in sie eindringen konnte.

Es dauerte nicht lange, bis der Orgasmus in ihr hochstieg. Bis er mit solcher Wucht in sie hineinkrachte, dass der Schrei, den Holtz aus ihr herausholte, real war und man ihn wahrscheinlich bis zum Territorium des Löwe-Rudels hören konnte.

Sie wusste nicht, wann ihr die Tränen kamen, aber sie schluchzte während dieses Orgasmus und bis in den nächsten hinein. Beim dritten befahl er ihr, ihn zu markieren. Ihn zu ihrem Eigentum zu machen. Sie fand eine Stelle, die die Kralle seines Vaters bereits geöffnet hatte. Dann senkte sie die Zähne in die Wunde und biss fest zu.

Sein Ächzen sagte ihr, dass sie ihm wehtat, aber dann versteifte sich sein ganzer Körper, und er kam. Irene und Holtz vereinigten sich auf eine Weise, die so urtümlich war, dass sie sich rein instinktiv bewegten.

Holtz fiel über ihr zusammen, und ihr Schweiß und alle möglichen anderen Körpersäfte vermischten sich. Und Irene war es einfach egal. Eigentlich, gestattete sie sich endlich zuzugeben, liebte sie es.

»Gott, Irene. Alles okay?« Er streichelte sie, beruhigte sie.

Sie nickte, immer noch unsicher, was ihre Stimme betraf. Und sie wollte wirklich nicht wieder anfangen zu weinen.

Er lehnte sich zurück und sah sie an. Seine Augen waren wieder menschlich, seine Reißzähne verschwunden. »Bist du sicher? Habe ich dir wehgetan?«

Irene hob eine Hand und strich mit den Fingern über seine Wange, über seine Lippen. Sie schaute ihm eindringlich ins Gesicht, machte im Geiste einen Schnappschuss von jeder Falte, jeder Narbe.

»Ich liebe dich.«

Sie sagte es schlicht, einfach. So, wie sie die meisten Dinge sagte. Und einfach so veränderte sich Vans ganze Welt. Sie wurde vollkommen.

Er rollte auf den Rücken, zog sie mit sich und ließ sie nicht los. Sein mit dem Kondom bedeckter Schwanz war immer noch in ihr und es juckte ihn bereits, weiterzumachen. »Ich liebe dich, Irene. Gott, ich liebe dich so sehr.«

Sie schlang die Arme um seinen Hals und bettete den Kopf an seine Schulter. Nichts in seinem Leben hatte sich je so richtig angefühlt.

Van nahm ihr Gesicht in beide Hände und zwang sie, ihn anzusehen. Er küsste sie auf die Nase, auf die Wangen, auf die Lippen. Er küsste sie und liebkoste sie. »Diesmal, Irene«, sagte er leise, während er sie wieder auf den Rücken drückte. »diesmal ist es nur für uns.«

Er nahm sie danach langsam und vorsichtig, Irenes Wange an seine Brust gedrückt, während sie ihn fest in den Armen hielt.

Und als das Rudel draußen unter dem Fenster zu ihnen emporheulte, seinen Vater und seine Mutter eingeschlossen, spürte er Irenes Lächeln.

KAPITEL 10

Van fasste nach Irene, aber seine Hand berührte eine leere Stelle neben sich im Bett. Er öffnete die Augen, schaute sich im Raum um und sah Irene an der Balkontür stehen und auf das nahe gelegene Meer starren. Sie hatte sich in ein Laken gewickelt, und ihr Haar sah im frühen Morgenlicht wild und vollkommen ungezähmt aus. Sie sah gut gefickt aus, und er wollte, dass sie, so oft er es hinkriegen würde, so aussah.

»Was ist los?«

Sie schaute ihn über ihre Schulter hinweg an. »Was bringt dich auf die Idee, dass etwas los ist?«

»Du liest nicht, du jammerst nicht, dass du weiterarbeiten musst, und du arbeitest nicht. Du stehst einfach nur da und schaust, was bedeutet, dass du nachdenkst … was bedeutet, dass etwas nicht stimmt.«

»Du hast mich ziemlich schnell durchschaut.«

»Tatsächlich hatte ich sieben Jahre Zeit, dich zu durchschauen. Also, was ist los, Doc?«

Sie lehnte sich an den Türrahmen. »Ich habe über letzte Nacht nachgedacht.«

»Bereust du es?«

»Nein.« Sie richtete diese erstaunlich blauen Augen auf ihn. »Aber ich hoffe, du tust es auch nicht.«

»Warum sollte ich?«

»Weil sich das hier nicht ändert.«

Er verstand sie nicht. »Was ändert sich nicht?«

»Ich. Das ist es. Beruhend auf Genetik sind die einzigen mich noch erwartenden Veränderungen, dass mein Hintern breiter wird und das ein oder andere Muttermal hinzukommt, wenn ich die Sonne nicht meide. Vor allem mein Gehirn wird sich nicht verändern, es sei denn, ich bekomme Alzheimer oder Demenz oder erleide tragischerweise eine Kopfverletzung.«

Lachend legte Van sich wieder hin. »Irene, was zur Hölle redest du da?«

»Ich werde niemals weltgewandt oder zart oder vornehm sein. Ich werde niemals besser aussehen, als ich es im Moment tue, und ich bin absolut durchschnittlich.« Sie hob die Hand, bevor er etwas sagen konnte. »Ich bin nicht blind, und ich war immer ehrlich zu mir. Und es hat mich auch noch nie gestört. Ich bin sehr zufrieden damit, wie ich bin. Ich habe größere Fragen im Kopf als die, ob ich das neueste Gucci-Outfit anhabe oder auf Fotos fett aussehe.«

»Okay.«

»Nachdem das gesagt ist, werde ich mein Leben nicht damit verbringen, mir Sorgen darüber zu machen, ob ich hübsch genug für dich bin oder dich enttäusche, wenn wir zu irgendeinem gottverdammten Dinner gehen, dem ich lieber fernbleiben würde. Du wolltest das hier, und jetzt hast du mich am Bein.«

Van zog die Augenbrauen hoch. »Bist du fertig?«

»Ja. Ich habe alles gesagt, was gesagt werden musste.«

»Gut. Jetzt komm her.«

Sie wandte sich von der Tür ab und kam zurück zum Bett. Er hob die Decke, und sie ließ das Laken fallen und schlüpfte hinein. Er zog sie an sich, verschränkte die Hände hinter ihrem Rücken und schob ein Knie zwischen ihre Schenkel. Dann bettete er die Stirn an ihre Schulter.

Er war gerade dabei einzuschlafen, als sie auf seinen Arm klopfte.

»Was ist?«, seufzte er.

»Hast du denn gar nichts zu sagen?«

»Nein.«

»Überhaupt nichts?«

»Deine Sorgen sind grundlos, und du suchst nach einem Vorwand, um wegzulaufen. Ich gebe ihn dir nicht, ebenso wenig werde ich mich mit idiotischen Plattitüden selber langweilen. Wenn du das gewollt hättest, hättest du bei Bradley bleiben sollen.«

»Du hast ihn doch selbst vertrieben«, rief sie ihm ins Gedächtnis.

»Und er ist gerannt wie ein Mädchen. Ich dagegen nicht. Also sei still und schlaf.«

»Nun, wenn du unhöflich sein willst …«

»Du weißt, dass ich morgens mürrisch bin.«

»Gegenwärtig benimmst du dich geradezu teuflisch.«

»Jammer, jammer, jammer.«

Sie boxte ihn in die Schulter, und er rollte sie auf den Rücken und benutzte seinen Körper, um sie unten zu halten.

»Offensichtlich muss ich dir die geziemende Art beibringen, das Alphatier zu respektieren. Oder, wie du mich von jetzt an nennen wirst, deinen Herrn und Meister.«

Irene schaute zu ihm hoch, ihr Gesicht – wie immer in Momenten wie diesem – vollkommen ausdruckslos.

»Was ist? Würde dir ›mein Retter‹ besser gefallen?«

Das merkwürdigste an den jüngsten Veränderungen in ihrem Leben war, wie sie jetzt immer ihre Arbeit beendete. Normalerweise hörte sie bis in die frühen Morgenstunden nicht auf zu arbeiten. Es war ziemlich normal für sie, nur drei oder vier Stunden zu schlafen. Aber zum ersten Mal in ihrer absolut verlässlichen Erinnerung verspürte Irene tatsächlich den Drang, abends nach Hause zu gehen. Sie hatte etwas, worauf sie sich freute.

Van teilte sich das Management des Hauptrestaurants der Van Holtz' mit seiner Schwester – was man von allen jungen Van Holtz' erwartete. Er arbeitete bis spät in die Nacht, genau wie Irene. In den Nächten, in denen er nicht arbeitete, schaffte sie es für gewöhnlich bis spätestens sieben nach Hause. Er hatte immer eine Mahlzeit für sie parat und machte sich ständig Sorgen, dass sie nicht genug zu essen bekam. Oder nicht das Richtige zu essen bekam. Er weigerte sich vehement, Erdnussbutter und Cracker für sie zu kaufen.

Wenn sie gegessen und er mit ihr bei einem Wein etwas geplaudert hatte, verwandelte er sich und ging mit einem Teil seines Rudels auf die Jagd, und Irene zensierte Aufsätze oder sah Laborergebnisse durch. Sie sprachen nie darüber, wieder in ihr und Jackies Haus zurückzukehren, und nach dem, was Irene zuletzt gehört hatte, war Paul erfolgreich bei ihr eingezogen.

Seltsam, wie Gestaltwandler sich verhielten. Es gab keine großen Diskussionen, die Leute wurden nicht in ihre Pläne eingeweiht. Den einen Tag lebte man mit einer Freundin zusammen und genoss sein Leben als stadtbekanntes Genie, und am nächsten wurde man in eine Villa verfrachtet und war eine unter vielen.

Einige Male musste Irene wegen ihrer Arbeit bis spät in die Nacht fortbleiben, und entweder Van oder einer der Wölfe kam dann, um sie abzuholen. Van hasste es, wenn sie so lange fort war, und machte sich ständig Sorgen um ihre Sicherheit. Aber es ließ sich nicht ändern, sie hatte zu Hause einfach nicht das, was sie brauchte.

Dann war sie vor drei Tagen nach Hause gekommen, und als sie die Tür zu dem Zimmer öffnete, das sie und Van sich teilten, bemerkte sie einen Haufen Kartons im vorderen Teil des Raumes auf der gegenüberliegenden Seite des Flures. Weil alle Kartons an sie adressiert waren, machte Irene sich daran, den ersten aufzuschneiden. Sie konnte ihren Schock nicht verbergen, als sie einen brandneuen IBM AT Model 2 in einer der Kisten fand. Die übrigen waren mit den notwendigen Kabeln und sonstigem Equipment gefüllt, darunter ein Farbmonitor. Er hatte ihr sogar ein echtes Trailblazermodem besorgt, das so neu war, dass sie noch nicht einmal den Dekan dazu gebracht hatte, ihrem entsprechenden Antrag zuzustimmen. Sie hatte zwischen den Kisten ein Briefchen von Van gefunden. In seiner überraschend leserlichen Handschrift – zumindest für einen Mann überraschend – schrieb er: »Jetzt kannst du deinen süßen Arsch immer pünktlich nach Hause schieben. Du weißt, dass ich nicht gern warte. Nimm diesen Raum als dein Büro – er befindet sich in bequemer Nähe zum Schlafzimmer –, und sei nackt, wenn ich nach Hause komme. Ich liebe dich. Van.«

Dieses übergroße Baby hatte es ihr beinahe unmöglich gemacht, in der Uni zu bleiben, wenn sie nicht tatsächlich unterrichtete oder sich auf etwas Bestimmtes konzentrierte. Wenn sie früher nichts Spezielles zu tun hatte, hatte sie sich etwas gesucht. Die … äh … verrücktesten aber auch interessantesten Ideen waren ihr so gekommen. Jetzt wollte sie ihren Tag an der Universität so schnell wie möglich beenden, nach Hause gehen, dort noch ein paar Stunden arbeiten und dann den Rest der Nacht damit verbringen, sich mit Niles Van Holtz in den Kissen zu wälzen.

»Wie können normale Leute so leben?«, fragte sie ihren Computer, der ihr plötzlich nicht annähernd so cool vorkam wie der, den sie zu Hause hatte.

Ihr Telefon klingelte, und sie starrte darauf. Sie wusste, dass er es war. Der, dem sie die Schuld gab, sie zur Schlampe gemacht zu haben. Oder zumindest das latent Schlampenhafte in ihr zum Vorschein gebracht zu haben.

Als das Telefon zum sechsten Mal klingelte, ging sie endlich ran.

»Ja?«

»Ich wusste, dass du da bist. Wie lange wolltest du mich noch warten lassen?«

»Bis ans Ende der Zeit«, schoss sie zurück.

»Was ist los?«

»Ich … es entsetzt mich einfach, es auszusprechen, aber ich will nach Hause.«

Zuerst sagte er nichts, aber sie stellte sich vor, dass sie ihn tatsächlich lächeln hören konnte. »Dann komm nach Hause«, erklärte er schließlich.

»Ich habe befürchtet, dass das passieren würde.«

»Was denn?«

»Dass du mich ablenkst. Wenn das so weitergeht, werde ich niemals den Nobelpreis bekommen.«

»Meintest du den Friedensnobelpreis? Den wirst du auch nicht bekommen, weil du eine …«

»Halt den Mund.«

Er lachte. »Komm nach Hause, Doc. Ich will dich sehen. Und mein Schwanz brennt darauf, in dich hineinzukommen.«

»Er war erst gestern Nacht in mir. Und heute morgen. Und ich dachte, du wärest heute Abend im Restaurant.«

»So war es ursprünglich geplant, aber Carrie hat mich gebeten, mit ihr zu tauschen. Sie fährt übers Wochenende mit der Beratergruppe weg, und sie wollte den Freitag freihaben.«

»Das war nett von dir.«

»Ich habe sie zuerst darum betteln lassen. Und dann musste sie mir versprechen, mir einen Ferrari zu besorgen.«

Irene seufzte.

»Wofür ist der Seufzer?«

»Nichts. Es ist keine Bemerkung wert.«

»Also, kommst du bald nach Hause?«

Sie schaute auf die Uhr auf ihrem Schreibtisch und bemerkte ein weiteres gerahmtes Foto von Holtz, das sie bisher noch nicht entdeckt hatte, an der vorderen Kante. Mit einem verärgerten Knurren schob sie es weg. Fast neun Uhr, und sie hatte absolut nichts geschafft. Jetzt würde sie nach Hause gehen und nichts geschafft bekommen, weil Holtz sie praktisch schon im Flur niederringen würde … und sie es ihm erlauben würde.

»Ich kann es wohl genauso gut einfach tun.«

»Mann, kannst du eigentlich noch ausgenutzter klingen?«

»Könnte ich tatsächlich.«

»Ich hol dich ab.«

»Nicht nötig. Jackie muss jeden Moment hier sein, und sie wird mich nach Hause fahren.«

»Bist du sicher?«

»Klinge ich unsicher?«

»Du weißt doch, dass wenn du schlecht gelaunt bist, wenn du nach Hause kommst, ich dich wieder aus dieser Stimmung herausficken muss.«

Sie schloss die Augen, und ihr wurde heiß bei der Erinnerung.

»Irene?«

»Sei still«, blaffte sie, als Jackie durch die Tür kam und dann aussah, als wolle sie gleich wieder rausgehen. Oder rennen. Irene stoppte Jackies Rückzug mit einem erhobenen Finger. »Jack ist da. Ich breche jetzt auf, du aufgeblasener, selbstherrlicher, egozentrischer Mistkerl.«

»Warum gibst du es nicht einfach zu«, seufzte er. »Gib zu, dass du mich und meinen perfekt proportionierten Schwanz liebst. Und dass es nichts gibt, was du mehr liebst, als sein lebenspendendes Elixier.«

Irene lehnte sich auf ihrem Stuhl zurück und sah Jackie mit offenem Mund an. »Lebenspendendes Elixier.«

»Nun, wie würdest du es denn nennen?«

»Diese viel zu salzige Flüssigkeit, deren Geschmack ich nicht mehr aus dem Mund bekomme, auch wenn du immer wieder darauf bestehst, dass ich sie runterschlucke.«

Jackie ging auf die andere Seite von Irenes winzigem Büro und verbarg das Gesicht in der Zimmerecke.

»Darauf bestehen? Wir wissen beide, dass du darum bettelst.« Er senkte die Stimme. »Ich will dich zu Hause haben. Jetzt. Und binnen zehn Minuten, nachdem du das Haus betreten hast, nackt. Drücke ich mich klar aus?«

Sie erhob sich. »Wir brechen jetzt auf, und das Einzige, das du klar ausgedrückt hast, ist die Tatsache, dass du völlig wahnsinnig bist.«

»Das ist wahr.«

Irene legte auf und schnappte sich ihren Rucksack. Sie drehte ihrer Freundin den Rücken zu, öffnete eine Schreibtischschublade und nahm ein kleines Titankästchen heraus, das sie in einem Geheimfach versteckt hatte. In dem Kästchen hatte sie eine Spritze mit noch ungefähr 50 Gramm ihrer Erfindung. Mit jedem Tag, den sie daran festhielt, fühlte sie sich schuldiger. Nicht nur das, sie begriff auch, dass sie sie nicht wirklich brauchte. Holtz, der selbstgefällige Mistkerl, hatte recht gehabt. Sie brauchte niemandem mehr etwas zu beweisen, außer sich selbst. Außerdem musste etwas so Gefährliches weg. Und diesmal würde sie sicherstellen, dass sie sich vom Rubikon fernhielt.

Sie schob das Kästchen in ihren Rucksack, zog den Reißverschluss zu und schwang ihn sich auf den Rücken.

Als sie hinter dem Schreibtisch hervorkam, sah sie Jackie die Stirn runzeln, was sie innehalten ließ. Wenn die herausfand, dass Irene immer noch etwas von diesem Zeug hatte, würde Jackie ihr den Hintern an die Wand nageln.

»Was ist?«, fragte Irene und versuchte, nicht panisch zu klingen.

»Wann hast du angefangen, Jeans und T-Shirts zur Arbeit anzuziehen?«

Irene verkniff sich gerade eben noch einen erleichterten Seufzer. »Seitdem ich immer wieder zu spät aufwache, um mehr zu tun als zu duschen und in diese Klamotten zu springen. Komisch, meine Studenten scheinen viel weniger eingeschüchtert durch meine Aufmachung, deshalb bin ich gar nicht sicher, wie ich dazu stehe.«

Gemeinsam verließen die Frauen das Gebäude und gingen die Stufen hinunter, während Jackie Irene davon erzählte, wie Paul versehentlich die Küche in Brand gesteckt hatte.

»Ich schwöre, manchmal weiß ich nicht, wo er seinen Kopf hat«, wiederholte Jackie.

»Er ist wahrscheinlich so vertieft in deine Muschi, dass er nicht mehr klar denken kann.«

Irene brauchte eine gute Minute um zu begreifen, dass keiner mehr neben ihr ging.

Als sie sich umdrehte, sah sie ihre Freundin auf der Treppe sitzen. »Was ist?«

»Ich habe mich bloß gerade gefragt, wohin meine beste Freundin verschwunden ist.«

»Wie meinst du das?«

»Witze machen ist eine Sache, aber das Wort ›Muschi‹ zu verwenden, ist etwas anderes. Jedenfalls für dich.«

»Ach das. Na ja, ›Vagina‹ käme mir eine Spur zu klinisch vor, wenn man darüber diskutiert, warum dein Partner gerade so dysfunktional ist.«

Jackie schüttelte den Kopf und stand schnell auf. »Das hätte ich nie gedacht.«

»Was hättest du nie gedacht?«

Jackie kam die restlichen Stufen hinunter. »Ich meine, ich habe gewusst, dass du dich in ihn verlieben würdest. Ihr zwei passt so perfekt *nicht* zusammen, wie hättet ihr euch da nicht ineinander verlieben sollen?« Sie blieb vor Irene stehen. »Aber ich hätte nie gedacht, dass er dich glücklich machen würde. Jedenfalls nicht so. Und das tut er, nicht wahr, Irene? Er macht dich glücklich.«

Irene zuckte die Achseln. »Ich habe noch gar nicht darüber nachgedacht, aber ich schätze, er tut es. Er fühlt sich nicht … unwohl mit mir. Selbst wenn er vielleicht kein Wort von dem versteht, was ich gerade gesagt habe, wirkt er nie, als fühle er sich unwohl.« Sie umklammerte die Träger ihres Rucksacks. »Ich muss gestehen, ich genieße das.«

Jack hakte sich bei Irene unter. »Gut. Du verdienst es, glücklich zu sein, Süße. Also, was ist mit seinem Rudel?«

»Es wirkt verängstigt, und ich habe absolut keine Ahnung, warum das so ist. Ich bin immer freundlich zu ihnen.«

»Das ist der Preis, den du als neue Alphafrau zahlst.«

»Ich verstehe all das, aber aus dem Raum zu rennen, wann immer ich hereinkomme, scheint mir ein bisschen übertrieben, würdest du nicht auch sagen?«

»Da hast du nicht ganz unrecht.«

Irene entdeckte Jacks knallroten Mercedes Benz, hielt ihre Freundin jedoch zurück, bevor sie darauf zugehen konnte, den Blick auf den schwarzen Viertürer mit verdunkelten Fenstern gerichtet, der direkt davor parkte.

Jackie schnüffelte. »Irene, ich rieche …«

»Hi, Dr. Conridge.«

Irene schaute über ihre Schulter und löste vorsichtig ihren

Arm von Jackie. »Oh, hallo Jenny.« Sie drehte sich ganz zu der Frau um. »Brauchen Sie Hilfe bei irgendetwas?«

Die maisgefütterte Studentin aus Iowa lächelte ihr strahlendes Lächeln, das Irene so hasste. »Sie wissen, was ich brauche, nicht wahr, Professor?«

Irene nickte. »Natürlich weiß ich das.« Sie trat auf die Frau zu und ließ sich von ihr fest am Arm nehmen, während drei Männer – so wie sie aussahen, professionelle Killer – aus dem Wagen stiegen und auf sie zukamen. »Aber ich muss zugeben, ich dachte immer, es sei Mark.«

Jenny lachte. »Der ist nicht annähernd klug genug. Ich habe sie«, sagte Jenny auf russisch und deutete mit dem Kopf auf eine Stelle hinter Irene. »Tötet ihre Freundin.«

Einer der Männer griff nach seiner Pistole und drehte sich um, erstarrte jedoch sofort. »Wo ist sie denn?«

Irene wagte es nicht, sich irgendein Gefühl ansehen zu lassen. Sie starrte einfach geradeaus.

»Egal.« Jenny stieß Irene zum Wagen. »Sie werden uns keinen Ärger machen, nicht wahr, Professor?«

Irene legte die Hand auf die Wagentür und drehte sich zu Jenny Fairgrove um, diesem typisch amerikanischen Mädchen. »Warum sollte ich?«, fragte sie nachdrücklich. »Wir wissen beide, dass ich nur in meine Erfindungen Gefühle investiere.« Sie grinste. »Für den richtigen Preis kann mich jeder haben.«

Mit einem Lächeln folgte Jenny Irene in den Wagen. »Gut zu wissen, Professor. Denn ich glaube, Sie werden feststellen, dass unsere Leute ziemlich entgegenkommend sind.«

Van trat auf die hintere Veranda hinaus und starrte in den Wald hinein. Er war unruhig und wusste nicht, warum, aber er wusste, dass ihm das nicht gefiel. Seine Reißzähne schoben sich aus seinem Kiefer, und seine Sicht verwandelte sich von der eines Menschen in die eines Wolfes. Rastlos sah er den Wölfen zu, die auf dem Territorium der Van Holtz' umherstreiften, und ihm war klar, dass der Rest des Rudels es ebenfalls spürte. Irgendetwas stimmte nicht. Tatsächlich stimmte etwas ganz und gar nicht. Sie wussten nur noch nicht, was.

Seine Schwester kam auf die Veranda und trat neben ihn.

»Hast du schon was von Irene gehört?«, fragte er.

»Noch nicht.«

»Jackie?«

»Nein.«

Van ging die Treppe hinunter, Carrie an seiner Seite.

»Was brauchst du von uns?«

Er schaute sie an und antwortete: »Ich brauche …«

Das deutliche, schrille Heulen ließ jeden Wolf in einem Umkreis von zehn Meilen stutzen. Das war kein Wolfsheulen. Es war Schakalgeheul.

Er begriff nicht einmal, dass er sich verwandelt hatte, bis er an sich herunterschaute und seine vier Pfoten durch die Dunkelheit auf dieses Heulen zuschießen sah, sein Rudel direkt hinter sich.

Die breit gebauten Männer im Wagen zucken zusammen und sahen aus den Fenstern.

»Was zur Hölle war das?«, fragte einer von ihnen.

»Schakal«, erklärte Irene leise, während sie beobachtete, wie die Straßen der Innenstadt in die Vororte führten. Sie brachten sie nicht zu einem der Hauptflughäfen, sondern zu einer kleinen Landebahn. Einer, die ausschließlich für Privatflugzeuge gebaut worden war.

»Hat sie uns gerade Schakale genannt?«, witzelte einer von ihnen.

Irene grinste, was das Lächeln vom Gesicht des Mannes wischte. »Nein. Ich habe gesagt, dass das Heulen, das Sie gehört haben, von einem Schakal kam.« Sie sah Jenny an. »Sie werden sich auf Ihre Fährte setzen.«

Jenny sah die Männer an und dann wieder Irene. Sie wirkte schrecklich besorgt, dass sie eine Irre bei sich im Wagen sitzen hatte. »Die Schakale werden sich auf meine Fährte setzen?«

»Nein. Die Wölfe.«

Jenny seufzte. »Warum, oh, warum bekomme ich immer die Spinner?«

»Oh!« Irene streckte aufgeregt die Hand aus. »Sehen Sie diese Stelle da oben?«

»Was soll damit sein?«

»Da hat alles begonnen. Dort habe ich den Rubikon überquert.«

Verärgert knurrte Jenny: »Scheiße, was reden Sie da?«

»Es ist Fütterungszeit«, flüsterte Irene.

»Das reicht.« Jenny warf die Hände in die Luft. »Wir werden Sie so was von sedieren.«

Irene hörte wieder das schrille Heulen, und sie kam in Bewegung, nahm den Ellbogen zurück und rammte ihn Jenny gegen die Nase. Das Knirschen von Knorpel hatte noch nie so lieblich geklungen.

Jenny schrie und hielt sich das Gesicht, und Blut quoll zwischen ihren Fingern hervor. Irene rammte dem Mann, der neben ihr saß, die Faust in die Eier. Der ächzte vor Schmerz, wurde aber nicht ohnmächtig, wie sie gehofft hatte. Stattdessen fasste er nur mit beiden Hände in seinen Schritt, aber sie nutzte die Gelegenheit über den Mann hinwegzugreifen und die Tür aufzustoßen.

Die Straße flog vorbei, und sie berechnete schnell die Geschwindigkeit, mit der sie sich bewegten sollte, die Höhe des Wagens, ihr gegenwärtiges Körpergewicht, das Gewicht ihres Rucksacks und den zu erwartenden Aufprall beim Zusammentreffen von Körper und Straße.

Nachdem sie ihren Körper um sechsundzwanzig Komma acht Grad gedreht hatte, holte Irene tief Luft, hoffte das Beste und warf sich aus einem fahrenden Wagen.

KAPITEL 11

Irene drehte sich mehrmals um sich selbst, bevor sie auf der unerbittlichen Straße landete. Keuchend und mit Schmerzen im ganzen Körper hob sie den Kopf. Sie brauchte eine Sekunde, um zu begreifen, dass die Finger ihrer rechten Hand taub waren. Okay, also waren ihre Berechnungen eine Spur daneben gewesen. Nur gut, dass sie Linkshänderin war.

Das Geräusch kreischender Bremsen zwang Irene, den Kopf zu drehen. Der Wagen war herumgewirbelt, und sie wusste, dass er jeden Moment zu ihr zurückkommen würde. Irene zwang sich aufzustehen und stolperte in den Wald. Sie ignorierte den scharfen Schmerz, der von ihrem Handgelenk ausging, und das klebrige Gefühl von Blut auf ihrem Gesicht. Was ihr mehr Sorgen machte, war ihre scheinbar immer schwächer werdende Sicht. Ohnmächtig zu werden, war das Letzte, was sie jetzt brauchte.

Sie schüttelte den Kopf und zwang sich zu jedem einzelnen Schritt, ging aber weiter, denn sie wusste genau, wo sie hinmusste. Wusste genau, wo sie sie hinführen musste. Es war ihre einzige Chance und würde sie vielleicht umbringen. Doch schien es ihr besser, auf ihrem eigenen Land zu sterben als an einem Ort, an dem sie noch nie zuvor gewesen war.

Sie waren hinter ihr und kamen schnell näher, doch hörte sie einen der Männer sagen, dass sie ihr nicht folgen sollten. Irene trug immer noch den Rucksack, dessen Gewicht ihr lästig war. Aber wenn sie ihn jetzt abnahm, würde sie das noch mehr Zeit kosten, deshalb lief sie weiter.

Ihre Erinnerung führte sie, sagte ihr, wo sie hinmusste. Ihr Gedächtnis war eine Gabe und ein Fluch. Ohne es wäre sie jetzt tot. Mit ihm würde sie vielleicht als Arbeitssklavin in der Sowjetunion landen. Hübsche Alternativen.

Irene sah durch die Bäume die Lichtung und verwendete ihre ganze Willenskraft darauf, es bis zu diesem Ziel zu schaffen. Sie musste es schaffen.

Große Hände packten ihre Haare und ihren Rucksack und rissen sie zurück. Irene schwang die Arme und rammte den Fuß auf den Fußrücken ihres Angreifers, was ihm ein ordentliches, schmerzerfülltes Stöhnen entlockte, bevor er sie mit dem Gesicht voraus gegen einen Baum stieß.

Benommen benutzte Irene den Baum zum Schwung holen und manövrierte sich so darum herum. Sie stolperte vorwärts, rutschte aus und fiel hin. Aber sie hatte es auf die Lichtung geschafft. Sie hatte den Rubikon überquert.

»Verdammtes Miststück!«, zischte Jenny Fairgrove, als sie Irene an den Haaren hochzerrte. »Wohin wollten Sie denn laufen, Professor? Wohin wollten Sie? Sie entkommen uns nicht.«

Männerhände rissen sie von Jenny weg, und Irene wartete. Auf den Schlag, den Boxhieb. Die Erinnerung, dass sie die Situation kontrollierten, nicht Irene.

Außerstande, sich noch mehr zur Wehr zu setzen, wartete Irene. Aber sie wusste, wenn sie sie nicht bewusstlos schlugen, würde sie weiterkämpfen. Sie würde kämpfen, bis sie sie getötet hatten.

Bedauerlicherweise war auch das ein Wesenszug von ihr.

Doch die großen Hände in ihrem Haar waren das Einzige, was sie daran hinderte, hinzufallen.

Sie sah sich den anderen wütenden Mann an, der jetzt auf sie zukam und ihr russische Flüche entgegenschleuderte. Er war nur noch anderthalb Meter von ihr entfernt, als sie alle dieses Lachen hörten und er stehenblieb.

Irene grinste. »Willkommen auf meinem Land, Genosse.«

Irene wischte sich schnell das Blut aus den Augen und beobachtete, wie der Agent sich zu dem Geräusch umdrehte, als ein Mitglied des Dupris-Klans in ihn hineinkrachte und seinen Kopf mit dem Rachen packte.

Der große Russe schrie und tastete nach seiner Waffe, aber er hatte nicht damit gerechnet, wie groß die Familie Dupris und ihr Klan waren. »Sie vermehren sich wie die Karnickel«, hatte Van sich immer beklagt. Und sie war noch nie so dankbar dafür gewesen.

Sie packten den Agenten an Stellen, von denen er wahrscheinlich nicht einmal gewusst hatte, dass er sie besaß, und ein hässliches Tauziehen begann. Während sie ihm das Fleisch von den Knochen und die Gliedmaßen vom Körper rissen, lachten sie die ganze Zeit über – der Laut, den sie von sich gaben, wenn sie aufgeregt waren.

Offensichtlich waren sie ziemlich aufgeregt.

Der andere Agent hob seine Waffe und versuchte, Irene zurück in den Wald zu zerren, während er das Gemetzel vor sich beobachtete. Aber inzwischen waren die Wölfe da und griffen ihn von hinten an.

Durch den Schwung und die Tatsache, dass er sie immer noch an den Haaren festhielt, wurde sie mit allen zusammen mitten auf das Schlachtfeld geschleudert. Es gelang dem Agenten, einen Schuss abzufeuern, aber eine riesige, goldene Pranke schlug die Hand des Mannes weg und zermalmte ihn unter ihrem Gewicht. Der schrille Schrei des Agenten war so laut, dass man ihn noch über das Knurren, Brüllen und Heulen hinweg hörte.

Irene machte ihr Haar aus den Fingern des Mannes los und zog sich zurück. Aber bevor sie einen Fluchtversuch unternehmen konnte, presste ihr jemand den Lauf einer Pistole fest an die Kehle.

»Aufstehen.«

Sie hätte beinahe gestöhnt. Der dritte Agent. Der Fahrer. Den hatte sie ganz vergessen. Er zerrte sie auf die Füße, wirbelte sie herum und legte ihr die Hand um die Kehle.

Er knurrte, und seine Finger schlossen sich um ihren Hals, seine goldenen Augen leuchteten in der Dunkelheit. »Ich sollte Sie jetzt töten.« Und sie glaubte ihm, dass er es wirklich tun würde, aber er hielt inne, als ein zorniges Männergesicht sich ganz dicht zu ihm beugte und leise und lang anhaltend knurrte.

Der Agent sah sich einem splitternackten Niles Van Holtz gegenüber. Aber es war höchstwahrscheinlich nicht dessen Nacktheit, die ihn beunruhigte, sondern seine Reißzähne.

Van brauchte diesem Hurensohn nicht einmal zu sagen, dass er seine Frau loslassen solle, der wusste einfach, dass es das Klügste war. Irene stolperte rückwärts, und Van konzentrierte sich ganz auf den Mann, der auf seinem Territorium nichts zu suchen hatte.

»Und was willst du jetzt machen, kleines Hündchen?«, höhnte der Mann.

Gott, er hatte sibirische Tiger schon immer gehasst. Sie waren schlimmer als die Löwen.

Aber er brauchte nicht den ersten Schritt zu tun. Das übernahm seine Schwester. Carrie war früher einmal mit einem Tiger zusammen gewesen, und sie hasste diese Mistkerle immer noch. Sie sprang ihm in den Rücken, während er sich vom Menschen in einen Tiger verwandelte, und Van ging mit ihnen zu Boden. Weitere Rudelmitglieder kamen dazu. Der große Bastard musste mindestens siebenhundert Pfund wiegen und war gut drei Meter lang, sobald er sich verwandelt hatte. Aber dann griffen zwei Löwen an.

Der Kampf dauerte nicht lange, sobald die Hyäne dem Tiger ein Bein abgerissen hatte. Doch da hörte Van, wie eine Waffe durchgeladen wurde. Er drehte sich um und sah dass der Lauf einer Fünfundvierziger direkt auf ihn zielte, gehalten von einer heißen Blondine, die aussah, als hätte sie eine zerschmetterte Nase.

Er bleckte seine Reißzähne, bereit, sich auf ihre Kehle zu stürzen, aber dann war da Irene, von der er lächerlicherweise geglaubt hatte, sie sei wie ein verängstigtes kleines Mädchen nach Hause gerannt. Stattdessen trat sie hinter die Blondine, legte ihr den rechten Arm um den Hals und presste den Unterarm fest gegen die zarte Kehle. Sie schob ihren linken Arm unter den der Frau, wodurch sie deren Arm mit der Pistole anhob, und zeigte ihr die Spritze, die sie in der Hand hielt.

»Sie wollen wissen, woran ich arbeite, Jenny?«, fragte Irene. »Nun, hieran!« Sie rammte der Frau die Nadel in die Halsschlagader und drückte mit einem grimmigen Knurren, das jeder Wölfin würdig gewesen wäre, den Kolben herunter.

Um Atem ringend taumelte Irene nach hinten, und die blonde Frau fiel auf die Knie. Sie riss sich die Nadel aus dem Hals und starrte sie an. Aber binnen Sekunden fing, was immer Irene ihr verabreicht hatte, an zu wirken, fraß sich durch den Hals der Blondine und verwüstete ihr Gesicht.

Die Schreie der Frau wurden zu einem erstickten Schluchzen, während ihre Haut direkt vor aller Augen anfing zu faulen und sich auflöste. Blut, das nicht länger von menschlichem Fleisch gehalten wurde, strömte auf den Boden. Und als Jennys verfaulende Knochen auf die Erde fielen … war sie längst tot.

»Was … was hast du getan?«

Irene öffnete die Augen. Sie wusste nicht, dass sie sie geschlossen hatte, bis zu dem Moment, als sie sie wieder öffnete. Das war der Moment, in dem ihr klar wurde, dass alle sie anstarrten.

»Keine Sorge«, sagte sie zu einer der Löwinnen. »Das war der letzte Rest.« Irene machte sich nicht die Mühe zu erwähnen, dass sie die Mischung mit ein paar gewöhnlichen Haushaltsprodukten und einem Stück Gummi mühelos neu erzeugen konnte. Nein. Keine gute Idee, das zu erwähnen.

Holtz kam auf sie zu, seine Schwester und Jackie direkt hinter sich. Er schaute ihr intensiv ins Gesicht. »Was hast du?« fragte er leise.

»Ein gebrochenes Handgelenk, glaube ich.«

Er zuckte um ihretwillen zusammen und gab einigen der Rudelmitglieder ein Zeichen, die daraufhin in den Wald stürmten. »Wir müssen dich ins Krankenhaus fahren. Unser Arzt kann das hier vor Ort nicht in Ordnung bringen.«

Irene zuckte die Achseln, dann wünschte sie, sie hätte es nicht getan. Sie schloss die Augen wieder, bis die Übelkeit, die der Schmerz mit sich gebracht hatte, sich legte. »Das wird schon.«

»Und was ist mit ihren Überresten?«, fragte eine andere Löwin. »Unsere Kinder spielen hier. Wir jagen hier, und …«

»Welche Überreste?«, gab Irene zurück.

Sie sah, wie sie alle auf die Stelle starrten, an der Jenny Fairgrove eines so qualvollen Todes gestorben war. Kein Stückchen Knochen und kein Tröpfchen Blut waren übrig geblieben.

Deshalb wollten es die Russen ja haben. Eine hübsche, saubere, effiziente Art zu töten.

»Keine Sorge. Es hinterlässt keine Spuren, nichts Gefährliches. Morgen wachsen hier Blumen.«

Van grinste und strich ihr die verschwitzten Haare aus dem Gesicht. »Blumen?«

»Urteile nicht.«

»Ich urteile nicht. Es scheint mir nur so typisch Irene zu sein.«

Irene schaute auf ihren Arm. »Ich glaube, ich sollte das hier wirklich untersuchen lassen. Der Schmerz wird langsam ziemlich unerträglich.«

»Du hast gerade unerträgliche Schmerzen?«, fragte eine der Wölfinnen. Irene hatte sich noch nicht die Mühe gemacht, die Namen der Rudelmitglieder zu lernen.

»Ja«, antwortete Irene schlicht. Ich bin bloß keine große Herumschreierin … halt den Mund, Holtz.«

»Ich habe nichts gesagt«, lachte er.

Holtz nahm ihre gesunde Hand. »Komm, Baby. Bringen wir dich ins Krankenhaus.« Er hob sie mühelos hoch und gab acht, nicht gegen ihren verletzten Arm zu kommen.

Noch nie zuvor hatte Irene sich so sicher oder umsorgt gefühlt. Und seine Körperwärme beruhigte sie, wie nichts sonst es je getan hatte …

»Irene!«

Irene öffnete die Augen. »Was?«

»Werd mir nicht ohnmächtig, Baby. Du musst wach bleiben.«

Irene wusste nicht, was er meinte, bis sie sich umschaute und begriff, dass sie schon fast am Haus angekommen waren.

»Tut mir leid.«

»Entschuldige dich nicht. Halt nur einfach diese hübschen blauen Augen offen.«

Sie kicherte. »Du bist die einzige Person, die mir je begegnet ist, der meine Augen gefallen.«

»Ich finde sie wunderschön. Und was ich sage, ist alles, das zählt. Hast du das noch nicht gelernt?«

»Doch, habe ich. Ich habe dich auch schon oft dabei erwischt, wie du deinem eigenen Schwanz hinterhergejagt bist, also verzeih mir, wenn ich nicht bereit bin, dich jetzt schon für die Expertenkommission anzuheuern.«

Er knurrte, als einige der Wölfe sich zu ihnen umdrehten und zu lachen begannen. »Ist dir denn eigentlich nichts heilig zwischen uns?«, fragte er. Dann fügte er dicht an ihrem Ohr hinzu: »Außerdem ist das schon wieder Belästigung.«

Sie lachte und spürte sein Lächeln an ihrer Wange. Ja, das war definitiv eins der Dinge, die sie an Holtz liebte … dass er auf seine eigene Weise genauso seltsam war wie sie selbst.

Natürlich bedeutete das auch, dass ihre Kinder absolute Freaks sein würden.

Van ging im Krankenhausflur auf und ab, während die Ärzte an ihr arbeiteten. Da das Krankenhaus einen kinderärztlichen Flügel hatte, den die Familie Van Holtz gestiftet hatte, zweifelte er nicht daran, dass sie Irene nur die beste Pflege angedeihen lassen würden. Trotzdem würde er erst beruhigt sein, wenn er sie sah. Wenn er wusste, dass es ihr gut ging.

»Von deinem Auf und Ab wird mir übel.«

Van beachtete seine Schwester nicht und ging zurück zu den Flügeltüren, die in die Notaufnahme führten.

»Niles Van Holtz, wag es nicht.«

Van wirbelte herum und stolzierte zu seiner Schwester zurück.

Irene war auf der Fahrt ins Krankenhaus ohnmächtig geworden. Nichts, was er versucht hatte, hatte sie wecken können, was ihm wirklich große Sorgen bereitete. Er wusste, dass er sie jetzt einfach nicht verlieren durfte. Sie bedeutete ihm alles.

Absolut alles.

Und deshalb hatte er sich ja auch überhaupt nie verlieben wollen! Und um ganz ehrlich zu sein, er gab ihr die Schuld an seinem gegenwärtigen Unglück. Wie konnte sie es wagen, ihn dazu zu bringen, sich in sie zu verlieben! Wie konnte sie es wagen, so verdammt süß und entzückend zu sein und so absolut ahnungslos, in allem, was auch nur ansatzweise normal und menschlich war, so dass ihm gar nichts anderes übrig geblieben war, als sich in sie zu verlieben.

»Hör auf zu hecheln, oder ich besorge dir einen Hundenapf«, knurrte seine Schwester.

Die Ärzte kamen in den Flur, und wenn seine Schwester nicht zuerst bei den Männern gewesen wäre, hätte er den ersten, den er zu fassen bekam, angesprungen.

»Wie geht es ihr, Dr. Bennet?«, fragte sie, während sie Van zurückhielt.

»Eigentlich geht es ihr ziemlich gut. Sie hat uns über die korrekte Weise, einen Gipsverband anzulegen, informiert und wir hatten eine hübsche, lange Debatte darüber, ob für ihr spezielles Problem irgendeine Art von Medikation notwendig sei.«

An diesem Punkt hörte Van auf, gegen seine Schwester anzukämpfen, und starrte den Arzt an. »Das hat sie nicht getan.«

»Oh doch.«

»Dann kann ich also davon ausgehen, dass alles gut wird?«

»Oh, das können Sie. Wir haben sie von oben bis unten durchgecheckt und ein MRT gemacht.«

»Ein MRT? Warum?«

»Weil sie Bedenken hatte, sie könne ein Blutgerinnsel haben.«

»Hat sie ein Blutgerinnsel?«

»Nein.«

»Warum haben Sie dann …«

Der Arzt hob die Hand, während seine Kollegen den Kopf

gesenkt hielten und versuchten, sie das Lachen zu verkneifen. »Bitte, Mr Van Holtz. Ich glaube, ich habe mir alle Fragen und unangeforderten Informationen angehört, die ein Mensch ertragen kann. Wir werden sie über Nacht zur Beobachtung dabehalten. Eine reine Vorsichtsmaßnahme. Morgen … vorzugsweise in der Frühe … können Sie sie nach Hause holen. Oder sie einfach nur ganz weit von hier wegbringen.«

Noch mehr Schnauben von unterdrücktem Gelächter war zu hören, als die anderen Ärzte davongingen, und Van nickte. »Ich verstehe.«

»Gut. Jetzt geben Sie uns ein paar Minuten Zeit, um sie in ein Zimmer zu bringen, dann können Sie sie sehen. Und wenn Sie mich jetzt bitte entschuldigen wollen, ich muss mal eben ganz weit weg.«

Der Arzt ging, und Van schaute seine Schwester an. Sie bedachte ihn mit dem, wovon er jetzt wusste, dass es das Van Holtzsche Feixen war. »Und du hast dir Sorgen gemacht.«

Irene starrte auf ihren Gipsverband. Glücklicherweise ein glatter Bruch – der Arzt hatte nur ihren Arm richten und ihr einen Gipsverband anlegen müssen. Keine Operation nötig. Obwohl sie mit dem Mann eine Diskussion darüber geführt hatte, ob das die richtige Vorgehensweise war. Ihre früheren Recherchen hatten ergeben … ahhhh, Morphium. Was für eine herrliche Droge.

Irene, die ohne jeden Grund lächelte, ließ die Lider sinken. Sie war müde, und sie wollte nach Hause.

Nach Hause. In ihr Zuhause. Zu Van.

Aber die Ärzte bestanden darauf, dass sie über Nacht im Krankenhaus blieb. Bei ihrer Versicherung warf man sie normalerweise nach wenigen Stunden hinaus, aber anscheinend war sie jetzt eine Van Holtz. Und das bedeutete ein Einzelzimmer und die beste Pflege. Oh ja, an diese Art von Behandlung konnte sie sich leicht gewöhnen.

Die Tür des Krankenzimmers wurde geöffnet, und Irene machte sich nicht die Mühe, die Lider zu heben. Noch eine

Krankenschwester oder noch ein Arzt, die um sie herumwuselten. Sie wuselten alle herum, wie es schien.

»Wie fühlen Sie sich, Professor?«

Irene runzelte die Stirn. Sie kannte diese Stimme. Sie öffnete die Augen und schaute in das Gesicht ihres Hiwis.

»Mark? Was machen Sie hier?« Sie musterte ihn. Er trug einen Krankenhauskittel. Warum?

»Ich wollte nur nach Ihnen sehen. Sie müssen wissen, dass ich alles versucht habe, um Sie vor ihr zu beschützen, Professor Conridge. Ich habe wirklich mein Äußerstes gegeben.«

Irene wartete nicht darauf, dass er noch etwas hinzufügte. Sie holte nur mit ihrem gebrochenen Arm aus, zielte auf sein Gesicht und hoffte, dass der Gipsverband seine Nase zerschmettern würde. Gleichzeitig versuchte sie zu schreien, aber Mark presste ihr eine Hand auf den Mund und stieß ihr eine Nadel in den Arm, und alles wurde schwarz.

Ein halbes Dutzend Rosen in der Hand drückte Van die Krankenzimmertür auf. Er runzelte die Stirn, als er sah, dass der Raum leer war. »Irene? Er überprüfte das Badezimmer, aber auch dieses war leer. Beim Verlassen des Zimmers lief er mit voller Wucht in seine Schwester hinein.

»Was ist los?«

»Sie ist nicht da.«

Van ging zum Schwesternzimmer. »Ich suche nach Irene Conridge.«

Die Krankenschwester runzelte die Stirn. »Sie ist nicht in ihrem Zimmer?«

»Wäre ich hier, wenn sie in ihrem Zimmer wäre?«

»Beruhigen Sie sich, Mister Van Holtz. Ich bin sicher, sie ist hier irgendwo.« Sie stand auf, beugte sich über die Theke und nahm eine Krankenschwester ins Visier, die gerade aus einem Zimmer kam. »Josie, hast du nach Conridge gesehen?«

Die Schwester nickte. »Sie wurde zum Röntgen runtergebracht.«

Van spürte das Knurren in seiner Kehle. »Warum? Sie ist bereits geröntgt worden.«

Seine Schwester legte ihm eine Hand auf den Arm. »Wer hat sie denn zum Röntgen gebracht?«

Die Schwester zuckte die Achseln und wirkte nicht einmal ansatzweise besorgt. »Muss wohl ein neuer Krankenpfleger sein. Ich habe ihn noch nie gesehen.«

Das Einzige, was Van daran hinderte, beiden Frauen an die Kehle zu gehen, war die Hand seiner Schwester auf seiner Schulter, ihre kühle Stimme in seinem Ohr.

»Nicht hier. Nicht jetzt.«

Van drehte sich auf dem Absatz um und ging mit steifen Schritten hinaus. Sobald er es nach draußen geschafft hatte, flogen auch schon die Blumen, die er für Irene besorgt hatte, gegen die Wand.

»Ich hätte sie nicht allein lassen dürfen.«

»Du bist Blumen kaufen gegangen«, argumentierte seine Schwester. »Wie lange waren wir weg? Zehn Minuten?«

»Ich hätte sie nicht allein lassen dürfen«, wiederholte er. »Wir müssen sie finden.«

»Du glaubst doch nicht etwa, dass man noch einmal versuchen wird, sie außer Landes zu bringen, oder?«

»Mir reicht's.« Van ging zu einem Münzfernsprecher draußen vor dem Krankenhaus. »Ich bin diese Scheiße so leid.«

»Warte. Was hast du vor?«

»Wir sind Van Holtzens, gottverdammt noch mal«, knurrte er und schob Münzen in den Fernsprecher. »Großvater hat immer gesagt, wir halten in den schlimmsten Zeiten zusammen. Selbst wenn wir einander verabscheuen.«

Die Augen seiner Schwester weiteten sich. »Du kannst ihn nicht anrufen? Hast du den Verstand verloren? Dad wird dir bei lebendigem Leib das Fell abziehen.«

»Dad leckt sich immer noch seine Wunden. Hier geht es um meine Gefährtin. Wir wissen beide, dass ich tun werde, was immer ich tun muss, um sie zurückzubekommen … und ich werde sie zurückbekommen.«

KAPITEL 12

Irene starrte zur Decke empor. Sie hatte den Luftschacht entdeckt, kaum dass man sie um sich tretend und schreiend in dieses Zimmer gezerrt hatte. Aber weil ihr Arm in einem Gipsverband steckte – der wie der Teufel juckte –, war sie nie und nimmer in der Lage, aufzustehen und durch den Luftschacht abzuhauen. Also musste sie sich andere Möglichkeiten einfallen lassen. Und das hatte sie.

Sie war zu einem streng geheimen Luftwaffenstützpunkt gebracht worden. Irgendwo in Texas.

Man konnte durchaus sagen, dass sie sie gut behandelten. Gutes Essen, guter Wein, Kabelfernsehen mit lächerlich vielen Programmen. Vielleicht zwanzig? Welcher Mensch, der noch recht bei Verstand war, verbrachte seine Zeit damit, durch zwanzig Sender zu zappen?

Aber zu all dem guten Essen und dem ganzen Rest kamen Fragen. Unmengen von Fragen. Sie wollten wissen, was die Sowjets wollten, und was immer das war, wollten sie auch haben. Als würde sie jemals irgendeinem Menschen so etwas Gefährliches anvertrauen. Oppenheimer war nie über das hinweggekommen, was er auf die Welt losgelassen hatte; sie würde nicht denselben Weg gehen.

Nicht nur das … sie vermisste Van. Zu ihrem Entsetzen. Sie vermisste ein anderes Wesen. Was kam als Nächstes? Würde sie anfangen, bei Katzenwerbung zu weinen und Kekse von diesen kleinen Faschistinnen von den Pfadfindern zu kaufen? Denen sie bis auf den heutigen Tag nie verziehen hatte, dass sie sie nicht in die Ortsgruppe aufgenommen hatten. Miststücke. Schlimmer noch, sie fragte sich, ob Van sie vermisste. Niemand hatte sie je zuvor vermisst. Irene war nicht die Sorte Frau, die man vermisste, wenn sie nicht da war. Stattdessen verspürten sie meisten wohl eher Erleichterung. Ihre Studenten in diesem Semester mussten im siebten Himmel gewesen sein bei den vielen Tagen, an denen sie in den letzten Wochen nicht im Büro gewesen war.

Tja, egal. Es war wie es war. Und sie würden den Tag bereuen, an dem sie sie zum ersten Mal erblickt hatten.

Agent Harris kam mit zwei Dosen eiskalter Limonade herein und lächelte sie an. Sie hasste dieses Lächeln. Sie hatte nichts so Falsches mehr gesehen, seit Jackie und Paul sie dazu überredet hatten, mit ihnen im Playboy-Club zu Abend zu essen.

»Bitteschön, Professor Conridge.« Er stellte eine Dose vor sie hin.

»Danke.«

»Wissen Sie, Niles Van Holtz ist ziemlich entschlossen.«

»Ja. Das habe ich bemerkt.«

»Er hat sich ihretwegen sogar mit dem Präsidenten in Verbindung gesetzt.«

Irene schnaubte. »Reagan? Der wird ihm nicht helfen. Er ist immer noch nicht darüber hinweg, dass ich ihn, als ich ins Weiße Haus eingeladen war, mit Hitler verglichen habe.«

Harris räusperte sich und setzte sich ihr schräg gegenüber. »Warum reden wir nicht ein wenig über Jenny Fairgrove?«

»Jenny Fairgrove?« Irene blinzelte. »Oh ja. Sie will meine studentische Hilfskraft werden. Aber ich bezweifle, dass ich ihr die Ehre zuteil werden lasse.«

»Und warum das?«

»Sie ist so keck. Schon deshalb werde ich ihr den Job nicht geben.«

»Das kommt mir ziemlich streng vor.«

»Bei mir könnte sich Albert Einstein als Hiwi bewerben, und wenn er keck wäre … würde ich ihm den Job auch nicht geben. Natürlich bin ich mir nicht sicher, ob ich überhaupt noch jemandem vertrauen werde, nachdem ich herausgefunden habe, dass Mark die ganze Zeit über für Sie gearbeitet hat. Und wie geht es seinem Gesicht?«

Harris biss die Zähne zusammen. »Sie haben ihm mit Ihrem Gips das rechte Jochbein gebrochen.«

Irene sah Harris an, antwortete aber nicht. Schließlich blaffte der Agent: »Nun? Wie fühlen Sie sich damit?«

Irene blinzelte fünfmal langsam und antwortete dann ohne Umschweife: »Ich fühle gar nichts.« Sie zuckte die Achseln. »Das ist eine Gabe und ein Fluch.«

Irene schaute zu dem Agenten mit Namen Marshal hinüber, der niemals ein Wort sprach. »Meinen Sie, Sie könnten mir etwas gegen meine Kopfschmerzen besorgen? Ich brauche nur ein Aspirin.«

Der unerschütterliche Agent sah Harris an, der zustimmend nickte. Er ging hinaus und schloss die Tür hinter sich, und Irene richtete ihre Aufmerksamkeit auf Harris, Marks zerschmettertes Gesicht bereits vergessen.

»Also, warum fragen Sie mich nach Jenny Fairgrove?«

»Wir haben Informationen, dass sie nicht ganz die ist, für die sie sich ausgibt.«

Irene sah Harris an, bis er sich unbehaglich auf seinem Stuhl hin- und herbewegte.

»Stimmt irgendetwas nicht, Professor?«

»Sie sind skandinavischer Herkunft.«

»Ähm … ja. Das bin ich.«

»Ja, ich erkenne es an ihrer Knochenstruktur.« Dann knallte sie ihm ihren Gipsverband gegen die Nase und zielte so, dass sie ihn zwar k.o. schlug, ihn aber nicht umbrachte.

Irene kniete sich neben den am Boden liegenden Mann und wühlte in seinen Hosentaschen, bis sie seinen Schlüsselring fand.

»Na also.«

»Er hat gesagt, Sie seien zielstrebig.«

Mit einem Seufzen nahm sich Irene die Schlüssel und schaute über ihre Schulter.

Sie wusste nicht, wer dieser Mann war, aber er wirkte nicht besonders freundlich.

»Dr. Conridge?«, fragte er.

»Ja.«

Er machte ihr ein Zeichen. »Kommen Sie.« Er streckte die Hände aus. »Ich helfe Ihnen hoch.«

Wirklich große Hände fassten sie überraschend sanft an den Armen und zogen sie auf die Füße.

»Und Sie sind?«

»Sie brauchen nur zu wissen, dass ich zur Familie gehöre, mehr nicht.« Er tätschelte ihren Kopf, und sie verspürte den überwältigenden Drang, ihm in die Eier zu boxen. Das konnte nur eines bedeuten …

»Sie müssen ein Van Holtz sein.«

Er grinste. »Du kannst mich Onkel Edgar nennen.« Er schob sie zur Tür. »Es tut mir leid, dass ich nicht früher hergekommen bin. Ich war in Bogotá.«

»Warum?«

»Du bist aber auch süß«, war seine einzige Antwort darauf. »Also, bringen wir dich zurück, bevor mein Neffe das ganze Rudel und die Regierung der Vereinigten Staaten gegen sich wendet.«

Irene seufzte. »Ich wünschte wirklich, ich hätte gewusst, dass Sie kommen.«

Onkel Edgar, der ein übermenschlich großer Mann war, schaute auf sie herab, und seine Augen wurden schmal. Er sah genauso aus wie Holtz. »Warum?« Obwohl er nicht den Eindruck machte, als wolle er die Antwort tatsächlich wissen.

Bedauerlicherweise bekam er diese Antwort dreißig Sekunden später trotzdem, als die Osthälfte des Stützpunkts explodierte.

Bevor er etwas sagen konnte, erklärte Irene: »Keine Sorge. Ich habe den Teil des Stützpunkts ausgeschaltet, den sie dicht gemacht haben. Aber der Strom wird trotzdem …« Die Lichter flackerten und erloschen, tauchten sie in vollkommene Dunkelheit – »ausfallen.«

»Dann ist es ja nur gut, dass ich im Dunkeln sehen kann, was?« Er ergriff ihren Arm. »Lass uns losgehen.«

»Was ist mit Harris?«

»Mach dir seinetwegen keine Sorgen. Er wird dich nicht noch einmal belästigen.«

»Ach?« Sie brauchte kein Licht, um ihren Standpunkt glasklar zu machen.

»Nein, nein. Ich werde ihn nicht töten. Obwohl ich es könnte. Und dein Gefährte will wahrscheinlich auch, dass ich es tue.« Er führte sie in den pechschwarzen Flur, und sie ließ es geschehen, weil sie tatsächlich gar keine andere Wahl hatte.

»Du bist von der CIA, nicht wahr?«

»Wie süß«, sagte er abermals.

»Ja. Ich bin schrecklich entzückend.« Er führte sie nach draußen, wo die Piloten sich überschlugen, um das Feuer zu löschen, das sie aus strategischen Gründen geplant hatte. »Gibt es je eine Zeit, in der die Van Holtz-Männer nicht irgendwie wichtigtuerisch klingen?«, fragte sie, obwohl sie sich nicht verkneifen konnte zu lächeln.

»Nicht seit der Zeit vor Christi Geburt.«

Van stürmte in das Haus der Van Holtz' und sah zu, wie jedes Rudelmitglied bis auf seine Eltern verschwand. Selbst seine Schwester nahm ihren Gefährten am Arm und zog ihn aus dem Raum.

»Und?«, knurrte er. »Irgendeine Nachricht von Edgar?«

»Nein«, antwortete sein Vater ruhig und blätterte eine Seite in seinem Wall Street Journal um. Die Wunden des alten Mannes waren vollkommen verheilt, eine sechsmonatige Tour durch Europa für ihn selbst und seine Gefährtin war gebucht, und die beunruhigenden Geräusche, die regelmäßig hinter ihrer Schlafzimmertür hervorkamen, ließen darauf schließen, dass der alte Holtz seinen Ruhestand gründlich genoss.

»Dann warte ich jetzt nicht länger.«

»Und was willst du machen, mein Sohn?«, fragte seine Mutter, die an ihrer Stickerei arbeitete.

»Irgendetwas!«, brüllte er. »Was mehr ist, als irgendeiner von euch tut. Meine Gefährtin ist verschwunden, und niemanden schert es!«

»Natürlich schert es uns«, tadelte seine Mutter ihn sanft.

Da er Angst hatte, etwas zu sagen, das seine liebevolle Beziehung zu seinen Eltern unwiderruflich beschädigen würde, drehte Van sich um und ging die Treppe hinauf in sein Zimmer. Er riss die Tür auf, schüttelte sein Jackett ab und warf es quer durch den Raum, dann ging er zum Telefon. Er griff nach dem Hörer, hielt aber inne, als er Geräusche hörte, die er zugleich nervig und beglückend fand.

Ein Klappern und Pieptöne.

Van warf das Telefon zurück auf die Gabel, verließ sein Zimmer und lief durch den Flur. Er drückte die Tür auf und achtete nicht weiter darauf, dass sie an den vielen Drähten und Kabeln hängenblieb.

Und da saß sie. An ihrem Computer, wo sie an etwas werkelte, das er niemals verstehen würde oder wollte.

Er hörte sie einen leisen Fluch ausstoßen, verärgert, dass die Finger ihrer rechten Hand sich nicht so schnell bewegen ließen, wie sie es gern gehabt hätte. Und er merkte, dass sie ihr auch ein wenig wehtaten, weil sie sie immer wieder krümmte und dabei zusammenzuckte.

Van nahm sich einen Moment Zeit, um es zu genießen, sie dort zu sehen … in Sicherheit. Und wo sie hingehörte.

Sie fluchte wieder und drehte sich auf ihrem Stuhl zur Seite, bog die Finger durch und betrachtete stirnrunzelnd ihren wehrlosen Gipsverband.

»Denk nicht einmal daran, diesen Verband abzumachen, Doc.«

Irene riss den Kopf hoch, ein erleichtertes Lächeln auf dem Gesicht … und nur Sekunden später sprang sie vom Stuhl auf und lief in seine Arme.

Van hielt Irene fest an sich gedrückt, und seine Erleichterung darüber, sie wieder in den Armen zu halten, zwang ihn beinahe in die Knie.

»Ich dachte schon, du kommst nie nach Hause«, sagte sie an seinem Hals.

»Ich?«, lachte er. »Du warst diejenige, wegen der ich krank vor Sorge war.«

»Gib die Schuld der Regierung. Sie wollten meine Formel haben.«

»Haben Sie dich klein gekriegt?«

Ihr Schnauben war die Arroganz in Reinform. »Nicht in diesem Leben. Allerdings …«

»Allerdings was?«

»Ich wünschte, ich hätte gewusst, dass dein Onkel kommt. Sie haben sich wegen des Schadens ziemlich aufgeregt.«

Van, der nicht bereit war, sie loszulassen, hielt sie weit genug von sich weg, um ihr ins Gesicht sehen zu können. »Schaden?«

»Von der Explosion«, antwortete sie schlicht.

»Ich will das nicht hören, oder?«

»Wahrscheinlich nicht. Außerdem hat dein Onkel gesagt, er würde sich darum kümmern.«

»Das reicht mir.« Van hob sie hoch und trug sie in ihr Schlafzimmer, wo er die Tür mit dem Fuß zuschlug.

Er legte sie aufs Bett und streckte sich neben ihr aus. »Ich hab dich vermisst, Doc.«

»Ich hab dich auch vermisst.«

Sie sahen einander sekundenlang an, dann stießen sie beide einen traurigen Seufzer aus.

»Was haben wir uns bloß angetan?«, fragte Van.

»Keine Ahnung. Ich war so glücklich, als ich mich noch um nichts und niemanden scherte. Jetzt habe ich diese … diese ganzen … Gefühle. Und das ist alles deine Schuld!«

»Meine Schuld?« Van begann sie auszuziehen. »Ich bin das Alphatier des Van-Holtz-Rudels. Damit bin ich ein Frauenmagnet, Doc. Ich sollte knietief in Muschis waten. Stattdessen bin ich wahnsinnig in dich verliebt. Ich kann mir mein Leben ohne dich nicht mehr vorstellen.«

»Und was ist mit mir?«, gab sie zurück und beugte sich vor,

damit er ihr das T-Shirt über den Kopf ziehen konnte, bevor sie sein Sweatshirt fasste und es hochzog. »Mein Leben war organisiert und kontrolliert. Ich war kontrolliert. Jetzt kann ich an nichts anderes denken als an Sex mit dir. Dem nervigsten Wesen, das ich kenne.«

»Als wärst du ein einziger kleiner Sonnenstrahl! Onkel Verner versucht immer noch, sich von dem Risiko-Spiel neulich zu erholen.«

»Wenn man mit der Weltherrschaft nicht umgehen kann, sollte man die Würfel gar nicht erst in die Hand nehmen.«

Van stand am Ende des Bettes und zerrte ihr die Jeans herunter. »Oh, das ist ja eine nette Art, über die eigene Familie zu reden.«

»Familie? Wann sind sie zu meiner Familie geworden?«

»Sobald du dich bereit erklärt hattest, mich zu heiraten.«

»Ich habe mich nie bereit erklärt, dich zu heiraten.«

»Doch, hast du. Du erinnerst dich nur nicht daran.«

Irene kam auf die Knie und öffnete den Knopf an seiner Jeans. »Holtz, ich habe ein Gedächtnis, von dem Computer nur träumen können.«

»Gib nicht so an, Baby. Das gehört sich nicht.« Die Finger an ihrer rechten Hand wollten nicht kooperieren, deshalb half er ihr, den Reißverschluss seiner Jeans herunterzuziehen und sie hinunterzustreifen, dann kickte er die Hose, seine Schuhe und seine Socken einfach weg. Er schob sie zurück aufs Bett und drückte sie mit seinem Gewicht auf die Matratze. »Wir heiraten. Komm einfach damit klar.«

»Na schön, aber ich werde nicht meinen Namen ändern.«

»Das ist okay. Aber wir werden eine Hochzeitsfeier haben.«

Sie gab einen deutlich angeekelten Laut von sich.

»Keine Widerrede, Doc. Ich habe eine Menge Verwandtschaft. Wir feiern die Hochzeit. In einem Jahr, habe ich beschlossen.«

»Nun, ich habe keine Zeit herumzusitzen und mich um Servietten mit unseren Namen darauf zu kümmern und um Blumen oder was auch immer.«

»Um all das werde ich mich kümmern.«

»Ja. Das wirst du.« Sie hob ihren rechten Arm mit dem Gipsverband über den Kopf und schlang ihm den linken um den Hals. »Also. Ich hatte seit vier Tagen keinen Geschlechtsverkehr …«

»Seit vier Tagen nicht gefickt.«

»… ich habe seit vier Tagen nicht gefickt. Mach dich an die Arbeit. Du hast viel nachzuholen.«

Da sie den Drucker seit vierzig Minuten nonstop hatte laufen lassen, hörte sie rein gar nichts. Dann klopfte Jackie ihr auf die Schulter.

Erschrocken wirbelte sie auf dem Stuhl herum. »Was?« Sie sah ihre Freundin nachdenklich an. »Was ist das für ein Kleid?«

Jackie betrachtete das weiße Kleid in ihrer Hand und sah dann wieder Irene an. »Es ist für dich.«

»Vergiss es. Ich gehe heute Abend nicht zu irgendeinem Essen.« Sie wandte sich wieder ihrem Computer zu. »Holtz versteht das bestimmt.«

»Diesmal sicher nicht.«

»Außerdem«, fügte Irene hinzu, »würde ich niemals weiß zu einem Wohltätigkeitsdinner tragen.«

»Irene Danielle Conridge!«

Sie schaute über ihre Schulter. »Was ist? Was habe ich getan?«

»Anscheinend hast du deine Hochzeit vergessen.«

Irene verdrehte die Augen. »Unmöglich. Die ist erst in einem Jahr.«

»Das Jahr ist vorbei.«

»Versuch' es nicht einmal. Die Hochzeit ist erst im Oktober.«

»Es ist Oktober.«

»Oktober 1985.«

»Wir haben 1985.«

Irenes Finger erstarrten über der Tastatur. »Aber nicht den neunzehnten.«

»Doch, Irene. Heute ist Samstag, der neunzehnte Oktober 1985.«

»Aber es ist noch nicht acht Uhr.«

»Nein. Das ist es nicht.«

Irene stieß den Atem aus.

»Es ist sieben Uhr fünfundvierzig … abends.«

»Verdammt!« Irene stand auf und stürzte sich auf ihre Freundin. »Warum hat mir niemand etwas gesagt?«

»Wir haben es dir gesagt. Hast du nicht die Dekorationen bemerkt, die Leute, die gekommen und gegangen sind … die Kleideranproben? Oder was ist damit, dass ich vor einer halben Stunde hereingekommen bin und dir gesagt habe, dass du dich für die Hochzeit umziehen musst?«

Sie zuckte die Achseln. »Habe ich nicht wirklich mitgekriegt.«

Jackie schloss die Augen. »Sag mir, dass du zumindest geduscht hast.«

»Ähm … gestern.«

»Oh!« Jackie stürmte in den Flur hinaus. »Ich brauche Wölfinnen hier drinnen! Wir haben einen Notfall.«

»Übertreibst du nicht et…«

»Halt den Mund!«

Sie betrachtete Jackies bereits gewölbten Bauch und murrte: »Ich bin so froh, dass du und Paul beschlossen habt, euch zu vermehren.«

»Zwing mich nicht, dich umzubringen. Denn ich werde dich umbringen.«

Während der nächsten dreißig Minuten unterwarfen die Wölfinnen und ein Schakal Irene einem langen Katalog körperlichen Missbrauchs einschließlich einer Dusche, zwangen ihr ungebärdiges Haar in einen tödlich strammen Knoten, klatschten ihr ins Gesicht, was sie selbst für überflüssiges Make-Up hielt, und zwangen sie in ein weißes Etuikleid, das sie selbst nie gekauft hätte.

Irene, die vor der geschlossenen Flügeltür stand, die in den Festsaal und zu dem wartenden Bräutigam und den Gästen führte, schaute auf das Armband herunter, das Carrie ihr anlegte, während Jackie eine passende Kette um ihren Hals schloss.

»Das ist hübsch.«

»Das hat Van für dich gekauft«, erklärte Carrie mit einem verärgerten Seufzen. »Erinnerst du dich nicht?«

»War das an dem Tag, an dem er mir den Zenit Z-171 PC gekauft hat?«

Jackie lachte und sagte: »Du schuldest mir zwanzig Mäuse, Van Holtz. Ich habe dir gesagt, dass sie diesen Computer lieber mögen würde als den Schmuck für vierzigtausend Dollar, den dein Bruder ihr gekauft hat.«

»Was kann man mit Schmuck schon machen? Ist euch klar, dass dieser PC tragbar ist? Und sein Akku wird mit der Hintergrundbeleuchtung aufgeladen.

»Ich weiß nicht, warum er sich überhaupt die Mühe macht«, murmelte Carrie, bevor sie zur Seite trat und Irene musterte. Sie zuckte die Achseln. »Ich schätze, mehr können wir nicht tun.«

»Na vielen Dank.«

»Hör nicht auf sie.« Jackie drückte ihr einen kleinen Strauß aus roten Rosen und Schleierkraut in die Hand. »Du siehst wundervoll aus.«

Ein Streichquartett begann zu spielen, und die Wölfinnen betraten in einer Reihe hintereinander den Festsaal.

»Das ist so eine Zeitverschwendung.«

»Irene, da musst du jetzt durch.«

»Ich habe zu tun!«

»Wie bitte? Und ich vielleicht nicht? Jetzt hör auf zu jammern und folge mir in zehn Sekunden diesen Gang entlang, oder, Gott steh' mir bei, ich werde dir in deinen schneeweißen Arsch treten!«

Jackie drehte sich um, und die beiden hielten inne und begriffen, dass sie die Aufmerksamkeit der gesammelten Gäste hatten.

Jackie zwang sich zu einem Lächeln und flüsterte: »Ich werde mich dafür später total an dir rächen.«

Dann ging sie, schritt langsam den Gang entlang, während Irene ungeduldig und schnell bis zehn zählte. Sie folgte ihrer Freundin, und mehrmals hätte sie sie beinahe überholt. Beim dritten Mal rammte Jackie ihr den Ellbogen in den Bauch, was Irene effektiv dazu brachte, langsamer zu gehen.

Als sie endlich Van Holtz' Seite erreichte, strömten ihm Tränen übers Gesicht, aber sie wusste, dass es nicht an der Schönheit des Augenblicks lag.

»Hör auf, über mich zu lachen«, flüsterte sie.

»Könntest du vielleicht noch saurer gucken?« Er lachte weiter und hielt den Kopf gesenkt, während der Priester oder Pastor oder wer auch immer darüber schwadronierte, warum zur Hölle sie hier waren.

»Es gibt eine Million Dinge, die ich in diesem Moment tun könnte. Nützliche, weltbewegende Dinge. Das hier ist Zeitverschwendung.«

»Wie bitte?«, blaffte der Priester/Pastor/was auch immer. »Dürfte ich vielleicht mal?«

»Tut mir leid«, murmelte Irene und fügte dann hinzu: »Aber fühlen Sie sich frei, das Tempo anzuziehen.«

Das entlockte Holtz ein Schnauben.

Sie hielt sich ganze fünf Minuten, bevor sie anfing, mit dem Fuß auf den Boden zu klopfen.

»Lass das«, knurrte Holtz, obwohl sie das Gefühl hatte, dass er immer noch lachte.

»Ich langweile mich«, flüsterte sie zurück. »Wenn das noch lange dauert, fange ich an, Dinge auseinander zu nehmen. Und du weißt, wie sehr du es hasst, wenn ich das tue.«

»Apropos, was ist mit meinem Mercedes passiert?«

»Wovon redest du?«

»Als ich gestern nach Hause kam, war er nur noch verbranntes Metall.«

»Oh. Das. Ja, ich wollte mir ansehen, wie Motoren funktionieren. Ich bin für ein paar Minuten weggegangen, um mir ein Glas Orangensaft zu holen, und als ich zurückgekommen bin … peng.«

»Peng?«

Der Priester/Pastor/was auch immer räusperte sich.

»Entschuldigung«, murmelte Holtz.

Einige weitere Sprüche über Bindung und Liebe, und Holtz knurrte leise: »Was meinst du damit, peng?«

»Ich habe lediglich versucht herauszufinden, ob ich den Wagen irgendwie schneller machen könnte.«

»Wie schnell?«

Sie zuckte die Achseln. »Keine Ahnung. Ich habe mit der Idee gespielt, ob man nicht mit einem Auto von einem Land ins nächste reisen könnte. Ich schätze, wenn man es schnell genug macht, könnte es abheben.«

»In Ordnung, das reicht. Halt dich von meinen Autos fern.«

»Aber du hast doch so viele.«

»Das ist nicht der Punkt!«

»Entschuldigung!«, blaffte der Priester/Pastor/was auch immer. »Dies ist eine heilige und altehrwürdige Zeremonie, glauben Sie also, Sie beide könnten sich entsprechend benehmen und heilige Hölle noch mal die Klappe halten?«

Verärgert klopfte Irene auf die Stelle an ihrem Handgelenk, wo ihre Armbanduhr gewesen wäre, wenn diese boshaften Wölfinnen sie ihr nicht weggenommen hätten. »Sie könnten aber auch ein wenig Tempo machen. Ich habe zu tun, und ihr Geschwafel langweilt mich!«

»Na schön!«, brüllte der Priester/Pastor/was auch immer. »Wollen Sie?«, fragte er Holtz.

»Jupp!«

»Und Sie?«

»Ja, ja.«

»Ring?«

»Hier.« Holtz schob den weißgoldenen Ring neben den stattlichen Diamantring, den er ihr unbedingt hatte kaufen wollen.

»Gut. Sie sind verheiratet.«

»Sehen Sie?«, fragte Irene honigsüß und nur um den Mann zu verärgern. »Das war doch gar nicht so schwer, oder?«

Für eine Sekunde dachte sie wirklich, der Mann würde sie schlagen.

Van beobachtete, wie Irene sich durch den Raum arbeitete. Für jemanden, der ungeheuer schlecht mit normalen menschlichen Beziehungen zurecht kam, erstaunte sie ihn wirklich, wenn es darum ging, Spenden für die Universität zusammenzubekommen.

Er wollte nicht, dass sie arbeitete, aber er wusste, dass er schließlich auch selbst etwas zu tun brauchte. Während der Trinksprüche des Abends hatte er gemerkt, dass sie ihm seine Armbanduhr abgenommen und die Rückseite entfernt hatte. Eine Zwanzigtausend-Dollar-Uhr, und sie nimmt sie auseinander.

Nun, zumindest hatte es sie beruhigt, eine Aufgabe zu haben. Und sie sah wunderschön aus. Vor allem, als sie endlich das Haar aus diesem Knoten gelöst hatte. Vereinzelte Strähnchen waren immer wieder herausgerutscht, und so war sie schließlich auf die Toilette gegangen und hatte alle Haarnadeln herausgezogen. Aber er hatte eine gute Wahl mit dem Kleid getroffen, da sie keine Lust gehabt hatte, sich selbst etwas auszusuchen. Sie hatte lediglich gesagt: »Nichts Gebauschtes wie Lady Di.«

Er sollte sauer sein. Aber er war es nicht. Er fand es toll, dass Irene ihre eigene Hochzeit scheißegal war. Denn am Ende spielte es keine Rolle. Mit oder ohne ein Stück Papier gehörten sie fürs Leben zusammen. Niemand sonst passte so perfekt zu ihm wie diese eine unglaublich kluge Frau.

Irene kam zu ihm zurück, aber bevor sie sich in einen der Stühle fallen lassen konnte, zog er sie auf seinen Schoß.

»Kommst du zurecht?«

»Ja. Mikolev Thornapple – sein richtiger Name wohlgemerkt – hat mir gerade zehntausend für den naturwissenschaftlichen Fachbereich versprochen.« Sie sah ihn an. »Machen wir Flitterwochen?«

»Jepp. Gleich wenn wir hier fertig sind.«

»Wo?«

»Aruba.«

Er musste sich auf die Zunge beißen, als sie die Stirn runzelte.

»Weil mein bleicher Hintern sich in der Sonne so gut macht?«

Lachend knabberte Van an ihrer Schulter. »Die Schweiz, Deutschland, Norwegen, Schottland. Wir werden in wunderschönen Burgen und Pensionen absteigen ... allesamt in der Nähe sehr alter, sehr interessanter Bibliotheken.«

»Es macht dir nichts aus, wenn ich massenweise Zeit in stickigen alten Bibliotheken verbringe?«

»Nicht wenn du versprichst, mir alles Interessante zu erzählen, was du herausfindest ... und mir für regelmäßigen Sex zur Verfügung stehst.«

»Das ist ein Versprechen, das ich halten kann.«

»Dachte ich mir.« Plötzlich nahm Irene mit sanftem Griff sein Gesicht in beide Hände und küsste ihn. »Wie du vielleicht weißt oder auch nicht«, sagte sie dicht an seinen Lippen, »enden in diesem Land fast einundvierzig Prozent aller Ehen mit einer Scheidung. Aber ich habe das Gefühl, dass wir es gegen alle Wahrscheinlichkeit schaffen, weil wir einfach so verdammt ungewöhnlich sind und unbeständig genug, damit es klappt. Vor allem mit deiner einzigartigen DNA und meinem mäßigen Interesse an jedweden Gerichtsverfahren.«

»Irene, du Süßholzrasplerin, ist das deine Art zu sagen, dass wir perfekt für einander sind?«

»Ja. Habe ich mich nicht klar ausgedrückt? Außerdem lieben wir uns, und das ist das Wichtigste. Denn, wirklich, was ist perfekt? Was hat das ...«

Und Van küsste sie, bevor sie sich vollends um Kopf und Kragen redete und fragte sich zufrieden, wie er nur so ein Glück hatte haben können.

EPILOG

Zwanzig Jahre später …

Irene winkte und zwang sich zu einem Lächeln, bis der letzte SUV die Straße hinunter verschwunden war. Dann stürmte sie ins Haus und knallte die Tür hinter sich zu.

Holtz streckte die Hand nach ihr aus. »Doc …«

»Kein Wort!«, knurrte sie, bevor sie die Treppe hinauflief und direkt in das Zimmer ihrer Tochter ging. Sie trat die Tür förmlich auf, und die kleine Schlange hob nicht einmal den Blick von ihrem PC. Nein, das stimmte nicht. Von ihrem Apple-Computer. Oh, was für eine Schande!

»Wie kannst du es wagen!«

Endlich aufgeschreckt von an was auch immer sie da arbeitete, drehte Ulva Van Holtz sich auf ihrem Stuhl zu ihrer Mutter um. »Wie kann ich was wagen?«

»Warum hast du ihr gesagt, dass sie schwanger ist?«

Ulva blinzelte verwirrt. »Weil sie schwanger ist.«

»Darum geht es nicht.«

»Ich verstehe nicht recht, was das Problem ist.«

»Du kannst nicht einfach aussprechen, was immer dir in den Sinn kommt. Und hör auf, meinen Studenten zu sagen, du hättest Fehler in ihren Doktorarbeiten gefunden.«

»Aber du sagst doch auch, was immer dir gerade in den Sinn kommt.«

»Darum geht es nicht.«

»Dann glaube ich, bin ich unsicher, worum es dir tatsächlich geht. Und ich habe wirklich Fehler gefunden. Genau genommen sollte er die letzten zehn Kapitel insgesamt noch einmal überdenken.«

Irene trat näher an ihre Tochter heran, mit der potentiellen Absicht, ihr den Hals umzudrehen, aber die beiden Frauen hörten auf zu streiten, als die Männer der Van Holtz' in Sicht gestolpert kamen. Holtz hielt seine beiden Söhne in den Armen – mit dem Kopf nach unten.

»Was treibt ihr drei da?«

»Nichts«, antworten sie einmütig, was nur »etwas« bedeuten konnte.

»Papa sagt, wir dürfen zu Tante Jack und Onkel Paul.« Ihr Sohn schenkte ihr ein ausgesprochen süßes Lächeln. Nicht einmal zwölf und jetzt schon ein Herzensbrecher.

»Oh, das hat er gesagt, ja?«

»Ich habe bereits angerufen«, gestand Holtz. »Sie haben gesagt, sie würde sich freuen, wenn die Jungs kommen.«

»Nun, zusammen mit ihren eigenen zehntausend Kindern, was machen da drei weitere aus?«

»Ich gehe nicht mit«, erklärte Ulva mit einer Geringschätzigkeit, die Irene maßlos ärgerte.

»Doch. Das wirst du. Oder du wirst bis zum jüngsten Tag nicht mehr Warcraft spielen. Hast du mich verstanden?«

»Na schön. Ich ziehe Tante Jackies Gesellschaft ohnehin allem vor, was ich hier finde.« Und dann wandte Ulva sich wieder ihrem Computer zu und entließ sie damit.

Irene ging zu ihr, um sie zu erwürgen, aber Holtz hielt ihre Hände fest und zog sie aus dem Zimmer.

»Packt eure Rucksäcke mit Sachen für ein paar Tage. Der Fahrer wird in zehn Minuten warten.«

»Dieses Mädchen treibt mich in den Wahnsinn!«, knurrte Irene, nachdem sie die Schlafzimmertür zugeschlagen hatte.

»Sie hatte nicht vor, deinem Studenten das Leben schwer zu machen.«

Irene reagierte mit einem geringschätzigen Abwinken und begann die Wäsche, die gewaschen werden musste, zusammenzusuchen.

»Ich meine, hast du diesen armen Jungen gesehen? Er ist ungefähr zwei Meter siebzig groß, wiegt zweitausend Pfund und sah absolut verängstigt aus.«

Holtz streckte sich auf dem Bett aus. »Er war nicht verängstigt. Er wusste nur, dass es eine qualvoll lange Heimfahrt werden würde.«

»Du kannst dir dieses Grinsen vom Gesicht wischen, Van Holtz.« Sie ließ den Wäschekorb vors Bett fallen und hockte sich daneben, um seine Socken aufzusammeln. »Ich habe euren Blickwechsel gesehen. Und wie schaffst du es, deine Socken so tief hier drunter zu bekommen?« Sie kniete sich hin und griff unters Bett.

»Tut mir leid, Baby.«

»Du bist in deiner kostbaren Küche so zwanghaft ordentlich, aber was dich und deine verdammten Socken angeht ...«

»Ich weiß. Das ist wirklich schlampig. Keine Ahnung, was ich mir eigentlich dabei denke.«

Die Socken in der Hand richtete Irene sich auf und blinzelte, als sie sich Auge in Auge mit Holtz wiederfand. »Was tust du da?«

»Nichts.«

»Ich glaube trotzdem, dass du diese Socken nur deshalb hier drunter legst, damit du meinen Hintern anstarren kannst.«

»Dr. Conridge! Wie kann man so etwas Schreckliches sagen.« Dann bedachte er sie mit seinem typischen Grinsen. Das gleiche Grinsen, das sie selbst nach all den Jahren noch umhaute.

Natürlich erstaunte sie die Tatsache, dass er immer noch ihren Hintern betrachten wollte, genauso sehr wie die Entdeckung des Urans. Und es war einer der Gründe, warum sie dem Putzpersonal nicht erlaubte, ihre Schmutzwäsche anzufassen.

»Und hör auf, den Leuten zu sagen, ich hätte dein Auto in Brand gesteckt und wäre mit dem Messer auf dich losgegangen. Hast du das Gesicht dieses armen Jungen gesehen?«

»Aber du hast diese Dinge tatsächlich getan.«

»Das waren Missgeschicke«, knurrte sie.

»Das behauptest du. Und Conall Víga-Feilan ist kein Junge.

Obwohl ich nie wissen werde, warum er sich auf diese Zwergin eingelassen hat.«

»Miki Kendrick ist keine Zwergin. Und er ist mit ihr zusammen, weil sie genial und gefährlich labil ist.«

»Wie du?«

»Ich bin nicht gefährlich labil. Die Tests haben es bewiesen«, nörgelte sie.

Van nahm lachend Irenes Arm und zog sie aufs Bett. Er drückte sie auf die Matratze, die Arme über ihrem Kopf. »Ich habe eine Idee, Doc.«

»Was denn für eine?«

»Sobald wir die Kinder losgeworden sind, bleiben wir die nächsten achtundvierzig Stunden splitterfasernackt.«

»Du benimmst dich, als würden nur die Kinder in diesem Haus leben.«

»Vertrau mir. Das Rudel wird an diesem Wochenende andere Orte im Territorium finden, an denen es sich aufhalten kann.«

»Du Unhold.«

»Wenn es um diese Muschi geht, hast du verdammt recht.«

Sie seufzte nachdenklich. »Es erstaunt mich, dass diese Art von Gerede mich sexuell erregt.«

Holtz beugte sich vor und knabberte an ihren Brüsten. »Es erstaunt mich, dass ich es so gottverdammt heiß finde, dich das sagen zu hören.«

Irene drückte den Rücken durch, als er durch ihr T-Shirt und den Spitzen-BH an einer Brustwarze saugte.

»Vielleicht hast du Wahnvorstellungen«, stöhnte sie.

»Oh nein. Ich liebe es einfach zu wissen, dass diese Muschi mir und niemandem sonst gehört. Das tut sie doch, oder Doc?«

»Scheint so. Ich finde alle anderen Männer abstoßend.«

»Und so sollte es besser auch bleiben«, neckte er sie, grinste zu ihr hoch und legte sein Kinn auf ihr Schlüsselbein. »Ich teile nicht, was mir gehört.«

Irene grub die Hände in sein Haar und zog ihn hoch, bis ihre Augen auf einer Höhe waren. »Wölfe.« Und sie schenkte ihm dieses Lächeln, das niemand außer er jemals zu sehen bekam. »So verdammt anspruchsvoll.«

»Genies«, seufzte er als Erwiderung. »So verdammt heiß.«

IM BANN DES RUDELS

Eine Novelle aus der Welt der Lions

KAPITEL 1

Er entdeckte sie im selben Augenblick, in dem sie aus dem Haus trat, auf der Veranda ihres Daddys hin und her tigerte und in den Wald blickte, der ihr Zuhause umgab. Seine Brüder hatten sie als »süß« und »irgendwie hübsch« beschrieben, ihm aber gleichzeitig befohlen, sich von ihr fernzuhalten, weil ihre großen Schwestern das gar nicht gerne gesehen hätten. Aber seine Brüder hatten sich geirrt. Sie war weder süß noch irgendwie hübsch.

Sie war atemberaubend.

Gegen seinen 1971er Plymouth GTX gelehnt, beobachtete Egbert Ray Smith – Eggie für sein Rudel und all jene aus dem United States Marine Corps, die über seine Existenz Bescheid wussten –, wie die Wölfin leise seufzte und die Augen verdrehte. Hin und wieder schüttelte sie auch den Kopf. Eggie wusste genau, warum. Sie tat es wegen all der Streitereien im Haus hinter ihr. All diese verdammten Streitereien. Wenn er gewusst hätte, was ihn zu Hause erwartete, dann wäre er überhaupt nicht zurückgekommen. Eggie hasste es ohnehin, wenn er zu etwas gezwungen wurde, das die Vollmenschen als »Ferien« bezeichneten, während seine Kollegen beim Militär von »Urlaub« sprachen. Er brauchte keine Ferien. Er *wollte* keine Ferien.

Er hatte das Glück, zu den ganz wenigen Leuten auf der Welt zu gehören, die ihren Job tatsächlich mochten, und sein Job war das Töten. Aber nicht einfach willkürliches Töten. Er war kein mordender Mistkerl. Nein, Eggie tötete für einen guten Zweck, um seine Artgenossen und andere Gattungen und Spezies zu beschützen, die er zwar nicht sonderlich mochte und die auch ihn nicht großartig kümmerten – aber er fand trotzdem, dass sie Schutz verdient hatten, genauso wie jeder andere, der sich in ein vollkommen anderes Wesen verwandeln konnte.

Eggie war gut im Töten. Manche würden wahrscheinlich sogar behaupten, es sei das Einzige, worin Eggie Ray Smith überhaupt gut war. Also, warum zwang man ihn dann, das Einzige sein zu lassen, was er gut konnte, nur »weil Eggie uns allmählich nervös macht«, wie seine Kollegen bei den Marines zugegeben hatten. Eggie verstand auch gar nicht, wie er das – angeblich – angestellt hatte. Er hatte nichts anderes getan als an jedem anderen Tag.

Aber weil seine gesamte Einheit – die Einheit ohne Namen und ohne Nummer, die nur jenen bekannt war, die sich Reißzähne und Krallen wachsen lassen konnten, wann immer sie es wollten – der Ansicht gewesen war, er bräuchte »eine Pause«, machte Eggie nun eben Pause.

Da er also in den kommenden ein, zwei Monaten nichts anderes zu tun hatte – je nachdem, wann seine Vorgesetzten ihn wieder benötigten –, war Eggie nach Hause zurückgekehrt.

Und bis vor drei Minuten war er noch davon überzeugt gewesen, dass es sich dabei um die dämlichste Entscheidung handelte, die er seit Langem getroffen hatte, unter anderem, weil seine Brüder so verzweifelt versuchten, sich ein Weibchen an Land zu ziehen. Für die meisten Wolfswandler bedeutete »ein Weibchen an Land ziehen« natürlich einfach, ihre Auserwählte zu verführen oder sie mit einem noch immer zappelnden Wapiti zu umwerben.

Zu dumm nur, dass die Smith-Männer nicht so waren wie die meisten Wolfswandler.

Keiner von Eggies Brüdern schien die Bedeutung der Worte »umwerben« oder »verführen« zu verstehen. Stattdessen stritten sie sich mit ihren Wölfinnen. Ununterbrochen. Mit Eggies beiden älteren Brüdern, Benjamin Ray und Frankie Ray, und mit seinem jüngsten Bruder, Nicky Ray, war es schon schlimm genug gewesen, vor allem, weil sich eine ihrer Frauen in eine echte Weitspuckerin verwandelte, wenn sie richtig wütend wurde.

Aber nichts übertraf Eggies jüngeren Bruder, Bubby Ray, und seine Dämonenwölfin aus der Hölle, Janie Mae Lewis. Sein Daddy mochte Janie Mae, weil sie genau die Art von Wölfin verkörperte, die er sich für all seine Söhne als Gefährtin wünschte: stark, selbstbewusst – von Natur aus ein Alphaweibchen. Aber gerade weil Daddy Janie Mae so gerne mochte, musste Bubba natürlich besonders schwierig sein. Er musste Spielchen spielen. Und was noch schlimmer war: Janie Mae reagierte darauf mit ihren eigenen Spielchen. Die beiden hatten sich zwar noch nicht einmal offiziell gepaart, hatten aber bereits zwei kleine gemeinsame Jungen. Außerdem war die Wölfin mit Bubbas drittem Kind schwanger, aber sie hatten sich trotzdem noch nirgendwo als Familie niedergelassen. Stattdessen pendelten sie zwischen den Territorien der Rudel in Smithtown, Tennessee, und Smithville, North Carolina, hin und her – und stritten sich dabei scheinbar die ganze Zeit.

Eggie verstand diese ganzen Streitereien nicht. Ehrlich gesagt, stritt er sich nie mit irgendwem. Das musste er nie. Er starrte diejenigen, die sich mit ihm streiten wollten, entweder so lange an, bis sie abzogen, oder er tötete sie einfach. Ein Dazwischen gab es nie, also was hatte diese ganze Zankerei für einen Sinn? Unglücklicherweise schien Bubba nicht dieselbe Philosophie zu verfolgen. Alles, was er mit Janie Mae tat, war streiten. Tatsächlich hatte Eggie kaum einen Fuß in das Haus seiner Eltern in Tennessee gesetzt, als ihn seine Brüder auch schon zurück in seinen Wagen verfrachtet hatten, bevor er sich im nächsten Moment auf dem Weg nach North Carolina befunden hatte. Und das war weiß Gott das Letzte gewesen, was er hatte tun wollen.

Bis zu dem Moment, als er sie sah.

Ja, sie war eindeutig die jüngste der Lewis-Schwestern. Die, von der keiner aus der Familie Lewis je gesprochen hatte, wenn Eggie in der Nähe gewesen war. Obwohl diese Schwester – seiner Meinung nach – viel hübscher war als die anderen vier. Sie hatte langes, glattes braunes Haar, das durch einen Mittelscheitel geteilt war und ihr süßes kleines Gesicht mit diesen großen braunen Augen und ziemlich prallen Lippen umrahmte. Außerdem verfügte sie – er konnte es nicht anders ausdrücken – über die niedlichsten Wangen aller Zeiten. Obwohl er sich nicht ganz sicher war, ob Wangen wirklich niedlich sein konnten. Genau wie beim Rest der Familie Lewis war ihre Nase lang und markant, aber sie selbst war kleiner als ihre Schwestern und kaum größer als einen Meter siebzig. Für ein Lewis-Weibchen war das ziemlich klein. Für ein Smith-Weibchen sogar geradezu winzig.

Eggie spielte mit dem Gedanken, zu ihr hinüber zu gehen und sich vorzustellen, wie Männer es eben taten, wenn sie eine hübsche Frau sahen, die sie gerne kennenlernen wollten. Aber dann fiel ihm wieder ein, wer er war. Er war Eggie Ray Smith, ein ausgebildeter Killer. Was sollte ein Mädchen wie sie mit einem Wolf wie ihm schon anfangen? Würde sie erwarten, dass er mit ihr plauderte? Ihr Blumen schenkte? Eine Herde Wapitis für sie erlegte? Außerdem hasste ihre komplette Familie ihn bereits aus Prinzip. Womit er sein Geld verdiente, galt unter anderen Gestaltwandlern nicht unbedingt als ehrenwert, obwohl es nötig war, damit sie alle in Sicherheit leben konnten.

Nein. Es war am besten, sich nicht mit hineinziehen zu lassen … in gar nichts. Es war am besten, wenn er genau dort blieb, wo er war. Hier. In seinem Auto. Und darauf wartete, dass das Gebrüll endlich ein Ende nahm, damit er sich ein Hotel in der Stadt suchen und ein bisschen schlafen konnte.

Weiter auf diese Frau auf der Veranda zu starren, war daher keine besonders gute Idee, weshalb er beschloss, stattdessen seine Füße zu betrachten. Bis er jemanden atmen hörte.

Und das war nicht er selbst.

Von all den Gelegenheiten, bei denen Darla Mae Lewis' Chef sie für einen »Besuch« hätte nach Hause schicken können – einen Besuch, auf den er aus irgendeinem Grund bestanden hatte –, warum hatte es ausgerechnet diese sein müssen?

Ganz ehrlich, nur ein Chef mit eigenem Rudel konnte auf so etwas bestehen. Ein vollmenschlicher Chef hätte das weiß Gott niemals getan. Wenn es nach Letzteren ginge, dann würden sie ihren niederen Angestellten nie auch nur eine einzige Pause gönnen. Aber Darla arbeitete nicht für einen Vollmenschen. Nein, sie war die Souschefin in der Patisserie eines Van Holtz Steak House in San Francisco, und die Van-Holtz-Wölfe verstanden das Rudelleben. Was auch der Grund dafür war, dass ihr Boss – Küchenchef und Alphamännchen der Van Holtz' in San Francisco – urplötzlich und völlig aus dem Blauen heraus darauf bestanden hatte, dass Darla sich ein wenig »Rudelzeit« gönnte. Etwas, das die meisten Wölfinnen, die aus irgendeinem Grund von ihrer Familie getrennt waren, durchaus genossen. Aber andererseits musste sich von denen auch keine mit diesen verfluchten Streitereien herumärgern!

Als Darla vor zwei Wochen ihren Vater angerufen hatte, waren nur er, Darlas Momma und ihre Brüder zu Hause gewesen. Ihre Schwestern hatten sich noch in Smithtown, Tennessee, aufgehalten und sich mit den unfassbar nervtötenden Smith-Brüdern herumgeschlagen. Also war Darla freudig quer durchs Land getrampt – was sie gerne tat, auch wenn sie ihren Eltern nicht unbedingt davon erzählte. Als sie jedoch ihr Zuhause in North Carolina erreicht hatte, waren ihre verfluchten Schwestern bereits wieder zurück gewesen und hatten mitten in einer ihrer verfluchten Streitereien gesteckt! Allerdings nicht miteinander, was Darla auch schon kaum aushalten konnte, sondern mit diesen verdammten Smith-Wölfen.

Und dabei handelte es sich noch nicht einmal um einen einzigen großen Streit, sondern um mehrere einzelne! Francine Mae, die Älteste, stritt sich mit ihrem Gefährten Benjamin Ray darüber, in welche Lewis'schen Familienangelegenheiten Benji seine große Smith-Nase hineinstecken konnte und in welche nicht. Roberta Mae und Frankie Ray waren damit beschäftigt, darüber zu debattieren, ob Robbies Rock lang genug war – anscheinend war er das nicht –, während Janette Mae und Nicky Ray über Nixon diskutierten. Über Nixon, ausgerechnet!

Aber schlimmer als all das war, was sich zwischen Janie Mae und Bubba Ray Smith abspielte. Die beiden führten nun schon seit Jahren eine On-off-Beziehung. Sie spielten alle möglichen Spielchen miteinander und versuchten, den jeweils anderen eifersüchtig zu machen. Als Janie mit ihrem ersten Sohn schwanger gewesen war, hatte praktisch die ganze Familie einen Seufzer der Erleichterung ausgestoßen, in der Annahme, dass die beiden damit *endlich* offiziell zu Gefährten werden und mit all dem Gezanke aufhören würden.

Unglücklicherweise war das jedoch nicht passiert. Stattdessen war das Gezanke nur noch schlimmer geworden. Viel schlimmer. Und jetzt, zwei Söhne später, während das dritte Kind unterwegs war, tingelte das Pärchen zwischen North Carolina und Tennessee hin und her, wobei einer für gewöhnlich dem anderen folgte, und hielt, um sich zu streiten, gelegentlich auf halber Strecke auf einem der Rastplätze an, die vermutlich etwas Besseres verdient hatten.

Sollte es wirklich so schwierig sein? Sollten Liebe und Fürsorglichkeit wirklich so lächerlich dumm und anstrengend sein? Darla glaubte das nicht. Genauso wenig wie ihre Freunde in San Francisco es glaubten – eine liebenswürdige Mischung aus Gestaltwandlern und Vollmenschen, die sie kennengelernt hatte, als sie mit achtzehn von zu Hause ausgezogen war, um ihr Praktikum in einem Van-Holtz-Restaurant in Baltimore anzutreten. Mein Gott, es war 1974! Wundervolle Dinge geschahen überall um sie herum. Die Zeiten änderten sich. Es gab so wunderbare Musik, und die Menschen begriffen allmählich, dass Kriege und Gewalt nicht die Antworten auf alle harten Fragen des Lebens darstellten. Jetzt war die Zeit zu reisen und die Welt zu erleben, und neue, interessante Menschen, Religionen und Spezies zu entdecken.

Aber Darlas Familie war in einer Welt gefangen, zu der Darla nicht mehr gehören wollte. Einer Welt, in der es nur darum ging, um seine Stellung im Rudel zu kämpfen. Im Gegensatz zu ihren Vollblut-Gegenstücken behielten Wolfswandler ihre Stellung nie ihr ganzes Leben lang. Sie wollten entweder immer mehr oder weniger oder etwas ganz anderes, aber niemals das, was sie bereits hatten. Und jeder mit ein paar Gehirnzellen konnte sehen, dass Janie das Alphaweibchen des Smith-Rudels werden wollte.

Sie konnte und würde nichts weniger akzeptieren, selbst wenn das bedeutete, dass sie Bubbas Momma aus ihrer momentanen Position als Alphaweibchen vertreiben musste. Sicher, das war nun mal Janie Maes Art. Und Darlas restliche Schwestern gaben die perfekten Betaweibchen ab, obwohl sie älter waren. Sie würden dafür kämpfen, dass Janie bekam, was sie wollte, auch wenn das bedeutete, dass sie sich mit ihren eigenen Gefährten deswegen so richtig in die Haare kriegten.

Blieb nur die Frage, was Bubba Ray von alldem hielt. Da er in ein paar Jahren dreißig werden würde und ein Männchen war, wusste er nicht, was zur Hölle er wollte. Vor allem nicht, wenn es bedeutete, dass er vielleicht seine eigenen Eltern davonjagen musste. Aber wie das wahre Alphamännchen, das Bubba eines Tages höchstwahrscheinlich sein würde, würde er entscheiden, was er wollte, wenn er verdammt noch mal bereit dazu war. Etwas, worüber Janie Mae ganz und gar nicht glücklich war. Denn auch wenn sie heute, in diesem Moment, noch nicht unbedingt das Alphaweibchen sein musste, wollte sie doch gerne eine Garantie, dass es eines Tages passieren *würde*.

Deshalb gingen die Streitereien weiter. Und weiter. Und weiter.

Wenn Darla gewusst hätte, dass das passieren würde, so lange sie da war, dann hätte sie sich ihre Pause in einer der Kommunen gegönnt, von denen ihr eine ihrer Freundinnen erzählt hatte. Oder sie wäre nach Europa geflogen und noch einmal durch Frankreich getrampt. In Frankreich gab es weiß Gott eine ganze Welt aus edlem Gebäck, das Darla noch entdecken und erforschen konnte und deren Herstellung sie erlernen konnte. Aber sie war nicht in Frankreich, sie war *hier*.

Vielleicht konnte sie sich ja in ein oder zwei Tagen absetzen. Wieder verschwinden, nachdem sie ein bisschen Zeit mit ihren Eltern verbracht hatte, vor allem mit ihrem Daddy, der diese Streitereien genauso sehr hasste wie sie. Bis dahin musste sie sich jedoch damit zufriedengeben, sich einfach zu verziehen, wenn sich im Haus mal wieder dieser ganze unnötige Mist abspielte.

Darla sprang die Stufen hinunter und lief in den Wald. Sie war noch nicht weit gekommen, als sie den Geruch eines unbekannten Wolfes im Revier ihrer Eltern witterte, den der Wind zu ihr wehte.

Sie blieb stehen und drehte sich um. Darla schnupperte erneut in die Luft und rief: »Hallo?«

Ein Zweig knackte hinter ihr, und sie wirbelte herum und fuhr sofort die Reißzähne aus dem Zahnfleisch, als sie die Waffe sah, die auf sie gerichtet war. Der Mann, der die Waffe in der Hand hielt, blinzelte überrascht. Aber es dauerte nur einen kurzen Moment. Einen kurzen Moment der Verblüffung und Verwirrung beim Anblick der Reißzähne einer jungen Frau mitten im Nirgendwo. Dann zielte der Vollmenschen-Mann wieder mit seiner Waffe, und Darla fuhr ihre Krallen aus und machte ihren Körper für die Verwandlung und zum Angriff bereit – in der Hoffnung, dass ihr die Überraschung, wenn er sie in ihrer Wolfsgestalt sah, die wertvollen Sekunden bescheren würde, die sie brauchte, um ihm die Kehle herauszureißen.

Darlas Muskeln begannen zu zittern, bevor sie nur wenige Sekunden später absprang und sich mitten in der Luft verwandelte, während sie auf den Mann zuflog. Es knallte jedoch nie ein Schuss aus der Waffe. Der Wolf, den sie vorhin gewittert hatte, stand nun hinter dem Menschen. Die Hand, mit der dieser die Waffe hielt, war zerquetscht, und sein Genick war gebrochen.

Darla änderte ihre Flugrichtung, um den Wolf nicht zu verletzen, machte eine Rolle rückwärts und knallte mit ihrem Wolfskörper gegen einen großen Baum. Als sie auf dem Boden landete, blickte sie zu dem Wolfsmännchen hinauf. Obwohl sie ihn nicht persönlich kannte, wusste sie sofort, dass er ein Smith war. Normale Wölfe hatten weder so breite Schultern noch so dicke Hälse. Außerdem hatte er einen Vollbart und dunkles Haar, das bis zu seinen Schultern hinunter und über sein Gesicht hing, weswegen sie sich fragte, wie er überhaupt irgendetwas sehen konnte.

Er machte einen Schritt auf sie zu und seine Wolfsaugen funkelten zu ihr hinunter. Zumindest … nahm sie an, dass er sie anfunkelte. Es war schwer zu sagen.

Darla rappelte sich auf, aber der Smith-Wolf mit dem funkelnden Blick zog das größte Jagdmesser hervor, das sie jemals gesehen hatte. Todsicher, dass er ihr im nächsten Moment die Kehle aufschlitzen würde, weil er sie nach Smith-Maßstäben als Schwächling betrachtete, wich sie vor ihm zurück und drückte sich mit dem Rücken gegen den Baum.

Er tötete sie jedoch nicht, sondern drehte sich um, warf das Messer durch die Luft und spießte damit den Vollmenschen auf, der sich ihm von hinten genähert hatte.

Erst in dem Augenblick wurde Darla bewusst, dass der erste Vollmensch nicht allein gewesen war. Gott! Wie viele Vollmenschen trieben sich denn bitte in ihrer kleinen Stadt herum? Und wo war die städtische Polizei? Wo waren die anderen Smith- und Lewis-Wölfe? Die Bären? Die Löwen? Hingen denn alle nur noch in der Kneipe rum und betranken sich? Inwiefern war das bitteschön akzeptabel?

Aber was am allerwichtigsten war: Warum schienen ihr all diese Vollmenschen-Männer zu folgen? Ganz ehrlich, Darla wäre ernsthaft in Schwierigkeiten geraten, wenn dieser überdimensionierte Smith-Wolf nicht gewesen wäre, der aussah, als würde er niemals lächeln.

Der Wolf ging zu dem Vollmenschen hinüber, der mittlerweile auf die Knie gefallen war, alles Leben aus seinem Körper gewichen. Bevor seine Leiche zu Boden fiel, zog der Wolf sein Messer wieder aus dem Kopf des Menschen und schnappte sich die Waffe aus der Hand des anderen Mannes. Der Wolf hatte die Waffe gerade in den Bund seiner Jeans gesteckt, als der nächste Vollmensch angriff.

Darla hätte den Wolf gern vorgewarnt, aber das musste sie gar nicht. Er bewegte sich blitzschnell und zog ein zweites Jagdmesser aus einer Scheide an seinem dicken Oberschenkel. Er riss es nach oben, schnitt die Innenseite des Oberschenkels des Mannes auf, stellte sich dann vor ihn, kreuzte die Klingen und trennte dem Menschen beinahe den Kopf ab.

Wieder schaute der Wolf zu ihr hinunter und legte einen

großen Zeigefinger an seine Lippen. »Schhh«, flüsterte er und verschwand im Wald.

Auch wenn Darla nichts sehen konnte, reichte ihr das, was sie hörte: die Laute sterbender Männer, als der Wolf einen nach dem anderen tötete. Etwas, das in Darla normalerweise blankes Entsetzen ausgelöst hätte. Sie war schließlich Pazifistin. Und trotzdem … war sie nicht entsetzt. Sie wusste nur nicht, warum.

Dann spürte sie etwas Klebriges unter ihrer Pfote. Sie lehnte sich nach unten und schnupperte daran. Blut. Ihr Blut.

Es musste passiert sein, als sie gegen den Baum geknallt war. Sie wusste zwar, dass sie hart dagegen geprallt war, aber sicher nicht *so* hart. Sie spielte mit dem Gedanken, nach ihrer Familie zu schreien. Zu heulen. Oder sogar nach dem Wolf zu rufen. Aber sie fühlte sich mit einem Mal ganz schwach und müde.

Vielleicht, wenn sie einfach nur für eine Weile die Augen zumachte …

Eggie erledigte den letzten Vollmenschen, indem er eine Hand auf den Mund des Mannes presste, während er mit einem seiner Lieblingsmesser ein Loch von dessen Darm bis zu seinem Magen aufschlitzte. Als der Mann zu gurgeln aufhörte, ließ er die Leiche zu Boden fallen, nahm ihm die Waffe ab und kehrte zu dem kleinen Lewis-Mädchen zurück. Er hielt kurz an, um sein zweitliebstes Messer aus dem offenen Mund eines der anderen Männer zu ziehen und wischte es schnell an der Kleidung des Mannes ab, bevor er die Klinge wieder in die Scheide schob.

Dann trat er aus dem Wald auf die kleine Lichtung.

»Alles okay?«, fragte er die Wölfin, ließ seinen Blick dabei über die Bäume schweifen und hielt nach weiteren herumlungernden Vollmenschen Ausschau – übrigens die einzige Spezies, die er kannte, die herumlungerte. Als er jedoch keine Antwort erhielt, konzentrierte er sich voll und ganz auf sie.

Sie sah aus, als würde sie schlafen, aber das bezweifelte er. Das arme, kleine Ding war zu verängstigt für ein Wolfsnickerchen gewesen. Er ging zu ihr und hockte sich neben sie, und seine Wolfsaugen nahmen sofort das Blut wahr, das auf den Blättern, in denen sie gelandet war, bereits eine Pfütze gebildet hatte. Er erinnerte sich daran, wie ihr Körper gegen den Baum geprallt war, zog sie ein Stück vom Stamm weg und sah, dass allem Anschein nach ein tief hängender Ast daraus hervorragte.

Vorsichtig tastete Eggie den Nacken der Wölfin ab und fand die Wunde. Wenn sie ein Vollmensch gewesen wäre, wäre sie jetzt tot, aber sie war eine Wölfin, und das hatte ihr das Leben gerettet.

Seufzend blickte sich Eggie zu dem Pfad um, der zurück zum Haus der Familie Lewis führte. Er konnte immer noch hören, wie sich ihre und seine idiotische Verwandtschaft zankten, und um ganz ehrlich zu sein, war er verflucht noch mal ziemlich unzufrieden mit den grundlegenden Sicherheitsmaßnahmen dieser Stadt. Das jemand derart unbehelligt in ihr Gebiet eindrang, hätte es in Smithtown niemals gegeben. *Sämtliche* Auswärtige wurden bereits an der Grenze ihres Territoriums abgefangen, und falls sich ihre Anwesenheit dabei als reines Versehen herausstellte und sie nichts gesehen hatten, was sie nicht hätten sehen sollen, wurden sie wieder ihrer Wege geschickt, begleitet von dem guten alten Tennessee-Gruß: »Wir mögen hier in der Gegend keine Fremden.« Falls sie hingegen absichtlich *versuchten*, auf Smithtown-Gebiet einzudringen oder etwas beobachteten, was sich nicht so einfach erklären ließ – dann wurde die Sache ganz anders gehandhabt. Und oft von den Weibchen der Stadt.

Smith-Weibchen mochten es wirklich ganz und gar nicht, wenn Fremde in ihr Territorium eindrangen.

Aber allem Anschein nach wurden die Dinge in Smithville, North Carolina, ganz anders gehandhabt, wo vollmenschliche Hexenzirkel und eine bunte Mischung aus allen Spezies allesamt in Sünde zusammen lebten. Das war einfach nicht richtig. Wölfe gehörten unter Wölfe. Bären unter Bären. Katzen unter Katzen. Und Füchse gehörten sofort an Ort und Stelle eingeschläfert. Das war die richtige Art, die Dinge zu handhaben. Aber er fand es ganz und gar nicht richtig, die hübsche kleine

Lewis-Wölfin wieder zu ihren Verwandten oder ihrem Rudel zurückzubringen, die bereits dabei versagt hatten, sie zu beschützen.

Deshalb tat er es auch nicht.

Nein. Stattdessen hob Eggie Ray Smith das kleine Mädchen hoch und trug es zu seinem Wagen. Sicher, er hatte seine Brüder hierhergefahren, aber die würden auch auf eigene Faust wieder zurückkommen.

Außerdem wusste Eggie, dass er, wenn er sich beeilte, den Stützpunkt der Marines ganz in der Nähe erreichen konnte, wo die Wunden der Wölfin von einem anständigen Gestaltwandler-Arzt versorgt werden würden und er anschließend vielleicht sogar mit einem der Bereitschaftstransporte seines Teams zurück nach Hause fahren konnte. Auf die Art musste er sich keine Sorgen darüber machen, die gut neun oder zehn Stunden zurück nach Tennessee fahren zu müssen.

Jap. Das klang nach einem guten Plan. Also legte er die Wölfin vorsichtig auf den Rücksitz seines Autos und breitete eine Decke aus dem Kofferraum über ihr aus. Sie befand sich noch immer in ihrer Wolfsgestalt, und das war wahrscheinlich auch am besten so. Auf die Art würde sie vermutlich schneller heilen.

Nachdem er sie versorgt hatte, setzte sich Eggie hinters Lenkrad und ließ den Wagen an. Er erwachte rumpelnd zum Leben. Seine Brüder sorgten immer gut dafür, dass sein Auto gewartet wurde, ganz gleich, wie lange er von zu Hause fort war. Er wusste das wirklich zu schätzen, als er aus dem Wald auf die Straße fuhr, mit einer verwundeten Wölfin auf der Rückbank und dem Blut mehrerer Vollmenschen-Männer noch immer an seinen Händen.

Letzteres war allerdings ein wenig bedauerlich … Er hasste es, wenn sich seine Hände so klebrig anfühlten.

KAPITEL 2

»Smith!«, bellte eine Stimme hinter Eggie. »Was zur Hölle tun Sie hier? Warum sind Sie nicht irgendwo anders, wie man es Ihnen befohlen hat?«

Mürrisch wandte Eggie den Blick von seinem verwundeten Schützling ab und schaute über seine Schulter zu dem Löwenmännchen, das hinter ihm stand – und starrte es an, bis sich der Major räusperte und ihn anblaffte: »Gut ... aber machen Sie schnell und verschwinden Sie wieder. Verstanden?«

Der Löwe wandte den Blick ab und entfernte sich hastig, und Eggie richtete seine Aufmerksamkeit wieder auf die Wölfin und das medizinische Team, das sich um sie kümmerte.

Der Arzt, eine Hyäne, kicherte leise und sagte: »Wir müssen die Wunde nähen und ihr ein Antibiotikum geben, um eine Infektion zu vermeiden.« Er sah den Schakal an, der neben ihm stand. »Holen Sie ihr was zum Anziehen. Ich werde sie zur Verwandlung zwingen müssen, wenn ich fertig bin.«

Die Hyäne richtete sich auf. »Und Sie? Wollen Sie die ganze Zeit da stehen bleiben und mich mit Ihren Freak-Augen anglotzen?«

»Mit Reißzähnen zur Welt gekommen und kichert wie meine jüngste Nichte, aber *ich* bin der Freak?«

Die beiden funkelten einander an, bis ein Schwarzbär an den Tisch trottete. »Smith. Hab dir 'ne Transportmöglichkeit organisiert.«

»Gut.« Eggie deutete auf die Wölfin. »Näh sie schnell wieder zusammen, Kichererbse.«

Die Hyäne verschränkte die Arme vor der Brust. »Vielleicht bin ich ja zu beschäftigt. Ich hab auch noch andere Pflichten.«

Eggie neigte den Kopf nach unten und blickte zu der Hyäne

hinauf, während er seine Reißzähne aus dem Zahnfleisch wachsen ließ, begleitet von einem tiefen Knurren, das sich zu seinem Markenzeichen entwickelt hatte.

»Okay, okay.« Die Hyäne hob die Hände in die Luft. »Mach Platz, Rin Tin Tin. Ich hab doch gesagt, dass ich mich um sie kümmern werde.«

Um sicherzugehen, dass der Mistkerl wirklich verstand, dass Eggie keinen Scherz machte, kläffte er einmal laut und genoss, wie die Hyäne rückwärts stolperte, bevor er sich abwandte und davonstolzierte. Der Schwarzbär – er hieß McMartin und war sein Teamleiter – folgte ihm. Eggie mochte Bären nicht, aber McMartin konnte er tolerieren. Wahrscheinlich, weil er ein Schwarzbär war und Schwarzbären zwar genauso still waren wie Grizzlybären, aber nicht so entsetzlich schreckhaft – und ganz sicher nicht so lächerlich riesig wie Eisbären.

»Was kann ich sonst noch für dich tun?«, wollte McMartin wissen.

»Finde heraus, wer sie tot sehen will.«

»Bist du sicher, dass sie es auf sie abgesehen hatten?«

»Ja. Ganz sicher.«

»Sollte sich ihr Rudel nicht darum kümmern? Das ist es doch, was Wölfe füreinander tun, oder?«

Eggie blieb stehen und drehte sich zu dem Bären um, sagte jedoch kein Wort.

»Na schön«, seufze McMartin nach einer vollen Minute. »Ich erledige das.«

»Gut.«

»Und der Pilot muss wissen, wohin du …«

»Tennessee.«

Und dann, ohne ein weiteres Wort, ging Eggie davon, um sich die Waffen zu besorgen, die er benötigte.

Darla machte die Augen auf, schloss sie jedoch sofort wieder. Durch das Schaukeln des Autos und das grelle Licht, das durch das Fenster hereinfiel, war ihr ein wenig flau im Magen.

»Was ist hier los?«, fragte sie. »Wo bin ich?«

»In meinem Auto«, knurrte sie eine Stimme an.

Sie zwang sich, ein Auge zu öffnen und den Mann anzuschauen, der den Wagen fuhr. Jetzt erinnerte sie sich wieder an ihn. Das Smith-Männchen von letzter Nacht. Das war doch letzte Nacht gewesen, oder? Sie hatte das nicht geträumt?

Darla räusperte sich und machte das Auge wieder zu, denn selbst diese kleine Bewegung verursachte ihr schlimme Schmerzen. »Warum bin ich denn in deinem Auto, äh …?«

»Eggie.«

»Eggie?« Sie machte das eine Auge wieder auf. »Dein Name ist *Eggie*?«

»Egbert Ray. Aber alle nennen mich Eggie.«

»Oh.« Tja, in ihrer Familie gab es auch ein paar ziemlich einzigartige Vornamen, also wer war sie schon, darüber zu … zu …

»Warte mal … Egbert Ray?« Jetzt riss sie beide Augen auf und starrte den großen Wolf offen an, der neben ihr auf dem Fahrersitz saß. »Du bist … Egbert Ray Smith?«

»Jap.«

»*Der* Egbert Ray Smith?«

»Ich kenne nur einen.« Er sah sie an, seine Augen noch immer in Wolfsform. »Und der bin ich.«

Darla stieß die angehaltene Luft aus und wusste, dass es eher wie ein Schaudern klang.

Keine Panik, ermahnte sie sich selbst. *Keine Panik.*

Sie war sich sicher, dass alles in Ordnung war. Das alles in bester … Ordnung war. Wahrscheinlich gab es eine vollkommen logische Erklärung dafür, dass sie zusammen mit Egbert Ray Smith in einem Auto saß. Einen völlig logischen Grund.

Aber als sie daran zurückdachte, was er vergangene Nacht mit diesen Vollmenschen-Männern gemacht hatte, fiel Darla auch wieder ein, was sie im Laufe der Jahre so alles über Egbert Smith – Eggie – gehört hatte. Er war noch nicht mal dreißig, und trotzdem war der Wolf schon einer der meistgefürchteten Killer des Smith-Rudels weltweit. Sie erinnerte sich noch gut an die erleichterten Seufzer ihrer Nachbarn, ebenfalls Smiths, als sie es erfahren hatten: »Dieser Junge ist jetzt bei den Marines.«

Dieser Junge. Genauso hatten sie ihn alle immer genannt. Dieser Junge. So als fürchteten sie sich davor, seinen Namen auszusprechen. So als könnten sie ihn dadurch zu sich rufen. Ihn heraufbeschwören, wie der Hexenzirkel in ihrer Heimatstadt es ausgedrückt hätte. Obwohl ihre Schwestern dafür bekannt waren, dass sie ihre Männer sofort unterbrachen, wenn diese Eggie auch nur erwähnten, schienen seine Brüder nie Angst vor ihm zu haben. Aber um ehrlich zu sein, gab Darla nicht allzu viel darauf. Ihrer Meinung nach war keiner der Smithtown-Jungs besonders helle.

Darla schaute aus dem Fenster, bewegte dabei aber noch immer nur ihre Augen, da jede Bewegung ihres Halses mit Schmerzen verbunden war, auch wenn sie keine Ahnung hatte, warum. »Wo sind wir?«, fragte sie, da sie die vorüberfliegende Landschaft nicht erkannte.

»Tennessee.«

Ihre Finger ballten sich zu Fäusten. »Tennessee? Warum … Wann … Ich verstehe nicht …«

»Dir geht's gut.«

»Mir geht's *nicht* gut! Du hast mich aus der Sicherheit meines Rudels und aus dem Zuhause meiner Familie entführt und mich über die Grenze des Bundesstaats gebracht!«

»Von wegen Sicherheit.«

»Was soll das denn heißen? Von wegen Sicherheit?«

»Du wurdest dort angegriffen. Von Vollmenschen.«

»Oh, und das wäre nicht passiert, wenn ich in Smith County gewesen wäre oder in Smithland oder Smith Province oder in welchem nach euch selbst benannten Flecken ihr momentan so haust?«

»Nein. Wahrscheinlich nicht.«

Darla hatte seine Attitüde satt, ihr Kopf und ihr Hals taten furchtbar weh und sie hatte verdammt noch mal wirklich Angst, und deshalb hob sie ihren Arm und zeigte nach draußen. »Halt an.«

»Hä?«

»Du hast mich gehört. Halt an.«

»Wir fahren erst noch auf Smithtown-Territorium.«

»Halt *sofort* an!«

»Schon gut, schon gut.« Er drehte das Lenkrad und brachte den Wagen auf dem Seifenstreifen des zweispurigen Highways zum Stehen, während riesige Trucks an ihren vorbeibretterten.

»Was ist denn?«, wollte er wissen und klang mürrisch und gemein. Darla hatte keine Ahnung, ob sie sich nicht vielleicht mit einer wirklich unausstehlichen Person in einem Wagen befand, und das musste sie einfach herausfinden. Sie musste wissen, ob sie wirklich in Sicherheit war oder ob sie versuchen sollte, die Flucht zu ergreifen, schmerzender Hals hin oder her. Und die einzige Möglichkeit, das herauszufinden, war die, die ihre Lieblingsgroßtante ihr beigebracht hatte.

Ohne ihren furchtbar wunden Hals zu bewegen, hob Darla die Hände und winkte in Richtung des Wolfs. »Komm her.«

Eggie, der nicht gerne hier draußen zwischen all den Vollmenschen bleiben wollte, verstand nicht, was das Mädchen von ihm wollte.

»Wie bitte?«

»Komm her.«

Er lehnte sich zu ihr und vermutete, dass ihr womöglich schlecht war. Ihr Körper heilte noch immer, und er konnte sehen, dass sie Schmerzen litt. Er würde sich besser fühlen, wenn er sie endlich auf wirklich sicheres Territorium gebracht und ins Bett gesteckt hatte.

»Näher. Ich kann meinen Hals nicht drehen.«

Also beugte er sich noch näher zu ihr und lehnte sich über sie, bis er ihr Gesicht sehen konnte, ohne dass sie sich umdrehen musste. In dem Moment legte sie ihre kleinen Hände auf sein Gesicht und zog ihn noch näher zu sich heran. Sie blickte ihm direkt in die Augen, und für eine kurze, wundervolle Sekunde lang dachte er, sie würde ihn küssen. Aber alles, was sie tat, war, ihm durchdringend direkt ins Gesicht zu schauen, während ihr Blick seinen suchte. Warum? Eggie hatte nicht den Hauch einer Ahnung. Niemand hatte ihn je länger als ein paar Sekunden am Stück angeschaut.

»Bist du verrückt oder so was?«, fragte sie.

»Nein.«

»Besorgt? Verängstigt?«

»Nein.«

»Und warum sind deine Augen dann immer noch Wolfsaugen?«

»Sind sie nicht.«

»Sind sie nicht?«

»Nein.« Er verwandelte seine Augen, um ihr den Unterschied zu demonstrieren. »Siehst du? Jetzt sind sie verwandelt. Und jetzt nicht.«

»Ha!« Sie blinzelte. »Dir ist schon klar, dass der einzige Unterschied darin besteht, dass deine verwandelten Augen ein bisschen erweiterter sind?«

»Hab nie wirklich drauf geachtet.«

»Natürlich nicht«, seufzte sie und starrte ihm weiter in die Augen.

Eggie wusste zwar nicht, wie lange sie so dasaßen und er sich über sie lehnte, während er sich mit den Armen links und rechts neben ihren Hüften abstützte und ihre Hände ganz sanft auf seinem Kiefer ruhten, aber er wusste, dass es ihm gefiel. Und dabei berührten sie sich kaum.

Schließlich stieß sie einen lang gezogenen Atem aus, und ihr Körper lehnte sich entspannt wieder auf dem Sitz zurück, bevor sie die Hände in den Schoß fallen ließ.

»Okay«, sagte sie.

»Okay?«

»M-hm.«

Ganz langsam schob sich Eggie auf seinen Sitz zurück und

schaute aus dem Autofenster. »Was ist hier gerade passiert?« Denn Eggie wusste, dass irgendetwas passiert war.

»Ich musste mich nur vergewissern, dass ich bei dir in Sicherheit bin.«

»Dass du bei mir in Sicherheit bist?« Er sah sie an. »Du weißt, dass du bei mir in Sicherheit bist?« Das war sie natürlich, aber wie konnte sie sich dieser Tatsache so sicher sein?

Sie lächelte und wirkte erleichtert. »M-hm.«

»Und du weißt das, weil du … mich angeschaut hast?«

»Im Prinzip.«

»Im Prinzip?«

»M-hm. Im Prinzip.«

Sie lächelte, und Eggie stellte fest, dass sie die hübschesten und tiefsten Grübchen in diesen niedlichen Wangen hatte, die er in seinem ganzen Leben je gesehen hatte.

»Dann willst du also, dass ich weiterfahre?«, fragte er.

»M-hm.« Sie drehte vorsichtig den Kopf und winselte ein bisschen, als sich die Schmerzen wieder meldeten. »Du kannst mich hinbringen, wohin du willst, Egbert Ray Smith, weil ich weiß, dass ich nie sicherer sein werde als in diesem Augenblick … bei dir.«

Sie sprach die Worte mit solcher Ernsthaftigkeit aus, während ihre dunkelbraunen Augen ihn so vertrauensvoll anblickten, wie ihn nicht mal seine eigene Verwandtschaft je anschaute, dass Eggie im selben Moment wusste, dass er niemals zulassen würde, dass irgendjemand dieser Wölfin wehtat. Dass er niemals zulassen würde, dass sich ihr irgendjemand ohne seine ausdrückliche Erlaubnis näherte.

Er würde Darla Mae Lewis mit seinem Leben beschützen.

Er blickte auf die Straße, fuhr wieder auf den Highway und brachte sie nach Hause.

KAPITEL 3

Das war also das berühmt-berüchtigte Smithtown.

Darla hatte schon davon gehört, lange bevor sich ihre Schwestern mit Smith-Männchen eingelassen hatten. Während Smithville, North Carolina, ein Ort der Gemütlichkeit und Entspannung für alle Gestaltwandler war, ein Hafen der Zuflucht, in dem sie alle sie selbst sein konnten, während sie Hirsche, Wapitis und Süßwasserrobben jagten, gehörte Smithtown einzig und allein Mitgliedern des Smith-Rudels und ihren Angehörigen. Nicht einmal andere Rudel wagten sich ohne ausdrückliche Erlaubnis nach Smithtown, es sei denn, sie waren auf einen Kampf aus.

Mit diesen speziellen Hintergrundinformationen im Kopf erwartete Darla daher eine tief in den Wäldern gelegene, abgeschiedene Stadt, in der es von durch Inzucht gezeugten Hinterwäldler-Wölfen nur so wimmelte. Aber zu ihrer großen Überraschung war sie äußerst … charmant. Die kleineren Häuser standen hübsch nebeneinander aufgereiht, mit schönen kleinen Rasenflächen und Gärten, während die größeren Häuser in bezaubernder Landschaft aufragten. Es gab jede Menge Bäume und Hügel und zahlreiche Hirsche und Wapitis, die frei umherstreiften. Die Stadt, durch die sie fuhren, verfügte über altmodische Ladenfronten, ein edles Restaurant, ein etwas zwangloseres Diner und ein Kino, das *Kesse Mary – Irrer Larry* und *Sindbads gefährliche Abenteuer* zeigte.

Smithtown wirkte wie eine ruhige, angenehme Stadt, und Darla freute sich darüber, etwas Neues zu sehen. Sie liebte es, neue Orte zu besuchen und zu entdecken.

Schließlich bogen sie auf eine Schotterstraße ab, der sie weitere fünf Minuten folgten, bis sie ein kleines Haus erreichten, das rundum von einer Veranda umschlossen war.

»Ist das das Haus deines Vaters?«, fragte sie.

»Nein.« Er stellte den Motor ab und stieg aus dem Wagen.

»Nicht gerade eine Plaudertasche, was?«, murmelte sie und sah zu, wie der große Wolf vorne um das Auto herumging und auf ihre Seite kam. Er machte die Tür auf und schob jeweils einen Arm unter ihre Beine und hinter ihren Rücken.

»Ich kann gehen«, versicherte sie ihm.

Falls er sie gehört hatte, ließ er es sich nicht anmerken. Er gab ihr überhaupt keine Antwort. Nicht mal ein Grunzen. Er hob sie einfach aus dem Wagen und trug sie mit Leichtigkeit ins Haus.

Wie in den meisten anderen Smith-Städten, egal, ob Außenstehende dort Zutritt hatten oder nicht, war seine Tür nicht abgeschlossen und er konnte direkt hineingehen.

Das Innere von Eggie Smiths Haus wirkte … karg. Ja. Karg war das richtige Wort. Es sah nicht schlimm aus oder so, aber es war auch nicht unbedingt heimelig. Im Wohnzimmer stand ein zusammenklappbarer Spieltisch, zusammen mit drei Klappstühlen, zwei Fässern, von denen Darla annahm, dass sie ebenfalls als Stühle dienten, und einem ziemlich großen Fernseher direkt an der Wand. Es war sogar ein Farbfernseher, dessen zugehörige Fernbedienung oben auf dem Gerät lag.

Für einen Mann, der höchstwahrscheinlich seit sehr langer Zeit nicht mehr zu Hause gewesen war, war das Haus aber gar nicht so übel. Irgendjemand sorgte offensichtlich dafür, dass es staubfrei blieb und lüftete hin und wieder durch. Trotzdem, so wie der Wolf nun mitten im Raum stand und sich im ganzen Zimmer umschaute, hatte sie das Gefühl, er sehe es zum ersten Mal mit den Augen eines Fremden.

Da sie nicht wollte, dass er sich deswegen schlecht fühlte, schlug Darla vor: »Du kannst mich einfach da drüben auf dem Stuhl absetzen.« Sie deutete auf einen der Klappstühle, die um den Klapptisch herumstanden, aber er knurrte nur leise und hielt sie noch ein wenig fester.

Darla war ein wenig verlegen, weil sie sich in seinen Armen

ziemlich wohlfühlte, und fügte hinzu: »Renovierst du das Haus gerade? Ich sehe hier überall Werkzeug.«

»Ich baue.«

»Oh, du baust noch an?«

»Auch das.«

Darla blinzelte und sah sich um, ohne den Kopf zu drehen. »Warte mal ... du hast das ganze Haus gebaut?«

Er grunzte.

»Ganz allein?«

»Größtenteils.«

Fasziniert drehte Darla einen Finger im Kreis. »Dreh dich, dreh dich.«

»Hä?«

»Ich will es sehen. Zeig's mir.«

Er starrte sie einen Augenblick lang mit diesem tiefen Stirnrunzeln an, bevor er begann, sich langsam im Kreis zu drehen.

Beeindruckt von dem, was sie sah, grinste Darla übers ganze Gesicht. »Das ist wunderschön, Egbert Ray. Hast du das selbst entworfen?«

»Nein. Ein Cousin von mir hat mir die Pläne gegeben. Ich hab's gebaut. Und wenn meine Brüder nüchtern waren und sich nicht gerade mit deinen Schwestern gestritten haben, haben sie mir geholfen.«

Stets voller Bewunderung für alle, die etwas mit ihren eigenen Händen erschaffen konnten, blickte Darla in das finster dreinschauende Gesicht. »Es ist wunderschön.«

»Ehrlich?«

»Oh, ja. Es entspricht zwar der Wahrheit, dass ich ein Éclair für dich zaubern könnte, bei dessen Anblick du Tränen der Freude vergießen würdest, aber davon mal abgesehen, kann ich verflucht noch mal überhaupt nichts selbst machen.«

»Na dann ... vielen herzlichen Dank.« Er schaute sich ein weiteres Mal um. »Hab aber noch keine Möbel.«

»Du hast Stühle und einen Tisch.«

»Okay. Hab aber noch keine *richtigen* Möbel.«

»Ich bin nicht aus Glaswolle, Egbert Ray. Mein Hintern kann überall sitzen, wenn es nötig ist.«

Er grunzte – schon wieder – und ging in den Flur hinaus. Sie erhaschte einen Blick auf seine Küche, und nach allem, was sie erkennen konnte, sah sie gar nicht so übel aus. Zumindest war die Grundausstattung vorhanden. Dann trug er sie eine solide Treppe hinauf in den ersten Stock und brachte sie ins erste Schlafzimmer. Sie nahm an, dass er hier schlief, wenn er zu Hause war. Das Bett war riesig und ebenfalls sehr solide. Ein Doppelbett für Menschen oder ein Einzelbett für Bären. Der Dicke der Füße und des Rahmens nach zu urteilen, vermutete sie, dass es sich um ein Bären-Einzelbett handelte.

Ganz vorsichtig legte er sie darauf ab, den Rücken gegen das Kopfende gelehnt. Er machte einen Schritt zurück und betrachtete sie.

»Und jetzt schlaf … oder so.«

Darla biss sich auf die Innenseite ihrer Wange, um ihr Lachen zu unterdrücken. Das arme Ding. Er war nur an die Gesellschaft anderer Marines gewöhnt, oder?

Nachdem sie sich wieder unter Kontrolle hatte, sagte Darla: »Die Fäden.«

»Was ist damit?«

»Ich glaube, die müssen gezogen werden.«

Sein Stirnrunzeln wurde entschieden tiefer, und sie beschlich das Gefühl, dass sie ihm womöglich auf die Nerven ging.

Er winkte nach vorne, und sie lehnte sich ein Stück vom Bett weg. Er strich ihr Haar zur Seite, und sie konnte spüren, wie seine Fingerspitzen ihre Wunde streiften. Sie zitterte ein wenig, als sie seine Finger auf ihrer Haut fühlte, aber er zog seine Hand sofort wieder weg und wich einen Schritt zurück.

»Ich hab dir wehgetan. Tut mir leid.«

»Nein, hast du nicht.«

»Ich hole jemanden, der dir damit hilft.«

»Ich bin mir sicher, dass du das …«

Aber er war bereits verschwunden und hatte die Tür hinter

sich geschlossen. Ein paar Sekunden später hörte sie, wie er seinem Rudel zuheulte, auch wenn sie nicht wusste, ob er um Hilfe mit ihrer Wunde bat oder einfach nur in den Wind jammerte.

Darla beschloss, sich darüber keine Sorgen zu machen, so oder so, und legte sich auf dem Bett so auf die Seite, dass ihr Hals nicht auf das Kissen drückte. Sie schob die Hände unter ihre Wange und stieß ein tiefes Seufzen aus. Bevor sie noch an irgendetwas denken konnte, war sie tief und fest eingeschlafen.

Mit einem Seufzer der Erleichterung stand Eggie auf und lächelte die Wölfin an, die auf ihn zukam, eine große Axt über der Schulter und eine Augenklappe über dem linken Auge.

»Momma«, begrüßte Eggie sie.

»Mein Baby.« Pauline Ann Jessop hob die Axt, mit der sie Holz gehackt hatte, und rammte sie in den Baumstumpf, an dem sie auf ihrem Weg zur Verandatreppe vorbeikam. »Tut mir leid, dass ich dich verpasst hab, als du angekommen bist, mein Schatz. Ich war jagen, und als ich zurückgekommen bin, meinte dein Daddy, du seist mit deinen Brüdern schon wieder verschwunden.«

Die Wölfin senkte den Kopf und schaute durch ihre schwarzen Wimpern zu ihrem Sohn hinauf. »Bubba hat gestern Abend angerufen. Er ist sehr unglücklich. Ich dachte, ich hätte euch allen beigebracht, dass man nicht einfach durch die Gegend zieht und Mädchen klaut.«

»Ich hab sie nicht geklaut. Ich hab sie gerettet.«

»Und einen Haufen menschlicher Leichen zurückgelassen.«

»Du hast also schon davon gehört, was?« Er wusste, dass seine Brüder so etwas niemals übers Telefon erzählt hätten, was bedeutete, dass sich die Neuigkeit bereits wie ein Lauffeuer über die diversen Smith-Kanäle ausbreitete.

»Natürlich hab ich das. Also, deine Brüder und ihre kleinen Schlampen …«

»Momma.«

»… sind unterwegs zurück nach Hause, wahrscheinlich, um dein kleines Mädchen wieder einzusammeln.«

»Ich halte sie nicht gegen ihren Willen fest. Sie kann gehen, wann immer sie will.«

»Und will sie?«

»Weiß nicht. Sie erholt sich von einer Verletzung, die sie bei dem Kampf davongetragen hat. Du musst die Fäden für mich ziehen.«

Pauline runzelte die Stirn. »Mein lieber Junge, ich weiß sehr gut, dass du die Fäden selbst ziehen kannst.«

»Ja, aber …« Eggie zuckte mit den Schultern und stemmte die Fäuste in die Vordertaschen seiner Jeans. »Sie ist so zart. Und ich hab doch diese Riesenhände.«

»Wenn sie eine Lewis ist, dann stören sie diese Riesenhände sehr wahrscheinlich nicht.«

»Momma.«

»Beruhig dich wieder.« Sie stieg die Stufen hinauf, schwang ihr Lieblingsgewehr von ihrer Schulter und reichte es Eggie. »Ich kümmere mich um dein kleines Mädchen. Du gehst zu uns nach Hause und holst dir das Essen, das ich für euch beide vorbereitet habe. Es ist in der Speisekammer – der letzte Ort, an dem dein Vater suchen würde, es sei denn, er ist *richtig* hungrig.«

»Bist du sicher, dass du zurechtkommst?«

Pauline stand auf derselben Stufe wie ihr einen Meter vierundneunzig großer Sohn und schaute ihm direkt in die Augen. »Was denkst du wohl?«

Darla erwachte, während die Fäden aus ihrem Nacken gezogen wurden, aber sie blieb ganz still und leise, bis auch der letzte entfernt war und ein Pflaster auf ihrer Wunde klebte.

»So, mein liebes Kind, bitteschön. Schon fertig.«

Überrascht, die Stimme einer Frau zu hören, drehte sich Darla um, erstarrte jedoch unwillkürlich, als sie die mammuthafte Wölfin erblickte. Ganz ehrlich, das war eine der größten Wölfinnen, die sie in ihrem ganzen verfluchten Leben je gesehen hatte.

»Mein Name ist Pauline. Ich bin die Momma der Smith-Jungs. Und du bist Darla.«

Sag was! Sitz nicht einfach nur so da! Das ist unhöflich!

Darla nickte, obwohl sie diese spezielle Bewegung sofort bereute. »Ja, Ma'am. Darla Mae Lewis.«

»Die kleine Schwester von diesen Weibchen, die immer um meine Söhne herumschwänzeln.« Sie entfernte sich einen Schritt vom Bett und wischte sich an einem Handtuch die Hände ab.

Die Wölfin wirkte, mit einem Wort, deftig. Etwa so groß wie ihr Sohn, ihre Schultern fast ebenso breit, erinnerte sie Darla eher an eine Grizzlybärin, sie war nur … stärker. Wie das überhaupt möglich war, wusste Darla nicht, da alles, was sie an dem Weibchen witterte, reiner Wolf war.

Auch das Auge, das nicht von einer Augenklappe verdeckt wurde, sah genauso aus wie Eggies: wolfsgelb, so als stünde sie immer kurz davor, sich zu verwandeln, auch wenn das nicht der Fall war. Ihr schwarzes Haar mit zahlreichen grauen Strähnen reichte in einer zerzausten Mähne bis zu ihren Schultern hinab, und sie trug ein ärmelloses kariertes Hemd über einer locker sitzenden, möglicherweise bereits antiken Jeans. Ihre riesigen Füße steckten in schweren Arbeitsstiefeln, während an ihrer rechten Hand der kleine Finger und an ihrer linken der Mittel- und Zeigefinger fehlten. Darla konnte sich zwar irren, aber es sah aus, als seien sie ihr abgebissen worden. Außerdem hatte sie eine Narbe seitlich am Hals, die aussah, als sei sie dort einmal von irgendetwas gepackt worden. Aber trotzdem hatte Darla nicht den geringsten Zweifel daran, dass die Frau so gesund wie ein Ochse war und die Absicht hatte, noch weitere drei- oder viertausend Jahre weiterzuleben.

»Ja, Ma'am. Die bin ich.«

»Wie kommt's, dass ich dich noch nie vorher gesehen habe?«

»Ich war in San Francisco.«

»Wofür das denn, um Himmels willen?«

»Für eine Ausbildung.« Als die Wölfin sie nur anstarrte, fügte sie hinzu: »Zur Konditorin.«

»Dafür braucht man eine Ausbildung?«

»Es kann nicht schaden.«

»Wie du meinst«, seufzte sie und stemmte die Hände in die Hüften. »Wirst du denn jetzt auch immer um meinen Sohn herumschwänzeln?«

»Ich habe Urlaub und wollte nur meine Eltern besuchen. Ich habe keine Ahnung, was letzte Nacht passiert ist oder wie wir überhaupt so schnell hierhergekommen sind, aber Ihr Sohn hat mich beschützt. Ich bin ihm sehr dankbar …«

»Ja, ja, ja. Dankbar, schon klar. Aber du fährst wieder zurück nach Smithville, sobald deine Schwestern hier sind?«

Darla hatte das Gefühl, Eggies Mutter enttäuscht zu haben, auch wenn sie keine Ahnung hatte, wie. Andererseits war es vielleicht das Beste, sie nicht danach zu fragen.

»Wie dem auch sei«, fuhr Pauline fort, »das sollte morgen früh wieder verheilt sein. Meine Jungs hab ich schon genäht und ihnen die Fäden gezogen, bevor die meisten von ihnen überhaupt laufen konnten. Du kommst wieder in Ordnung.«

»Danke, Miss Pauline.«

Die Wölfin betrachtete Darla ausführlich, bevor sie grunzte: »Ha!« Dann machte sie auf dem Absatz kehrt und ging hinaus.

»Na dann bis dann«, sagte Darla und lachte leise. Wenigstens war ihr hier nicht das kleinste bisschen langweilig.

KAPITEL 4

Eggie starrte auf die Wölfin hinunter, bis sich ihre hübschen braunen Augen öffneten und sie hefig blinzelte, als sie ihn erblickte.

»Hungrig?«, fragte er.

»Hungrig? Oh. Nach was zu essen.« Gähnend setzte sie sich auf und reckte und streckte sich. Dabei stellte Eggie fest, dass sie sich eines seiner T-Shirts angezogen hatte … und nicht viel mehr.

»Weißt du«, sagte sie und lächelte strahlend, »ich *bin* hungrig. Ich bin regelrecht am Verhungern.«

»Gut.« Er hatte etwas zu essen. Verdammt, er hatte genug zu essen für eine kleine Armee.

Er lehnte sich zu Darla hinunter und schob seine Arme unter ihre Beine und ihren Rücken.

»Was machst du denn da?«, fragte sie.

»Ich heb dich hoch.«

»Ich kann gehen, Egbert Ray.«

»Du bist immer noch rekonvaleszent.«

»Sagt wer?«

Er hob sie hoch und hielt sie auf dem Arm. »Sage *ich*.«

Sie starrte ihn eine Weile lang an, hob dann ihre Hand und drückte ihren Zeigefinger auf seine Stirn. »Weißt du, du hast die so tief nach unten gezogen, dass sie praktisch deine Nase berührt.«

»Ich versuche, dich einzuschüchtern, damit du tust, was ich will … aber das du mich piekst, ist dabei nicht unbedingt hilfreich.«

Sie kicherte – ein Geräusch, das er nicht sehr oft in seiner Nähe hörte, und ganz sicher nicht, wenn er derjenige war, der es auslöste.

Nein, in Eggies Nähe kicherten die Leute nicht. Sie lachten auch nicht. Oder atmeten zu laut. Oder machten irgendeine schnelle Bewegung, die als Bedrohung aufgefasst werden konnte. Nein. Nicht in Eggies Nähe.

Aber Darla tat es.

»Tja«, sagte sie und strich mit ihrem Finger über seine Nase, »wenn du darauf bestehst, mich zu tragen, dann solltest du dich lieber mal in Bewegung setzen. Ich hab Hunger!«

»Schon gut, schon gut. Kein Grund, mich anzuknurren wie ein Dobermann.«

Eggie trug Darla die Treppe hinunter und durch sein Wohnzimmer ins Esszimmer.

»Oh!«, kreischte sie und knallte eine Hand auf ihren Mund. »Ähm …«

Eggie blieb stehen. »Was ist denn?«

»Äh … nichts.« Sie räusperte sich. »Wie ich sehe, hast du dir Möbel besorgt, während ich geschlafen hab.«

»Ich konnte schließlich nicht zulassen, dass du auf einem Fass sitzt. Das erschien mir einfach unpassend für eine Dame. Momma meinte, es würde dich nicht stören, aber ich hab eine der Schwestern meines Vaters gebeten, mir ein paar Möbel aus dem Laden ihres Gefährten zu schicken.«

»Aaah. Ja. Das erklärt einiges.«

Eggie blickte zu der großen Couch mit dem gigantischen gelbgrünen Blumenmuster hinüber. »Das sagt nicht wirklich Egbert Ray Smith, was?«

Sie presste ihre Lippen zu einer dünnen Linie zusammen und schüttelte den Kopf. Er hatte weniger das Gefühl, sie würde es missbilligen, als vielmehr versuchen, ihn nicht auszulachen.

»Nicht wirklich«, brachte sie schließlich als Antwort hervor. »Für dich würde ich wahrscheinlich etwas solidere Farben wählen. Dunklere Rot- und Brauntöne. Vielleicht auch dunkelblau. Aber weißt du was?«, fügte sie hinzu. »Hier gibt's nichts, was wir nicht ganz diskret verdecken könnten.«

»Ist ja auch nicht so, als wäre ich jemals hier. Bin mir nicht sicher, dass das überhaupt eine Rolle spielt.«

»Vertrau mir. Es spielt eine Rolle. Denk doch mal drüber nach – bei diesen seltenen Gelegenheiten, wenn du nach vielen, vielen Monaten fern der Heimat wieder nach Hause kommst … trittst du durch die Tür, schaltest das Licht an … und *diese* Couch ist das Erste, was du siehst.«

Eggie nickte. »Weiß du … meine Großmomma hat mir vor ein paar Jahren ein paar Quilts genäht. Sie sind oben im Schrank.«

»Perfekt. Weil es deiner Tante überhaupt nicht komisch vorkommen wirst, dass du den Quilt deiner Großmomma auf deine Couch legst. Siehst du? Man kann verflucht noch mal so gut wie alles verdecken, ohne die Gefühle von irgendwem zu verletzen.«

»Warum sollte ich mir Sorgen über die Gefühle meiner Tante machen? Und überhaupt … warum solltest du das tun? Du kennst sie ja noch nicht mal.«

»Ich muss sie auch nicht kennen. Sie war nett genug, in aller Eile Möbel für ihren Neffen hierher zu schaffen, und …«

»Sie hat mir den doppelten Preis für die Eillieferung berechnet und keinen Familienrabatt auf die Möbel gegeben.«

»Oh, wirklich?« Darla schürzte flüchtig die Lippen. »Na ja, wenn du selbst bei der eigenen Verwandtschaft den vollen Preis bezahlst, dann solltest du wenigstens bekommen, was du willst. Wir bringen diesen Mist morgen wieder zurück und tauschen alles aus.« Sie verschränkte die Arme über der Brust und tippte sich mit den Fingern auf ihren Bizeps. Er hatte das Gefühl, dass sie mit dem Fuß geklopft hätte, wenn sie gestanden hätte.

»Du musst dich deswegen doch nicht so aufregen, Darla Mae.«

»Wer sagt denn, dass ich mich aufrege? Nur, weil ein Familienmitglied seine eigene Familie nicht richtig behandelt? Es ist ja nicht so, dass ich das auch schon mal durchgemacht hätte oder so«, endete sie murmelnd. Sie schaute zu ihm hinauf. »Ich hab immer noch Hunger, Egbert Ray.«

»Okay, okay. Kein Grund zu knurren.«

Obwohl es Eggie irgendwie gefiel, wenn sie das tat.

Im Gegensatz zu den grauenvollen Möbeln war das Essen sehr gut. Natürlich war dieses Essen von Eggies Mutter, Pauline Jessop vom Jessop-Rudel aus Alaska, zubereitet worden, was auch die unglaubliche Größe der Wölfin erklärte. Jessop-Wölfe waren für ihre Größe und ihre Schnelligkeit bekannt und wurden nur von Polarwölfen überragt, den Nachfahren von Wikingern. Den Jessops gehörte außerdem das Holzimperium Jessop Mountain Timber, was wiederum bedeutete, dass Pauline Ann von echtem Geldadel abstammte ... und vermutlich eine mehrjährige Ausbildung zur Holzfällerin absolviert hatte. Das wurde von allen Mitgliedern des Jessop-Rudels verlangt, Männchen wie Weibchen.

Für Darla klang das nach einer Menge Arbeit. Sie hielt sich lieber weiter an Kuchenteig, vielen herzlichen Dank.

Darla schob den Rest ihrer Makkaroni mit Käse zu Eggie hinüber.

»Was?«, fragte er.

»Du glotzt schon die ganze Zeit da drauf. Da kannst du es genauso gut aufessen.«

»Hast du genug?«

»Eggie, ich hätte auch genug, wenn ich drei Personen wäre. Also nur zu.« Aber als er sich ihrer Ansicht nach nicht schnell genug bewegte, half Darla ihm, indem sie eines der Steaks auf seinen Teller legte und mehrere große Löffel voll Makkaroni und Käse folgen ließ.

Er betrachtete seinen Teller ein paar Sekunden lang, bevor er sie anschaute. »Versuchst du, mir irgendwas zu sagen?«

»Ja. Und jetzt iss.«

Während der Wolf aß, griff Darla nach ihrem Glas mit Eistee und schaute sich in seiner Küche um. Sie hatte das Gefühl, dass seine Mutter eine Menge mit diesem Raum zu tun hatte. Er war gut ausgestattet und geräumig. Vielleicht nutzte sie ihn ja, wenn sie zusätzlichen Platz brauchte.

»Also, Egbert Ray ... was machst du so bei den Marines?«

Er hörte auf zu essen und ließ seine Gabel vor seinem Mund

schweben. Seine Augen fokussierten Darla und verengten sich ein kleines bisschen. »Warum fragst du mich das?«

»Weil ich eine Spionin bin.«

Er ließ seine Gabel sinken. »Was?«

»Oh, ja. Ich sitze hier nur, um dir Informationen zu entlocken. Das mache ich für, ähm, den Vietcong.«

Seine Gabel landete auf seinem Teller. »Mach darüber keine Witze, Darla Mae.«

»Oh, komm schon«, schnaubte sie. »Wer würde denn schon glauben, dass *ich* dem Vietcong helfe?«

»Jeder. Im Moment sind alle total paranoid, deshalb würde ich darüber auch keine Witze machen, wenn ich du wäre.«

»Brave Südstaaten-Mädchen wie ich spionieren nicht.«

»Und warum hast du das dann gesagt?«

»Weil ich versuche, dich zum Reden zu bringen. Das nennt man Konversation, Egbert Ray.«

»Ich bin nicht so eine Plaudertasche.«

»Na schön.« Darla schob ihren Stuhl nach hinten und nahm ihren Teller und die Gabel vom Tisch. Sie trug beides zum Spülbecken und drehte den Wasserhahn auf. Als sie nach Spülmittel und einem Schwamm zu suchen begann, bemerkte sie, dass Eggie direkt neben ihr stand und vorsichtig seinen eigenen Teller und seine Gabel im Spülbecken abstellte.

»Ich war nie in Vietnam«, sagte er und schaute aus dem Fenster. »Bin nie dort stationiert gewesen.«

Fast alle, die Darla kannte und die in den vergangenen zehn Jahren beim Militär gewesen waren, hatten einige Zeit in dem vom Krieg zerrütteten Land verbracht.

»Aber irgendwo warst du schon?« Sie konnte es an seinen Narben erkennen, und daran, dass sein Körper immer angespannt und bereit zum Angriff wirkte. Das hier war kein Mann, der vom Kampfgeschehen unberührt geblieben war.

Eggie kratzte sich an der Stirn, bevor er sich zu ihr umdrehte. »Ich gehöre einer Truppe an, die bald den Namen ›Die Einheit‹ tragen wird.«

»Oh!« Sie nickte. »A-ha.«

»Du weißt nicht, was das ist, oder?«

»Müsste ich das?« Als er nur die Augen verdrehte, fügte sie schnell hinzu: »Hör mal, ich glaube nicht an all diese Kriege und die Kämpfe. Um die Wahrheit zu sagen … Ich bin Pazifistin.«

Eggie starrte sie an. »Wie kannst du denn ein Raubtier und gleichzeitig Pazifistin sein?«

»Es ist möglich.«

»Jagst du dein Essen immer noch selbst?«

»Ich bin Pazifistin, Eggie Ray. Ich hab nicht gesagt, dass ich auch Vegetarierin bin.«

»Vege-was?«

»Vergiss es.« Sie scheuchte ihn mit einer Handbewegung vom Spülbecken weg. »Geh und hol die restlichen Schüsseln und das andere Zeug. Ich erledige den Abwasch.«

»Du solltest dich ausruhen.«

»Geh mir nicht auf die Nerven, Eggie Ray.«

»Ich dachte, du wärst Pazifistin … Au! Wofür war das denn?«, fragte er, während er sich den Knöchel rieb.

»Dafür, dass du mir auf die Nerven gehst. Und jetzt tu, was ich dir sage und denk nicht mal daran, mit mir zu streiten.«

Er stellte sein Bein wieder ab. »Du bist echt eine ziemlich herrische Pazifistin.«

Darla grinste. »Weil ich außerdem Feministin bin.«

Eggie neigte den Kopf zur Seite und erinnerte sie dabei ein bisschen an einen Hund, der ein merkwürdiges Geräusch gehört hatte. »Warum?«

»Was meinst du damit, warum? Glaubst du wirklich, dass Frauen in dieser Gesellschaft fair behandelt werden?«

»Nein. Aber du bist eine Wölfin.«

»Na und?«

»Und deshalb wird dir niemals ein Wolf sagen, dass du irgendetwas nicht tun kannst, es sei denn, er hofft ernsthaft, dass du ihm die Kehle rausreißt.«

Was sie wirklich nervte, war die Tatsache, dass er damit recht hatte, aber das war nicht der Punkt. »Das ist schon richtig, aber ich denke an *alle* Frauen.«

»Aber du bist eine Wölfin.«

»Ich weiß, was ich bin, Eggie.«

»Dann verstehe ich deinen Punkt nicht.«

»Weißt du was?«, fauchte sie ihn an. »Diese Unterhaltung ist beendet.«

»Du warst doch diejenige, die gesagt hat, dass sie eine Konversation führen will.«

»Tja, ich hab's mir anders überlegt.«

»Kein Grund, gleich so zu schreien, Darla Mae. Ich stehe direkt neben dir.«

Sie stieß einen schweren Seufzer aus und drehte sich wieder zum Spülbecken um. »Hol das restliche Geschirr«, befahl sie ihm.

»Tut mir leid«, murmelte er. »Ich wollte dich nicht wütend machen.«

Völlig verblüfft schaute Darla Eggie an. »Ich bin nicht wütend.«

»Bist du nicht?«

»Gott, nein, Eggie. Genervt? Ein bisschen. Aber nicht wütend. Wenn ich wütend bin … dann merkst du das sofort.«

»Ist es schlimmer als … das?«

»Das?« Darla lachte und tätschelte Eggies Arm. »Das hier ist gar nichts.«

Er zog die Stirn wieder nach unten, aber diesmal sah er nicht ärgerlich aus. Nur verwirrt. »Wirklich?«

»Egbert Ray«, lachte sie und widmete sich wieder dem Geschirr, »du bist wirklich ein süßes Kerlchen.«

Sein verwirrtes Stirnrunzeln wurde noch tiefer. *»Wirklich?«*

KAPITEL 5

Darla hatte keine Ahnung, was sie aufgeweckt hatte.

Sie wusste, dass sie in Sicherheit war und ihr Körper schon fast wieder geheilt war. Sie spürte nur noch leichte Kopfschmerzen, die von ihrer Schädelbasis ausstrahlten. Aber davon abgesehen …

Und trotzdem wusste sie, dass sie aus einem ganz bestimmten Grund aufgewacht war.

Darla schlüpfte aus dem Bett und ging nach unten. Als sie am Esszimmer vorbeikam, warf sie einen Blick in die Küche und konnte durch die großen Fenster auf die Veranda hinaussehen. Sie blieb stehen, wirbelte herum und starrte den Wolf an, der auf seiner Veranda stand. Er stand einfach nur da und glotzte auf die Bäume, die sein kleines Haus umgaben.

Sie ging zur Tür, öffnete sie leise und trat auf die Veranda hinaus.

»Eggie?«

Er sah sie an. »Du solltest im Bett liegen.«

»Genau wie du.«

»Ich halte nur Wache.«

Sie ging ein Stück auf ihn zu. »Warst du die ganze Nacht hier draußen?«

»Vielleicht.«

»Vielleicht?« Darla seufzte. »Du bist *so* ein Beschützer.«

»Bin ich das?«

»Natürlich bist du das. Aber wir sind hier in Sicherheit. Das hast du doch selbst gesagt.«

»Kann aber nicht schaden, zusätzlich ein bisschen …«

»Gott!« Sie packte ihn am Arm und riss ihn mit sich zur Hintertür. »Komm jetzt.«

»Wohin?«

»Du brauchst Schlaf. Du bist schon seit Stunden wach.«

»Daran bin ich gewöhnt.«

»Tja, das solltest du aber nicht sein. Nicht, wenn du zu Hause bist.«

Sie schaffte es, ihn durch die Haustür zu zerren und die Treppe hinauf zu schleppen, aber sobald sie das Schlafzimmer erreichten, das er ihr überlassen hatte, blieb er wie angewurzelt stehen.

Darla quiekte leise, als Eggie sie so abrupt ausbremste. Ihr wurde bewusst, dass er nur *zugelassen* hatte, dass sie ihn durch das Haus zerrte.

»Was ist denn los?«, wollte sie wissen. Sie wollte wieder zurück ins Bett.

»Warum soll ich da reingehen?«

»Damit du ein bisschen schlafen kannst.«

»Aber wo willst du denn dann schlafen?«

Darla ließ Eggie los, um die Hände in die Hüften stemmen zu können. »Sag mir, dass du Witze machst.«

Natürlich machte er keine Witze. Er konnte nicht ... mit ihr schlafen.

Denn wenn sie »schlafen« sagte, dann meinte sie in Wirklichkeit »Sex«, richtig? Weil es nämlich das war, was er meinte, wenn er sagte, dass er mit einer Frau schlief – dass sie miteinander vögelten.

»Wir sind beide erwachsen, Eggie«, versuchte sie es mit Vernunft.

»Was hat das denn mit irgendwas zu tun?«

»Gott steh mir bei«, murmelte sie. »Können wir bitte einfach ein bisschen schlafen?«

»Zusammen?

»Ja.«

»Ich kann auch einfach auf ...«

»Dieser hässlichen Couch schlafen? Nein. Und außerdem sagt

mir irgendetwas, dass deine Tante nicht einverstanden sein wird, dass du sie umtauschst, wenn du auch nur ein winziges bisschen auf diese Couch sabberst.«

»Ich sabbere nicht.«

»Und in den beiden anderen Zimmern gibt's keine Betten.«

»Weil meine Brüder sonst jedes Mal, wenn sie wieder mit deinen Schwestern streiten, zu mir kommen würden, um hier zu pennen. Wenn sie glauben, dass sie auf dem Boden schlafen müssen, dann halten sie sich fern.«

»Wo sollen wir denn sonst schlafen?«

»Das wäre nicht richtig.«

Sie betrachtete ihn einen Moment lang. »Du verstehst schon, dass ich nicht davon spreche, mit dir Sex zu haben?«

»Tust du nicht?«

Darla schnappte nach Luft und schlug ihm auf den Arm. Es tat sogar ein bisschen weh.

»Nein, tue ich nicht!«

»Du musst nicht so schreien.«

»Ganz offensichtlich muss ich das sehr wohl, wenn du glaubst, dass es das ist, was ich von dir will.«

»Ich wollte dich nicht beleidigen, Darla Mae. Es ist nur … ein Wolf und eine Wölfin, die sich ein Bett teilen und all das …«

»Bedeutet nicht, dass sie auch Sex haben müssen.«

»Müssen sie nicht?«

»Nein. Und jetzt komm.« Sie packte ihn wieder am Arm.

»Ich bin mir da immer noch nicht so sicher«, zögerte er.

»Warum denn nicht? Ich hab schon öfter bei männlichen Freunden übernachtet.«

»Hast du?«

»Natürlich. Nach Konzerten oder nach einer langen Nacht im Restaurant. Manchmal auch nach einer Party. Das ist keine große Sache, Eggie.«

»Na ja«, erwiderte er und ließ zu, dass sie ihn in das Zimmer hinter ihr zerrte. »Wenn du dir ganz sicher bist.«

»Natürlich bin ich das. Ich meine, ich habe schon so oft mit meinen männlichen Freunden *geschlafen* und bin immer noch Jungfrau, also …«

Eggie hörte das Ende von Darlas Satz nicht mehr, weil er es irgendwie schaffte, bei ihren Worten mit dem Kopf gegen die Tür zu knallen. Er taumelte rückwärts, und Blut tropfte aus seiner Nase.

»Oh, Eggie! Ist alles okay?«

»Ja. Sicher.«

Gott, er war *so* ein Lügner.

Glücklicherweise war seine Nase nicht gebrochen. Obwohl es angeblich keine große Sache gewesen wäre, weil er sie sich wohl schon siebzehn Mal gebrochen hatte. Darla wusste nicht, wie das überhaupt möglich war, aber sie wusste auch, dass der Mann nicht zu den Typen gehörte, die gerne Geschichten erfanden. Das war einfach nicht seine Art.

Sie nahm den Waschlappen, den sie um einen Eisbeutel gewickelt hatte, von seiner Nase und begutachtete sie erneut. »Es hat aufgehört zu bluten.«

»Ja. Das wird schon wieder. Ich krieg später wahrscheinlich nur Kopfschmerzen.«

»War es wegen der Jungfrauensache?«

Er zuckte mit den Schultern. »Das hat mich irgendwie aus der Bahn geworfen.«

»Tut mir leid. Das war nicht meine Absicht.«

»Ich weiß.«

»Ähm …« Darla fummelte an dem Waschlappen herum. »Du wirst das doch nicht meinen Schwestern erzählen, oder?«

»Warum um Himmels willen sollte ich jemals mit deinen Schwestern über deine Jungfräulichkeit sprechen?«

Angewidert, weil sie es überhaupt aussprechen musste, verdrehte Darla die Augen und gab zu: »Sie würden sich deswegen über mich lustig machen.«

»Warum?«

»Weil sie das schon immer getan haben. Seit ich fünfzehn war oder so. Wie dem auch sei, vor ungefähr drei Jahren hab ich sie schließlich angelogen und ihnen erzählt, dass ich's getan hätte, nur, damit sie aufhören, darüber zu sprechen.«

»Aber warum hast du es dann mir erzählt?«

»Weil ich wusste, dass es dir egal sein würde.« Darla drehte sich um und setzte sich auf Eggies Bein. »Ich wusste, dass ich dir vertrauen kann und dass du dich nicht über mich lustig machen würdest.«

»Ich verstehe nicht, warum das so eine große Sache ist. Du bist schließlich erst zwanzig.«

Darla räusperte sich. »Fünfundzwanzig.«

»Dann ist es tragisch.«

Darla haute ihm auf die Brust. »Eggie Ray!«

Und zum allerersten Mal hörte sie ihn … nun … kichern. Irgendwie. Es war eine Art kicherndes Grunzen.

»Ich mach nur Spaß.«

»Ha-ha.«

»Ich werde zu deinen Schwestern kein Wort sagen. Sie sprechen sowieso nicht mit mir.«

Darla schaute ihn stirnrunzelnd an. »Warum nicht?«

Er zuckte mit seinen mächtigen Schultern. »Ich glaube, sie mögen mich nicht.«

»Warum sollten sie dich denn nicht mögen? Du bist doch so süß.«

»Du weißt schon, dass du das einzige menschliche Wesen bist, dass das jemals zu mir gesagt hat … abgesehen von meiner Mutter, und ich bin mir nicht sicher, ob sie zählt.«

»Natürlich zählt sie, und ich habe immer recht. Sobald du das verstanden hast, kann dir nichts mehr passieren.« Außerdem würde sie sich später noch um ihre Schwestern kümmern. Wenn sie hier leben und Teil des Smith-Rudels werden würden, dann mussten sie sämtliche Brüder akzeptieren, einschließlich Eggie. Alles andere wäre nicht richtig.

»Können wir jetzt schlafen gehen?«, fragte sie und legte ihren Kopf auf seine Schulter.

»Bist du immer noch *sicher*, dass du willst …«

»Sprechen wir *immer noch* darüber?«

»Schon gut, schon gut. Kein Grund, diesen Tonfall anzuschlagen.«

Mit einem Arm um ihre Taille hob Eggie sie aus seinem Schoß hoch und legte sie aufs Bett. »Ab unter die Decke«, befahl er.

Darla schlüpfte unter die Bettdecke und sah zu, wie Eggie ihr folgte.

»Willst du eine Mauer zwischen uns errichten, damit wir uns nicht aus Versehen mitten in der Nacht berühren?«, fragte sie süßlich.

»Bring mich nicht in Versuchung.«

Lachend kuschelte sie sich ins Bett. Eggie schaltete das Licht aus, das sie ganz vergessen hatte, und entspannte sich neben ihr im Bett.

»Nacht, Darla.«

»Nacht, Eggie.«

»Und, Darla …?«

»Hm-hmm?«

»Danke.«

»Wofür?«

»Dass du keine Angst vor mir hast.«

»Sollte ich die denn haben?«

»Alle anderen haben Angst vor mir.«

»*Ich* bin nicht alle anderen, Egbert Ray Smith. Und du würdest gut daran tun, das nicht zu vergessen.«

Er kicherte – schon wieder! – und sagte: »Ich glaube nicht, dass ich das jemals vergessen werde.«

»Gut. Dann denke ich, dass das mit uns sehr gut laufen wird.«

»Vielleicht.«

»Reiz mich bloß nicht, Eggie Ray.«

»Du bist wirklich sehr leicht reizbar für eine Pazifistin.«

»Ruhe.«

»Ja, Ma'am.«

Eggie wusste immer sofort, wenn jemand in sein Revier eingedrungen war. Er konnte es nicht nur spüren, auch die Tiere in der Umgebung sagten es ihm. Aber sie sagten ihm oft auch andere Dinge, die er wissen musste: wenn sich das Wetter änderte, wenn Gefahr drohte oder wenn seine Familie im Anmarsch war.

Er hasste es, Darla aufwecken zu müssen, aber er wusste, dass sie nicht wollen würde, dass man sie an seine Brust gekuschelt fand, mit einem Arm um seine Taille, ihr Kopf auf seiner Schulter.

Eggie bezweifelte, dass er mehr geschlafen hatte, als wenn er einfach die ganze Nacht draußen stehen geblieben wäre, aber nachdem er etwa eine Stunde so dagelegen hatte, hatte er etwas getan, was er so gut wie nie tat: Er hatte sich entspannt. Sicher, er war noch immer bereit gewesen, bei der winzigsten Provokation zu töten, falls irgendjemand aufgetaucht wäre und nach Darla Mae gesucht hätte, aber das Bedürfnis, auf und ab zu tigern, bis er schließlich auf dem Fußboden oder an seinem Küchentisch einschlief, war verschwunden.

Es war nett, tatsächlich mal in seinem Bett zu schlafen. Das hatte er vorher noch nie getan.

Eine Krähe krächzte draußen vor dem Fenster auf einem Baum und warnte die anderen Krähen in der Umgebung vor den Eindringlingen, während sie Eggie wissen ließ, dass es sich dabei um seine Brüder handelte. Er erkannte das an den panischen Lauten, die die Krähe ausstieß. Krähen hatten ein überraschend gutes Erinnerungsvermögen, und nachdem sie mehr als einmal von diesen Idioten verscheucht worden waren, schickten die Krähen nun stets eine Warnung aus, wenn sich die Smith-Jungs näherten. Nur Eggie kam ungeschoren davon, ganz gleich, wie lange er außer Landes gewesen war, und im Gegenzug ließ er zu, dass ihn die Krähen auf seinen Jagdzügen begleiteten. Es funktionierte wirklich gut.

»Das müssen deine Brüder sein«, murmelte Darla, und ihr Atem fühlte sich ganz heiß auf seiner Haut an. Er wusste, dass er sich ein T-Shirt hätte anziehen sollen, weil sich das einfach unglaublich gut anfühlte.

»Ich wusste gar nicht, dass du wach bist.«

»Erst seit einer Weile. Es war so gemütlich. Ich wollte mich bloß nicht bewegen.«

Eggie verstand das.

»Schätze, das sollten wir jetzt aber besser tun«, sagte er leise, und seine Finger kribbelten richtig, weil er ihr liebend gerne das Haar von der Wange gestrichen hätte. »Es muss nicht sein, dass dich meine Brüder in meinem T-Shirt sehen. Die kommen sonst auf alle möglichen dummen Gedanken.«

Darla legte den Kopf ein wenig nach hinten, um ihm ins Gesicht schauen zu können. »Bin ich dir peinlich, Eggie Ray?«

»Nein«, antwortete er aufrichtig. »Ich dachte nur, du würdest nicht wollen, dass man dich mit *mir* im Bett findet.«

»Warum das denn nicht?«

Bevor Eggie darauf antworten konnte, schwang die Schlafzimmertür mit einem Knall auf. Was ein wenig übertrieben wirkte, da sie ohnehin bereits halb offen gestanden hatte.

»Du Sohn einer räudigen Hündin«, knurrte Janie Mae Lewis, als sie ins Zimmer stürmte, dicht gefolgt von Darlas drei anderen Schwestern. »Du mieser, mordender Mistkerl!«

»Janie Mae!«, fauchte Darla sie an und rappelte sich auf die Knie.

»Halt die Klappe, Darla Mae. Lass mich das regeln.«

»Was regeln? Was zur Hölle ist bloß mit dir los?«

Janie ignorierte Darla und zeigte auf Eggie. »*Meine* kleine Schwester auszunutzen …«

»Ich habe nichts dergleichen …«

»War sie überhaupt bei Bewusstsein, als du deine schmutzigen, widerlichen Spielchen mit ihr getrieben hast?«

Bevor Eggie überhaupt die Chance hatte, sich dadurch beleidigt zu fühlen – und er wäre beleidigt gewesen – brüllte Darla Mae: *»Das reicht jetzt!«*

Die Wölfin holte ein paar Mal tief Luft, bevor sie zu ihm hinunterschaute. »Eggie, warum kümmerst du dich nicht unten um deine Brüder? Ich muss mich mal kurz mit meinen Schwestern unterhalten.«

Wenn sie nicht alle zur Familie gehört hätten, hätte Eggie Darla niemals mit einer irren Wölfin allein gelassen, schon gar nicht mit einer *schwangeren* irren Wölfin. Aber sie waren nun mal eine Familie, und es stand Eggie nicht zu, sich zwischen sie zu stellen.

Er schlüpfte aus dem Bett, verließ das Zimmer und ging nach unten. Seine Brüder kamen gerade zur Hintertür herein, als er die Küche betrat.

Er nickte ihnen zu. Sie nickten zurück.

Es war die typische morgendliche Begrüßung der Smith-Jungs.

Nachdem Eggie nach unten verschwunden war, wandte sich Darla ihren Schwestern zu. »Was habt ihr für ein …?«

Darlas Frage wurde unterbrochen, als Janie sie plötzlich packte und ganz fest an sich drückte.

»Du armes, armes Ding«, sagte Janie und strich mit den Händen Darlas Haar glatt. »Sollen wir dich ins Krankenhaus bringen?«

»Ins Krankenhaus?« Darla löste sich aus der Umarmung ihrer Schwester. »Wovon sprichst du denn da?«

»Du musst uns nicht anlügen, Süße«, beruhigte Francine sie. »Oder dich schämen. Das lag einfach außerhalb deiner Kontrolle.«

»Wovon redet ihr denn da?«

»Sag uns einfach, ob er …« Roberta blickte zwischen den anderen hin und her. »Ob er dir wehgetan hat.«

»Mir wehgetan? Warum sollte Eggie mir weh…?«

Janie unterbrach ihre Schwester erneut, riss Darla zurück in ihre Arme, drückte ihren Kopf ganz fest an ihre üppige Brust und tätschelte sie nervigerweise seitlich am Kopf.

»Schhh, Süße. Schhh. Alles wird wieder gut. Bringen wir sie

einfach von hier weg«, wandte sie sich an die anderen. »Wir werden uns später um Egbert Ray Smith kümmern.«

Darla löste sich wieder von ihrer Schwester, und diesmal wich sie außerhalb ihrer Reichweite zurück. »Ihr werdet nichts dergleichen tun.«

»Darla …«

»Eggie Ray hat mir das Leben gerettet, und er war der perfekte Gentleman.«

»Sicher«, grummelte Janie, »er wirkte wie ein echter Gentleman, als ihr zwei da so völlig ineinander verschlungen auf dem Bett lagt.«

»Es gibt in diesem ganzen Haus nur ein Bett.«

»Und eine Couch.«

»Hast du dir die Couch mal angeguckt? Ich hätte nie zulassen können, dass er auf diesem Ding schläft. Davon könnte er Albträume kriegen.«

»Du und dein Hässliche-Möbel-Tick«, seufzte Roberta.

»Der Mann hat mir das Leben gerettet. Und ich werde ganz sicher nicht zulassen, dass er eine ganze Nacht auf einem hässlichen Möbelstück verbringt.« Sie schnippte mit den Fingern. »Da fällt mir ein: Ich muss ihm helfen, diese hässlichen Möbel wieder zu seiner Tante zurückzubringen. Ich fürchte, wenn ich ihm nicht dabei helfe, wird er sie einfach damit durchkommen lassen.«

»Hör dir doch mal selber zu«, ermahnte Janie sie. »Du hilfst ihm, seine Möbel zurückzubringen? Anstatt uns die Wahrheit darüber zu erzählen, wie er dich letzte Nacht ausgenutzt hat?«

»Er hat mich letzte Nacht nicht ausgenutzt!«

»Armes Ding«, sagte Roberta traurig und tätschelte Darlas Schulter. »Du bist einfach so unschuldig.«

Sie schlug die Hand ihrer Schwester weg. »Ich bin nicht unschuldig.«

»Meinst du die Geschichte, wie du deine Jungfräulichkeit verloren hast?«, fragte Janette.

»Ja«, seufzte Francine, »keine von uns hat dir auch nur ein Wort davon geglaubt. Aber es war ein netter Versuch.«

Darla hatte diese Diskussion satt. »Habt ihr mir was zum Anziehen mitgebracht?«

»Deine Tasche steht unten, aber … Wo gehst du denn hin?«

»Weg. Von *euch*.«

Ihre Schwestern folgten ihr, eine nach der anderen hinter Janie Mae. Kurz bevor sie die Treppe erreichte, packte Janie Darla am Arm und wirbelte sie herum. »Du wartest jetzt mal eine Minute, kleines Fräulein …«

»Ich bin dir keine Rechenschaft schuldig, Janie Mae.«

»Ich versuche, dich zu beschützen.«

»Vor wem? Vor Eggie?«

»Du weißt doch gar nichts über ihn.«

»Ich weiß genug.«

»Lass mich raten«, sagte Janie in diesem Tonfall, bei dem Darla am liebsten ihre Reißzähne ausgefahren hätte. »Du hast in seine Seele geblickt und gesehen, dass er reinen Herzens ist.«

Ihre Schwestern kicherten spöttisch, und Darla brauchte einen Augenblick, um ihre Südstaaten-Beherrschung wiederzuerlangen, auf die sie so stolz war. »Ich weiß, dass ihr mir alle nicht glaubt, wenn ich euch sage, dass Großtante Bernice mir beigebracht hat, wie man …«

»Bla, bla, bla«, schnitt ihr Janie das Wort ab. »Das haben wir alles schon mal gehört, Darla Mae. Aber du kannst den Menschen nicht in die Seele schauen, du hast keine außergewöhnlichen mystischen Kräfte und du wirst keine weitere Sekunde in der Nähe dieses mörderischen Höllenhundes verbringen!«

Darla zeigte mit dem Finger direkt in das Gesicht ihrer Schwester, weil sie genau wusste, wie sehr Janie das hasste. »Du wirst nicht so über ihn sprechen«, warnte Darla sie. »Nicht in meiner Gegenwart.«

»Leute.« Roberta stellte sich zwischen die beiden. »Das hier muss doch nicht böse enden. Fahren wir einfach wieder nach Hause und besprechen die ganze Sache mit Daddy.«

»Ich komme nach Hause, wenn ich fertig bin.«

»Du kommst *jetzt* nach Hause«, befahl Janie ihr.

»Nein, komme ich nicht.«

»Das reicht mir jetzt.« Janie packte Darla am Arm und zerrte sie die Stufen hinunter.

Darla, die von diesem lächerlichen – und absolut unhöflichen! – Verhalten ihrer Schwester die Schnauze gestrichen voll hatte, schlug Janies Hand weg. Zur Antwort versetzte ihre Schwester ihr einen Schubs.

»Du gehst jetzt nach unten und schiebst deinen Hintern aus diesem Haus, Darla Mae.«

»Und du hältst dich aus meinen Angelegenheiten raus, Janie Mae.«

»Leute«, warnte Roberta.

Aber Roberta hätte es besser wissen müssen. Anstatt die Situation zu entschärfen, wirkten ihre Worte eher wie ein Startschuss. Darla und Janie packten sich gegenseitig an den Haaren, sobald Roberta gesprochen hatte, und stolperten kreischend die Treppe hinunter, während ihre anderen Schwestern versuchten, sie voneinander zu trennen.

Ihre Momma hätte das *nicht* als angemessenes Verhalten für eine Südstaaten-Lady bezeichnet.

Sie hörten zwar alle, wie sich die Wölfinnen am Kopfende der Treppe zankten, aßen aber weiter ihre Frühstücksflocken. Was auch immer der Rest der Gestaltwandler-Welt denken mochte, die Smiths waren nicht dumm. Sie lebten nur so lange – und einige von ihnen führten wirklich ein sehr, sehr langes Leben –, weil sie wussten, wann sie kämpfen und wann sie sich in den Wald zurückziehen mussten. Und zu den Dingen, die jedes Smith-Männchen lernte, gehörte auch, dass man sich nicht in einen Streit unter Wölfinnen einmischte. Vor allem nicht, wenn Schwestern darin involviert waren.

Also aßen sie ihr Müsli, während sie in Eggies Küche standen und den Zankereien lauschten.

Eggie verletzte nicht, was er hörte. Er war in gewisser Weise daran gewöhnt. Janie Mae hatte ihn noch nie wirklich gemocht.

Eggie wusste zwar nicht, warum, aber Janie Mae musste genug gehört haben, um sich eine feste Meinung über ihn zu bilden, und sie verbarg ihre Gefühle nie bei … nun, bei überhaupt *irgendwas*. Und ganz sicher nicht, wenn es darum ging, wie wenig sie ihn mochte oder ihm vertraute.

Andererseits mochten viele Menschen Eggie nicht. Er ließ jedoch nicht zu, dass ihn diese Tatsache nachts wach hielt.

Nicky Ray war als Erster mit essen fertig, weil er weniger aß als vielmehr zu inhalieren, und fragte ihn: »Also, warum hast du sie gekidnappt?«

»Nicht gekidnappt. Gerettet.«

»Nicht, wenn du irgendjemand in Smithville fragst.«

»Ist mir egal, was irgendwer in Smithville denkt.«

»Und danke, dass du diese ganzen Leichen zurückgelassen hast«, beschwerte sich Bubba.

»Hab ein Entsorgungskommando geschickt.«

»Warum hast *du* sie denn nicht entsorgt?«

»Nicht mein Spezialgebiet. Hab die Hyänen geschickt.«

»Ja. Vielen Dank dafür.«

Frankie Ray runzelte die Stirn. »Das Entsorgen von Leichen gilt als Spezialgebiet?«

»Wenn du in weniger als dreißig Minuten rein und wieder raus willst – dann ja.«

Benjamin starrte auf seine leere Schüssel. »Hast du noch mehr Müsli?«

Eggie griff gerade in seinen Küchenschrank, um das Müsli herauszuholen, als das Gezanke aufhörte und das Gekreische begann. Als sie etwas hörten, das klang, als würde ein Körper – oder mehrere Körper – die Stufen hinunterstürzen, ließen die Brüder ihre Schüsseln ins Spülbecken oder auf den Küchentisch fallen und rannten in den Flur hinaus. Glücklicherweise war niemand die Treppe hinuntergefallen – vor allem nicht Janie, die mit Bubbas Kind schwanger war –, aber die Schwestern kämpften sich die Stufen hinunter, Janie und Darla mittendrin.

Ohne einen einzigen Gedanken an seine eigene Sicherheit

oder die Sicherheit seiner Hauptschlagadern schnappte Eggie Darla, während Bubba Janie packte. Sie versuchten, die beiden auseinanderzureißen, aber die Wölfinnen hatten sich so verdammt fest in den Haaren der anderen festgekrallt, dass es beinahe unmöglich war. Zum Glück mischten sich auch die anderen Schwestern ein, und mit vereinten Kräften gelang es ihnen, die Haare wenigstens so lange zu befreien, dass Eggie und Bubba die beiden voneinander wegziehen konnten.

Nun, da sie einander nicht länger gepackt hielten, hörte das Gekreische auf und das Gebrüll begann.

»Du kommst mit nach Hause, Darla Mae!«

»Ich gehe nirgendwo hin! Wenn ich hier bei Eggie Ray bleiben will, dann bleibe ich auch!«

»Dieser Mistkerl wird dich im Schlaf ermorden!«

»Hey!«, blaffte Eggie sie beleidigt an.

»Halt die Klappe, du Mörder!«

Darla wand sich aus seinen Armen und stürzte sich auf ihre Schwester. Eggie hatte gerade wieder seinen Arm um ihre Taille geschlungen, als sie mit der Hand ausholte und ihrer Schwester ins Gesicht schlug. Das Geräusch hallte im ganzen Raum wider, und der Kampf fiel in eine Art Schockstarre.

»Wie kannst du es wagen?«, fauchte Darla ihre Schwester an. »Wie kannst du es wagen, in das Haus dieses Mannes zu kommen und ihn zu beleidigen?«

»Du hast mich geohrfeigt«, erwiderte Janie und legte eine Hand auf ihre gerötete Wange.

»Weil du unhöflich warst. Und jetzt verschwinde.«

»Du erwartest wirklich, dass wir einfach gehen …?«

»Haut ab!«

»Komm schon«, drängte Bubba die Mutter seiner Kinder, »lass uns gehen. Wir können weiter darüber reden, wenn sich alle beruhigt haben.«

Janie Mae riss sich von Bubba los und wirbelte zu ihm herum. Eggie beobachtete, wie sich sein Bruder von seiner verrückten Gefährtin weg und nach hinten lehnte. Gott, diese Frau …

»Ich gebe *dir* die Schuld daran, Bubba Ray. *Dir!*«

»Mir? Wieso ist das denn bitte meine Schuld?«

Aber Janie stürmte bereits an ihm vorbei und zur Haustür hinaus. Ihre Schwestern folgten, direkt hinter ihr. Bubba warf die Arme in die Luft und eilte ihr nach, und ihm folgten Eggies restliche Brüder, abgesehen von Benji.

Der blieb stehen und sagte: »Sorg einfach dafür, dass sie in Sicherheit ist. Wir klären das später.«

»Sicher.«

Benji schenkte Darla ein vorsichtiges Lächeln. »Ich bin froh, dass du in Sicherheit und wieder ganz gesund bist, Darla Mae. Wenn du irgendwas brauchst, dann rufst du Momma oder Daddy an. Oder du heulst einfach. Irgendjemand wird kommen.«

Sie nickte, erwiderte jedoch nichts.

Er zog die Stirn nach oben – Benjis Art, »Viel Glück mit der, kleiner Bruder«, zu sagen –, ging aus dem Haus und ließ Eggie und Darla endlich allein zurück.

Als ihm bewusst wurde, dass er immer noch seinen Arm um sie gelegt hatte, ließ Eggie sie los.

Er fühlte sich schlecht. Es war nie seine Absicht gewesen, sich zwischen die Schwestern zu drängen.

»Darla Mae ...«, begann er, aber sie schnitt ihm das Wort ab.

»Ich muss mir was anziehen.« Sie schaute sich um, bis ihr Blick auf eine rote Reisetasche fiel, auf der Aufnäher aus den unterschiedlichsten Ländern prangten. Sie ging zu der Tasche und nahm sie hoch. »Hast du auch einen Pick-up oder nur das eine Auto?«

»Ich hab auch einen Pick-up.« Alle in Smithtown hatten einen Pick-up.

»Gut. Wir müssen diese grauenvolle Couch aus deinem Haus schaffen, und wir müssen was zu Essen einkaufen.« Sie marschierte an ihm vorbei. »Ich muss backen.«

Eggie wusste nicht, ob dieses Wort vielleicht etwas anderes bedeutete, aber er würde ganz sicher nicht fragen. Nicht, wenn sie in dieser Stimmung war. Also nickte er nur und sah zu, wie sie die Treppe hinaufstieg. Auf halber Höhe blieb sie stehen und blickte sich noch einmal zu ihm um.

»Tut mir leid, was meine Schwester zu dir gesagt hat, Egbert Ray.«

Er zuckte mit den Schultern. »Sie ist nicht mein Problem. Sie ist Bubbas Problem. Aber ich hatte nicht die Absicht, *dir* irgendwelche Probleme zu bereiten, Darla.«

»Du hast gar nichts getan. Aber ich werde nicht zulassen, dass irgendjemand so mit dir spricht. Und es ist mir egal, wer es ist.«

»Dann bist du also bereit, es mit der ganzen Stadt aufzunehmen, Schätzchen?«

Sie schürzte die Lippen und antwortete, ohne auch nur eine Sekunde lang zu zögern: »Wenn es sein muss.«

KAPITEL 6

Aufgrund der Stimmung, in der Darla gewesen war, als sie das Haus verlassen hatten, hatte Eggie eigentlich eine Konfrontation mit seiner Tante Daphne erwartet, aber Darla war mit einem breiten Lächeln in Daphnes Möbelgeschäft spaziert und hatte selbst zwei Stunden später nur die Beherrschung verloren, wenn es ihren Zwecken diente. Wie ihr das gelungen war, verstand er allerdings immer noch nicht.

»Na, hör mal«, hatte Daphne gestöhnt, »ich kann doch nicht einfach so irgendwelche Möbel wieder zurücknehmen.«

»Oh, das weiß ich doch«, hatte Darla mit ihrer, wie Eggie es nun nannte, zutiefst besorgten Miene versichert. »Ich weiß.« Ihr Lächeln war urplötzlich wieder zurückgekehrt, und Eggie hatte das Gefühl gehabt, der ganze Laden würde erstrahlen. »Aber darum haben wir die Möbel ja auch in Eggies Truck zurückgebracht. So müssen Sie sich keine Gedanken darüber machen, sie abzuholen. Wir haben uns bereits darum gekümmert. Alles ist ordentlich verpackt und sauber.«

»Ich werde sie trotzdem mit Verlust verkaufen müssen.«

Wieder die zutiefst besorgte Miene. »Oh, ich weiß. Ich weiß«, hatte sie einmal mehr wiederholt. Es war in der ganzen Zeit, in der sie sich im Laden befunden hatten, ihr Lieblingssatz gewesen. »Aber denken Sie doch mal an den Gewinn, wenn Sie zeigen, wie wichtig Ihnen die Familie ist.«

Daphnes Augen waren kurz zu Eggie hinübergehuscht und dann wieder zurück zu Darla. »Die Familie?«

Und das war das erste Mal gewesen, seit sie den Laden betreten hatten, dass Eggie etwas anderes bei Darla gesehen hatte als ein Lächeln oder tiefste Besorgnis … er hatte Wut gesehen. Echt. Roh. Aber auch diese Wut hatte sie genauso schnell wieder versteckt, wie sie aufgeflammt war, und wiederholt: »Ja, die Familie. Ich kann Ihnen sagen, ich lebe nun schon seit einer ganzen Weile unter diesen Yankees in San Francisco, und diese Leute haben keine Ahnung von Familie. Und das beeinträchtigt ihre Geschäfte sogar in einer so großen Stadt wie dieser.« Sie lehnte sich nach vorne und flüsterte: »Sie können sich also vorstellen, welche Auswirkungen das hier in Smithtown hätte. Aber das wird für Sie keine Rolle spielen, denn wenn ich allen von hier bis North Carolina erzähle, was für einen wunderbaren Laden Sie hier führen und wie loyal Sie als Smith Ihrer Familie gegenüber sind, dann werden Sie die ganzen Wolfsrudel gar nicht mehr abwehren können.«

Daphne hatte mit zusammengebissenen Zähnen nach Luft geschnappt und sich zu ihrem Gefährten umgeschaut. Er hatte nur mit den Schultern gezuckt und die Sache ihr überlassen.

»Na schön«, hatte Daphne schließlich eingewilligt und Eggie einen regelrechten Schock versetzt, weil es dieser Frau vollkommen egal war, ob jemand blutsverwandt, der Alpha des Rudels oder der Präsident der Vereinigten Staaten war – bei ihr gab es *nichts* umsonst. »Von mir aus. Wisst ihr schon, wogegen ihr sie austauschen …?«

»Die da.« Darla hatte quer durch den Laden auf eine braune Couch, zwei passende große Sessel, einen Couchtisch, drei Beistelltische aus Mahagoni und eine passende Esszimmergarnitur gezeigt.

Normalerweise interessierte sich Eggie nicht für Möbel. Er verbrachte den Großteil seines Lebens auf Bäumen, mit einem Hochleistungsgewehr und einem Sucher, und ob er in einem Haus, in dem er sich ohnehin kaum aufhielt, Stühle hatte oder nicht, spielte eigentlich keine Rolle. Aber er musste zugeben … wenn er nach Hause kam, wäre es nett, zu diesen Exemplaren nach Hause zu kommen.

Aber nun, nachdem Benji und Frankie ihm mit dem schweren Schleppen geholfen hatten, saß Eggie auf all den schicken Möbeln und fühlte sich ein wenig … fehl am Platz. Und nervös. Nur so dazusitzen und nichts zu tun entsprach ganz und gar nicht seiner Natur. Er wäre in seine Küche gegangen, wenn sich darin nicht eine noch immer wütende Wölfin befunden und gebacken hätte. Obwohl er zugeben musste, dass, was immer sie da auch zusammenmischte, einfach köstlich duftete.

Eggie schaute noch einmal auf die Uhr. Neue Möbel, Lebensmitteleinkäufe, ein Familienstreit – und es war noch nicht mal vier.

»Was machst du da?«

Eggie ließ seinen Arm in den Schoß fallen und sah die Wölfin an, die ihn vom Türrahmen aus anfunkelte.

»Äh …«

»Durch deine nervöse Energie bin ich schon ganz angespannt.«

Sie war *seinetwegen* angespannt?

»Na ja …«

»Was würdest du normalerweise machen, wenn ich nicht hier wäre und köstliche Leckereien backen würde?«

»Äh … jagen.«

»Dann geh jagen.«

»Ich kann dich nicht alleinlassen.«

»Wenn ich dich brauche, heule ich.«

»Soweit wir wissen, könntest du noch immer in Gefahr sei…«

»Raus!« Sie zeigte auf die Haustür. »Ich rufe dich, wenn das Abendessen fertig ist.«

»Du weißt schon, dass das *mein* Haus ist?« Als Eggie einen Reißzahn aufblitzen sah, hob er sofort die Hände. »Schon gut, schon gut. Kein Grund, gleich so gereizt zu sein.«

Er erhob sich. »Aber wenn du mich für *irgendwas* brauchst …«

»Du wirst mein Heulen noch aus einem Kilometer Entfernung hören, das verspreche ich dir.«

Eggie nahm sie beim Wort, verließ das Haus, zog seine Klamotten aus und verwandelte sich in einen Wolf. Er trottete gerade die Verandastufen hinunter, als seine Brüder aus dem Wald traten. Irgendetwas sagte ihm, dass auch sie aus ihrem Zuhause gejagt worden waren. Die Lewis-Schwestern backten einfach gerne, wenn sie wütend waren.

Bubba Ray bellte, und sie folgten ihm tief in den Wald hinein, bis sie auf einen Wapiti trafen und ihn erlegten. Unglücklicherweise drangen sie dabei in Bärenterritorium ein, auch als Collinstown bekannt, und stießen ausgerechnet auf die Buck-Brüder: Eisbären-Zwillinge, die die Smith-Jungs zutiefst hassten.

Der Kampf war hässlich, aber eine nette Ablenkung.

Gegen acht trat Darla auf die Veranda vor Eggies Haus hinaus. Sie wischte sich die Hände an einem Tuch ab und rief: »Eggie!«

Noch bevor sie sich umdrehen und wieder nach drinnen gehen konnte, kam Eggie aus dem Wald gestürmt. Er tauchte in den Dreck vor der Verandatreppe, rollte ein paar Sekunden lang darin herum, sprang wieder auf die Beine, schüttelte den überschüssigen Dreck ab und rannte ins Haus.

Darla eilte ihm hinterher und schrie: *»Wage es ja nicht, dich auf diese Couch zu legen, Egbert Ray!«*

Er befand sich bereits mitten im Sprung, als sie ihn anbrüllte, aber genau wie sie selbst neulich Nacht änderte er seine Richtung und landete in dem unbenutzten Kamin. Wenigstens trug er keine tödliche Wunde davon. Weil das das Abendessen wirklich ruiniert hätte.

»Geh nach oben und stell dich unter die Dusche«, ordnete sie an und konnte nicht anders, als die Nase über all das Blut zu rümpfen, das an seiner Schnauze klebte. *Anständig essen ist wohl nicht sein Ding. Igitt.* »Das Abendessen kann warten.«

Er neigte den Kopf zur Seite und drehte sich um, aber anstatt in den Flur hinaus und zur Treppe zu gehen, die zur einzigen funktionstüchtigen Dusche des Hauses geführt hätte, trottete er ins Esszimmer. Er legte seine Vorderpfoten auf einen der Stühle und blickte über den Tisch, den sie bereits für das Abendessen gedeckt hatte. Es gab nicht viel, womit sie hatte arbeiten können, aber Darla hatte es geschafft, irgendwo eine Tischdecke auszugraben, und dazu vernünftige Teller und Gläser und passables

Besteck. Außerdem hatte sie ein paar Kerzen gefunden, die in einer Schublade gelegen hatten, und einen Strauß Wildblumen in der Nähe des Hauses gepflückt. Wenn man die Umstände in Betracht zog … hatte sie wirklich ganze Arbeit geleistet.

Eggie schaute sie an, wandte sich von dem Stuhl ab und ging nach oben.

Darla beschloss, sich keine Gedanken über die seltsamen Angewohnheiten der Smith-Wölfe zu machen, und kehrte wieder in die Küche zurück.

Ein Blick auf den Küchentisch zeigte ihr, wie wütend sie nach dem Streit mit ihren Schwestern wirklich gewesen war. Sie hatte viel zu viel Gebäck und zu viele Kuchen gebacken – viel mehr, als ein Wolf allein jemals essen konnte. Noch nicht mal ein Wolf, der so groß war wie Eggie. Nicht mal ein Bär hätte das alles verputzen können. Ein Löwen-Männchen hätte es geschafft, aber das sagte eigentlich nicht viel aus.

Na ja, sie konnte die Reste ja einfach Eggies Familie überlassen. Aber nicht ihren Schwestern. Verdammte blöde Kühe.

Na toll! Jetzt fluchte sie ihretwegen sogar schon! Blöde Kühe!

Ganz egal, wie weit Darla wegzog, ganz egal, was sie mit ihrem Leben anstellte, ganz egal, was sie selbst auf die Beine stellte – ihre Schwestern betrachteten sie noch immer auf dieselbe verdammte Weise. Als schwachen Omega-Welpen, um den sie sich kümmern mussten. Ihre Eltern respektierten sie. Ihre Brüder auch. Nur ihre Schwestern nicht. Und sie konnten auch nicht einfach auf sie aufpassen. Nein, sie mussten sich über sie lustig machen und nahmen sie nicht das geringste bisschen ernst. Als sie achtzehn geworden war, hatte ihr Daddy ihr endlich die Möglichkeit gegeben, nach Norden zu ziehen und in einem Restaurant der Van Holtz' zu arbeiten. Obwohl sich die Smiths und die Van Holtz' aufgrund eines Ewigkeiten zurückliegenden Mordrauschs gegenseitig als feindliche Rudel betrachteten, mischten sich die Lewis' in diese Geschichten nicht ein. Letzten Endes waren sie Geschäftswölfe und wollten einfach nur Geld verdienen. Sie unterhielten Eisdielen und Süßwarenläden überall in den USA, und es war ihnen egal, wer ihre Produkte kaufte, solange jemand ihre Produkte kaufte. Die Van-Holtz-Restaurants gehörten zu den wichtigsten Käufern von Lewis Family's Old Time Ice Cream – Grizzlys liebten ihr Erdbeereis mit Honig-Nuss-Knusper, Eisbären ihr Karamell-und Vanilleeis mit Seelöwenfett –, und deshalb war es Darlas Vater ein Leichtes gewesen, ihr einen Job in einem der Restaurants der Familie zu verschaffen.

Er hatte ihr einfach nur eine Pause verschaffen wollen. Was niemand erwartet hatte, war, dass Darla sich zu einer wirklich guten Konditorin entwickelte. Natürlich musste sie aufgrund ihres Alters ganz unten anfangen, den Vollzeit-Konditoren assistieren und all die niederen Arbeiten mit Kuchenteig verrichten. Aber schon nach einem Jahr bot ihr der Leiter des Restaurants in Baltimore, Wulgar Van Holtz, an, dafür zu bezahlen, dass sie nach Frankreich reiste und eine Ausbildung in einer echten französischen Patisserie absolvierte. Da sie schon immer hatte reisen wollen, hatte Darla die Chance beim Schopf ergriffen. Sie hatte außerdem Zeit in Italien, Spanien, England und Deutschland verbracht – sie machte den besten Bienenstich diesseits von Bayern –, und als sie schließlich in die Vereinigten Staaten zurückgekehrt war, war sie in das Van-Holtz-Restaurant in San Francisco versetzt worden, ein wunderbarer Ort für sie, an dem sie zahlreiche interessante Leute kennengelernt hatte. Als Pazifistin – und nein, der Streit mit ihren Schwestern zählte nicht! – und Feministin passte sie perfekt nach Frisco. Zumindest für den Moment.

Manchmal konnte es dort aber ein wenig zu hektisch zugehen, ein wenig zu laut. Sie hatte mit dem Gedanken gespielt, wieder zurück in den Süden zu ziehen, wo sie sich am wohlsten fühlte, und dort vielleicht ihre eigene kleine Konditorei zu eröffnen. Wenn sie jedoch daran dachte, sich jeden Tag mit ihren Schwestern herumschlagen zu müssen …

Nein. Allein beim Gedanken daran wurde sie von einem Schaudern erfasst. Sie liebte sie. Das tat sie wirklich. Aber an manchen Tagen hätte sie ihnen am liebsten die Schei… Seele aus dem Leib geprügelt.

Als sich bei ihr ein leises Hungergefühl meldete – was bedeutete, dass ihr Ärger allmählich abflaute – schaute Darla auf die Uhr, die an der Wand hing. Es kam ihr wie eine Ewigkeit vor, seit Eggie nach oben gegangen war, um zu duschen.

Aber sie konnte auf ihn warten.

Sie blickte auf all die Desserts, die sie zubereitet hatte. Die meisten davon musste sie abdecken. Sie fragte sich, ob Eggie wohl Frischhaltefolie im Haus hatte. Oder, um genau zu sein, ob seine Mutter ihm Frischhaltefolie besorgt hatte.

Sie öffnete einen der Schränke, die sie noch nicht durchstöbert hatte, und fand mehrere bereits ziemlich abgenutzte gusseiserne Backformen – was bedeutete, dass sie morgen zum Frühstück ihr köstliches Maisbrot backen konnte –, zwei weitere Schraubdeckelgläser mit Selbstgebranntem – was die Zahl der bisher entdeckten auf sechs erhöhte –, die dringend benötigte Rolle Folie und eine weitere kurzläufige .38er. Seufzend griff sie nach der Folie und der Waffe. Die Folie legte sie für später zu den Desserts auf den Tisch, während sie die Waffe dem wachsenden Haufen auf der Arbeitsplatte hinzufügte. Der Wolf hatte überall in seiner verfluchten Küche Jagdmesser und Pistolen versteckt. Wer brauchte so viele Waffen in einer Stadt voller Wölfe? Na ja, voller Wölfe, die zur Familie gehörten, jedenfalls.

Darla wollte die Waffe gerade ablegen, als sie jemanden hinter sich spürte. Sie blickte über ihre Schulter und erwartete, Eggie zu sehen. Aber stattdessen entdeckte sie einen fremden, attraktiven, glatt rasierten jungen Mann mit nassem braunem Haar. Sie geriet sofort in Panik, schnappte sich die .38er wieder, drehte sich zu dem Eindringling herum, richtete die Pistole auf ihn und brüllte: »Eggie! Eggie, komm runter!«

Der Mann hielt die Hände hoch und knurrte: »Ich stehe direkt vor dir, Frau!«

Darla blinzelte. »Eggie?«

»Nimm einfach die Waffe runter, Darla. Alles ist gut.«

»Aber … Eggie?«

»Darla, nimm die Waffe runter.«

»Oh!« Sie legte die Pistole auf den Waffenhaufen und wandte sich wieder dem Mann zu, der wie Eggie Ray Smith *klang*.

Fasziniert ging sie auf ihn zu. »Bist das wirklich du?«

»Na ja … ja.«

Sie lehnte sich näher zu ihm, und sein nasses Haar roch sehr gut nach dem Shampoo, das er benutzt haben musste. »Wirklich?«

»Ja, wirklich.«

Darla machte einen raschen Schritt zurück. »Oh. Du siehst nur … so … anders aus.«

»Ich hab mich nur rasiert.«

Aber was für einen Unterschied das machte! Trotzdem musste sie fragen: »Warum?«

Er zuckte mit den Schultern. »Ich hab den schick gedeckten Tisch gesehen und gedacht, es sei angebracht.« Er blickte zu der Jeans und dem Led-Zeppelin-T-Shirt hinunter, die er trug. »Ich hatte allerdings nichts Schickeres anzuziehen. Deshalb hab ich mich wenigstens rasiert.«

Darla lächelte. »Das hättest du für mich doch nicht tun müssen. Ich mochte deinen Bart.«

»Ich dachte, es könnte nicht schaden, wenn ich mir ein bisschen Mühe gebe.«

»Nun, das weiß ich wirklich zu schätzen.« Darla ging auf die Zehenspitzen und gab Eggie einen Kuss auf die Wange. Sie hörte, wie er schluckte, und sah, wie sich seine großen Wolfsaugen auf sie richteten.

In dem Moment wurde ihr bewusst, dass sie hoffte, dass er ihren Kuss erwiderte. Aber nicht nur als Kuss auf die Wange. Sie mochte vielleicht noch Jungfrau sein, aber sie war alles andere als eine Nonne. Aber er küsste sie nicht, sondern sagte nur: »Ich hoffe, ich hab das Abendessen nicht ruiniert, weil ich so lange gebraucht hab.«

»Überhaupt nicht.« Sie nahm seine große Hand in ihre. »Gehen wir was essen.«

Das Essen war gut. Der Zitronen-Baiser-Kuchen war unglaublich. Aber es war ihr Lächeln, das ihn ziemlich durcheinanderbrachte.

Eggie war nicht daran gewöhnt, jemals solche Gefühle zu empfinden. Er war der Wolf, den die Mitglieder seines Rudels und die Kollegen aus dem Marine Corps riefen, wenn jemand eine gefährliche Situation entschärfen musste. Er konnte sich überall hineinschleichen, jeden töten und wieder verschwinden, ohne dass irgendjemand etwas bemerkte. Er war dafür bekannt, dass er drei Tage am Stück auf einem Baum sitzen und auf den richtigen Moment für einen Schuss warten konnte. Im Gegensatz zu anderen, die unter dem Druck völlig durchdrehen würden, drehte Eggie niemals durch. Er hatte niemals Albträume und wachte auch nie in kaltem Schweiß gebadet auf. Er verlor nie die Beherrschung oder kletterte auf Türme, um auf die ahnungslose Bevölkerung zu schießen.

Warum ihn dieses kleine Mädchen also auf alle erdenklichen Arten nervös machte und ihn, um ehrlich zu sein, ein wenig ins Schwitzen brachte, konnte er einfach nicht begreifen.

Und was noch merkwürdiger war: Er wusste selbst nicht, warum es ihm irgendwie gefiel, sich so zu fühlen. Das sollte es nicht. Es war nicht normal für einen Wolf, sich schwach oder in gewisser Weise hilflos zu fühlen, nur, weil eine Wölfin Grübchen in den Wangen hatte. Aber, ganz ehrlich, das waren einfach die niedlichsten Grübchen überhaupt. Grübchen, die sie ihm immer wieder unter die Nase rieb, während sie aßen, sie redete und er ein gelegentliches Grunzen ausstieß. Die Tatsache, dass er kein großer Redner war, schien Darla nicht sonderlich zu stören, sie plapperte trotzdem munter weiter. Normalerweise wäre Eggie dieses ganze Geschnatter fürchterlich auf den Zeiger gegangen, aber er mochte den Klang ihrer Stimme. Er empfand ihn irgendwie als beruhigend.

»Pekannuss-Kuchen? Kirsche? Boston Cream?«

»Du hast wirklich eine Menge gebacken.«

»Das tue ich immer, wenn mir meine Schwestern auf die Nerven gehen.«

»Das erklärt wahrscheinlich, warum deine Kuchen so verdammt lecker sind.«

Ihr Lächeln kehrte zurück. »Danke. Janie mag vielleicht glauben, ihr Pekannuss-Kuchen sei besser als meiner, aber von mir aus kann sie daran ersticken.«

»Sie will dich nur beschützen. Das ist das Alphaweibchen in ihr. Sie wird eine gute Gefährtin für Bubba abgeben.«

»Stört dich das?«

»Mir ist egal, wen er sich als Gefährtin aussucht.«

»Nein, nein. Ich meine ... dass alle annehmen, dass er eines Tages der Alpha des Smithtown-Rudels sein wird.«

Eggie griff nach seinem Glas Milch. »Warum sollte mich das stören?«

»Du bist älter ... stärker ... hast breitere Schultern.«

Eggie erstickte beinahe an seinem kleinen Schluck Milch und schnappte sich schnell eine Papierserviette, um sich das Kinn abzuwischen. »Äh ... ich will nicht wirklich das Kommando übernehmen. Nicht in einem Rudel. Es macht mir nichts aus, ein Team oder von mir aus auch eine Einheit zu leiten, aber alles andere würde nur bedeuten, dass ich mich mit mehr verdammten Leuten rumschlagen müsste, als mir lieb wäre. Aber vor allem bin ich ganz gerne allein.«

Sie zuckte zusammen. »Dann tut es mir leid, dass ich dein Haus so mit Beschlag belegt habe ... oder zumindest deine Küche.«

»Das stört mich nicht. Es gefällt mir, dich um mich zu haben. Du riechst gut.«

Du riechst gut? Ernsthaft? Du Idiot!

Sie biss sich auf die Lippe, konnte jedoch nicht verbergen, dass sie über ihn lachte. Und das sollte sie auch. Er war erbärmlich!

»Na ja ... danke. Ich tue mein Bestes.«

Da er wirklich nicht länger wie der größte Loser diesseits des Mississippi aussehen wollte, stand Eggie auf und griff nach seinem leeren Teller und seinem Milchglas. »Ich schätze, dann werde ich hier mal saubermachen.«

Sie erhob sich ebenfalls. »Das machen wir zusammen.«

»Das musst du nicht. Du hast gekocht.«

»Es geht schneller, wenn wir es zusammen machen.

»Okay.« Eggie stapelte noch ein paar weitere Teller übereinander und hob sie hoch.

»Glaubst du, wir können heute Nacht wieder zusammen schlafen?«

Eggie, der mit einem guten Sucher und trotz starker Winde ein Ziel aus über einem Kilometer Entfernung ausschalten konnte, hätte beinahe die Teller fallen lassen, fing sie aber gerade noch rechtzeitig auf.

Er stellte den Stapel wieder auf den Tisch und drehte sich um. Und verdammt möge diese Frau sein – sie stand direkt hinter ihm.

»Stimmt was nicht?«, fragte sie und hatte die Stirn, dabei völlig unschuldig und süß auszusehen.

»Das ist nicht fair, Darla Mae.«

»Was ist nicht fair?«

»Du«, warf er ihr vor und zwang sich, seinen Blick auf irgendetwas anderes als sie zu richten, »riechst so gut und siehst so verdammt hübsch aus.«

»Du findest mich hübsch?«

»Alle finden dich hübsch.«

»Nicht wirklich.«

»Ich kann das einfach nicht.«

»Was kannst du nicht?«

Er wich einen Schritt von ihr zurück und knallte mit dem Hintern gegen den Esstisch. »Das. Mit dir. Das ist nicht richtig.«

»Warum?« Sie ging auf ihn zu. »Wegen meiner Schwestern? Weil sie so schreckliche Dinge über dich gesagt haben?«

»Nein, natürlich nicht.« Außerdem war er an ihre Schwestern gewöhnt.

»Weil sie mich wie eine Idiotin aussehen lassen?«, fragte sie tonlos.

»Nein, und das tun sie nicht.« Er schluckte. »Es ist nur, weil du … du bist …«

»Was? Ich bin was?«

»Du weißt schon«, antwortete er schulterzuckend. »Von einem Mann unberührt.«

»So würde ich das nicht ausdrücken«, murmelte sie.

Eggie runzelte die Stirn. »Wie bitte?«

»Was ich damit meine, ist, dass ich gar nicht so ein unschuldiges Ding bin, Eggie. Ich habe nur darauf gewartet, dass der richtige …« Sie grinste, und es brachte ihn beinahe um. »Dass mir der richtige Wolf über den Weg läuft.«

»Tja, aber der bin nicht ich«, entgegnete er rundheraus.

Darla verstand diesen Mann nicht. Wollte er sie nun oder nicht? In der einen Sekunde schien er sie zu wollen, und in der anderen schien er bereit zu sein, die Flucht zu ergreifen.

»Und darf ich fragen, warum du nicht der richtige Wolf bist?«

Eggie schaute ihr noch immer nicht in die Augen, was ihr merkwürdig vorkam, da er diesen Blick die meiste Zeit über zu seinem Vorteil einzusetzen schien, als er sagte: »Weil du für dein erstes Mal etwas … Besseres verdienst.«

»Besser als was?«

»Besser als einen Mann, der für seine Fähigkeit zu Töten bekannt ist.«

»Aber ist das nicht das, worin du gut bist?«

Dann schaute er ihr doch in die Augen. »Autsch.«

»Das ist doch nichts, wofür du dich schämen müsstest«, fügte sie schnell hinzu. »Wir müssen schließlich alle in irgendwas gut sein.«

Er hob die Teller wieder hoch, die er eben auf dem Tisch abgestellt hatte. »Ich kümmere mich jetzt um den Abwasch.«

Darla sah Eggie Smith nach, als er sich entfernte. Ein knackiger Hintern, der da in seiner Jeans wackelte. Sie wusste, was ihre Momma sagen würde: dass er zurückkommen würde, wenn er bereit war, und dass ein anständiges Südstaaten-Mädchen warten würde.

Jap. Sie sollte warten, weil brave Südstaaten-Mädchen das taten. Sie warteten.

Eggie hatte es gerade in die Küche geschafft, als er von hinten angegriffen wurde. Na schön, »angegriffen« war vielleicht ein zu starker Ausdruck. Aber was immer auch das richtige Wort dafür war, im Augenblick klebte eine Wölfin an seinem Rücken.

Und das fühlte sich irgendwie nett an.

»Darla, was tust du denn da?«

»Na ja, ich weiß zwar, dass meine Momma sagen würde, dass brave Südstaaten-Mädchen warten, bis der Mann den ersten angemessenen Schritt macht, aber dann ist mir wieder eingefallen, dass ich eine Lewis bin, und meine ganzen guten Vorsätze waren vom Winde verweht. Ich meine, ich habe fünf Schwestern, also warum bin *ich* da die Einzige, die versucht, die Brave zu sein?«

»Du bist die Brave?«

»Warum bin *ich* die Einzige, die sich nicht nimmt, was sie will?«

Eggie lachte.

»Was ist denn so lustig? Warte mal. Das war doch ein Lachen, oder? Ich versuche immer noch, deine verschiedenen Grunzlaute zu unterscheiden.«

»Es war ein Lachen, weil du tatsächlich glaubst, dass du dir nicht nimmst, was du willst.«

»Tue ich nicht.«

Eggie ging zum Spülbecken, obwohl sich Darla noch immer an ihm festklammerte. »Bist du sicher, dass du es deiner Schwester nicht einfach nur heimzahlen willst?«, fragte er.

»Hä?«

»Komm schon, Darla. Um es deiner Schwester heimzuzahlen, wäre die einfachste Lösung, mit mir ins Bett zu steigen. Janie Mae hasst mich. Aber wir können ihr gerne erzählen, was immer du willst, während du weiter auf diesen perfekten Wolf wartest, der nicht gut im Töten ist.«

Gott, mit diesem Mann würde es definitiv *nicht* leicht werden. Aber andererseits sagte ihr Daddy immer, dass nichts leicht zu haben ist, wenn es die Sache wirklich wert ist … oder so was in der Art.

Darla rutschte von Eggies Rücken und stellte sich neben ihn. »Stell das Geschirr in die Spüle«, befahl sie ihm, und guter Marine, der er war, gehorchte er aufs Wort.

Als das bisschen Geschirr in Sicherheit war, zupfte Darla an seinem Arm, und Eggie drehte sich zu ihr um. Sie machte sich nicht die Mühe, zu versuchen, ihn herumzureißen. Sie spürte, dass dieser Wolf sich nur bewegte, wenn ihm verflucht noch mal der Sinn danach stand. Glücklicherweise stand ihm gerade der Sinn danach.

Er sah sie an, aber der Mann war einen Meter vierundneunzig groß. Er hätte genauso gut ein verdammter Berg sein können. Darla ließ ihren Blick durch den Raum schweifen, drehte sich um, sprang – indem sie einen kleinen Trick anwandte, den nur Wölfinnen beherrschten – nach oben und hinten und landete mit dem Hintern auf der Arbeitsplatte neben der Spüle. Sie befand sich noch immer nicht ganz auf Augenhöhe mit ihm, aber es musste genügen.

Sie packte ihn am T-Shirt und krallte sich darin fest. Falls er jetzt versuchen würde, die Flucht zu ergreifen, würde er sie mit sich zerren müssen.

Er blickte auf ihre Hände hinunter und dann wieder in ihr Gesicht. »Was machst du da?«

Darla holte tief Luft und packte sein T-Shirt noch fester. »Mir nehmen, was ich will.«

KAPITEL 7

Nein.

Nein. Nein. Nein. Nein. Nein. Nein. Nein. Nein.

Er konnte das nicht tun.

Na gut, das war eine Lüge. Er *konnte* das tun. Er *wollte* das tun. Aber das sollte er nicht. Richtig? Es wäre falsch. Richtig? Irgendjemand musste ihm sagen, ob es falsch wäre!

Aber es gab nur Eggie und Darla Mae. Und sie schien nicht bereit zu sein, ihm im Augenblick überhaupt irgendetwas zu sagen. Stattdessen kam sie auf ihn zu und lehnte sich zu ihm, ihr Blick starr auf seinen Mund gerichtet.

Gott, ihre Hände waren so sanft und ihr Gesicht so hübsch.

Außerdem mochte er sie. Es gefiel ihm, dass es sie ärgerte, wenn jemand unhöflich war. Oder wenn sie ununterbrochen über Politik oder dieses verdammte Frauenbewegungszeug redete. Er fand sie interessant und wahnsinnig süß.

Zu süß, um sie zu vögeln?

Nun, so, wie sie im Moment seinen Kiefer küsste, war er sich da nicht mehr so sicher. Und in ein paar Sekunden wäre es ihm auch völlig egal.

»Darla …«

Ihre sanfte Hand drückte sich auf seinen Mund, und sie schüttelte den Kopf.

»Nein«, sagte sie leise. »Sag jetzt nichts. Küss mich einfach. Bitte.«

Es war das »Bitte«, das ihm den Rest gab. Das sein Bedürfnis zerstörte, sich wie ein – wie man es allgemein nannte – »netter Kerl« zu verhalten.

Eggie umrahmte ihr Gesicht mit seinen Händen, strich mit seinen Daumen über ihre Wangen und hielt mit den Fingern ganz sachte ihren Nacken fest. Er lehnte sich nach unten, hielt jedoch inne, kurz bevor er ihren Mund mit seinem berührte. Er nahm sich einen Moment Zeit, das Gefühl der Vorfreude zu genießen. Dieses elektrisierende Gefühl der Spannung, die zwischen ihnen herrschte. Es war einfach so übermächtig.

Ihre Hände legten sich um seinen Bizeps, ihre Finger gruben sich in seine Muskeln. Sie wollte ihn. Diese süße, bezaubernde Wölfin wollte *ihn*. Eggies Meinung nach war das ein eindeutiger Beweis für die Existenz Gottes.

Als er schließlich nicht mehr in der Lage war, auch nur noch eine Sekunde länger zu warten, küsste er sie, und er wusste im selben Augenblick, dass *das* die Wölfin war, auf die er sein ganzes Leben lang gewartet hatte.

Eggie küsste sie, und seine Zunge glitt zwischen ihre Lippen. Er schmeckte immer noch nach Zitronen-Baiser-Kuchen, und ihr Rezept hatte noch nie besser geschmeckt.

Darla schlang ihre Arme um seinen Hals und neigte den Kopf zur Seite, damit Eggie ganz leicht noch tiefer wandern konnte. Er tat es, und sie liebte es.

Obwohl er überhaupt nicht das war, was Darla erwartet hatte, entwickelte sich dieser Kuss zum sanftesten, süßesten Kuss, den sie jemals bekommen hatte. Und sie wollte mehr. Viel mehr.

Darla packte den Saum von Eggies T-Shirt und schob ihn nach oben. Sie löste sich aus ihrem Kuss, um ihm das Shirt über den Kopf ziehen zu können. Sie biss sich auf die Lippe, während sie ihren Blick über all die straffen Muskeln wandern ließ, und ihre Finger kribbelten vor Verlangen, sie zu berühren und zu erforschen. Als ihr bewusst wurde, dass er darauf wartete, dass sie den ersten Schritt machte, tat sie es. Sie streifte ihr eigenes T-Shirt ab. Sie machte sich nicht die Mühe, einen BH anzuziehen – etwas, das gegen sämtliche damenhaften Prinzipien ihrer Mutter verstieß –, packte ihn sofort und wollte seinen Körper auf ihrem spüren.

Eggie schmiegte sich enger an sie, und Darla legte ihre Arme auf seine Schultern und drückte den Rücken durch, bis sich ihre Brust an seine presste. Sie hörte, wie er leise knurrte, und dann küsste er sie wieder. Diesmal wirkte es ein wenig sehnsuchtsvoller. Okay, viel, viel sehnsuchtsvoller. Und Darla liebte es. Sie erwiderte den Kuss, und ihr Körper wurde dabei ganz heiß und ihre Nippel ganz hart.

Darla tastete nach Eggies Jeans, doch im selben Moment zog er sich zurück, packte ihre Arme und hielt sie fest.

»Warte … ähm …« Er keuchte heftig und hatte die Augen geschlossen. Gut. Das war gut. Keuchen war gut, richtig?

Die Augen noch immer geschlossen, leckte sich Eggie über die Lippen, holte tief Luft und fragte dann: »Willst du ein Kind mit mir?«

Obwohl es ihr schwer fiel, beschloss Darla, angesichts dieser Frage nicht in Panik zu verfallen, und stellte stattdessen eine Gegenfrage. »Meinst du hier und jetzt, in diesem Moment?«

Eggie machte die Augen auf und schaute sie an. »Hä?«

Sie zog die Augenbrauen nach oben, da sie wirklich keine Ahnung hatte, was er sie zu fragen versuchte.

»Oh.« Er blinzelte. »Oh!« Eggie schüttelte den Kopf. Er keuchte immer noch, also war alles immer noch gut, richtig? »Ich wollte damit sagen … na ja … ähm … ich hab welche … oben … in meiner Tasche … und … du weißt schon … ähm …«

Darla überlegte einen Moment und fragte dann: »Sprichst du von Kondomen?«

Gott, er sah vollkommen entsetzt aus.

»Ja. Kondome.«

»Es ist schon okay, die zu erwähnen. Wir sind schließlich kurz davor, Sex miteinander zu haben.«

»Ja, aber … du bist noch Jungfrau.«

»Hoffentlich nicht mehr lange.« Dann grinste sie und zeigte ihm ihre Zähne. Es brachte ihn zum Lachen, und sie sah, dass er sich ein wenig entspannte.

»Ich will dir nur keine Angst machen …«

»Weil du eine Tasche voller Kondome hast?«

»Ich habe *keine* Tasche voller Kondome. Nur ein paar. Wenn man in Übersee stationiert ist, sorgt das Militär immer gerne dafür, dass seine Marines …«

»Eine Tasche voller Kondome haben?«

In dem Moment konnte sie sehen, dass er es aufgeben hatte, und stieß ihn lachend weg. »Dann geh sie holen. Jetzt.«

»Okay.« Er nickte. »Okay. Ich geh sie holen.« Er drehte sich blitzschnell von ihr weg und eilte aus der Küche. Ein paar Sekunden später kam er bereits wieder zurück. »Siehst du, was du mir antust?«, fragte er.

Doch bevor sie darauf antworten konnte, hob er sie hoch und trug sie aus der Küche. »Ich wollte schon den ganzen Weg nach oben gehen, die verdammten Kondome holen und dann den ganzen Weg wieder nach unten rennen. Du machst mich total wahnsinnig!«

Lachend lehnte Darla ihren Kopf an seine Schulter, während er sie ins Schlafzimmer brachte und sie vorsichtig auf der Matratze ablegte. Er küsste sie, entfernte sich, kam aber sofort wieder zurück und küsste sie noch einmal. Bevor sie überhaupt merkte, was los war, lag sie ausgestreckt auf dem Bett, Eggie auf ihr, während seine Zunge ihren Mund erforschte.

Er fühlte sich so gut unter ihren Händen an, und sein mächtiger Körper presste sie tief in die Matratze. Sie konnte nicht glauben, wie sicher sie sich bei ihm fühlte, wie wohl. Und trotzdem war sie ganz wild. Völlig außer Kontrolle.

Vor allem, als er begann, sich an ihrem Körper abwärts zu bewegen und ihr Kinn und ihren Hals küsste, bevor sein Mund schließlich ihre Brust fand. Er saugte ihren Nippel zwischen seine Lippen und hielt ihn fest, während er sie mit seiner Zunge liebkoste.

Darla wölbte den Rücken nach innen und vergrub ihre Finger in seinen Schultern. Er wechselte zu ihrer anderen Brust, und ihr wurde bewusst, dass sie es nicht mehr länger aushielt. Sie stemmte sich gegen ihn, bis er den Kopf hob und sie ansah. Sie schlängelte sich unter ihm hervor und ging auf die Knie.

»Darla?«

Sie erwiderte nichts. Sie konnte nicht. Sie war ganz heiß und kribbelig und geil und … und … sie konnte einfach nicht!

Sie schlüpfte aus ihren Sandalen und streifte dann ihre Jeans und ihr Höschen nach unten, bis sie sich auf den Rücken legen und sie wegstrampeln konnte. Als sie die verfluchten Dinger endlich losgeworden war, war Eggie bereits da und packte sie. Auch er war inzwischen nackt, und – oh, Gott! Der Mann war perfekt. Einfach perfekt.

Er begann wieder, sie zu küssen, während seine Hände über ihren Körper wanderten und seine rauen Fingerspitzen sanft über ihre Haut glitten. Darla wand sich wohlig unter ihm. Sie brauchte ihn so sehr. Wollte ihn mehr, als sie jemals hoffen konnte, in Worte zu fassen. Im Moment war sie dankbar dafür, dass er nicht viel redete. Sie hätte keinen sinnvollen Satz zustande gebracht, wenn sie eine Unterhaltung hätte führen müssen. Also tat sie es auch nicht. Sie stöhnte einfach nur und wälzte sich lustvoll.

Eine von Eggies Händen streichelte ihre Seite bis zu ihrem Bein hinunter und streifte sanft über ihre Haut, bis sie zwischen ihren Schenkeln anhielt. Darla öffnete sich sofort für ihn. Als er sich nicht rührte, fasste sie nach unten, nahm seine Hand und führte seine Finger ein Stück weiter nach oben.

Er gluckste freudig an ihrem Hals, und trotz ihrer Frustration lächelte Darla. Dann schob Eggie ganz sachte einen Finger in sie hinein und schob ihn langsam streichelnd in sie hinein und wieder hinaus. Es fühlte sich so gut an, dass Darla wohlig knurrend begann, ihre Hüften zu bewegen. Ein zweiter Finger gesellte sich zu dem ersten, und Darla vergrub ihre Hände in Eggies Haar. Er küsste sie, während seine Finger in sie hineinglitten. Sie fühlten sich wundervoll an, aber sie wollte ihn.

Sie küsste sein Kinn, bewegte sich höher, bis sie sein Ohr erreichte, und flüsterte, nur einmal: »Bitte, Eggie.«

Eggie erstarrte, und sein ganzer Körper versteifte sich. Nach einem Moment zog er langsam seine Finger aus ihr heraus und löste seinen mächtigen Körper von ihrem.

»Sieh mich an, Darla.«

Sie tat es, hob ihren Blick und fing seinen ein. Er schaute sie mit diesen Augen an. Mit diesen wunderschönen Augen, die ihr sagten, dass er mehr Wolf als Mensch war, aber das war ihr egal, weil es der Wolf war, der dafür sorgte, dass sie sich sicher fühlte. Beschützt. Umsorgt.

Er wollte ihr noch immer nicht wehtun. Er vertraute sich selbst noch immer nicht genug. Also schob sie sich zu ihm hinauf, knabberte an seinem Kiefer und seinem Hals und bohrte ihre Finger in seine Schultern. Im selben Moment drang er, mit Kondom, in sie ein und stieß ganz tief in sie. Er war größer, als sie erwartet hatte, aber nachdem sie ihren Schwestern in den vergangenen Jahren immer hatte zuhören dürfen, wenn sie über die Smith-Jungs getratscht hatten, hätte sie vielleicht besser darauf vorbereitet sein müssen.

Darla biss sich auf die Lippe und vergrub ihr Gesicht in seinem Hals. Sie wollte nicht, dass er aufhörte, aber sie hatte Angst, dass er es tun würde, wenn sie sich auch nur das kleinste bisschen Schmerz anmerken ließ.

»Schau mich an, Darla.«

Verdammt.

Sie holte tief Luft und legte den Kopf in den Nacken, damit er ihr Gesicht sehen konnte.

»Versteck dich nicht vor mir. Okay?«

Sie nickte, packte seine Schultern aber nur noch fester. Sie war sich nicht sicher, dass sie es verkraften würde, wenn er aufhörte.

Eggie drang noch weiter vor, aber, Gott, er war wirklich groß und riss sie beinahe auseinander. Sie schluckte, hielt ihren Blick aber weiter fest auf ihn gerichtet. Aber es spielte keine Rolle. Er durchschaute sie mit Leichtigkeit und hörte auf.

Verdammt!

Er zog sich jedoch nicht zurück. Stattdessen lehnte er sich nach unten und umhüllte ihre Brust erneut mit seinem warmen Mund, während seine Zunge und seine Lippen zuerst mit ihrem einen Nippel spielten, dann mit dem anderen und daran zogen, zupften, saugten. Nach einigen Minuten begann Darla erneut zu stöhnen und sich zu winden. Was er tat, fühlte sich so gut an. Es fühlte sich an, als würden kleine Elektroschocks von ihren Brüsten durch den Rest ihres Körpers schießen, sogar bis zu ihren Fingerspitzen und Zehen.

Sie fing wieder zu keuchen an, während ihr Körper immer heißer wurde und sich ihre Beine immer weiter öffneten. Sie wusste nicht, wie lange Eggie zwischen ihren Nippeln hin und her wechselte und sie mit seinem Mund liebkoste, aber es fühlte sich so wundervoll an.

Eggies Hüften schoben sich nach vorn, und sie spürte einen stechenden Schmerz, als er in sie eindrang, aber er war so schnell wieder verflogen, dass sie ihn kaum wahrnahm. Stattdessen war sie mehr und mehr davon überwältigt, wie ausgefüllt sie sich fühlte. Es war, als hätte er die ganze Umgebung vereinnahmt. Nicht, dass es ihr etwas ausmachte. Sie wusste zwar nicht, wie es möglich war, dass man sich von irgendetwas gleichzeitig so überwältigt und es sich trotzdem so verdammt wundervoll anfühlen konnte, aber Eggie hatte dieses Wunder vollbracht.

Und was noch viel unglaublicher war: Er wartete ein wenig, bevor er sich wieder bewegte. Er hielt einfach ganz still in ihr und genoss dabei noch immer ihre Brüste mit seinem Mund, während seine Hände über ihren Körper streiften. Er blieb so, bis sich Darlas Krallen aus seiner Haut lösten und sie am Ende seine Schultern zerkratzte. Es schien ihn nicht zu stören. Sie hörte nur ein Grunzen, ein leises Lachen … und dann bewegte er sich wieder.

Und, *oh, Gott, bitte hör nie wieder auf. Bitte.*

Eggie ließ sich Zeit, stieß in ihrem Rhythmus immer wieder in sie hinein und verstand, dass ihr Körper nicht daran gewöhnt war. Er schien nicht das Bedürfnis zu verspüren, sie zur Eile anzutreiben. Darla klammerte sich an ihn, während er sie immer wieder hob und sinken ließ, bis sie zum Höhepunkt kam. Sie packte ihn so fest sie konnte und drückte ihren Mund auf seinen Hals, und ihr erschrockener Schrei verlor sich in seiner Haut.

Als sie sich schließlich wieder gefangen hatte, während ihre Zehen noch immer eingerollt waren und sich ihr Körper weiter um Eggie schlang, wurde Darla bewusst, dass Tränen über ihr Gesicht strömten. Sie wusste das, weil Eggie sie ganz sanft mit seinem Daumen wegwischte.

»Geht's dir gut?«, fragte er mit leiser Stimme, beinahe flüsternd.

Darla erwiderte darauf das Erste, was ihr in diesem Moment in den Sinn kam: »Ich bin so froh, dass ich auf dich gewartet habe.«

Eggie erstarrte erneut, sein ganzer Körper versteifte sich wieder, und als sie ihm tief in die Augen schaute … erkannte sie diese kleine Veränderung in der Weite seiner Pupillen.

Sie hatte den Wolf herausgelockt.

Von all den Dingen, die sie zu ihm hätte sagen können, war es diese eine Sache, die dazu führte, dass er sie am liebsten hier und jetzt, an Ort und Stelle, markieren wollte. Er wusste, dass er es nicht tun konnte. Es wäre nicht richtig. Jedenfalls nicht für sie. Für ihn wäre es in Ordnung gewesen, aber er wusste auch, dass er nicht einfach eine Wölfin so hinterlistig zu seiner Gefährtin machen konnte. Ein Leben mit ihm würde niemals einfach sein, deshalb musste Darla diese Wahl auch aus freien Stücken treffen. Aber sie spielte weiß Gott mit dem Feuer.

Eggie besann sich auf jeden noch so winzigen Aspekt seiner Marines-Ausbildung, die er in den vergangenen Jahren genossen hatte, zügelte den Wolf in sich und legte ihn sozusagen an die Leine. Das musste er. Und sobald er ihn an der Leine hatte, konnte er sich wieder voll und ganz auf Darla konzentrieren. Sie blickte mit weit aufgerissenen Augen zu ihm hinauf. Ein Anflug von Panik, vermutete er, konnte jedoch keine Furcht erkennen. Gut. Er wollte nicht, dass sie jemals Angst vor ihm hatte. Der Rest der Welt gerne, aber niemals Darla.

Er lächelte zu ihr hinunter, und sie lächelte zurück und zeigte ihm wieder diese gottverdammten Grübchen. Ganz ehrlich, die Frau stellte seine Entschlossenheit wirklich auf die Probe!

Also küsste er ihren verdammt hübschen Mund und brachte zu Ende, was er angefangen hatte. Er stieß in sie hinein und versuchte, die Beherrschung nicht zu verlieren. Versuchte, nicht zu sehr außer Kontrolle zu geraten. Sie hatte schließlich gerade ihre Jungfräulichkeit verloren. Er wusste, dass es ihr wehgetan hatte, aber sie war trotzdem gekommen. Deshalb würde er das alles auch nicht kaputtmachen, indem er sich einfach in sie hineinrammte wie ein Frachtzug. Ganz gleich, wie sehr er es auch wollte.

Eggie machte genauso weiter, schön langsam, und genoss einfach, wie gut sie sich anfühlte, wie eng sie ihn umschlang, wie heftig sie keuchte. Doch als sie seinen Namen flüsterte, verschwamm alles vor seinen Augen. Sie sagte ihn noch einmal, und noch einmal, immer wieder und wieder, und plötzlich wurde ihm mit einem Schlag bewusst, dass sie zum zweiten Mal kam, als sich ihr um ihn geschlungener Körper anspannte und sie einen weiteren Schrei unterdrückte. Er folgte ihr sofort und kam so heftig, dass sich sein bebender Körper mit solcher Macht gegen ihren presste, dass er sich sicher war, dass ihm ein wichtiges Blutgefäß platzen würde. Aber es fühlte sich trotzdem so gut an. Nichts hatte sich jemals so gut angefühlt. Nicht nur, weil er kam, sondern weil es mit Darla passierte.

Als er endlich wieder geradeaus gucken konnte, hob er seinen Körper schnell von ihr herunter. Er war so groß und sie war so klein, und er wollte sie nicht zerquetschen. Aber als er von ihr hinunterrollte, rollte Darla mit ihm, ihre Arme noch immer um ihn geschlungen, und hielt ihn weiter ganz fest.

Er lag auf dem Rücken, schlang seine Arme um sie und küsste ihre schweißgetränkte Stirn.

Sie hielten einander für lange Zeit so fest, und Eggie war sich sicher, dass sie eingeschlafen war, bis sie seufzte und sagte: »Ich weiß, dass das seltsam klingen wird … aber ich könnte jetzt wirklich ein Stück von diesem Pekannuss-Kuchen vertragen.«

Oh, ja. Diese kleine Wölfin würde er *für immer und ewig* festhalten.

KAPITEL 8

Sie hatten sich ein paar Stücke Kuchen geholt und waren wieder ins Schlafzimmer zurückgekehrt. Doch bevor sie sich den Kuchen schmecken lassen konnten, suchte Darla nach einem alten Laken, breitete es auf dem Bett aus und verkündete: »Mir ist egal, was alle sagen – Krümel im Bett sind *nicht* gemütlich.«

Jetzt saßen sie einander gegenüber, verspeisten köstlichen Kuchen und plauderten. Nun … Darla plauderte. Eggie aß, grunzte hin und wieder und glotzte sie an, weil sie nackt war. Es schien ihr zu gefallen, nackt zu sein, und ihm gefiel, dass es *ihr* gefiel, nackt zu sein.

»Ich liebe Kuchenbacken wirklich«, sagte sie mit erstaunlicher Fröhlichkeit und Energie – unglaublich, wenn man bedachte, was sie noch vor einer halben Stunde getan hatten. »Aber in meinem Job komme ich nicht so oft dazu.«

»Nein?«

»Diese reichen Gestaltwandler, die ein Van-Holtz-Restaurant besuchen, wollen edles französisches Gebäck. Das kann ich natürlich auch, aber Kuchen haben einfach etwas so Vollkommenes an sich. Sobald man den Boden perfekt beherrscht, kann man so gut wie alles, was man will, in die Mitte packen. Das gibt mir die Möglichkeit, spielerisch zu sein. Sogar meine Misserfolge sind manchmal noch richtig lecker.«

Eggie schob sich einen weiteren Bissen Boston Cream in den Mund und fragte, nachdem er ihn hinuntergeschluckt hatte: »Dann wohnst du also wirklich gerne in San Francisco?«

»Ja.«

Scheiße. Er würde nach San Francisco ziehen müssen, oder? Eggie hasste Großstädte. Und die Vorstellung, in einer zu wohnen, hasste er sogar noch mehr. Er mochte die Freiheit, die er in Smithtown genoss, wo er unter seinesgleichen war. Aber »seinesgleichen« schloss nun auch die Gefährtinnen seiner Brüder ein, und er konnte sehen, dass das ein Problem für Darla sein könnte.

»Aber ich könnte überall wohnen«, fügte sie nach einem weiteren Bissen Pekannuss-Kuchen hinzu. »Ich habe in San Francisco wirklich tolle Freunde gefunden und alle möglichen interessanten Leute kennengelernt. Aber man kann überall interessante Leute kennenlernen, wenn man bereit ist, nach ihnen zu suchen.«

»Dann willst du also am liebsten irgendwo leben, wo du von einer Menge unterschiedlicher Leute umgeben bist?«

»Sicher.« Sie lehnte sich zu ihm und stibitzte mit ihrer Gabel ein Stück von seinem Kuchen.

Okay, vielleicht konnte er sie ja dazu überreden, in einer kleineren Stadt zu leben. In Raleigh, zum Beispiel, oder in Atlanta. Vielleicht sogar irgendwo in Texas, wo einige von Eggies Cousins und Cousinen wohnten, die ihn mehr oder weniger tolerierten. Ja. Das könnte funktionieren.

»Andererseits …«

Oh, Gott.

»… hat mir auch Frankreich sehr gut gefallen.«

»Frankreich?«

»M-hm. Italien, Spanien und Deutschland auch. Ich hab da unter einigen unglaublichen Konditormeistern gelernt. Warst du schon mal in Frankreich oder in Italien?«

»Ja.« Natürlich war er nur dort gewesen, um reiche Jäger aufzuspüren und zu töten, die Gestaltwandler als Freiwild betrachteten, aber es gab keinen Grund, diese Einzelheiten mit ihr zu teilen.

»Hat es dir gefallen?«

Eggie zuckte mit den Schultern. »Hm.«

Sie lachte. »Ja, ich sehe dich auch nicht unbedingt in einem Café auf den Champs-Élysées ein Weinchen schlürfen.«

»Ich kann überall hingehen, wenn ich will.«

Aus irgendeinem Grund brachte sie das zum Lächeln, und

sie hielt ihm ihren Teller hin und bot ihm von ihrem Pekannuss-Kuchen an.

Er nahm sich eine Gabel voll. »Dann willst du also in Europa leben?«

»Sicher.« Sie schnappte sich den nächsten kleinen Teller und entschied sich diesmal für ein Stück Zitronen-Baiser. »Aber andererseits …«

»Okay«, unterbrach Eggie sie, der das Ganze allmählich satt hatte. »Wenn du wählen müsstest: Großstadt? Kleinstadt? Dorf?«

Sie wandte den Blick ab, dachte einen Moment darüber nach und antwortete dann mit einem Grinsen: »Ist mir alles recht!«

Seufzend griff Eggie nach einem Teller mit Schokoladen-Sahne-Torte und konzentrierte sich ganz darauf.

»Heute ist Samstag, stimmt's?«, fragte Darla, während sie Eggie die leeren Teller und die Gabeln in die Hand drückte.

»In zehn Minuten, ja.«

»Hmmm.«

»Warum?«

Sie legte sorgfältig das alte Laken zusammen und passte auf, dass dabei keine Krümel auf das Bett rieselten. »Ich glaube, heute findet ein großes Open-Air-Konzert statt. Mit ein paar tollen Bands.«

»Wo?«

»Irgendwo in den Bergen.«

Er schloss die Augen und hielt einen Moment inne. »Könntest du ein bisschen genauer sein, Schätzchen?«

»Ähmmm … irgendwo in den hohen Bergen?«

Eggie starrte auf sie hinunter, und seine leuchtenden Augen verengten sich ein wenig. Dann stellte er vorsichtig die Teller auf die Kommode. Kichernd wich Darla ein Stück vor ihm zurück. »Eggie …«

»Komm her.«

»Nein.«

»Darla …«

Darla kreischte und rannte davon, das dämliche Laken noch immer in der Hand, aber sie schaffte es noch nicht einmal bis zur Treppe. Eggie fegte sie vom Boden in seine Arme und trug sie ohne die geringste Anstrengung zurück ins Schlafzimmer, während sie zappelte und lachte und halbherzig versuchte, von ihm loszukommen.

Er riss ihr das Laken aus den Händen und warf es in eine Ecke.

»Vorsicht!«, quietschte sie. »Du verteilst die ganzen Krümel auf dem Boden.«

»Na und?«

»Eggie Smith! Ich werde nicht den ganzen Tag damit verbringen, dieses Haus zu putzen.«

»Okay.«

»Es ist nicht okay. Wenn du überall Krümel rumliegen lässt, dann lockst du damit Ungeziefer an. Und ich bleibe nicht in einem Haus, in dem es von Ungeziefer nur so wimmelt.«

»Aber wir könnten es jagen, wenn uns langweilig ist. Als kleinen Snack zwischendurch.«

Darla wollte gerade etwas auf diesen widerlichen Vorschlag erwidern, als Eggie plötzlich ihre Füße auf dem Bett abstellte. Er drehte sie zu sich um und legte seine Hände auf ihre Hüften. »Dann willst du also zu diesem Musikdings gehen?«

»Da spielen ein paar gute Bands.«

»Du solltest lieber hierbleiben. Zu deiner eigenen Sicherheit.«

»Warum? Wer auch immer mich angegriffen hat, hat mich in North Carolina angegriffen. Warum sollten sie auch nach Tennessee kommen?«

»Weil das Leute tun, die andere Leute jagen.«

»Selbst Wölfe geben es irgendwann auf, einen Wapiti zu jagen, wenn er ständig in Bewegung bleibt.« Sie legte ihre Arme um seine Schultern, verschränkte sie an den Handgelenken und lächelte zu ihm hinunter. »Und außerdem wird das Spaß machen.«

»Ich habe keinen Spaß.«

Darla gluckste. »Sah aber schon so aus, als hättest du vor einer Weile Spaß mit mir gehabt.« Sie küsste ihn auf die Wange und flüsterte: »Willst du noch mehr Spaß haben?«

»Ja, aber ...«

»Warum gibt's da ein Aber? Da sollte kein Aber sein.«

»Du bist wahrscheinlich ein bisschen wund, das ist alles. Du solltest dich ausruhen oder so.«

Darla küsste Eggie noch einmal. Sie mochte es wirklich, ihn zu küssen. »Du bist einfach der netteste, süßeste Mann auf der ganzen weiten Welt, Egbert Ray Smith.«

»Und du bist der einzige Mensch, der das jemals zu mir gesagt hat.«

»Sie verstehen dich nur einfach nicht.«

»Aber du schon?«

»Natürlich!«

»Und du magst mich trotzdem?«

»Sehr sogar.« Sie legte ihre Hände auf seine Wangen. »Siehst du das denn nicht?«

»Wollte nur sicher sein.«

»Du kannst dir sicher sein.« Sie strich mit ihren Händen sanft über seinen Hals und seine Schultern.

»Hör auf, mich so anzusehen, Darla Mae.«

»Wie denn?«

Er grinste höhnisch. »Du weißt genau, wie. Und wir sollten uns jetzt schlafen legen.«

»Ich bin nicht müde.«

»Darla Mae.«

Es bedeutete ihr wirklich viel, dass er ihr niemals wehtun wollte, aber sie war auch eine Wölfin mit gewissen Bedürfnissen. »Wie wär's, wenn wir unziemliches Anfassen spielen?«

»Unziemliches was?«

Darla ließ ihre Hände über Eggies Brust wandern. »Ich werd's dir zeigen ...«

KAPITEL 9

Darla erwachte und war bester Laune. Es war ein herrlicher Sommertag, neben ihr schlief der attraktivste Wolf, den sie je getroffen hatte, und sie hatte gerade die unglaublichste Nacht ihres Lebens hinter sich. Alles war wundervoll.

Ganz klebrig vor Schweiß und … *anderen* Dingen, schlüpfte Darla aus dem Bett und ging ins Badezimmer. Sie duschte, putzte sich die Zähne und kehrte wieder ins Schlafzimmer zurück. Eggie war inzwischen aufgewacht und starrte an die Decke.

»Was ist denn los?«

»Gar nichts.«

»Bist du sicher?«

»Jap.«

Sie akzeptierte seine Antwort und zog ein paar saubere Klamotten aus der Tasche, die ihre Schwestern für sie dagelassen hatten. Er war kein Mann, den sie unnötig drängen wollte. Er hätte es zwar toleriert, aber das sollte er nicht.

»Wie wär's mit Frühstück?«, fragte sie.

»Ich sollte dich irgendwohin ausführen.«

»Warum? Ich hab hier alles, was wir für ein leckeres Frühstück brauchen.«

»Ich hätte dich gestern Abend zum Abendessen ausführen sollen. Dir Blumen kaufen. Vielleicht ein paar Pralinen.«

»Wir hatten doch Kuchen.«

Sie hörte, wie er grunzte, während sie in ihre Sandalen schlüpfte. Sie streckte sich über dem Bett aus, legte ihren Kopf auf seine Brust und schaute zu ihm hinauf.

»Letzte Nacht war absolut perfekt. Die beste Nacht meines ganzen Lebens. Wir hatten uns und Kuchen. Ich hätte nichts anderes gebraucht.« Sie tätschelte mit einer Hand seine Brust.

»Lass dich von meiner weltgewandten Persönlichkeit nicht täuschen. Im Herzen bin ich immer noch ein Kleinstadtmädchen.«

Schließlich lächelte Eggie doch, und sie sah, wie das kleine bisschen Stress, das sie gespürt hatte, aus seinem Gesicht wich.

»Willst du immer noch zu diesem ganztägigen Konzertdings *irgendwo* in den Bergen gehen?«, fragte er.

»Um ehrlich zu sein ... möchte ich das. Es ist ein wunderschöner Tag. Wir sollten rausgehen und ihn erleben.«

Er grunzte und setzte sich langsam auf. »Aber lass mich erst mal duschen.«

»Und ich mach uns Frühstück.« Sie wollte schon vom Bett rutschen, aber Eggie schnappte sich ihre Hand und hielt sie fest.

Sein Daumen strich über ihre Knöchel, bevor er schließlich gestand: »Ich mag dich wirklich sehr, Darla Mae.«

Ihr Herz machte bei seinen Worten einen Riesensatz, aber sie bremste sich sofort aus. Es war nie eine gute Idee, auf und ab zu hüpfen und in die Hände zu klatschen, wenn ein Mann einem so etwas sagte. Und es war eine noch schlechtere Idee, wenn er ein Wolf war.

Als sie sich wieder weitgehend beruhigt hatte, lächelte sie daher nur und sagte: »Ich mag dich auch sehr!«

Erschrocken über ihre eigenen Worte, knallte Darla eine Hand auf ihren Mund. *Verflucht!*

»Das hätte ich nicht sagen sollen.«

»Warum denn nicht?«

»Ich hätte irgendwas Niedliches und Verführerisches sagen sollen.«

»Es war niedlich und verführerisch.«

»Nein, nein.« Sie verdeckte ihr Gesicht mit den Händen, vollkommen entsetzt. »Ich sollte verführerisch sein, damit du das Interesse nicht verlierst. Das hätten jedenfalls meine Schwestern gemacht.«

»Deine Schwestern hassen mich.«

»Ja, aber ich versuche, sicherzustellen, dass du das Interesse an mir nicht verlierst.« Sie zuckte mit den Schultern und gab offen zu: »Ich will nicht, dass du dich mit mir langweilst.«

Eggie lehnte sich zu ihr, bis er ihr direkt ins Gesicht schauen konnte. »Darla. Ich bin ein Hund. Ich langweile mich nicht, wenn etwas so unterhaltsam ist wie du. Und außerdem«, fügte er hinzu. »Kuchen.«

Darla lachte und küsste ihn. Als sie sich wieder von ihm löste, glitt Eggies Hand in ihren Nacken, und er schob sie zärtlich zu sich heran. Ihr Kuss schien gar nicht mehr enden zu wollen, und sie liebte jede einzelne Sekunde. Als er jedoch versuchte, sie wieder aufs Bett zu ziehen, riss sie sich von ihm los und schüttelte den Kopf. »Oh, nein, Egbert Ray Smith, das wirst du nicht. Wir gehen raus. Du hast es versprochen.«

Sie hörte, wie er leise knurrte, bevor er aufstand. Darla zwang sich, ihn nicht anzustarren – obwohl sie es wirklich wollte. Gott, der Mann war einfach so verflucht perfekt.

»Wird nicht lange dauern«, sagte er und verschwand im Badezimmer. Sie bemerkte, dass er sich an seinem bereits wieder sprießenden Bart kratzte.

»Eggie?«

»Hm?«

»Du musst dich nicht rasieren, wenn du nicht willst.«

Er blieb in der Badezimmertür stehen und sah sie an. »Bist du sicher?«

Darla zuckte mit den Schultern. »Ich mag deinen Bart. Ich mag dich ohne deinen Bart. Mir ist es egal, solange du dich wohlfühlst. Und wenn du schon Urlaub hast, dann möchte ich, dass du dich auch wohlfühlst.«

»Ist das ein Befehl?«

»Da das scheinbar das Einzige ist, womit ihr Marines umgehen könnt: ja.« Sie zwinkerte ihm zu und hüpfte die Treppe hinunter. Sie war auf dem Weg in die Küche, blieb dann aber vor dem Wohnzimmer stehen. Eggies vier Brüder saßen auf seiner Couch, aßen Müsli und schauten sich *Super Friends*-Cartoons auf Eggies Farbfernseher an.

»Was macht ihr denn hier?«, wollte Darla wissen, und wie Zebras an einem Wasserloch wandten sie ihr alle gleichzeitig den Blick zu. Sie sahen sich alle so ähnlich, und trotzdem war Eggie Darlas Meinung nach noch immer mit Abstand der attraktivste.

»Essen«, antwortete Bubba Ray.

»Füttern euch meine Schwestern nicht?«

»Sie sprechen nicht mehr mit uns.«

»Warum?«

Die Brüder sahen einander an und diskutierten stumm darüber, wie viel sie ihr erzählen sollten, das wusste sie.

»Ich warte«, drängte Darla sie.

Bubby Ray stellte sein Müsli ab und kam auf Darla zu. »Sie sind sauer, weil wir gestern Abend nicht mit ihnen hergekommen sind, um dir zur Flucht zu verhelfen.«

Darla runzelte die Stirn. »Zur Flucht?«

»Sie haben dich Patty Hearst genannt«, warf Nicky Ray lachend ein.

»Halt. Die. Klappe«, kläffte Bubba Ray seinen jüngsten Bruder an. Er wandte sich wieder Darla zu und zuckte mit den Schultern. »Sie haben ihren Plan nie ausgeführt, weil sie sich nicht ohne uns mit Eggie anlegen wollten.«

»Oh, wirklich?«

»Sei nicht sauer, Darla. Sie machen sich nur Sorgen um dich. Sie haben es nicht böse gemeint.«

Darla bezweifelte das, fragte aber trotzdem: »Warum habt ihr es nicht?«

»Warum haben wir was nicht?«

»Versucht, mich zu retten?«

»Ich schätze, weil du nicht so ausgesehen hast, als müsstest du gerettet werden.«

»Und nicht mal Bubba wollte gegen Eggie kämpfen«, warf Benji ein.

»Na ja, erinnert ihr euch noch, was passiert ist, als Nicky versucht hat, ihm dieses Hirschgeweih wegzunehmen?«, fragte Frankie Ray.

Während die Smith-Jungs lachten – zumindest alle außer Bubba Ray, der einfach nur angewidert aussah –, stellte sich Darla vor den Fernseher und verschränkte die Arme vor der Brust. Sie funkelte die Brüder von oben herab an, bis ihr Gelächter allmählich verebbte und sie sich schließlich angestrengt auf den Couchtisch konzentrierten, den sie für Eggie ausgesucht hatte.

»Dann bin ich also nur ein Knochen, mit dem euer Bruder spielt?«, fragte sie.

»Nein, Ma'am«, murmelten die drei anderen Brüder, während Bubba sich abwandte, allerdings nicht, bevor sie einen flüchtigen Blick auf sein Grinsen erhaschen konnte.

»Das ist gut. Ich glaube nämlich nicht, dass mein Daddy und meine Brüder diese spezielle Charakterisierung meiner Person besonders zu schätzen wüssten.«

Frankie schaute zu ihr hinauf. »Charakter-was?«

Guter Gott. Diese *Wölfe sind die gefürchteten Smith-Jungs?*

Weil es ihr nämlich so vorkam, als hätten nur Eggie und Bubba tatsächlich Hirn *und* Muskeln. »Warum spült ihr nicht eure Schüsseln ab, während ich euch ein paar Pfannkuchen und Speck brate?«

»Ja, Ma'am.«

Darla sah zu, wie sie sich erhoben und das Zimmer verließen. Sie stellte sich neben Bubba, und er legte einen Arm um ihre Schultern. Er war ein viel freundlicherer Wolf, wenn seine Brüder nicht in der Nähe waren und es mit ansehen konnten.

»Wenn meine Schwestern sich so verflucht große Sorgen um mich machen«, wollte Darla Mae wissen, »warum haben sie dann nicht einfach angerufen? Ich wäre drangegangen.«

»Eggie hat kein Telefon. Er mag sie nicht.«

»Oh?« Das hatte sie gar nicht bemerkt, aber sie war auch … abgelenkt gewesen. »Warum denn nicht?«

»Wissen wir auch nicht. Und keiner von uns ist mutig genug, ihn zu fragen.«

Er zwinkerte ihr zu, und Darla fragte: »Wirst du irgendwann

eine anständige Gefährtin aus meiner Schwester machen, Bubba Ray?«

»Sie lässt mich ja nicht. Deine Schwester ist echt gemein, Darla Mae.«

»Ja«, gab sie zu, »aber ich bin mir sicher, dass du genau das an ihr liebst.«

Eggie betrat die Küche und fand dort seine Brüder, die *sein* Essen verspeisten, das *seine* Wölfin für sie zubereitet hatte. Etwas, das er als inakzeptabel empfand.

»Frühstück ist fertig«, verkündete Darla mit diesem Lächeln.

»Hast du überhaupt noch was zu essen übrig?«, grummelte er und blickte finster zu seinen Brüdern hinunter. Wie gewöhnlich hielt Bubba seinem Blick stand, und der dickköpfige Mistkerl grinste ihn dabei sogar ein wenig hämisch an. Die anderen widmeten sich sofort wieder ihrem Essen und schaufelten es so hektisch in sich hinein, als erwarteten sie, dass jeden Moment eine Meute Löwenmännchen aus dem Wald stürmen und ihnen alles wegnehmen würde.

Darla stellte Eggies Essen auf den Tisch und klopfte auf einen Stuhl.

»Hast du denn schon was gegessen?«, fragte er sie, als er vor ihr stand.

»Hab ich. Ich muss nur noch die Küche aufräumen, dann können wir los.«

»Nein. Pack deine Sachen zusammen. Meine Brüder werden die Küche aufräumen.«

»Ich räum sicher nicht deine …«, begann Nicky Ray, aber Eggie bellte und knurrte seinen Bruder an, bis der Mistkerl den Kopf senkte und schweigend weiteraß.

»Wir kümmern uns drum«, sagte Bubba. »Geh ruhig, Darla. Macht euch einen schönen Tag.«

»Ihr seid alle so süß.« Sie streichelte Eggies Hand mit ihren Fingerspitzen. »Ich brauch nicht lange«, flüsterte sie.

»Lass dir Zeit.«

Er wartete, bis Darla nach oben verschwunden war, bevor er sich wieder seiner idiotischen Verwandtschaft zuwandte und ihnen alles auf eine Art erklärte, die sie auch wirklich verstanden.

»Ich könnte euch die Haut abziehen und euch in weniger als einer Stunde entbeinen und begraben lassen. Gehört alles zu meiner Ausbildung. Kommt mir bei Darla Mae also bloß nicht in die Quere.«

Die beiden Ältesten beugten sich wieder über ihr Essen und der Jüngste erstickte beinahe an seinem Pfannkuchen, aber Bubba Ray lehnte sich auf seinem Stuhl zurück und bemerkte: »Ich schätze, das bedeutet, dass du sie liebst.«

Aber Eggie würde das ganz sicher nicht mit seinen Brüdern besprechen. »Kommt mir einfach nicht in die Quere, dann muss ich euch auch nicht umbringen. Ich hasse es, Momma aufzuregen. Ihr wisst schon …«

KAPITEL 10

Da Eggie kein Telefon im Haus hatte, hatten sie von unterwegs aus angerufen. Eggie wusste nicht, mit wem Darla gesprochen hatte, aber wer immer es auch gewesen war, er hatte ihr ganz genau erklärt, wo sie dieses Open-Air-Konzert finden konnten. Es fand in der Nähe der Smoky Mountains in einem großen Park statt und wurde von Darlas Freunden organisiert. Freunde, die Eggie nicht kannte, aber das machte ihm wirklich nichts aus. Am Ende hatte sich herausgestellt, dass die Musik wirklich ziemlich gut war, Darla war glücklich und außerdem war es der perfekte Ort, um sich mit seinem Team zu treffen.

Eggie arbeitete nun schon seit drei Jahren mit demselben Team zusammen. McMartin war ihr Teamleiter, Taschen ein Schakal mit ausgezeichneten Fähigkeiten im Bereich der Bombenherstellung, Lloyd ein Leopard, der sich überall unauffällig unters Volk mischen konnte und ihr Experte in Sachen Aufklärung war, und Eggie schließlich war richtig gut darin, alles Mögliche zu töten.

Als Eggie sich Urlaub genommen hatte, hatten es auch Taschen und Lloyd getan, aber McMartin hatte seine Teamkollegen wieder zurückbeordert, um ihm dabei zu helfen, herauszufinden, was auf dem Territorium der Smiths passiert war. Sicher, als Marines sollten sie diese Art von Arbeit eigentlich nicht auf amerikanischem Boden erledigen, aber das hier war eine persönliche Angelegenheit, und sie halfen nur einem Kollegen.

Während die Roadies und die Bühnencrew alles für die nächste Band vorbereiteten, nahm Eggie Darlas Hand und führte sie von der Bühne weg.

Im Gehen schimpfte Darla ihn aus: »Hör auf, alle so finster anzuschauen, Eggie Ray.«

»Tu ich doch gar nicht. Ich starre nur die Typen an, die auf deine Beine glotzen.« Sie trug abgeschnittene Jeansshorts, ein eng anliegendes Jimi-Hendrix-Shirt und keine Schuhe. Ihr langes Haar hing locker über ihre Schultern, und sie sah so glücklich und zufrieden aus, wie eine Frau nur aussehen konnte. Aber Eggie konnte sehen, was Darla seiner Ansicht nach nicht sehen konnte: die Art von Leuten, die zu diesem Konzert gekommen war. Einige von ihnen waren nichts weiter als durchschnittliche Jungs aus der Gegend, die sich nur zu einem Problem entwickeln würden, wenn sie in dieser Hitze zu viel Schwarzgebrannten tranken. Zu ihnen gesellten sich mehrere auswärtige Besucher, die sich einfach nur amüsieren wollen ... und noch ein paar andere. Und es waren diese »anderen«, die Eggie genau im Auge behielt.

Darla lehnte sich zu ihm und fädelte ihre Finger zwischen seine. Im Gegensatz zu ihren Schwestern, die Eggie im Laufe der vergangenen Jahre bei ihren On-off-Beziehungen mit seinen Brüdern hatte beobachten können, zeigte Darla ihre Zuneigung ganz offen. Sie hielt seine Hand, legte einen Arm um seine Taille und umarmte ihn einfach, wenn ihr danach war. Und zu Eggies großer Überraschung gefiel es ihm. Es gefiel ihm, dass sie sich nicht nur wohl dabei fühlte, ihn zu berühren, wann immer ihr danach war, sondern auch, dass sie allem Anschein nach stolz darauf war, mit ihm zusammen zu sein. Stolz, ihn als den Ihren bezeichnen zu können.

Eggie blieb stehen, drehte langsam den Kopf und ließ seinen Blick über die Menschenmenge schweifen. Es dauerte einen Moment, aber dann erspähte er McMartin zuerst. Der Bär nickte ihm zu, und Eggie nickte zurück.

»Wer ist das?«, wollte Darla wissen.

»Ein Freund von mir.«

»Ein Marine?«

»Jap.«

»Na, dann geh und unterhalt dich mit ihm.«

»Komm doch mit.«

»Mir geht's gut, Eggie.« Sie deutete auf eine kleine Gruppe. »Ich glaube, ich kenne eins von den Mädchen da drüben.«

»Welches denn?«

»Die Kojotin. Wir haben mal zusammen gearbeitet.«

»Ich mag keine Kojoten.«

Darla lachte. »Dann geh zu deinen Marines-Kumpels, damit ihr euch nicht in irgendeiner Codesprache unterhalten müsst, weil ich nicht verstehen soll, was vor sich geht.«

Verdammt, die Frau war clever.

»Ich will mich sowieso mal umschauen.« Sie ging auf Zehenspitzen und küsste ihn auf die Wange. »Jetzt geh schon. Mir geht's gut. Vielleicht hol ich mir auch was zu trinken.«

»Nur ungeöffnete Flaschen und Dosen, Darla.«

»Äh … okay.« Sie entfernte sich, blickte noch einmal über ihre Schulter zurück und winkte ihm kurz zu.

Eggie sah ihr eine Weile lang nach, bis sich seine Teamkollegen um ihn versammelt hatten.

»Ist sie das?«, fragte Taschen.

»Jap.«

»Sie ist süß.«

»Sie gehört mir.«

»Hab's dir ja gesagt«, wandte sich McMartin an Taschen. »Hab's in seinen Augen gesehen, als sie vom Doc behandelt wurde.«

»Und wie sieht's mit ihren Gefühlen aus?«, wollte Lloyd wissen.

Eggie drehte sich zu den drei Gestaltwandlern um. »Was sage ich immer?«

»Du hasst Smalltalk?«, riet McMartin.

»Und warum macht ihr Vollidioten dann trotzdem gottverdammten Smalltalk mit mir?«

Darla hatte recht gehabt. Sie kannte die Kojotin. Sie war früher Souschefin in einem Van-Holtz-Restaurant gewesen. Natürlich fiel Darla nach fünf Minuten auch wieder ein, dass sie die Kojotin nie besonders gemocht hatte. Sie war irgendwie nervig. Wie jetzt gerade.

»Egbert *Smith?* Du bist mit Egbert *Smith* zusammen?«

Darla nickte und nippte an ihrer Coca-Cola. Sie schmeckte wunderbar erfrischend.

Barbie Klein, die momentan nur Körperbemalung und einen Bikini trug, packte Darla am Arm und nickte ihren Vollmenschen-Freunden zu. »Ich bin gleich wieder da.«

Sie zerrte Darla an den Rand der Menschenmenge und drehte sich zu ihr um. »Stimmt mit dir irgendwas nicht?«, erkundigte sich Barbie.

»Du bist mit Körperfarbe in Pink, Grün und Gelb bedeckt und du fragst *mich* das?«

»Hör mal, Süße, ich versteh das. Ich hab das auch schon hinter mir. Diese Smith-Männchen haben *irgendetwas* an sich, das ... verführerisch sein kann. Das gebe ich gerne zu. Aber du bist nicht ich, und Egbert Smith ist ein ... ein ...«

»Echt netter Kerl?«

»Er ist kein netter Kerl, Darla. Er ist ein ... ein ...«

»Wenn du es nicht sagen kannst, dann solltest du es vielleicht auch nicht.«

»Süße, jeder Hund zwischen hier und Istanbul weiß über Eggie Smith Bescheid und meidet ihn.«

»Er wird missverstanden. Und außerdem magst du die Smiths sowieso nicht.«

»Niemand mag die Smiths, Darla, abgesehen von den Smiths. Sie sind die Wolfsversion der Manson Family.«

»Ich kann dir versichern, dass das nicht lustig ist, und es ist auch nicht wahr.«

»Sie sind kein Rudel, sondern ein Hinterwäldler-Kult voller Krimineller und Schwarzbrenner. Du musst dich in Acht nehmen.«

»Du weißt doch gar nicht, wovon du sprichst. Und ich werde ganz sicher nicht hier stehen und mir auch nur noch ein Wort von diesem ausgemachten Bullshit anhören.«

Wütend wandte sich Darla zum Gehen, blieb jedoch stehen, als sie sah, dass ein Vollmensch vor ihr stand. Er trug eine Lederjacke mit Aufnähern und anderem Schnickschnack.

»Entschuldigung«, sagte sie abwesend und wich einen Schritt zur Seite, um dem Mann auszuweichen. Auch er machte einen Schritt seitwärts und versperrte ihr den Weg.

Sie sah ihn erneut an, aber als der Mann sie anlächelte, machte er damit alles nur noch schlimmer. Ein Lächeln wie dieses verhieß niemals für irgendjemanden etwas Gutes. Sie blickte sich nach Barbie um, aber typische Kojotin, die sie war, war die kleine Deserteurin davongerannt und hatte sie im Stich gelassen!

Darla wurde bewusst, dass sie blitzschnell umzingelt worden war und nun Männer und Frauen vor und hinter sich hatte. Die meisten von ihnen trugen die gleichen Lederjacken wie der erste Mann. Und die Tatsache, dass sie sie selbst bei dieser Hitze trugen, bedeutete, dass sie damit eine Botschaft aussenden wollten.

Nein … das hier war höchstwahrscheinlich keine so gute Situation.

Eggie starrte Lloyd an. »Bist du sicher?«

»Ganz sicher. Und sie setzen alles daran, sie zu finden. Ihr Boss wusste auch Bescheid. Deshalb hat er sie auch nach Hause geschickt. Obwohl ich nicht glaube, dass er wollte, dass sie per Anhalter fährt.«

Eggie blinzelte heftig. »Sie ist *per Anhalter* von San Francisco nach North Carolina gefahren?«

»Anscheinend macht sie das andauernd.«

Eggie verdrehte die Augen, als ihm klar wurde, dass er alle Hände voll zu tun haben würde, diese Wölfin vor sich selbst in Sicherheit zu bringen.

»Na schön, na schön.« Er atmete lange aus. »Ihr müsst für mich jetzt Folgendes tun …«

Eggie verstummte, als ihm bewusst wurde, dass ihm keiner seiner Teamkollegen zuhörte. Er schaute zur Seite und erkannte, warum. Eine Kojotin in einem Bikini und mit Körperbemalung stand ganz in seiner Nähe und starrte ihn an. Es war dieselbe, die Darla ihm vorhin gezeigt hatte. Aber wo war Darla?

»Was ist denn los?«, fragte er sofort.

»Darla braucht dich.«

Eggie wirbelte herum und ließ seinen Blick über die Konzertarena schweifen. Als das nicht schnell genug zum Erfolg führte, schnupperte er in die Luft und fing ihren Duft ein. Er gestikulierte in Richtung seines Teams, und sie verschwanden in der Menschenmenge. Dann suchte er nach seiner Frau.

»Komm schon, Baby«, machte sie einer der Männer an, und Darla fiel wieder ein, wie sehr sie es hasste, wenn Männer sie Baby nannten. »Kannst du zu deinem Kumpel Will nicht ein bisschen nett sein?«

Will musste derjenige sein, der direkt vor ihr stand und sie auf eine Weise anstarrte, die sie als höchst unangebracht und unangenehm empfand.

»Zur Seite, Will«, legte Darla ihm nahe.

Will grinste nur. Sie wusste, was er vorhatte. Er wollte sie in die umliegenden Wälder verschleppen und mit ihr, wie es in Biker-Kreisen hieß, »eine kleine Party feiern«.

Aber Darla war lange Zeit durch die Vereinigten Staaten gereist und hatte eine Menge Freunde. Sogar Freunde, die sie eigentlich nicht hätte haben sollen.

»Darla Mae«, rief eine Stimme aus dem Wald, bevor etwa fünfzig von ihnen daraus hervortraten und die Vollmenschen umringten.

Genau wie die vollmenschlichen Biker trugen die Biker aus dem Wald Lederjacken, aber an ihren prangten weder ein Clubabzeichen noch andere Aufnäher. Die brauchten sie nicht, weil sie kein Motorradclub waren. Sie waren ein Wolfsrudel, das zufällig Motorräder mochte. Das Magnus-Rudel, um genau zu sein. Sie waren auch diejenigen, die dieses Konzert organisiert und die Bands angeheuert hatten, und wie man munkelte einschließlich eines Überraschungsauftritts von Lynyrd Skynyrd, was auch der

Grund dafür war, dass Darla so sehr darauf gedrängt hatte, dass Eggie und sie hierherkamen. Sie wusste, dass er ein Fan war, genau wie die meisten anderen Smiths.

Obwohl das Magnus-Rudel viel größer war als nur diese fünfzig Wölfe und sich bis nach Europa und Asien ausdehnte, wurde das ganze Rudel von einem einzigen Alphapärchen angeführt, das in Nordkalifornien lebte. Der Wolf, der nun auf Darla zukam, war ihr einziger Sohn, Bruce Morrighan, und er hatte seinen Arm um ein Weibchen gelegt, das Darla nicht kannte. *Muss eins von seinen neuen Mädchen sein.*

Er lächelte zu ihr herunter. Er war ein gut aussehender Wolf. Groß, kräftig. Und fair. Er würde eines Tages einen guten Alpha abgeben. »Hi, Darla.«

»Hi, Bruce.«

»Alles klar?«

»Mir geht's gut.«

Er nickte in Richtung der Wölfin neben ihm. »Das ist Kylie Redwolf. Meine Gefährtin.«

Darla grinste. »Herzlichen Glückwunsch.« Aber als sich Darla der Wölfin zuwandte, erstarb ihr aufrichtiges Lächeln, und sie musste sich stattdessen zu einem falschen zwingen, das jedoch sicherer für sie war.

Darlas Schwestern glaubten ihr nie. Sie glaubten ihr nie, dass sie, genau wir ihre Großtante Bernice, einen Menschen ansehen konnte und genau wusste, womit sie es zu tun hatte. Manchmal, wie bei Eggie, musste sie sehr lange und sehr tief in sie hineinschauen, bis sie sich sicher war. Bei anderen, wie etwa bei Bruce, konnte sie es schon nach ganz kurzer Zeit erkennen, nachdem sie die Person kennengelernt hatte.

Aber bei dieser Wölfin, Kylie, musste Darla nur für einen Sekundenbruchteil in ihre Augen schauen, bevor sie es wusste. Bevor sie wusste, dass hier irgendetwas ganz und gar nicht stimmte. Das war schon einmal passiert, als sie das Alphamännchen des Víga-Feilan-Rudels kennengelernt hatte, drei Wochen, bevor er seine eigenen erwachsenen Jungen angefallen hatte. Außerdem war es passiert, als sie Charles Manson kennengelernt hatte, und bei ihm hatte sie weiß Gott mit allem recht behalten. Und auch jetzt passierte es wieder, bei Bruces Gefährtin.

»Kylie. Freut mich, dich kennenzulernen.«

»Freut mich auch.« Die Wölfin sah aus, als würde sie einem der indianischen Gestaltwandler-Stämme angehören, die Darla in Texas getroffen hatte, als sie dort einen Winter lang in einem anderen Van-Holtz-Restaurant gearbeitet hatte. Kylie war eine wunderschöne Frau, aber eiskalt. So eisig, eisig kalt.

»Also, was ist hier los?«

»Ich wollte eigentlich gerade gehen«, erklärte Darla Bruce und sah dabei lieber ihn an als seine Gefährtin. »Aber die da haben es mir nicht unbedingt leicht gemacht.«

Bruce blickte sich nach dem Kopf des Motorradclubs um. Er wollte sich den Mann vorknöpfen, aber Darla ließ ihren Blick zu Will hinüberwandern. Will war ihr Problem. Erstaunlich, dass es sie nicht im Geringsten störte, dass Eggie so wortkarg war. Bei Will störte es sie hingegen durchaus.

Der Anführer der Vollmenschen breitete seine Arme als offene Herausforderung weit aus und wandte sich an Bruce: »Hast du mir irgendwas zu sagen, du reicher Bengel?« Er sah Bruces Gefährtin an. »Du und deine rothäutige Hure?«

Genau in dem Moment schwang Bruces Gefährtin ihre Faust herum, rammte sie zentral in den Vollmenschen und schlug ihn zu Boden. Er bedeckte sein Gesicht mit den Händen, und Blut strömte zwischen seinen Fingern hervor.

»Du durchgeknallte Schlampe!«

Darla schnaubte leise. Wenn er vor einem Kampf eine Menge Gebrüll und Auf-die-Brust-Getrommel erwartete, dann hätte er Bruces Wölfin nicht beleidigen dürfen. Ein Blick auf sie genügte, und Darla wusste sofort, dass es bei ihr niemals eine Vorwarnung gab und auch keine warnenden Worte, sondern nichts als Schmerzen und Blut – und erst recht nicht für jemanden, der sie als durchgeknallte Schlampe bezeichnet hatte.

Darla musste sich um sich selbst kümmern, nun, da die beiden Gruppen aufeinander losgingen, und schaute sich nach Will um. Sie wusste, dass jetzt, wo alle abgelenkt waren, der perfekte Zeitpunkt für ihn war, etwas wirklich Dummes zu tun.

Darla entfernte sich von dem eskalierenden Streit und ließ ihren Blick weiter durch die Menge schweifen. Keine Spur von Will. Und auch keine Spur von einem seiner Freunde, die um ihn herumgestanden hatten. Sie waren verschwunden. Darla schnupperte in die Luft.

»Oh, nein!«

Sie rannte los, ließ den ausufernden Kampf hinter sich und drang in den Wald ein. Nach etwa zwei Minuten sprang sie auf einen Felsen und knurrte: *»Egbert Ray!«*

Der Wolf blickte von dem blutüberströmten, verprügelten Mann auf, der vor ihm auf der Erde kniete. Eggie hielt Will mit einer Hand an den Haaren gepackt, während er mit der anderen sein Jagdmesser an die Kehle des Mannes drückte.

Die beiden anderen Typen, die bei Will gewesen waren, hielten Eggies Freunde im Schwitzkasten, und auch ihnen war die Seele aus dem Leib geprügelt worden. In weniger als fünf Minuten. Verdammt. Sie konnte einfach nicht anders, als deswegen zu fluchen. Es musste einfach raus. Verdammt.

»Geh wieder zurück, Darla«, knurrte Eggie sie an. »Sofort.«

»Lasst sie los.«

Er schaute zu ihr hinauf, und sie sah, dass seine Wolfsaugen ein wenig geweitet waren und er die Reißzähne ausgefahren hatte.

»Geh wieder zurück, Darla.«

Sie verschränkte die Arme vor der Brust. »Ich werde nicht zulassen, dass du das tust.«

»Darla …«

»Ich werde nicht zulassen, dass du unseren wundervollen Tag ruinierst, indem du drei Männer tötest und sie im Wald vergräbst. Das werde ich nicht erlauben.«

Eggie starrte sie an, und sie starrte zurück, nicht gewillt, ihren Blick abzuwenden.

Okay, sie war auch keine Heilige. Es machte ihr überhaupt nichts aus, dass diese Männer eine ordentliche Tracht Prügel eingesteckt hatten. Sie hatten es verdient, und es würde ihnen einen Lektion sein und hoffentlich dafür sorgen, dass sich nie wieder ein anderes Mädchen einer ähnlichen Bedrohung gegenübersah. Zumindest nicht von ihnen. Aber Darla konnte die Tatsache nicht ignorieren, dass sie ihr letzten Endes gar nichts getan hatten. Vielleicht hatten sie es versuchen wollen. Vielleicht hatten sie auch gehofft, ihr solche Angst einjagen zu können, dass sie sich fügte. Oder sie hatten geplant, sie einfach so lange zu belästigen, bis sie in die Menge davonstürmte. Sie würde es niemals erfahren, und das war auch der Grund, warum sie das hier nicht zulassen konnte. Sie wusste, dass die Smiths in diesen Dingen keine Fragen stellten, aber sie war keine Smith. Und das würde sie auch niemals sein. Sie würde immer eine Lewis bleiben und, was noch viel wichtiger war, sie würde immer Darla Mae bleiben.

»Komm schon, Eggie«, bat sie mit sanfterer Stimme und streckte ihre Hand nach ihm aus. »Ich hab gehört, dass Lynyrd Skynyrd später vielleicht noch spielen.«

»Ich hasse Lynyrd Skynyrd. Nur meine Cousins und Cousinen aus Alabama mögen die.«

»Oh.« Sie zuckte mit den Schultern und lächelte vorsichtig. »Upsi.«

Er wandte den Blick ab, aber sie wusste, dass das nur daran lag, dass er nicht wollte, dass seine Wut verflog. Sie verstand das. Wenn es um ihre Schwestern ging, war sie genauso. Aber sie hielt ihre Hand weiter ausgestreckt und schaute ihm direkt ins Gesicht.

»Smith?«, fragte ein Schwarzbär, der nun mit einem Fuß auf dem Nacken eines der anderen Männer stand. Ein Tritt mit diesem gigantischen Fuß, und er würde dem Vollmenschen das Genick brechen, als sei es ein trockener Zweig.

Knurrend rammte Eggie sein Messer wieder zurück in das Holster an seinem Oberschenkel, packte den Vollmenschen an der Kehle und hob ihn hoch. Er knallte ihn mit voller Wucht gegen einen Baum und hielt ihn dort fest. Der Vollmensch versuchte, ihn abzuwehren, aber die Mühe hätte er sich auch sparen können. Eggie lehnte sich zu ihm und flüsterte dem Mann etwas ins Ohr. Darla neigte den Kopf zur Seite und versuchte es zu verstehen, aber sie konnte kein einziges Wort ausmachen, da seine Stimme zu leise war und Eggie zu weit entfernt stand, als dass ihre Wolfsohren mehr als nur Gemurmel hätten hören können.

Als sich der Mann – dem Geruch nach zu urteilen – im wahrsten Sinne des Wortes in die Hose schiss, war Darla erleichtert, dass sie nichts gehört hatte. Sie wollte es gar nicht mehr wissen.

Eggie wich einen Schritt zurück und ließ den Mann auf den Boden fallen. Er funkelte noch ein paar Sekunden lang böse auf den Typen hinunter, bevor er sich von ihm abwandte und zu Darla hinüberging – und sie wusste, dass er es nicht wollte. Wusste, wie schwer es für ihn war, das zu tun.

Darla hatte noch immer ihre Hand ausgestreckt und wackelte mit den Fingern in seine Richtung, aber Eggie schüttelte den Kopf. »Hab Blut an den Händen.«

In diesem Augenblick wurde Darla etwas über Eggie bewusst: Er würde immer Blut an den Händen haben. Ob wörtlich oder metaphorisch gesprochen, er würde immer Blut an seinen Händen oder Pfoten haben, für den Rest seines Lebens. Das wusste sie jetzt. Und sie verstand es. Und als sie nach unten fasste und seine blutbefleckte Hand in ihre eigene nahm, die vom Kochen und Backen nach all den Jahren ein wenig schwielig und vernarbt war, akzeptierte Darla diese Tatsache an ihm.

Sie musste es, weil sie nun wusste, dass sie ihn liebte. Ob sie wollte oder nicht – sie liebte ihn.

Natürlich würden sie ihre Schwestern als Idiotin bezeichnen. Nicht, weil es Egbert Ray Smith war oder weil er einer der Smith-Jungs war, sondern weil er ihr Erster war. Denn für Darla ließen sich Liebe und Sex nicht voneinander trennen. Für sie waren sie ein und dasselbe, und das würden sie auch immer sein.

Sie lächelte in Eggies wutverzerrtes Gesicht. Sie wusste, dass sein Zorn nicht gegen sie gerichtet war. Wusste ohne Zweifel oder Bedenken, dass sie bei diesem gefährlichen, tödlichen Wolf in Sicherheit war.

»Komm jetzt«, sagte sie. »Ich bin am Verhungern.«

Sie traten wieder aus dem Wald, nachdem sie sich mit einem Tuch, das Lloyd bei sich gehabt hatte, das Blut von den Händen gewischt hatten. Es half zwar nicht gegen die Schnitte und Kratzer, die sie beim Verprügeln der Männer davongetragen hatten, aber das war schon in Ordnung. Wenn Eggie Glück hatte, würde vielleicht niemand die Männer finden und sie würden an ihren Verletzungen sterben. Er wusste, warum Darla ihn aufgehalten hatte, aber er kannte Männer wie diese. Vollmenschliche Raubtiere waren, Eggies Meinung nach, die schlimmsten. Weil Nahrungssuche oder ihr Überleben nichts damit zu tun hatten, dass sie jagten. Absolut gar nichts. Aber wenn es auch nur ein Weibchen gab, das Eggies Vorliebe für das Ermorden nutzloser Menschen zügeln konnte, dann war es Darla Mae Lewis, und nur Darla Mae Lewis.

Als sie aus dem Wald traten, stolzierte plötzlich eine große Gruppe von Wölfen auf sie zu, und Eggie und seine Teamkollegen verließen sich eher auf ihre Ausbildung als auf ihre Instinkte, als sie ihre halbautomatischen Waffen zogen – Smith & Wessons Model 59 – und sie auf die Wölfe richteten. Das Rudel kam abrupt zum Stehen, abgesehen von einer Wölfin mit dunklerer Haut, die trotzdem weiter auf sie zukam, bevor sie von einem großen Männchen am Arm gepackt und an seine Seite zurückgerissen wurde.

»Darla?«, fragte das Männchen.

»Egbert Ray«, seufzte Darla. »Das sind meine Freunde.«

Eggie schnupperte in die Luft und knurrte: »Wölfe vom Magnus-Rudel sind deine Freunde?«

»Ich hab eine Menge Freunde. Waffen runter, Gentlemen«, ordnete Darla an.

Eggie nickte seinem Team zu und steckte seine Pistole hinten unter seiner Jeansjacke in die Jeans.

»Ist alles in Ordnung, Darla?«, wollte einer der Magnus-Wölfe wissen.

»Mir geht's gut. Alles bestens.«

Ein weiterer Wolf schob sich durch das Rudel nach vorne und baute sich vor ihnen auf. Mit einem einzigen Blick und einem Nicken erkannte Eggie ihn als einen der Navy-Ingenieure, die seinem Team dabei halfen, irgendwelchen Mist in die Luft zu sprengen, wenn es nötig war. »Thorpe.«

»Smith.«

Ezra Thorpe gehörte zum Magnus-Rudel, seit er sechzehn war, hatte sich mit zwanzig jedoch der Navy angeschlossen. Soweit Eggie das beurteilen konnte, gehörte er zu den besten Sprengstoffexperten, die er kannte. Der Wolf konnte mit nichts weiter als ein paar strategisch platzierten Stangen schwachen Dynamits einen ganzen Häuserblock dem Erdboden gleichmachen. Er war zwar nicht besonders freundlich, aber genau deshalb tolerierte Eggie ihn. Er hasste besonders freundliche Leute.

»Smith?«, knurrte der Rudelführer der jungen Wölfe. »Egbert Ray *Smith?*«

Darla lächelte und nickte. »Genau der.«

Eggie konnte sich zwar irren, aber es klang, als hätte er Stolz in ihrer Antwort gehört.

»Egbert Ray«, fuhr sie fort, »das ist Bruce Morrighan vom Magnus-Rudel.«

Eggie grunzte kurz und starrte den Wolf an, bis der Rest seines Rudels langsam nervös wurde. Der Wolf schien jedoch nicht gewillt zu sein, sich vom Fleck zu bewegen, bis sein Weibchen erneut versuchte, Eggie anzugreifen. Bloß gut, dass Morrighan so schnell war, sonst hätte Eggie kein Problem damit gehabt, dieses Weibchen auszuknocken. Er erkannte Wahnsinn, wenn er ihn sah, und diese Wölfin war wahnsinnig.

»Geht's dir gut?«, fragte Morrighan Darla, während der Rest seines Rudels davontrottete.

»Alles in Ordnung. Danke, Bruce.«

»Heul, wenn du mich brauchst«, fügte er hinzu, bevor er sich entfernte und die Wölfin hinter sich herzerrte.

Thorpe grinste, bevor er den anderen Mitgliedern seines Rudels folgte.

»Hey, Thorpe.«

»Ja?«, fragte er, ohne sich umzudrehen.

»Bleibst du für ’ne Weile in Tennessee?«

»Vielleicht.«

»Gut.« Eggie speicherte diese Information für eine spätere Nutzung ab.

Als das Rudel und die Biker verschwunden waren, drehte sich Eggie zu Darla um.

Sie lächelte zu ihm hinauf. »Danke, Eggie.«

Er grunzte, setzte sich in Bewegung und hielt dabei weiter Darlas Hand. Während sie sich durch die Menge schoben, sagte Eggie: »Hab rausgefunden, warum du in North Carolina angegriffen wurdest.«

»Ach?«

»M-hm.«

Eggie blieb stehen und hielt Darla auf. Als sie sich ihm zuwandte, fragte er: »Wusstest du, dass du vor zwei Wochen in San Francisco einen Mord beobachtet hast?«

Darla blinzelte und legte die Stirn in Falten. »Hä?«

KAPITEL 11

»Das ist doch verrückt«, sagte Darla und stieg aus dem Wagen, als Eggie den Motor abgestellt hatte. Sie schlug die Tür zu. »Vollkommen verrückt. Ich glaube, ich würde es wohl merken, wenn jemand direkt vor meiner Nase umgebracht würde.«

Sie ging um das Auto herum zur Vorderseite, aber Eggie war bereits da, um sie davon abzuhalten, ins Haus zu laufen.

»Vielleicht hast du es ja verdrängt oder so.«

»Eggie, ich bin nicht irgendein empfindliches kleines Ding, das noch nie vorher auf einer Jagd war.«

»Hirsche zu jagen und zu sehen, wie ein Mensch getötet wird, sind zwei völlig verschiedene Dinge, Schätzchen.«

»Ich hab gesehen, was du im Revier meines Vaters getan hast. Und ich erinnere mich an jedes einzelne Detail.«

Er zuckte zusammen, aber Darla schüttelte den Kopf. »Es tut mir leid. Ich hab nicht …« Sie wollte an ihm vorbeigehen, aber Eggie bekam sie an den Hüften zu fassen und hielt sie fest. Er lehnte sich mit dem Hintern gegen die Kühlerhaube seines Wagens und zog sie noch näher zu sich heran, zwischen seine Beine.

»Hör mir mal zu, Darla. Niemand behauptet, dass du irgendetwas falsch gemacht hast.«

»Aber ich bin noch so ein kleines Mädchen, dass ich nicht mit der Belastung fertig werde, mit anzusehen, wie jemand getötet wird? Eggie … Glaubst du wirklich, ich wäre nicht zur Polizei gegangen, wenn ich etwas gesehen hätte? Dass ich nichts unternommen hätte. Irgendetwas?«

Er schaute sie an und schüttelte schließlich den Kopf. »Du hättest etwas unternommen. Ganz egal, wie dumm es gewesen wäre, etwas zu unternehmen.«

»Ganz genau.«

»Diese Antwort beruhigt mich aber nicht im Geringsten, Darla Mae.«

»Ich weiß.«

Er zog sie noch näher zu sich heran, bis der Kühlergrill seines Autos sie ausbremste. Darla legte ihre Arme um seinen Hals, während er seine um ihre Taille schlang.

»Hör mal«, begann Eggie. »Ich will nicht, dass du dir Sorgen machst. Meine Teamkollegen kümmern sich für mich um diese Sache.«

»Kümmern sich worum? Sie kennen doch noch überhaupt keine Einzelheiten. Wer wen getötet hat oder warum. Nur, dass die Polizei mich als Zeugin eines möglichen Mordes sucht.«

»Und mein Team wird genau diese Einzelheiten herausfinden – und sich dann darum kümmern.«

»Du meinst, sie werden anfangen, Leute umzubringen.«

»Na ja, es hat schließlich schon mal jemand versucht, dich umzubringen, deshalb sehe ich auch nicht, wo das Problem liegen sollte.«

»Ich habe nicht gesagt, dass ich ein Problem damit habe. Ich wollte nur sehen, ob du ehrlich zu mir bist.«

»Ich kann dir nicht versprechen, dass ich dir freiwillig Informationen weitergeben werde. Und manchmal werde ich dir auch etwas nicht sagen können, weil ich es einfach nicht darf.«

»Streng geheimer Militärkram und so?«

»So was in der Art.« Eggie nahm sie ganz fest in den Arm und schaute ihr tief in die Augen. »Aber ich werde dich auch nicht rundheraus anlügen. Vor allem, weil das falsch wäre. Aber auch, weil du schlau genug bist, mich zu durchschauen.«

»Nur, weil du kein besonders guter Lügner bist.«

»Das ist einer meiner Fehler.«

Nein. Das war es ganz und gar nicht.

Darla küsste ihn, und Eggie erwiderte den Kuss sofort. Seine Arme schlossen sich noch enger um ihre Taille, und er brummte leise in ihren Mund.

Als sie sich schließlich wieder voneinander lösten, runzelten sie beide die Stirn und blickten in Richtung von Eggies Veranda. Seine Brüder standen darauf, beobachteten sie und verspeisten den Kuchen, den Darla in der Küche hatte stehen lassen.

Sie hörte Eggie knurren und drückte sofort eine Hand auf seine Brust. »Eggie.«

Als sie sich ganz sicher war, dass sie ihn wieder beruhigt hatte, konzentrierte sie sich auf die zerzausten Wölfe, die Eggies Veranda belagerten. »Können wir euch vielleicht irgendwie helfen?«

»Sie ist so viel höflicher als ihre Schwestern«, bemerkte Nicky Ray. »Ist wirklich eine nette Abwechslung.«

Eggie knurrte noch einmal.

»Meine Herren?«, drängte sie, nicht sicher, wie lange sie ihn noch zurückhalten konnte.

»Momma will, dass ihr morgen zum sonntäglichen Familienessen kommt«, verkündete Bubba.

»Habt ihr noch Kuchen übrig gelassen, den ich mitbringen könnte?«

Während sie weiterkauten, tauschten die Brüder verlegene Blicke untereinander, bevor sie allesamt mit dem Kopf schüttelten.

Nicht, dass Darla die Absicht gehabt hätte, zwei Tage alten Kuchen zu einem Abendessen bei Eggies Momma mitzubringen, aber trotzdem … Es ging ums Prinzip!

Angewidert entfernte sie sich von Eggie und stampfte die Stufen hinauf. »Schätze, ich muss morgen wohl einkaufen gehen.«

»Nicht nötig«, versicherte Benji, als sie auf der Treppe an ihm vorbeikam. »Ich glaube, deine Schwestern bringen schon alle Kuchen mit.«

Darla blieb an der Tür stehen, drehte sich zu den Smith-Jungs um und sah sie mit eng zusammengekniffenen Augen an. »Ach? Tun sie das?«

Die vier Männchen wichen vor ihr zurück. Nicht, dass sie es ihnen übel genommen hätte.

Mit einem Schnauben stürmte sie ins Haus und knallte die Tür hinter sich zu.

Eggies Brüder erschauderten, als Darla die Tür zuknallte. Sie wandten sich zum Gehen – und standen unverhofft vor Eggie.

»Was ist hier los?«, fragte er.

»Gar nichts«, log Bubba. »Warum?«

»Wessen Idee war das mit dem Abendessen?«

»Mommas. Ist ja nicht so, dass sie viel Zeit mit ihrem Lieblingsjungen hätte verbringen können.«

Eggie verdrehte die Augen. »Das hat sie *ein*mal gesagt und du bist immer noch nicht drüber hinweg, oder?«

»Wir sehen uns morgen, großer Bruder.« Bubba ging an ihm vorbei. »Ich kann die große Show kaum erwarten.«

Bubba verschwand zwischen den Bäumen, und der Rest der Brüder folgte ihm. Mit einem Seufzen ging Eggie ins Haus – und sah, dass Darla seine sämtlichen Schränke durchwühlte.

»Was machst du denn da?«, fragte er sie.

»Schauen, was ich morgen noch kaufen muss.« Sie drehte sich zu ihm um. »Dir ist schon klar, was hier los ist, oder?«

»Du benimmst dich völlig irrational?«

»Nein. Sie fordern mich heraus.«

»Kann mich wirklich nicht daran erinnern, dass das jemand behauptet hätte.«

»Du kennst meine Schwestern nicht. Es ist noch nicht vorbei.«

Eggie ging zu Darla hinüber und legte einen Arm um ihre Taille. »Eggie ... nicht.«

Er erwiderte nichts, sondern küsste nur ihren Nacken.

»Ich muss Listen schreiben und ... und so.«

Er küsste ihren Kiefer.

»Eggie«, winselte sie und packte ihn an den Schultern.

»Zwing mich nicht, mich allein in dieses Bett legen zu müssen, Darla Mae.« *Zwing mich nicht, mich je wieder allein in dieses Bett legen zu müssen. Nie, nie wieder.*

Darla schaute ihm direkt in die Augen. »Aber wenn alle denken, dass Janie Maes Pekannuss-Kuchen besser ist als meiner ...«

Eggie lächelte, hob Darla hoch und trug sie zur Treppe hinüber. »Mach dir keine Sorgen. Das wird niemals passieren.«

KAPITEL 12

Darla rollte sich nackt aus dem Bett, stellte sich hin und streckte die Arme weit über ihren Kopf aus. Sie schüttelte ihren ganzen Körper aus, schnappte sich eines von Eggies schwarzen T-Shirts von einem Stuhl und streifte es sich über den Kopf, während sie nach unten eilte. Sie rieb sich den Bauch, schaute in den Kühlschrank und versuchte, zu entscheiden, was sie zum Frühstück wollte.

»Und, was machst du heute Morgen, Darla Mae?«

Darla schloss die Augen und zwang sich, nicht aus der Haut zu fahren, als sie die Stimme hinter sich hörte. Als sie sich wieder einigermaßen beruhigt hatte, blickte sie über ihre Schulter. »Hey, Nicky Ray.«

»Hey.«

Er zeigte auf die Wand, und Darla blinzelte. »Ein Telefon? Du hast ein Telefon angeschlossen?«

»Eggie hat mir gesagt, dass ich das machen soll.« Er grinste. »Ich bin der technisch Versierte in der Familie.«

Darla, die viel zu nett war, um die Gefühle des Mannes zu verletzen, lächelte nur und nickte. »Natürlich bist du das. Aber Bubba meinte, Eggie hasst Telefone.«

»Tut er auch, aber er will, dass du dich sicher fühlst. Er hat mich gebeten, mich darum zu kümmern, als wir aus Smithville zurückgekommen sind. Ich hab es nur niemandem gegenüber erwähnt.« Nicky schnappte sich einen Apfel, der auf der Arbeitsplatte lag, und biss genüsslich hinein. »Und, kommt ihr heute Abend?«

»Natürlich.«

»Bist du sicher? Die ganze Familie wird da sein.«

»Kein Problem.« Sie gähnte und griff nach der Milch.

»Solltest du nicht zuerst noch mit Eggie reden oder sprichst du jetzt schon für euch beide?«

Darla schaute den Wolf an, bevor sie Milch in ihr Glas einschenkte. »Du bist ein kleiner Aufhetzer, was, Nicky Ray?«

»Ich weiß nicht, was du meinst.«

»Ich glaube, das weißt du sehr wohl.«

Er grinste sie an und wandte sich zum Gehen, prallte jedoch direkt gegen den Brustkorb seines Bruders. »Hey, Eggie.«

Eggie fuhr seine Reißzähne aus und knurrte. Den Blick gesenkt, manövrierte Nicky um seinen Bruder herum und rannte zur Hintertür hinaus.

Lachend schüttelte Darla den Kopf und trank ihre Milch.

»Hast du gut geschlafen?«, fragte Eggie sie.

»Als ich geschlafen habe schon, ja.« Sie zwinkerte ihm zu und reichte ihm ihr halb leeres Glas Milch. Eggie nahm es ihr ab und trank den Rest in einem einzigen Schluck aus.

»Okay«, sagte sie und ging zu dem Telefon hinüber. »Warum ist das hier?«

»Aus Sicherheitsgründen. Wenn du irgendwelche Probleme hast, wählst du die Null, und Stacey, die Telefonistin der städtischen Vermittlung, schickt den Sheriff und seine Deputies sofort hierher.«

»Bist du sicher, dass das alles wirklich nötig ist, Eggie?«

»Ich gehe kein Risiko ein. Nicht bei dir.«

Darla grinste, und Eggie ging auf sie zu.

Aber dann klingelte plötzlich das neue Telefon, und Eggies Reaktion war … überraschend. Er machte einen gut einen Meter weiten Satz nach hinten, bellte das Telefon an und hörte gar nicht mehr auf.

Nicht sicher, wie lange es noch dauern würde, bevor er das verfluchte Ding aus der Wand riss, nahm Darla hastig den Hörer ab. »Hallo?«

Nicht in der Lage, über den andauernden Lärm auch nur einen Ton zu verstehen, schaute sie zu Eggie hinüber und blaffte ihn an: »Eggie Ray!«

Er hörte auf zu bellen und knurrte das Telefon stattdessen an, als hielte sie eine lebendige Schlange in der Hand.

Liebe Güte.

Eggie beobachtete Darla mit dem verdammten Telefon. Er hasste Telefone.

»Tut mir leid«, entschuldigte sie sich. »Wer ist da? Oh, hi, Miss Pauline. Ob ich weiß, wer das ist?« Darla schnappte nach Luft und schaute an sich hinunter. »Ja«, sagte sie ins Telefon. »Ja, ich kenne ihn. Bitte, schicken Sie ihn rüber. Unter Schutz, bitte. Vielen lieben Dank, Miss Pauline.«

Darla legte den Hörer wieder auf und schaute noch einmal an sich hinunter. »Gott! Ich muss mich anziehen!«

Sie rauschte an Eggie vorbei, und er folgte ihr. »Wo gehst du denn hin?«

»Ich muss mich frisch machen.« Sie schaute zu ihm um zurück, als sie die Treppe hinaufrannte. »Ich bin von oben bis unten *voll* mit dir!«

»Genau, wie du es sein solltest«, murmelte er, bevor er ihr die Treppe hinauf und ins Badezimmer folgte. Er blieb draußen stehen, während sie die Dusche aufdrehte.

»Also, wer kommt denn jetzt?«, wollte er wissen.

»Mein Chef.«

Eggie kniff die Augen zusammen. »Dein Chef? Es befindet sich ein Van Holtz auf Smith-Territorium?«

Darla wirbelte herum und funkelte Eggie an. »Egbert Ray, fang ja keinen Streit mit Bernhard Van Holtz an.«

Er verschränkte die Arme vor der Brust. »Uns schneit gleich ein verdammter Nazi ins Haus.«

»Das ist er *nicht*, und ich will, dass du mir versprichst, dass du nett zu ihm sein wirst.«

»Zu einem Van Holtz? Völlig ausgeschlossen. Und ich will auch nicht, dass du dich in seiner Nähe aufhältst.«

»Er ist mein Chef.«

Eggie starrte sie an. »Dann gehst du also wieder dorthin zurück?«

Darla blinzelte, ganz offensichtlich überrascht von seiner Frage. »Ähm … ich weiß nicht … Ich hab noch nicht wirklich …« Sie fuchtelte mit den Händen in der Luft herum. »Egbert Ray, ich hab jetzt keine Zeit für so was. Raus hier. Ich muss schneller duschen als menschenmöglich und mir was Anständiges anziehen.«

Eggie trat in den Flur hinaus, und Darla schloss die Tür hinter ihm.

Es war nicht so, dass er überrascht war, dass sie vorhatte, wieder zurückzugehen. Oder dass sie plante, wieder nach San Francisco und in ihr Leben als Konditorin zurückzukehren und für einen gottverdammten Van Holtz zu arbeiten. Aber was ihn wirklich schockierte, war, dass sie vorhatte, ohne ihn dorthin zurückzukehren. Zumindest hatte er dieses Gefühl gehabt, als sie mit keinem Wort erwähnt hatte, dass sie zusammen dorthin zurückkehren würden. Und dann war sie auch noch ganz durcheinander, weil irgend so ein Weichei von einem Wolf in *sein* Haus kam.

Völlig verwirrt, verärgert und verletzt ging Eggie die Treppe hinunter, trottete zur Haustür hinaus und setzte sich auf seine Veranda.

Und wartete.

Darla streifte ihr kurzes Sommerkleid über, schlüpfte in ihre Sandalen und bürstete sich schnell die Haare.

Sie rannte die Treppe hinunter und in die Küche, um Gläser und einen Krug mit Eistee zu holen, aber sie konnte durch die Fenster sehen, dass Mr Van Holtz bereits hier war und draußen vor Eggies Haus stand … und sich einen Wettkampf im Anstarren mit Eggie lieferte.

»Oh, Gott!«

Sie raste zur Tür und riss sie auf. Keiner der beiden Wölfe wandte den Blick vom anderen ab, als sie auf die Veranda hinausrannte. Sie blieb oben an der Treppe stehen und stellte sich zwischen Eggie und ihren Chef.

»Hallo, Mr Van Holtz.«

Der Wolf lächelte sie an, und sie erkannte echte Besorgnis und Erleichterung in seiner Miene.

»Darla.« Er stieg die Stufen hinauf und küsste sie auf die Wange. Sie hörte Eggies Knurren, entschied sich jedoch, es zu ignorieren. »Ich bin so froh, dass es dir gut geht. Ich habe gehört, was in Smithville passiert ist. Es tut mir so leid.«

»Sie haben doch nichts falsch gemacht.«

»Ich hätte dir sagen müssen, warum ich dich nach Hause geschickt habe, aber ich wollte nicht, dass du dir Sorgen machst.«

Sie schüttelte den Kopf. »Machen Sie sich deswegen keine Gedanken, Sir.«

»Es wäre mir nie in den Sinn gekommen, dass sie dich dort angreifen könnten, und ich hatte gehofft, die Situation bereinigen zu können, bevor ich dich wieder zurückhole.«

»Oh. Und, konnten Sie sie bereinigen?«

»Nein, tut mir leid. Noch nicht.«

Darla hasste sich dafür, dass sie sich deswegen erleichtert fühlte, aber sie war … unsicher. Wollte Eggie, dass sie bei ihm blieb? Oder nur, dass sie für den Moment bei ihm blieb? Bei dem Mann war das schwer zu sagen. Er war nicht besonders gut darin, seine Gefühle zu zeigen, außer, wenn er verärgert war.

»Denkst du, wir könnten ein Stück spazieren gehen?«

Als Darla bemerkte, dass Mr Van Holtz nicht sie ansah, als er diese Frage stellte, blickte sie über ihre Schulter zu Eggie zurück. Er stand direkt hinter ihr – sie hatte gar nicht gehört, dass er sich bewegt hatte –, die Arme über der Brust verschränkt, seine Wolfsaugen starr auf Mr Van Holtz gerichtet.

Die Van Holtzs waren große, aber schlanke Wölfe. Da sie weniger Muskeln hatten, setzten sie im Falle eines Kampfes gerne ihren Verstand ein, oft mit verheerenden Folgen. So lange die beiden Rudel existierten, waren die Smiths und die Van Holtz' Erzfeinde gewesen, auch wenn Darla keine Ahnung hatte, warum. Sie wusste, dass es im Laufe der Jahrhunderte immer wieder Rudelkriege zwischen den beiden gegeben hatte, die hässlich und brutal gewesen waren – und viele von ihnen hofften, dass sie sich niemals wiederholen würden.

Darla gestikulierte die Stufen hinunter und führte Van Holtz von der Veranda weg. »Geben Sie mir bitte ein Minute, ja?«, bat sie ihn und kehrte zu Eggie zurück, der nun auf der Treppe stand.

»Ich bin gleich wieder da«, versicherte sie ihm. »Komm mir nicht nach.«

»Du erwartest ernsthaft, dass ich dich mit einem gottverdammten Van Holtz allein lasse?«

»Pass auf, wie du mit mir sprichst, Egbert Ray Smith. Ich bin keine kleine Nutte, die du irgendwo auf der Straße aufgegabelt hast. Hast du mich verstanden?«

Er grunzte, und sie beschloss, dies als »ja« auf ihre Frage zu werten.

»Wir sind nicht lange weg und verlassen nicht das Smith-Territorium. Warte einfach hier, bis ich wieder da bin.«

Als er nichts sagte, kehrte sie zu Van Holtz zurück. »Fertig?«, fragte sie und zwang sich zu einem Lächeln.

Eggie sah zu, wie sich Darla mit diesem glattzüngigen, schick angezogenen, dürren reichen Mistkerl entfernte.

Er war dazu erzogen worden, die Van Holtz' zu hassen. Das wurde jedem Smith schon von Geburt an beigebracht. Aber jetzt hasste er sie *wirklich*. Das ganze Pack.

Bubba kam aus Eggies Haus, den Mund voll mit dem letzten Stück Kuchen, das Eggie am Abend zuvor noch gefunden und versteckt hatte. »Willst du einfach zulassen, dass er mit deiner Frau abhaut?«

»Willst du dich vielleicht aus meinen Angelegenheiten raushalten?«

»Du kannst ihn nicht umbringen. Daddy hat sein Wort gegeben, dass er unter Schutz steht, und Momma würde total durchdrehen.«

»Ist mir egal. Warum redest du immer noch mit mir?«

»Nur so.«

Eggie ging zurück ins Haus, knallte die Tür zu, verwandelte sich in seine Wolfsgestalt, legte seine Klamotten ab und ging zur Hintertür hinaus. Er witterte Darlas und Van Holtzs Spur und stellte sicher, dass er sich immer in ihrem Windschatten befand.

Voller Entsetzen setzte sich Darla auf einen Felsbrocken und legte die Hände auf ihre Wangen.

»Armer Mr Kozlow.« Sie schüttelte den Kopf. »Er war immer so nett zu mir.«

Harold Kozlow war der vollmenschliche Besitzer des edlen Juweliergeschäfts neben dem Van-Holtz-Restaurant, und er war Raucher. Wann immer Darla eine Pause von der Küche brauchte, ging sie zur Hintertür hinaus, und nicht selten traf sie dort auf Mr Kozlow. Im Laufe der Zeit, auch wenn sie selbst nicht rauchte, hatten sich die beiden ein wenig angefreundet. Sie hatten sich immer nett miteinander unterhalten, und sie hatte ihm Gebäck mitgebracht. Es waren nette, fröhliche Begegnungen gewesen, die Darla immer sehr genossen hatte.

»Sie haben ihn vor etwa einer Woche gefunden«, teilte Mr Van Holtz ihr mit.

»Oh. Das ist einfach schrecklich.« Darla blinzelte. »Aber … was hat das denn mit mir zu tun? Ich habe nicht gesehen, dass Mr Kozlow irgendetwas passiert ist.«

»Zwei Abende, bevor ich dich in Urlaub geschickt habe … Hast du da Mr Kozlows Söhne gesehen, Alvin und Petey?«

Darla verzog ein wenig die Lippen. Sie hatte die beiden nie wirklich gemocht. Sie lösten eine unangenehm kribbelnde Gänsehaut bei ihr aus. »Ich glaube schon. Falls ich mich richtig erinnere. Aber nur für ein oder zwei Sekunden.«

»Aber sie haben dich auch gesehen?«

»Ich glaube schon.«

»Tja, sie wurden am nächsten Tag verhaftet.«

»Weswegen verhaftet?«

»Die Polizei sagte, sie hätten eine Zeugin, die gesehen hat, wie sie ihren Vater umgebracht haben.«

Darla schüttelte den Kopf. »Ich war das nicht.«

»Ich weiß. Aber aus irgendeinem Grund dachten sie, du seist es gewesen. Zumindest für eine Weile.«

»Was meinen Sie damit, für eine Weile?«

»Sie müssen herausgefunden haben, dass du es nicht warst, weil die tatsächliche Zeugin in dem Hotelzimmer ermordet wurde, in dem die Polizei sie zu ihrer Sicherheit untergebracht hatte.«

»Das ist ja furchtbar.« Darla überlegte kurz. »Aber wenn sie die Zeugin gefunden haben, die sie gesehen hat, warum sollten sie dann immer noch hinter mir her sein?«

»Sie scheinen immer noch zu glauben, dass du etwas gesehen hast.«

»Hab ich aber nicht. Sie sind durch die Hintertür des Ladens ihres Vaters gekommen, und ich bin wieder ins Restaurant gegangen, wie ich es immer tue, wenn ich sie sehe.«

»Als du sie das letzte Mal gesehen hast, war ihr Vater da bei ihnen?«

»Nein.« Sie überlegte einen Moment lang. »Nein. Mr Kozlow hab ich überhaupt nicht gesehen. Sie hatten Sporttaschen dabei, aber …«

Van Holtz sah sie mit starrem Blick an, eine Augenbraue erhoben, und Darla konnte ihre Abscheu nicht verbergen. »Igitt. Ihr Vater war in diesen Taschen, oder?«

»Wahrscheinlich.«

»Armer Mr Kozlow!«

»Das Problem ist, Darla, dass du immerhin bestätigen kannst, dass sie an dem Ort waren, an dem ihr Vater gestorben bist. Du bist trotzdem noch eine Bedrohung.«

»Ich muss mit der Polizei sprechen.«

»Damit sie dich beschützen?«

»Nein. Um ihnen zu sagen, was ich gesehen habe.«

Van Holtz schüttelte den Kopf. »Ich finde nicht, dass du das tun solltest, Darla.«

»Ich weiß, dass Sie das nicht finden, aber ich muss es trotzdem tun. Weil es das Richtige ist. Wenn Mr Kozlows Söhne ihn umgebracht haben, dann müssen sie dafür bezahlen.« Sie stand auf, aber Van Holtz bekam ihre Hand zu fassen und hielt sie davon ab, zu gehen.

»Unternimm jetzt noch nichts.« Er ließ sie wieder los. »Bitte. Gib mir und meinem Rudel noch ein paar Tage Zeit, um zu versuchen … das irgendwie aus der Welt zu schaffen.« Als sie zögerte, drängte er: »Bitte, Darla.«

Sie stieß ein Seufzen aus. »Na schön.«

»Danke, Darla.«

»Ich danke Ihnen.« Sie zuckte kurz mit den Schultern. »Ich begleite Sie wieder zurück.«

»Schon in Ordnung. Ich finde den Weg allein.« Er führte sie zu dem Felsbrocken zurück. »Warum bleibst du nicht für eine Weile hier sitzen? Und versuchst, dich zu entspannen?«

»Danke, Mr Van Holtz.«

Er lächelte, tätschelte ihre Schulter und entfernte sich.

Darla zog ihre Füße auf den Stein und legte das Kinn auf die Knie. Sie schlang die Arme um ihre Schienbeine und seufzte laut. Sie hatte keine Ahnung, was sie als Nächstes tun sollte, und zum allerersten Mal machte ihr diese Erkenntnis Sorgen.

Eggie trottete durch seine Hintertür in die Küche. Dort verwandelte er sich in seine menschliche Gestalt und schlüpfte in seine Jeans. Er griff gerade nach seinem T-Shirt, als er einen Geruch witterte, schnappte sich die Pistole, die er auf dem Küchentisch hatte liegen lassen, und richtete sie auf den fremden Wolf in seinem Revier.

Van Holtz rührte sich nicht und verfiel auch nicht in Panik.

»Ich habe im Laufe der letzten Jahre schon viel über den berühmt-berüchtigten Egbert Ray Smith gehört.« Er nickte. »Ob Sie es glauben oder nicht, aber ich hoffe, dass alles, was man über Sie sagt, auch tatsächlich wahr ist. Weil Sie genau das sind, was Darla im Moment braucht.«

Als Darla wieder zum Haus zurückkehrte, war Mr Van Holtz bereits verschwunden, ebenso wie Eggie. Sie beschloss, zu glauben, dass Eggie auf der Jagd nach Hirschen war und nicht auf der Jagd nach Mr Van Holtz.

Da sie nicht wusste, was sie sonst tun sollte, setzte sie sich an den Küchentisch und schrieb eine Einkaufsliste mit den Dingen, die sie brauchte, wenn sie wirklich all diese Kuchen backen und gegen ihre Schwestern ankommen wollte. Sie wusste genau, dass diese blöden Kühe nur ihre besten Stücke mitbringen würden, und Darla würde sie bei dieser Sache ganz sicher nicht gewinnen lassen. Außerdem fiel es ihr leichter, sich auf etwas so Lächerliches zu konzentrieren, als darüber nachzudenken, wie der arme Mr Kozlow in eine Sporttasche gestopft wurde … oder in *mehrere* Sporttaschen.

Sie erschauderte und schrieb ihre Liste zu Ende. Als sie fertig war, rannte sie nach oben, zog ihr Kleid aus, schlüpfte in etwas bequemere abgeschnittene Shorts und ein T-Shirt und setzte sich wieder in die Küche. Sie wusste nicht, wann Eggie wieder zurückkommen würde. Der Mann ließ sich zum Jagen gerne Zeit, und heute brauchte er vielleicht besonders viel, bevor sie am Abend zu seiner Momma gingen und er sich mit seiner Familie herumschlagen musste.

Sie blickte zur Arbeitsplatte hinüber, auf der Eggie am Abend zuvor seine Autoschlüssel hatte liegen lassen. Sie wandte den Blick wieder ab, biss sich auf die Lippe und schaute wieder hin.

»Oh, was soll schon passieren?«, fragte sie in die Leere, während sie aufstand, zur Küchentheke huschte und sich seine Schlüssel schnappte. Sie öffnete die Schublade, in der sie zuvor eine Dose mit mehreren tausend Dollar, eine Pistole und die Reisepässe verschiedener Personen gefunden hatte, die alle genauso aussahen wie Eggie, aber nicht denselben Namen hatten. Sie nahm sich hundert Dollar heraus – eigentlich mehr als sie brauchte, aber sie wollte lieber auf Nummer sicher gehen – und legte für Eggie einen Zettel als Schuldschein in die Dose.

Als sie fertig war, ging sie nach draußen und stieg in Eggies Wagen.

Sie ließ den Motor des Plymouth an und lächelte, als er schnurrend zum Leben erwachte. Darla hatte kein eigenes Auto, weil sie in ihrem Leben nicht gerne zu viel mit sich herumschleppte, aber genau wie ihre Schwestern liebte sie wirklich schöne Autos. Vor allem, wenn sie gut gepflegt waren.

Darla lenkte den Wagen vorsichtig auf die Straße, blickte sich um, sah, dass niemand in der Nähe war und trat aufs Gas.

Sie beschleunigte auf einhundertsiebzig Stundenkilometer und amüsierte sich blendend.

KAPITEL 13

Darla befand sich nur noch knapp einen Kilometer vom Gestaltwandler-Supermarkt auf dem neutralen Territorium in Collinstown entfernt, von dem Eggie ihr erzählt hatte, als sie an einer roten Ampel halten musste. Sie atmete langsam aus und lehnte sich in ihrem Sitz zurück. Das hatte sich wirklich wundervoll angefühlt.

Zu ihrer Linken hörte sie, wie mehrere Männer in ihre Richtung grölten, und als sie zur Seite schaute, erkannte sie ein goldenes Mercury Cougar XR7 Cabrio, in dem vier Löwenmännchen saßen.

»Hey, Schönheit!«, brüllte eines von ihnen über Black Sabbath hinweg, die aus dem Radio dröhnten. »Das nenn ich mal einen verflucht heißen Fahrstil, Schätzchen. Hast du Schwarzgebrannten geladen?«

Sie lachte und winkte ihnen flüchtig zu. Die Ampel sprang um, und sie fuhren davon, während ihre goldbraunen Löwenmähnen im Wind wehten.

Kurz darauf erreichte Darla den Laden und lenkte den Wagen gerade auf den Parkplatz, als sie von einem Chevrolet Nova SS geschnitten wurde und das Heck des Wagens die Stoßstange von Eggies Auto streifte.

Darla trat auf die Bremse und stieß ein Winseln aus. Eggies Auto. *Eggies Auto!*

Sie war so starr vor Schreck, dass sie gar nicht bemerkte, wer den anderen Wagen fuhr, bis sich die Fahrertür des Nova öffnete und sie ein großes blondes Weibchen aussteigen sah. Die Frau schaute Darla an, grinste höhnisch und sagte: »Tut mir leid, Kindchen. Ich hab dich einfach nicht gesehen.«

Die Löwinnen in dem Wagen lachten, und Darla wusste, dass

diese Weibchen zu den Löwenmännchen gehörten, die sich an der Ampel mit ihr unterhalten hatten.

»Lächerlicher Eifersuchtsscheiß«, knurrte sie und sah zu, wie die Löwin wieder in ihr Auto einstieg. Darla würde sie aber nicht so einfach davonkommen lassen. Sie würden zumindest für die Reparatur von Eggies Wagen bezahlen!

Doch bevor Darla irgendetwas unternehmen konnte, rammte ein schreiend roter Dodge Challenger das Auto der Katzen mit solcher Wucht von der Seite, dass er das Fahrzeug gegen Darlas Auto schob. Sie kreischte auf und zuckte zusammen.

»Er wird mich umbringen.« Darla hatte jedoch gar keine Zeit, sich deswegen Sorgen zu machen, weil sie sah, wie Janie Mae und Francine aus dem Dodge stiegen. Und Janie hatte ganz eindeutig eine ihrer Launen – der Art nach zu urteilen, wie sie die Fahrertür zuknallte.

Darla stieg hastig aus dem Wagen, rannte zu ihnen und warf sich zwischen Janie und die Löwinnen, bevor Janie den ersten Schlag landen konnte.

»Janie, hör auf!«

»Na, na, na«, fauchte die Löwin, während die anderen Katzen ebenfalls aus dem Auto stiegen. »Wenn das nicht Janie Mae Müllhaufen ist. Wie ich sehe, gedenkst du einen weiteren Arschkriecher in diese Welt zu setzen.«

Darla drehte sich zu der Löwin um. »Halt die Klappe!«

Die Löwin beäugte Darla. »Wer bist du denn?«

»Geht dich gar nichts an.«

Eine der anderen Katzen flüsterte der Löwin etwas ins Ohr, und sie begutachtete Darla erneut.

»Du? Und diese Missgeburt Eggie Smith?«

Darla verlor die Beherrschung und verpasste der miesen kleinen Sau eine saftige Ohrfeige. Im Gegensatz zu Janie Mae schlug diese miese Sau jedoch zurück.

Natürlich entflammte sie dadurch die Wut von Janie und Francine nur umso mehr. Außerdem waren mittlerweile auch Roberta und Janette aufgekreuzt. Sie kletterten aus dem Pontiac

GTO, mit dem sie herbeigerast waren, und stürzten sich wie der Zorn Gottes auf die restlichen Löwinnen.

Es war sehr unschön.

Darla versuchte ihr Bestes, sie alle dazu zu bewegen, aufzuhören, aber keine ihrer Bemühungen fruchtete oder spielte noch eine Rolle, als die Deputies des Sheriffs von Collinstown eintrafen – und die Bären waren über die ganze Situation alles andere als glücklich.

Eggies Vater drückte ihm ein Bier in die Hand und setzte sich auf den Stuhl neben ihm. Sie saßen im Garten vor dem Haus, während Eggies Mutter und Tanten im hinteren Garten die Möbel für das Essen am Abend aufstellten.

»Dann will sie also wirklich aussagen?«

»Ich weiß nicht, ob sie es will, Daddy. Aber sie wird. Ich kenne sie.«

»Ist sie eine von diesen moralischen Typen?«

»Jap.«

»Dann weißt du ja, was du zu tun hast, Junge.«

»Sie wird aber nicht wollen, dass ich das tue.«

Sein Vater sah ihn stirnrunzelnd an. »Warum musst du es ihr denn überhaupt sagen?«

»Sie wird es sowieso rausfinden. Sie findet immer alles raus.«

Daddy kicherte. »Ja. Deine Mutter besitzt dieses Talent auch. Die einzige lebende Frau, die mich je bei einer Lüge ertappt hat.« Er sah Eggie an. »Liebst du sie, Junge?«

»Tue ich.«

»Obwohl deine Momma sagt, dass sie ein bisschen schwächlich ist?«

»Daddy.«

»Ich mein ja nur … Auf so was muss man achten.«

»Ich achte durchaus darauf, und sie ist nicht schwächlich.«

»Schon gut, schon gut. Wenn du dich dann besser fühlst: Deine Brüder sind ganz eifersüchtig.«

»Nein, sind sie nicht. Sie lieben ihre Gefährtinnen.«

»Sicher tun sie das. Aber deine Gefährtin ist tatsächlich nett zu dir.«

»Sie ist nicht meine Gefährtin, Daddy.«

»Ich hab keine Ahnung, worauf du noch wartest, Junge. Ich hab deine Momma schon am ersten Wochenende markiert, an dem wir uns kennengelernt haben. Ich wusste, dass ich sie festhalten musste, weil ich sie sonst verlieren würde.«

»Ich kann mir darüber jetzt keine Gedanken machen. Meine erste Priorität ist, dafür zu sorgen, dass sie in Sicherheit ist.«

»Dann kann sie also nicht auf sich selbst aufpassen?«

»Daddy, du machst mich noch ganz verrückt. In der einen Sekunde fragst du mich, warum ich sie noch nicht markiert habe, und in der nächsten erzählst du mir, wie schwach sie ist.«

»Ich will nur sichergehen, dass du auch mit dem Kopf zwischen deinen Schultern denkst.«

Warum machte sich Eggie überhaupt die Mühe? An manchen Tagen wusste er das wirklich nicht.

»Vielleicht sollte ich mir diese Sache mal anschauen«, schlug sein Vater vor.

»Nein, Daddy«, widersprach Eggie hastig.

»Aber ich will doch nur …«

»Nein.« Weil Eggie wusste, dass sein Daddy alles nur noch schlimmer machen würde. »Ich will nicht, dass du irgendetwas unternimmst.«

»Und warum bist du dann hergekommen?«

»Ich weiß auch nicht. Um mit meinem Vater zu sprechen, vielleicht?« Sein Vater runzelte die Stirn. »Du weißt schon … Vater-Sohn-Gespräche.« Das Stirnrunzeln wurde noch tiefer, und Eggie seufzte laut. »Vergiss es.«

»Werde ich.«

Eggie wollte gerade aufstehen und nach Hause gehen, als seine Brüder aus dem Haus seiner Eltern stürmten.

»Was zur Hölle ist hier los?«, wollte Daddy wissen.

»Die Mädchen sitzen schon wieder in Collinstown im Gefängnis«, teilte Bubba ihnen mit, während er auf seinen Truck zusteuerte.

Eggie und sein Vater lachten, bis Benji an ihnen vorbeiging und sagte: »Keine Ahnung, worüber du lachst, Egbert Ray. Dein Mädchen ist auch dabei.«

Darla rieb sich in dem verzweifelten Versuch, ihre Kopfschmerzen zu vertreiben, die Schläfen, aber es funktionierte nicht.

Obwohl das vermutlich eine Menge mit den Streitereien zu tun hatte, die zwischen den Gitterstäben stattfanden. Die Bären hatten Darla und ihre Schwestern in eine gemeinsame Zelle gesteckt und die Löwinnen – Schwestern des örtlichen Barron-Rudels – in eine andere. Und keine von ihnen hatte seither die Klappe gehalten.

»Was hast du mit meinem Auto angestellt?«

Darla machte die Augen auf und stieß ein mächtiges Seufzen aus. Sie war so erleichtert, Eggie zu sehen. Dann zeigte sie mit einem anklagenden Finger auf die Zelle nebenan. »Diese blöde Kuh hat dein Auto gerammt!«

»Deine Hure hat unsere Männer angemacht!«

Eggie schaute Darla mit erhobener Augenbraue an. »Tatsächlich?«

»Hab ich nicht!«

Die Hilfssheriffs kamen herein und schlossen die Zelle auf. »Ihr könnt eure Strafe dann draußen bezahlen.«

»Das Übliche?«, fragte Bubba, während er darauf wartete, dass Janie herauskam. Er sah nicht glücklich aus, und Darla konnte es ihm nicht übel nehmen. Janie war im fünften Monat mit seinem Kind schwanger, aber sie warf sich trotzdem noch in Faustkämpfe mit Katzen. Einfach … nein.

»Was ist denn das Übliche?«, fragte Eggie und nahm Darlas Hand, als sie aus der Zelle trat.

»Die da sitzt nicht wegen des Kampfes hier drin«, erklärte der Deputy.

»Tut sie nicht?«

»Sie hat versucht, ihn zu beenden.«

»Und warum …?«

»Sie sitzt hier drin, weil sie in einer Fünfzigerzone hundertachtzig gefahren ist.«

Das komplette Gefängnis verstummte, und sämtliche Augen richteten sich auf Darla.

»Ich wollte nur …« Sie räusperte sich und versuchte es noch einmal. »Mal sehen, was dein Auto so drauf hat.«

»Und es hat hundertachtzig drauf?«, fragte Eggie.

»Anscheinend.«

»Unsere Beamten haben sie in der Miller's Road verloren, sich aber die Marke und das Modell notiert. Dann wurden sie zu dem Kampf gerufen und haben den Wagen dort wiederentdeckt.«

»Okay«, sagte Eggie. »Verstanden.«

Er schaute Darla an, schüttelte den Kopf und entfernte sich.

»Äh … Eggie?«

Er blieb stehen und sah sie an.

Darla zuckte mit den Schultern und gestand: »Wir müssen immer noch zum Supermarkt.«

Er knurrte und trottete hinaus … nicht, dass sie ihm das übel genommen hätte.

KAPITEL 14

Am Ende backten alle Schwestern bei Eggie zu Hause, und als sie mit ihren Kuchen fertig waren, brachten sie sie zu Miss Pauline.

Als die Lewis-Schwestern eintrafen, war das »Familienessen« bereits in vollem Gange, auch wenn Darla es eher als eine Party und nicht als ein Abendessen bezeichnet hätte. Für sie bedeutete ein Abendessen, dass alle im Esszimmer um einen Tisch saßen. Für die Smiths schien es hingegen einen Haufen Tische zu bedeuten, die hinten im Garten aufgestellt waren, und dazu Musik und Schwarzgebrannten. Jede Menge Schwarzgebrannten. Was jedoch wenig überraschte, da die Smiths das Geld für ihr Rudel nun schon seit Jahrzehnten mit Schwarzgebranntem verdienten.

Darla hatte Eggie nicht mehr gesehen, seit er ihre ziemlich saftige Strafe im Gefängnis in Collinstown bezahlt und ihr die Schlüssel für seinen Wagen gegeben hatte. »Bleib unter hundert«, hatte er angeordnet, und weil sie es ihm versprochen hatte, hatte sie auch genau das getan. Sehr zum Ärger ihrer Schwestern.

Tja, was sollte sie sagen? Es war das Einzige, was die Lewis-Schwestern gemeinsam hatten: ihre Vorliebe für schnelle Autos. Selbst Darla. Nichts empfand sie als befreiender, als um eine enge Kurve zu rasen, ohne die Kontrolle zu verlieren. Ihrer Meinung nach wurde dieses Gefühl nur von ganz wenigen Dingen im Leben übertroffen.

Sie half ihren Schwestern, die Kuchen auf dem Desserttisch anzurichten und musste zugeben, dass ihre Backwaren *unglaublich* aussahen. Anstatt dass jede von ihnen für sich gewerkelt hätte, hatten sie alle zusammengearbeitet und die Kuchen innerhalb kürzester Zeit fertiggestellt, und sie war wirklich stolz auf ihre Schwestern. Und überhaupt, wie konnte sie noch länger wütend auf sie sein, nachdem sie sich wie … nun … wie wilde Hunde auf diese Katzen gestürzt hatten, als sie gesehen hatten, wie die Barrons Eggies Wagen rammten? Dadurch hatten sie seit sehr langer Zeit zum ersten Mal wieder etwas gemeinsam gemacht und wirklich großartige Arbeit geleistet.

»Ich geh mal Eggie suchen«, teilte sie Janie mit.

Ihre Schwester widersprach nicht, sondern nickte nur und lächelte. Es war zwar nicht so, dass Janie Eggie nun lieber mochte als noch am Tag zuvor, aber Darla hatte das untrügliche Gefühl, dass ihrer Schwester die Tatsache, dass Eggie Darlas Strafe ohne ein einziges Wort der Beschwerde bezahlt hatte, wirklich etwas bedeutete. Als hätte er eine Art Prüfung bestanden, von der keiner von ihnen gewusst hatte, dass sie überhaupt existierte.

Sie bahnte sich einen Weg durch die Menge und lächelte wildfremde Leute an, die sie ihrerseits grüßten. Verwandte von Eggie, die sie noch nie gesehen hatte, die ihren Namen aber trotzdem zu kennen schienen. Es war ziemlich eigenartig.

Sie schnupperte in die Luft und folgte Eggies Geruch in den Wald. Sie fand ihn auf einem Baumstumpf sitzend und ins Leere starrend. Er sah nachdenklich aus. Oder verärgert. Oder nachdenklich und verärgert. Sie wusste es wirklich nicht.

Darla stellte sich neben ihn und begann: »Es tut mir *so* leid wegen deines Autos …«

Eggie blinzelte und glotzte sie an. »Mein Auto?«

»Weißt du nicht mehr?«

»Oh. Doch.« Er schüttelte den Kopf und wandte seinen Blick wieder ab. »Kann ich reparieren, kein Problem.«

»Kannst du?«

»Ich kann alles reparieren, was einen Motor hat. Genau wie meine Brüder. Frankie hat außerdem ein Händchen für Karosserien. Der beult die kleine Delle wieder aus.«

»Na ja, jedenfalls tut es mir leid, dass ich nicht gefragt hab.«

Er glotzte sie wieder an. »Was gefragt?«

»Ob ich mir den Wagen ausleihen darf.«

Er zuckte mit den Schultern. »Ist doch egal.«

Ernsthaft? »Aber ich hab ihn mir einfach genommen. Ohne dich zu fragen.«

»Ich hätte die Schlüssel nicht einfach so rumliegen lassen, wenn ich nicht gewollt hätte, dass du den Wagen fährst.«

»Oh. Na gut, aber die Sache mit der Strafe tut mir wirklich sehr leid.«

Er glotzte sie immer noch an und fragte: »Welche Strafe?«

Darla war allmählich ein wenig frustriert. »Die Strafe, die du bezahlen musstest … weil ich zu schnell gefahren bin … in deinem Wagen … den ich mir ohne Erlaubnis geliehen habe.«

»Ah. Das kümmert mich eigentlich nicht.«

Darla warf die Hände in die Luft und rief: »Und was kümmert dich dann?«

»Du.«

Bei seiner schlichten Antwort errötete Darla vom Gesicht bis zu ihren verfluchten Zehenspitzen. »Oh.«

»Und außerdem«, fügte er hinzu, »waren diese Bullen schwer beeindruckt.« Eggie grinste. »Wo hast du gelernt, so zu fahren?«

Sie lachte leise. »Von Daddy. Als wir noch klein waren, durften wir immer abwechselnd auf seinem Schoß sitzen und das Auto über den Parkplatz vor dem Laden fahren. Wir konnten mit den Füßen noch nicht mal die Pedale erreichen.«

»Und als ihr das konntet?«

Sie zuckte mit den Schultern. »Waren wir nicht mehr aufzuhalten.« Sie lachten beide, und Darla fügte hinzu: »Gott, Momma hat Daddy das nie verziehen. Sie meinte, es sei seine Schuld, dass wir uns zu völlig außer Kontrolle geratenen Heiden entwickelt hätten.«

Er streckte einen Arm aus, schlang ihn um ihre Taille und zog sie ganz dicht zu sich heran. »Schau mich an, Darla Mae.« Sie tat es. »Wenn du mein Auto brauchst, dann kannst du mein Auto einfach nehmen. Wenn du Geld brauchst, kannst du es dir nehmen. Du musst mir keine Nachrichten hinterlassen. Und wenn du verdammt noch mal meine Knarre brauchst, Weib, dann nimm dir meine Knarre einfach.«

»Ich bin Pazifistin, Eggie«, schniefte sie. »Ich mag keine Waffen.« Aber als Eggie sie nur wieder anglotzte, stellte sie klar: »Ich weiß vielleicht, wie man eine Waffe *benutzt*, aber ich mag sie trotzdem nicht.«

»Du weißt, wie man sie benutzt?«

»Momma hat darauf bestanden. Sie meinte, jede Südstaaten-Lady sollte wissen, wie man eine Waffe benutzt, nur für den Fall, dass wir wieder mal Probleme mit irgendwelchen Yankee-Soldaten kriegen.«

»Verirren sich denn viele Yankee-Soldaten nach Smithville?«

»Momma ist gern auf alles vorbereitet.«

»Kluge Frau. Was auch genau der Grund dafür ist, dass ich ihrer Tochter zutraue, das zu tun, was sie tun muss. Du musst mich nicht fragen.«

»Das weiß ich zu schätzen, aber ...«

»Aber was?«

»Wenn du mir so sehr vertraust, warum bist du mir und Mr Van Holtz dann heute Morgen gefolgt?«

Verdammt sei die Frau! Er konnte einfach nichts vor ihr geheim halten.

Eggie stieß ein Seufzen aus. »Ich bin euch gefolgt, weil ich Van-Holtz-Wölfen nicht traue.«

»Du vertraust Van Holtz nicht oder du vertraust mir nicht?«

»Ich hab dir doch gerade gesagt, dass ich dir vertraue, Darla. Aber du weißt schon ...«

»Nein. Weiß ich nicht. Was soll ich denn wissen?«

Er zuckte mit den Schultern. »Dieser stilvolle Wolf mit seinem Fünf-Uhr-Tee-Lebensstil ...«

»Ich glaube, er steht eher auf Kaffee.«

»Wie soll ich denn bitte da mithalten?«

»Es ist doch nur Kaffee.«

Eggie verdrehte die Augen. »Was ich meine, Darla Mae, ist,

dass er reich ist und verdammt charmant und dir das Leben kaufen kann, dass du verdienst.«

»Glaubst du, ich würde nur mit jemandem zusammen sein wollen, weil er reich ist?«

»Nein. Ich glaube, dass du es verdient hast, nur mit jemandem zusammen zu sein, der reich ist. Und die Smiths werden niemals reich sein.«

»Ich wusste ja gar nicht, dass ich so oberflächlich bin.«

»Ich hab nie gesagt …«

»Wenn du glaubst, das mich Geld interessiert, ausgerechnet mich, dann hab ich einen großen Fehler gemacht.«

Sie versuchte, sich von Eggie loszureißen, aber er schloss seine Arme noch enger um sie und zog sie noch näher zu sich heran. »Ich weiß, dass dir Geld nichts bedeutet, Darla. Aber ich weiß auch, dass du es verdient hast, ein komfortables Leben zu führen.«

Jetzt sah sie erst richtig angewidert aus. »Komfortabel? Du glaubst, dass ich mir ein komfortables Leben wünsche?«

O-oh.

»Na ja …«

»Du glaubst, ich sei irgend so eine hohle Prinzessin, die nur nach Strich und Faden verwöhnt werden will?«

Eggie sah sie mit zusammengekniffenen Augen an und antwortete: »Nicht, wenn das, was du gerade gesagt hast, was … Schlechtes ist.«

Sie verschränkte die Arme vor der Brust. »Ich nehme an, du hast gehört, was er mir erzählt hat?«

»Ja.«

»Und?«

»Und ich glaube, dass er dich mit seinen großen, dämlichen Hundeaugen ausgezogen hat. Man kann ihm nicht vertrauen. Außerdem hab ich gehört, dass die Van Holtzs ein echt fieses Krätze-Problem haben.«

»Erstens, Egbert Ray Smith, hat Mr Van Holtz eine Gefährtin, der er sehr zugetan ist. Und zweitens gab es bei den Van Holtz' seit mindestens zehn Jahren keinen Ausbruch von Krätze mehr.«

»Na, dann fühl ich mich doch gleich viel besser. Aber ich hab auch gehört, dass sie Staupe verbreiten. Sie sind schmutzige, widerliche, staupeverseuchte Hunde, die durch die Gegend laufen und die Krankheit an ahnungslose Wölfinnen wie dich weitergeben.«

»Eggie Ray!«

»Das ist die Wahrheit. Die Männchen des Rudels sind dafür bekannt, dass sie Hundekrankheiten verbreiten.«

»Ich sage dir das nur ein einziges Mal: Die Van Holtz' haben mitnichten …« Darla unterbrach sich mitten im Satz, lehnte sich ein Stück zurück und sah Eggie durch die schmalen Schlitze ihrer Augen direkt ins Gesicht. »Egbert Ray Smith … Bist du eifersüchtig?«

Eggie schnaubte. »Ein Smith, eifersüchtig auf einen Van Holtz? Warum fragst du das? Ist die Hölle zugefroren?«

»Dann bist du also nicht eifersüchtig?«

»Nein. Ich bin nicht eifersüchtig. Wir Smiths bezeichnen so was als verrückte Spinnereien.«

»Ha! Ich verstehe.«

»Ich hatte noch nie einen Grund, eifersüchtig zu sein, schon gar nicht auf einen gottverdammten …«

»Blasphemie!«

»… Van Holtz, und ich werde jetzt ganz sicher nicht damit anfangen. Wegen niemandem. Ich wollte dich nur ganz freundlich vorwarnen.«

»Wegen der Van Holtz' und ihrer Hundekrankheiten?«

»Ganz genau.«

Darla drehte sich in seiner Umarmung und setzte sich auf seinen Schoß. »Im Gegensatz zu deinen Brüdern … bist du irgendwie *subtil* dämlich.«

»Manchmal schon.« Eggie kratzte sich am Kopf. »Aber das ist nicht meine Schuld. Es ist *deine* Schuld!«

»Meine Schuld?«

»Du verwirrst mich und bringst mich dazu, dämliche und lächerliche Dinge zu tun. Dinge, die ich sonst niemals tun würde!«

»Zum Beispiel?«

»Anstatt das zu tun, was ich gut kann, nämlich deine mörderischen Freunde zu jagen …«

»Sie sind nicht meine Freunde.«

»… und zu töten, damit sie dir nicht mehr wehtun können und du nicht mehr in Gefahr bist, tue ich das *nicht*, weil ich weiß, dass du nicht willst, dass ich es tue. Deshalb sitze ich stattdessen hier und werde gleich mit meiner *Familie* zu Abend essen. Was ebenfalls deine Schuld ist, weil sie mich gar nicht eingeladen hätten, wenn du nicht gewesen wärst.«

»Natürlich hätten sie das.«

»Darla, niemand hat mich gern in seiner Nähe.«

»Ich schon.«

Eggie betrachtete sie eindringlich. »Tust du?«

»Ich bin hier und streite über Hundekrätze und andere Albernheiten, Eggie Ray. Und der einzige Grund dafür kann eigentlich nur sein, dass ich dich mag. Du bist so süß und charmant … auf deine eigene erschreckende, raubtierhafte Weise, was für mich aber sehr gut funktioniert, weil … du weißt schon: Wölfin und so.«

Eggie zog seine Arme noch fester um Darla und vergrub sein Gesicht seitlich in ihrem Hals. »Das ist das Netteste, was jemals jemand zu mir gesagt hat, Darla Mae.«

»Ich weiß, mein Schatz, aber ich glaube, wenn wir uns ein bisschen Mühe geben, dann können wir das für dich auch noch ändern.«

Eggie kicherte, packte Darla an der Taille und hob sie hoch. Sie quietschte leise und lachte herzlich, und er liebte diesen wundervollen Klang. Er drehte sie um und setzte sie mit dem Gesicht zu sich auf seinem Schoß wieder ab, ihre Beine links und rechts neben seinen Hüften.

Als sie bequem saß, strich Darla Eggies Haar aus seinem Gesicht und blickte ihm ohne die geringste Furcht in die Augen. »Dein Bart wächst wieder.«

»Jap.«

»Musst du den abrasieren, wenn dein Dienst wieder anfängt? Und dir die Haare abschneiden?«

»Kommt drauf an, was ich machen muss. Ich bin nicht wie andere Marines, Darla. Meine Ausbildung sah ein bisschen anders aus, ich werde nicht wie die anderen irgendwo fest stationiert, ich trage nur selten meine Uniform und auch die Aufgaben, die ich erledige, sehen anders aus.«

»Wurdest du eingezogen?«

Er schnaubte und lächelte ein wenig. »Die Smiths werden nicht eingezogen.«

»Nein, ich meine, als es die Wehrpflicht noch gab.«

»Die Smiths werden nicht eingezogen«, wiederholte er. »Nicht nachdem, was während des Ersten Weltkriegs mit uns passiert ist.«

»Was ist denn während des Ersten Weltkriegs passiert?«

Eggie starrte sie an und antwortete schließlich: »Gar nichts.« Als sich ihre Augen immer weiter verengten, beschloss er, einfach weiterzusprechen: »Wie dem auch sei, man hat uns mitgeteilt, dass man es uns nicht länger erlauben würde, zum Militär zu gehen, von Einzelfällen abgesehen. Meine Evaluation hat volle sechs Wochen gedauert, bevor ich überhaupt zur Grundausbildung zugelassen wurde.«

»Wegen des *gar nichts*, das während des Ersten Weltkriegs passiert ist?«

»M-hm.«

»Du bist der *schlechteste* Lügner aller Zeiten.«

Eggie seufzte und gab zu: »Ist nicht meine größte Stärke.«

Darla wollte gerade etwas erwidern, aber seine Momma kam ihr zuvor und rief aus dem Garten: »Eggie! Darla Mae! Kommt schon, ihr zwei. Wir wollen essen.«

»Wir sind gleich da«, rief Darla zurück.

»Hast du Hunger?«, fragte er sie.

»Ja, ich bin am Verhungern.« Sie legte die Hände auf seine Schultern. »Aber kann ich dich vorher noch was fragen?«

»Sicher.«

»Was du vorhin gesagt hast … dass du Mr Kozlows Söhne nicht jagen wirst …« Eggie nickte. »Du hast gesagt, dass du es nicht tun wirst, weil du weißt, dass ich das nicht will.«

»Ja. Ich wusste, dass du es nicht richtig finden würdest, wenn ich jemanden jage und erledige, bevor er dich erwischt.«

»Würde ich auch nicht. Ich meine, ich weiß, dass meine Schwestern meiner Philosophie in diesen Dingen niemals zustimmen würden … und ich kann auch nicht sagen, dass ich genauso denken würde, wenn es um eine meiner Nichten oder einen meiner Neffen ginge, aber für mich … persönlich … Es würde mir wirklich was ausmachen.«

»Ich weiß. Darum sitze ich ja hier mit dir auf meinem Schoß, während meine Momma uns zum Essen ruft, und bin nicht in San Francisco und tue das, was ich am besten kann.«

»Na ja, es bedeutet mir wirklich viel, dass du ernst nimmst, was ich sage. Dass du mich so sehr respektierst.«

»Darla, falls sie irgendwann direkt vor uns stehen und versuchen sollten, dir wehzutun, dann werde ich tun, was immer ich tun muss. Aber ich weiß, dass das, was die Smiths normalerweise tun würden, nicht das ist, was du tun würdest. Ich verstehe das.« Er zuckte kurz mit den Schultern. »Mein Daddy allerdings nicht.«

»Dein Vater?«

»Ja, ich hab mich mit ihm unterhalten, bevor ich gekommen bin, um dich und deine durchgeknallten Schwestern aus dem Gefängnis zu holen.«

»Wir waren nicht im Gefängnis. Und was hat er gesagt?«

»Er stimmt mir nicht zu, aber das hätte ich eigentlich vorher wissen müssen. Er denkt, dass wir einen großen Fehler machen. Aber ich hab ihm gesagt, dass er sich da raushalten soll und dass wir die Sache auf unsere Weise klären. Das hat ihm zwar nicht gefallen, aber ich glaube, er hat mich verstanden. Ausnahmsweise. Vielleicht.« Eggie betrachtete ihr Gesicht, legte die Stirn in Falten und fragte: »Darla … weinst du?«

Sie schniefte und tupfte sich mit den Knöcheln die Augenwinkel trocken. »Es bedeutet mir einfach sehr viel, dass du mir zuhörst. Dass du mich *verstehst.*«

»Wie könnte ich das nicht? Du bist schließlich die Einzige, die mit mir redet.«

»Oh, Eggie!«, rief Darla aus, brach urplötzlich in Tränen aus und schlang ihre Arme um seinen Hals.

Eggie streichelte ihren Rücken und versuchte, sie zu beruhigen. »Ist schon gut. Ich spreche außer mit dir sowieso nicht gern mit irgendjemandem. Deine Stimme finde ich nicht nervtötend. Die Stimmen der meisten anderen Leute finde ich total nervtötend. Wenn ich so darüber nachdenke … finde ich die meisten *Leute* nervtötend. Egal, ob sie mit mir sprechen oder nicht.«

Sie löste sich von ihm, und er sah, dass sie lachte. »Tja, ich bin froh, dass du das für mich klargestellt hast.«

»Gut.« Er umrahmte ihr Gesicht mit seinen Händen und wischte mit den Daumen die Tränen von ihren Wangen. »Und jetzt besorgen wir dir was zu essen, bevor alle annehmen, dass wir etwas tun, was wir tragischerweise nicht tun.«

Sie erhoben sich gemeinsam, und Eggie wartete, bis Darla sich den nicht existierenden Dreck von ihrem perfekten Hintern gewischt hatte, bevor er ihre Hand nahm und sie zum Abendessen zurückkehrten.

»Eggie?«

»Hm?«

»Kann ich allen erzählen, dass du eifersüchtig auf einen Van Holtz warst?«

»Nicht, wenn du nächste Woche noch auf deinem Hintern sitzen willst.«

»Egbert Ray!«

KAPITEL 15

Das Abendessen verlief ruhig. Alle waren entspannt und amüsierten sich blendend, und das Essen war wirklich köstlich, vor allem Miss Paulines gebratenes Hühnchen.

Der Hit des Abends waren aber ganz eindeutig die Kuchen, die Darla und ihre Schwestern gebacken hatten.

Sie wusste, dass ihre Kuchen ein Erfolg sein würden, das waren sie immer, aber was Darla wirklich überraschte, war die Begeisterung, mit der alle ihre Kuchen verschlangen und anschließend nach den Rezepten fragten. Nach Rezepten, die keine der Lewis-Schwestern jemals weitergeben würde. Je öfter Darla nach ihren Rezepten gefragt oder einfach darum gebeten wurde, für jemanden einen Kuchen zuzubereiten, desto mehr reifte eine Idee in ihr, die ihr – zu ihrer eigenen Überraschung – sehr gefiel.

Trotzdem war es immer noch zu früh, ernsthaft darüber nachzudenken. Stattdessen half sie Miss Pauline beim Aufräumen.

»Also, Darla«, erkundigte sich Miss Pauline, »wie geht es dir?«

Darla nickte. »Gut, Miss Pauline.«

»Bist du sicher?« Sie lehnte sich zu ihr, einen Müllbeutel mit Papiertellern und Plastikbechern in der Hand. »Vorhin sah es so aus, als hättest du geweint.«

»Oh, das war nichts. Nur ich und mein kleines Gefühlschaos.«

»Darla Mae ... Ist es wahr, dass du eine von diesen Polygamisten bist?«

Darla erstarrte vor Schreck, aber bevor sie in Panik verfiel, fragte sie: »Polygamisten?«

»Ja. Du weißt schon, weil ihr nicht kämpft und was weiß ich? Wie dieser Typ in Indien von vor einer Million Jahren.«

Darla stieß ein erleichtertes Seufzen aus. »Gandhi«, erwiderte sie, sparte sich aber die Mühe, ihr zu erklären, wo er auf der historischen Zeitachse einzuordnen war. »Und ja, ich betrachte mich selbst als *Pazifistin*.«

»Dann kämpfst du also nie?«

»Na ja …«, begann sie, hörte jedoch das Gelächter ihrer Schwestern und funkelte sie böse an. Die vier versuchten blitzschnell, so zu tun, als seien sie mit etwas anderem Interessantem beschäftigt, und Darla wandte sich wieder Miss Pauline zu. »Ich ziehe es vor, nicht zu kämpfen. Ich ziehe es vor, die Dinge auf vernünftige, objektive Weise auszudiskutieren.«

»Warst du schon mal bei einem von diesen Sit-downs?«

»Sit-*ins*, und ja. Ich war schon bei ein paar. Und ich hab an mehreren Märschen teilgenommen.«

»Wofür?«

Darla zuckte mit den Schultern und überlegte kurz. »Äh … Für die Rechte von Frauen, für die Gleichheit aller Rassen, für ein Ende des Krieges …«

Miss Pauline verschränkte ihre mächtigen Arme vor ihrer mächtigen Brust und betrachtete Darla eindringlich. »Warum zur Hölle das denn?«

»Wie bitte?«

Darla schaute ihre Schwestern an, aber sie schienen genauso verwirrt zu sein wie sie selbst. Janie Mae schenkte ihr ein eindeutiges »Keinen Schimmer«-Schulterzucken. »Äh, ich glaube, ich weiß nicht genau …«

»Was ich damit sagen will, ist, dass du eine Wölfin bist. Du kannst von deinem Leben zurückbekommen, was immer du darin investierst. Du würdest niemals zulassen, dass dich irgendein Männchen ausbremst. Und wer interessiert sich schon für Rassenunterschiede? Die verschiedenen Spezies sind das eigentliche Problem. Wie zum Beispiel diese idiotischen Katzen oder Hyänen. Bären mag ich auch nicht besonders, aber es könnte mich kaum weniger interessieren, welche Hautfarbe sie haben oder zu welchem Gott sie beten, solange sie nur aufhören, ständig über diesen verdammten Honig zu reden. Und Kriege bieten unseren Männchen nur eine Gelegenheit, an ihrem Jagdgeschick zu feilen. Also warum solltest du durch die Gegend marschieren und gegen Dinge protestieren, die sich für mich nach reinen Vollmenschenproblemen anhören?«

Das war eines dieser Argumente, die Darla schon so oft von ihresgleichen gehört hatte, und es hatte sie jedes Mal wieder geärgert. »Weil alles mit allem zusammenhängt, Miss Pauline. Wir können uns nicht einfach zurücklehnen und zulassen, dass sich die Vollmenschen gegenseitig diese Dinge antun und dabei glauben, es würde uns nicht auch betreffen. Dass wir so tun könnten, als hätten ihre Probleme keinerlei Bedeutung für uns. Und ich persönlich glaube, dass wir als Gestaltwandler und stärkere Wesen eine moralische Verpflichtung haben, dabei zu helfen, die Schwächeren zu beschützen, wenn sie schlecht behandelt oder missbraucht werden, und das nur aufgrund ihres Geschlechts, ihrer Rasse oder ihrer Religion.«

Miss Pauline starrte Darla an, und ihr Stirnrunzeln sah genauso aus wie Eggies, wenn er genervt war. Nur, dass Darla Miss Paulines Stirnrunzeln als ein wenig furchteinflößender empfand.

Darla räusperte sich. »Ich meine natürlich nicht, dass Sie persönlich dazu verpflichtet wären, irgendetwas zu unternehmen. Ich meine damit nur … mich. Es ist meine persönliche Überzeugung.«

Miss Pauline grunzte und ging um Darla herum zurück ins Haus.

Was war das denn?, fragte sie ihre Schwestern stumm.

Ich hab keine Ahnung, antworteten sie allesamt ebenso stumm.

Jemand legte eine Hand auf Darlas Schulter, und sie schreckte hoch, wirbelte herum und erkannte, dass Eggie hinter ihr stand.

»Tut mir leid«, sagte er. »Ich wollte nicht …«

Darla ließ ihn gar nicht ausreden, sondern warf sich nur in seine Arme. »Gott sei Dank, dass du hier bist!«

»Äh … okay.«

»Was hast du zu ihr gesagt?«

Eggies Mutter wandte sich vom Spülbecken ab, in dem sich schmutzige Töpfe und Pfannen stapelten, und drehte sich zu ihrem Sohn um. »Wir haben nur geplaudert.«

»Momma …«

»Ich wusste ja nicht, dass ich nicht mit ihr sprechen darf.«

»Nicht, wenn du sie einem Verhör unterziehst.«

»Hab ich das denn getan?«

»Ich schätze das hast du.«

»Hat sie das gesagt?«

»Das musste sie nicht. Ich kenne die Anzeichen.«

Sie verschränkte die Arme vor der Brust. »Willst du deiner Momma irgendetwas vorwerfen, Junge?«

»Ich bitte dich nur, nicht so hart zu ihr zu sein.«

»Das war ich doch gar nicht. Tatsächlich war ich sogar ausgesprochen nett.«

Auch das gefiel Eggie ganz und gar nicht. »Warum?«

»Was meinst du damit: warum?«

Eggie nahm die Hand seiner Mutter, zog sie aus der geschäftigen Küche und den Flur hinunter ins Wohnzimmer.

»Was ist hier los?«, fragte er sie rundheraus.

»Ich habe keine Ahnung, was du meinst.«

»Momma.«

»Hör mal, glaubst du denn, ich sehe das nicht? Dass ich meinen eigenen Sohn nicht kenne?«

»Wovon sprichst du denn da?«

»Ich sehe doch, wie du sie ansiehst, Eggie. Du liebst sie.«

»Und was, wenn ich das tue?«

»Dann muss ich sie unter die Lupe nehmen.«

»Warum? Darla ist …«

»Sehr hübsch und sehr klug und sehr wohlerzogen. Aber das ist ein reinrassiger Deutscher Schäferhund auch.«

»Momma.«

»Aber ist sie auch stark genug, um die Gefährtin meines Jungen zu sein?«

»Sie ist nicht meine Gefährtin.«

»Noch nicht.«

»Genau. In Moment ist sie es nicht, also tu nicht, was du immer glaubst, tun zu müssen.«

»Und das wäre?«

»Sie einem Spießrutenlauf auszusetzen.«

»Also, wirklich, mein lieber Junge …«

»Nein, Momma. Was immer du auch denkst, und was immer du auch vorhast … du lässt Darla Mae da raus.« Er ging zurück in den Flur.

»Aber wir wissen doch beide«, entgegnete seine Mutter, »dass sie, wenn sie wirklich hierbleiben und mit dir zusammen sein will, mehr sein muss als eine wortgewandte Polygamistin.«

Eggie blieb stehen und seufzte. »Es heißt *Pazifistin*, Momma.« Er schaute zu ihr zurück. »Und wer sagt denn, dass sie hierbleibt?«

»Du willst sie gehen lassen?«

»Wer sagt denn, dass ich hierbleiben muss?« Er zuckte mit den Schultern, als er das Stirnrunzeln seiner Mutter sah. »Ein Wolf braucht seine Gefährtin, Momma.«

»Es ist nicht mal ein einziges Stückchen übrig«, flüsterte Roberta Janie zu. »All die Kuchen, die wir mitgebracht haben, und nicht mal ein Stück übrig.«

»Es gab schon noch Reste«, flüstere Darla zurück, »aber sie sind wie Kojoten. Sie haben alles geplündert! Und sogar noch was mit nach Hause genommen.«

»Ich hab von Frankies Tante Jen zehn Mäuse gekriegt.«

»Wofür?«

»Sie will, dass ich ein paar Kuchen für sie backe.«

»Was für welche?«

»Pekannuss und Apfel.«

Darla fasste in die Gesäßtasche ihrer abgeschnittenen Jeans und reichte ihre Schwester einen Zwanzig-Dollar-Schein. »Von Eggies Tante Beulah für Heidelbeere, Käse und Zitrone-Baiser.«

»Scheiii-ße. Dreißig Dollar, nur für ein paar Kuchen?«

»Dreißig Dollar für *unsere* Kuchen, Süße. Das darfst du nicht vergessen.«

»Sollen wir uns morgen treffen uns sie zusammen backen?«

»Klar, sicher.« Darla sah, dass Eggie die hintere Verandatreppe herunterkam. Er schaute sie an – in seinen Augen spiegelten sich die Laternen, die überall im Garten verteilt waren – und nickte in Richtung seines Wagens.

»Ich muss los. Morgen um zwölf?«

»Okay. Ich frag die anderen, ob sie auch dabei sind.«

»Frag sie, ob sie auch Geld bekommen haben, aber pass auf, dass Janie die Kohle nicht vor uns geheim hält. Du weißt ja, wie sie ist.«

Darla huschte durch den Garten und ging ums Haus herum. Als sie in den Vorgarten trat, traf sie dort auf Eggies Vater. Er stand unter einem Baum, rauchte eine Zigarette und trank aus einem Schraubdeckelglas, von dem sie annahm, dass es mit Schwarzgebranntem gefüllt war.

Sie winkte ihm zu und er fragte: »Hast du dich heute Abend gut amüsiert, Kleines?«

»Hab ich. Danke, Mr Smith.«

»Danke, dass du gekommen bist. Ich weiß, dass du der einzige Grund dafür bist, dass mein Junge heute Abend hier war.«

»Oh, nein. Ich bin mir sicher …«

Er fuchtelte mit dem Glas in der Luft herum und winkte sofort ab, ohne sich anzuhören, was sie hatte sagen wollen. »Lass uns keine Spielchen spielen, mein hübsches Kind. Du bist hier, also ist mein Junge auch hier. Und das ist völlig in Ordnung. Es ist gut, zu sehen, dass er glücklich ist.«

Da sie sich unbehaglich fühlte, ohne eigentlich zu wissen, warum, nickte Darla nur und erwiderte: »Okay, dann, vielen Dank, Mr Smith. Einen schönen Abend noch.«

»Dir auch. Und pass morgen gut auf dich auf.«

Darla schaute noch einmal zu dem Wolf zurück. Er sah sie zwischen die Äste des Baumes hindurch an, aber sie hatte keine Ahnung, was sie aus dem Blick lesen sollte, den er ihr zuwarf –

und sie war sich auch nicht sicher, ob sie überhaupt etwas daraus lesen *wollte*.

Eggie stand mit dem Hintern gegen die Beifahrertür seines Autos gelehnt. Er lächelte, als er sie entdeckte, und das brachte wiederum Darla zum Lächeln.

»Bist du fertig?«

»Ja.« Sie steuerte direkt auf ihn zu, ging auf die Zehenspitzen und küsste ihn sanft auf den Mund. »Fahren wir nach Hause.«

Aber als sich Darla wieder von ihm abwandte und die Hand nach dem Türgriff ausstreckte, korrigierte sie sich hastig: »Ich meine, fahren wir zu dir nach Hause.« Sie öffnete die Tür. »Ich meine, fahren wir zu *dir* nach Hause.« Sie räusperte sich und wusste, dass ihr Gesicht knallrot angelaufen war.

So peinlich. Der arme Kerl glaubte wahrscheinlich, dass sie diese ganzen Möbel nur für sich allein gekauft hatte. Völlig entsetzt ließ sich Darla auf den Beifahrersitz fallen und machte die Tür zu. Eggie setzte sich ein paar Sekunden später hinters Lenkrad. Er schloss die Tür und schaute Darla an.

»Bist du fertig mit plappern?«

Darla nickte. »M-hm.«

»Gut.« Er küsste sie. »Dann fahren wir jetzt nach Hause.«

KAPITEL 16

»Das Problem ist«, erläuterte Eggie, als er seine Haustür schloss, »dass wir zwei Alphaweibchen in einer Stadt haben. Und Momma ist noch nicht bereit, ihre Stellung aufzugeben.«

Darla blieb mitten im Wohnzimmer stehen und drehte sich zu ihm um. »Wird Janie auf Leben und Tod mit deiner Mutter kämpfen müssen?« Weil sie wirklich nicht wusste, *wer* diesen Kampf gewinnen würde.

»Einen Alphakampf auf Leben und Tod hat es seit einem halben Jahrhundert nicht mehr gegeben. Ich bezweifle, dass Momma vorhat, noch mal mit so was anzufangen.« Als Darla ihn nur anglotzte, fragte er: »Hat Janie Mae etwa vor, noch mal mit so was anzufangen?«

Darla stieß ein gezwungenes Lachen aus und eilte in die Küche.

Eggie folgte ihr. »Gibt's noch Eistee?«

»Im Kühlschrank. Ich hol ihn dir.«

»Nee, ich hab doch zwei Hände. Willst du auch was?«

»Sicher.« Sie schnappte sich einen Notizblock und einen Stift und ging in eine Ecke der Küche.

»Was machst du denn da?«

»Ich brauche eine Liste. Ein paar von deinen Tanten und Cousinen haben nach Kuchen gefragt. Ich treffe mich morgen mit meinen Schwestern zum Backen.«

»Ich hoffe, ihr macht das nicht alles umsonst.«

»Nein. Wir haben schon Bares in der Hand.« Sie schaute ihn über ihre Schulter hinweg an. »Es fühlt sich so dekadent an, mit meinen Backwaren Geld zu verdienen.«

Eggie kicherte, nahm zwei Gläser aus dem Hängeschrank und schenkte den Eistee ein. Er stellte eines der Gläser neben Darla auf die Arbeitsplatte und ging zur anderen Seite der Küche, um sie nicht zu stören.

Während er an seinem Eistee nippte, beobachtete er, wie Darla arbeitete, woran sie auch immer arbeitete. Sie hatte ihren nackten Fuß gegen ihr anderes Knie gepresst und balancierte nur auf einem Bein, während sie sich hin und wieder mit dem Kugelschreiber im Nacken kratzte. Die ganze Szene hatte etwas wirklich Wundervolles und einfach Perfektes an sich. Etwas, das Eggie nicht verstand, auch wenn er begriff, dass er es in seinem Leben brauchte, so lange der liebe Gott es zulassen würde. Er konnte sich einfach nicht mehr vorstellen, *nicht* zu ihr nach Hause zu kommen. Sie nicht in seinem Haus zu haben. In *ihrem* Haus.

»Ich liebe dich, Darla.«

Sie erstarrte, den Kugelschreiber im Nacken, während sie ihren Körper noch immer auf einem Bein balancierte.

»Du musst nichts sagen«, fügte Eggie hinzu. »Nur zuhören.« Er stellte sein Glas ab und steckte die Hände in die Vordertaschen seiner Jeans. »Ich hab das Gefühl, als hätte ich schon mein ganzes Leben lang auf dich gewartet. Nicht auf jemanden wie dich, sondern auf *dich*. Und ich weiß, dass es nicht leicht sein wird, langfristig mit mir zusammen zu sein. Ich weiß, dass ich nicht gerade eine Plaudertasche bin. Oder besonders freundlich. Ich finde fast alle total nervtötend, außer dich, die Vollblutwölfe im Wald und diesen Columbo-Typen im Fernsehen. Und ich habe auch nicht wirklich die Absicht, mich zu ändern. Ich bin mir noch nicht mal sicher, ob ich das könnte, selbst wenn ich es wollte.« Eggie räusperte sich. »Aber ich verspreche dir, dass ich dir immer treu sein werde, mich nie wegen irgendwelchem lächerlichen Mist mit dir streiten, die Blasphemie auf ein Minimum beschränken und dich nie als selbstverständlich betrachten werde. Ich werde alles tun, was in meiner Macht steht, um dich glücklich zu machen. Und wenn das bedeutet, dass ich in San Francisco oder Timbuktu leben muss, dann mache ich das. Ich will nur nicht, dass du jemals das Gefühl hast, gefangen zu sein. Aber wenn mit mir zusammen zu sein nicht das ist, was du willst …

dann sag es einfach. Ich werde dich trotzdem immer beschützen, Darla Mae. Ich werde nicht zulassen, dass dir irgendwas passiert, aber ich will auch nicht, dass du das Gefühl hast, du *müsstest* mit mir zusammen sein. Ich will, dass du mit mir zusammen bist, weil du es auch willst.«

Eggie holte tief Luft. »Wie dem auch sei, das ist alles. Ich hatte nur das Bedürfnis, das endlich loszuwerden. Ich hoffe, ich hab dir damit nicht den Abend versaut.«

Darla ließ ihr angewinkeltes Bein plumpsen, und ihr nackter Fuß klatschte auf den Boden. Sie legte den Stift auf die Küchentheke und machte einen Schritt rückwärts.

Langsam drehte sie sich zu ihm um, den Blick gesenkt. »Eggie Ray …«

Eggie wappnete sich für das, was nun kommen würde. Er wartete darauf, dass sie die Bombe platzen ließ, wie McMartin es ausgedrückt hätte.

Sie seufzte, tief und lang, und kam durch die Küche auf ihn zu. »Im Moment ist einfach so viel los. Irgendwelche Leute versuchen, mich umzubringen«, sagte sie, während sie eine der braunen Papiertüten durchsuchte, die sie von ihrem Besuch im Supermarkt mitgebracht hatte. »Dann der arme Mr Kozlow. Und jetzt dieser plötzliche Anstieg bei den Kuchenbestellungen. Deine Mutter, die mich als Polygamistin bezeichnet. Dass ich mich auf einmal mit meinen Schwestern verstehe. Das ist einfach alles ein bisschen viel auf einmal, Eggie.« Sie ging zu ihm und blieb vor ihm stehen.

»Das verstehe ich.«

»Tust du? Ehrlich?«

Er war zwar nicht glücklich darüber, aber er verstand es. »Ja. Natürlich.«

»Gut. Denn zum ersten Mal seit Jahren, seit ich mit achtzehn das Haus meines Vaters verlassen habe, hab ich das Gefühl, zu Hause zu sein. Und ich bin glücklich. Ich bin in Sicherheit. Und das, Egbert Ray Smith, liegt ganz allein an dir.«

Darla stellte eine weiße Papiertüte aus der Apotheke in Smithville auf den Tisch. »Das hab ich besorgt, als ich mit den Mädels unterwegs war.«

Sie kehrte wieder zur Küchentheke zurück, drehte sich zu ihm um und sagte: »Ich liebe dich, Eggie Ray.«

Eggie nickte und wartete auf mehr – weil es immer noch mehr gab, wenn es um Darla Mae ging. Er erwartete die Bombe, aber nach knapp einer Minute zuckte sie nur mit den Schultern und sagte: »Das war's. Ich liebe dich. Ich werde dich immer lieben.«

Darla wandte den Blick ab und fügte dann plötzlich hinzu: »Und ich mag Kuchen.«

Erleichterung schwappte über Eggie hinweg, und er grinste breit, als er sie fragte: »Du magst Kuchen?«

»Ja. Ich glaube, am Ende werde ich mit Kuchen einen ordentlichen Haufen Geld verdienen. Deshalb mag ich Kuchen. Ich bin ein großer Fan von Kuchen.«

»Das ist gut. Es ist gut, Fan von irgendwas zu sein.«

»Das finde ich auch.« Nervös kämmte sie sich mit den Fingern das Haar hinter die Ohren. »Also … Soll ich davonrennen und du fängst mich wieder ein? Oder soll ich mit Händen und Füßen dagegen ankämpfen?«

»Bist du denn in der Stimmung, davonzurennen?«

»Nicht besonders.«

»Mit Händen und Füßen dagegen anzukämpfen?«

»Pazifistin.«

»Und ich kämpfe sowieso den ganzen Tag. Das ist mein Job. Deshalb würde ich lieber nicht auch noch mit meiner Gefährtin kämpfen, es sei denn, du möchtest das.«

»Na ja, es sind sowieso nur wir beide hier. Ich meine, können wir das nicht einfach genauso machen, wie wir es wollen?«

»Soweit es mich angeht, Darla Mae, können wir machen, was immer wir wollen, wann immer wir wollen und so oft wir wollen.«

Sie lächelte ihn an und wirkte erleichtert. »Gut.« Dann zog sie ihr T-Shirt aus, warf es weg und schüttelte ihre abgeschnittenen Shorts ab. Sie kickte sie zusammen mit ihrem Höschen weg, drehte sich von Eggie weg wieder zur Küchentheke hin und warf ihr langes Haar über ihre linke Schulter, womit sie ihre rechte entblößte. Sie stützte sich mit den Händen auf der Arbeitsplatte ab, beugte ein Knie und lehnte sich ein wenig nach vorne.

Darla blickte Eggie über ihre nackte Schulter hinweg an, und ihr Lächeln war so unglaublich sinnlich, dass er sofort steif wurde – so steif, dass es wehtat.

»Worauf wartest du denn noch, Egbert Ray? Komm endlich her und mach mich zu der Deinen.«

Eggies Knurren klang so tief, dass Darla es gar nicht hörte, sondern nur spürte. Es fühlte sich an, als würde es quer durch die Küche dröhnen, durch den Fußboden und an ihren Beinen hinauf, bevor es schließlich durch ihren ganzen Körper schoss.

Als Eggie an seine Jeans fasste, drehte sich Darla wieder nach vorne zurück und krallte sich mit den Händen an der Arbeitsplatte fest. Eggie brauchte nur ein paar Sekunden, um seine Klamotten auszuziehen und die Kondome zu finden, die sie in der Apotheke in Smithtown gekauft hatte. Natürlich hatte Darla die Kondome – unter dem lauten Gekicher ihrer Schwestern und den missbilligenden Blicken des Apotheker-Wolfes mit der Riesenmähne, der ganz eindeutig nicht dasselbe feministische Seminar über das sexuelle Selbstbewusstsein der Frau besucht hatte wie Darla – nur für den Notfall besorgt, dass sie Eggie ausgingen. Jetzt war sie jedoch erleichtert, weil sie nicht glaubte, dass sie hätte warten können, bis er nach oben gegangen und seine eigenen geholt hatte.

Als Eggie sich hinter sie stellte, spürte sie die Hitze, die sein Körper ausstrahlte. Seine Arme schlossen sich um sie, und seine Hände stützten sich links und rechts neben ihren ab. Seine Brust presste sich gegen ihren Rücken, sein Mund auf ihren Nacken.

Darla schloss die Augen und lehnte sich gegen den Wolf hinter ihr zurück.

»Ich liebe dich, Darla«, brummte er in ihren Hals und brachte sie damit zum Lächeln.

Eggie strich ganz zärtlich mit seiner rechten Hand an Darlas

Arm hinauf. Dann schob er seine Hand unter ihren Arm und drückte sie auf ihren Bauch. Ihr blieb die Luft im Hals stecken, als seine Finger langsam abwärts wanderten und er sie mit den Fingerspitzen streichelte. Ihre Zehen rollten sich auf dem Fußboden zusammen, und sie klammerte sich mit aller Kraft an der Theke fest.

Sie zitterte, als seine Finger immer drängender wurden. Eggies anderer Arm legte sich um ihre Brust, und er packte mit seiner freien Hand ihre Schulter. Er küsste sie unterhalb ihres Ohrs und wanderte an ihrem Hals bis zu ihrer Schulter hinunter.

Als seine Finger sie streichelten, zitterte sie am ganzen Körper und ihre Knie wurden weich. Eggie presste seine Lippen auf einen Muskel auf ihrem Schulterblatt, küsste die Stelle und leckte sie. Darla begann zu keuchen, und ihr Körper wurde von einem Schauder geschüttelt. Als sie aufschrie, biss Eggie ganz fest zu, und das Gefühl seiner Reißzähne, die sich durch Haut und Muskeln bohrten und auf ihrem Knochen kratzten, hatte eine solche Macht, dass ihr Orgasmus doppelt so heftig ausfiel und sie förmlich zu zerreißen schien. Es fühlte sich an, als würde sie von innen heraus explodieren.

Als das brüllend laute Dröhnen in ihrem Schädel verstummte, hörte sie Eggies Stimme. Er sprach mit ihr und küsste zwischendurch immer wieder ihren Hals.

»Darla? Geht's dir gut?«

Sie konnte sich wirklich nicht vorstellen, dass irgendjemand anders genauso fürsorglich mit ihr umgegangen wäre wie Eggie. Es kam ihr immer so vor, als würde ihr Glück ihm alles bedeuten.

Vielleicht hatte dieser Yogi, ein Polarfuchs, den sie in Frankreich kennengelernt hatte – und der, wie sich herausgestellt hatte, gar nicht aus Indien stammte, sondern aus New York –, ja doch recht gehabt, als er ihr versichert hatte, dass sich das Karma gut um sie kümmern würde. Denn wie sonst hätte sie solches Glück finden können?

»Bring es zu Ende, Eggie«, bat sie ihn atemlos und voller verzweifelter Sehnsucht. »Bring es jetzt zu Ende.«

Eggie versuchte, ihr keine Angst zu machen. Aber ihr verzweifeltes Flehen, die Art, wie sie sich gegen ihn lehnte, der Duft ihrer Lust – all das führte dazu, dass er die Kontrolle verlor. Und dem Wolf freien Lauf ließ, den er ohnehin kaum im Zaum halten konnte.

Er packte sie an den Hüften, zog sie ein Stück nach hinten und presste seinen von einem Kondom umhüllten Schwanz gegen ihre Muschi. Sie war bereits feucht und für ihn geöffnet, ihre Muskeln völlig entspannt.

»Ich liebe dich, Darla«, flüsterte er ihr ins Ohr. »Ich werde dich immer lieben.«

»Ich liebe dich«, erwiderte sie und drückte sich mit ihrem Hintern gegen ich. »Ich liebe dich.«

Nicht in der Lage, noch eine Sekunde länger zu warten, stieß Eggie seinen Schwanz in sie hinein, und sie stöhnten beide im Einklang. Darla streckte die Arme über die Küchentheke aus, und ihr Körper wurde immer länger, als sie sich nach vorne beugte, um ihm einen besseren Zugang zu verschaffen. Er nahm sie sich und streichelte sie von innen mit seinem Schwanz.

Jedes Mal, wenn Eggie wieder in sie hineinstieß, verengte sie ihre Muschi, und die Muskeln schlossen sich ganz eng um ihn. Ohne große Mühe gelang es dieser kleinen Wölfin, ihm regelrecht das Hirn auszusaugen. Er konnte nicht mehr klar denken. Er kannte keine Vernunft mehr. Der liebe Gott persönlich hätte den Raum betreten können, und Eggie wäre nicht in der Lage gewesen, aufzuhören.

Er fasste um Darla herum, seine Finger noch immer ganz feucht von ihrer Muschi, und zwickte ihre Nippel. Er spielte mit ihnen und liebkoste sie, bis Darla am ganzen Körper zitterte und sich unter ihm hin und her wand. Es war einfach alles zu viel.

Eggie kam so heftig, dass ihm ein Knurren entwich und sich sein ganzer Körper um Darla anspannte. Seine Hände umklammerten ihre Brüste, und er vergrub das Gesicht in ihrem Hals.

Darla stieß mit ihm einen Schrei aus und überraschte Eggie damit, weil er nicht geglaubt hatte, dass er es schaffen würde, dass sie ein zweites Mal kam. Nicht so bald und nicht, während er so vollkommen in seiner eigenen Lust verloren war. Natürlich hätte er sich sofort um sie gekümmert, sobald er wieder klar denken konnte, aber er war froh, dass er sie nicht im Stich gelassen hatte. Der Menschenmann in ihm war stolz darauf.

Vorsichtig zog er sich aus ihr heraus und strich mit der Hand über ihren Rücken. »Nicht bewegen«, sagte er.

Mit geschlossenen Augen, während die obere Hälfte ihres Körpers auf der Arbeitsplatte lag, hob Darla schwach eine Hand und seufzte: »Oooookay.«

Sie saßen auf dem Küchenfußboden, Darla zwischen Eggies unglaublich langen Beinen, während er ihre Wunde säuberte. Sie hatte bereits angefangen, zu verheilen, würde aber dennoch eine Narbe hinterlassen und jedem Gestaltwandler zeigen, dass Darla markiert und jemandes Gefährtin war.

»Bist du sicher, dass es dir gut geht?«, fragte er zum wiederholten Mal.

Darla lächelte und tätschelte sein Knie. »Mir geht's gut. Hör auf, dir Sorgen zu machen.«

»Du bist nur so ruhig.«

»Ich bin nur glücklich. Es gibt nichts zu sagen, wenn man einfach nur glücklich ist.«

Eggie legte das Erste-Hilfe-Set beiseite, schlang seine Arme um sie und drückte sie ganz fest an sich. Darla fühlte sich in seinen Armen niemals gefangen. Fühlte sich niemals ängstlich, besorgt oder genervt. Sie fühlte sich einfach nur … sicher. Und geliebt. Sehr geliebt.

Sie saßen sehr lange Zeit einfach nur so da und hielten einander im Arm. Bis Eggie fragte: »Irgendeine Chance, dass du einen von diesen Kuchen versteckt hast, bevor wir zu Momma gefahren sind?«

Darla blickte zu ihrem Gefährten hinauf und hob eine Augenbraue. »Pekannuss okay für dich?«

KAPITEL 17

Francine und Roberta tauchten mit einer Liste mit Kuchenbestellungen und einer Liste der Zutaten auf, die sie zum Backen benötigten. Sie beschlossen, auf ihre anderen Schwestern zu warten, bevor sie einkaufen fuhren, und holten in der Zwischenzeit all die Zutaten heraus, die sie noch hatten, um bereits ein wenig Vorarbeit zu leisten.

Darla nahm die beiden mit in die Küche, und während sie sich unterhielten und sich an die Arbeit machten, trottete Eggie in seiner Wolfsgestalt die Treppe herunter. Er kam in die Küche, umkreiste Darlas Beine und drückte sich mit seinem Körper ganz eng an sie, während sich sein Schwanz um ihre Knie schlängelte. Francine machte die Hintertür auf, und er schlenderte hinaus und ließ sie allein.

»Wo geht er denn hin?«, wollte Francine wissen.

»Keine Ahnung.«

»Und wann kommt er wieder zurück?«

»Keinen Schimmer.«

»Und das macht dir nichts aus?«

»Nein. Er kommt immer mit einem halben Hirsch oder so zurück – er denkt dabei also ganz eindeutig an mich.«

Roberta gluckste amüsiert, aber als sie sah, dass Francine sie anfunkelte, verstummte sie und schnitt weiter die Butter in kleine Stücke.

»Er hat dich letzte Nacht markiert, kleine Schwester«, bemerkte Francine. »Das kann ich riechen.«

»Obwohl ich heute Morgen geduscht hab?«

Roberta gluckste wieder.

»Bist du dir dabei auch ganz sicher, Darla?«, hakte Francine nach. »Ich meine, ich hab nicht wirklich ein Problem mit Eggie –

abgesehen von der Tatsache, dass sein Spitzname Eggie ist –, aber trotzdem … Er ist nicht wie seine Brüder.«

Gott sei gedankt für kleine Gefallen.

»Nein. Ist er nicht. Aber ich bin bereit, dieses Opfer zu bringen.« Und Darla war sich sicher, dass sie tatsächlich beinahe ernsthaft klang und nicht sarkastisch.

»Daddy und die Jungs werden gar nicht glücklich sein.« Die »Jungs« waren ihre Brüder, und das wusste Darla bereits. Aber wenn sie erstmal mit ihrem Vater gesprochen hatte, würde sie die Wogen ganz sicher wieder glätten können. Das hatte sie bisher noch jedes Mal getan.

»Ich liebe ihn, Francine.«

»Ich weiß, dass du das tust. Aber liebt er dich auch?«

»Er hat mir letzte Nacht gesagt, dass er es tut.«

Francine blinzelte und sah zu Roberta hinüber. »Er hat das zu dir *gesagt?* Hat tatsächlich die Worte ausgesprochen?«

»Mehr als einmal.« Genau genommen sogar die ganze Nacht hindurch, aber das ging ihre Schwestern gar nichts an, sondern nur sie. Sie ganz allein.

Plötzlich kullerten Tränen über Francines Wangen. »Oh, kleine Schwester!« Dann umarmte sie die völlig verwirrte Darla. »Er liebt dich wirklich!«

»Ich weiß.«

»Du *glaubst*, dass du es weißt«, erklärte Francine, als sie sich wieder von ihr löste. »Aber das tust du nicht wirklich. Wenn Eggie Ray Smith tatsächlich diese Worte ausgesprochen hat … dann muss er sie auch so gemeint haben. Benji meint, dass Eggie niemals irgendetwas sagt, was er nicht auch so meint. Niemals.«

»Oh. Dann ist mein Gefühl bei dieser Sache also völlig bedeutungslos.«

»Du bist schließlich immer noch die Frau, die glaubt, sie könnte in die Seele eines Menschen blicken. Ich meine …« Sie schüttelte den Kopf.

»Weißt du, wenn du dich nur ein wenig öffnen und zulassen

würdest, dass du neue Dinge erlebst, dann würdest du vielleicht wirklich lernen, die Menschen so zu lesen wie ich.«

»Hast du gelernt, die Menschen zu lesen, bevor oder nachdem du bei der Manson Family gelandet bist?«

Darla stampfte fest mit dem Fuß auf. »Ich bin nicht bei der Manson Family gelandet! Ich war nicht mal eine Stunde lang da! Und ich wusste sofort, dass er total irre ist!«

Die Hintertür ging auf, und Janette und Janie Mae kamen herein. Janie blickte zwischen Francine und Darla hin und her. »Was ist hier los?«

»Eggie hat Darla gestern Nacht markiert, und sie versucht immer noch, vorzutäuschen, sie hätte sich nicht dem Manson-Family-Kult angeschlossen.«

»Du verlogene Kuh!«

»Wir haben jetzt keine Zeit für so was«, unterbrach Janie sie. »Ich hab hier eine Kuchenliste und die Chance, richtig dicke Kohle zu machen.«

Darla riss die Augen auf. »Ich hab genau dasselbe gedacht!«

»Hast du?«

»Ja. Es ist brillant. Wir eröffnen hier eine Konditorei oder eine Bäckerei und verkaufen unsere Kuchen in der ganzen Stadt.«

Ihre Schwestern starrten Darla an, und Janie erwiderte: »Das ist zwar nicht das, wovon ich gesprochen habe, aber es ist tatsächlich brillant.«

»Und wovon hast du dann gesprochen?«

Janie grinste. »Von einem Rennen gegen diese Barron-Schlampen.«

»Ich trete doch nicht bei einem Rennen gegen eine Katze an. Und du auch nicht, Janie Mae. Du bist im fünften Monat schwanger.«

»Nur drei von euch müssen zu dem Rennen antreten. Unsere drei Besten gegen ihre drei Besten. Ich dachte an dich, Roberta und Janette. Francine ist raus, weil sie wie Grandpa Lewis fährt.«

»Gott … vielen Dank auch.«

»Und wie sollen wir damit Geld verdienen?«, wollte Darla wissen.

»Sowohl die Bären als auch die Katzen nehmen schon Wetten an. Die Katzen gelten als Favoriten.«

»Und du hast auf uns gewettet?«

»Das war kein Problem. Ich hatte ja das Geld von jedem verdammten Smith, der einen Kuchen wollte.«

Darla funkelte Roberta böse an. »Ich dachte, ich hätte dir gesagt, dass du ihr das gottverdammte Geld abknüpfen sollst!«

Roberta zuckte nur mit den Schultern. »Upsi.«

Eggie schlenderte durch die Hintertür im Haus seines ältesten Bruders. Er warf den Mülleimer um trottete durch den verstreuten Abfall. Er war immer wieder erstaunt, wie viel seine Verwandten einfach so wegwarfen. Er fand darin für gewöhnlich haufenweise Zeug, das er wieder reparieren konnte. Na ja, jedenfalls, wenn er irgendwann mal die Zeit dazu hatte.

Als er diesmal nichts Interessantes entdeckte, ging er zum Kühlschrank und schnappte sich mit der Schnauze das Handtuch, das jemand am Türgriff hatte hängen lassen. Er öffnete die Tür und studierte den Kühlschrankinhalt. Auf Francine war normalerweise Verlass, und sie hatte immer ausreichend Essen für ihren Gefährten und ihre Welpen im Haus.

»Hey, Onkel Eggie.« Zwei der älteren Söhne seines Bruders kamen in die Küche und tätschelten Eggies Flanke. Er begrüßte sie mit einem erfreuten Bellen und machte sich wieder auf die Suche nach etwas zu essen. Er erspähte einen noch rohen Braten, holte ihn heraus und machte sich daran, ihn zu verspeisen.

»Füttert dich dein Weibchen denn nicht, kleiner Bruder?«, fragte Benji von der Tür aus. »Und mach gefälligst hinter dir sauber, wenn du fertig bist. Ich will deswegen keinen Stress mit Francine.«

Gähnend schlurfte Benji in die Küche und hievte sich auf die Theke. »Gibst du mir bitte mal die Milch?«

Eggie starrte seinen Bruder an.

Benji verdrehte die Augen. »Kannst du dich nicht mal für zwei Sekunden in einen Menschen verwandeln? Du bist kein Vollblutwolf, Egbert Ray.« Benji wischte sich das rohe Stück Fleisch aus dem Gesicht, das Eggie nach ihm geworfen hatte. »Mistkerl.«

Eggie hatte gerade den Rest des Bratens direkt aus dem Kühlschrank verspeist, als Bubba Ray hereinkam. »Willst du die ganze Nachbarschaft abkühlen, Egbert Ray?«

»Leg dich bloß nicht mit dem an«, warnte Benji. »Er hat eine seiner Launen und wirft mit Fleisch.«

»Ich glaube, der will nur spielen, großer Bruder. Was man so hört, hat Egbert Ray die kleine Darla Mae gestern Nacht als die Seine markiert.«

»Und sie hat dem zugestimmt?«

Eggie knurrte und entblößte seine Reißzähne, und Benji hob blitzschnell die Hände. »Das war nur eine Frage. Kein Grund, gleich so böse zu werden. Sie scheint mir nur ein bisschen ... hippiemäßig, um sich als deine Gefährtin wohlzufühlen. Du bist immerhin der ... Wie war noch mal das Wort, das Tante Ju-Ju benutzt hat?«, fragte er Bubba.

»Meistgeschmäht.«

»Genau. Der meistgeschmähte Smith in der nördlichen Hemisphäre seit unser Vorfahr Milton ›Eingeweidefresser‹ Smith England terrorisiert hat.«

»Und all diese hübschen kleinen Mädchen gekocht hat.«

»Ich dachte, er mochte sie roh.«

»Nein, nein. Er mochte sie gekocht als Eintopf oder gegrillt über einer offenen Feuerstelle, damit das Fleisch seinen feinen Geschmack entfaltet und schön zart wird.«

Eggie verwandelte sich und brüllte: *»Schon gut, das reicht jetzt!«*

Seine Brüder brachen in Gelächter aus, und Eggie stürmte zum Spülbecken, um sich das Blut aus dem Gesicht zu waschen.

»Ihr seid solche Vollidioten«, brummte er durch das fließende Wasser.

»Guck mal«, bemerkte Bubba. »Darla hat ihn auch markiert. Wie süß.«

Normalerweise ließ sich Eggie nicht in diese verbalen geschwisterlichen Kabbeleien mit hineinziehen, aber ausnahmsweise … verfügte er tatsächlich über ein bisschen Munition.

»Wenigstens hat meine zugelassen, dass ich sie markiere.« Er drehte sich langsam zu seinem Bruder um, und Bubba kniff die Augen zusammen, während Benji ein Schnauben ausstieß. »Musste noch nicht mal mit ihr streiten. Sie hat mir einfach nur gesagt, dass sie mich liebt und mir ihren bloßen Nacken zugedreht.« Er verschränkte die Arme vor der Brust. »Wie viele Welpen hast du inzwischen mit Janie Mae, Bubba Ray? Und trotzdem ist sie immer noch so unmarkiert wie ein neugeborenes Baby. Also, welcher Smith hat jetzt die Kontrolle über sein Weibchen, *Bürschchen?*«

Sein jüngerer Bruder blähte die Nasenlöcher auf, ein sicheres Zeichen dafür, dass er stinksauer war. Gut so. Bevor Eggie sich jedoch so richtig in seinem Moment des Triumphes suhlen konnte, ließ ihn ein leises »Eggie?« aus Richtung der Hintertür zusammenzucken.

Darla kam herein und ließ ihren Blick über die drei Männchen wandern, bevor sie auf Eggie zuging. Sie blickte zu ihm hinauf, und er beschloss, einfach abzuwarten. Gott, sie musste so wütend sein. Wo sie doch Feministin war und all das. Nicht, dass er ihr einen Vorwurf machen würde. Er hatte es verdient.

»Warum stehst du denn nackt hier rum, mit deinen Brüdern, und riechst nach Blut?«

»Ich bin mir nicht sicher, dass eine Erklärung das Ganze wirklich besser machen würde.«

»Okay. Ich brauche deinen Wagen«, verkündete sie zu seiner Überraschung.

»Sicher. Hab dir ja gesagt, dass du ihn nehmen kannst, wann immer du willst.«

»Ja, ich weiß. Aber ich dachte, ich sollte dir Bescheid geben, dass ich ihn mir nicht nur einfach so ausleihen will. Ich brauche ihn für ein Rennen.«

»Ein Rennen? Gegen wen denn?«

»Katzen.«

»Du musst ein Rennen gegen Katzen fahren?«

»Ja. Ich hab keine Wahl. Janie Mae hat schon darauf gewettet, dass wir gewinnen, und wenn wir verlieren, dann können wir die Zutaten nicht kaufen, die wir für die Kuchen brauchen, die wir allen schon versprochen haben, weil sie das ganze Geld dafür gesetzt hat. Wir fahren also das Rennen gegen die Katzen, wir gewinnen und dann backen wir Kuchen.«

»Du führst ein kompliziertes Leben, Darla Mae.«

»Ich weiß. Wie dem auch sei, du weißt ja, wie es bei solchen Rennen zugeht. Dein Auto könnte beschädigt werden und ...«

»Frankie kann das wieder reparieren. Er arbeitet als Mechaniker in der Werkstatt unserer Onkel. Gib mir ein paar Minuten, um mich anzuziehen, dann komme ich mit und ...«

»Gott, nein«, unterbrach sie ihn hastig. »Diese Katzen werden völlig durchdrehen, wenn du mitkommst. Dein Name wurde ausdrücklich als unerwünschter Zuschauer genannt.« Sie sah Bubba an. »Und Janie Mae will auch nicht, dass du dabei bist.«

»Was hab ich denn jetzt schon wieder gemacht?«

»Geatmet?«, vermutete Eggie und grinste, als Bubba ihn anknurrte.

Darla wandte sich zum Gehen, blieb jedoch noch einmal stehen und schaute sich zu ihm um. Eggie wappnete sich für das, was sie als Nächstes sagen würde.

»Und es ist wirklich in Ordnung, Eggie?«, fragte sie säuselnd und sah ihn mit flatternden Augenlidern an. »Wenn ich dein Auto nehme? Ich wollte es nicht einfach ohne deine Erlaubnis ausleihen.«

Eggie verzog den Mund, um so auszusehen, als würde er darüber nachdenken, aber in Wahrheit versuchte er nur, nicht laut loszuprusten. »Ich gebe dir die Erlaubnis.« Er nickte. »Nimm den Wagen. Amüsier dich gut. Aber sei vorsichtig. Katzen kann man nicht vertrauen.«

»Ich weiß. Danke, Eggie.« Sie zwinkerte ihm zu und ging hinaus.

Bubba machte den Mund auf und glotzte ihn an, aber Eggie zuckte nur mit den Schultern. »Was?«

Darla stieg in Eggies Auto.

»Warum hat das denn so lange gedauert?«, wollte Janie Mae wissen, als Darla die Tür zumachte.

»Ich hab noch deinen Gefährten gefoltert.« Sie grinste ihre Schwester an. »Das hat überraschend viel Spaß gemacht!«

»Ja, oder?«

»Obwohl ich verstehen kann, warum du noch damit wartest, dich von ihm markieren zu lassen.«

»Ja. Ich liebe ihn, aber er muss begreifen, dass ich seine Partnerin bin und nicht sein Beta.« Janie betrachtete Darla einen Moment lang und fragte dann: »Wirst du hierbleiben, Darla Mae?«

»Die meiste Zeit.«

»Was soll das nun wieder bedeuten?«

»Es bedeutet, dass ich, wenn ich zu Hause bin, hier sein werde. Aber wenn ich gehen muss, dann gehe ich.«

»Das hier ist eine Rudelstadt, Darla.«

»Soll heißen?«

»Hier laufen die Dinge auf ganz bestimmte Art ...«

»Du meinst, wenn du erst Alpha bist. Wenn du das Smithtown-Rudel an Bubbas Seite anführst.«

»Vielleicht meine ich das, ja.«

»Tja, wenn du mich brauchst, dann bin ich da. Aber wenn du mich fragst, ob ich eins von deinen Betaweibchen werde und dir jeden Tag durch die Stadt hinterhertrotte, dann lautet die Antwort darauf nein.«

»Hältst du dich immer noch für einen einsamen Wolf?«

»Das hab ich noch nie. Ich weiß, dass ich das nicht bin. Ich brauche meine Freunde, meine Familie, mein Rudel, Eggie. Aber ich brauche auch meine Freiheit. Ich muss mich frei bewegen können. Für Eggie bedeutet das, stundenlang die Hügel und Wälder der ganzen Stadt zu erkunden. Für mich bedeutet es, einfach alles zu erkunden, wann immer mir der Sinn danach steht.«

»Glaubst du, dass du immer so empfinden wirst?«

»Ich weiß, dass es nur wegen mir selbst sein wird, falls ich jemals aufhöre, so zu empfinden. Nicht wegen dir. Nicht wegen Eggie. Nicht wegen irgendjemand sonst.« Darla ließ den Wagen an. »Darf ich dir einen Vorschlag machen, Janie?«

»Sicher.«

»Eggies Daddy hätte mit der Faust auf den Tisch hauen und Eggie sagen können, dass er hierbleiben muss. Dass er nicht zu den Marines gehen darf, nicht die Stadt verlassen kann und für immer als Teil des Rudels hierbleiben muss. Aber er hat seinen Sohn ziehen und ihn das werden lassen, was er werden wollte. Und jetzt kommt Eggie immer wieder zurück nach Hause, und er ist immer für seine Familie da. Man muss wissen, wann es an der Zeit ist, loszulassen und wann, an etwas festzuhalten. Wenn du das lernst … dann wirst du eine unglaubliche Alpha sein.«

Janie Mae lächelte sie an. »Schau dich nur an, bringst deiner großen Schwester etwas bei.« Aber da sie nicht in der Lage war, diesen schönen Moment einfach auf sich beruhen zu lassen, fügte Janie hinzu: »Hast du das auch von Charlie Manson gelernt?«

Darla knurrte. »Ich kann nicht glauben, dass ihr blöden Kühe immer wieder davon anfangt! Ich bin da einmal hingegangen und noch nicht mal lange geblieben!«

»Na ja, Patty Hearst …«

»Hör auf, mich so zu nennen!«

»… du bist doch diejenige, die sich immer wieder mit diesen Kulttypen einlässt.«

»Gott«, Darla trat aufs Gaspedal und raste mit quietschenden Reifen von Francines Haus weg, »ich frage mich wirklich, ob es wohl an meinem familiären Hintergrund liegt, das ich mich immer wieder zu großen Gruppen von Leuten hingezogen fühle, die nicht das Geringste gemeinsam haben und trotzdem ständig miteinander abhängen, in großen Menschenhaufen auf dem Boden schlafen und unschuldige Fremde jagen. Ganz ehrlich, ich hab wirklich keine Ahnung, wieso ich mich in so einer Runde wohlfühlten sollte!«

Eggie wartete oben auf dem Hügel, während seine Brüder ihre Klamotten ablegten. Sie würden auf Anordnung ihres Daddys auf die Jagd gehen. Er wollte Wild zum Abendessen. Frisches Wild, kein tiefgefrorenes Stück Fleisch aus dem gestaltwandlerfreundlichen Supermarkt. Es war schon eine Weile her, seit ihr Daddy sie zum letzten Mal ausgeschickt hatte, aber es gab den Brüdern etwas zu tun, während ihre Weibchen mit Autorennen und Backen beschäftigt waren.

Wenn sie das Wild schnell genug erwischten, konnte Eggie auch noch ein Wildschwein für Darla aufspüren. Sie hatte ihm erzählt, dass sie frisches Wildschwein liebte. Er konnte es für sie grillen, wie er es gelernt hatte, als er eine Zeit lang in Korea gewesen war.

Er kläffte seine Brüder an, um sie dazu zu bewegen, sich zu beeilen, anstatt nur rumzustehen und zu quatschen wie ein Haufen alter Wölfinnen.

Seine Brüder verwandelten sich in ihre Wolfsgestalt und rannten den Hügel hinunter. Eggie ließ seinen Blick über das Smithtown-Territorium schweifen – den Platz auf Erden, den er mehr liebte als alle anderen.

Wahrhaft glücklich jagte Eggie seinen Brüdern hinterher.

Die Schwestern hatten die Regeln sofort nach ihrem Eintreffen festgelegt: ein sauberes, faires Rennen in dieser weiten, offenen Landschaft, in der die Territorien der Wölfe, Bären, Katzen und Hyänen aneinandergrenzten.

Es war Montag, daher waren die meisten Leute bei der Arbeit oder gingen anderen verantwortungsbewussten Tätigkeiten nach. Außerdem traten bei diesem Rennen die Lewis-Schwestern gegen die Katzen an und nicht die Smith-Wölfinnen, weswegen auch nicht mit einem großen Publikum zu rechnen war, da alle höchstens interessierte, ob sie das Geld gewannen oder nicht. Am Ende tauchten daher nur die Barron-Schwestern, die Lewis-Schwestern und zwei Grizzlys aus Collinstown auf, die als Rennrichter fungieren würden. Sie würden den Sieger bestimmen, falls es ein enges Rennen war, und waren darüber hinaus in der Lage, die Zerfleischungen auf ein Minimum zu beschränken, falls es dazu kommen sollte – was ziemlich wahrscheinlich war.

Und hier war Darla nun, raste um eine enge Kurve, weit vor dem Rest der Meute. Die Barron-Schwestern waren stinksauer darüber, dass sie in Führung lag. Sie wurden immer aggressiver, je weniger Runden noch zu fahren waren.

Als nur noch die letzten beiden Runden ausstanden, wusste Darla, dass die Barrons sie ins Visier nehmen würden. Da ein Sieg einer der drei Lewis-Schwestern bedeutete, dass sie alle gewonnen hatten, fällte Darla innerhalb eines Sekundenbruchteils die Entscheidung, sich zurückfallen und Roberta an sich vorbeirauschen zu lassen. Und genau das tat sie auch. Aber natürlich schoss genau im selben Moment eine der Barrons über die provisorische Rennstrecke – und zerstörte das Heck von Robertas Wagen.

Darla sah zu, wie sich das Auto ihrer Schwester im Kreis drehte, zur Mitte der Rennstrecke schlingerte und dabei beinahe einen der Grizzlys außer Gefecht setzte, der gerade noch rechtzeitig in Deckung tauchte.

Janette, der Hitzkopf der Familie, raste an Darla vorbei, rammte eine der anderen Barron-Schwestern in die Seite und ließ sie durch die Luft fliegen.

»Scheiße!«, platzte Darla heraus, und es war ihr egal, dass sie fluchte, weil sie wusste, dass diese ganze Sache jetzt verdammt hässlich enden würde. Sie schaltete einen Gang zurück und steuerte ihren Wagen neben Robertas Wrack. Gott, Frankie Ray würde den Verstand verlieren, wenn er sein Auto zu Gesicht bekam.

Darla sprang aus Eggies Wagen und rannte zum Auto ihrer Schwester hinüber. Sie wollte die Fahrertür aufreißen, aber der

Türgriff fehlte. Sie eilte gerade um den Wagen herum auf die andere Seite, als auch Janie Mae angerannt kam. Darla riss die Beifahrertür auf, lehnte sich hinein und zerrte ihre Schwester heraus. Als sie ihren Kopf und ihre Schultern fast befreit hatte, packte auch Janie Mae mit an, und mit vereinten Kräften zogen sie Roberta ganz aus dem Auto und legten sie aufs Gras.

»Diese Schlampen!«, knurrte Roberta vom Boden aus. »Wie war das noch mit sauber und fair?«

Darla legte die Hände auf die Schultern ihrer Schwester, um sie davon abzuhalten, aufzustehen. »Du ruhst dich kurz aus, Süße.«

Janette lenkte ihr Auto neben sie und stieg aus. »Geht's dir gut?«, fragte sie zwei Sekunden, bevor sie von einer der Barron-Schwestern mit einem Tackle zu Boden geworfen wurde.

Janie Mae wollte sich schon auf sie stürzen, aber Darla packte sie am Arm und riss sie zurück. »Wage es ja nicht, Janie Mae.«

»Sie ist in der Unterzahl!«

»Du bist schwanger!« Darla holte ganz tief Luft. »Bleib einfach hier. Ich kümmere mich darum.«

Darla eilte auf das Kampfgetümmel aus drei Löwinnen und einer Wölfin zu. Sie versuchte, eine der Löwinnen wegzuzerren, aber sie klammerten sich allesamt an ihrer Schwester fest wie Zecken an einem Jagdhund.

Als sie erneut versuchte, eine von ihnen zu packen, stand plötzlich einer der Grizzlys neben ihr. Er schnappte sich Darlas Arm, hob sie hoch und trug sie auf die Seite. Im selben Moment hörte Darla ein Knallen, und der Grizzly taumelte rückwärts. Er ließ sie fallen, und Darla landete hart auf den Knien.

»Was zur Hölle …?«, hörte sie den Grizzly keuchen.

Darla blickte auf und sah, dass Blut aus zwei Löchern an der Schulter des Bären quoll. Er war angeschossen worden.

Sie bewegte sich blitzschnell, packte ihn am Arm und brachte all ihre Kraft auf, um ihn zu Boden zu reißen, während sieben oder acht weitere Schüsse knallten.

»Runter!«, schrie Janie Mae. »Sofort!«

Alle, die nicht sowieso schon auf dem Boden lagen, tauchten panisch ab.

Eggie und drei seiner Brüder hielten den Körper des Rehbocks fest, während Bubba Ray seine Kehle umklammerte. Bubba drückte das Tier zu Boden und versuchte, es zu ersticken, bevor die anderen vier es nicht mehr halten konnten.

Aber anstatt ihm den Rest zu geben, hielt Bubba plötzlich inne, hob den Kopf und schnupperte in die Luft.

Da Bubba seine Beute niemals einfach so aufgab, ließ auch Eggie den Bock frei und wich einen Schritt zurück. Er drehte sich um und hob den Kopf. Und dann hörte er sie. Schnellfeuerschüsse. Niemand benutzte auf Smith-Territorium oder in einer der benachbarten Gestaltwandler-Städte Automatikwaffen. Nicht einmal die Hyänen.

Was nur eines bedeuten konnte …

Eggie stürmte davon und wusste instinktiv, dass seine Brüder direkt hinter ihm folgten.

Darla versteckte sich mit dem Bären hinter Janettes Auto, während weitere Kugeln in das Fahrzeug einschlugen.

»Was ist hier los?«, wollte der Bär wissen.

Darla schob sein T-Shirt hoch und versuchte, die Wunde zu finden. »Sie sind meinetwegen hier«, gab sie zu. »Sie versuchen, mich umzubringen.«

»Mit Waffen?« Es war ein ungeschriebenes Gesetz unter ihresgleichen, dass sich Gestaltwandler bei einem physischen Kampf gegenseitig nur mit Krallen und Reißzähnen herausforderten.

»Sie sind Vollmenschen«, erklärte Darla.

Der Bär schnaubte, und Darla starrte auf ihn hinunter.

»Zur Seite«, befahl er ihr.

Darla blieb weiter in der Hocke und hielt den Kopf unten, während sie sich rückwärts bewegte und er sich in seine Bärengestalt verwandelte. Mit einem lauten Brüllen drehte er sich um, schob seine Vorderpfoten unter den Wagen und warf ihn wie ein Spielzeugauto durch die Luft.

Darla rannte zu Janie und Roberta zurück und versteckte sich hinter Robertas Auto. »Ihr zwei, verwandelt euch und verschwindet.«

»Machst du Witze?«

»Janie, du musst dein Baby beschützen. Geh!«

»Sie hat recht.« Das kam von einer der Barron-Schwestern. »Beschütze deinen Welpen und hol Hilfe. Wir kümmern uns …«

Aus einer anderen Ecke des Waldes flogen Kugeln in ihre Richtung, und Darla konnte gerade noch rechtzeitig zur Seite springen, bevor sie prasselnd im Boden einschlugen.

In diesem Augenblick verwandelten sie sich alle. Janie und Roberta stürmten davon, und Darla rannte dem verwundeten Grizzly hinterher. Bären hatten die besten Nasen, und außerdem war er so wütend, dass sie wusste, dass er nur noch daran dachte, sich auf einen der Schützen zu stürzen.

Eggie hörte weitere Schüsse, änderte seine Richtung und steuerte direkt auf Darla zu. Doch dann stürmte Bubba an seine Seite und brachte ihn vom Kurs ab. Eggie knurrte und schnappte nach seinem Bruder, aber Bubba gab nicht nach. Während sie weiterrannten, drängte Bubba ihn weiter ab.

Glücklicherweise übernahm in diesem Moment Eggies militärische Ausbildung automatisch die Führung. Obwohl er nichts lieber wollte, als direkt an Darlas Seite zu eilen und sie einfach da rauszuholen, wusste der schlachtenerprobte Teil in ihm, dass er das nicht tun konnte. Er musste klug vorgehen – davon hing für Darla alles ab. Also rannte Eggie weiter neben seinem Bruder her, und schon bald wurde ihm bewusst, dass sich Bubba der Quelle der Schüsse in einem großen Bogen näherte.

Das Dauerfeuer riss nicht ab, und inzwischen hörten sie auch Schreie. Eggie beschloss, zu glauben, dass all diese Geräusche von den Vollmenschen stammten. So fiel es ihm leichter, das zu tun, was er tun musste.

Plötzlich bog Bubba scharf nach links ab und beschleunigte sein Tempo. Er war schnell, und Eggie musste sich anstrengen, um ihn wieder einzuholen. Sein Bruder sprang auf einen großen Felsen und von dort hoch in die Luft. Er bekam das Bein zu fassen, das vom Ast eines großen Baumes hing und zog mit einem Ruck daran. Der Vollmensch kippte nach vorne und landete hart auf dem Boden. Eine M-16 flog aus seinen Händen, aber er griff bereits nach einer anderen Waffe, die an seinem Fußgelenk festgemacht war. Frankie rannte auf ihn zu, riss sein Maul auf und schloss seinen Kiefer um die Kehle des Mannes. Sein Bruder ignorierte die Schreie, brach dem Vollmenschen das Genick und machte sich auf die Suche nach den anderen.

Darla folgte dem Bären zu einem der mächtigen Bäume. Der Schütze saß auf einem Ast und war damit beschäftigt, seine Waffe nachzuladen, wobei er ein panisches Winseln von sich gab und seine Augen immer wieder zu dem Grizzly huschten, der auf ihn zustürmte. Der Vollmensch hatte keine Gestaltwandler erwartet. Aber wie zur Hölle hatte er sie dann gefunden? Smithtown war, wie die meisten anderen reinen Gestaltwandler-Orte, nicht auf irgendeiner Landkarte verzeichnet und wurde von Gestaltwandlern geschützt, die in verschiedenen Abteilungen der Regierung, des Militärs und der Nationalgarde angestellt waren. Die Angreifer hatten Darla daher nicht einfach so bis hierher verfolgen können.

Der Grizzly stellte sich auf die Hinterbeine und drückte seine Vorderpfoten gegen den Baumstamm. In seiner vollen, verwandelten Größe war dieser Bär über drei Meter lang, aber er konnte den Vollmenschen auf dem Ast trotzdem nicht ganz erreichen. Deshalb kletterte Darla auf den Rücken des Bären, sprang von seinem Buckel ab und landete genau in dem Moment auf dem Vollmenschen, in dem er seine Waffe erhob, um sie zu erschießen. Sie prallte mit ihrem ganzen Gewicht gegen ihn und warf ihn rückwärts vom Baum. Er schrie auf, und das Gewehr fiel ihm aus der Hand, während er wie wild mit den Armen in der Luft herumfuchtelte. Darla stürzte mit ihm hinab, und der Waldboden rauschte immer näher auf sie zu. Sie wartete bis zur allerletzten Sekunde, bevor sie von seiner Brust sprang und eine Rolle vorwärts machte. Sie rollte über die Erde und landete schließlich flach auf dem Bauch, die Vorder- und Hinterbeine von sich gestreckt. Sie wusste, dass sie lächerlich aussehen musste, aber sie war noch am Leben und unverletzt, und das war alles, was sie interessierte.

Darla hörte weitere Schüsse und noch mehr Schreie, und sie wusste, dass sie der Sache irgendwie ein Ende bereiten musste. Sie rappelte sich auf und verwandelte sich wieder in ihre menschliche Gestalt. Der Bär war damit beschäftigt, den nun toten Vollmenschen in Stücke zu reißen, was ihr persönlich wie Energieverschwendung vorkam.

Sie eilte an seine Seite. »Hey. Hey!« Unglücklicherweise war der Bär noch immer voll und ganz auf den Mann vor seinen Füßen konzentriert und hörte sie nicht. Deshalb tippte Darla dem Bären auf die Schulter.

Wie es für Grizzlys typisch war, erschrak er fürchterlich und schwang seinen mächtigen Unterarm in ihre Richtung. Darla kreischte laut, duckte sich und streckte abwehrend die Arme über dem Kopf aus. Ihr Gestaltwandler-Körper konnte zwar eine Menge verkraften, aber sie wollte die kommende Woche lieber nicht damit verbringen, sich von einer Tracht Prügel eines Bären zu erholen.

»Warte, warte, warte«, jaulte sie.

Sie hörte ihn schnauben und spürte den Bärenatem auf ihren ausgestreckten Armen. Sie hob den Blick und sah, dass der Bär nur noch wenige Zentimeter von ihr entfernt stand.

»Ich wollte nur vorschlagen«, quiekte sie, »dass du und dein Freund die Vollmenschen vielleicht zur Mitte der Rennstrecke treiben könntet. Auf die Art könnten wir sie alle auf einmal erledigen.«

Der Bär stieß ein weiteres lautes Schnauben aus, das Darla aufjaulen ließ, bevor er davontrottete. Sie atmete erleichtert aus.

Jetzt war es offiziell: Grizzlys waren die Schlimmsten!

Darla verwandelte sich wieder in einen Wolf und lief zur Rennstrecke zurück. Es war Zeit, die Sache zu Ende zu bringen.

Die Waffe des Vollmenschen blockierte. Eggie war nicht überrascht. Er kannte diesen Waffentyp und weigerte sich, ihn zu benutzen, eben weil sie so häufig blockierten. Eggie wusste außerdem, wie lange der Vollmensch brauchen würde, um die Blockade zu lösen, bevor er die Waffe wieder benutzen konnte. Deshalb rannte er weiter auf ihn zu, erreichte den Mann jedoch nie. Ein Grizzly rauschte aus dem Nichts heran, überrannte den Vollmenschen, kam dann wieder zurück, hob den schreienden Mann am Kopf hoch und schüttelte ihn kräftig durch, wobei er ihm den Schädel zerquetschte.

Eggie stürmte auf die Lichtung, auf der, wie er annahm, das Rennen stattgefunden hatte. In der Mitte einer sehr provisorischen Rennstrecke standen zwei Autos, während sich ein weiterer Wagen … auf einem Baum befand.

Er vermutete, dass einer der Grizzlys etwas damit zu tun hatte. Dann sah er, wie sich die Barron-Schwestern auf zwei Männer stürzten und sie in Stücke rissen. Er blieb stehen und suchte die Rennstrecke mit den Augen nach Darla ab.

»Lauf!«

Eggie sah fünf Vollmenschen-Männer auf sich zurennen. Zwei von ihnen wurden von Eggies Brüdern außer Gefecht gesetzt, ein weiterer von einer Löwin überrannt. Die letzten beiden rannten an ihm vorbei, dicht gefolgt von zwei Bären.

Zu dumm nur, dass sie direkt auf einen Halbkreis zurasten, den einige von Eggies Tanten, Onkeln, Cousins und Cousinen bildeten, indem sie in ihrer verwandelten Gestalt aus dem Wald kamen, der an das Smith-Territorium grenzte. Jemand musste Hilfe geholt haben.

Eggie ließ seinen Blick ein weiteres Mal über die Szene schweifen und jagte dann den letzten beiden Männern hinterher.

Als Eggies Familie an Darla vorbeirauschte, wusste sie, dass Janie und Roberta sie geschickt haben mussten. Sobald sie die Bäume hinter sich gelassen hatten, schwärmten sie in einem Bogen aus und warteten. Ein paar Sekunden später hörte sie Schreie und Schüsse und sah, wie zwei Männer von der anderen Seite der Lichtung herbeigerannt kamen. Sie waren so sehr damit beschäftigt, sich nach den Bären umzublicken – die sie inzwischen mit Leichtigkeit hätten überholen können, sich jedoch nicht die Mühe machen wollten –, dass sie noch gar nicht bemerkt hatten, dass sie längst von anderen erwartet wurden.

Die Männer hatten die Autos in der Mitte der Rennstrecke bereits passiert, als einer von ihnen schließlich nach vorne schaute und die wartenden Wölfe entdeckte. Er kam schlitternd zum Stehen, packte den anderen am Arm und riss ihn zurück.

Mit zitternden Händen erhoben sie ihre Waffen. Da Darla nicht wollte, dass sie irgendjemanden verletzten, trat sie auf die Lichtung. Als sie sich sicher war, dass die Männer sie gesehen hatten, verwandelte sie sich im Gehen von ihrer Wolfsgestalt wieder in einen Menschen.

»Du«, sagte einer der beiden, als sie ihnen nahe genug war.

»Hallo Alvin. Petey.«

»Aber du bist … du bist …«

Petey schüttelte den Kopf. »Was bist du?«

»Etwas, dass ihr niemals wirklich verstehen würdet.«

»Zurück«, befahl Alvin.

»Gebt auf«, forderte Darla sie auf. »Bitte. Ihr erkennt doch selbst, dass ihr zahlenmäßig unterlegen seid.« Sie blickte zwischen den beiden Männern hin und her. »Machen wir dieser ganzen Gewalt endlich ein Ende.«

»Du willst uns ernsthaft weismachen, dass du uns gehen lassen wirst?«

»Ich will nicht, dass meinetwegen noch jemand verletzt wird. Ich will, dass das aufhört. Bitte.« Darla stand jetzt direkt vor den Männern. »Lasst uns einfach damit aufhören. Okay?« Sie legte die Hände auf die Waffen der beiden und senkte sie ganz langsam. »Was ihr mir heute anzutun versucht habt … Das werde ich einfach vergessen. Ihr habt es versucht, und ihr habt versagt. Es ist vorbei.« Sie zog an einer der Waffen. »Es ist vorbei.«

Schließlich ließen die beiden die Waffen los, und Darla hielt eine in jeder Hand. »Ich verzeihe euch, was ihr mir antun wolltet«, sagte sie. »Ich verzeihe euch.« Und Darla meinte das wirklich ehrlich.

Sie wich ein paar Schritte vor den Männern zurück, als sich Eggie ihnen in seiner menschlichen Gestalt von hinten näherte. Er streckte die Arme nach ihnen aus, während sie sich abwandte.

»Ein Jammer«, seufzte sie, »dass ich euch nicht genauso verzeihen kann, was ihr dem netten Mr Kozlow angetan habt.«

Darla ging auf die Bäume zu, wo Janette und Francine auf sie warteten. Sie warf die Waffen, die sie so sehr hasste, auf den Boden und trottete an ihren Schwestern vorbei. »Kommt jetzt«, sagte sie über die Schreie der Vollmenschen hinweg, die sie hinter sich hören konnte. »Wir müssen Janie und Roberta finden, uns von den Barrons unser Geld holen und diese Kuchen backen.«

»Warte mal«, fragte Janette, »haben wir denn überhaupt gewonnen?«

KAPITEL 18

Eggie, seine Brüder und die beiden Grizzlys, die während des Rennens als Rennrichter fungiert hatten, warfen die menschlichen Überreste auf das Territorium der Hyänen. Als sie wieder auf ihr eigenes Gebiet zurückkehrten, wagten sich die Hyänen bereits vorsichtig näher und schnupperten an den Leichen. Nachdem sie die Grenze zwischen den Territorien schließlich wieder überquert hatten, war das lachende Geheul der Hyänen bereits über Kilometer hinweg zu hören, als sie verbissen um die Leichen kämpften und sie in Stücke rissen.

Eggies Brüder und die Bären hatten ihn mit offener Abscheu und voller Angst angestarrt. Abscheu, weil es seine Idee gewesen war, die Hyänen einmal mehr für die Aufräumarbeiten zu benutzen. Aber ihre Angst … war darauf zurückzuführen, dass sie gesehen hatten, was er mit diesen beiden Arschlöchern angestellt hatte, die in sein Revier eingedrungen waren, um sich *seine* Wölfin zu schnappen.

Eggie selbst war ganz verwirrt gewesen, als Darla einfach so weggegangen war. Sie wusste besser als irgendjemand sonst, was er tun würde. Sie war außerdem die Einzige, die ihn davon hätte abhalten können – aber das hatte sie nicht getan. Trotzdem: Als er gesehen hatte, dass ihn die anderen Gestaltwandler beobachteten – als er ihre Angst gesehen hatte –, hatte er verstanden, was sie tat: Sie hatte seine Stellung als Smith gestärkt, mit dem nicht zu spaßen war, auch wenn er nicht der Alpha des Rudels war und es auch niemals sein würde. Darla hatte, in ihrer unendlichen Weisheit, darüber hinaus ihre eigene Sicherheit und die sämtlicher Welpen sichergestellt, die sie in der Zukunft vielleicht haben würden. Nachdem, was er mit seinen bloßen Händen und den Messern der beiden Vollmenschen getan hatte – und das vor den Augen der versammelten Bären, Katzen und Wölfe –, würde sich niemand jemals wieder in Darlas Nähe wagen, um ihr wehzutun, egal, ob Eggie gerade zu Hause war oder nicht.

Absolut niemand.

Und diese Nachricht würde sich wie ein Lauffeuer unter allen Rudeln, Meuten und Clans und sämtlichen Gestaltwandler-Familien in den Vereinigten Staaten verbreiten.

Mit diesem Wissen machte er sich wieder auf den Weg nach Hause, hielt jedoch unterwegs an, als er in der Nähe seinen Vater gegen einen der Bäume gelehnt stehen sah, der ganz offensichtlich auf ihn wartete.

Eggie ging auf ihn zu und verwandelte sich. »Was ist?«

Sein Vater hob die Hände. »Ich weiß, ich weiß. Du bist sauer.«

»Du hast den Vollmenschen gesagt, wo sie ist, nicht wahr? Du wolltest, dass sie sie umbringen.«

»Nein, nicht umbringen. Sie sollte beweisen, dass sie es wert ist. Sie sollte beweisen, dass sie Rückgrat hat.«

»Und dafür hast du *Vollmenschen* auf Smith-Territorium gelassen? Dafür hast du meine Gefährtin und ihre Schwestern in Gefahr gebracht? Und Bubbas ungeborenen Welpen? Nur, um zu beweisen, dass Darla es *wert* ist? Dass sie was wert ist?«

Sein Vater grinste höhnisch, nahm die New-York-Yankees-Kappe ab, die er aus Witz trug, und zerzauste sein schwarz-graues Haar. »Du bist kein einfacher Junge, Egbert Ray. Du bist zwar schon ganz attraktiv, schätze ich, zumindest behaupten das deine jungen Cousinen.« Er setzte die Kappe wieder auf. »Aber keine unserer stärksten Wölfinnen hat sich freiwillig gemeldet, um mir dir zusammen zu sein.«

»Kommst du auch mal zum Punkt?«

»Ich hab mich mit Janie Mae und ihren Schwestern herumgeschlagen, weil sie echte Stärke ausstrahlen. Sie werden dafür sorgen, dass die Blutlinie der Smiths auch weiterhin stark bleibt, lange nachdem du und ich nur noch Staub sind. Diese beiden Jungen von ihr sind schon jetzt …«

»Meinst du deine Enkel?«, fragte er tonlos.

»… echte Schläger.«

»Meinst du gewalttätige Idioten?«

»Sie sind stark. Genau wie ihre Momma und ihr Daddy. Das ist es, was ich mir auch für dich wünsche. Sicher, dein kleines Mädchen ist wirklich ein süßes Ding, aber ich habe einfach keine Stärke in ihr gesehen.«

»Dann hast du offensichtlich nicht sehr genau hingesehen.«

»Ja«, stimmte er widerwillig zu. Eggies Daddy gab nie gerne irgendjemandem gegenüber zu, dass er unrecht gehabt hatte. »Ich schätze schon.«

»Und? Was bedeutet es jetzt, dass du das Leben meiner Gefährtin aufs Spiel gesetzt hast? Dass sie bleiben darf? Dass sie ein Teil des Rudels sein darf?«

»Genau das bedeutet es.«

»Na, das ist wirklich schön, Daddy.« Eggie ging auf seinen Vater zu, bis er nur noch wenige Zentimeter von ihm entfernt war. Zum allerersten Mal in seinem Leben erkannte er Furcht in diesen Augen. In diesem Moment wurde Eggie bewusst, dass er seine Stärke von seiner Momma hatte. Und er hatte auch ihren Verstand. »Darla ist eine Frau, die verzeiht. Verdammt, sie wird wahrscheinlich so tun, als sei das Ganze nie passiert. Weil du zur Familie gehörst. Weil du mein Daddy bist.« Eggie lehnte sich mit dem Gesicht noch ein wenig näher zu seinem Vater, bis sich ihre Nasen fast berührten, und flüsterte: »Aber *ich* werde gar nichts verzeihen. Niemals. Vergiss das nie, alter Mann.«

Eggie wandte sich von seinem Vater ab und ging in sein Haus und zu seiner Frau.

Sobald Eggie das Haus betrat und versuchte, dieses Lächeln für sie aufzusetzen, erkannte sie, dass irgendetwas nicht stimmte. Falls es etwas war, das jetzt sofort erledigt werden musste, wusste sie, dass er es ihr sagen würde. Die Tatsache, dass er ihr gar nichts sagte, bedeutete jedoch, dass es etwas Persönliches war. Er war verletzt worden, und er wollte sie nicht damit belasten.

Darla legte den Teigschaber beiseite, mit dem sie gerade die

Baiser-Masse auf einen weiteren Zitronen-Baiser-Kuchen verteilt hatte, und wischte sich die Hände an einem Geschirrtuch ab. Als Eggie nur dastand und sie anglotzte, griff sie nach einem Küchenstuhl und zog ihn zu sich heran. Sie stieg darauf, legte die Hände auf Eggies Gesicht und streichelte seine Wangen und seinen Hals. Sie schlang ihre Arme um ihn und ließ ihren Kopf auf seine Schulter sinken.

»Ich bin so froh, dass du zu Hause bist«, sagte sie.

Seine Arme schlossen sich eng um ihre Taille, und er drückte sie ganz fest an sich. »Ja, ich auch.«

Früh am nächsten Morgen wachte Eggie in Darlas Armen auf. Er wachte auf, weil irgendein fieser Mistkerl an seine Hintertür klopfte.

Da er Darla nicht stören wollte, schlüpfte Eggie vorsichtig aus dem Bett und ging nach unten. Er machte die Tür auf, und davor stand seine Tante Gertrude. Er wusste, dass er nackt vor einer seiner Verwandten stand, aber das war ihm egal. Es war viel zu früh für dieses ganze Aufhebens.

»Ja?«

»Oh. Eggie. Morgen.«

»Morgen.«

Gertie räusperte sich. »Ist Darla da?«

»Schläft noch.«

»Sicher. Es ist nur ... Sie hat gesagt, dass sie einen Kuchen für mich macht.«

Ehrlich angewidert, weil es tatsächlich jemand wagte, ihn so früh am Morgen wegen eines gottverdammten Kuchens zu belästigen, knallte Eggie seiner Blutsverwandten die Tür vor der Nase zu.

»Wer war das?«

»Gertie.«

»Wollte sie ihren Kuchen?«

»Niemand braucht um sechs Uhr morgens Kuchen, Darla. Und Gertie braucht überhaupt keinen Kuchen.«

»Eggie Ray!« Darla trug eines seiner T-Shirts, quetschte sich an ihm vorbei und ging zur Tür. »Ich kann nicht glauben, dass du dir keine Hose angezogen hast, bevor du die Tür aufgemacht hast«, fauchte sie ihn an.

Sie riss die Tür wieder auf. »Morgen, Miss Gertie.«

»Morgen, Darla, Liebes. Tut mir leid, dass ich so früh störe.«

»Kein Problem. Warten Sie eine Sekunde. Ich hab Ihre Kuchen gleich hier.«

Darla verschwand, um die Kuchen zu holen, und als Eggie wieder zu seiner Tante schaute, grinste sie ihn hämisch an. Er antwortete, indem er seine Reißzähne ausfuhr. Die Wölfin riss voller Angst die Augen auf, aber Darla eilte bereits wieder zu ihr, bevor Gertie die Flucht ergreifen konnte.

»Bitteschön, Miss Gertie.«

»Vielen Dank, Liebes. Einen schönen Morgen wünsche ich dir noch.« Sie nickte Eggie zu. »Egbert Ray.«

»Tante Gertie.«

Darla winkte seiner Tante zum Abschied zu und schloss die Tür hinter ihr.

»Egbert Ray!«

»Zu früh für Gebrüll.«

»Das war eher ein Bellen. Und du kannst nicht jeden anknurren, der zu uns nach Hause kommt.«

»Wollen wir wetten?«

»Warum mache ich mir überhaupt die Mühe?«, seufzte sie und versuchte, um ihn herumzugehen, aber Eggie bekam sie um die Taille zu fassen und zog sie zu sich heran.

»Du trägst kein Höschen«, brummte er.

»Hatte keine Zeit, eins anzuziehen. Ich wusste, dass du sie vertreiben und mir die Geschäfte versauen würdest.«

Eggie ließ seine Lippen über ihren Hals wandern. »Ich bring dich wieder ins Bett.«

»Es werden aber noch mehr Leute kommen, um ihre Kuchen abzuholen.«

»Die können warten«, bestimmte Eggie und trug sie die

Treppe hinauf – und er liebte es einfach, ihr Kichern zu hören. Deshalb war er auch wirklich genervt, als dieses verdammte Telefon klingelte. So genervt, dass er zu bellen anfing und gar nicht mehr aufhörte.

Darla schlug ihm auf die Arme, bis er sie losließ. »Ganz ehrlich! Dieses Gebell!« Sie stampfte zum Telefon hinüber und bemerkte gar nicht, dass sein T-Shirt inzwischen zu ihren Hüften hochgewandert war und er genau sehen konnte, wie ihr perfekter Hintern beim Gehen hin und her wackelte. Es war sehr unterhaltsam.

Darla nahm den Hörer ab, und Eggie sah, wie ihr die Gesichtszüge entgleisten. Sie drehte sich zu ihm um und hielt ihm das Telefon hin. »Es ist für dich.«

Eggie wusste bereits, wer dran war, ohne dass sie es ihm sagen musste. Er ging zu ihr und nahm ihr den Hörer ab. Einen Arm noch immer um ihren Körper geschlungen, zog er sie ganz dicht zu sich heran und drückte sich die Hörermuschel ans Ohr. »Ja?«

»Hier ist McMartin. Mach dich bereit, in einer Stunde auszurücken.«

»Okay.«

McMartin legte auf, und Eggie hängte den Hörer wieder auf die Gabel. Er schloss seine Arme um Darla und hielt sie ganz fest.

»Wann werde ich wieder von dir hören?«, fragte sie.

»Ich weiß es nicht. So traurig das sein mag, aber in meinem Beruf gilt: no news is good news.«

Sie atmete schwer aus. »Verstanden.« Darla nahm seine Hand und führte ihn zur Treppe zurück. »Komm jetzt, Schatz. Dann wollen wir mal für dich packen.«

KAPITEL 19

Eggie kehrte vier Monate lang nicht mehr nach Hause zurück. Er hatte schon befürchtet, dass es fünf werden würden, aber schließlich hatten sie ihn doch gehen lassen und ihm mindestens einen Monat Urlaub zugesichert. Wahrscheinlich eher zwei, obwohl er nicht wusste, ob sie das geplant hatten oder ob es damit zu tun hatte, dass Eggie neulich einen vorgesetzten vollmenschlichen Offizier übel zugerichtet hatte, weil der Mann ihm auf die Nerven gegangen war. Der Vollmensch lebte noch und glaubte, er sei von einem Kampfhund angegriffen worden, der sich losgerissen hatte, aber trotzdem … Für die Gestaltwandler-Offiziere, die seine Einheit leiteten, war es ein eindeutiges Zeichen gewesen, dass Eggie für eine Weile nach Hause fahren sollte.

Das Problem war nur, dass Eggie sein kleines Haus leer vorfand, als er hineinspazierte. Er hatte keine Nachricht oder Ähnliches erwartet, da Darla ja keine Ahnung hatte, wann er wieder zurückkommen würde. Aber in den vier Monaten hatten sie nur ein paar Mal miteinander telefoniert. Er musste seine Gefährtin sehen.

Eggie ging nach oben, duschte und zog sich um. Anschließend schaute er erst bei seiner Momma vorbei, um nach ihr zu sehen, auch wenn er mit seinem Daddy kaum ein Wort wechselte, und stattete dann Frankie und Roberta einen Besuch ab, um sich nach Darla zu erkundigen. Er wäre auch zu Bubba und Janie Mae gegangen, aber er hatte keine Ahnung, ob sie diese Woche zusammen waren oder wieder einmal getrennt.

Wie sich herausstellte, war sie für ein paar Wochen ins Haus ihres Vaters zurückgekehrt. Das Kuchengeschäft hatte Fahrt aufgenommen, und während Francine und Roberta in der Stadt direkt an der Hauptstraße ein Ladenlokal gestalteten, war Darla abgereist, um ihnen Startkapital zu besorgen. Anscheinend hatte ihr auch sein Vater Geld angeboten, das sie jedoch sehr freundlich, aber entschieden abgelehnt hatte. Eggie hatte Darla nie erzählt, was sein Vater getan hatte, aber vielleicht hatte sie ja ihren Spezialtrick angewendet … und ihm tief in die Seele geblickt oder was auch immer. Aber ganz gleich, was der Grund dafür war, sie hatte nein gesagt und versuchte nun auf eigene Faust, die nötigen finanziellen Mittel zu beschaffen. Und wenn das jemand konnte, dann natürlich Darla Mae.

In seinem kürzlich reparierten Plymouth GTX – Eggie vermutete, dass Darla und ihre Schwestern noch immer Rennen gegen diese Katzen bestritten, da sie auf die Art wahrscheinlich an Geld kommen konnten – fuhr er nach Smithville, North Carolina. Er steuerte geradewegs auf das Haus von Darlas Vater zu, aber Mr Lewis und seine Söhne kommandierten Eggie sofort von ihrem Territorium und behaupteten, Darla wolle ihn nicht sehen.

Eggie glaubte ihnen zwar nicht, ging aber trotzdem, weil er nicht mit Darlas Familie streiten wollte. Dennoch kehrte er jede Nacht als Wolf zurück, stellte sich vor das Haus und heulte. Er heulte und heulte, bis ihr Vater und ihre Brüder herauskamen und ihn wieder verjagten.

Na ja, seine Nächte hätten auch schlimmer sein können.

Darla hatte den ganzen Nachmittag durchgeschlafen, nachdem sie spät in der Nacht mit dem letzten Flieger aus San Francisco gekommen war. Es war gar nicht so schwer gewesen, wie sie geglaubt hatte: Darla hatte das Startkapital für den Laden, den sie mit ihren Schwestern in Smithtown eröffnen wollte, bereits zusammen. Sie hatte eine ganze Liste mit Leuten gehabt, die sie um Geld hatte bitten wollen, aber Mr Van Holtz hatte ihr bereits den Großteil der Summe zugesichert. Es war ein Darlehen, und sie rechnete damit, ihm das Geld in den nächsten zwei Jahren wieder zurückzahlen zu können, wenn alles so gut lief wie in den vergangenen Monaten. Außerdem hatte sie bei einigen anderen

Leuten, die sie im Laufe der Jahre kennengelernt hatte, zusätzlich eine kleine Summe zusammengesammelt.

Mr Van Holtz hatte sich sehr für Darla gefreut, war jedoch auch enttäuscht gewesen, dass sie nie wieder in seinem Restaurant arbeiten würde. Anscheinend funktionierte es mit dem neuen zweiten Konditor nicht besonders gut – und es war bereits der fünfte in fünf Monaten. Er hatte Darla leidgetan, aber als sie gesehen hatte, wie der Chef der Patisserie den neuen Assistenten angebrüllt hatte, war ihr wieder eingefallen, was sie an diesem Job nicht vermissen würde: sich jeden Tag aufs Neue mit einem talentierten, aber gemeinen Chefkonditor herumschlagen zu müssen.

Grinsend kam sie ins Wohnzimmer ihres Vaters und küsste ihn auf den Kopf. »Hallo, Daddy.«

»Hallo, mein Schatz. Hast du gut geschlafen?«

»Ja, hab ich.«

»Ich bin froh, dass du wieder zu Hause bist.«

»Ja, bin ich auch.« Darla wusste, dass sie nach ihren Treffen in San Francisco auch sofort wieder nach Smithtown hätte zurückkehren können, aber was hätte dort auf sie gewartet? Ein leeres Haus und eine Liste mit Kuchenbestellungen, die es zu füllen galt? Nein. Das klang nicht besonders lustig. Deshalb hatte sie zuerst einen Abstecher ins Territorium ihrer Familie gemacht, auch wenn sie nicht lange würde bleiben können. Janie konnte jeden Tag ihr Kind zur Welt bringen, und Darla hatte das Gefühl, dass sie bei ihr sein und ihr helfen sollte. Im Moment machte sich ihre Schwester nicht gerade viele Freundinnen, abgesehen von der neuen Gefährtin eines der in Smithtown ansässigen Reed-Jungs. Aber bei Gott, dieses Weibchen war wirklich nervtötend. Also, ja: Darla sollte eigentlich dort sein.

»Wo ist Momma?«

»Drüben bei ihrer Schwester.«

»Okay.« Sie fühlte sich mies, weil sie über diese Nachricht so erleichtert war, aber seit sie gehört hatte, dass Eggie ihre Jüngste markiert hatte, lag ihre Mutter ihr mit ihren Ratschlägen in den

Ohren, und wie es schien, würde sie auch nicht so schnell wieder damit aufhören. Ihre Mutter war der Ansicht, Darla hätte es besser treffen können – und dass sie es weiter versuchen sollte.

Darla wusste jedoch, dass sie es besser getroffen hatte.

Außerdem würde das Leben mit Eggie schwer genug werden, wenn er immer für so lange Zeit von zu Hause weg war. Aber das war ein Preis, den Darla zu zahlen bereit war, wenn sie dafür Eggie als ihren Gefährten bekam. Er war es wert. *Und*, erinnerte sie sich selbst zum wiederholten Mal, *es ist ja nicht für immer. Irgendwann müssen selbst Marines in den Ruhestand gehen*.

»Willst du, dass ich uns was zum Abendessen mache, Daddy?«

»Ich dachte, ich führe dich heute Abend mal aus«, bot ihr Vater an. »Wir treffen uns mit deiner Mutter im Restaurant.«

»Okay. Das klingt wirklich ne…«

Das Geheul schnitt Darla das Wort ab, und sie schnappte überrascht nach Luft. »Eggie.« Sie rannte zur Tür, aber einer ihrer Brüder packte sie am Arm und hielt sie zurück. »Willst du einfach zu ihm nach draußen laufen?«

»Natürlich will ich das. Das ist mein …« Darla verstummte und blickte ihre männlichen Verwandten an. »Woher kennt ihr Eggies Heulen?«

»Na ja«, gestand ihr Vater, »er ist schon seit ein paar Nächten hier und … heult nach dir.«

»Aber ihr habt ihm doch gesagt, dass ich noch gar nicht zu Hause war, richtig?« Als ihre Familie sie auf ihre Frage hin nur anstarrte … *»Ihr habt es ihm nicht gesagt?«*

»Kein Grund, gleich so zu kläffen, Süße.«

»Oh, Daddy!«

»Glaub ja nicht, dass er sich schon das Recht verdient hat, irgendwas zu wissen, verdammt noch mal«, stellte ihr Bruder klar. »Wir müssen ihm klarmachen, dass er dafür arbeiten muss.«

»Ihm klarmachen …? Er hat mir das Leben gerettet. Er liebt mich. Wir sind Gefährten.«

»Ach.« Ihr Vater zuckte mit den Schultern. »Er könnte sich schon ein bisschen mehr Mühe geben.«

»Daddy!«

Darla befreite ihren Arm aus dem Griff ihres Bruders und sprintete zur Haustür. Sie riss sie auf und rannte hinaus. Als sie den Rasen überquert hatte, hatte sich der Wolf in Eggie verwandelt, und sie warf sich glücklich in seine Arme.

Darla drückte ihn ganz fest an sich und flüsterte: »Ich bin so froh, dass du wieder zu Hause bist.«

»Ich auch.« Er küsste sie auf den Hals und hielt sie ganz fest. »Ich auch.«

Darla lehnte sich ein Stück zurück, um ihm ins Gesicht schauen zu können. »Ich wusste nicht, dass du hier bist, Eggie. Ich war die letzten Tage noch gar nicht im Haus.«

»Ich weiß.«

Darla blinzelte. »Du weißt das?«

»Ja. Ich wusste es schon eine Stunde, nachdem ich hergekommen bin. Dein Duft war verblasst. Und als ich dann am nächsten Tag zum Frühstück in die Stadt gefahren bin, haben mir meine Cousinen erzählt, dass du geschäftlich nach San Francisco gefahren bist.«

»Aber dann ... Warum bist du dann trotzdem jede Nacht hergekommen? Daddy meinte, dass du dauernd hier warst, er dich aber immer wieder vertrieben hat.«

»Ja, hat er.«

»Eggie ...«

»Das ist ein Männerding. Ich musste für dich arbeiten. Das ist alles.«

»Meinst du das im Ernst?«

»Natürlich. Glaubst du vielleicht, dass ich mit jedem dahergelaufenen Nichtsnutz nicht dasselbe tun werde, der versucht, unsere Tochter zu seiner Gefährtin zu machen, wenn wir mal eine haben?«

»Du kennst diesen Jungen noch nicht mal, und er ist trotzdem schon ein dahergelaufener Nichtsnutz?«

»Wenn er es auf mein kleines Mädchen abgesehen hat.«

»Ein kleines Mädchen, das du noch gar nicht hast.«

»Werden wir aber.« Er begann, auf das Haus zuzugehen. »Aber erst später. Jetzt wirst du mich deinem Daddy erstmal richtig vorstellen.«

»Warte, Eggie.«

Er blieb stehen. »Hm-hm?«

»Vorschlag: Für einen ersten Eindruck bei meinem Daddy und so … solltest du dir vielleicht eine Hose anziehen.«

»Oh.« Sie senkten beide den Kopf – Eggie war splitterfasernackt. »Ich schätze, da hast du wohl recht.« Er lächelte, und Darla grinste zurück. Dann küsste sie ihn und nahm ihn ganz fest in den Arm.

»Du kannst heute Abend mit uns ausgehen«, sagte sie. »Daddy lädt uns zum Abendessen ein.«

»Ich glaube nicht, dass er will, dass ich mitkomme.«

Darla schnaubte. »Daddy!«, rief sie laut und erschreckte Eggie richtig.

»Ja, Darla?«

»Ich geh mit Eggie seine Hose holen, und dann gehen wir *alle* gemeinsam zum Abendessen. Die ganze Familie, damit Momma ihn auch kennenlernen kann.«

»Ich hab ihn nicht eingeladen.«

»Daddy!«

»Oh, von mir aus!«, knurrte er, noch immer aus dem Haus. »Aber beeilt euch. Wir haben nicht die ganze Nacht Zeit.«

»Siehst du?«, wandte sie sich wieder an Eggie. »Du kannst immer bekommen, was du willst. Du musst nur nett sein.«

»Ist das das Einzige, woran es bei mir hapert? Nett zu sein?«

»Liebling«, neckte sie ihn, »wir wollen mal nicht gleich übertreiben.« Sie küsste ihn noch einmal, ihre Arme um seine Schultern geschlungen, ihre Beine um seine Taille. »Und jetzt holen wir deine Hose.«

»Muss ich die denn gleich anziehen?«, fragte er und stupste sanft ihre Nasenspitze an.

Darla schenkte dem Wolf, den sie liebte, ein strahlendes Lächeln. »Nicht, wenn ich dabei auch was zu sagen hab.«

EPILOG

Über dreißig Jahre später …

Eggie kam aus dem Wald und trottete auf sein Haus zu. Er kannte das Auto, das davor stand – und die große, wunderschöne Wölfin, die an dem überteuerten Stück Eurotrash lehnte, das andere als Fahrzeug bezeichnet hätten. Aber es machte Eggie jedoch nicht allzu viel aus, weil er wusste, dass sie einen solchen Wagen niemals selbst gekauft hätte. Nein. Nicht sie. Sie hatte immer noch den 78er Camaro in seinem Schuppen stehen, den sie fuhr, wenn sie in die Stadt kam.

Ein Jammer nur, dass sie diesmal nicht alleine war. Sie war mit *ihm* hier. Mit diesem Jungen.

Eggie ging zu dem nahen Baum, unter dem er seine Jeans zurückgelassen hatte, verwandelte sich in seine menschliche Gestalt und schlüpfte in die Hose. Doch noch bevor er das tat, spürte sie seine Anwesenheit. Er konnte es fühlen. Sie hatte seine ausgeprägte Sinneswahrnehmung. Seine Fähigkeiten. Ehrlich gesagt, musste Eggie zugeben, dass sie besser in dem war, was sie tat, als er es jemals gewesen war. Ihre Fähigkeiten waren angeboren. Ein Teil ihrer DNA.

Der Junge allerdings … war vollkommen ahnungslos, was die Gefahr anging, die hinter ihm lauerte. Lässig und charmant? Sicher war er das. Aber das war auch schon alles, wenn man Eggie fragte.

In seiner Menschengestalt stellte sich Eggie hinter den Jungen und fragte sich, wie lange es wohl dauern würde, bis er bemerkte, dass Eggie dort stand.

Etwa dreißig Sekunden, wie sich herausstellte.

Ganz langsam drehte sich der Junge zu ihm um, die Augen

weit aufgerissen. Ein Van Holtz. Auf Eggies Territorium – mit Erlaubnis. Allein bei dem Gedanken daran hätte er am liebsten höhnisch gelacht. Und das tat er auch. Über den Jungen.

Der Junge schluckte, als er das Lachen hörte, und wich einen Schritt zurück, während die Frau, die neben ihm stand, um ihn herumging und sich in Eggies Arme warf. »Daddy.«

»Hey, Zuckermäulchen.«

Eggie nahm seine einzige Tochter ganz fest in den Arm, behielt den Van-Holtz-Wolf, der hinter ihr stand, dabei jedoch sehr genau im Auge.

Dee-Ann löste sich von Eggie, schaute den Jungen an und wartete darauf, dass er etwas sagte.

Der Junge räusperte sich und streckte eine Hand aus. »Mr Smith. Schön, Sie wiederzusehen.«

Eggie blickte auf die Hand hinunter und dann, ganz langsam, wieder zu dem Jungen hinauf. Er sah, wie sämtliche Farbe aus seinem ohnehin blassen Gesicht wich. Ein Yankee, der nie die Sonne sah, das war das Problem hier.

Von der Veranda war ein Kreischen zu hören, und Darla Mae kam die Treppe heruntergerannt. Sie war im Laufe der Jahre ein wenig fülliger geworden, aber es stand ihr gut. Und es gab Eggie noch mehr, was er an ihr lieben konnte – obwohl sie immer behauptete, dass sie es hasste, wenn er das sagte.

Darla streckte ihre weit ausgebreiteten Arme über dem Kopf aus und drückte ihre Tochter an sich. Im Gesicht sah sie ihrer Mutter ähnlich, aber sie hatte Eggies Augen. Ob Wolf oder Mensch, ihre Augen waren kalt, gelb und tödlich. Manchmal, wenn sie zu Besuch kam, gingen sie zusammen ins Einkaufszentrum, holten sich jeder einen Schokoladenmilchshake, setzten sich irgendwo hin und starrten einfach die Leute an. Sie schlossen Wetten darüber ab, wen sie dazu bringen konnten, sich nur wegen eines harmlosen Blickes in die Hose zu machen. Sie taten das schon, seit Dee-Ann ungefähr fünf Jahre alt gewesen war – auch wenn sie ihrer Mutter noch nie etwas davon erzählt hatten.

»Oh, mein kleines Mädchen«, freute sich Darla. »Ich bin so froh, dass du mal wieder zu Hause bist!«

»Ich auch, Momma. Geht's dir gut?«

»Mir geht's gut, Zuckermäulchen. Und sogar noch besser, jetzt, wo du zu Hause bist.« Sie machte einen Schritt zurück und musste sich, wie immer, wenn sie ihre Tochter sah, ein paar Tränen aus den Augen wischen.

»Nicht weinen, Momma.«

»Ich weine, wann immer ich will, Dee-Ann Smith.« Sie stupste Dee-Ann sanft in die Seite und lächelte den Jungen an.

»Ulrich Van Holtz.« Darla breitete die Arme aus. »Komm zu mir, mein lieber Junge.«

Mit einem Lächeln – wahrscheinlich, weil er erleichtert war – ging der Junge bereitwillig zu Darla und nahm sie ihn den Arm.

Eggie kniff die Augen zu schmalen Schlitzen zusammen und fuhr seine Reißzähne aus. Er hielt jedoch inne, als ihm Dee-Ann einen Ellenbogen in die Rippen stieß.

»Daddy.« Sie klang genau wie ihre Momma, wenn sie das sagte.

Endlich löste sich Darla von dem Wolf, den Eggie noch immer als Feind betrachtete, und lächelte die beiden glücklich an. »Ich freue mich so, dass ihr beide hier seid.«

»Tut mir leid, dass wir zu spät sind, Miss Darla«, sagte der Junge. »Wir sind noch am Laden vorbeigefahren, um ein paar Sachen zu besorgen.«

»Ulrich Van Holtz, willst du mir etwa eins von deinen köstlichen Abendessen zubereiten?«

»Das will ich allerdings. Vor allem, wenn Sie Ihren Pekannuss-Kuchen für mich backen.«

»Ist schon im Ofen.« Sie deutete Richtung Haus. »Ihr geht rein und macht es euch gemütlich. Euer Zimmer ist bereit, wenn ihr euch also erst mal ein bisschen ausruhen wollt …«

»Oh, nein, Ma'am. Ich kann gleich mit dem Kochen anfangen.«

»Wunderbar. Dann mal an die Arbeit.«

Der Junge wandte sich ab, um das Gepäck vom Rücksitz des Wagens zu nehmen, hielt dann jedoch inne und starrte Eggie an, da dieser direkt vor der Tür stand.

»Äh … bitte entschuldigen Sie, Sir.«

Eggie starrte noch ein bisschen länger, nur noch ein paar Sekunden, bevor er aus dem Weg ging. Der Junge schnappte sich mehrere Taschen, und Dee-Ann nahm die letzten beiden. Bevor sie sich entfernte, küsste sie ihren Vater auf die Wange.

»Gott, ich hab dich vermisst, Daddy.« Sie senkte ihre Stimme auf ein Flüstern. »Du bist einfach immer so unterhaltsam.«

Eggie zwinkerte seinem kleinen Mädchen zu – seinem knapp einen Meter neunzig großen kleinen Mädchen – und sah zu, wie sie und dieser wertlose Van Holtz in seinem Haus verschwanden. Morgen würde Eggie mit seinem kleinen Mädchen jagen gehen. Sie würden den ganzen Tag damit verbringen, über die Hügel der Stadt zu streifen, die er liebte, während Darla den Jungen mit Lebensmitteleinkäufen, einem Besuch bei den restlichen Lewis-Schwestern in der Bäckerei und haufenweise Kuchen bei Laune hielt.

Als das junge Paar im Haus verschwunden war, schlug ihm Darla auf den Arm. »Ich dachte, ich hätte dir gesagt, dass du nett zu ihm sein sollst!«

»Diesmal hab ich nicht auf ihn geschossen.«

Sie kniff die Augen zusammen. »Ich dachte, das war ein Unfall.«

»Oh. Ja. Sicher.«

Darla verdrehte die Augen und entfernte sich von ihm, aber Eggie zog sie wieder zurück. »Krätze.«

Sie schnappte nach Luft und flüsterte: »Dieser Junge hat keine Krätze! Hör auf, das zu behaupten.«

»Dann eben Staupe. Er hat dieses Van-Holtz-Staupe-Gen. Hundekrankheiten.«

»Egbert Ray Smith, das Einzige, worum du dir Sorgen machen musst, bin *ich*.«

»Bist du gereizt, Darla Mae?«

»Egbert Ray.«

Er schob sie rückwärts, bis die gegen den Wagen prallte, und hielt sie dort fest, indem er seine Arme links und rechts neben ihr abstützte. »Du bist gar nicht wirklich sauer auf mich, oder, Darla Mae?«

»Ich bin stinkwütend.«

»Ich schätze, dann muss ich das wohl wiedergutmachen.«

»Aber nicht hier!«, kicherte sie, legte ihre Hände auf seine Brust und versuchte, ihn wegzustoßen – wenn auch nicht sehr angestrengt. »Hör einfach auf, auf dem armen Ulrich herumzuhacken.«

»Er ist mit meinem Zuckermäulchen zusammen …«

»Lächerlicher Kosename.« Den sie genauso häufig benutzte wie er.

»… und ich kann ihn nicht so einfach davonkommen lassen.«

»Aber er mag dich so gern.«

»Darla Mae.«

»Na schön. Ich *glaube*, er will dich mögen, aber du machst es ihm unmöglich.«

»Ich bin mir nur nicht sicher, ob er der Richtige für mein kleines Mädchen ist, das ist alles.«

Darla legte ihre Hand auf Eggies Wange. »Vertrau mir, wenn ich dir sage: Es gibt auf diesem ganzen weiten Planeten keinen Wolf, der perfekter für deine Tochter wäre. Zumindest keinen, der sich auch in einen Menschen verwandeln kann.«

»Schon gut, schon gut. Ich werde das Knurren auf ein Minimum beschränken. Aber nicht das böse Funkeln.«

Sie seufzte. »In Ordnung.«

»Und jetzt küss mich und sag mir, dass du mich liebst.«

»Wer sagt denn, dass ich das tue?«

»Du hast das gesagt … gestern Nacht.«

Sie errötete, und ihr Grinsen wurde noch breiter, höchstwahrscheinlich, weil sie sich daran erinnerte, wie er sie gestern mitten in der Nacht mit Küssen und Liebkosungen geweckt hatte. »Egbert Ray Smith, hör auf damit.«

»Womit soll ich aufhören? Dich zu lieben? Weil das nämlich niemals passieren wird, Darla Mae.«

»Ich weiß, Eggie«, erwiderte sie und sah ihn mit ihren warmen Augen freundlich und liebevoll an, wie sie es immer tat. Und auch diese verdammten Grübchen hatte sie immer noch. »Und darum ist für mich alles perfekt. Das war schon immer so. Und jetzt komm mit.« Sie nahm seine Hand und führte ihn zurück zu ihrem Haus. »Zu unserem wunderschönen kleinen Mädchen und ihrem Gefährten.«